「十二五」国家重点图书出版规划项目
国家社科基金重大项目成果

新中国60年外国文学研究
(第一卷下)
外国小说研究

申 丹 王邦维 总主编
章 燕 赵桂莲 主编

国家出版基金项目

北京大学出版社
PEKING UNIVERSITY PRESS

图书在版编目(CIP)数据

新中国 60 年外国文学研究. 第 1 卷. 下,外国小说研究 / 申丹,王邦维总主编;章燕,赵桂莲主编.—北京:北京大学出版社,2015.9

ISBN 978-7-301-26049-4

Ⅰ.①新… Ⅱ.①申… ②王… ③章… ④赵… Ⅲ.①外国文学—文学研究 ②小说研究—世界 Ⅳ.①I106

中国版本图书馆 CIP 数据核字(2015)第 159453 号

书　　名	新中国60年外国文学研究(第一卷下)外国小说研究
著作责任者	申　丹　王邦维　总主编　章　燕　赵桂莲　主编
组稿编辑	张　冰
责任编辑	刘　爽
标准书号	ISBN 978-7-301-26049-4
出版发行	北京大学出版社
地　　址	北京市海淀区成府路 205 号　100871
网　　址	http://www.pup.cn　新浪微博:@北京大学出版社
电子信箱	zpup@pup.cn
电　　话	邮购部 62752015　发行部 62750672　编辑部 62759634
印 刷 者	北京中科印刷有限公司
经 销 者	新华书店
	720 毫米 ×1020 毫米　16 开本　29.25 印张　580 千字
	2015 年 9 月第 1 版　2015 年 9 月第 1 次印刷
定　　价	98.00 元

未经许可,不得以任何方式复制或抄袭本书之部分或全部内容。
版权所有,侵权必究
举报电话: 010-62752024　电子信箱: fd@pup.pku.edu.cn
图书如有印装质量问题,请与出版部联系,电话: 010-62756370

新中国 60 年外国文学研究(第一卷下)
外国小说研究
编撰人员

总主编/申丹　王邦维
本卷主编/章燕　赵桂莲

撰写人
总论:申丹、王邦维
绪论:赵桂莲、章燕
第一章
第一节:刘洪波;第二节:王立业;第三、四节:赵桂莲;第五节:彭甄;第六节:汪介之;第七节:张建华;第八节:唐逸红;第九节:李毓榛
第二章
第一节:郭宏安;第二节:罗国祥;第三节:王钦峰;第四节:涂卫群;第五节:郭宏安;第六节:黄燎宇;第七节:曾艳兵;第八节:任国强
第三章
第一节:黄梅;第二节:殷企平、杨世真;第三节:苏耕欣;第四节:刘洪涛、姜天翔;第五节:张中载;第六节:高奋;第七节:宁一中、龚璇;第八节:姜红;第九节:杨金才、王育平;第十节:杨金才、于雷;第十一节:杨仁敬;第十二节:陶洁;第十三节:王丽亚;第十四节:祝平;第十五节:王守仁、赵宏维;第十六节:刘象愚
第四章
第一节:王军;第二节:高兴;第三节:曾利君;第四节:胡旭东;第五节:张龙妹;第六节:王志松;第七节:周阅;第八节:许金龙;第九节:仲跻昆

目 录

总论	1
绪论	1

第一章　俄苏小说研究 …… 10
导言 …… 10
第一节　果戈理小说研究 …… 11
第二节　屠格涅夫小说研究 …… 26
第三节　陀思妥耶夫斯基小说研究 …… 38
第四节　列夫·托尔斯泰小说研究 …… 50
第五节　契诃夫小说研究 …… 62
第六节　高尔基小说研究 …… 74
第七节　帕斯捷尔纳克小说研究 …… 85
第八节　布尔加科夫小说研究 …… 93
第九节　萧洛霍夫小说研究 …… 102

第二章　法德奥小说研究 …… 112
导言 …… 112
第一节　巴尔扎克小说研究 …… 113
第二节　雨果小说研究 …… 122
第三节　福楼拜小说研究 …… 132
第四节　普鲁斯特小说研究 …… 143
第五节　加缪小说研究 …… 154
第六节　托马斯·曼小说研究 …… 164

第七节　卡夫卡小说研究 …… 176
　　第八节　茨威格小说研究 …… 189

第三章　英美爱小说研究 …… 199
　导言 …… 199
　　第一节　奥斯丁小说研究 …… 200
　　第二节　狄更斯小说研究 …… 209
　　第三节　勃朗特姐妹小说研究 …… 219
　　第四节　劳伦斯小说研究 …… 229
　　第五节　哈代小说研究 …… 240
　　第六节　伍尔夫小说研究 …… 249
　　第七节　约瑟夫·康拉德小说研究 …… 259
　　第八节　多丽丝·莱辛小说研究 …… 268
　　第九节　霍桑小说研究 …… 277
　　第十节　马克·吐温小说研究 …… 286
　　第十一节　海明威小说研究 …… 296
　　第十二节　福克纳小说研究 …… 309
　　第十三节　亨利·詹姆斯小说研究 …… 319
　　第十四节　索尔·贝娄小说研究 …… 327
　　第十五节　托妮·莫里森小说研究 …… 338
　　第十六节　乔伊斯小说研究 …… 347

第四章　其他各国小说研究 …… 360
　导言 …… 360
　　第一节　塞万提斯小说研究 …… 361
　　第二节　米兰·昆德拉小说研究 …… 372
　　第三节　马尔克斯小说研究 …… 381
　　第四节　博尔赫斯小说研究 …… 390
　　第五节　紫式部小说研究 …… 397
　　第六节　夏目漱石小说研究 …… 406
　　第七节　川端康成小说研究 …… 414
　　第八节　大江健三郎小说研究 …… 422
　　第九节　马哈福兹小说研究 …… 431

主要参考书目 …… 443
主要人名索引 …… 453

总 论

　　文学是语言的艺术,是文化的沉淀,是人类精神生活的宝库。研究外来的文学,既是语言的阐释,也是文化的交流和思想的对话。在中华民族走向现代化、中外文明相互交融这一世界发展总格局的进程中,外国文学研究发挥了越来越重要的作用。外国文学研究是我国学术和文化建设的一个重要组成部分,有助于中国在深层次上了解世界,吸纳世界文明的精华。新中国成立后,受到政治、社会、文化、经济等各种因素的影响,我国的外国文学研究走过了一条曲折坎坷的道路,但同时也取得了辉煌的成就。新中国60年外国文学研究既丰富多彩又错综复杂,伴随着对研究目的、地位、作用、性质、方法等诸多方面的探索与论争,在中国社会发展的各个阶段积累了很多经验,也留下不少教训。系统梳理与考察新中国60年来外国文学研究的发展历程,并在此基础上,对其进行中肯而深入的分析,一方面可对我国外国文学研究界60年所做的工作做一个整体观照,进行经验总结;另一方面可通过反思,发现存在的问题,提出解决的办法,为外国文学研究的发展指出方向,进而为我国的文化建设和社会主义核心价值体系的构建提供重要参考。基于以上思考,国家社科基金重大项目"新中国60年外国文学研究"坚持历史唯物主义观点,采用辩证方法,自2010年1月立项至2013年底的四年中实事求是地展开全面工作。[①] 本项目设以下八个子课题:(1)外国文学作品研究之考察与分析(下分"诗歌与戏剧研究"和"小说研究");(2)外国文学流派研究之考察与分析;(3)外国文学史研究之考察与分析;(4)外国文论研究之考察与分析;(5)外国文学翻译之考察与分析;(6)外国文学研究分类考察口述史;(7)外国文学研究数据库;(8)外国文学研究战略发展报告。本书共六卷七册,加上数据库与战略发展报告,构成了本项目的

[①] 同时立项的还有陈建华担任首席专家的同名项目,该项目分国别考察外国文学研究,本项目则对外国文学研究按种类进行专题考察;两个项目之间有所不同,一定程度上可以互补。

最终研究成果。

本项目首次将外国文学研究分成不同种类,每一种类又分专题或范畴,以新的方式探讨新中国成立后60年外国文学研究的思路、特征、方法、趋势和进程,对重要问题做出深度分析,从新的角度揭示外国文学研究的得失和演化规律,对未来的外国文学研究进行前瞻性思考,以求推进我国外国文学研究的学术史建构。

国内现有的相关研究成果大致分成以下三类。其一为发展报告类,如《中国高校哲学社会科学发展报告 1978—2008 文学卷》《新中国社会科学五十年》等。这些成果提供了不少重要信息和资料,但关于外国文学研究的部分篇幅有限,留下了进一步研究的空间。四川外国语大学组织编写出版了 2006—2009 年度的《外国语言文学及相关学科发展报告》(王鲁南主编),其主要目的是收集信息、提供资料。其二为年鉴类和学术影响力报告类,如《北京社会科学年鉴》(2000—)、《中国学术年鉴》(人文社科版,2005—)、《中国人文社会科学学术影响力报告 2000—2004》等。其重点在于介绍影响力较大的代表性成果或获奖成果,其中有关外国文学的部分篇幅不多,仅涵盖少量突出成果,且一般是从新世纪开始编写出版的。其三为学术史类,如龚翰熊的20世纪中国人文科学学术研究史丛书文学专辑《西方文学研究》(2005)、王向远的《东方各国文学在中国——译介与研究史述论》(2001)、陈众议主编的《当代中国外国文学研究(1949—2009)》(2011)等,这些史论性著作资料丰富,有很好的历史维度,但均按传统的国别和语种对外国文学研究进行考察,没有对其进行区分种类的专题探讨。近年来还出版了一些颇有价值的外国作家或作品的批评史研究专著,不过考察的主要是国外的研究成果。

新中国60年的外国文学研究以1978年十一届三中全会为界可大致分成前30年和后30年两个大的时间段。前30年又可分为前17年[①]和"文化大革命"两个时期;后30年也可进一步细分为改革开放初期,80年代中后期到90年代末,以及新世纪以来等三个时期[②]。这些不同时期外国文学研究的指导思想、范围、模式、角度、焦点等都有不同程度的变化,与社会变迁也产生了不同形式和特点的互动。

本套书前五卷的撰写者以分类研究为经,历史分期研究为纬,在经纬交织中对五个不同种类的外国文学研究展开系统深入的专题考察,探讨特定社会语境下相关论题的内容、方法、特征、热点和争议。纵向研究提供了每一类别(以

[①] 就前17年而言,1957年"反右"运动前后以及1962年中共中央批转《关于当前文学艺术工作若干问题的意见》前后也有所不同。

[②] 我们没有要求一定要这样来细分后30年,撰写专家根据考察对象的实际情况进行了不同的细分。

及各类别中每一专题的研究)在不同历史时期的不同表现和发展脉络;横向研究则展示了同一时期各个类别(以及其中不同专题的研究)之间的相互关联和相互影响。第六卷为外国文学研究口述史,受访学者是上述五个分类范围某一领域或多个领域的代表性资深专家。这一卷实录的生动的历史信息可与前面五卷的各类专项探讨互为补充、交叉印证。如果读者在前面五卷专著中读到了对某位学者某方面研究的探讨,想进一步了解该学者和其研究,就可以阅读第六卷中对该学者的访谈。

这样的分类探讨不仅有助于揭示每一个类别外国文学研究的范围、热点、特点、方法和得失,而且可以从新的角度达到对60年发展脉络和演化规律的整体把握和深刻认识,推进我国外国文学研究的学术史建构。本套书在撰写过程中,有七十余篇阶段性成果公开发表,其中五十余篇发表在《外国文学评论》《国外文学》《外国文学》《外国文学研究》《当代外国文学》《中国比较文学》《中国翻译》等 CSSCI 检索的核心期刊以及国际权威期刊 *Milton Quarterly* 上,也有论文被《新华文摘》和《人大复印资料》转载;《北京大学学报》(哲社版)和《浙江大学学报》(哲社版,先后推出三期)等开辟专栏,集中刊登本项目的阶段性研究成果。这从一个侧面体现出本套书分类考察的研究价值、研究意义和研究深度。

新中国60年外国文学研究涉及面很广,尽管采取了分类探讨的方法来限定各卷考察的范围,但考察对象依然非常繁杂,如何加以合理选择是保证研究成功的一个重要前提。第一卷作品研究子课题组在广泛收集已有研究成果的基础上,重点考虑国内的关注度、影响力、代表性、研究嬗变等多种因素,在征求专家意见的前提下最终选择了 27 位外国诗人和戏剧家的作品和 42 位外国小说家的作品分别作为第一卷上册和下册的专题考察对象。① 第二卷是我国第一部专门探讨外国文学流派研究的专著。为了突出重点,该卷以世纪为中轴组篇,每部分均以"总况"开始,概述相关范畴流派研究的全貌,然后对重要流派进行较为细致深入的专题考察,着重剖析涉及热门话题的代表性论文和著作。鉴于文学流派与特定时代的哲学、政治、文化、社会思想等有着密切关联,因而该卷的探讨在某种程度上也具有思想史研究的意义,可以帮助研究者更好地了解新中国外国文学流派乃至整个外国文学研究的思想语境。第三卷是我国第一部专门探讨外国文学史研究的专著,有利于更好地看到文学史研究的特点和发展规律。该卷在对外国文学史著作全面梳理研讨的基础上,对外国文学史的重要学者和优秀成果进行专题探讨,深入分析各个时期的写作特点和一些重要问

---

① 不少作家既创作小说,也创作诗歌和/或戏剧,但往往一个体裁的创作较为突出,也更多地受到新中国学术界的关注,因此被选作第一卷上册或者下册的考察对象。但也有作家不止一个体裁的创作成就突出,也同时受到我国学者的较多关注,因此被同时选为第一卷上册和下册的考察对象。

题。第四卷"外国文论研究"在总结历史经验、提供翔实材料的基础上,侧重新中国各历史时期文论研究重点关注的问题,对一些重要的理论、理论家和理论流派的研究加以专题考察和深度剖析,并以此来把握外国文论研究在我国的整体状况。这种以问题统帅全局的篇章结构,试图为新中国60年的研究成果整理出一个整体思想框架,以便读者更好地理解各种理论流派和理论家之间的内在联系和发展传承。第五卷"外国文学译介研究"借鉴译介学的视角,着力考察新中国政治、文化、学术语境中外国文学的翻译选择、翻译策略、翻译特点和读者接受,揭示外国文学翻译的发展脉络和发展规律。该卷将宏观把握与微观剖析相结合,在考察十余个语种翻译状况的基础上,在我国率先对外国文学史、外国文论、外国通俗文学的译介和文学翻译期刊的独特作用等进行专题探讨,并对经典作品的复译、通俗文学的翻译等热点问题进行深入分析。本套书开拓性地将文献考察与实地调研相结合。第六卷是我国第一部外国文学研究口述史,观念上和方法上具有创新性。该卷旨在通过直接访谈的形式来抢救和保留记忆,透过个体经验和视角探寻新中国学者走过的道路,进而多层面反映外国文学学科的发展历程及其与社会变迁互动的状况。这一卷实录的个体治学经验、对过往研究的反思和未来发展的建议是对前面五卷学术研究专著生动而有益的补充。为了更全面地反映新中国外国文学研究的面貌,还采访了主要从事教学、出版和比较文学研究的学者。

应邀参与各卷撰写的都是各相关领域学有所长的专家,不仅有学识渊博的资深学者,也有学术造诣精湛的中青年才俊,均具有相当好的国际视野。全体撰稿者严谨踏实的学风、精益求精的精神和通力协作的态度是本套书顺利完稿的保证。

总体而言,本套书具有以下特点:

一、重问题意识和分析深度 对外国文学研究进行分类专题考察,主要目的之一是力求摆脱以往的学术史研究偏重资料收集、缺乏分析深度的局限,做到不仅资料丰富,而且有较为深入的分析判断,以帮助提高学术史研究的水平。本套书注重问题意识,力求在对相关专题进行全面考察的基础上,以点带面,提炼重大问题,分析外国文学研究的局部和整体得失,做出中肯的判断和深入的反思,为今后的研究提供鉴照和参考。

二、重社会历史语境 密切关注国内及国外社会历史语境和外国文学研究的互动,挖掘影响不同种类外国文学研究的政治、社会、文化、学术、经济、国际关系等原因,揭示出影响新中国外国文学研究的深层因素,同时也关注外国文学研究对中国文学、文化和社会等方面所产生的影响。在作品研究卷的上、下两册中,每一个专题都按历史阶段分节,以便在共时轴上很好地展示不同作品的研究在同样社会环境制约下形成的共性,以及在历时轴上显示不同作品的研究随大环境变化而变化的类似特点,从而凸现文学研究与社会变迁的互动。与此同时,由于研究对象、研究者、研究方法、所涉及的社会环境因素等存在着差异,新中国对不同作品的研究也具有不同之处,这也是评析的一个重点。

三、重与国外研究的平行比较 引入国外相关研究作为参照,在更广阔的学术视野下探讨国内学者对相关问题的研究所处的层次,通过比较对照突显国内研究的特点、长处和不足之处。这样做不仅有利于提高分析的深度,在与国外研究的比较中,还能凸现新中国的学术研究与社会文化语境的密切关联。在外国受重视的作者,在我国的社会文化语境中有可能被忽视,反之亦然。文学研究方法也是如此。与国外研究相比较,还有利于揭示新中国的研究与对象国的研究在各自社会文化语境中的不同发展进程。

四、重跨学科研究 具有较强的跨学科性质,注重考察外国文学研究与哲学、语言学、比较文学、历史学、心理学、社会学、宗教学等学科的关联。

五、重前瞻与未来发展 在对新中国成立前的研究进行回顾并全面系统探讨新中国60年研究经验和教训的基础上,找出和反思目前存在的问题,对如何解决这些问题提出对策,对未来的研究方法和研究方向提出建议。这对我国外国文学研究的发展和文化建设、精神文明建设均有重要参考价值。

通过对新中国60年的外国文学研究进行分类考察和深度评析,总结经验与教训,并在此基础上进行前瞻性思考,本套书力求从新的角度解答以下问题:(1)各个种类的外国文学研究在不同时期具有哪些不同特征、哪些得失,呈现出什么样的发展规律?不同种类的研究之间有什么样的互动关系?(2)哪些外部和内部因素决定了新中国成立以来外国文学学科走过的道路?(3)新中国60年的社会文化发展历程如何在外国文学学科发展中得到反映?(4)新中国成立以来外国文学研究与其他人文、社会学科之间存在哪些互动关系?(5)我国外国文学研究目前存在什么问题,如何解决这些问题?(6)怎样避免我国外国文学研究对对象国研究话语和方法的盲从?怎样提高自主意识和创新意识?怎样更好更快地赶超国际前沿水平?(7)外国文学研究的经验与教训如何为未来的社会主义文化建设提供依据和参考?外国文学学科如何更好地服务于我国的文化建设和精神文明建设?

下面就本套书的编写做几点说明:

1. 从国内学科的布局和现状来讲,外国文学研究可以分为东方文学研究和西方文学研究两大块。新中国成立后的60年间(其实新中国成立前也是如此),西方强,东方弱,西方文学研究的总量大大超出东方文学研究的总量,因此本套丛书中对西方文学研究的考察所占比例要大得多。

2. 本项目的任务是考察新中国的外国文学研究,因此港澳台同行的研究成果没有纳入考察范围。

3. 本项目2010年1月正式立项，有的研究完稿于2010年，考察时间截止到2009年。但有的研究2013年才完稿，因此兼顾到外国文学研究近两年的新发展，对此我们予以保留。

4. 新中国60年以及此前的相关研究著作和论文数量甚多，而丛书篇幅有限（作品研究卷的篇幅尤其紧张），对考察范围的研究资料需加以取舍。专著的撰稿者聚焦于新中国60年来出版发表的相关研究专著和期刊论文（新中国成立前和新中国成立初期的考察对象包括报纸文章）。[①] 需要说明的是，除了本套六卷七册书提供的翔实资料和信息外，本项目的第八个子课题"外国文学研究数据库"也系统全面地提供了丰富的资料。[②] 数据库采取板块形式，搜集新中国60年外国文学研究的各方面资料，包括研究成果类信息（含专著和论文）、翻译成果类信息、研究机构类信息、研究人物类信息、研究刊物类信息、研究项目类信息（国家社科基金等基金的立项情况）和奖项类信息。对新中国60年外国文学研究资料信息感兴趣者，还可以登录本项目数据库网址进行查询（http://sfl.net.pku.edu.cn:8081/）。

5. 因篇幅所限，书中的文献信息只能尽量从简。在中国期刊网、国家图书馆网站和本项目数据库中，只要给出作者名、篇目名和发表年度，就可以很方便地查到所引专著和论文的所有信息。本套书中有的引用仅给出作者名、篇名和发表年度。

本研究能够顺利完成，得益于各子课题负责人的认真负责和通力协作，也得益于全体参与者的大力支持和无私奉献，对此我们感怀于心。本课题在立项和研究过程中曾得到众多专家学者的指导和帮助，在此深表感谢；特别要感谢陈众议、吴元迈、盛宁、陆建德、戴炜栋、刘象愚、张中载、张建华、刘建军、罗国祥、吴岳添、严绍璗等先生的帮助。需要特别说明的是，本项目的研究，不仅得到国家社科基金的资助，也得到北京大学主管文科的校领导、北京大学社会科学部和北京大学外国语学院的极力支持和多方帮助，对此我们十分感激。感谢北京大学出版社对本套丛书的出版立项，尤其感谢张冰主任为本套丛书付出诸多辛劳。

由于这套丛书时间跨度大，涉及面广，难免考虑欠周，比例失当，挂一漏万。书中的诸多不足和错谬之处，恳请各位专家和读者批评指正。

[①] 博士论文往往以专著形式出版，重要部分也往往以期刊论文形式发表。
[②] 本项目的战略发展报告中也有不少资料信息。

绪 论

本书是国家社科基金重大项目"新中国外国文学研究60年"中的子课题"外国作品研究之考察与分析"中"外国小说研究"的成果。本课题研究的根本目的,是考察与分析新中国60年我国学者对外国小说的研究范围、研究焦点、研究角度、研究方法、研究进程以及对其产生影响的各种因素,总结研究的得失,找出现存的问题,提出解决的对策和指出未来努力的方向。

总体说来,课题的研究工作分三个步骤展开。第一步是全面搜集近60年来进入中国学者研究视野的作家创作,论文搜集范围除学术刊物、文学类期刊、高校学报以外,还包括影响力广泛的《人民日报》《光明日报》《文艺报》《文学报》《读书》等报刊;专著以中国国家图书馆馆藏文献为主要依据。这项工作历时三个月左右。充分掌握的第一手资料为最终选择专章作家打下了扎实的基础,最大限度地避免了先入为主的印象影响。从掌握的资料来看,进入我国学者研究视野的外国小说家有两百多人,在不同时期得到较多关注的有一百二十多人。

从研究方法、关注焦点、研究的多样性和研究水平来看,在新中国60年的外国文学研究中不难发现其较为清晰的发展脉络。新中国成立后到"文化大革命"前是一个阶段,包括外国文学在内的整个文学研究遵循的是马列主义的辩证唯物主义、历史唯物主义思想性原则和党性原则,坚持政治标准第一、艺术标准第二。在这样的原则指引下批判现实主义和社会主义现实主义小说排他性地占据着文学批评的舞台,其重要的研究目的是更好地认清封建残余和资本主义的丑恶面目,更好地为建设美好的社会主义明天服务。不管是研究哪个国家的批判现实主义小说,得出的结论基本上大同小异:一方面,小说家对黑暗现实的揭露与批判具有进步意义;而另一方面,由于作家的阶级立场和世界观不正确,所以在反映现实的同时具有消极性、落后性甚至反动性。由于忽视作品的艺术特色研究,作家创作的个性特点从总体上说比较模糊。

十年动乱期间是一个文化断层,学术研究处于全面停顿状态。"文化大革命"结束后存在一个过渡期,在主题思想研究方面传统的思维模式依然在发挥着作用,但艺术特色研究开始受到重视。从收入本卷的作家研究来看,总体而言,20世纪80年代中期的思想解放运动可以被看做分水岭,为新中国的外国文学研究划出了一条更为清晰可辨的界线。如我们所说,之前见诸文字的多是现实主义小说家,尤其是批判现实主义或被归于批判现实主义之列的小说家以及被归入社会主义现实主义之列的小说家,形成一定研究规模的小说家人数不多,基本维持在二三十位,俄苏的列夫·托尔斯泰、陀思妥耶夫斯基、果戈理、屠格涅夫、契诃夫、高尔基、萧洛霍夫、尼·奥斯特洛夫斯基、法捷耶夫、艾特玛托夫,法国的巴尔扎克、雨果、莫泊桑、福楼拜、司汤达、左拉、罗曼·罗兰,奥地利的茨威格,英国的狄更斯、奥斯丁、哈代,美国的马克·吐温、海明威、欧·亨利、杰克·伦敦,西班牙的塞万提斯,捷克斯洛伐克的伏契克,日本的小林多喜二、井上靖,这些小说家出现的频率相对高一些,而且多数评述集中在1978年之后。论文多为主题研究,艺术性观照相对少一些,其中也不乏介绍性、纪念性文章。自80年代中期开始,尤其是到了80年代末,研究的范围急剧扩大,深层次的研究不断问世,现实主义小说家的数量得到进一步扩充,之前几乎沉默的现代派作家和非传统意义上的现实主义作家浮出水面,得到越来越多的关注。这其中包括苏联作家帕斯捷尔纳克、布尔加科夫,法国作家普鲁斯特、加缪、萨特、杜拉斯,奥地利作家卡夫卡,德国作家格拉斯,英国作家勃朗特姐妹、劳伦斯、伍尔夫、康拉德、多丽丝·莱辛,美国作家福克纳、亨利·詹姆斯、索尔·贝娄、麦尔维尔、托妮·莫里森、爱丽丝·沃克、厄普代克、赛珍珠、俄裔美籍作家纳博科夫和两位华裔美国女作家汤亭亭、谭恩美,爱尔兰作家乔伊斯,后来加入法国国籍的捷克斯洛伐克作家米兰·昆德拉,阿根廷作家博尔赫斯,哥伦比亚作家马尔克斯,日本作家紫式部、夏目漱石、川端康成、大江健三郎和村上春树。这一时期的研究不仅论文数量可观,而且专著频出。

  展开课题工作的第二步就是对专章作家的选择。我们对外国小说家研究的考察与分析并不求面面俱到,但却应该做到重点突出,具有代表性,并且考察的结果应该看出研究的演变及其影响因素。所以,虽然60年来我国学者的关注面不可谓不广,专章作家的选择着实艰难,但在多方征求各领域专家的基础上,在尊重事实的同时兼顾流派和区域性,最终选择的作家充分考虑了多方因素,应该是经得起推敲的。

  首先,在整个60年里始终处于关注焦点的小说家基本都收入了考察之列。这部分作家的研究被列入名单本属必然,但更为重要的是,通过对这些研究的考察能很好地发现研究角度、研究方法、关注焦点等在不同时期的特点和变化。其次,考察的对象是在世界范围内影响巨大并且后30年里也在不同层次上受到我国学者关注的作家。这部分作家包括普鲁斯特、加缪、卡夫卡、托马斯·

曼、帕斯捷尔纳克、布尔加科夫、伍尔夫、康拉德、劳伦斯、多丽丝·莱辛、亨利·詹姆斯、索尔·贝娄、托妮·莫里森、乔伊斯、米兰·昆德拉。第三，从总体研究情况看，俄苏、欧美作家的研究几乎占有压倒性比重，其他地区小说家的研究相对而言规模要小得多，构成一定规模的研究在时间上也晚得多。成就斐然的日本文学就是一个典型的例子。如同本课题的研究专家所指出的那样，虽然我国对日本文学的译介和评论在五四运动后进入一个高峰期，但很快国人的兴趣点就集中到日本的无产阶级革命文学上了，这种情形一直持续到70年代末、80年代初期甚至中期。在此之前日本的一些非无产阶级作家见诸文字的时候不是以"反动作家"就是以"资产阶级作家"的面目出现，被片面解读的情况比较严重。[①] 拉丁美洲作家的研究情形与此类似，80年代之前受到较多关注的是那些被认为政治立场正确或对华态度友好、以创作为刀枪争取民族独立的进步作家，比如巴西共产党人亚马多，古巴民族英雄何塞·马蒂，中国人民的老朋友、智利共产党人聂鲁达。至于在国际上得到极高评价的马尔克斯和博尔赫斯，因为政治身份可疑或是对其政治立场不了解，研究寥寥，而且同样多误读或片面解读。日本文学之外的东方文学几乎是一片空白，或是零散，不成规模。有专家指出，这其中影响最大的因素是"西方—欧洲中心论"，此外与人才匮乏有关[②]：多年以来大学中小语种的课程设置多在于语言学习，很少设置文学类课程。与此相关，文学作品的翻译自然就出了问题，数量少不说，而且问世的时间比较晚。这种情形自80年代初开始得到了改观，东方文学的研究队伍开始形成并日益壮大，包括论文和专著的研究成果不断问世。为了反映新中国外国文学研究的全貌，我们专门选择了日本的夏目漱石、川端康成和大江健三郎，哥伦比亚的马尔克斯，阿根廷的博尔赫斯，埃及的马哈福兹进行考察分析。虽然就研究成果的数量而言，这些小说家都不占优势，但从这种不占优势中和研究角度的前后变化中更能发现我们研究的倾向性、影响因素以及与国际学术界的差距。

对每位专章作家的选择依据将在本卷四章的"导言"中给出更为详细的说明。

课题的第三步是聘请专家撰写专章作家研究状况。我们聘请的学者基本上都是各自领域卓有建树的研究者，不仅长期关注各自的研究对象，对自身的研究对象熟悉，而且在研究方法、研究角度等方面各有心得。我们的课题在进行的过程中思路做了一定程度的调整，比如增加新中国成立前研究的简要回顾，以期更好地总结新中国成立后，尤其是新中国成立后前30年外国文学研究

---

① 参阅本卷"夏目漱石小说研究""川端康成小说研究"。
② 参阅本卷"马哈福兹小说研究"。

的偏颇和不足及其影响因素;再比如,要求在对每位作家的研究进行全方位综合评述的基础上增加学术性和研究性思考,适当比较中国研究与国际研究的差距,以期在今后的研究中取长补短,在国际学术领域发出中国学者独立的声音。这些宝贵的意见很多都是参与课题研究的专家提出来的。

国人自觉地、有意识地介绍和大批引入外国作家的创作始于20世纪初期,本着"他山之石可以攻玉"的宗旨,时至今日已经一个多世纪了。

本课题历时三年多的研究表明,新中国的外国文学研究,尤其是前30年在很大程度上继承的正是五四新文化运动的衣钵,具体而言,五四时期对外国作家作品的取舍、接受和评述角度等在新中国成立后的三十多年的时间段内依旧占据主导,这是因为五四运动与新中国的历史发展具有连续性的缘故,而且五四时期和新中国成立后对外国文学的诉求是一脉相承的。这也正是本课题适当考察新中国成立前状况的原因。我们本项研究虽名为"新中国60年的外国小说研究之考察与分析",但在对每位小说家60年的研究进行考察与分析之前都简要回顾了中国引入、评述该作家的历史和主要观点,加入这部分的内容并非一开始就决定的。但在具体考察新中国的外国作家,尤其是较早进入国人视野的作家的研究状况时,我们的专家几乎都不约而同地发现,新中国成立初的外国作家研究、研究角度、研究方法等除受到苏联相关领域研究的影响之外,我国五四新文化运动时期的文化名人,比如鲁迅、茅盾、陈独秀、郭沫若、瞿秋白、郑振铎等人的观点屡屡出现,被作为定论加以引用,或出现在文章开头作为展开评论的引子,或出现在文章最后作为自身研究结论的证明。因此,为更深入地考察新中国60年外国小说家的研究脉络、研究视角的演变及其形成原因,新中国成立前的接受状况自然而然地被纳入考察视野。

19世纪后半期的洋务运动虽然以失败告终,但伴随该运动"师夷长技以自强"的动机,数百年的闭关锁国状态还是受到了冲击,国门终归还是开了一条缝。京师同文馆的设立、派遣童生或青年人出国留学以及极少一部分人有机会通过其他途径接触和感受外国文化为我国造就了第一批外语人才。设立同文馆、派遣留学生这两项官方举措虽旨在学习西方的先进科学技术、现代企业管理制度、为经济上的富国强国培养人才,但走出国门的青少年学成归来带回的不仅是先进的西方"长技",而且中国士大夫精神中修身齐家治国平天下的核心价值追求以及天下兴亡匹夫有责的使命感使得部分有机会接触西方文化的青年学者的视野不仅仅局限于科学技术,更兼顾人文科学领域的知识。20世纪初外国文学进入国人视野就是在这样的历史大背景下展开的。

笼统而言,新中国成立前对外国文学的集中观照是在五四新文化运动前后。这一时期的新文化人多秉承着通过教育启蒙民众的理念介绍和关注外国文学,其宗旨在于改造国民的劣根性,如同小说家专章作者共同指出的那样,五四新文化人对外国小说家的取舍和评价角度与时代的需求密不可分。两次鸦片战争和甲午战争失败后签订的一系列丧权辱国条约激发了国民的自觉意识,反帝制、反封建礼教成为该时期思想界的主流声音,新文化人怀着为反帝、反封建服务的初衷有意识地介绍并引入了一大批符合该需求的外国小说家的创作。在随后的抗战时期,得到重视的也多是契合斗争需求、从精神上鼓舞士气的小说。由此则不难理解,新中国成立前在对外国小说家的选择上,现实主义、批判现实主义作家如果不能绝对地说是排他性入选的小说家,那也是占绝对优势的。而且有影响的评述多着眼于外国文学的人道主义精神、对"被侮辱、被迫害"的人的同情以及主人公积极向上的奋斗精神。比如,对塞万提斯《堂吉诃德》的认识就是一个典型的例子:二三十年代主要关注主人公"积极的"理想主义和小说"明显的人道主义",抗战时期发掘的是堂吉诃德"为大众去冒险"的榜样力量,亦即新中国成立前的评述主要集中在如何评价主人公及其精神实质,很少涉及小说丰富的艺术性和审美特质。50年代开始的《堂吉诃德》评论对接的正是之前的认识,只是对主人公的评价更多负面色彩,更片面,也更武断,甚至可笑。①

新中国成立前的外国现代派小说家在外国文学研究领域几乎空缺,偶有提及也是语焉不详,多与实际不符。比如对卡夫卡的认识:沈雁冰20年代提到卡夫卡的时候说他是"抒情诗家""现代派戏曲的创始人",30年代的两篇小文中"多有不实之词""语焉不详",这种情形一直持续到70年代末、80年代初。在新中国成立后的前30年卡夫卡的评论文章只有区区一篇,而且作为"彻头彻尾的颓废作家","在反对现代资产阶级文学、反对现代修正主义文学的斗争中,彻底批判卡夫卡是一项重要的课题"。唯一的一部卡夫卡小说集也是作为"反面教材""供内部参考"的。② 这从一个侧面印证了外国现代派作家因为不能直接地为反帝反封建效力、为社会主义建设效力而被排除在视野之外的原因。卡夫卡可以被看成是外国现代派作家长期以来在中国命运的一个缩影。

必须指出的是,新中国成立前,尤其是五四运动前后的外国文学评述虽具有一定的倾向性,但评述的灵活性和自主性还是比较强的,这与当时文化人的深厚学养有关,其中不乏真知灼见,某些观点和认识时至今日依然有价值。比如在对陀思妥耶夫斯基小说的认识上周作人、郑振铎、田汉、茅盾等都颇有见地,认识最深刻的当属鲁迅,他对陀氏最入木三分的评价是陀氏"把小说中的男男女女,放在万难忍受的境遇里,来试炼他们,不但剥去了表面的洁白,拷问出藏在底下的罪恶,而且还要拷问出藏在那罪恶之下的真正的洁白来";他"残酷

---

① 参阅本卷"塞万提斯小说研究"。
② 参阅本卷"卡夫卡小说研究"。

到了冷静的文章""显示着灵魂的深……使人受了精神底苦刑而得到创伤,又即从这得伤和养伤和愈合中,得到苦的涤除,而上了苏生的路"。正因为陀氏"处理的是人的全灵魂",而"在甚深的灵魂中,无所谓'残酷',更无所谓慈悲"。这算是对"残酷天才""恶毒天才"陀思妥耶夫斯基的一种辩护吧。鲁迅对陀氏的这几段评述文字在新中国成立后,主要是开始进行艺术特色研究的 70 年代末和 80 年代初的论述中被引用得最多,尤其是对陀氏主人公作心理分析时几乎是必不可少的论据。鲁迅对陀氏宗教态度的认识也深刻影响着 80 年代前后我国学者对陀氏宗教观的评价,但与该时期国人总体上对宗教持否定态度有关,对陀氏创作中反映的宗教观几乎是众口一词地予以否定。如果说对鲁迅来说,由于"在中国没有俄国的基督",所以"不熟悉",但陀氏的宗教忍从"恐怕也还是虚伪",这种认识还算是比较契合国人对基督教的总体认识,为如何理解陀氏(也包括其他宗教意识浓厚的外国作家)的宗教观留下了进一步阐发的余地,则受鲁迅影响的新中国前 30 年的论者几乎全都不留余地,谈到陀氏的宗教思想时就像约好了似的,都要在文章开头或结尾加上诸如该作家"艺术上伟大,思想上消极或反动并因而作品存在软弱之处和局限性"的类似表述。如果说改革开放之前宗教领域是禁区,宗教是"麻痹人民的鸦片",必须予以批判,则到了 90 年代,许多欧美文学学者早已经在比较深的层次上剖析文学作品与宗教的关系了,而陀氏研究的某些文章却依然固守着这样的认识,那不能不说在很大程度上受的是鲁迅著名论断的影响。

我们前面已经说过,80 年代中期可以被视为新中国外国文学研究的分水岭。之前的研究多属意识形态研究和社会历史批评,绝大多数论者首先重视的是作家政治上正确与否,受关注的作家也多是政治正确或被认为政治正确或认为某些观点反动因而必须予以批判的作家。我们列举的陀思妥耶夫斯基研究如此,其他国家小说家的研究也大致如此。比如 80 年代中期之前为数不多的马尔克斯研究多"注重对马尔克斯小说进步思想的发掘与认定,充分肯定《百年孤独》《家长的没落》等小说的'反帝国主义和反封建的积极意义',指出其'揭露独裁者的面目,反对帝国主义侵略,抨击时政的流弊'的进步性。对于马尔克斯小说的创作手法与艺术特征,研究者则多用传统现实主义理论的评价标尺去作定位与讨论"①。再比如 70 年代末才开始得到一定程度研究的日本作家川端康成,"在 80 年代初期,把文学当作阶级斗争的工具,过度强调文学的人民性和党性的观点依然存在。表现在川端文学研究领域,即是简单乃至武断地以社会批评的方法加以评判,有些论文甚至局限于道德评价或阶级划分而做出全面否定的价值判断……此类观点在 80 年代前期的川端康成小说研究领域仍占有相当

---

① 参阅本卷"马尔克斯小说研究"。

比例"①。

80年代中期之前的外国文学研究中另类的声音不是没有,但却形不成系统,构不成规模,而且这样的声音要么小心翼翼地冠以"散论"的名义以遮人耳目,要么以笔名问世,如此小心的声音也大多会随后招致正统论者的批判和质疑。

80年代中期之后的外国小说研究真正进入了繁荣期,学术自由的精神逐步深入人心,表现在学术研究领域可谓是百花齐放、百家争鸣。这与80年代中期弗洛伊德等人的心理分析学说和90年代各种外国文艺理论被介绍并引入中国有关,比如形式主义理论、叙事学理论、巴赫金复调和狂欢化诗学理论、原型批评等,由此使80年代中期之后的小说研究学理性得到大大加强,各国小说家创作的艺术性和审美价值得到多元化的深度挖掘。张中载对八九十年代哈代研究焕发生机的原因分析适用于80年代中期之后我国学者对整个外国小说的研究变化:"思想解放的内因以及国外引进的批评理论的外因聚汇,造就了一个崭新的学术批评环境。"②新时期的社会历史批评依然是我国学者钟情的领域,但与之前相比摆脱了简化和教条化,向纵深挺进,多数学者皆不同程度地对研究对象不同特点的产生、赖以存在的文化背景进行了深入分析,研究的重点不再是描述"然",更在于挖掘"所以然"。重读经典作品、重新认识经典作家构成研究热点。现代派小说家或非传统的现实主义小说家成为研究的另一个热点,很多研究不仅是填补空白之作,而且具有很高的学术价值。

总的来说,80年代中期之后,尤其是最近十几年的外国小说研究成绩值得肯定,与国际学术界的距离在缩小,甚至在某些方面有了中国学者独立的声音,体现了中国学者的研究特色。

不过,随着各种西方文艺理论的引入,运用适当的理论解读作家创作的确可以有许多新颖的发现,但与此同时这类研究在某些研究者的论著中也暴露出一些问题。或许与消化不良有关,与努力另辟蹊径、意图重新阐释小说家的创作有关,与跟风式研究应该也有关系,因此,有意识运用理论的研究中对理论断章取义者有之,生搬硬套者有之,削足适履者也有之。这种情形几乎是新中国成立后前30年研究中多数学者运用马恩列斯文艺论的别样翻版,都存在对引用论述的误读或断章取义的曲解,都是某种程度上对理论急就章式的运用。这是今后的研究需要特别注意的问题。我们知道,一种理论再好,也并非是放之四海而皆准的,运用理论武器开掘文学作品隐藏意义的前提和必备条件是充分地、全面地、系统地掌握它,这种掌握不仅限于对理论本身的认识,同时包括对

---

① 参阅本卷"川端康成小说研究"。
② 参阅本卷"哈代小说研究"。

理论创造者本身、理论产生背景等全方位的认识，只有在此基础之上才能够做到知己知彼，扬长避短；其次，在文艺理论指导下解读文学作品固然重要，借此可以更多彰显文学作品的思想和艺术魅力，但与此同时我们应该清楚，文学的重要本质之一是人学，文学作品是以人为核心的，因此作为外国文学研究者，发掘不同国度、不同民族、不同文化背景下文学创作的独特思想和艺术价值以及文学作品中具体人物的思想轨迹、思考方式、行为特点及其所遵循的内在逻辑更是我们应该完成的任务，做到这一点的重要条件是潜下心来积累研究对象得以产生及其构成特点的文化背景知识，在特定的文化语境中透过现象洞察本质，否则很容易流于表面。

纵观迄今为止的外国小说研究，比较普遍存在的另一个问题是对作家创作的研究还不能说都具有足够的全面性和代表性，与此同时低水平的重复研究却触目惊心。以俄苏小说家为例，对列夫·托尔斯泰的研究多集中在《安娜·卡列尼娜》《战争与和平》和《复活》三部长篇小说上，对陀思妥耶夫斯基的关注主要是他的《罪与罚》和《卡拉马佐夫兄弟》，屠格涅夫最受推崇的是他的长篇小说，可实际上，更能体现屠氏神秘主义气质特点的是他的中短篇小说，而这方面的研究迄今为止却非常不够；至于高尔基，高尔基学专家汪介之认为是其最具代表性的《克里姆·萨姆金的一生》的研究者却寥寥……第一位获得诺贝尔文学奖、艺术性和思想性并重的俄罗斯作家布宁几乎莫名其妙地受到了冷落，可以查到的包括介绍性文字在内的文章不过三十几篇。另一位非常重要的小说家列斯科夫更受冷落。20世纪20年代移居英国的俄国文学评论家斯维亚托波尔克-米尔斯基在他问世于1926年的《古代至1925年的俄罗斯文学》中谈到列斯科夫的创作时做过如下描述：想要了解俄国更多一些的人应该清楚，陀思妥耶夫斯基和契诃夫的书中表现的不是整个俄国，列斯科夫笔下的俄国才是原汁原味、未受西方文明浸染的俄国。换句话说，陀思妥耶夫斯基、契诃夫等作家表现的主要是知识分子眼中的俄国，正因为此，有了列斯科夫，我们对俄国的认识才算完整。

其他国家的小说家研究也不同程度地存在类似的问题。因此，在今后的研究中进一步开阔视野、扩大研究范围、加强深度分析、填补研究空白是工作的努力方向。

作为社科重大项目中的一个子课题，本书的研究自始至终得到总主编申丹教授和王邦维教授的大力支持。申丹教授对作品研究中的几乎所有文稿都进行了全面审定，提出具体的修改意见，并一一做出下一步的工作指导，对此我们感到由衷的钦佩和感谢，整个项目，她付出了太多的心血。在阅读各位专家的专题研究稿件的过程中，我们学到了很多也收获了很多，这里也特别要感谢支持我们这个项目的各位专家学者，尤其是较早提交稿件为专题考察做出样板的作者。一些专家作者不辞辛苦,对稿件做了多次的反复修改,我们在此对他们的支持一并表示衷心的感谢。

  新中国成立60年来,我国的外国小说作品的研究涉及面十分广泛,内容繁多,形式多样。尤其是改革开放30年以来,外国小说的研究更是呈现出多元多样、极为复杂的形态,因而,要充分而全面地分析考察这方面的研究实属一项艰难的工作。本项研究力争将这项考察做到尽善尽美,但因为涉及面广而难度大,且我们的能力有限,难免挂一漏万,并存在一定的缺憾,在此恳请各位专家和读者批评指正。

第一章
俄苏小说研究

导 言

　　由于特殊的历史原因,俄苏小说对中国读者的影响一直很大,不少中国小说家也承认其创作借鉴了很多俄苏小说家的写作经验,这种借鉴不仅有艺术层面的,也有主题思想方面的,中俄共有的文以载道的传统是该影响形成的内在基础。与此相关,新中国60年的俄苏小说研究中比较和影响探讨占据了不小的比例,比如探讨鲁迅、郁达夫、张贤亮等与果戈理和陀思妥耶夫斯基的关系,探讨巴金、茅盾、曹禺、路遥、张承志等与托尔斯泰的关联,等等。与中国的国情有关,中国学者的研究重点是现实主义小说,尤其是批判现实主义小说。本册收入的果戈理、屠格涅夫、陀思妥耶夫斯基、契诃夫、列夫·托尔斯泰、高尔基从20世纪初,尤其是五四运动前后作为"为被压迫者呼号的作家"被译介到中国以来,一直都受到读者和学者高度的关注。萧洛霍夫自30年代进入国人视野以来,也一直是追捧的对象。新中国成立60年来的研究成果表明,80年代以前的研究采用的多是辩证唯物主义和历史唯物主义的原则,而且基本上多是主题研究,关注艺术特色的研究者很少。这与我们判断文学的标准是"政治第一、艺术第二"、首先强调作品的思想性有关。总的来说,从80年代,特别是80年代中期开始,随着思想解放运动的开展和逐步深入,学术研究更趋自由、开放,引入了各种西方文艺批评理论,我们的研究视野扩大了,角度增多了,研究范围也广了,之前或因为思想内容或因为非现实主义而受到冷落的作品开始受到关注。也正是于这一时期,在西方早已成为热点的帕斯捷尔纳克和布尔加科夫进入了国人的书单。虽然进入的时间不长,但学术研究成果不论是数量还是质量都值得称道。

　　如本书绪论所述,虽然研究的范围广了,但或许是受到以往研究的影响,集中研究的还是作家丰富创作中的一部分，甚至是小部分，我们这里选择的小说家概莫能外，这不利于全面、深入地认识作家的创作思想和艺术特色。再者，文学创作自古以来在俄国就是光荣的事业，作家被誉为生活的导师，所以俄国的文学家人才辈出，佳作不断，但相对于俄国广大的作家群来说，我们的研究又范围太窄，不少独具俄罗斯民族文化特色、在艺术上和反映民族文化本质方面都堪称优秀的作家并没有引起我们足够的重视。须知作为外国文学研究者，我们的工作任务不只是也不该只是为研究而研究，俄罗斯是我们最大的邻国，如果我们的成果能帮助国人更好、更深入地认识俄罗斯的民族性格，也算是为促进两国在政治上、经济上、文化上的交流服务了。实际上，这种认识不仅适用于对俄罗斯文学的研究。

第一节　果戈理小说研究

果戈理（Nikolai Gogol，1809—1852）是俄国19世纪最有影响的作家之一，享有"俄国散文之父"的美誉。他被同时代人奉为"自然派"的领袖，认为他开创了俄国文学史上的"果戈理时期"；他还被后世称为现代派的鼻祖，认为"从果戈理开始有了一条宽广的大道，世界性的广阔空间"。在新中国60年的研究史中，对果戈理的阐释经历了50—60年代的表面繁荣、与五四运动前后的认识对接的逐步深入的10年和最后20年的全方位解读。

一、新中国成立前研究状况的简要回顾

中国最先提及果戈理之名的当属梁启超[①]，讲果戈理的《死魂灵》写的是"隶农之苦状"。而最早推崇果戈理的人是鲁迅[②]，说他"以描绘社会人生之黑暗著名"，其作品"以不可见之泪痕悲色，振其邦人"，将之誉为"俄国写实派的开山祖师"，从而奠定了我国果戈理研究的基础。其后，田汉[③]撰文介绍俄罗斯文学，谈到果戈理不仅于俄国写实主义有"建其业"之功，而且自他之后，俄国文豪"皆依鄂歌梨所示之周行而进"，"诗歌小说遂异常发达，有支配社会之力焉"。田汉还注意到果戈理小说的艺术特点，诸如"其艺术的写实主义之秀逸，与心理学的观察之深刻"等。再后，耿济之[④]更直接指出："'笑中之泪'——实在是郭克里作品的特色。"此后，果戈理创作中诸如社会人生、写实、"含泪的笑"等特色，

[①]《论俄罗斯虚无党》，《新民丛报》，1903年第40和41合号本。
[②]《摩罗诗力说》，《河南》1908（2、3）。
[③]《俄罗斯文学思潮之一瞥》，《民铎》（1），1919（6、7）。
[④]《俄国四大文学家合传》，《小说月报》第12卷号外《俄国文学研究》，1921年。

便成为我国论者的主要关注点。

20世纪20年代中期至新中国成立前,随着果戈理作品的大量译介,评论渐丰。一些国外的研究成果也相继被译介过来,为我国读者和学人了解情况、开阔眼界提供了材料。

总览新中国成立前的评介,对果戈理生平和创作的介绍已具基本的规模和大致的轮廓:对作家的生活经历、思想倾向、创作心理、文坛地位和作品的内容、艺术风格、社会意义以及对中国的影响等方面均有涉及,可以说铺展的面还是比较宽阔的。其间虽不乏浅近之论,却也时有精妙之言。比如说鲁迅,除如前所述以一篇《摩罗诗力说》为果戈理研究定了基调,还写有《几乎无事的悲剧》,讲《死魂灵》写了"五个地主的典型","都各有可爱之处","果戈理自己就是地主";说果戈理"那独特之处,尤其是在用平常事,平常话,深刻的显出当时地主的无聊生活","这些极平常的,或者简直近于没有事情的悲剧,正如无声的言语一样,非由诗人画出它的形象来,是很不容易觉察的。然而人们灭亡于英雄的特别的悲剧者少,消磨于极平常的,或者简直近于没有事情的悲剧者却多",其影响也颇深远,成为学界经常引用的名言。再比如,孟十还在其《果戈理论》中讲:果戈理"看见他们的堕落现象覆亡底危机,于是运用他的笔唤醒他们,要他们取一种改良的趋向",结果自己却"不自觉地做了那个时代的新人",也颇有见地。还有像汪倜然在《俄国文学 ABC》中认为果戈理的创作有一种"非写实的性质"和"幻想的成分",这样的观点与俄国"白银时代"的批评家很相近,在我国学界可谓相当超前的意识。耿济之、瞿秋白等人的著述也颇有可圈可点之处。总体印象是,从20世纪初果戈理进入国人的视线到新中国成立前这一个时期,果戈理的译介和研究基础及发展态势是好的,尽管在鲁迅等人的文章中能感受到"为我所用"的一些功利追求,但总体评介称得上沉稳有见识,彰显着学人们深厚的文化素养和文学功底。

二、表面繁荣的十年(1949—1959)

新中国成立后的头十年,有关果戈理的文章从数量上看比较多。尤其是在1952年,适逢作家逝世百周年,且有世界和平大会理事会关于在世界范围内隆重纪念四大文化名人(果戈理是其中之一)的决议推动,许多著名的文化人士,如茅盾、郭沫若、丁玲、沙汀、曹禺、陈白尘、曹靖华、黄药眠、冯雪峰等,纷纷撰文纪念果戈理,一时间各大报刊几乎同时刊发了关于果戈理的各类文章。到1959年,果戈理诞辰150周年纪念成了评介果戈理的又一个推手。

上述情况表明,1949—1959年这十年,我国学界对果戈理的关注度还是很高的,有学者甚至据此认为,这期间形成了果戈理研究的一个高潮。① 但仔细研读这一时期的评论文章,我们会发现,其中纪念的意味十分浓重,研究的味道则明显不足。因此,从学理性研究这个角度看,应该说这是一种表面的繁荣。比如,除了纪念文章所不可或缺的溢美之词,还有不少出于中苏友好以及反对美帝国主义等社会政治形势需要的解读。

50年代的果戈理评论文章大多热情洋溢,主观性比较强,承袭鲁迅、别林斯基及苏联研究界的社会学视角和果戈理创作中的现实主义和讽刺幽默等议题,把果戈理当作趁手的武器而"为我所用",果戈理的作品不仅"成了革命战士打击贵族、官僚、地主政权的有力的武器"②,还"可以反贪污、抗腐蚀、对抗美帝国主义,对付一切与社会主义建设相违背的东西"③。如此功利性的批评观念可以说是这一时期果戈理评介中的主导潮流,没能接续新中国成立前良好的研究态势和多样性趋势不能不说是一种缺憾。

然而,客观上,大批评论文章的出现,使果戈理在中国的受众范围扩大,果戈理因此在我国读者中获得了极高的声誉,师法果戈理更是中国作家们津津乐道之事。果戈理对中国文学的影响研究在这十年里取得了一定的进展,如冯雪峰的《鲁迅创作的独立特色和他受俄罗斯文学的影响》④肯定果戈理小说的功绩和他对鲁迅的影响,但更强调鲁迅创作的深刻性和独创性,可算是影响研究方向的定调之作。并且,这种影响被在更大的范围内加以认识了:果戈理的作品被郭沫若和茅盾称为"酝酿中国新文学的酵母"⑤,这可谓是一种上台阶的表现。但此时这还只是一种认识,具体研究尚未展开。总之,在果戈理研究中,影响研究这条线索一直延伸到今天,仍然为学者们所钟爱,也算是研究的中国特色吧。

50年代末、60年代初,中苏关系破裂,开始了长达20年之久的对立和冷战。中苏国家关系的紧张加上国内"文化大革命"的十年动乱,严重影响了包括果戈理研究在内的俄苏文学研究。这20年间果戈理很少再被提及,之前屡建奇功的"有力武器"遭到了"鸟尽弓藏"的命运,因为在"政治挂帅"的年月,讽刺是不能"乱用"的,而新中国成立后,我国批评界在果戈理创作中看到的最突出的优点便是讽刺了。于是,之前十年果戈理评论的表面繁荣下隐藏的弱点暴露

---

① 如王志耕:《果戈理在中国的八十年历程》,《外国文学研究》1990(2);陈建华主编:《中国俄苏文学研究史论》,第三卷,重庆:重庆出版社,2007年。
② 曹靖华:《果戈理百年祭》,《新华月报》1952(3)。
③ 王志耕:《果戈理在中国的八十年历程》,《外国文学研究》1990(2)。
④ 《人民文学》,1949年创刊号。其他还有冯雪峰:《鲁迅和果戈理》,《新华月报》,1952(3);甘如怡:《鲁迅与果戈理》,《文汇报》1952年3月3日4版;贾植芳:《果戈理和我们》,《大公报》1952年3月4日等。
⑤ 见《人民日报》1952年3月4日。

出来了:一个丰满的作家及其可作多面观的创作被风干成讽刺的木乃伊之后,是很容易被政治历史的风暴卷走的。

三、再续前缘的十年(1979—1989)

自70年代末始,随着社会政治领域的拨乱反正和改革开放,果戈理研究重回轨道,再续前缘。童道明、张晓岩、王富仁等的文章[①]是第一只春燕,之后便是百花争艳、春色满园了。我们说这是再续前缘的十年,一方面是因为这十年间的研究从论题广泛性、视野的开阔度方面都大有接续新中国成立前研究之势,虽然还难说质量上有多大的超越,但无论是从切入的角度还是从论争的姿态看,都明显不同于新中国成立后的前十年,而更接近于新中国成立前的追求;另一方面是从中苏文学研究的关系角度讲,至少从果戈理研究这一领域,在中断了近二十年之后又开始了几乎同步的历程。

这一时期,中国的学者取得了不小的成绩。首先,出版了5本著作:钱中文的《果戈理及其讽刺艺术》、胡湛珍的《果戈理和他的创作》、王远泽的《果戈理》、龙飞和孔延庚的《讽刺艺术大师果戈理》、秋诗的《用痛苦的语言嘲笑:果戈理的幽默》。这些著述共同的特点是篇幅不大,均不足10万字,且大都采用传记的形式。钱著抓住果戈理创作中的"笑",总结了其讽刺艺术的特点。胡著力求把果戈理的创作放入大的文学、历史背景中去考察和分析,指出果戈理继承了民族性和人民性传统,并捕捉到了果戈理思想的延续性。王著对作家创作的评述基本与上述著述相似,即肯定前期、否定后期。龙、孔所著只有三万余字,介绍更为约略。秋著虽有八万余字,但作品选占了大半篇幅,论述的部分也仅三万余字。不过,因专注于果戈理的幽默这一论题,相较于其他著作的面面俱到,反倒更见深度。论者对果戈理的喜剧意识进行了审美观照,剖析了果戈理的具体喜剧手法。总的说来,这些论著基本上沿用了苏联果戈理研究的一些定论,尤其关注讽刺和幽默风格及思想演进与创作的关联,代表了我国80年代对果戈理的研究和认识水平。

其次,报刊和文集里的论文有百余篇。其中作品论和风格论占了很大的比重(60篇左右)。作品论中又以对人物形象的评述为主,关注的焦点相对集中,多以《死魂灵》中的乞乞科夫和五个地主(尤其是泼留希金)和《外套》中的巴什马奇金等形象为研究对象,特点是描述性较强,而分析不够深入。如顾杰善[②]对乞乞科夫进行了这样的评述:"得利的天才"、投机的专家、资本的灵魂、掠夺

[①]《关于"笑"——略谈果戈理的一个艺术见解》,《光明日报》1978年5月1日第4版;《果戈理·〈死魂灵〉·泼留希金》,《山东师院学报(哲社版)》1979(6);《果戈理对鲁迅前期小说创作的影响》,《鲁迅研究年刊》1979等等。

[②]《论果戈理〈死魂灵〉中乞乞科夫形象》,《齐齐哈尔师院学报(哲社版)》1979(1);

的化身。认为果戈理借这一典型,尖锐地揭露了农奴制度的黑暗与腐朽。而作家对乞乞科夫既批判又希望他复活的矛盾态度暴露了自身的局限性:站在资产阶级人道主义的立场上,没有也不可能从农民与资产阶级、地主对立的阶级矛盾中去塑造形象。像这样立足当下而不顾作品写作时的历史条件去苛责作家的评价在这一时期是比较典型的。另一种典型的评论就是对作品客观意义的突出,如王远泽①从思维方式、生活方式和性格特征几个角度,详细描述和分析了《死魂灵》中的五个地主形象,进而指出,果戈理以之尖锐地嘲笑了统治阶级的生活方式和作为这个社会基础的道德原则,有力地摧毁了关于贵族地主的优越性和肩负着崇高社会使命的神话。因此,不管作家的主观意愿如何,形象所产生的客观结论就必然是:只有废除农奴专制这个祸根,俄罗斯才能走上新生的道路。类似的述评委实不少。不过,已可见不同于以往定论的见解:如汪靖洋②给《死魂灵》排列出两条"人物序列",一条是沿着"死亡—逃亡—反抗—造反"这样一道阶梯"逐步上升"的农奴序列,另一条是在人格健全的阶梯上逐步下降的五个地主典型,并且强调在其对比中"蕴含着严酷的生活真实和无情的历史规律"。这虽暗合赫拉普钦科关于人民的题材是贯穿长诗的潜流之思想,且有"拔高"之嫌,也立刻受到挑战③,但对被忽略的农奴形象的重视,是研究深入的表现。又如彭启华④对《外套》中巴什马奇金的解读也是力求创新,只是论者在追求新意时走得有些远,如针对小说的结尾写道:"果戈理没有料到,恰恰是这种艺术处理既成了对软弱无力的人道主义本身的一个嘲讽,又是对站立不起来的巴什马奇金死鬼形象进一步的贬低。"不仅认为鬼魂复仇是败笔,连大人物的慈悲也是败笔。如此这般的"新意"却没有足够的论据支撑,实难服人。除了人物形象研究,艺术手法与风格研究方面的成果也不少,如张晓岩⑤通过分析泼留希金形象的塑造,从环境、肖像、细节等方面谈了《死魂灵》在人物描写方面的艺术特色;王远泽⑥以别林斯基的民族性、独创性和生活真实为依据,从细节、环境、人物性格的真实性,喜剧性的讽刺手法和个性化的语言几个方面探讨果戈理的艺术特色,认为性格物质化和物质性格化是果戈理细节描写的显著特征,而喜剧性在果戈理的创作中是一个发展过程,从幽默到讽刺,从善意的诙谐到毁灭性的嘲讽是其大致轮廓,同时也批评了对果戈理的求全责备,把果戈理

---

① 《〈死魂灵〉人物谈》,《广西民族学院学报》1980(2)。
② 《〈死魂灵〉的形象体系和思想倾向》,《南京师院学报》1981(2)。
③ 张晓岩在《〈死魂灵〉的主要成就是什么?(与汪靖洋同志商榷)》(《山东师大学报》1982年第2期)中与此文进行了论争,而汪靖洋又撰文《〈死魂灵〉作者的立场问题及其它(对张晓岩同志文章的答辩)》(《山东师大学报》1983年第2期)予以回应。
④ 《小人物"痛彻肺腑"的悲剧——漫话果戈理短篇小说〈外套〉》,《外国文学研究》1979(2)。
⑤ 《果戈里·〈死魂灵〉·泼留希金》,《山东师院学报(哲社版)》1979(6)。
⑥ 《论果戈理创作的艺术特色》,《湖南师院学报(哲社版)》1981(2)。

的创作看做是一个现实主义日臻完善的进化过程,可谓进退有序,比较沉稳。杜宗义①着眼于讽刺,指出果戈理的讽刺是写实的讽刺,其塑造讽刺形象时的原则是抓住人物堂皇庄重的外在和荒唐渺小的内在的矛盾,显示外在与内在或形式与内容的不相称,认为果戈理的讽刺具有道德惩罚色彩,表现为"含泪的笑"。梅希泉②则专门探讨果戈理的"笑"的艺术,从笑的内涵、手法和特色三个方面加以论述,认为果戈理的笑具有深刻的社会思想内容,笑在果戈理笔下成为化丑为美的点金术,果戈理的"笑"以眼泪、激情和理想为特色。程正民③另辟蹊径,借鉴俄国文艺心理学派的理论和方法,从创作心理学的角度对果戈理的气质、才力、身心状态、情感形态与创作的关系进行观照。作者还试图从生理和心理与创作的关系方面解释果戈理晚期的创作现象,但由于以"精神危机"的成见为出发点,所以得出的结论并不新鲜。

着眼于作品的人物形象和艺术风格的成果在比较研究方面的文章中也为数不少,而比较研究在论文中所占的比重也相当大(有近五十篇文章)。首当其冲的仍是传统题目——果戈理与鲁迅。比较重要的有韩长经、袁少杰、温儒敏和王富仁等的文章。④ 韩文主要分析了鲁迅对果戈理的评价,认为他不仅看到了果戈理在创作上的成就,而且看到其世界观和作品中的弱点,比较全面;袁文分析了鲁迅借鉴果戈理的多方面原因和两部《狂人日记》的类似手法,指出鲁迅"比果戈理的忧愤深广"不仅有时代和民族方面的原因,也有阶级和世界观方面的;温文视野开阔,在谈到鲁迅的《狂人日记》所受外国文学的影响时,不仅谈到果戈理《狂人日记》的日记体格式、第一人称叙述方法以及在情节和构思上对鲁迅小说的启示,还涉及尼采的象征、安德列耶夫和迦尔洵的结构及象征焦点构思等的影响,很令人信服;王文分析了两篇《狂人日记》的共同之处,继而指出果戈理以切实而根本地探索社会为己任,注重对人物精神世界和灵魂的深入挖掘,把社会和心理两种因素紧密结合起来加以表现,认为果戈理的作品是由强烈的喜剧性向真实性描绘趋近。除了鲁迅,吴敬梓、冯骥才、普希金、迦尔洵、安德列耶夫、费定、尼采、狄更斯、卡夫卡、巴尔扎克等被引入比较视野,比较研究的广度不断扩展。

再次,较之 70 年代以前,这一时期对国外(主要是苏联)的果戈理研究成果

---

① 《论果戈理的讽刺艺术》,《内蒙古师院学报(哲社版)》1982(1)。
② 《论果戈理的笑的艺术》,《外国文学研究》1984(2)。
③ 《果戈里:气质、生命力和创作》,《苏联文学》1989(6);《俄国作家创作心理研究》,天津:百花文艺出版社,1990 年。
④ 《果戈理与鲁迅》,《鲁迅与俄罗斯古典文学》,上海:上海文艺出版社,1981 年;《两篇〈狂人日记〉的比较》,《丹东师专学报》1981(3);《外国文学对鲁迅〈狂人日记〉的影响》,《国外文学》1982(4);《鲁迅前期小说与果戈里》,《鲁迅前期小说与俄罗斯文学》,西安:陕西人民出版社,1983 年。

更为关注,译介也更为及时。这使得我国的果戈理研究与苏联的果戈理研究在总体趋向上基本保持了同步,带动了国内果戈理研究的新动向。70年代末、80年代初,佐洛图斯基以一本全新的《果戈理传》引发了苏联文坛重读经典的热潮,导致"从文学的社会分析或审美分析转到宗教分析"的势头就此日渐明显。与此相关,我国学者也开始重新评价果戈理的思想和创作,如,杨海明[①]通过对《与友人书简选》和《死魂灵》第二部的重新审视和思考,得出结论:1843年以后的果戈理对专制农奴制现实的认识是清醒的,对它的否定是彻底的;他对俄国前途和出路的探索虽然存在错误,但不是反动的,从而对以往定论进行了争鸣。尽管在今天看来,这样的结论尚未有根本的改观,但破冰的意愿已经有了。刘伯奎[②]对《死魂灵》第二部做了认真的研究和较为全面的分析,其学术追求值得肯定。不过论者的某些观点显然是受到佐洛图斯基的影响,如联系果戈理对于三部曲的设想谈乞乞科夫性格发展中的不协调,有先入为主之嫌。而缑广飞[③]从《死魂灵》第二部残稿中看到的是果戈理思想的艺术体现,而这种思想就是:反对革命民主派,不同意西欧派的主张,接受斯拉夫派观点的影响,主张回到宗法制社会中,以宗教和农奴制拯救俄国。这一观点在当时不可谓不大胆,但论证却不够严谨有力。

尽管这一时期的研究存在着这样或那样的不足,但总体来说,与之前社会功用需求占主导的情形相比,这十年的研究具有专业姿态,学理性得到加强,几乎与国外研究步调一致。专门的研究著作和争鸣性的评论文章的出现以及在译进外国研究成果时精准的眼光都说明了这一点。

四、继往开来的20年(1990—2010)

90年代以来,一方面受苏联解体所带来的大震荡和随后的文化反思的影响,另一方面受潮涌而入的西方文论的影响,我国的果戈理研究在接续之前的传统研究之外,开始了多方向、多角度的新探索。尽管从研究成果的规模和数量上看,这20年较之前10年基本持平(刊发的文章总数两百余篇),且没有专门的论著问世,但细究起来,其中又有20世纪90年代的降温和21世纪头10年的升温之别。并且,从一些论文的深度和所代表的方向上看,研究还是卓有成效的,前景值得期待。总体说来,我国这20年间的果戈理研究基本承接了前10年的三大方向:比较(影响)研究;作品分析与风格研究;以作家思想为核心的综合研究。也出现了一个新的现象——兴起了对研究的研究。

---

① 《对果戈理晚期思想的再评价》,《中国社会科学院研究生学报》,1987(4);《从〈死魂灵〉第二部看果戈理后期的思想探索》,《外国文学研究集刊》,第13辑,1988(9)。
② 《瑕不掩瑜,弃而未毁:〈死魂灵〉第二部残稿探索》,《外国文学研究》1986(1)。
③ 《俄罗斯的出路何在——论〈死魂灵〉第二卷及其他》,《外国文学研究》1989(2)。

1. 比较(影响)研究:首先,比较研究的主要对象仍旧是果戈理与鲁迅,尤其是二者的《狂人日记》的比较。但鲜见有新意的评论,多在炒冷饭。只有个别文章有所突破,如王志耕指出①,两篇《狂人日记》的联系,除了叙事结构的不同,还有影响文学生成的要素,比如文化意识、哲学观念的不同,显示出论者力图突破以往研究的共同模式、另辟蹊径的意向。这一想法在王志耕、段守新的文章②中得到了更好的阐发。论者以"为人生"为契合点,在深入探讨了中俄文学之"为人生"的本质差异("国民性"和本体论意义上的"人性")之后,指出,鲁迅表现的是一种文化的本体论,果戈理表现的则是一种人的本体论。而在方法论的层面,鲁迅选择的是用存在主义哲学来看视中国文化本体结构的问题,致力于绝望中的反抗;果戈理则是用基督教人道主义思想来考察当下境况,坚信人的灵魂沟通。尽管存在着如此鲜明的结构性差异,但二者在价值论层面上,都体现着对人类日益堕落的强烈忧患。文章从哲学的高度,对两位作家的思想做了深入的开掘,发人深省。其次,与其他作家创作的比较较前进一步扩大了研究的范围,从人物形象、作品风格形式、思想主题到文学传统、文化对话,进行了多方面、多层次的比较研究,使研究进一步向广度和深度拓展,尤其是向深度的拓展是非常值得称许的。如许志强的《布尔加科夫与果戈理:文学史的对话》一文,从文学传统的继承和创新的角度,对果戈理的《死魂灵》与布尔加科夫的《大师和玛格丽特》之间的联系进行了深入的分析和探讨。在论者看来,《死魂灵》第二部难以为继的原因,并不像以往公认的那样,是因为要写正面人物而现实中却没有这样的样板,更深层的原因是果戈理想要找到一种新的样式而未得,突破不了自己。《死魂灵》第一部的艺术样式融合了叙事与戏剧的双重要素,在讽刺文学中可以说是独一无二的创造。讽刺作家凭借乞乞科夫这个自由出入的戏剧性的视角获得一种神秘的叙述能量。但果戈理发明的长篇连锁喜剧,本质上是反小说的,因其具有诗和戏剧的高度。它持续传递的高潮包含着后续阶段的一个大空虚,这一点果戈理用抒情插笔作了弥补。然而,有了诗的激越、声音与火焰,其后续阶段的沉寂在叙事文学中却找不到形式上真正的替代品。从这个角度阐释《死魂灵》第二部的难产,别开生面,言之成理。这样的论述不仅富有新意,颇具启发性,学理性也很强,难能可贵。再者,这一时期,我国学者在果戈理对中国现代文学的整体影响方面作了切实的研究。③ 如王志耕较深入地分析了果戈理的审美原则,指出其背后的民族心理结构是禁欲主

---

① 《果戈理与中国》,《俄国文学与中国》,智量等著,上海:华东师范大学出版社,1991年。
② 《不同结构的"为人生"——两篇〈狂人日记〉的文化解读》,《南京大学学报》2009(1)。
③ 王志耕:《果戈理的审美原则与中国新文学》,《上海大学学报》1990(6);胡星亮:《果戈理和中国现代喜剧》,《南京大学学报》1991(3);范伯群、朱栋霖主编:《中外文学比较史:1898—1949》,南京:江苏教育出版社,2007年。

义,进而,通过分析中俄禁欲主义之价值取向的不同所造成的艺术思维结构的差异,阐发了果戈理带有深刻的主体之客观体验内容的审美原则对习惯于以主客体分离的方式进行审美的中国文学的启示作用。王志耕还谈及果戈理对鲁迅、张天翼、沙汀、鲁彦、陈白尘和老舍等中国现代作家的创作的影响,视野开阔,分析深入,学理性较强。而范伯群、朱栋霖的书中涉及这一论题的部分则涵盖了更多的受果戈理影响的中国现代作家和作品,从中可以看到果戈理对于中国文学的深广影响。

2.作品分析与风格研究方面也取得了一定的成绩。论者主要就果戈理创作的主题、形象和艺术特色等论题进行探讨。主题研究方面体现出反思、借鉴和求新的追求,如,颜翔林[①]对以往评论界所公认的《塔拉斯·布尔巴》反映了"民族解放思想与爱国主义情感"的主题进行了争鸣,认为作品"通过艺术形象的刻画,表现的思想意蕴是沙文主义,民族主义与狭隘的宗教意识",有新意,够大胆,但有主题先行之嫌,且反证不够有力;高德强[②]借鉴了佐洛图斯基关于《小品集》"是对于'理想'和'实体'这二者的分裂所做的悲剧性的摹写"的观点,运用釜底抽薪的方法,否定了《涅瓦大街》的主题是"揭露贵族官僚社会"的成见,并以作品结尾的抒情议论为钥匙,结合果戈理的经历,论证了小说揭示的"是命运,是命运的不可捉摸以及对人的捉弄"的主题,是"现象与本质的背离及假象的欺骗性和危害性",丰富了以往的研究;钟明芳[③]认为:"《死魂灵》是果戈理为社会寻找道路的作品",对"道路"主题的抓取既有借鉴,也体现出一定的创新意图;祖淑珍[④]着力阐释了《死魂灵》中的俄罗斯主题,认为果戈理是在"对自己的祖国、对俄罗斯民族心灵的世界进行横向与纵向的发掘和展示",其创作高度的民族性"为俄罗斯民族走向世界奠定了坚实的基础";曾思艺[⑤]在梳理中俄学界对《旧式地主》的主题阐发历程的基础上,结合对果戈理生活经历和小说创作史的观照,论证了小说主题的双重意蕴,即主要赞美旧式地主那种人与自然和平宁静、人与人之间相亲相爱的自然生活,同时也隐约表现了死水一潭的平庸生活让人变得微不足道甚至渺小卑贱,体现出论者意欲整合以往在小说主题探析中各执一端之偏颇的追求;夏忠宪[⑥]探讨了果戈理创作中的"媚俗(пошлость)"主题,指出,在果戈理的创作中,"пошлость"的概念是双重性的,正

[①] 《〈塔拉斯·布尔巴〉思想意蕴悖论》,《松辽学刊》1994(4)。
[②] 《理想与实体分裂的悲剧性摹写——果戈理〈涅瓦大街〉创意谈》,《黔南民族师专学报》1997(4)。
[③] 《果戈里〈死魂灵〉中的道路——从原点到原点》,《科教文汇》2007年10月。
[④] 《论果戈理〈死魂灵〉中的俄罗斯主题》,《北京第二外国语学院学报》2010(4)。
[⑤] 《现代文明人矛盾心态的形象显现——试论果戈理〈旧式地主〉双重内蕴》,《邵阳学院学报》2010年9卷5期。
[⑥] 《"Пошлость"考辨——重读果戈理》,《俄罗斯文艺》2009(3)。

反同体的。论者认为,正是描写生活中"猥琐与庸俗的事物"与"伟大的与美好的事物"这二者的统一,使果戈理跻身于世界大文豪之列,而认识和思考"пошлость"问题,有助于反思当代的价值观。像这样将果戈理创作中的主题研究与现代意义相联系的尝试还有一些,但或过于肤浅,或生拉硬扯,不足为道。

形象研究方面,这一时期的论者更关注"小人物""艺术家"等形象,并尝试从新的角度、借鉴新的研究成果、运用新的研究方法进行解读。如惠继东[①]对《外套》中复仇的鬼魂进行了新的诠释,认为鬼魂复仇的内在意义不仅表现在揭露现实申冤复仇上,还体现在了对历史转折时期"小人物"生存意识的审视上,力图向纵深开掘。高德强[②]反驳了把波普里希钦当做"小人物"形象予以解读,认为他不在巴什马奇金等"被侮辱与被损害的"小人物之列。张敏[③]认为果戈理塑造了一系列心理健康失衡的人、偏执性障碍人格的人,且作家塑造人物的手法是漫画式夸张,方法是浪漫主义的,而非现实主义的。写这样的人和用这样的方法都与果戈理自身有关——他本人的心理机制也存在着偏执障碍人格倾向。显然,这两位论者都借鉴了佐洛图斯基等人的相关论述。李兰宜[④]运用的则是弗洛伊德的精神分析理论。在这一视角下,果戈理的《涅瓦大街》展现的是艺术家的悲剧。虽然有点套理论的味道,但未尝不是一种新鲜的尝试。同样的议题,在彭甄[⑤]的文章中却呈现出另一种景观:论者将皮斯卡廖夫视为涅瓦大街这一文化代码和象征代码中所隐含的"艺术""情欲"和"实用"三种既相互对立又相互依存的语义中"艺术"语义直接的表意符号,并把皮斯卡廖夫的悲剧归因为他对"艺术—文本化"生存的追求,亦即对现实世界的认知的"偏离"。而在另一篇论《涅瓦大街》的文章[⑥]中,彭甄则借助了女性主义文学批评的视角,分析基于男性成见的小说叙事赋予的女性形象特质,揭示具有性别偏向的叙事及其叙事策略。应该说,类似的尝试不仅别开生面,而且学理性强,发人深省,值得肯定和发扬。

除了精神分析和性别理论,这一时期还有很多文学理论和研究方法被运用到果戈理研究中。在艺术手法与风格研究方面,论者们就借助了语言学、叙事学、符号学、"狂欢化"等多种理论武库中的武器来武装自己的成果,使得研究在

[①] 《试论〈外套〉中"小人物"的复仇鬼魂》,《宁夏社会科学》2004(5)。
[②] 《波普里希钦是"小人物"吗?——果戈理〈狂人日记〉新论》,《黔南民族师专学报(哲社版)》1998(1)。
[③] 《漫画偏执人格障碍——果戈理作品人物新论》,《求是学刊》1999(3)。
[④] 《沉重的梦魇——果戈理小说〈涅瓦大街〉中艺术家的悲剧》,《解放军外国语学院学报》2006(5)。
[⑤] 《"涅瓦大街":"艺术—文本化"生存的幻灭——果戈理〈涅瓦大街〉主人公形象的解读》,《昆明理工大学学报(社科版)》2006(3)。
[⑥] 《"涅瓦大街":关于女性的叙事——果戈理〈涅瓦大街〉女性形象的解读》,《云南师范大学学报(哲社版)》2007(4)。

加强了学理色彩和深度之余,更平添了许多的趣味性。如,彭甄①借助于叙事学的理论,对《涅瓦大街》的独特叙述策略进行了分析,指出,小说特定的叙事结构为实现现实主义散文的"批判性"逻辑奠定了基础。裴善明②则分析了鼻子这一符号在生理、交际和存在层面的多重价值。除了对作品的个案分析,这一时期对果戈理的整体创作方法和风格关注较多,如果戈理现实主义的独特性就得到多方面解读:魔幻现实主义、怪诞现实主义、宗教现实主义等等,甚至还有对果戈理现实主义的怀疑:是现实主义还是古典主义?③ 如克冰④注意到果戈理创作中的神奇性、怪诞性和魔幻色彩与拉美的魔幻现实主义有相似的艺术效果;钱中文⑤则借鉴巴赫金关于"怪诞现实主义"的提法,把怪诞因素与现实的结合视为果戈理创作的主要特征,因为果戈理对世界的感受本质上是狂欢的;张建华⑥对果戈理小说中的狂欢化传统做了进一步的探讨,指出其多重的文化意蕴,着意阐发了以笑文化为特征的怪诞现实主义所具有的一系列狂欢化诗学表达形式。而金亚娜⑦认为果戈理的创作方法是从东正教立场探索和展示人灵魂轨迹的宗教"现实主义",这种创作方法的产生直接源于作家的宗教精神探索,受到灵修文学的影响。此外,果戈理创作的喜剧特色及荒诞、讽刺、象征等因素也不同程度地受到关注。

3. 思想研究在这一时期得到较大推进。任光宣⑧早在 20 世纪 90 年代初就开始关注果戈理与宗教的问题,可以说开启了我国果戈理研究中的一个新的方向。他认为,果戈理虽直面现实,但是基于宗教意识去观察认识这一现实的。《死魂灵》的结构框架(基于基督教地狱天堂说)和形象处理(对基督教善恶观的诠释)都与果戈理的这些宗教思想和意识密切联系着。《与友人书简选》是一部最能体现果戈理思想的书。其中,作家以公开忏悔的形式自曝道德精神世界和所追求的宗教理想。果戈理献给俄国的不是无神论的现实主义,而是有神论的。在《俄国文学与宗教》一书⑨中,任光宣更提出了"果戈理现象"的观点,并把《书简选》一书作为现象之一(另一个现象是《死魂灵》)加以研究。"果戈理现

---

① 《果戈理〈涅瓦大街〉叙事结构解析》,《国外文学》2006(4)。
② 《讽刺小品 怪诞杰构——果戈理〈鼻子〉的符号学解读》,《名作欣赏》2003(1)。
③ 张中锋:《是现实主义还是古典主义——试析果戈理创作的美学特征》,《俄罗斯文艺》2002(5)。
④ 《果戈理与魔幻现实主义》,《内蒙古师大学报(哲社版)》1994(3)。
⑤ 《怪诞现实主义》,《果戈理全集·总序一》,合肥:安徽文艺出版社,1999 年。
⑥ 《果戈理小说狂欢化传统的文化意蕴及诗学表达》,《中国俄语教学》2009 年第 28 卷第 4 期。类似视角的还有:范蕊的《〈钦差大臣〉中的狂欢化色彩》,《山东艺术学院学报》2008(3);陈爱香的《狂欢化的诙谐——重释〈钦差大臣〉中"笑"的内涵》,《戏剧文学》2008(1)。
⑦ 《果戈理的别样"现实主义"及成因》,《外语学刊》2009(6)。
⑧ 《论果戈理创作中的宗教观念》,《外国文学评论》1993(4)。
⑨ 西安:世界图书出版社,1995 年。

象"的提法对于加深人们对果戈理思想探索的认识和理解很有启示。对果戈理思想的研究是以对其文学思想的观照为切入点的。任光宣①率先论述了果戈理《书简选》中阐发的文学艺术观点与宗教思想密切相关,认为果戈理由于从基督徒立场看文学现象,其观点带有有神论的特征,他对艺术的目标、作家的使命、作家的文学语言的来源等问题的阐述有一些悖论甚至是错误,这是他宗教观使然,应予以注意。可以看出,论者对这个问题的探讨还是比较谨慎的。其后,刘洪波、周启超、李志强②等也加入对这一问题的探讨。刘洪波的文章分为两个部分:一部分阐发了果戈理《书简选》中传达的以基督教为底蕴的艺术观——艺术活动是诉诸心灵的,其指向为心灵的提升,艺术的宗旨和艺术家的使命是使人们经由艺术作品的影响和作用,踏着艺术作品所提供的通往天国的、肉眼看不见的阶梯,最终走向上帝;另一部分通过对果戈理不同时期作品的观照,展示其艺术观的形成和发展,从而阐明作家在《书简选》一书中所表达的艺术观是由来已久的,是作家在艺术领域中思想探索的合乎逻辑的结果,而不是某种思想激变的产物,从而强调了果戈理艺术观的连续性和一致性。周启超认为果戈理醉心于乌托邦世界的建构——从审美乌托邦到宗教乌托邦。其文学思想并未发生过什么"转变",他只是徘徊于审美乌托邦与宗教乌托邦之间。不过,尽管论者用"偏移"来定性果戈理1846年(这个时间节点也值得商榷)之后的创作理念上的变化,避免了表述上的自相矛盾,但"两种创作理念"的提法仍然会指向"转变"。李志强意欲论述果戈理的宗教审美观。他提出"果戈理心中的美是一种神权政治乌托邦"的观点。论者认为,果戈理的神权政治乌托邦由两个部分组成:作为其精神基础的东正教和作为其现实基础的沙皇统治下的宗法制。尽管论者一再强调审美观,但究其实质,论及的还是果戈理基于宗教立场上的社会政治观。随着研究者对果戈理以宗教为底色的文学思想认识的深入,对其宗教思想本身的正视便势在必行。如刘洪波③关注了果戈理宗教思想在创作中的体现,指出宗教因素在作家创作中始终存在且呈现出由自发向自觉、由弱而强的动态发展态势,认为在果戈理的思想和创作中,在对现实社会的真实描绘和揭露的字里行间,潜藏着另一条线——宗教道德探索之线,这条线对于果戈理而言比前一条明线更为重要,因为这里面包含着他全部的思想和世界观,他全部的人生理想和精神道德追求。从这个意义上讲,这条暗线才是果

---

① 《虔诚的信仰 深邃的思想——果戈理的〈与友人书简选〉中的文学思想》,《外国文学》2001(5)。
② 刘洪波:《果戈理的艺术观》,《俄语语言文学研究·文学卷(第二辑·2003)》,北京:人民文学出版社,2003年;周启超:《徘徊于审美乌托邦与宗教乌托邦之间——果戈理的文学思想轨迹刍议》,《外国文学评论》2004(4);李志强:《美是梦还是真——果戈理的宗教审美观》,《俄语语言文学研究》2004(4)。
③ 《从宗教情结到宗教的道德探索——漫谈宗教道德语境下的果戈理创作》,《国外文学》2003(2)。

戈理创作的真正深刻的内涵。郑伟红①则从形成的原因、思想内容和影响三个方面论述了果戈理的宗教思想,认为果戈理不仅属于文学史,而且属于俄国宗教史和宗教—文化史。尤其强调了他对以后的文学家和思想家的影响,赞同称果戈理为"东正教文化的先知"。涉及这一论题的还有段士秀等人的文章。

可见,果戈理的宗教思想这个以往自觉不自觉地被忽视的议题如今得到了应有的正视。这对于果戈理研究意义非凡,因为宗教思想不仅与果戈理的文学艺术思想密切相关,而且也与其社会、政治、历史、文化等思想密不可分。对这一论题的重视不仅意味着研究的深入,也昭示着学术研究氛围的宽松。与此相关,很多积年尘封的问题在这一时期浮出水面,带动了研究向纵深发展。比如,一直只闻其名而未见其真容的《书简选》到底是一本什么样的书? 它在果戈理的思想和创作中占据什么样的位置? 别林斯基为何对它大动干戈? 之后的学界为什么对它讳莫如深? 而现如今这本书重现江湖,又将怎样改变果戈理研究的整体图景? 研究者们对这些问题兴趣盎然。1999年周启超在为《书简选》中译本写的题解中对其创作历史、版本、体裁、作者的主观愿望和作品的客观效果、接受情况及影响等均做了掠影式观照,介绍了20世纪90年代对《书简选》的历史定位:此乃果戈理的优秀作品之一,其中"展示了果戈理作为思想家对人的心灵、社会心理、历史进程等诸多层面深切的清醒的解剖","所表达出来的果戈理的语言观、文学观、历史观、社会观、'地理文化观'甚至女性观等",使其当之无愧地跻身大思想家的行列,而他的这部著述对俄罗斯文化进程的影响也颇为深远。周启超的评论奠定了进一步解读的基础。2001年,此书首译者任光宣接连发表三篇论文②,分别阐释了书中自我和社会改造内容、文学艺术思想以及果戈理因此书与别林斯基产生的分歧等三个方面的论题。如果说周启超的介绍是全景远观,那么任光宣的论述则是登堂入室。至此,可以说,对以《书简选》为代表的果戈理后期思想探索进行深入探讨的序幕已经揭开。其后,刘洪波③把这部书看做是"作家的文学创作中宗教道德的精神探索从自发走向自觉的动态过程发展的极致,是果戈理创作的一种必然,是作家一生精神探索的总结,也是俄罗斯文学史上的一部重要之作"。她在另一篇文章④中追溯了19世纪40—50年代因《书简选》问世而引发的风波,总览了包括别林斯基在内的

---

① 《论果戈理的宗教思想》,《保定学院学报》2010(1)。
② 《分歧由何而来?——评别林斯基与果戈理就〈与友人书简选〉一书的论争》,《俄罗斯文艺》2001(3);《果戈理的精神遗嘱——读〈与友人书简选〉》,《国外文学》2001(4);《虔诚的信仰 深邃的思想——果戈理的〈与友人书简选〉中的文学思想》,《外国文学》2001(5)。
③ 《果戈理的〈与友人书简选〉之我见》,《国外文学》2006(2)。
④ 《"误解的旋风"——俄国19世纪40—50年代对果戈理〈与友人书简选〉批评综述》,《国外文学》2002(2)。

各家各派的反响及果戈理的回应,在一定程度上还原了《书简选》发表后的俄国文坛图景,为进一步的探讨打下了基础。汪海霞、马红刚①认为《书简选》表达了对现实社会的强烈批判,果戈理指出的是君主"应该"具有的权力和义务,因而指责其出于维护自己的阶级利益是不公平的。论者承认"果戈理的社会改造思想具有深刻的矛盾性","社会思想带有空想性","方案是乌托邦性质的",果戈理在探索真理的道路上有错误和薄弱之处,但强调:"这丝毫不能抹杀他思想探索的重大意义"。刘文飞②的文章指出,《书简选》三个方面的思想最值得我们注意:首先是宗教意识,其次是作为一位文学批评家的果戈理的美学思想,最后是果戈理对当时的斯拉夫派和西方派的思想之争所持的态度。此类评论应该还远未完结,当然,后续的研究视野将更加开阔。金亚娜③的尝试就显示了这一点:论者在充分了解和掌握各种相关资料的基础上,以解析果戈理的神秘为自任,从果戈理精神本源的复合性入手,结合果戈理的人生道路和心路历程,很有说服力地解释了其思想和创作中表现出来的复杂性、矛盾性和难解的神秘性,并指出:"在俄国文化史上,果戈理被载入史册不仅是作为艺术家,而且还是道德导师和东正教的苦行修道士及教会精神研究者和神秘主义者。"这样的观点在我国近十年的果戈理研究中很具代表性,已成为学界的共识,这不仅有赖于对果戈理思想的研究,也得益于近期兴起的对于研究的研究。

4. 对研究的研究按说不是这一时期才有的现象,但是作为一个自觉的研究方向,其在外国文学研究中的确是近期的事情。这类研究一般分为断代综述研究和具体成果研究两种类型。王志耕的《果戈理在中国的八十年历程》④、孙湘瑞的《近十年来东正教与俄罗斯文学问题研究综述》⑤、陈建华主编的《中国俄苏文学研究史论》⑥等属于第一种类型的研究,而诸如郑体武的《果戈理:"在恐惧中抓紧十字架的魔鬼"》⑦、刘佳林的《果戈理的另一幅肖像——纳博科夫〈尼古拉·果戈理〉述评》⑧、杨立民的《走向本土化和现代化的狂欢化研究——巴赫金未完成的果戈理研究》⑨、赵晓彬的《果戈理:东西方笑文化的集大成

---

① 《论果戈理的社会思想和改造规划》,《解放军外国语学院学报》2006(4)。
② 《别林斯基与果戈理的书信论战》,《外国文学评论》2006(1)。
③ 《并非不可解读的神秘——果戈理灵魂的复合性与磨砺历程》,《俄罗斯文艺》2009(3)。
④ 《外国文学研究》1990(2)。
⑤ 《湖南师范大学社会科学学报》1997(6)。
⑥ 重庆:重庆出版社,2007年。
⑦ 《书城》1998(1)。
⑧ 《扬州大学学报(人文社科版)》2002(3)。
⑨ 《社会科学战线》2002(6)。

者——巴赫金和洛特曼论果戈理的笑》[①]、李建军的《高尔基为什么贬低果戈理》[②]、耿海英的《非现实主义的果戈理——别尔嘉耶夫对果戈理的重新定位》[③]、刘洪波的《孤独的天才,僵死的世界——瓦·罗扎诺夫眼中的果戈理及其创作》[④]等则属于第二类。此二类研究的意义一是在于清点库存,计较得失,以利辨明方向;二是招商引资,借鸡下蛋,以利开疆扩土。应该说,目前这类研究是方兴未艾。的确,与其遮遮掩掩、改头换面地在文章中夹带私货,不如大大方方、冠冕堂皇地研究之后加以介绍和评论,方显学术本色。

成就·问题·展望

综上,纵观新中国成立60年的研究历程,果戈理研究取得了不小的成绩,但发展不均衡:前30年成就不大,总体研究水平尚不及新中国成立前;后30年长足进步,但发展态势也呈现沙漏型(80年代热,90年代冷,21世纪10年代再热起来)。研究成就表现在以下四个方面:首先,比较和影响研究视野扩大。古今中外的三十余位文学家和哲学家的思想和创作被纳入与果戈理的比较视域;其次,内部研究卓有成效。作品分析几乎涉及了果戈理从《狄康卡近乡夜话》到《与友人书简选》和《死魂灵》第二部的所有作品,运用了哲学、社会学、文化学、心理学、符号学、叙事学、语言学等多种研究方法,对果戈理作品中的形象体系、情节结构、主题意蕴、表现手法、风格特征等方面进行了多角度的描述、概括、阐释甚至是争鸣;再次,外部研究得到加强。对果戈理创作的流派归属、在文学史上的地位和意义、哲学的和宗教的底蕴等问题进行了探讨;最后,对中外果戈理研究成果的研究方兴未艾。

横向比较的话,则果戈理研究在我国总体上还没有形成较具规模的研究方向。原因有三:一是先天不足。苏联解体以后,果戈理身份尴尬,乌克兰出身和俄语写作的拧巴,造成姥姥不亲舅舅不爱的局面,俄乌在2009"果戈理年"的归属之争也不外乎证实了这一点。这显然影响了果戈理的声名远播,令当下的俄苏文学研究者觉得,与普希金、托尔斯泰、陀思妥耶夫斯基等巨擘相比,果戈理似乎分量不足。二是接受偏差。以往的评介造成了一种对果戈理的片面接受,仅突出了其创作中作为表面形式的讽刺批判的元素,而忽视了其他更为本质性的元素,如集浪漫主义、现实主义和现代主义诸元素于一身的特质、宗教道德的探索激情和宗教神秘主义气质等等,致使当代读者对果戈理的阅读与研究兴趣缺失。三是历史情势。受大的社会文化环境的影响,我国新生代读者更青睐快

---

① 《俄罗斯文艺》2005(4)。
② 《小说评论》2006(1)。
③ 《俄罗斯文艺》2009(3)。
④ 《国外文学》2010(1)。

餐式和图像式文化消费,对经典文学,尤其是具有很强的社会责任感和苦难意识的俄国经典文学的兴趣不大。在这样的时代背景下,尽管近二十年来学界对果戈理的接受已经逐步在还原其本来面目,但毕竟大势已去,果戈理很难再成众所瞩目的作家。

凡此种种,使得专门致力于果戈理研究的学人较少,大部分研究成果的出现往往具有随意和跟风的性质,且质量上良莠不齐,不少论文为迫于科研压力的应景之作,论题重复,观点雷同,滥竽充数,甚至还有明显的抄袭现象。当然,严肃认真的论者也不乏其人,只是有些人在果戈理研究中属于客串,并不以此为自己的专攻领域,他们的研究长处在于视野开阔,具有一定的理论支撑,学理性较强,但同时在某种程度上,这也限制了这些研究者对果戈理创作的深入、贴切的了解和理解,缺乏系统性研究,有时难免给人一种依据某种预设展开阐释的感觉,甚至有的评述令人觉得说的不是果戈理的事儿,不过是在拿果戈理说事儿。

未来的果戈理研究应该是向着多元化的方向进一步发展和深化,尽管还会出现每到周年纪念便成果扎堆儿出现的情况,但总体上会呈现平静的推进,并且,经过了近二十年的能量积蓄,近期应该可望有大部头的专著出现。

第二节　屠格涅夫小说研究

屠格涅夫(Ivan Turgenev,1818—1883)素有"小说家中的小说家"(莫洛亚语)之称,在中国拥有110年的译介史。他的作品早在新中国成立前就得到全面翻译。新中国60年,这位作家的研究在中国可谓三起三落;经历了17年政治意识形态的图解,十年浩劫的封禁与批判,改革开放后再现生机,最终走向文化与审美的多元学术开掘。

一、新中国成立前研究的简要回顾

三个板块构成了新中国成立前屠氏在中国的主要状貌。一是作品翻译,二是国外成果引进,三是国人研究。

屠氏最早被译成中文的是中小体裁作品,首先是散文诗,后是一批言情中短篇小说,这与当时中国渲吐劳动大众不公正社会地位的情绪有关,同时也于"蝴蝶鸳鸯派"盛行之时迎合了当时的审美口味。至于屠氏的长篇小说翻译则始于20世纪20年代初,标志是沈颖译的《前夜》(1921),后是耿济之译的《父与子》(1922),随后其他长篇也接二连三地被翻译成汉语,热译的缘起在于广大民众从中读到了"中国现时社会里的奋斗,正是以前俄国小说家所遇着的奋斗"①。20—30年代,屠氏成了"被译得最多"(鲁迅语)的外国作家,40年代,六卷本作品集(巴金等译)和散文诗集(李南岳译)出版。截至1949年,仅六部长篇小说就有21个汉译本,《猎人笔记》在内的中小体裁作品汉译本难计其量。

中国屠格涅夫研究的国外成果引进先于作品翻译,见于文学史书简介、书籍序跋,及至屠格涅夫研究专论。正是于日本人山本利喜雄撰写的《俄罗斯史》(麦鼎华译,1903)中中国人第一次得知"的伽涅辅"(屠格涅夫)的名字,并初识其文学风格,于克鲁鲍特金《一个革命家的回忆》(周作人译,1907)中我们见识了虚无主义者巴扎罗夫。有影响的传记与研究论著有安年科夫的《屠格涅夫回忆》(耿济之译,1933),斯特拉热夫的《屠格涅夫的生活和著作》(刘执之译,1949),值得一提的是法国安德烈·莫洛亚的《屠格涅夫》(吴且刚译,1934,1935),在中国影响最为久远,且早于屠氏祖国俄罗斯67年翻译。

中国的屠格涅夫研究成就一源自译作的序跋,二出自综论著作的相关章节,三来自专论文章与专著。梁启超的《论俄罗斯虚无党》(1903)对"缁格涅夫"(屠格涅夫)《猎人笔记》特点与社会意义做了认定;田汉《俄罗斯文学思潮之一瞥》(1919)对屠氏前四部长篇,尤其是《父与子》社会性与政治思想意义予以了指导性评价。屠格涅夫研究第一篇论文出现于五四之后,即胡愈之写的《都介涅夫》(1920),论具体作品是署名为"白"的文章《论屠格涅夫的〈初恋〉》(1928),其文细腻准确地分析了作品主人公的"情感辩证法"和斯拉夫人特有的心理情怀;黄源的《屠格涅夫的生平及其创作》(1929)乃我国第一部屠格涅夫研究专著。郁达夫的《屠格涅夫的〈罗亭〉问世以前》(1933)对屠氏此前的生活与思想予以了个性化论述。1948年,出现了三篇路标型论文。林海在《〈父与子〉及其作者》中对处于中国学界一片赞词中的《父与子》、人物塑造及至主题意义首次做了负面评价,巴扎罗夫形象矛盾性至今仍是文学争议之话由;与之相对的是常风的《屠格涅夫的〈父与子〉》,对屠的写作艺术,尤其是心理描写做了研究,心理隐蔽描写之说竟早于俄罗斯屠学界的相关立论;王西彦的《论罗亭》(1948),推倒了前人对罗亭"多余人"的认定,充分肯定了人物的正面作用,于形象对比中初显了堂吉诃德和哈姆雷特的类型研究,引擎了后世国人对罗亭是否是"多余人"的争执。

新中国成立前的屠氏译介甚是热闹,但尚处于初级阶段,系统性与学理性都还有待提升。

---

① 《鲁迅与中外文化的比较研究》,北京:中国文联出版公司,1986年,第21—22页。

二、1949—1977 年间的屠格涅夫研究状况

20 世纪 50 年代至 1966 年间,因新中国成立前屠氏的大部分小说已经被译成汉语,新译成为短缺,即便有所出版也大都为修订本和重译本。

此时的中国屠格涅夫研究处于低谷,暴风骤雨式的社会主义建设将读者眼球引向能指导中国现实社会的当代苏联文学上,屠氏的纯情与唯美对于中国革命与建设需求相去甚远;再者,当时的苏联文学对传统文学不予重视,这也影响了中国的屠氏研究;还有,我国国内政治运动的接二连三,至"文化大革命"爆发,屠格涅夫研究在中国几近中断。

50 年代的中国屠格涅夫研究,零星引进了几部苏联学者专著,如,帕甫洛夫斯基著的《回忆屠格涅夫》(巴金译,1953),诺维科夫著的《论〈猎人笔记〉》(丰一吟译,1956),彼得罗夫著的《屠格涅夫》(张耳译,1957),普斯托沃依特著的《屠格涅夫评传》(韩凌译,1959),比亚雷等著的《屠格涅夫论》(冒效鲁译,1962)。1953 年逢屠氏逝世 70 周年,中俄学者的纪念文章发生了普众性的效应。《光明日报》发表了普斯托沃依特的文章《纪念俄罗斯作家屠格涅夫逝世七十周年》(9 月 3 日,蔡国华译),其文令人信服地指出了屠氏现实主义之特点在于积极拥护社会民主主义倾向,对社会矛盾的深刻分析,对俄罗斯人民伟大未来保有永恒信念,以及为这个未来而写作的热诚愿望;与此同时,南京《新华日报》发表彼得罗夫文章《伊·谢·屠格涅夫》;似乎与之呼应,《新民晚报》发表中国学者羊的文章《十九世纪一个反对农奴制的艺术家——纪念俄罗斯作家屠格涅夫逝世七十周年》,文中指出,屠氏小说深远的思想感情包含于艺术形象之中,并有高超的艺术,曲折传达社会呼声,反映出当时的时代精神。中俄学者营造出了屠格涅夫研究对话氛围,表达了两国人民对屠格涅夫的热爱之情。

随着 1957 年"反右"开始,对国外屠格涅夫研究的译介明显呈衰减之势,而我国国内的屠格涅夫研究更是捉襟见肘,除去若干作品序跋,相关论文不足十篇。比较有影响的有,如郑谦的文章《屠格涅夫〈父与子〉中主人公巴扎罗夫研究》(1957),牧惠的《屠格涅夫笔下的笑》(1962),叶乃方的《屠格涅夫小说〈前夜〉的思想和艺术特点》(1963)等,由于时代局限,其中一些文章都因缺乏客观评价且流于空泛,艺术分析流于简单,更有对屠的无端指责,主要为思想上的诟病,而少学理推论。但屠氏在中国的民间影响还在,尚有一批青年学生还沉湎在屠所营造的"罗曼蒂克的初恋中",并向往幸福、自由、纯洁、善良的俄罗斯女性,但在那个"阶级斗争为纲"的极左时代,这些行为和情感统统被归咎为"缺乏政治免疫力"而遭到批判。"文化大革命"还没开始,一篇充满阶级火药味的文章,即《〈前夜〉人物批判》(1965)便向着屠氏劈头盖脸压过来,仅从篇名即可看出其"革命"杀机。在作者看来,这部作品中没一个好人,斯塔霍夫"灵魂肮脏",

有着"资产阶级的丑恶面目",伯尔森涅夫"自私和虚伪",是"十分善于玩弄花招"的骗子,就连叶莲娜也有着"自私和庸俗的灵魂",而英萨罗夫则是属于剥削阶级的,狭隘的民族主义者。与此同时,谁若对女主人公叶莲娜抱有好感,那就是"缺乏分析能力……慢慢地就受到毒害了"。作者把一部外国文学作品如此简单化,用中国式的阶级斗争去口诛笔伐,以纯意识形态去框套,显然是一种庸俗社会学的批评,也是极左文艺批评中的教条主义的恶性发展。1966年,"文化大革命"爆发,屠氏没能逃脱所有外国作家的命运,作品被认为是靡靡之音,"小资情调",毒化人的灵魂等等,被视为毒草打入冷宫,中国屠格涅夫研究由此陷入中断,偶有文字,也只作为批判材料内部使用,即便发表,也是"打棍子,扣帽子",大有让其永世不得翻身之势。

三、20 世纪 80 年代的屠格涅夫研究状况

自 1978 年起,中国不仅重又开始了屠氏研究,而且进入 80 年代,中国屠学界似乎铆足了劲要把"文化大革命"耽误了的时间补回来,这期间,人们以学术会议、杂志专刊、各类研究文章等多种形式表达对这位"北国巨人"的由衷喜爱,营造出了中国屠格涅夫研究的空前繁盛。

这一时段开启之作当属陈燊的《一幕动人的哑剧——读〈木木〉》、雷成德的《〈父与子〉中心人物及人物之间的关系》(1978)、胡斌的《也谈巴扎罗夫和其他人物》(1978)、葛杏春的《一曲资产阶级的挽歌——读屠格涅夫〈贵族之家〉》、叶乃方的《屠格涅夫的小说〈处女地〉》(1978)等等,尽管这些文章仍多从作家的思想立场出发,人物的社会意义着手,但一定程度上为 80 年代中国屠格涅夫研究步入高潮拉开了序幕。

翻译方面,屠格涅夫传记丛书成了热点。除了普斯托沃依特的《屠格涅夫评传》的再版(1983),还有娜乌莫娃的《屠格涅夫传》(1982),其中,鲍戈斯洛夫斯基的《屠格涅夫传》(1959)的翻译似乎最为抢手,自 80 年代至 1992 年,这本书竟有六个译本在中国出版,可谓重复过多,且译本质量参差,而当下在俄罗斯屠学界声誉最高的尤利·列别杰夫的《屠格涅夫》(1991)至今在中国尚无人问津。令人可喜的是,法国传记作家安德烈·莫洛亚的《屠格涅夫传》(1982,1983)的重译出版,代表了我国学者的审美品位和学术眼光,"弥补了以往翻译的传记著作中作家生平和作品艺术的重视不足"(陈燊语)。这本传记在作家祖国俄罗斯直至 2001 年才被翻译出版。无论在中国,还是在俄罗斯,这部著作都赢得了非常好的学术口碑,得到专论评述,其援引率一直居高不下。

诚然,80 年代的中国屠格涅夫研究,翻译外国的研究成果并非主流,本国学者的论文发表如雨后春笋,层出不穷。据不完全统计,这期间共发表各类研究文章 305 篇,学者专著 13 部,这样隆重的文学礼遇在外国作家中非屠氏莫属。

学术论文中,长篇小说研究成了80年代屠格涅夫研究的主流话语,作家现实主义特征研究成了首要议题。如叶乃方《屠格涅夫的现实主义观点》(1983)对其做了丰富的诠释,张耳的《浅谈屠格涅夫现实主义文艺观》对屠的审美信念做了令人信服的阐释,程正民的《屠格涅夫的现实主义创作论》(1983)结合着文学批评对屠氏创作理论给予了分析,朱宪生的《论屠格涅夫的现实主义特点》(1984)将屠氏现实主义概括为"敏锐的现实主义""心理的现实主义""抒情的现实主义""简洁的现实主义"(在其后来的著作《论屠格涅夫》(1991)中填补了"浪漫的现实主义"),卢兆泉的《亦史亦诗 嘎嘎独创——从六长篇看屠格涅夫现实主义特色》(1985)则又概括出"历史的现实主义"和"富有诗意的现实主义"等等。在肯定两位学者的诸多"主义"特征同时,全面考察屠氏各种体裁小说,我们不妨还可以认定其现实主义还带有印象主义等多种现代主义特质元素。

80年代对屠氏长篇小说人物研究多集中于巴扎罗夫与罗亭上。如,梅希泉的《巴扎罗夫和他的时代》(1984)与李兆林的《屠格涅夫的〈父与子〉与六十年代的思想斗争》(1989)将巴扎罗夫的悲剧与特定时代相挂链,增加了人物的社会思想意义;何茂正的《论巴扎罗夫形象》(1984)、包文棣的《巴扎罗夫是什么样的典型》(1984)就人物的思想观、科学观、人生观,亦即具体表现为爱情观的矛盾性予以质疑,考察作品结局的矛盾性并归咎为作家本人世界观矛盾所致。80年代,我国的俄罗斯文学界开展了对罗亭形象的讨论,姜椿芳在他的《对〈罗亭〉的一种看法》(1983)中率先指出罗亭的形象大可商讨,而不应简单定位为"多余人",赞成此观点的有吴嘉佑(《俄罗斯需要罗亭》,1988)、林亚光(《为罗亭翻案——罗亭与"多余人"形象比较》,1988)等多位学人,到了90年代,还有陈远明(《罗亭形象新论》,1996)、朱明磊(《罗亭是"多余人"吗?》,1999)。其实对罗亭的"多余人"形象的质疑始于19世纪的俄罗斯文学批评,就在民主批评阵营之中,但我国的探讨融进了自己的思考,思想内涵也随着时代的演进而丰富。李金奎的《罗亭不是"多余人"》(1987)考察了这部小说的创作动机,认定,作家是带着"爱与沉思"来写这部作品的,不是"多余人"典型性格的推出,而是19世纪40年代贵族当中进步知识分子形象的塑造,描述他们在当时所起的社会作用以及他们的命运问题。

80年代屠氏长篇小说研究成果丰硕的当属卢兆泉,这位学者几乎每年,及至90年代上半期都有颇具学术分量的论文问世,关涉作品的思想特征、与创作思想相挂链的诗学手段和人物形象的诗意化塑造等,其中,用德国格式塔心理学理论来诠释屠氏作品的审美意蕴颇具新意,论理深刻,同时,长篇小说的叙事、反讽、哲理与象征等命题至今仍不失前沿性。

80年代的《猎人笔记》研究,艺术分析上不乏有价值之作,如冯羽的《〈猎人笔记〉艺术探微》(1984),林树雕的《大手笔下的大自然——〈猎人笔记〉的景物描写》(1984)等,但由于作品含有反农奴制倾向容易导致文学批评的政治简单化,如戴经纶的《〈猎人笔记〉的宏观研究》将政治思想倾向与作品捆绑得过紧,而忽略作品人道主义思想与艺术内涵,有的文章一味强调作品的调子不明朗,阶级火药味不浓,以此定论作家"落后""不高明",如《光明日报》刊载的文章《文学要给人民以力量》和《论〈猎人笔记〉的思想倾向》等。

80年代发表了许多高屋建瓴的总括性文章,并侧重于对屠氏长篇小说艺术世界的探求,使得中国屠格涅夫研究初步呈现了思想性向艺术性的过渡。陈燊的若干作品序将屠格涅夫小说若干艺术特征与欧美作家和俄罗斯作家做多维比较,对屠格涅夫语言特色、结构方式、风景描写、抒情气息和作品的内在气韵都做了准确的定位和独到的学理探究;王智量的《"小说家之中的小说家"——屠格涅夫小说艺术特点散论》(1985),细致分析了屠氏小说艺术的成就与不足,雷成德的《论屠格涅夫小说的艺术手法》(1984)对屠氏小说诸上特征阐述了自己的看取,但在批评人物爱情与事业的一并失败时尚缺乏人性的观照。朱宪生的论文《时代与个性——对屠格涅夫创作的在认识和再思考》(1985)在一定程度上具有引领作用。就如何评价屠格涅夫的创作遗产,作者发表了颇具见地的看法,既不能拘囿于革命民主主义文学批评的框定,即结合社会斗争、时代条件来解释与评价,也不能盲目随从西欧认定的屠氏对人性和人情的揭示,而是要兼顾时代与个性两个要素对作家创作予以再认识和再思考,亦即不管时代发生怎样的变化,创作始终忠实于自己的个性,对长期以来人们赋予屠格涅夫过多的社会功利和意识形态的价值权衡无疑是个有力矫正。

拱起80年代中国屠研顶峰的是1983年,这一年适逢屠氏逝世100周年,堪为中国的"屠格涅夫年"。《外国文学季刊》等七家知名杂志在该年全都设立纪念栏目,尤其是《俄苏文学》杂志,开辟了特刊专辑,论文、译文、屠氏创作轶事以及大事年表全套推出。这一年,各类屠格涅夫研究文章约八十五篇。厦门召开的全国纪念屠氏逝世100周年学术研讨会当属本年度屠格涅夫研究的最大盛事,是我国迄今为止唯一一次以屠格涅夫研究为专题的学术会议,既是对当时我国屠格涅夫研究实力的检阅,同时也是新时期的动员会。会议出版了论文集《屠格涅夫研究》(1989),不仅仅对屠氏六部长篇小说的诸上社会思想性问题展开研究,同时也以艺术审美对既往作家创作手法研究的缺位予以填充,其中冯增义于与托尔斯泰的比较中准确突出了屠氏长篇小说的心理描写特征(《屠格涅夫长篇小说中的心理分析》),唐冰湖以中国审美视角对屠长篇小说的风景描写予以论述(《于奇景中见人心——屠格涅夫长篇小说的风景描写》),还有陈敬咏对屠氏中长篇小说少女形象和抒情风格的艺术魅力予以了较为准确的分析。王金陵的《屠格涅夫作品的音乐性》和陈守成等的《屠格涅夫描写笑的艺术》与俄罗斯的屠格涅夫研究不期而遇,且具备自己的特色,即人物内心刻画功能的挖掘。难能可贵的是,张建华的论文《屠格涅夫晚期浪漫主义中短篇小说初探》第一次对屠的"神秘中短篇小说"予以专门研究,尽管个别作品的体裁定位及其创作分期有待商榷,但论文先知性地涉入"白银时代"的热点议题,及至20—21世纪之交俄罗斯屠学界公认的前沿领域。

纵观80年代的屠格涅夫研究,论文数量庞大,但多局限于长篇小说研究,而较少中短篇小说的问津,总体来说依旧是思想倾向与社会功利胜于艺术特色,尤其是80年代初,一些学者还没能完全走出过去的单一的社会思想批评模式。

四、1990—2010 年间的屠格涅夫研究状况

这一时段的中国屠格涅夫研究,与80年代研究筋肉相连,不可截然分割。如果说,80年代多以论文取胜,那么这一时期的中国无论是翻译还是研究都是大部头醒目,且各个领域都有引擎之作,发展并光大了80年代已初步出现的,即挣脱一味的思想性而转向对屠氏的艺术审美研究,且视域开拓、方法多样,呈现出高水准,宽口径,既有声势,又不乏质量的优良态势。

90年代屠氏翻译最突出成就是十二卷本《屠格涅夫全集》(刘硕良主编,河北教育出版社,1994年)的出版。该全集汇聚了我国译界名家,收入了屠氏各类体裁的作品,以较为准确精当的翻译为我国的屠格涅夫研究提供了重要蓝本,堪为我国屠氏翻译的总结性工程。《全集》的一大亮点在于研究文章的配套,分别以分序与总序形式推出了我国权威屠格涅夫研究家陈燊、朱宪生等的研究成果,同时配有大量的题解和注释,以及点明作品要义的插图,使得整套文集具有纲领性与指导性特征。

俄罗斯屠学界定期有屠格涅夫研究综述文章刊出,具体执笔人为普斯托沃依特,值得一提的是,80年代初至90年代末,普氏的每一篇相关文章都被翻译了过来,为我国的屠格涅夫研究提供了及时与准确的信息和学术指定。同时,与之相呼应的是我国学者对俄罗斯屠格涅夫研究状况卓有成效的追踪与研究,如李兆林、张秋华分别以《苏联的屠格涅夫研究近况》(1983)和《苏联当代屠格涅夫研究近况介绍》(1986)撰文,为中国的屠格涅夫研究提供了若干新的理论和有力的前行参考。但遗憾的是,时至21世纪,俄罗斯诸多最具学术权威的研究专著没人翻译,如沙塔洛夫的《屠格涅夫的诗学问题》(1969)、库尔良茨卡娅的《屠格涅夫的美学世界》(1994)等,有的只是翻译质量不高的个别专著的节译。

朱宪生的两部专著《论屠格涅夫》(1991)和《在诗与散文之间——屠格涅夫的创作和文体》(1999)当为90年代中国屠格涅夫研究的重量级研究成果,两部专著由全面推介到相关领域精深研究。第一部以隽永且不乏激情的文字向读者展示了屠氏思想艺术的方方面面,及至"抒情哀歌式的结构"以及关涉社会问

题的长篇小说与纯情唯美的中短篇小说平行创作等都有准确论述,但有限的容量影响了深度开掘,同时作者"一定要研究出中国特色"的矢志在一定程度上影响了屠氏思想与艺术本真的传递。第二部专著锁定"文体",对屠格涅夫一生的创作路径,亦即诗歌起步,小说彪名,最终诗与小说的交汇,做出了令人信服的界定,同时对一部作品中多种文体的交互作用做出了个性化的阐述,学理深刻性强于前一部专著,其观点与成就堪为独树一帜。两书都对"留住"与"美在瞬间"作出专章论述,依笔者看来,"美在瞬间"只是一篇散文诗的偶发感想,权且美学追求的一个方面,不足支撑屠氏的整体审美信念,屠的"美在艺术"之自白,更贴近艺术家的美学视界与精神。但专著意义也恰在于此,即为我国的屠氏研究"从纯社会学的方法到美学方法的嬗变"提供了颇有学术价值的范本。

程正民专著《俄国作家创作心理研究》(1990,1999)中的章节《屠格涅夫:特殊音调和特殊构造的喉咙》同样是一篇侧重于屠氏美学方法研究的论文,文章立论与实例相得益彰,对作家创作中的客观态度和敏锐的诗意天才,尤其是屠格涅夫的"隐蔽心理学"特征予以定论性研究,至今不失为一部"新"著。

世纪之交的屠格涅夫研究新特色之一在于作家的文化解读。林精华的文章《屠格涅夫创作中的平民知识分子形象》(1997)以屠格涅夫对西方的唯科学主义和唯理主义对人文价值的负面作用立场为依据,探讨屠格涅夫通过平民知识分子的塑造,在激进思潮影响下对俄国现代化进程的作用,为巴扎罗夫等的性格矛盾找到了西方文化缘由,同时在平民知识分子的际遇矛盾中寻求现实的反思意义。刘道泉撰文探讨屠格涅夫长篇小说的戏剧化特征(1990),张中锋探讨《父与子》中屠格涅夫的文化理想主义(2001)均让人耳目一新。王立业的《屠格涅夫的宗教解读》(2007)提供了一个新的视角,但文中多见作品现象罗列,而理论抬升不足,这篇抛砖引玉之作旨在引发国内对此文化内涵的进一步开掘。

蓬生论文《屠格涅夫小说艺术中的宣教倾向》(1993)值得关注。借助于长篇小说文本,指出了屠氏作品艺术上的种种不足,尽管这些不足已在前人研究中一一关涉过,但仍具备一定的新见解。作者就屠氏艺术的缺漏问责于俄罗斯文学历史的短暂而缺乏成熟范本的呈现,其间,屠格涅夫不足以承当现实主义小说家的艺术使命不无道理,但依笔者看来,仅凭这一点就成为"宣教"之必然,值得商榷。在笔者看来,比起托尔斯泰等同时代大作家,屠氏的宣教则少得多,且甚为隐蔽,而把联想与思考留给读者恰恰不在于宣教,而在于启迪。然而,论文作者的若干观点是具有划时代意义的,矫正了长期以来的中国屠格涅夫研究以意识形态批评取代审美批评的倾向,较为准确地指出,较之于托尔斯泰与陀思妥耶夫斯基,屠不是思想家,而是艺术家,而且是一位现实主义成分不足、浪漫主义很浓的艺术家,同时艺术家屠的身份的确定靠的不是他的长篇,而是中短篇。论文无疑是对我国僵化已久的屠格涅夫研究观点的反拨,两种观点均与

"白银时代"的象征派观点不谋而合,后者甚至将屠氏的体裁分裂视为其人格分裂,写长篇小说是违背自己的艺术良知而迎合"社会订货"①。历史行至21世纪,在中国地主与农民的关系已"一笑泯恩仇",我们对屠思想性的探究也不宜再言必"轰击农奴制的猛烈炮火",揭露其地主母亲的残忍,誓和贵族阶层战斗到底,"爱情与革命政治抱负结合起来的俄国作家"(何况这些并不尽符史实),最起码不要赋予屠氏思想过多的教化功用,而是要多关注其人与宇宙关系的哲理思索与探求,对人性与人格的珍爱与守护,对祖国命运的思考,对爱、善、美的执著追求。

翻看屠氏的浩浩30卷文集,长篇小说仅仅是六薄本,所占比例远不能与中短篇小说作比。就此,加强屠氏中短篇小说的研究势在必行,着力开掘其审美特质更符合小说家屠格涅夫的艺术本真。同时应该认定,屠氏研究务必置于作家的完整艺术世界中去,否则我们只能是盲人摸象,犯以偏概全的毛病。

屠格涅夫中短篇小说,如《春潮》《初恋》《阿霞》在我国翻译得最早也最多,但后世给予的研究却非常少,就更不用说其他中短篇小说了。郑永旺的论文《论〈阿霞〉的审美特征——兼谈车尔尼雪夫斯基对〈阿霞〉批判的失衡现象》(2005)是一篇富含学术新意的论文,作者准确将小说定位为一篇"纯粹书写个体感情发展的情感小说",并指出车尔尼雪夫斯基因社会功利使然,让一个偶在的生命个体对社会整体精神状态负责是有失公平的,透过于此,我们看到的民主派和"白银时代"现代派的文学批评各有自己的主观任意性弊病。许是因车尔尼雪夫斯基的影响,类似评论在我国80年代就已屡屡读到,如郎业成的《简论〈阿霞〉的爱情悲剧》(1986),除了爱情,作者从中看到的是"当时的俄国社会现实,具有强烈的时代特征",还有蔡申的《〈初恋〉中齐娜伊达》(1987)等。中篇小说《春潮》早在1915年我国就有所评述,称其"短篇中之佳作。崇尚人格。描写纯爱。意精词赡。两臻其极"②。但这样的优秀作品在中国很少能见到与之相适应的论文,有的依旧是,《屠格涅夫笔下的又一个"多余人"——浅谈〈春潮〉中的萨宁》(1983),将一篇远离俄罗斯而发生,远离政治的爱情小说恣意予以意识形态的拔高而对人物严加挞伐,似乎要用他来回答"谁之罪"等重大社会问题;包括2012年发表的论文《爱如潮水——论屠格涅夫的大型中篇〈春潮〉》也不如我国的原初评论尚能触及作品艺术本真。相比较而言,王秋平的《论屠格涅夫和他的小说〈春潮〉》(2010)结合着屠氏爱情艺术表征对萨宁及其悲剧性格作了较为准确的揭示。

小说家屠格涅夫艺术世界是丰富多元的,富含社会思想的长篇小说与艺

---

① 参见王立业:《梅列日科夫斯基文学批评中的屠格涅夫》,《外国文学》2009(3)。
② 陈嘏:《春潮》译序,见《青年杂志》第一卷第一期,1915年9月15日。

价值见长的中短篇小说并行创作,同是其中短篇小说,也是风格迥异并同时问世,即既有抒情浪漫的,也有神秘莫测的,学界称为"神秘中短篇小说"。"神秘中短篇小说"约占其全部中短篇小说的三分之一还多。这批作品创作跨时长,数量多,从 50 年代一直到作家去世之前,且每个时段都各具特征,即 50 年代对人生、幸福以及爱的死亡走向的哲理思考,60 年代的宿命忧郁与悲观绝望,70 年代对不可知的人生迷茫,80 年代轮回至 50—60 年代的爱情主题,但取代灰心与绝望的是生、死、爱的重组,亦即生与死毗邻,爱并不止于死亡,爱大于死亡。这些作品融汇着作家避开社会浮尘所作的冷静思考与艺术锤炼,具有很高的审美价值。遗憾的是,我国及至目前对这类小说只有翻译却鲜有研究,除了上面提到的张建华的专题论文,朱宪生第二部专著的若干章节的情节介绍,此外还有杨清容的屠格涅夫中篇小说《死后》的译后记《爱比死强,爱大于死》(1989)以及其他个别译序、个别论文的零星提及,如王智量的论文《从屠格涅夫笔下的自然界谈起》(1983)、罗岭的《屠格涅夫爱情小说的悲剧特点》(1983)、邹丽娟的《浅谈屠格涅夫小说的爱情描写》(1995),但专题研究力度远远不够。

少女形象是屠氏艺术世界中极其活跃的美学要素,对它的品评几乎伴随中国屠格涅夫研究全过程。自 80 年代起就有相关论文问世,如曹石珠的《论屠格涅夫长篇小说中的正面女性形象》(1984)、徐祖武的《屠格涅夫笔下的少女形象》(1983)、陆肇明的《试论屠格涅夫笔下少女形象的理想化》(1984)、曹薇的《夺人心魄的艺术群像——试谈屠格涅夫长篇小说中女性形象及其塑造》(1988)等等。进入 20—21 世纪之交,屠氏女性形象研究有了新的视角。闫吉青的论文《屠格涅夫少女形象的美学品格》(2003)从艺术美与人性美角度归纳出其崇高美、朦胧美、自然美、柔中带刚美,认定屠氏笔下女性的立体美,其中不乏当下人的审美认知。刘绿宇的文章《论"屠格涅夫家族"的少女与少妇形象》(1999)慧眼独具,主要着眼于作家中长篇小说的爱情描写,从艺术欣赏角度和人性深度去考量与重评屠氏女性形象,得论:少妇强于少女。但文章的败笔在于对《初恋》中齐娜伊达形象的定位上,作者将这个人物列为以玛丽安娜为代表的少妇行列是对文本的不熟,同时称齐娜伊达是"风骚女子"无异于称毕巧林是流氓恶少,拧反了作品的"初恋"立意,所谓的"只是被男人们娇宠坏了"等等类说更是对屠氏苦心塑造的一位高傲俊美、深陷泥沼而奋力脱俗却又断难如愿的悲剧女性形象的歪曲。殊不知,齐娜伊达形象在俄罗斯获得很高评价,是令屠氏骄傲的艺术神来之笔。刘绿宇的文章引发了一系列对"屠格涅夫家的女人们"中少女与少妇形象的思考,如缑广飞的论文《浅论屠格涅夫的少女与少妇对立原则》(2003)对爱情悲剧走向做出了较为准确的定论,即"与其说他(屠格涅夫)歌颂了爱情,不如说他否定了情爱"之立论不乏新意,但屠氏实际爱情观及其表现比文中所写似乎要复杂深刻许多。这类文章还有赵艳花的《屠格涅夫小说中少女与少妇形象的象征意义》(2010)、佚名的《屠格涅夫严重的少女少妇对立原则》(2010)。无论是在俄罗斯,还是在中国,均认为屠氏女性形象与男性是对立出现的。但在我国的思维定势中,屠格涅夫笔下的"女主人公总是比男主人公强",由此一味歌颂屠氏女性,贬斥其男性。在巴金看来,这些女性"有勇气,有毅力",而对立于此,男性则"能说不能行,没有胆量,没有决心"①,所以评屠氏笔下男主人一概是"多余人",爱情中的"逃兵"。其实,俄罗斯早已开始从人性角度重评屠氏笔下男女主人公形象。同样是形象的对立,但完全可以牵引出别样的学术话题。我们看到,在爱情之初,屠氏女性的确表现得执著而坚定,但这些女性却经不起任何感情上的挫败,而动辄舍去爱情本身;她们先前的所谓的深挚爱情甚至不足以给她们的心上人一个解释、道歉,乃至忏悔的机会,要么决绝离开(阿霞、丽莎),再无消息(阿霞),或者是很快另觅新的感情栖所——另嫁他人,甚至不惜嫁给庸人俗流(娜塔莉亚、齐娜伊达、杰玛),抑或神秘死去(克拉拉、薇拉),死后也让男人不得安宁(克拉拉·米利奇)。与女人们相对立,屠氏的男人们却背负沉重的道德负担,无论是哪一种形式的爱情错失,他们都是全力补救(恩),懊悔终身(恩、萨宁、阿拉托夫),而后身陷永久的孤苦伶仃之中(恩、萨宁),大有一种"曾经沧海难为水,除却巫山不是云"的悲壮情怀,似乎唯有此才能惩罚自己的过错,以一生的独守来祭奠自己的初恋。

进入 21 世纪,不少学人自觉加强对屠语言的研究,笔者觉得这是与"语言艺术家——屠格涅夫"美学气韵最相契合的学术路径之一。相关论文有王加兴的《〈猎人笔记〉的语言风格》(1991)、《〈父与子〉的对话艺术》(2004)、王立业的《屠格涅夫心理描写的语言分析》(2007)等,为接通语言与文学的桥梁做出了自己的尝试。

屠的比较研究是一个传统命题,自 80 年代,迄今已成时尚。除去偶得一见的屠格涅夫与西欧作家比较,较常见与俄罗斯作家比较。包括以下几个方面。生平与创作:叶乃方的《屠格涅夫与托尔斯泰的坎坷的友谊之路》(1982)、魏荒弩的《涅克拉索夫与屠格涅夫》(1983)、赵先捷的《开拓者与深耕者》(1983);风景描写:曾思艺的《在诗意的自然中探索人生之谜——丘特切夫对屠格涅夫的影响》(1994);心理分析:任光宣的《托尔斯泰、屠格涅夫、契诃夫的心理分析方法之比较》(1988)、曹丹和魏敏的《两种不同的心理描写艺术——托尔斯泰、屠格涅夫心理分析方法之比较》(1997)等。王立业的《"两山也有碰头的时候"——论屠格涅夫与陀思妥耶夫斯基小说创作的心理分析》(2003)首开先河对两位公认不同类型的作家展开比较研究,第一次通过心理分析比较理出两位作家为服从艺术真实需要而互为影响,及至同一。屠格涅夫与"白银时代"、与

---

① 巴金:《在门槛上——回忆录之一》,《水墨》1936 年第二卷第 3 期。

20 世纪俄罗斯文学的比较研究在俄罗斯屠学界方兴未艾,但在我国见之甚少。目前有王立业的《"白银"诗人读屠格涅夫》(2002)、李树森的《从屠格涅夫看肖洛霍夫》(1985)。这两项比较意义较为重大。将屠格涅夫置于"白银时代"去研究,对我们结识小说家的另一副面孔,了解其完整风貌不无裨益之处;另外,将屠氏与布宁、普里什文、帕乌斯托夫斯基、卡扎科夫、索洛乌欣等诗意现实主义作家相比较,则会凸显屠格涅夫开创的一派浪漫主义现实主义文学,可以理出一部内容独特的 20 世纪俄罗斯文学史。

屠格涅夫与中国作家的比较自 80 年代下半期至今长盛不衰。特征在于,覆盖面宽,跨时长,从古代的曹雪芹(张本彪的《来自心灵世界的"音乐般的哭泣"——试论曹雪芹和屠格涅夫创作心理的同构对应》,1992)到当代作家古华(任光宣的《古华与屠格涅夫》,2007),成果非常丰硕,体现了中国对屠的热烈接受与屠氏对中国文学的多维而深远的影响。孙乃修的专著《屠格涅夫与中国》(1988)堪为集大成之著作。作品探踪了屠氏在 20 世纪中国的译介与研究的历史,依次列出 14 位现当代中国作家(鲁迅、郁达夫、郭沫若、瞿秋白、巴金、沈从文、丽尼、田汉、王统照、艾芜、陆蠡、孙犁、王西彦、玛拉沁夫)对屠的思想艺术接受,为屠氏对 20 世纪中国文学的影响提供了实例。著作行笔开阔,论述颇具见地,以多维视角,通过中国作家的一一对接,将屠氏思想与艺术层层展开,不失为一部分量厚重的比较文学研究专著。在中国作家与屠氏的比较研究中巴金独占鳌头。毫不足怪,及至在俄罗斯也有学者称其为"中国的屠格涅夫"。这方面的研究论文可谓汗牛充栋,光是以"巴金与屠格涅夫"命题的论文就有六篇(花健、朱金顺、黎舟、孙乃修、王立业、周启华等),多就"父与子"两代人的斗争、爱情与女性形象塑造展开比较,如不乏新见之说的文章《巴金与屠格涅夫笔下的女性形象》(徐拯民,2000)。王立业的《巴金:中国屠格涅夫研究的先行》(2008)首次披露了巴金于 1955 年对屠氏故乡学术研讨会的参与,第一次向俄罗斯学界同行介绍了中国的屠格涅夫研究状况,引发了权威学者、东方学家米·阿列克谢耶夫对新中国屠格涅夫研究的高度评价,与此同时开启了俄罗斯学者对巴金的翻译与研究。方汉文的论文《屠格涅夫与巴金创作风格论》(1986)视角虽传统,但具体分析深刻且充满新意,具备一定的学术价值。另外,鲁迅与屠比较的文章也屡见不鲜,思想意义上着眼于先觉者与愚民间的相互隔膜与同室操戈的民族悲剧,审美艺术上多将鲁迅的《野草》与屠的散文诗相比较,除了孙乃修专著,如任国权的论文《迷人的忧郁与愤激的忧郁——屠格涅夫与鲁迅散文诗风格比较》(1986)、闵杭生的《〈乞求者〉、〈乞丐〉、〈施舍〉——〈野草〉与屠格涅夫的〈散文诗〉比较研究之一》等;在中国作家与屠的比较研究中值得一提的还有郁达夫比较,侧重于"多余人"与"零余人"的对比,这类文章见缪军荣的《屠格涅夫和郁达夫的"多余人"比较研究》(1985)、刘念群的《不同时代、不同国度的"多余人"》(1988)、李振声的《郁达夫与屠格涅夫》(1986)与刘久明的《郁达夫和屠格涅夫》(2000)、侯颖的《屠格涅夫影响下的郁达夫创作》(2007)等;至今尚有一些散见沈从文与屠的比较:《论〈猎人笔记〉对沈从文小说的影响》(韩立群,1991)、《屠格涅夫和沈从文小说中的自然人文景观》(赵小琪,1992),还有屠格涅夫与郭沫若的比较等等。

屠格涅夫研究在我国远不是已经穷尽,而是大有可为。虽然中国的屠格涅夫研究已经取得了重大成就,但若干僵化定论有待花力气松动,屠格涅夫的生平研究尚可继续;屠的文学面貌有待完整与真实,其美学特征有待进一步开掘;另外,屠氏与俄罗斯文学比较研究尚存很大空间。我们坚信,只要我们不懈努力,我们就会在世界屠格涅夫研究领域内赢得自己的话语权,打造出属于中国人自己的 21 世纪屠学。

第三节　陀思妥耶夫斯基小说研究

陀思妥耶夫斯基(Fyodor Dostoyevsky,1821—1881),世界范围内尤其是在西方影响最大的俄罗斯小说家、思想家,一生著述丰硕,仅长篇小说就有八部,中短篇小说近三十部,1972—1990 年苏联出版了陀氏全集,共 30 卷。陀氏与托尔斯泰常常被并称为俄罗斯文学的"双子星座",但与托翁相比进入中国读者视野的时间要晚得多,对其评价也复杂得多。

一、新中国成立前研究的简要回顾

伴随着五四时期的新文化运动,中国的新文化人出于反封建、反帝制的初衷开始有意识地介绍并引入一大批他们认为符合该需求的国外文学创作,其中又以推翻帝制、呈现一片"新天新地"的俄罗斯的作家居多,在这种推崇"为人生"文学的主流中陀思妥耶夫斯基进入了中国读者的视野。据初步统计,1949 年前各报刊评述陀氏的大小文章有五十篇左右,多集中在二三十年代,其中不乏真知灼见,现在读来依然令人感佩论者的敏锐眼光,甚至今天不少评述也无出其右。

早在辛亥革命前夕周作人就著文特别指出了陀氏创作的幻想风格,五四运动前其一篇陀氏研究译文的"译者案"虽区区千字,但却可谓捕捉住了陀氏小说的核心:"《罪与罚》中拉科尼科夫跪苏涅前,曰'吾非跪汝前,但跪人类苦难之前'。陀氏所作书,皆可以此语作注释。"[①]田汉的贡献在于发现了陀氏创作的"中心思想"是人心中灵与肉的搏斗,"结局则肉屈于灵",认识到作家"善描写不

---

① 《陀思妥夫斯奇之小说·译者案》,《新青年》1918 年第 4 卷第 1 号。

健全之人的病的心理"及其创作人物的双重人格:"……(陀氏)深信人类之灵魂内皆宿有神性……则谓即凡罪人、痴人、狂人,其心底无不有善良之魂。"①郑振铎在 1924 年的《俄国文学史略》中表达了同样的认识,这种认识洞悉到了陀氏寻找"人中之人"的创作初衷。茅盾以本名和笔名先后撰写了数篇评述陀氏的文章,其特别之处是认为陀氏创作兼具现实主义与浪漫主义两种特点,在与陀氏同时代诸作家的比较中指出其"好洁与美",尤其是"狌犴中亦有洁与美"的倾向。此外,茅盾剖析了陀氏的宗教信仰,认为作家"虽渴望一个新宗教",但对于"神的有无,他还没有解决",而这应该是其"思想很多前后自相矛盾"的主要原因,不过"不同"中的"同"是陀氏"始终笃守"的"性善论",他"认定了人性是善的;罪恶都是压制下的产物"。② 把罪恶与沙皇专制制度联系起来有一定道理,至今仍有不少研究者存有这样的认识,但陀氏表现的罪恶却并非全都由专制"压制"产生,其不少主人公的恶是先天存在于本性之中的,这类人因本性之恶感受到的苦恼与绝望正是陀氏毕生为上帝存在问题苦恼的重要根源。

中国学者引用最多的是鲁迅的观点。③ 对于陀氏,鲁迅是"尊敬、佩服",同时"又恨他残酷到了冷静的文章",这文章"显示着灵魂的深","他把小说中的男男女女,放在万难忍受的境遇里,来试炼他们,不但剥去了表面的洁白,拷问出藏在底下的罪恶,而且还要拷问出藏在那罪恶之下的真正的洁白来"。正因为如此,虽然陀氏"残酷",但同时鲁迅又对此有极为深刻的理解,因为作家"处理的是人的全灵魂",而"在甚深的灵魂中,无所谓'残酷',更无所谓慈悲"。鲁迅同样论及了陀氏的宗教"忍从",但由于"在中国没有俄国的基督",所以"不熟悉",而且这忍从"恐怕也还是虚伪"。鲁迅的这一认识在相当长的时间里影响着后世学者对陀氏宗教思想的认识。鲁迅已经注意到文学与民族性的关系,而历史学家何炳棣④更是直接把陀氏创作与地理环境、气候条件、历史际遇等影响下的俄国民族性联系起来进行考察,虽重点落于后者,但该研究成果对于深入理解陀氏创作具有重要价值。

总的来说,新中国成立前对陀氏的关注集中于他的人道主义,尤其是对"受侮辱与受迫害"者的同情,对其心理描写的深刻与独特也基本形成共识。

---

① 《俄罗斯文学思潮之一瞥》,《民铎》1919 年第 1 卷第 6、7 号。
② 《陀思妥以夫斯基带了些什么给俄国》,《文学周报》1921(19);《陀思妥以夫斯基的思想》,《小说月报》1022 年 13 卷 1 号;《陀思妥以夫斯基在俄国文学史上的地位》,《小说月报》13 卷 1 号;《陀思妥耶夫斯基的〈罪与罚〉》,《汉译西洋名著》,上海:亚细亚书局,1935;《托尔斯泰与今日之俄罗斯》,《学生杂志》1919 年第 6 卷第 4—6 号。
③ 《〈穷人〉小引》,《语丝》1926(83);《忆韦素园君》,《文学》1934 第 3 卷第 4 号;《陀思妥夫斯基的事》,《海燕》1936(2)。
④ 何炳棣:《杜斯退益夫斯基与俄国民族性》,《新中华》副刊 1944 年 2 卷 5 期。

二、新中国成立后至 20 世纪 80 年代末的陀氏研究

新中国成立初期陀氏几乎从中国读者的视野中消失了,不过,1956 年世界和平理事会开展十位"世界文化名人"纪念活动,陀氏名列其中,为配合这一活动,我国掀起了关注陀氏的小高潮,各报刊发表了将近二十篇文章,出版了一本书,但基本上属于概括性的、盖棺定论的纪念文字,观点都比较左。总的认识是:陀氏的世界观,尤其是宗教思想是反动的,而其现实主义创作方法、对穷人的同情是值得肯定的。出于揭露资本主义社会之腐朽的目的,1962 年我国极为难得地出版了陀氏的旅欧游记《冬天记的夏天印象》,之后陀氏的名字就销声匿迹了,直到 70 年代末重新出现。

陀氏重新受到关注与纪念五四运动 60 周年有一定关系,其研究对接的也正是该时期的认识,但与 50 年代的那个小高潮类似,更要求政治正确和"适应我国四个现代化的需要"①。整个 80 年代陀氏研究文章近八十篇,专著三部,但不管是主题、创作方法、心理描写分析还是比较研究,多数论著或在开篇或在结尾都要冠上陀氏"艺术上伟大、思想上消极或反动并因而作品存在软弱之处和局限性"的类似表述。产生这种评价的主要原因是陀氏的宗教思想以及他为主人公安排的皈依上帝的出路,这一切在多数中国论者眼里是"异己的东西、敌对的东西",因此陀氏"宣传了实质上是颂扬反动派的人才会颂扬的谦卑精神"②,这种感受与鲁迅类似,更是直接受到高尔基、卢那察尔斯基的影响;另一个原因是认为陀氏恶毒攻击革命者,反对、敌视暴力革命,全盘否定革命民主主义者的历史功勋,脱离现实、政治和当时的阶级斗争,对生活的阴暗面缺乏正确的分析,陀氏并不理解真正的俄国人民。比较研究出于相似的逻辑,结论大同小异。以与鲁迅比较为例,多数论者虽然认为鲁迅在多方面受到陀氏影响,但因为二者主人公的出路不同、反映生活的真实程度不同、与时代要求的契合度不同等,鲁迅的创作不论是内容还是形式都比陀氏更圆熟、深刻、耐人寻味。③ 把陀氏创作与其人生经历、癫痫病等直接联系起来也比较普遍,比如,认为陀氏热衷表现苦难与其本人遭遇有关,苦难的经历使他"不得不企求宗教为自己找寻解脱",这是"影响作品达到更高思想成就的严重缺憾";④ 陀氏"痛苦洗尽一切"的

---

① 翁义钦:《五四运动与外国文学》,《复旦学报》(社科版)1979(4)。
② 钱谷融:《关于陀思妥耶夫斯基——〈舅舅的梦〉中译本序》,《华东师范大学学报》(自然科学版)1980(4)。
③ 比如李春林:《鲁迅与陀思妥耶夫斯基》,合肥:安徽文艺出版社,1985 年(该书的六章内容分别以论文的形式先后发表);谢南斗:《鲁迅与陀思妥耶夫斯基》,《中国文学研究》1986(1)。
④ 王永生:《"穿掘着灵魂的深处"——学习鲁迅关于陀思妥耶夫斯基的创作札记》,《高校教育管理》1981(3)。

想法"无比痴愚、有害",源于基督的自我牺牲精神"更有害",因此其主人公的悲惨结局是"自作自受"。① 更有甚者,认为陀氏从早期的"革命者"转为后期的"君主主义者"是源于"自保"的"权宜之计"的观点也时时见于文字,在这样的评价中陀氏无异于一个势利小人。

对陀氏的批判多源于对其选择的个人、民族乃至国家发展道路的质疑,源于他从"革命者"变成"反革命"。而实际上选择怎样的道路是仁者见仁智者见智的事,陀氏选择的是回归"人民"根基的路,回归村社传统的路。苏联学者波波夫对陀氏"人民性"的分析是透彻的:"在陀思妥耶夫斯基的观念中存在现实的阶级性,同时理想上存在村社自古以来的某种无阶级性,二者在其艺术世界中经常交织在一起,相互沟通……在他的艺术世界中并未脱开阶级的俄罗斯、前阶级的俄罗斯和超阶级的俄罗斯的矛盾,但他找到了'人中之人'并使其形象复归的解决办法。"② 只可惜这样的声音几乎没人听得到。

夏仲翼是最早运用巴赫金复调理论评价陀氏的论者之一。更重要的是,研究者指出,社会历史批评只是观察文学的方法之一而非唯一,解读以探索人性深度为己任并且剖析人性不只依据人的社会性、认为人性的善恶与穷富无关的陀氏创作,不能置作家对人性的深刻研究于不顾,一味从社会政治角度评价其作品的价值。③ 这样清醒的认识以"散论"的形式出现透露了作者在当时背景下的小心翼翼。

关注陀氏创作与现代主义文学关系的文章比较集中,一种观点呼应西方认识,认为陀氏表现的人的道德危机、焦虑、孤独等情绪和病态人格心理的描写与现代派文学存在契合,因此他是现代主义文学的先驱和鼻祖;另一种观点指出其创作与现代派作家本质上不同,捍卫其现实主义文学大师的地位。后一种观点的时代特色更为鲜明,其根源在于否认现代派文学的价值,与把它等同于颓废文学的固有认识有关。相比之下,樊锦鑫的视野更为开阔,在梳理欧洲小说艺术发展历史的基础上指出:在陀氏那里欧洲历史上源远流长的希腊思想和希伯来思想的对立空前尖锐和露骨,其小说具有综合抒情与戏剧原则的特性,该特性的形成与世界艺术现代大综合的情势有关。④ 刘文孝运用巴赫金理论的分析也比较深入:因为描绘灵魂而具有象征性使陀氏创作对传统现实主义有所超越。⑤ 这类研究值得肯定的是其超越了多数文章的描述性、概括性评价,更重视学理分析。

---

① 李火森:《论陀思妥耶夫斯基创作市民形象的心理特征》,《外国文学专刊》1985(1)。
② 波波夫:《陀思妥耶夫斯基的人民性》,《吉林师范学院学报》1985(1、2)。
③ 夏仲翼:《窥探心灵奥秘的艺术——陀思妥耶夫斯基艺术创作散论》,《俄罗斯文艺》1981(1)。
④ 樊锦鑫:《陀思妥耶夫斯基和欧洲小说艺术的发展》,《长沙水电师院学报》1987(2)。
⑤ 刘文孝:《陀思妥耶夫斯基对传统现实主义的超越》,《文艺研究》1989(6)。

运用巴赫金复调理论分析陀氏创作的"客观性"、主人公"主体独立性"的文章不少,与巴赫金也有争论、有质疑,其中论述比较充分的是刘虎的文章。该研究者认为,注重形式、一定程度上脱离内容使"复调小说"的提法有片面性,实际上,陀氏的创作中无外乎有神论和无神论两种声音,虽说从结构角度它们具有相对于作者主观倾向性的独立性,但相当程度上代表了作者主观意识中两股相互斗争的力量,是作者思想在作品中的"双重人格化",这是其人物形象具有超越时代和特定阶级之典型性的首要所在。① 这种认识与许多论者把主人公的这种或那种认识直接归于作者本人的看法有了本质的不同,对于深入理解作家创作的复杂性和矛盾性具有重要的参考价值。不过有待商榷的是该研究者的论断:陀氏"本身不是彻底的有神论者,上帝只是解释世界万物的假设,是人道德规范的象征。他是信仰上帝的无神论者,再跨一步就是无神论,但他缺乏跨出这一步的勇气"②。对于宗教观念淡薄的中国人来说,神或许的确只是"假设""象征",这种认识在我国学者这里极为普遍,90年代之后,甚至直到今天仍有多数学者在论及陀氏的宗教观时持此观点,但对于陀氏而言绝非如此,对他来说上帝必须作为"活生生的存在"而存在,否则他就不会毕生为"上帝的存在"问题而苦恼;他也不是缺乏跨入无神论领域的勇气,而是不能跨入,因为跨出这一步生命将了无意义,他的全部创作都在证明这一点,而理解这一点需要对正教之于俄罗斯人的意义有深入的认识。

陀氏的心理描写是关注的重点,80年代研究其心理表现手法基本都从对话性、内心独白、梦幻、意识流、时空跳跃、双重人格、镜相人物及双向对映体等角度切入,这些研究在一定程度上应该受到了巴赫金理论的影响,或者是与其形成了共识。

许子东的文章是比较文学研究的杰作,有感而发,酣畅淋漓。作者对中俄知识分子推崇苦难背后的历史文化原因作了极为深刻的剖析:陀氏和张贤亮对经由苦难求快乐的描写绝不仅仅是烘托沙皇专制社会的黑暗和"文化大革命"时期的混乱,而是知识分子极复杂的对苦难的执著。苦难经历本身与表现苦难甚而咏叹苦难之间没有必然联系,就其本质而言,俄罗斯文学和中国现代文学中大量出现的知识分子忏悔主题是由其在近代社会历程中特别艰难、特别忍辱负重的命运所决定,忏悔中的原罪感本质上是愧对人民,愧对知识分子解救国家、解救人民于苦难中的社会责任感和使命感。就陀氏而言,苦难神圣化背后有民族心理在制约,其受难主人公并不以为自己特别苦难,而且认为自己没有单独超脱苦难的权利。陀氏从知识分子的忏悔出发,却为各种各样的人甚至为

---

① 刘虎:《陀思妥耶夫斯基人物性格的意识分裂性》,《文史哲》1985(4)。
② 刘虎:《用温和的爱去征服世界——陀思妥耶夫斯基的宗教伦理学》,《外国文学研究》1986(1)。

世界上的一切悲惨感到痛苦。① 这是迄今为止最为理解陀氏的我国学者之一，甚至可以说是陀氏的知音。另一位知音应该说是刘小枫了，他的《拯救与逍遥》（1988）虽然是文化哲学著作，而且对中国文化多有诟病，同时对西方宗教文化过多推崇，把中西文化对立起来，过于偏重两种文化的"个性"而忽视了"共性"，但由于陀氏是他对生命价值之核心思想认识的重要灵感来源，因此在"中国与世界"框架内完成的这部专著对于我国读者深入把握陀氏创作的文化背景具有不可忽视的意义。

三、20 世纪 90 年代初—2010 年的陀氏研究

20 世纪 90 年代的研究文章近百篇，进入 21 世纪更是呈井喷之状，短短十年接近三百篇论文问世，虽然其中的重复研究所占比重不小，许多研究也还仍然把对陀氏创作的考察局限于转型时期的社会特点分析，甚至左的言论依然时不时冒头，但深度研究成果不断问世，从中可以发现中国研究者的独立思考能力和创新意识。此外，这 20 年中发表的专著有十四五部之多，由此可见陀氏的受关注程度。

比较和影响研究的范围大大拓展，纳入视野的比较对象有中外近三十位作家、哲学家甚至科学家以及各种思潮和文学流派，其中尤为重要的是陀学专家彭克巽的研究。早在 80 年代该学者就发表了多篇论述陀氏与其他作家关系的论文，文本研究与比较研究并重的专著《陀思妥耶夫斯基小说艺术研究》（2006）可谓集毕生心血之作，其最为可贵之处是立足于陀氏创作笔记、书信、文论、小说文本的扎实分析和对作家本人提出的诸多核心概念深入浅出的论述。长期从事比较文学研究的王圣思同样凝聚一生思考所得的论文集《静水流深》（2002）收入陀氏比较论文五篇和陀氏与中国关系研究论文两篇，从不同角度论述了陀氏创作对现实主义文学的超越，结合历史和现实对中国接受陀氏的得失进行了深入分析。

此外，或许与研究历史长、成果较为集中、论者努力寻求突破有关，比较研究中特别值得关注的还是陀氏与鲁迅的比较，尤其是以中俄不同的文化精神为背景展开的比较与之前相比更趋深入。比如董尚文认为，陀氏的宗教情怀是对人生命的终极关怀，是否定此岸世界的彼岸意识，属于有神论存在主义，同样否定此岸世界的鲁迅最终并未认同超验的绝对价值形态，属于无神论存在主义。就其根源来说，鲁迅继承了道家原生命本体论立场和西方思想家的生命学说，其核心是适者生存的生命进化论。故而二者对生存问题的解决办法不同：一个

---

① 许子东：《陀思妥耶夫斯基与张贤亮——兼谈俄罗斯与中国近现代文学中的知识分子"忏悔"主题》，《文艺理论研究》1986(1)。

以上帝为绝对价值信念,所以担当苦难,走向救赎;一个遵循相对主义价值法则,肯定虚无,担当荒诞,肯定反抗的自由。① 耿传明从立足现世与寄望神圣目标、理性与反理性、现代与反现代角度对二者的比较得出了相似的结论。② 刘再复和刘剑梅以对话形式围绕曹雪芹和陀氏展开的讨论同样归于中俄文化旨趣的比较。该文不满刘小枫对陀氏太偏心而对曹氏太苛求就源于文化考量,即陀氏体现"崇高"审美范畴在于俄国的拯救文化内核,其视为最高价值的是上帝代表的圣神价值,曹氏体现"柔美"审美范畴在于中国的逍遥文化本质,其推崇的是个体生命价值。拯救与逍遥无高下之分,都有其存在的充分理由。③ 上述比较和讨论的价值不仅在于对不同作家的比较,更在于对不同文化的比较,该比较有助于认识我国学者对陀氏等俄罗斯作家屡屡产生误读的根本原因。挖掘米兰·昆德拉对陀氏的"误读"、康拉德对陀氏的"偏见"、托马斯·曼和黑塞对陀氏的不同理解以及纳博科夫对陀氏的"情绪化评价"之文化原因的文章④,其价值之一也应该就在这里。

多位学者继续撰文剖析 80 年代末开始就已经有学者关注的我国对陀氏接受的得失,其原因分析与之前相比更为深入和系统。比如田全金⑤以"操纵理论"为指导探讨了陀氏在中国的译介历程,虽聚焦于译介,但同样适用于认识研究领域的变化。不过有些认识值得商榷,比如,丁世鑫⑥认为中俄文化审美心态迥异、国人宗教意识薄弱、艺术表现手法陌生是陀氏在现代中国受冷落的主要原因,原因分析部分有道理,但"遭受冷落"一说不符合事实,此外,在该学者看来,现代中国在接受陀氏上"存在错位"源于接受他是基于对俄罗斯文学共性(文学为人生)的总体认识并赋予该共性以有着独特艺术特质的陀氏,这种认识有些矫枉过正,一方面,该"共性"陀氏创作并非缺失,另一方面,其"独特的艺术特质"在现代中国的评论中并未被忽视。对俄国和西方陀氏研究成果的综述性分析⑦对于扩大我国学者的学术视野、提高研究水平有帮助,我们可以看到,俄

---

① 董尚文:《圣爱与反抗——陀思妥耶夫斯基与鲁迅的价值观念之比较》,《外国文学研究》1999(1)。
② 耿传明:《两种伟大与两种激情——"现代性"历史文化语境中的鲁迅和陀思妥耶夫斯基》,《外国文学研究》2002(2)。
③ 刘再复、刘剑梅:《东西方的两种伟大心灵景观——曹雪芹与陀思妥耶夫斯基》,《书屋》2008(6)。
④ 景凯旋:《陀思妥耶夫斯基有什么错?——从米兰·昆德拉〈一个变奏的导言〉谈起》,《书屋》2005(4);胡强:《拒绝与认同——论康拉德与陀思妥耶夫斯基之间的关系》,《外国文学研究》2007(3);吴勇立:《陀思妥耶夫斯基棱镜中的托马斯·曼和黑塞》,《学海》2006(2);刘佳林:《纳博科夫与陀思妥耶夫斯基》,《外国文学评论》2010(2)。
⑤ 田全金:《文学翻译的政治——论陀思妥耶夫斯基在中国的译介》,《中文自学指导》2005(1)
⑥ 丁世鑫:《"为人生的现实主义作家"——陀思妥耶夫斯基在现代中国的基本定位》,《俄罗斯文艺》2007(3);《陀思妥耶夫斯基在现代中国遭受冷落的原因探析》,《学术论坛》2009(1)。
⑦ 张变革:《卡拉马佐夫兄弟——赞成与反对的话语激情》,《俄罗斯文艺》2009(2);林精华:《去民族性特色与扩展全球价值——西方 20 世纪视野中的陀思妥耶夫斯基形象》,《俄罗斯文艺》2003(2)。

国侧重思想的主题研究和西方立足学理的文本细读取长补短,各有优势。

"偶合家庭"是陀氏创作中的重要主题,该主题也进入了我国学者的研究视野,形成的共识是:"偶合家庭"预示父辈与子辈关系失范,该现象实际上是失去"高雅仪表""美好"的生活方式,丧失"荣誉和义务的完善形式",是在"解体和新的创建"时出现的,作家试图通过表现这样的现象发现新的创建的法则;"父亲"缺失代表根基缺失,而寻找"父亲"就是寻找信仰、精神支柱和精神皈依,在陀氏憎恨父亲与寻找父亲的母题中寄托着其重建社会秩序、父性权威、个人精神信仰的文化理想。① 这种认识契合陀氏诸多小说的创作动机:父与子的关系几乎贯穿陀氏的全部重要创作,在作家的观念中40年代倾向西方、丧失俄罗斯民族文化之根的父辈是60年代的子辈更趋大胆地迈入虚无主义深渊的始作俑者,因此其一再表现该主题并非偶然。

与"偶合家庭"的主题有一定关系,陀氏塑造了一系列"美好人物",可遗憾的是,我国的研究者对这些人物往往持否定态度,多认为与那些"恶人"相比,他们苍白、无力、虚幻,甚至可笑。李建军真正理解陀氏创作这些人物的宗旨:陀氏是高度现实主义和高度理想主义的集合,所以他才能塑造出否定道德相对主义、相信宗教的绝对价值的"美好人物"。很多时候"美好人物"孤立无援,受讥讽嘲笑,甚至被当作疯子,但他们的意义就是从伦理精神和生存理想的高度为我们提供启示和方向。② 这正是陀氏最珍爱的人物是堂吉诃德的原因。

与巴赫金复调理论展开辩论的文章所占比重依然不小,不过多数辩论的结论与之前相比更为武断:或认为陀氏"人中之人"是有定论的,作者掌握着他"心灵的全部隐秘",作为主导的基督形象在陀氏那里是完成了的,掌握着终极真理,因此不同意识、声音并非在平等对话③;或同样认为存在主导声音,只是它不属于基督,而是属于其对立面,因此陀氏的革命立场从未改变,只不过在旧俄国他不能以自己的名义宣扬无神论,只能以委婉的手法号召人民革命,与此同时他对人民的态度却是隐藏起来的"蔑视"④;或宣称超人哲学和庸人文化对决是陀氏"唯一的复调",但"亲生父亲(即陀氏)都不能理解自己,超人和超人哲学的命运可想而知",因此陀氏"对《地下室手记》研究中的迷误负有责任"⑤……

陀氏创作中是否有"主导形象"、所谓的"主导声音"是否代表作家本人的声

---

① 克冰:《陀思妥耶夫斯基的"Случайные семейства"》,《语文学刊》1996(3);陈思红:《〈卡拉马佐夫兄弟〉中的偶合家庭与巴赫金的有关见解》,《国外文学》1997(4);何云波:《"父亲":文化的隐喻主题——陀思妥耶夫斯基小说人物论》,《国外文学》1998(3),等。

② 李建军:《论美好人物及其伦理意义——以陀思妥耶夫斯基为例》,《小说评论》2006(5)。

③ 青江:《阐释与首倡——关于〈陀思妥耶夫斯基作品中的思想〉》,《国外文学》1995(1)。

④ 冷满冰:《宗教与革命语境下的〈卡拉马佐夫兄弟〉》,成都:四川大学出版社,2007年。

⑤ 缑广飞:《唯一的复调现象——陀思妥耶夫斯基文化意义漫论》,《国外文学》1999(4);《超人坠地的第一声啼哭——〈地下室手记〉新探》,《俄罗斯文艺》2000(3)。

音等等，这样的争论恐怕永无止境，因为不论认为有还是没有、是或者不是都有断章取义的嫌疑，都在把作为人和作为艺术家的陀氏等同起来，都在把陀氏的复杂思考简单化，因此在这个问题上何怀宏的认识更有价值，对于认识陀氏创作更有指导意义，即陀氏的思想"是作为一种问题的思想存在的，其思想的独特性和深刻所在正在于其问题性，在于其作为问题的未完成性和开放性"，与此相关，对于"究竟哪些思想属于陀氏自己的思想、哪些思想他赞成或部分赞成、哪些思想他反对或部分反对"无法有定论，因为从其创作中可以发现，"书中各种人物的思想除了一些明显的例外几乎都可以说是陀氏内心所经历过的"，但他"通过对话和转述等方式还是与其中各种思想保持了相当的距离"。① 作家格非也表达了同样的认识：作者与人物是拉开距离的，难有作者"代言人"，作者是陈述者，而把作者与人物对位是产生"误读"的根源。② 或如冯增义所言，陀氏的主要人物都有较强的自我意识，他们都不是作者的"传声筒"。③ 这样的认识也更符合巴赫金本人对陀氏复调的理解，即"在陀思妥耶夫斯基看来，世界终极问题领域里的真理是不可能在单一个体意识的界面上被揭示出来的。它无法被纳入一种意识里。它是在许多种平等的意识之对话性交流过程中得以揭示的，况且它总是一部分一部分地被揭示出来。只要思索着且寻求着真理的人类还存在，这种在终极问题上的对话就不可能结束，不可能完成。对话的终结乃意味着人类的毁灭。如果所有问题都获解决，那么人类也就不会有继续存在的动因"④。

庸俗社会学分析的局限性已经显而易见，但转向弗洛伊德等的精神分析学说同样是及表不及里，可遗憾的是，这种研究并不少见，这种缺憾与过于倚重理论方法而忽视作家和作品本身有关。比如田全金⑤以"追溯文化源头""在陀思妥耶夫斯基与中国古典文学的对比中阐释其审美的和社会的、文化的意蕴"为己任，用"恋妓情结""恋强盗情结"等解读陀氏的所谓"性主题"总给人隔靴搔痒之感，有削足适履之嫌，这与该研究者认可"中俄两国之间存在着巨大的文化差异"有关，但从另一方面说，承认存在巨大文化差异却又努力寻找"主题学研究"的相同"源头"，即种种"情结"无疑使研究陷入矛盾。王钦峰对此类研究的可行性就表示了质疑，认为精神分析的思维方式与俄国人的思维方式不对路，俄国人谈论思考对象复杂、领域广泛，谈论方式无丝毫做作，一旦某个念头产生，则

---

① 何怀宏：《道德·上帝与人——陀思妥耶夫斯基的问题》，北京：新华出版社，1999年。
② 格非：《〈罪与罚〉叙事分析》，《作家杂志》2001(3)。
③ 冯增义：《评复调小说〈卡拉马佐夫兄弟〉》，《华东师范大学学报》(哲社版)1995(6)。
④ 周启超译：《论陀思妥耶夫斯基小说的复调性——巴赫金访谈录》，《俄罗斯文艺》2003(2)。
⑤ 田全金：《言与思的越界——陀思妥耶夫斯基比较研究》，上海：复旦大学出版社，2010年。

不留空白,不化为象征,实际上没给弗洛伊德的精神分析学说留下阐发空间。①

这样的认识可谓一语中的,也对以俄罗斯文化为背景阐释陀氏创作提出了要求。当然,毋庸置疑的是,这一时期我国学者以叙事学、原型批评等文艺学理论为指导研究陀氏创作的革新,从陀氏创作与绘画、音乐、建筑艺术、酒神精神等关系中挖掘其创作的深层底蕴,从女性主题、儿童主题、爱的主题、城市主题、小说戏剧化等角度出发探究其创作价值,等等,都足见我国学者研究的步步深入,由表及里,对于认识陀氏创作的艺术和思想价值及其在世界小说发展史上的地位具有重要意义;心理研究与之前相比也更为细致、更有新意,转向对文本中词语运用,精神化景物描写、笑、颜色功效等的具体考察。这些研究都值得肯定。不过同样不能罔顾,甚至更为重要的是,对于从根本上理解文化背景全然不同的俄罗斯作家的创作,这种背景究竟是什么应该是最需要搞清楚的问题,只有在此基础之上才能深入洞察作家创作的本质,少些误读。

我国学者早就认识到这种研究的必要性,但深入的研究只有最近十几年才不断有所收获。冯川②以时间为脉络的陀氏研究虽然对作家的宗教思想本身涉入不深,但却对陀氏研究中基督教文化背景的重要意义有深刻认识:陀氏看世界的方式是宗教的方式,他是在通过自己的创作对基督教的古老教义作出崭新的、服务于未来的诠释。如果站在基督教教义之外看基督教,可能发现其中充满矛盾,但如果在之内看,则恰恰相反。从这个意义上说,陀氏是古代神话的重建者,是在书写"福音",他的文学也是神学。何云波③从基督教的原罪说、救赎论、苦难净化说等出发考察陀氏宗教思想的原型批评是此类研究的可贵尝试和我国学者的首创,视野开阔,研究深入,不过论者得出陀氏宗教是"变异"的"人道宗教"、皈依基督必然产生新的异化、必然从自我实现走向自我丧失、人道与宗教是陀氏永远挣脱不出的两难处境的结论却深刻表明,以无神论为主导的中国人与正教是多么隔阂,理解它的本质是多么艰难。实际上,如果清楚正教的核心依据是东方教父基督学,那么就会理解人性与神性、人道与宗教并非水火不容。周丹针对该研究者的"商榷"文章对正教中人与神关系的认识更符合其应有之义:神性与人性同居基督一体,为此坚信人终有解脱希望是陀氏把基督看作人类道德理想化身的前提,正教包含的宗教人学思想是理解陀氏宗教思想的关键,在他的宗教思想中,对神的信仰和对人的道德完善、人的本质升华以及对人类生存处境的关注是融为一体的,因此何文中所说的"在宗教中人与神

---

① 王钦峰:《一个对弗洛伊德不利的例证——〈卡拉马佐夫兄弟〉》,《外国文学评论》1993(2)。
② 冯川:《忧郁的先知:陀思妥耶夫斯基》,成都:四川人民出版社,1997年。
③ 何云波:《论陀思妥耶夫斯基的人道宗教》,《外国文学研究》1990(4);《道德需要与情感愉悦——陀思妥耶夫斯基宗教皈依心理之分析》,《外国文学评论》1991(3);《陀思妥耶夫斯基的小说与异化》,《湘潭大学学报》1995(4);《陀思妥耶夫斯基与俄罗斯文化精神》,长沙:湖南教育出版社,1997年。

的距离被无限扩大、神的崇高正是在人的自我否定和自我贬低中获得的"不符合正教观念,甚至与陀氏宗教思想的实质背道而驰。①

因为认识到以往研究多忽视陀氏乃"俄罗斯作家的意义",所以王志耕聚焦于"俄罗斯定位"对陀氏创作的宗教文化背景展开了多方考察,先后发表了近十篇论文和集大成的一部专著《宗教文化语境下的陀思妥耶夫斯基诗学》(2003),其最有价值的研究结论是认为陀氏语言仍属"转喻"型宗教修辞,即与欧洲不同,俄国缺失世俗化文化转向,上帝超验存在的转喻传统没有断裂,因此俄罗斯始终保持对人与上帝形似的追求,19世纪俄罗斯文学总体是宗教的转喻文体,追求完整性,即语言与喻本(上帝)的对应,以其为核心展开叙述,因此陀氏复调本质上是"整体价值下的自由对话"。这种追本溯源的分析有助于洞悉陀氏创作的本源。高旭东的研究虽说更笼统一些,但表达了类似的看法:西方现代主义解读和苏联"人民立场"的现实主义解读都不足以发现陀氏的伟大,应关注的是其文本中显示的基督教文化从成熟到衰落的内在危机及其全部复杂性。在陀氏时期的俄国,民众还像许多世纪之前一样生活,因此科学理性与基督教信仰的对立比在西方更触目惊心,而这是成就其伟大的文化土壤。② 赵桂莲③从俄罗斯传统文化切入研究陀氏创作也是出于追本溯源的动机。研究从两方面展开:一方面,对陀氏政论、日记、创作笔记、小说进行文本细读,从中发现独具特色,甚至匪夷所思的文化现象;另一方面,以俄罗斯传统文化为背景对这些现象进行解读。在这种追本逐末的解读中陀氏创作的来龙去脉、人物形象的多重意义得以彰显,尤其是所谓"反面人物"的深层意蕴被充分挖掘出来。以文本事实为依据、注重细节考察和词源学分析是该研究者的最大特点,研究的某些推论过程和结论具有开创性,对于深入认识陀氏创作乃至俄罗斯文化本质具有重要意义。

研究反思

纵观60年的中国陀氏研究可以看到,成就不小,尤其是最近二十年,不论是视野还是深度,主题分析还是艺术性研究,都有很大推进,逐步由现象评述向本质挖掘深入,陀氏创作的丰富性、复杂性和矛盾性不断被揭示出来。与此同时问题也不小,需要特别指出的同样也是最近二十年来的问题,一方面,它直接

---

① 周丹:《神性的诗意——浅论陀思妥耶夫斯基的宗教思想,兼与何云波先生商榷》,《俄罗斯文艺》2003(2);《陀思妥耶夫斯基的宗教人本思想》,《江西社会科学》2003(6)。
② 高旭东:《基督教文化的金秋硕果——重估陀思妥耶夫斯基小说的文化价值》,《外国文学》2004(6)。
③ 赵桂莲:《漂泊的灵魂——陀思妥耶夫斯基与俄罗斯传统文化》,北京:北京大学出版社,2002年;《对〈罪与罚〉的重新解读:法与恩惠的对立》,《欧美文学论丛》,北京:人民文学出版社,2002年;《陀思妥耶夫斯基创作思想探源》,《国外文学》2004(2)。

面向未来,未来的研究应该如何更好地进行下去,这段时期的经验教训更值得重视;另一方面,之前的研究当然存在问题,但这些问题多出于历史的惯性,与时代的制约和局限性有着直接的关系,随着学术自由精神的深入人心和学术视野的不断扩大,其中的很多问题自然就会消失。

存在的主要问题是不少研究者面对陀氏创作时只有理性,甚至冷漠,没有心灵的参与,阅读陀氏小说的目的似乎就是为了凑一篇论文,大量重复性、原地踏步式研究存在水平问题,也不排除相同教育环境、文化背景下的人面对同样的作家和作品会有同样的体会,但低层次的重复性表述和结论更是源于"不走心"。这种状况同样适用于那些把某种理论套用到陀氏创作上的研究,理论固然重要,但首先需要把它吃透,把研究对象吃透,而不是生搬硬套。面对一部文学作品,首先应当是读者,其次才是研究者,而不是相反。我们发现,真正理解陀氏创作真谛的好文章的作者往往是那些用心体会他的人,哪怕其中有一些算不上是学术论文,而是类似于"感言"的文章。新中国的陀氏研究如此,二三十年代的陀氏评论也是如此,那一时期的论者可以有偏见,这种偏见会让他们有选择地接受陀氏的创作思想,但毋庸置疑的是,他们有心,有激情,所以其很多认识直到今天都依然是一针见血的真知灼见。在这个问题上茨威格说得好:陀氏作品的内容宽阔无边,深不可测,涉及的问题无不同人类无法解决的问题纠合在一起,因而没有一条可以通向他心灵深处的道路可循,读者只有依靠自己的体验、依靠对自己心灵深处的审视,才有可能对陀氏有所理解。

第二个主要问题是积累不够。首先,是对陀氏本身的认识以及对其创作的阅读经验和研究经验积累不够,不少陀氏评论文章的作者对作家本身的创作思想缺乏了解,因此容易断章取义,只见树木,不见森林。其次,是对俄罗斯文化背景缺乏了解,俄罗斯文学赖以生存的文化土壤与中国文化有很大区别,为了真正理解"俄罗斯人中的俄罗斯人"陀思妥耶夫斯基,没有对俄罗斯文化背景一定程度的认识,是很难做到的,由此产生的误读或浅薄正与此有很大关系。第三,人生阅历或者说对人的认识积累不够。阅读文学作品时心灵的参与重要,但心灵有能力参与在很大程度上是需要人生经验的积累的。苏联著名陀氏研究专家弗里德连捷尔在剖析陀氏喜爱巴尔扎克创作的原因时这样说过:陀氏关于"人"及其"灵魂"的解说必须包含对人类历史和人类文明的认识,这决定了他对巴尔扎克的强烈兴趣,因为巴尔扎克是接受了阔达文化历史观点的世界诗学最伟大的代表者,陀氏对其创作产生兴趣的点在于其中"人的形象"吸引了他。所以我们说,对于出自"人是一个奥秘。应当识破他……我要探究这个奥秘,因为我想成为一个人"才进行文学创作的陀氏,深入对人和人类历史的了解是解开其创作之谜的一把钥匙。

再者就是对陀氏创作的研究过于集中,观点多有重复,就长篇小说来说多集中在《罪与罚》《白痴》和《卡拉马佐夫兄弟》上,中短篇小说受关注的主要是《地下室手记》,其他创作的研究比较零散。2010年《费·陀思妥耶夫斯基全集》中文版的问世,尤其是担任主编的陀氏研究专家陈燊的"总序"、每部作品都附有的详细题解和有关评论以及首次出齐的《作家日记》《文论》和《书信集》应当会促使这种状况得到改观,让今后的研究更上一个台阶。

第四节　列夫·托尔斯泰小说研究

列夫·尼古拉耶维奇·托尔斯泰(Leo Tolstoy,1828—1910)的一生是非同凡响的一生,这不仅表现在他为后人留下了卷帙浩繁、仅就数量来说恐怕无人可比的文学与思想著作和书信(1928—1958年苏联出版了91卷本的《托尔斯泰全集》,其中编者注释两卷;目前俄罗斯正在准备出版100卷本的全集),而且表现在他非同凡响的人生之中。带着"新圣"和"斗士"的光环进入中国的托尔斯泰一踏上我们这片土地就遭到了肢解,认为其艺术是伟大的,而宗教思想是反动的。托尔斯泰的艺术家形象和思想家形象直到20世纪90年代才开始逐渐融合,对他的认识也越来越贴向本质。

一、新中国成立前研究的简要回顾

19、20世纪之交托尔斯泰就已经进入国人视野,当时他在世界的声望如日中天,是众望所归的宗教精神领袖;另一方面,他是反政府、反教会、反一切非正义的斗士,每天都有雪片般的信从世界各地飞向雅斯纳亚·波良纳庄园,请他指点迷津,找到生命的意义,或是为斗争寻求道义支持。虽然中国知识分子都清楚他首先是"伟大的艺术家",但艺术家的光芒在很大程度上被"领袖"和"斗士"遮蔽了,因为水深火热中的中国更需要后者。1906年托尔斯泰给辜鸿铭教授回的信(1911年刊登在《东方杂志》上)让国人了解到他对中国人民命运的关切、对帝国主义国家所犯罪行的谴责以及在人类生活将发生的重大变化中"中国将领导着东方民族扮演重要角色",这让国人对他更为敬重。五四运动时期他是一面旗帜,是"为被压迫者而呼号的作家",是"轨道的破坏者"(鲁迅),众多文化人都著文评价过他的思想和创作,内容包罗万象。鲁迅和茅盾在称颂其揭露和批判力量以及平民化的同时,都对构成其思想核心的托尔斯泰主义予以否定,在三重大山压迫下的国人否定"不以暴力抗恶"理所当然,不过,该时期就形成的艺术家和思想家托尔斯泰的割裂几乎到了90年代才开始逐渐弥合。30年代初左联与"自由人""第三种人"围绕文艺与政治之关系的论战可以被看做托尔斯泰逝世后俄国各派论战的翻版,在这场论战中托尔斯泰成为一个符号或标签,常常被拿出来说事儿,以证明自身文艺主张的正确性。也是在这个时期,列宁论托尔斯泰的文章被译成中文发表了。抗战时期,田汉、夏衍把《复活》改编后搬上话剧舞台,在重庆上演,是托尔斯泰在中国的社会实践中产生重大影响的佐证。

二、新中国成立后至 1976 年

新中国成立后的托尔斯泰研究是以苏联学者的几篇文章开始的,对他的定位是"伟大的艺术家和揭露者""消极的思想家"。1952 年林华译《列宁论托尔斯泰》出版,让国人对托尔斯泰的认识更加牢固地稳定在两点论的范围内,其创作的进步性或局限性以对革命的反映程度为标准。

列宁论托尔斯泰对我国的托尔斯泰研究影响如此之大,如此之深远,直到今天依旧时不时有两点论式(即一方面艺术伟大;另一方面思想消极、落后甚至反动)文章出笼。借用两点论可以说,列宁论托尔斯泰对于文学研究的意义不是阶级分析的方法,而是透过现象抓取本质的能力,只可惜我们对此学习得不多,只是享受着运用辩证唯物论认识文学作品的所谓便利,貌似全面,但却对本质不作进一步深究,而且浑然不觉自己已经落入先入为主的陷阱。这也就是列宁论托尔斯泰带来的负面影响,它使我们的研究者形成一种僵化的思维定势和惯性,看到的只是列宁因政治斗争需要抓取的"革命的本质"。如果换一种角度,实际上可以挖掘出托尔斯泰创作呈现出来的其他本质。

60 年代的述评有十来篇①,都出现在 1964 年之前,也基本都是在列宁论托尔斯泰的旗帜下进行的。这些文章与其说是在研究托尔斯泰,不如说是探讨世界观与创作的关系、作家是否需要世界观改造等问题。强调对待文化遗产时的历史主义原则,根据这样的原则,托尔斯泰的创作在一定时期有进步意义和批判性,但随着无产阶级登上历史舞台,他的"不抵抗""自我完成"等学说就愈来愈反动,所以应该认真学习列宁对待文化遗产的态度,根据无产阶级的革命任务重估托尔斯泰创作在新时期的意义。要坚决反对修正主义者对作家的歪曲:割裂世界观与创作和创作方法的关系,否定创作的思想性原则;片面强调作家反动的、抽象的资产阶级人道主义的"人类爱",调和阶级矛盾。对待托尔斯泰要肯定他的批判性、对劳动人民的同情,认清其受阶级地位、世界观制约的局限性。

这一时期具有文学研究学术价值的是戈宝权和倪蕊琴②的两篇阐述托尔

---

① 钱中文:《反对修正主义者对托尔斯泰的歪曲》,《文学评论》1960(6);卞之琳:《略论托尔斯泰和巴尔扎克创作中的思想表现》,《文学评论》1960(3);郭鄂适:《学习列宁文学评论的战斗精神——重读列宁论托尔斯泰的论文》,《学习月刊》1964(7),等。

② 《托尔斯泰的作品在中国》,《世界文学》1960(11);《列夫·托尔斯泰在中国》,《学术月刊》1959(9)。

斯泰与中国的文章,史料丰富充实,对于认识托尔斯泰在中国的传播史具有重要意义。

三、1977 年至 20 世纪 80 年代末期

"文化大革命"期间托尔斯泰的创作作为封资修的东西被扫进垃圾堆,1977年重启的托尔斯泰研究对接的正是五六十年代的认识,也是以列宁论托尔斯泰开始的①,思路和观点多重复前一个时期。而程正民②和徐稚芳③开了个好头,开始对托尔斯泰的作品作较为深入的艺术特色分析:前者凭借扎实的素材总结了作家在情节提炼、人物塑造和语言锤炼方面的功力;后者的价值在于细致的文本分析,借助对小说心理描写、景物描写乃至字词句的分析发现了《舞会之后》的独特之处。

该时期发表的文章近三百篇,严格意义上的专著一部,即王智量的《论普希金、屠格涅夫和托尔斯泰》(光明日报出版社,1985 年)。研究主要分为以下几个方面:

1. 主题及思想研究

为数不少的对列宁论托尔斯泰的研究进一步巩固了列宁的认识。研究者集中论述的是列宁的文章《列夫·托尔斯泰是俄国革命的一面镜子》,对其产生背景、核心观点、方法论意义进行分析,指出其对于托尔斯泰乃至整个文学研究的指导意义和价值,比如:列宁驱逐了作家身上的重重迷雾,恢复了其真实面目④;只有列宁恰到好处地评价其思想矛盾及其社会根源,提供了解开托尔斯泰之谜的钥匙和正确评价的途径⑤。由此则不难理解主题和托尔斯泰思想之研究论文中的两点论思路。由此也不难理解比列宁走得更远的论者说出这样的话:禁欲主义是托尔斯泰的思想基础,从《安娜·卡列尼娜》的人本善到《克莱采奏鸣曲》的人本恶再到《复活》的无肉体的爱,托尔斯泰为人类指出的是一条死亡的路。⑥

蒋世杰⑦的论文观点深邃,恢宏大气,在这一时期难得一见。论者认为"俄国之心"是托尔斯泰历史哲学的心理原型,而"俄国之心"本质上是农民的社会心理,俄罗斯民族的思维模式,其特征表现是与脱离实际的纯粹理性思辨对立

---

① 1977 年武汉师范学院中文系文艺理论组编写出版了《列宁论托尔斯泰》。
② 《试谈托尔斯泰是怎样创作的》,《北京师范大学学报(社会科学版)》1978(5)。
③ 《托尔斯泰的短篇小说〈舞会之后〉的艺术特色》,《外国文学研究》1979(2)。
④ 雷成德:《列宁论托尔斯泰的美学意义》,《外国文学研究》1984(2)。
⑤ 尹厚梅:《关于列宁论托尔斯泰的再思考》,《山西师大学报》1986(1)。
⑥ 刘倩:《托尔斯泰创作中的哲学思想》,《国外文学》1990(1)。
⑦ 《〈战争与和平〉中的历史哲学之心理原型及其艺术表现》,《外国文学评论》1987(3)期。

的经验论。"俄国之心"的艺术形象通过作品中典型人物力图建构的个性价值定向升华来具体体现。该历史哲学是小说健全机体的一部分,小说家和思想家托尔斯泰是统一的,历史哲学和小说描写的社会心理的深层统一决定了历史哲学与人物形象的统一。该历史哲学就是作家本人说的小说"主要的东西"。韦曲[①]研究托尔斯泰创作心理中"死欲成分"的文章也很有价值。我们知道,在旺盛生命力比照下的死亡意识是托尔斯泰探索生命意义的起点。

2. 人物形象研究

研究最多的是安娜·卡列尼娜,该形象在托尔斯泰的女主人公中意蕴最为丰富、性格最为复杂、悲剧色彩最浓应是其受关注程度高的主要原因,1982年播放的演员阵容和配音队伍都堪称豪华的英国十集同名电视连续剧是否助推了"安娜热"亦未可知。其中剖析安娜命运悲剧性及其原因的占据很大比例。对安娜的认识呈现两极,主流观点是肯定,说她勇于反抗封建道德和上流社会的虚伪,追求资产阶级个性解放,具有积极的社会意义;少部分论者予以否定。前者把安娜命运的悲剧性主要归于外因,即受到封建卫道士和贵族上流社会的压迫;后者认为内因占主导,即安娜自主意识不够、狭隘自私、以爱情追求为生活核心、有强烈的资产阶级个人主义思想而与此同时身上还留有封建阶级的烙印和传统道德观念的束缚。多数文章共同认可的原因是作家保守落后的妇女观所致,并对其进行批判,只是批判的激烈程度有所不同而已。

刘桂林[②]研究五四时期到90年代的安娜解读史后认为,五四时期安娜被娜拉遮蔽,是"出席的缺席";30年代阮玲玉的遭遇促使安娜"出场";40—80年代的阐释者用社会历史的批评范式理解艺术形象,一直是用某种抽象观念的替代品,解释对象也往往是只体现着阶级意识的美丽的"空洞能指",所以是"阅读主体的缺席"。直到90年代安娜才"出席"。这种认识是有道理的。林一民[③]分析托尔斯泰为何要否定莎士比亚原因的文章可以在一定程度上帮助我们理解国人对安娜的接受:二者宗教意识不同;艺术观不同;对一味褒扬莎士比亚的抗议;接受背景和接受者文化心理结构的背离性产生于阅读期待,也有先入为主成分。

这种批评模式在对其他人物的分析中也得到了鲜明体现。比如,肯定安娜的论者会顺带揭露卡列宁的伪善和丑恶、渥伦斯基的玩世不恭;反之,则努力拔高二者的形象。在这样的大小合唱中李萍[④]的声音因立足文本而显出客观和

---

① 《托尔斯泰创作心理中的死欲成分》,《汉中师院学报》(哲社版)1989(2)。
② 《出席与缺席:安娜·卡列尼娜解读史之复制与研究》,《中国比较文学》1997(3)。
③ 《托尔斯泰为什么否定莎士比亚——兼谈文学接受中的差异性和背离性》,《江西大学学报》1986(4)。
④ 《〈安娜·卡列尼娜〉主题新探》,《语文学刊》1988(6)。

真诚。

对玛丝洛娃的不少论述集中在她的"复活"与聂赫留朵夫的"复活"是否具有同样的性质,其"复活"与男主人公的感召关系大,还是与革命者的影响关系大。各说各的理,结果无外乎殊途同归、同中有异、异中有同,等等。

3. 艺术特色或创作方法研究

其中心理描写的特点得到特别关注。多数文章由车尔尼雪夫斯基界定托尔斯泰早期作品心理描写的术语"心灵辩证法"延伸开去,或类似举例证明。因为80年代中期以前意识流往往与尚未得到肯定的现代派文学有关,所以论及该表现形式的文章多要撇清托尔斯泰的意识流与现代派的关系。80年代中期以后新涌入的现代主义文学开始受宠,甚至出现现实主义趋于保守的论调,对此陈燊①以托尔斯泰的创作历程做出了回应:"心灵辩证法"一词实际上接近"意识流",不过作家早期运用的只是意识流技巧,中期的《战争与和平》中的心理刻画是不典型的"辩证法",与意识流也很不相同,但也有很像意识流的。托尔斯泰一开始就写意识流,而且日益熟练,只是思想境界、艺术视野开阔,不愿蜷伏个人小天地,后期戏剧化倾向导致内心活动直接描写减少。研究者对托尔斯泰长篇小说的史诗性、结构美学、对照艺术、"风习素描"有所涉及。《安娜·卡列尼娜》由来已久的"拱顶说"引起了不少重视,总体认识是统一的思想联结两条线索,只是对于该"统一思想"的解说略有不同,比如"探索人生意义和目的""作者的道德态度"等。② 这样的解说有些空泛,因为这些解说几乎适用于作家的全部创作,这应该是意图突破以"家庭主题"联结二者的主流认识的结果。

夏仲翼③的文章最见功力,在宏观追溯欧洲小说发展演变史的基础上总结托尔斯泰长篇小说的继承与突破:作家把宏伟的历史画面和生动的生活景象融合为一个整体,在形式上摈弃传统小说情节的封闭性结构,采用开放性结构,多线索并进,无限扩大了表现天地;内容上的与众不同之处是在人不带传奇色彩的情况下,以及在平凡的活动和体验中做到气魄宏大、普遍共通,甚至具有超越时空局限的含义。其心理描写的长项是把外在情节的进程和内心活动过程作为一个整体来描写。后来西方文学中的所谓"心理现实主义"在托尔斯泰这里早已运用娴熟。由此可以说他是19、20世纪小说的分水岭。

4. 艺术论研究

这方面的研究基本上是围绕托尔斯泰《艺术论》(另译《什么是艺术?》)中的

---

① 《列夫·托尔斯泰小说和意识流》,《外国文学评论》1987(4)。
② 卢兆泉:《〈安娜·卡列尼娜〉艺术二题》,《锦州师院学报》(哲社版)1985(1);蒋连杰:《〈安娜·卡列尼娜〉结构的统一性》,《河南大学学报》(哲社版)1987(2);
③ 《托尔斯泰和长篇艺术的发展》,《复旦学报》(社科版)1982(5)。

核心概念"情感""感染力""独特性""清晰"和"真挚"进行阐发。对于《艺术论》这方面的内容论者众口一词予以肯定，与此同时，由于托尔斯泰对艺术本质的认识与其宗教道德思想紧密相关，对于这方面的内容多数研究者持否定态度。

5. 比较或影响研究

主要是作家及其具体作品的主题、结构、艺术特色和人物形象比较，其中人物形象比较占绝大多数。不少比较流于表面化，甚至生硬和牵强，寻找相同点和不同点，相同点或不同点多与时代、历史背景以及作家的世界观和身世背景有关，不同点的主要原因在于民族传统差异，不过对于这一点很多文章深入不够，只是点到为止。以作家世界观为判断标准得出的结论常常经不起推敲。比如有文章①在比较林黛玉和安娜后得出的结论之一是：由于托尔斯泰受宗法制农民世界观的影响和妇女观落后，他对社会的批判和人物的典型意义仅达到一百年前持有"女尊男卑"进步妇女观的曹雪芹的同等水平。②

比较研究中彭定安③的文章比较深刻。该文寻异以显露比较对象各自的特征、文学优势，进而寻找民族文化心态、文学气质和接受意识上的差异。

6. 托尔斯泰与中国哲学研究

由于托尔斯泰晚年的哲学思想吸收了我国古代哲人的观念，所以这方面的研究不少，多数文章论及的是托尔斯泰主义中的三条原则与老子、孔子和墨子学说的一一对应关系。刘文荣④更进了一步，认为中俄民族文化心态与18世纪之后西方的 WONDER（求知心态）不同，都属于 CONCERN（关切心态），主客体不对立，共主体或把自己当成客体，偏重价值取向，导致伦理化倾向，偏重行为规范。从一种不可解释的、绝对存在的普遍律令出发衡量一切是该心态的共同表现和必要前提。应该说，这正是中国古典哲学对托尔斯泰具有亲和力的原因。

四、90 年代初至 2009 年的研究

进入 90 年代，与之前相比，托尔斯泰研究从总体上说进入了一个新的阶段，之前的几大类研究仍旧是主流，但研究深度和学理性都大大加强了，论文五百多篇，专著六七部。

---

① 李书鲤：《林黛玉与安娜——兼谈曹雪芹和托尔斯泰的妇女观》，《红楼梦学刊》1984 年第三辑。

② 我们还发现一个有趣的现象：国内 20 世纪 80 年代中期以前的中俄作家比较中全部俄罗斯作家没有一个比得过鲁迅和曹雪芹。（"80 年代中期以前"是不是指"国内 80 年代中期以前"？）

③ 《两种民族心态、文学气质与接受意识——〈三国演义〉与〈战争与和平〉比较研究》，《社会科学辑刊》1989(2,3)。

④ 《托尔斯泰与中国古典哲学》，《文艺研究》1989(1)。

1. 主题或思想研究

真正地解放思想、摆脱偏见、以事实为主要依据研究托尔斯泰的创作和思想成为更多人的共识和自觉意识，中国社会的道德危机也促使人们重新审视其宗教哲学思想，因此反思以往的研究成为许多研究的切入点。邓军海①反思的就是两点论的认识方法，认为成问题的不是托尔斯泰看似矛盾重重的态度，而是我们的片面立场。他从"应然"的角度立论，我们没必要从"实然"的角度对他横加指责。两点论解读是一种思维惯性，产生于对宗教的陌生，信仰的缺席所导致的局限在我们解读托尔斯泰美学思想时得到了再充分不过的体现。也许我们不习惯于宗教言说，但对于不习惯的东西尤其不要横加指责。

的确，评价托尔斯泰不应该从概念出发，应当首先去熟悉，然后再做出判断。我们一些学者做的就是这方面的工作。不少学者都发现了死亡之于托尔斯泰的意义②：因为对死亡有切实感悟，看到生命的虚无，所以他才会走上生命、灵魂拯救之路，在善良、有虔诚信仰的底层劳动者生命的启示下，托尔斯泰突然悟到超越死亡而能够真诚地活下去，生命就是对信仰之拥有本身。李正荣、王志耕、朱虹、赵桂莲等学者③从不同角度论述了托尔斯泰走向人民的真正原因。李文认为，托尔斯泰浩瀚丰富的精神特质和让屠格涅夫不满的文体的"不规范"及"不精致"、有些偏执和不理性的"真诚"源于俄罗斯的民间癫僧传统，所以在托尔斯泰那里根本不存在教育农民、改善农民生活的问题，正相反，存在的是"农民教育我们、改善我们的生活"的问题。王文认为托尔斯泰钟情宗法制农民是民粹主义的反拨。他发现对上帝和灵魂的信仰使人民丧失了为权利而斗争的精力，由此肯定该文化品性并因而提出不以暴力抗恶的学说。托尔斯泰将一种世俗的理想主义推到宗教的最高境界，反过来把这种教义的价值取向定位于世俗生活，由此看出他是一个革命者，也是俄罗斯传统文化的集中体现者。朱文认为，摆脱宗法权力、与人民隔绝的知识分子内心不协调，丧失基本

---

① 《能否离开宗教情怀谈托尔斯泰的美学思想》，《俄罗斯文艺》2005(2)。

② 比如，李秀龙：《在世纪之末，重读托尔斯泰》，《文艺理论研究》1996(5)；彭小艳：《直面生存虚无 先行体验"死亡"——从存在主义视野看托尔斯泰精神中的否定倾向》，《零陵学院学报》2004 年 25 卷 4 期；徐清枝：《"去假象""求真知"——托尔斯泰主体精神形成原因之探究》，《荆门职业技术学院学报》2002 年 17 卷 5 期；戴卓萌：《列夫·托尔斯泰创作中的宗教存在主义意识——谈托尔斯泰创作中的"死亡"主题》，《外语学刊》2005 年 2 月；王峰：《失乐园与复乐园——列·托尔斯泰精神历险的一种注解》，《解放军艺术学院学报》2002(2)；蒋承勇：《托尔斯泰：堂吉诃德与西西弗斯的融合——论托翁小说的双重文化结构》，《社会科学战线》1993(6)；黄裕生：《我们在生—死之间——兼论列夫·托尔斯泰的〈伊万·伊里奇之死〉》，《江苏行政学院学报》2002(1)；赵山奎：《存在论视野中的〈伊万·伊里奇之死〉》，《南京师大学报》2002(2)。等等。

③ 李正荣：《癫僧传统与托尔斯泰小说的精神特质》，《俄罗斯文艺》1996(5)；王志耕：《世俗生活哲学的宗教阐释——托尔斯泰的〈生活之路〉》，《外国文学评论》1998(1)；朱虹：《论陀思妥耶夫斯基与托尔斯泰作品中的人民性思想》，《宁波大学学报》2000 年 13 卷 3 期；赵桂莲：《快乐与压抑：托尔斯泰的困惑与解脱》，《欧美文学论丛》，北京：人民文学出版社，2003 年；《生命是爱——〈战争与和平〉》，昆明：云南人民出版社，2002 年。

道德,而人民保持着信仰和谦恭,他们心中有精神力量、有上帝。赵文及其专著对小说题目中"和平(米尔)"一词在文本中多重意义的细致考察表明,俄罗斯米尔或村社文化的核心内容是和谐、忍耐、超然物外,在共同体中感受生理和心理的温暖,即爱,而俄罗斯文化的核心价值"共同性"从某种意义上说即"米尔精神"。因为米尔中的人民不是教条地信仰,而是凭借心灵的指引,所以托尔斯泰才会把自己的精神探索之路与人民的道路合并在一起。

陈鹤鸣[①]指出了托尔斯泰人生与艺术实践的高度一致,认为其"以我自身为对象的工作"决定其终生生命的本质必然是以灵战胜肉、以善战胜恶日益激烈斗争的痛苦,他的可贵和伟大是不止于独善其身,而是自觉地把向个人求善与向社会行善结合起来。赵明[②]的反思更早,认为托尔斯泰主义之所以被我们制成标本,带有喜剧和讽刺意味,原因就在于我们只重视托尔斯泰的探索结果而忽视探索过程,因此该学者反对用世界观的转变来界定中后期的创作,因为托尔斯泰主义是其全部精神探索逻辑发展的结果。邱运华[③]认为,虽然20世纪对托尔斯泰的诠释是多声部的,但对话却仅集中在学说层面,很少涉及文学本体,而不涉及文本的诠释注定歧义纷呈。

我们看到,以俄罗斯精神文化背景和民族文化心态解读托尔斯泰已成为一种共识。这种解读是真正能带来发现的解读。早在1908年托尔斯泰诞辰80周年之际,波兰作家显克微支就在贺信中点明了认识托尔斯泰的这条路径:全世界听到你们的灵魂通过托尔斯泰之口说话了,这是一个被贫困和奴役的重担压得不能翻身的灵魂,一个神秘的离开物质生活而遁入内心生活和来世生活的灵魂,一个在各种宗教教派里寻求安慰的灵魂。在托尔斯泰身上,人民的灵魂,而且正是俄罗斯人的灵魂在开始说话。因此托尔斯泰比之任何别人更确实是你们民族的作家。他的俄罗斯—斯拉夫性格同时还表现在,他虽然具有伟大艺术家的天赋,但他还是宁可作一个圣徒。

邱运华2000年发表的系列论文和专著《诗性启示:托尔斯泰小说诗学研究》(学苑出版社,2000年)使我国的托尔斯泰研究上了一个新的台阶。"诗性启示"即托尔斯泰在"生命终端"对上帝的顿悟,这其中表现了他对艺术的态度,即超越现实世界的物质性,在价值层面上追求绝对、面向末日、叩问人生的归宿及存在的意义,永恒道德和末世论价值是诗性启示的主要内涵,该启示又是在俄罗斯传统文化和基督教精神的双重影响下形成的。同时该超越又是针对西方派和斯拉夫派的,由此,其诗学境界中无疑渗透着俄罗斯传统的神圣使命感。

---

① 《美好而难解的"小绿棒"情结——论托尔斯泰的痛苦意识》,《外国文学研究》1997(3)。
② 《上帝的天国可否建立在人间——论托尔斯泰精神探索的二重性和悲剧价值》,《宁夏大学学报》1995(1)。
③ 《托尔斯泰留下的诠释困境》,《外国文学评论》1998(4)。

象征是诗性启示表达的途径,也是理解托尔斯泰启示诗学的关键,对象征的选择是文化选择,放到俄罗斯文化传统中才能揭示其完整意蕴。对于揭示人生形而上体验的托尔斯泰而言,借助象征达到对未能言尽意旨的把握,是必然选择,也是宿命选择。把世界视为象征性存在,前提是超然于这个世界,也就要求一切行动的目的不是这个世界,而是世界的原因,是它的主宰。这种文化心理为俄罗斯文学的象征品格提供了坚实基础。托尔斯泰最值得注意的象征符号是圣经象征,唯有如此才能把握《复活》《安娜·卡列尼娜》《战争与和平》宽阔的意义空间。

王志耕[①]同样认为,托尔斯泰的人而非英雄创造历史的认识与无英雄和凡人之差的正教认识有关。他更看重个体存在的意义,而处于历史境遇中的人不能省察历史的目的,这是人类的局限,为了打破这种局限,作家通过对历史事件中人的存在方式的重构,实现对当下生活的干预,正因为此他在每个人物身上都寄寓了对人生命历程的理解——从混沌走向澄明。张中锋[②]从托尔斯泰"审丑意识"角度得出的研究结论与王文类似:托尔斯泰虽从至善目的出发否定人的主体性,但他又把意志自由交给个人,自由既是其交给主人公的权利,又是考察人性的试金石,这种对人的自由做潜意识的、非理性的发掘,体现了作者的审丑意识,并因此使其在揭示人性深度方面超过他人。或许是从这种认识角度出发,该作者断然否定《复活》是现实主义创作,认为其美学倾向是新伪古典主义的,因为里面呈现出来的是对理性万能的推崇甚至夸大。论者认为从《战争与和平》时作家就如此,爱憎、善恶分明,影响对人物的挖掘深度。[③] 对人性挖掘深度的认识前后判若两人,令人不解。

李正荣的系列论文和专著《托尔斯泰传》(新蕾出版社,1999 年)、《托尔斯泰的体悟与托尔斯泰的小说》(北京师范大学出版社,2001 年)极有学术价值,从主题、诗学特征、作家的感悟方式及其与俄罗斯民族文化精神的关系等诸多方面深入研究了作家形象及其创作。论者提出了托尔斯泰小说诗学特征乃"史诗微积分"的概念,这种诗学特征的形成与作家总想把全部因素同时吸纳的天性有关,他把每一个因素都看成是史诗大积分中的微分,复活某一时空中的全景、全部、所有,并以最细小的元素铺陈这个时空,此乃托尔斯泰在感悟世界时形成的史诗态度。以无限小求无限大的史诗态度使其对一切"隆重"主题都采用增头绪的创作方法,这样才觉得实现了"真实",这也是其创作中多"大场面"的原因。托尔斯泰的作品当然有"主脑",来自他对个人亲身经验的深入体悟,

---

[①] 《托尔斯泰历史小说的意义》,《廊坊师范学院学报》2008 年 24 卷 4 期。
[②] 张中锋:《试论托尔斯泰创作中的审丑意识》,《南京师大学报》2002(2)。
[③] 《论〈复活〉创作中的新伪古典主义美学倾向》,《宁夏大学学报》2008 年 30 卷 4 期。

小说的最终主题就是丰富本身,是揭示"全部"这个主题。恢复完整、复活全部、展示全体合力作用并指出其中主流倾向的史诗态度是作家的总主题。

前一个时期对《安娜·卡列尼娜》"题词"的解释集中于实施惩罚的是上帝还是作家。金亚娜①通过对小说创作过程中安娜衣饰、头发的变化及其"小红提包"等细致入微的考察得出别具一格的结论:小说主题与民间传说的魔鬼诱惑和传说故事中的殉道者有关,故此其最终落点不在惩罚,而在灵魂救赎。托尔斯泰认为罪具有认识的价值,是主人公精神觉醒的一个直接条件,而对真正悔过的犯罪者的关注和宽容是俄罗斯人对神圣的一种独特理解,有罪过的人以死亡赎回清白,成为圣者。

2. 艺术论研究

这一时期研究艺术论的文章不多,而且多重复之前的认识。有价值的是胡日佳②的研究。论者的研究目的是通过比较托尔斯泰与对其产生过影响的黑格尔、康德、叔本华美学思想的关系认清其艺术论形成过程中的继承与创新。吴泽霖③考察音乐在托尔斯泰文艺情感说形成中的作用的论文立足实证,其结论引人注目:托尔斯泰迷醉于音乐的或许就是其通灵的力量,与此同时它完善人的道德情感,沟通人,联合人。从这一点上说,托尔斯泰对音乐的理解与中国古代艺术论的"中和之美"类似。

3. 人物形象研究

人物形象研究的比例不像前一个时期那么高了,但也还是不少,而且安娜依然牢牢地占据首位。不少研究是闭门造车,论者似乎与新世界隔绝,重复着从前的调子。当然,在新引入的各种文学批评理论和社会学批评理论的冲击下,也有一定数量的研究者力图创新。比如,从接受美学角度运用陌生化理论解读安娜的悲剧美④;从原型批评角度发现娜拉和安娜皆源出美狄亚⑤;从基督教灵肉合一学说理解托尔斯泰对基督教的背离,即他始终没有洞悉基督教中灵与肉神圣合一的奥秘,但是在《安娜·卡列尼娜》中虽然是无意识的,但却体现出了这种神圣合一:安娜死后眼睛"失声的目光"和马"说话的目光"其实是在恳求神的审判,恳求在人的面目中被遮阴的神的面目。⑥

---

① 《"申冤在我,我必报应"的重新解读》,《外国文学评论》2008(3)。
② 《托尔斯泰与叔本华美学思想比较》,《济宁师专学报》1994(1);《托尔斯泰与德国古典美学——托尔斯泰艺术观再探》,《国外文学》1995(1);《托尔斯泰和叔本华在艺术本质论上的异同》,《济宁师专学报》1996年17卷1期。
③ 《托尔斯泰与音乐和他的文艺情感说》,《俄罗斯文艺》2002(4)。
④ 马晓华:《安娜形象的悲剧美》,《内蒙古教育学院学报》1996(1)。
⑤ 张化新、艾艳菊:《从原型批评看美狄亚、娜拉和安娜之形象》,《延安大学学报》1992(3)。
⑥ 崔艳:《寻找动物性与神性合一的象征——对安娜·卡列尼娜和佛洛佛洛相似性的思考》,《俄罗斯文艺》2002(5)。

但值得注意的问题是,生搬硬套地运用理论往往使研究结论牵强附会,比如有文章运用弗洛伊德的性心理学解读安娜,得出的结论是:滚滚激情使其看清了原来生活的虚伪。更有甚者,认为安娜体现的是作家的"本我",渥伦斯基是他的"自我",卡列宁是"超我"。

4. 艺术特色及创作方法研究

对于"心灵辩证法"有了进一步的认识。有学者注意到它在作家不同时期创作中的变化。比如张杰①认为,以《复活》为界,前期的主要特点是描写人物心理转折与剧变前的长期准备和发展的缓慢过程。后期不用长篇幅描写转化过程,而是直接揭示心灵的转折和剧变,进而引发所谓"涟式反应",即女主人公引发聂赫留朵夫的反应,从过去到现在到众亲友再到整个社会。变迁的原因在于方法的基础变了,前期通过自我深省、反思剖析人物,后期的批判外在化,由自我移向社会。王景生的多篇论文和专著②结合文本对"心灵辩证法"作了深入辨析,认为在以往的认识中其外延有扩大化倾向,对其内涵理解混乱不堪。它的表现形式不仅是内心独白,还包括叙述者的心理叙述和意识流技巧。前期内心独白不仅是"心灵辩证法"的"不规则"意识活动,也存在有条理、有序的意识流程。

对于"拱顶"的认识增加了"混乱"③说和"生存突围"说,对之前的认识有所充实,尤其是后者:从存在论角度看,安娜和列文都是从日常中突围,前者是自然生命的突围,后者是自为生命的突围。宁子红细致分析得出的结论也比较有新意:救世方案使两条构成鲜明对比的平行线一正(列文为上帝和灵魂活着)一反(申冤在我、我必报应)围绕一个中心(对生活意义的崇高理解)。④

5. 比较或影响研究

比较或影响研究的所占比例也不少,但高质量的论文却并不多。有价值的论文多在视野上、深度上、文化差异上下了工夫。比如,赵明⑤从宏观角度考察了中国接受托尔斯泰等作家的原则。接受托尔斯泰是因为其思想、为人、艺术世界很适合中国知识分子最一般的良知:救民于水火之中。两篇比较托尔斯泰与海明威的论文从死亡意识、灵与肉的冲突、生命伦理角度挖掘了二者的创作

---

① 《"心灵辩证法"的变迁》,《外国文学评论》1990(2)。
② 《"心灵辩证法"辨析》,《外国文学评论》1995(4);《托尔斯泰前期叙事中的内心独白——兼谈"心灵辩证法"的理解问题》,《外国文学研究》1995(2);《洞烛心灵:列夫·托尔斯泰心理描写艺术新论》,北京:中央编译出版社,1996年。
③ 刘涯:《〈安娜·卡列尼娜〉的结构与描写艺术》,《外国文学研究》1998(3);彭小燕:《生存"突围"——试论〈安娜·卡列尼娜〉双故事结构及其意义》,《零陵师专学报》1997(1)。
④ 《圆拱的拱顶到底在哪里?——谈〈安娜·卡列尼娜〉的结构艺术》,《梧州师专学报》1995(1)。
⑤ 《托尔斯泰、屠格涅夫、契诃夫——20世纪中国文学接受俄国文学的三种模式》,《外国文学评论》1997(1)。

价值。① 从民族文化心理、文化意蕴角度剖析安娜和春香、林黛玉和娜塔莎体现的民族品质的文章更趋深入。② 尤其是后者,它让我们具体、形象地认识到了托尔斯泰热衷中国古典哲学的原因。王钦峰、田贵诚③借鉴《聊斋志异》中"边缘故事"所起的作用解读《安娜·卡列尼娜》中"边缘故事"的作用,别有新意。

6. 托尔斯泰与中国哲学研究

王景生④指出了以往列夫·托尔斯泰研究中比较方面存在的问题,即只重影响,少考虑接受,是片面不足取的。可喜的是,吴泽霖的系列论文和专著《托尔斯泰和中国古典文化思想》(北京师范大学出版社,2000年)弥补了这方面的缺陷。该学者认为我国这方面研究存在的主要问题:一是多单纯影响研究,这是不够的,应结合文化的历史比较研究;二是多集中在托尔斯泰思想激变之后,由此抬高中国影响,把托尔斯泰在俄国文化思想大背景下形成的一些观念硬说是中国影响所致;三是基本都是逐一讨论托尔斯泰与先秦诸子关系,实际上应进行综合性研究;应把艺术家和思想家托尔斯泰统一起来;应关注其接受时的误读、选择性接受。吴泽霖正是针对上述问题逐个突破的,研究颇见功力。其他学者也关注到了托尔斯泰的"误读"。郑万鹏⑤结合托尔斯泰作品中具体人物精神气质的分析对于少一些偏见、更深入地领会俄国作家的创作及其托尔斯泰主义有价值。

研究反思

纵观60年来中国的托尔斯泰研究,成绩不小,尤其是最近二十年,研究的程度逐步加深、广度有所拓展。但与成绩相比存在的问题可能更大,具体表现在:一、两点论的思维方式太顽固,到我们考察截止的2009年两点论文章依旧时时可见。前期一部分研究的四平八稳和后期某些研究的极端化倾向都与我们对运用理论的理解和认识浅表化有关。二、重复研究的情况比较严重,这恐怕也与研究多集中在《战争与和平》《安娜·卡列尼娜》和《复活》这所谓"三大

---

① 刘文荣:《死亡的启示——从〈伊万·伊里奇之死〉到〈乞力马扎罗的雪〉》,《河北师院学报》(社科版)1997(1);魏贤海:《生命的伦理诠释——从托尔斯泰到海明威》,《徐州教育学院学报》2000年15卷4期。

② 刘艳萍:《从俄朝民族文化心理看安娜和春香爱情追求之差异》,《外国文学研究》1996(4);纪映云:《林黛玉和娜塔莎不同人生走向的文化意蕴》,《明清小说研究》2004(2);宋春香、王敬川:《异域文豪的心灵之约——论〈红楼梦〉和〈复活〉的宗教文化情结》,《黑龙江教育学院学报》2004(1)。

③ 《隐藏在〈安娜·卡列尼娜〉背后的"异史氏曰"结构》,《湖北三峡学院学报》1998年20卷4期。

④ 《列夫·托尔斯泰研究中的比较问题——从中国古典哲学的影响谈起》,《四川外语学院学报》1995(3)。

⑤ 《托尔斯泰与东方文化》,《中国文化研究》1995年冬之卷;《梁漱溟与托尔斯泰》,《中国文化研究》1997年夏之卷。

部"上有关。须知苏联时期出版的《列夫·托尔斯泰全集》有91卷，对于其中短篇小说、日记、政论、书信等需要加强研究。三、已有的优秀研究成果表明，研究托尔斯泰，不深入认识正教的核心价值和本质属性、俄罗斯精神文化传统、宗法制农民等是行不通的。以宗法制农民为例，我们的研究者多直接把列宁的话拿来，说托尔斯泰后期"站到了宗法制农民的立场上"，这个立场究竟是怎样的立场？仅仅是有反抗、进步的一面和忍耐、消极的另一面？实际上，托尔斯泰一步步走向宗法制农民，并非因为他"进步"，而是精神上的契合。而这种契合的原因和表现是什么？19世纪俄罗斯文学的"双子星座"陀思妥耶夫斯基和托尔斯泰最后都"站到了宗法制农民的立场上"，其中的原因值得我们研究，研究是为了更深入地理解其创作和创作思想。

第五节　契诃夫小说研究

安东·巴甫洛维奇·契诃夫（Anton Chekhov，1860—1904）是俄罗斯19世纪伟大的批判现实主义作家，同时也是具有世界影响的短篇小说作家。契诃夫的小说创作深刻反映了19、20世纪之交俄罗斯的社会现实，表达出对俄罗斯庸俗"国民性"的深刻批判、对底层平民生存境遇的关注和同情，以及对未来新生活的憧憬和向往。作为具有世界意义的小说作家，契诃夫一生共创作有七百余篇小说作品，其中代表作品有：《普里希别耶夫中士》《变色龙》《哀伤》《苦恼》《草原》《乏味的故事》《决斗》《套中人》《姚尼奇》《农民》《在峡谷里》《第六病室》和《未婚妻》等等。经过契诃夫的不懈努力，俄罗斯短篇小说体裁在形式结构和审美效应等方面取得了长足的发展并屹立于世界文学之林。

一、新中国成立前研究的简要回顾

1907年，由吴梼根据日译本转译的《黑衣教士》在上海商务印书馆出版，此即契诃夫小说作品最早的汉译本。这标志着中国"契诃夫学"之小说研究的开端。五四运动之前，契诃夫小说的汉译已经囊括了作家的经典作品：《第六病室》《小公务员之死》《万卡》和《套中人》等。[①]

五四运动之后，中国"契诃夫学"研究（其中包括外国学者评论译文和中国学者研究文章两个部分）得以启动。1925年，由曹靖华翻译的《三姊妹》所附的

---

① 参见谢天振、查明建主编：《中国现代翻译文学史（1898—1949）》，上海：上海外语教育出版社，2004年，第196—197页。

长篇文章《柴霍夫评传》被视为早期契诃夫研究的重要文献。① 这一时期,关于契诃夫及其作品研究的著作和文章有:陈著翻译的《克鲁泡特金的柴霍甫论》(1926)、赵景深翻译米尔斯基的《契诃夫小说的新认识》(1928)和周作人撰写的《文学上的俄国与中国》(1921),以及明心撰写的《俄罗斯文艺家录》、郑振铎的《俄国文学史略》、冯瘦菊的《十九世纪俄罗斯文学家的传略和著作思想》、赵景深翻译的《俄国三大文豪》和瞿秋白的《十月革命前的俄罗斯文学》。值得一提的是,瞿秋白撰写的《十月革命前的俄罗斯文学》对契诃夫文学创作的思想和艺术的深刻把握具有极为重要的意义,它标志着中国俄罗斯文学研究和评论的专业水准——契诃夫创作活动的分期及其特点;契诃夫作品所揭示的社会心理及其超越时代的特质;契诃夫作品所呈示现实的共时性特征。三四十年代是20世纪上半叶契诃夫作品汉译的高峰期。这在小说作品翻译方面突出表现为几种"契诃夫小说作品集"的出版。三四十年代的中国契诃夫学研究取得了长足的发展,关于契诃夫的研究和评论见诸各类报刊和汉译本附录部分。其中较为重要的研究文献有:陆立之翻译米哈·柴霍甫的《柴霍甫评传》(1932)、毛秋萍翻译弗里采的《柴霍甫评传》(1934)、杨景海翻译柏里华的《柴霍甫传》(1936);荆凡撰写的《俄国七大文豪》(1943)、郭沫若的《契诃夫在东方》(1944)、肖赛的《柴霍甫传》(1947)和《柴霍甫的戏剧》(1948)等等。

二、新中国成立至 1966 年:契诃夫小说研究概况

从新中国成立至 1966 年,中国契诃夫小说研究基于特定的社会—政治立场和历史—文化理念得以展开,因而表现出特殊的政治意识形态特征。与其他时期的小说研究相比较,这一时期的研究更加关注于对契诃夫小说作品的"现实主义"特质的论证。它们强调契诃夫小说相对于社会现实的"写实性"或"真实性":沙俄社会制度的不公和黑暗;"被侮辱与被损害的"底层民众的生活;上层社会权力的蛮横与冷酷;中产市民生活的无聊空虚和价值缺失等。

须强调指出,在 1949—1966 年期间,中国契诃夫学研究的论域已经初步涵盖了学科研究的基础层面:(1)契诃夫创作及小说创作总体研究;(2)契诃夫世界观及其与创作的关系研究;(3)契诃夫小说创作艺术研究;(4)契诃夫小说作品个案研究;(5)契诃夫小说创作与中国现代文学的关系研究。

在"契诃夫创作及小说创作总体研究"方面,较具影响的研究文献有马元照编写的《契诃夫》(四联出版社,1954 年)、巴金撰写的《谈契诃夫》(新文艺出版社,1957 年)以及朱仲玉编写的《契诃夫》(商务印书馆,1964 年)。其中,巴金撰

---

① 参见谢天振、查明建主编:《中国现代翻译文学史(1898—1949)》,上海:上海外语教育出版社,2004年,第 200 页。

写的《谈契诃夫》一书在对契诃夫生平和创作进行梳理的基础上对作家的世界观和创作加以评价,指出作家及其作品对于当代中国文学发展具有十分重要的价值。

在"契诃夫世界观及其与创作的关系研究"方面,黄嘉德和曾宪溥合作撰写的《契诃夫的思想和创作》(《文史哲》1954.7)对契诃夫的思想观念与创作实践整体构成的密切关联进行总结,指出作家的世界观对于其文学创作具有决定性的影响和作用。

在"契诃夫小说创作艺术研究"方面,较具代表性的有龚沪生和姚进荣共同撰写的《纪念俄罗斯伟大的现实主义作家契诃夫——兼论契诃夫的幽默》(《复旦》1960.1)和陆人豪撰写的《契诃夫短篇小说的艺术特色》(《兰州大学学报》1963.1)。前者在对契诃夫的思想、创作和传播进行总体评介的基础上,对其作品的"幽默"构成进行了具体、详尽的分析。后者首先对契诃夫短篇小说创作在世界小说发展史上的地位和影响加以评定,继而对作家短篇小说的形式要素进行了系统的分析。

在"契诃夫小说作品个案研究"方面,鲁牧撰写的《装在套子里的人及其他》(《北京体院》1959.7)和李蟠的《读〈套中人〉》(《外语教学与研究》1964.1)较为典型。两篇文章均着重分析了短篇小说《套中人》的思想内涵,对继后的契诃夫小说文本分析具有一定的示范作用。

在"契诃夫小说创作与中国现代文学的关系研究"方面,韩长经撰写的《鲁迅与契诃夫》(《文史哲》1958.8)和戈宝权的《契诃夫和中国》(《文学评论》1960.1)是具有代表性的两篇文章。前者从"比较异同以更好地阐明作家创作"的思路出发,以鲁迅对契诃夫的影响接受事实为依据针对两位作家的思想和创作进行了较为系统的比较和分析。后者在对契诃夫在19世纪末和20世纪初俄罗斯文学史中的地位加以考察的基础上,对契诃夫创作对于中国现代文学的生成和发展的作用和影响给予了公允的分析和评定。

此外,在对国外契诃夫创作和小说研究学术著作的翻译方面,具有代表性的译著有:余生翻译弗·维·李特维诺夫的《安东·契诃夫》(平明出版社,1954年)、陈冰夷翻译叶尔米洛夫的《契诃夫》(人民文学出版社,1954年)、徐亚倩翻译A.别尔金的《契诃夫的现实主义》(新文艺出版社,1954年)、张守慎翻译B.叶尔米洛夫的《契诃夫传》(人民文学出版社,1960年)、杜殿坤翻译耶里扎罗娃的《契诃夫的创作与十九世纪末期现实主义问题》(上海文艺出版社,1962年)等。

纵观新中国成立至1966年十余年契诃夫小说研究的历史,可以发现,新中国60年的契诃夫小说研究早在初始阶段,其各种研究论域的设定业已达到较为完备的水准。其研究内容涵盖了现代小说研究的主要领域:总体研究、艺术研究、作品研究、比较文学等。须强调指出，在微观层面，这一时期的契诃夫小说研究在上述五个研究论域中表现出特定的价值立场和学理认知。它们突出地表现为以下两个方面：一是对"契诃夫世界观与小说创作关系"的研究。黄嘉德和曾宪溥合作撰写的《契诃夫的思想和创作》在考察和辨析作家思想理念、社会观念的基础上，对它们之于小说题材、主题思想和艺术形式等建构的决定性影响和作用给予探析和确认。该论题的选定和开展一方面与19、20世纪的俄苏文学研究传统具有极深的渊源关系，是对该学科传统学术范式直接继承和应用的结果；另一方面它则体现出五六十年代中国特殊的政治意识形态的规导和影响。具体而言，同时代的主流文学观念强调：文学作为特定的社会意识形态而存在，其中起主导作用的乃是创作主体的世界观和社会观，因而对作家思想观念的有效考辩是对其文学创作研究的基础和前提。与此同时，这一时期"小说个案研究"的文本选择标准同样是基于对作家世界观与创作关系的认定而设定的。二是对"契诃夫小说创作与中国现代文学的关系"的研究。韩长经撰写的《鲁迅与契诃夫》和戈宝权的《契诃夫和中国》两篇论文分别从两个角度——作家和特定时代民族文学总体出发，对契诃夫小说创作之于中国现代文学的影响给予了系统分析和探究。前者通过这一研究方法，将契诃夫小说研究置于东西方文化—文学比较的语境中，使得对两位经典作家思想观念和小说创作经由比较分析获得更为明确的认识。后者对契诃夫小说创作之于中国现代小说生成和演化过程的影响作出整体的分析和考量，论文在揭示契诃夫小说创作的现代性及其世界性影响的同时，对中国现代小说的进程及其演化机制给予了评定。如果说《鲁迅与契诃夫》一文在一定程度上体现出文学研究方法论进化的自律，那么论文《契诃夫和中国》则在更大程度上表现出中国学者对民族文学历史建构的强烈关注。总之，这一时期的契诃夫小说研究反映出五六十年代中国主流的文学观念、政治价值取向、文学体裁认知以及文学研究的范式和水平。

三、1966—1978年：契诃夫小说研究概况

1966—1978年之间的十余年，主要为"文化大革命"时期。由于众所周知的历史原因，包括契诃夫学研究在内的外国文学学科的建设和发展处于停滞状态，学科研究成果在数量和质量上均明显表现出负面的时代影响。须强调指出，在该阶段的后期，中国的契诃夫小说研究逐渐恢复并呈现出上升的趋势。这为"新时期"契诃夫小说研究开启了崭新的路径。在这一时期，契诃夫小说研究的焦点多集中于"契诃夫小说作品个案研究"和"契诃夫小说创作艺术研究"两个方面。如宋寅展撰写的《〈变色龙〉的情节、人物和对话》(《外国文学研究》1978.1)、张佩玉的《略论契诃夫短篇小说的艺术风格》(《新疆大学学报(哲学社会科学版)》1978.1)以及辽宁师范学院中文系外国文学教研室集体撰写的《契诃夫

的〈变色龙〉试析》(《辽宁师范学院学报》1978.2)。其中,张佩玉的《略论契诃夫短篇小说的艺术风格》一文认为契诃夫小说创作的意义在于较为成功地解决了19世纪俄国现实主义创作所面临的难题——"如何从美学的观点深入到日常事物中去?"由此出发,该文对契诃夫的小说美学及其在小说文本中的具化产物——以小说结构为主体的艺术要素进行了系统的考察和分析。该文作为"契诃夫小说创作艺术研究"的代表性文献,成为新时期契诃夫小说"形式研究"的先声。

四、1979—2009年:契诃夫小说研究概况

1979—2009年之间的30年是中国改革开放新时期。在这一时期,随着中国社会和经济的恢复和发展,文化事业和学术思想取得了前所未有的长足发展。在这一独特的文化—政治语境中,中国包括契诃夫学研究在内的外国文学学科经历了恢复、发展、繁荣和纵深发展的历史过程。纵观30年以来的中国契诃夫学研究历程,可以发现,在宏观层面上,契诃夫小说研究在原有五个论域——"契诃夫创作及小说创作总体研究""契诃夫世界观及其与创作的关系研究""契诃夫小说创作艺术研究""契诃夫小说作品个案研究"以及"契诃夫小说创作与中国现代文学的关系研究"等论域的基础上,其研究论域在一定程度上有所拓展。在微观层面上,即在各个论域的内部,其理论资源、研究思路、分析方法和角度等均经历了持续的沿革和深化,因而呈现出全新的研究样态。

在1979—2009年期间,中国契诃夫小说研究在新的学术文化语境下全面继承了传统的研究论域。这些论域是:(1)契诃夫创作及小说创作总体研究;(2)契诃夫世界观及其与创作的关系研究;(3)契诃夫小说创作艺术研究;(4)契诃夫小说作品个案研究;(5)契诃夫小说创作与中国现代文学的关系研究。须强调指出,在以上五个小说研究论域中,新型研究视角和分析方法的有效引进以及新型研究模式的确立,为这一时期的契诃夫小说研究学理化和多元化奠定了坚实的基础,同时也为这一时期的契诃夫小说研究赋予了新质的科学成果。

在"契诃夫创作及小说创作总体研究"方面,"契诃夫创作综合研究"和"传记研究"占据较为重要的位置。其中,重要的研究成果有:龙飞和孔延庚合作撰写的《契诃夫传》(南开大学出版社,1988年)、朱逸森的《契诃夫:人品·创作·艺术》(华东师范大学出版社,1994年)、郑伟平的《契诃夫(1860—1904)》(海天出版社,1998年)、赵佩瑜的《契诃夫》(辽海出版社,1998年)、童道明的《我爱这片天空:契诃夫评传》(中国文联出版社,2004年)、朱逸森的《契诃夫:1860—1904》(华东师范大学出版社,2006年)等等。

须指出,这一时期的"契诃夫创作综合研究"较之于前两个时期的研究,在哲学—美学探索方面取得了有效的进展,如陆人豪撰写的《契诃夫创作美学断想》(载徐祖武主编:《契诃夫研究》,河南大学出版社,1987年)和蒋连杰的《开掘"美的宝藏"——谈契诃夫的美学思想》(载徐祖武主编:《契诃夫研究》,河南大学出版社,1987年)两篇论文试图在宏观层面上对契诃夫及其文学创作予以把握。此外,李嘉宝撰写了《真实,在对现实的超越之中——论契诃夫创作中的形而上真实》(《外国文学评论》1991.2),该文指出契诃夫在其创作中表现出来的世界观和认识论与同时代的欧洲现实主义作家之间存在明显的差别——前者超越了司汤达、巴尔扎克和托尔斯泰式的"按照生活本来面目反映生活"的艺术理念,选择了一条搁置"现实生活逻辑"的反映生活"形而上真实"的艺术路径。与该文相承,李嘉宝又撰写了《生活:潜心融入与多重显现——论契诃夫创作中的模糊把握》(《外国文学研究》1992.1),则从另一角度探讨了契诃夫创作中的"现实"问题。另外,李嘉宝的《生活,是一曲绝望的悲歌——论契诃夫创作中的否定意识》(《外国文学研究》1992.4)和《论契诃夫作品中的"厌倦"人物》(《外国文学研究》2000.2)则分别对契诃夫创作主题的"否定性"和人物形象的"否定性"给予了详尽的论述。

在"契诃夫小说创作总体研究"方面,这一时期"总体研究"在既往研究的基础上继续展开工作并取得了相应的成果,如叶锐明撰写的《契诃夫小说创作的若干特点》(《西南师范大学学报(人文社会科学版)》1979.3)、王良的《谈契诃夫的短篇小说》(《吉林大学学报(社会科学版)》1979.3)、扈娟的《契诃夫笔下的"小人物"》(载徐祖武主编:《契诃夫研究》,河南大学出版社,1987年)、黎皓智的《契诃夫小说中的知识分子形象》(载徐祖武主编:《契诃夫研究》,河南大学出版社,1987年),以及朱逸森撰写的专著《短篇小说家契诃夫》(华东师范大学出版社,1984年)和刘建中的《契诃夫小说新探》(陕西人民出版社,1991年)。朱逸森的专著《短篇小说家契诃夫》对契诃夫作为经典小说家的成长历程进行系统考察和分析,并对契诃夫的小说艺术特质给予概括和评价。而刘建中的《契诃夫小说新探》则对契诃夫的世界观和小说创作艺术展开广泛、深入的探讨,同时对契诃夫小说创作与中外经典作家异同关联进行比较研究。这两部著作的学术成果以其对契诃夫小说考量的全面性和系统性在这一时期的"契诃夫小说创作总体研究"领域具有较为重要的影响。

此外,在该论域中,李辰民撰写的《契诃夫小说的现代意识》(《外国文学评论》1995.1)较具特色。这篇论文对契诃夫作为"绝对正统的现实主义作家"的身份提出质疑,指出其小说作品中存在有基于时代文化—历史语境的"现代意识"并对之加以具体的阐明。该文对理解契诃夫小说创作的"现代性"特质及其对现、当代小说创作的影响具有十分积极的意义。无独有偶,马卫红的专著《现代主义语境下的契诃夫研究》(中国社会科学出版社,2009年)则对契诃夫小说的主题思想和艺术手段与传统现实主义的差异加以论证,探讨了作家创作与西方现代主义的文学理念和艺术构成之间的类似和相通并对这种关联进行分析,以此得出契诃夫小说创作的独特性和多元性特征。

须强调指出,在"契诃夫创作及小说创作总体研究"方面,由于对新型的理论模式、研究视角、分析方法的援用,1979—2009 年期间的学术论著呈现出新的样态和特征。

首先,与既往研究相比较,中国俄罗斯文学学者将关注的焦点投向契诃夫创作的文学观念考评,如朱逸森撰写的《"您在杀害现实主义"——读高尔基论契诃夫札记》(《苏联文学》1981.4)和张家霖的《契诃夫论文学与创作》(《译林》1991.2)。后者对契诃夫的现实主义文学理念和人道主义立场给予分析,这一研究为重新阐明契诃夫文学创作提供了有效的出发点。其次,俄罗斯文学学者将"心理学"和"医学"等学科理论引进文学研究并取得了初步的成果。如任光宣撰写了《论心理分析类型及其特征——托尔斯泰、屠格涅夫、契诃夫的心理分析方法之比较》(《国外文学》1988.3),该文对俄国 19 世纪三位经典作家小说作品中所运用的心理分析方法进行了比较分析,揭示出不同心理分析的结构特征和文学效应。李辰民的《契诃夫小说中的变态心理学》(《外国文学研究》1989.4)一文则从作家"医生"身份和"变态心理学"对作家影响的史实出发,对契诃夫小说创作中存在的"变态心理学"现象加以剖析,从另一层面揭示出契诃夫小说作品的思想—艺术特质。关于"变态心理学"的研究论文还有孙维新撰写的《他在变态中死去——契诃夫〈小公务员之死〉变态心理分析》(《俄罗斯文艺》1995.1)。李辰民在《契诃夫与医学》(《外国文学评论》1999.2)一文中,基于契诃夫的文学写作与医生职业紧密关联的情状,对作家创作与医学学科的关系进行系统梳理,并对其医学资源之于文学作品的形象塑造和情节设置的影响加以评定。第三,俄罗斯文学学者从女性主义研究理论出发对契诃夫文学创作中的"女性形象"展开宏观考察。如肖支群撰写的《契诃夫笔下的女性世界》(《俄罗斯文艺》1996.6)和吴惠敏的《弱者·觉醒者·行动者——契诃夫小说妇女形象三部曲》(《外国文学研究》1997.1)等。后者集中对契诃夫"女性题材"系列作品加以总结,指出其女性形象的阶段性特征——"弱者""觉醒者"和"行动者"总体特征并揭示出女性形象的转化轨迹。

在"契诃夫世界观及其与创作的关系研究"方面,1979—2009 年期间的学术论文与前期同类论文相比较,数量有所减少,其中具有代表性的有:卢惟庸撰写的《契诃夫的远东之行》(《苏联文学》1981.4)、方珊的《绝望的歌唱家——舍斯托夫论契诃夫》(《俄罗斯文艺》2001.1)、朱涛的《"有神"与"无神"之间——从〈决斗〉看契诃夫的宗教哲学思想》(《俄罗斯文艺》2006.2)以及朱建刚的《俄国文学中的"小事论"——以契诃夫为个案》(《俄罗斯文艺》2007.3)等。后者以契诃夫文学作品为例证,对俄国 19 世纪具有重要影响的社会思潮"小事论"即改良主义对于契诃夫思想和创作的影响和作用加以考察，以得出较为完整的俄国19世纪文学图式。

在"契诃夫小说创作艺术研究"方面，"契诃夫小说艺术"是1979—2009年期间的学术论文关注的重点之一。这与新时期对西方文学理论特别是"形式主义"理论和"结构主义"理论的引进以及外国文学学科对"文学自律"认同密切相关。其间，中国俄罗斯文学学者关于该论域的代表性论文有：汪靖洋撰写的《加倍的简炼——契诃夫短篇小说的艺术特色》(《南京师范大学学报（社会科学版）》1979.2)、叶乃芳和陈云路合作撰写的《契诃夫小说的艺术特色》(《外国文学研究》1980.1)、杨小岩的《略谈契诃夫小说的艺术特色》(《外国文学研究》1981.2)、刘建中的《试论契诃夫短篇小说的艺术特色》(《国外文学》1983.3)、陈俐的《契诃夫早期作品的"瞬间风格"》(《外国文学研究》1983.3)、金风的《契诃夫小说的诗意构成》(《外国文学研究》1984.1)、徐祖武的《略论契诃夫的艺术个性》(载徐祖武主编：《契诃夫研究》，河南大学出版社，1987年)、雷成德的《论契诃夫小说手法的审美特色》(载徐祖武主编：《契诃夫研究》，河南大学出版社，1987年)、董象的《时代的意中人，〈新娘〉娜嘉——兼谈契诃夫小说的印象主义叙表方式》(载徐祖武主编：《契诃夫研究》，河南大学出版社，1987年)、杨宗建的《试论契诃夫短篇小说的语言》(载徐祖武主编：《契诃夫研究》，河南大学出版社，1987年)、赵昌华和刘建中合写的《契诃夫小说喜剧特色初探》(《国外文学》1987.4)、吴静萍的《试论契诃夫小说的艺术特色》(《外国文学研究》1994.3)、曾恬的《契诃夫短篇小说艺术技巧探索》(《俄罗斯文艺》1996.3)以及巴金的专著《简洁与天才孪生：巴金谈契诃夫》(东方出版社，2009年)等。

值得注意的是，在这一时期，关于"契诃夫小说艺术"的研究论文对"叙事学理论""巴赫金小说理论"和其他文学理论和方法进行了较为广泛的援用，从而使得其研究的过程和结论呈现出独特的样态和特征，如李蟠撰写的《试谈契诃夫小三部曲中三个故事讲述者的形象》(《外国文学研究》1979.2)、汪靖洋的《焦点和焦点的转移——〈套中人〉的艺术结构及其它》(《外国文学研究》1979.4)、席亚斌的《契诃夫：从故事体到象征》(《国外文学》1998.1)、李家宝的《论契诃夫抒情心理作品中的时间主题》(《外国文学研究》2004.5)、路雪莹的《试论契诃夫的情境小说和生活流小说》(《国外文学》2006.3)、徐乐的《中等的人——契诃夫笔下人物的"非典型化"》(《外国文学评论》2010.1)和《契诃夫世界中"职业"的艺术功能》(《外国文学》2009.3)等等。其中，李家宝的《论契诃夫抒情心理作品中的时间主题》一文在认定契诃夫心理抒情作品内部存在有"时间主题"的基础上，对"时间主题"的功能加以评定，指出契诃夫创作中的"时间主题"是与艺术形象和审美情趣合成一体的"意蕴"即一种"精神体悟"和"哲理思考"。路雪莹的《试论契诃夫的情境小说和生活流小说》将契诃夫创作的叙事手法总结为两种模式——"情境小说"和"生活流小说"。前者的特征为"非戏剧化和借助于情境实现叙述重心由外向内的转换,以及内在的色彩、节奏、音调起伏等因素对于叙述结构起到重要的作用"。后者的特征为"将日常生活中的琐碎事件和情境拼合成一幅完整的画面,叙述中较少使用高密度事件,多使用重复性场景,总体来看呈现出印象主义艺术的特征"。徐乐的《中等的人——契诃夫笔下人物的"非典型化"》则指出契诃夫创作对文学"传统典型"实施了有效的改造,论文对非英雄的"中等的人"形象在其作品中的结构价值予以分析并得出结论:"中等的人"形象对典型形象的替代对俄国文学具有开创性意义。

在"契诃夫小说作品个案研究"方面,1979—2009 年期间的学术论文与其他论域的论文相比较,在数量上不占有优势。这一状况的存在与契诃夫小说研究考察视角和分析方法的多元化态势密切相关,同时也与论文论题关注焦点的转移和研究对象的具化有关。这一部分论文主要集中于对短篇经典的探析,在时段上集中于 70 年代末和 80 年代上半期。在这一方面较具影响的论文有:姜岱东和杨殿奎合作撰写的《〈变色龙〉试析》(《破与立》1979.2)、李肇敬的《思想僵化的别里科夫——读〈套中人〉》(《西南民族学院学报(哲学社会科学版)》1979.2)、鲁锋的《一幅沙俄专制社会生活的图画——〈装在套子里的人〉赏析》(《山东师范学院学报(哲学社会科学版)》1979.05)、王林的《"套中人"的故事》(《外国文学研究》1981.4)、徐森林的《〈套中人〉的主人公是谁?》(《外国文学研究》1982.4)以及彭质纯的《从生活原型到艺术典型——谈〈跳来跳去的女人〉的提炼》(《外国文学研究》1986.1)等等。

在"契诃夫小说创作与中国现代文学的关系研究"方面,1979—2009 年期间的学术论文继承了前期的研究成果并在更高的学理层次上展开。在这一方面,具有代表性的论文和论著有:黄颇撰写的《鲁迅与契诃夫小说比较研究》(《外国文学研究》1988.3)、王丹的《从契诃夫与鲁迅的"小人物"谈起》(《外国文学》1996.3)、阮航的《沙汀、契诃夫小说比较》(《社会科学研究》1996.03)、赵明的《托尔斯泰·屠格涅夫·契诃夫——20 世纪中国文学接受俄国文学的三种模式》(《外国文学评论》1997.1)、吴惠敏的《论契诃夫对凌叔华小说创作的影响》(《外国文学研究》1999.1)以及刘研的专著《契诃夫与中国现代文学》(上海社会科学院出版社,2006 年)等等。其中,刘研的《契诃夫与中国现代文学》分为"绪论"("中国语境中的契诃夫")、"上编"("传播与阐释:译介研究")和"下编"("接受与比较:文本研究")三个部分。论著从中国现代文学史上的"契诃夫现象"出发,试图突破一般意义上的现象描述和影响研究,在更高层次上论证契诃夫之于中国现代作家人格、心理、精神结构和思维方式等的影响和作用,以及这些影响和作用在文学作品各个层面的呈现。

基于上述对新时期 30 年契诃夫小说研究历史的梳理和考察,我们发现,其中存在有若干值得关注和思考的学术史问题。这些问题分别发生在宏观层面和微观层面。

首先,在宏观层面,根据已经掌握的数据,1979—2009年期间,狭义上的"契诃夫小说研究"的学术论文,其文献数量在整体上(以十年为周期)呈现出较为明显的递减趋势。特别是在21世纪前十年,该领域的学术文献数量锐减,且处于较低的数量水平。与此同时,在这30年间,在"契诃夫小说研究"领域,其主要论题的数量总体上也呈明显的下降趋势。这两种趋势发生和存在的文化—文学原因较为复杂。我们认为,对于两种趋势而言,新时期的"契诃夫小说研究"的研究对象——小说文本面临重新选择的问题。具体地说,必须对传统研究所取用的小说文本("社会批判性"文本)的范围给予突破,以获得更具契诃夫创作特性的"客观性"文本。小说文本重新选择标准的厘定、选择过程、对新型文本研究所需学理的准备等,这一转型需要一个时间过程。再者,新时期"契诃夫小说研究"对基于"内部研究"范式的新型研究视角和研究方法的适用,相对于具有强大传统优势的"社会学研究"范式,正处于文学研究方法论的转型阶段。这一探索、过渡阶段势必引发"契诃夫小说研究"的文献和论题在数量上的弱势状态。须强调指出,以上两种趋势标志"契诃夫小说研究"工作正处于重新整合的相对"静默"期。这一方面是文学研究内在机制"自律"要求的表现;另一方面也体现出俄罗斯文学学者面对学术传统和现代学术格局所作出的应对和努力。我们可以预见,经由"整合"的过渡性阶段之后,"契诃夫小说研究"将在新的学术平台上启动,并取得预期的成果。

其次,在微观层面,在1979—2009年期间的"契诃夫小说研究"中,以下三个现象具有较高的学术史价值,因而值得我们给予关注。一是在"契诃夫创作及小说创作总体研究"论域,李嘉宝撰写的系列论文《真实,在对现实的超越之中——论契诃夫创作中的形而上真实》《生活:潜心融入与多重显现——论契诃夫创作中的模糊把握》《生活,是一曲绝望的悲歌——论契诃夫创作中的否定意识》和《论契诃夫作品中的"厌倦"人物》等,从哲学—认识论层次对作家"艺术世界"建构的基础给予探究,揭示出一条与其他经典作家"反映论"迥异的文学写作路径。基于此,作者进一步分析了契诃夫创作在"形而上真实"统觉之下对"现实"的模糊化把握和多方位表现。继而作者对契诃夫创作的"否定意识"和"厌倦"人物进行考辨和阐述。在此,系列论文从高、中、低三个层次对契诃夫创作给予渐次、深入的研究和阐明,一方面,它们基于自身学理逻辑建构完成独立的话语系统,而另一方面,它们也为学界提供较为完整的契诃夫创作的路线和面貌。在小说研究的系统性方面,朱逸森的专著《短篇小说家契诃夫》和刘建中的《契诃夫小说新探》同样是具有较高的学术价值的研究范例。前者的研究围绕契诃夫的"小说家"身份展开,对作家的小说创作史作历时性梳理,并对其小说作品作共时性分析，表现出作者对史料和艺术文本双重把握和处理的能力。后者的工作则在对传统论题给予深入探究的基础上，将契诃夫的小说创作与其他经典作家的关系加以比较，从而使得不同作家的创作及其特质在特定的语境中相得益彰，以此为契诃夫小说研究带来新的发现和结论。该论文的价值与其说是对比较文学方法的援用，不如说是在比较研究过程中对系统性比较的关注和应用。另外，在该论域中，对契诃夫小说作品以及总体创作中所蕴含的"现代性"的探讨和揭示，具有很高的学术价值。众所周知，契诃夫在俄罗斯文学史上始终被定位为"现实主义作家"。这一传统定位一方面为研究作家提供了学理的前设和基础，另一方面则为对作家研究的推进和深化带来诸多局限。李辰民撰写的《契诃夫小说的现代意识》一文则对契诃夫经典身份的绝对性提出质疑，对其小说作品所包含的"现代意识"给予系统的论证。该论文对契诃夫及其小说创作传统定位的突破，不仅具有前述的方法论意义，更为重要的是，它将以往对作家小说创作局部"现代手法"适用的探析，提升到对小说总体（包括思想主题和艺术手法）的"现代性"的考辨，指示出作家主体意识和文学理念的现代性，从而为契诃夫小说研究开辟了崭新的途径，同时也从另一角度对作家小说作品的跨时代特质给予了合理的补证。与之相比较，马卫红的专著《现代主义语境下的契诃夫研究》则运用比较分析的方法，对契诃夫小说的主题思想和艺术手段与"现实主义"规范的背离，以及对"现代主义"文学理念和艺术结构的切合加以揭示，明确指出契诃夫小说创作具有统合性的结构特征。以上两部文献对新时期契诃夫小说研究论题的拓展以及学理的援用均具有较为重要的启发意义。

二是在"契诃夫小说创作艺术研究"论域，1979－2009年期间对契诃夫小说创作艺术研究的论文文献在数量上占据一定的优势。纵观这一论域研究的发展过程，我们发现，其中存在有两种差别明显的研究范式。第一种范式是基于"小说艺术特色"的传统艺术研究，如汪靖洋撰写的《加倍的简炼——契诃夫短篇小说的艺术特色》、叶乃芳和陈云路合作撰写的《契诃夫小说的艺术特色》、杨小岩的《略谈契诃夫小说的艺术特色》、刘建中的《试论契诃夫短篇小说的艺术特色》和曾恬的《契诃夫短篇小说艺术技巧探索》以及被视为该范式引申的研究文献如金风的《契诃夫小说的诗意构成》、徐祖武的《略论契诃夫的艺术个性》、雷成德的《论契诃夫小说手法的审美特色》和徐乐的《中等的人——契诃夫笔下人物的"非典型化"》等。第二种范式是基于"结构研究"的现代艺术研究，如李蟠撰写的《试谈契诃夫小三部曲中三个故事讲述者的形象》、汪靖洋的《焦点和焦点的转移——〈套中人〉的艺术结构及其它》、李家宝的《论契诃夫抒情心理作品中的时间主题》，以及与该范式相关的论文如席亚斌的《契诃夫：从故事体到象征》、路雪莹的《试论契诃夫的情境小说和生活流小说》等。值得注意的是，以上两种研究范式在时间上同步存在，并非属于更替关系。这一研究范式并行的现象显示出在俄罗斯文学学界传统研究理念和方法的强势,以及现代研究方法的引进和介入的渐进性过程。此外,在两种范式总体并行的态势下,基于"结构研究"的第二种范式的论文文献,其总量在时间轴的右端占据有较大的比重。这一现象与"叙事学理论""巴赫金小说理论"和西方现代小说理论的引进和适用情形在时间上呈对应关系。

三是在"契诃夫小说创作与中国现代文学的关系研究"论域,30年期间中国学者在该论域的研究显示出循序渐进、逐步深化的过程。它们由经典作家及作品比较研究(如黄颇撰写的《鲁迅与契诃夫小说比较研究》、王丹的《从契诃夫与鲁迅的"小人物"谈起》和阮航的《沙汀、契诃夫小说比较》等)到总体性的综合比较研究(如赵明的《托尔斯泰·屠格涅夫·契诃夫——20世纪中国文学接受俄国文学的三种模式》和刘研的《契诃夫与中国现代文学》等)。其中,2006年出版的刘研的《契诃夫与中国现代文学》可以被视为契诃夫小说比较研究可资参考的范例。这部专著基于对契诃夫在中国文化—文学语境中的身份("契诃夫现象")确认,对作家在中国的翻译传播历史进行梳理和阐明,并超越作品比较层次、对契诃夫创作之于中国作家主体意识建构的规导和示范作用加以解析。后者对比较文学影响受体的主体考察,标志"契诃夫小说创作与中国现代文学的关系研究"论域研究范式和分析方法的系统性深化。其学术视野及研究成果具有较高的学术价值。

此外,从新中国成立至2009年期间,在对国外契诃夫小说研究学术著作翻译方面,较具影响的译著有:朱逸森翻译屠尔科夫的《安·巴·契诃夫和他的时代》(中国社会科学出版社,1984年)、陈玉增等翻译别尔德尼科夫的《契诃夫传》(黑龙江人民出版社,1988年)、朱逸森翻译的《契诃夫文学书简》(安徽文艺出版社,1988年)、朱逸森翻译帕佩尔内的《契诃夫怎样创作》(上海译文出版社,1991年)、郑业奎等翻译亨利·特罗亚的《契诃夫传》(世界知识出版社,1992年)以及郑文樾和朱逸森翻译格罗莫夫的《契诃夫传》(海燕出版社,2003年)等。

综上所述,新中国契诃夫小说研究历经60年漫长历程。除去1966—1978年十余年以外,其他两个时期的学术研究均取得了相应的成果。特别是1979—2009年期间的契诃夫小说研究在新时期的历史—文化语境下,借以新型的小说理论和批评模式在传统研究论域——"契诃夫创作及小说创作总体研究""契诃夫世界观及其与创作的关系研究""契诃夫小说创作艺术研究""契诃夫小说作品个案研究"和"契诃夫小说创作与中国现代文学的关系研究"等论域均取得了跨越式进步,完成了由"现实主义研究"向"形式研究""结构研究""文化研究"和"跨学科研究"等学术范式的转型。其中,"艺术研究"和"跨学科研究"的学术研究成果在数量和质量上标示出中国当代契诃夫小说研究的最高水准。

新中国契诃夫小说研究的总体格局表明,中国契诃夫学研究正逐步形成基于自身文化身份和文学价值的独特系统。我们有理由相信,中国的契诃夫小说研究随着文学的研究理念、研究范式和研究方法等不断得到拓展和深化,中国俄罗斯文学学者未来的"契诃夫小说研究"之成果也必将逐渐趋于丰富并步向新的高度。

研究反思

然而,总体而言,历时60年的新中国契诃夫小说研究在获得数量可观、较高水准的研究成果的同时,在部分研究领域和方向上也显示出不同程度的缺陷和不足。其中,具有典型性的问题则是:在60年期间,上述三个时期对契诃夫小说作品的个案研究,均仅限于对作家创作的为数不多的"代表性"作品或"经典性"作品进行考察和探究,而对作家数量庞大的其他"非经典"小说作品缺乏应有的关注和分析。这一情势直接引致"契诃夫小说作品个案研究"学术文献数量整体上的相对弱势。在更深层次上,契诃夫小说研究的这一格局为系统把握作家小说创作的"沿革史"造成理据上的缺省,同时也对作家小说作品的类型学研究、主题研究和艺术研究等带来负面影响。在契诃夫小说研究"学术史"中,这一问题需引起学界的关注,并在今后的研究工作中得到切实的考量和解决。

新中国60年契诃夫小说研究的总体格局表明,中国的俄罗斯文学学者在继承中外契诃夫小说研究传统的基础上,对其论域、论题、思路和方法等均进行了新的拓展,从而使得契诃夫小说研究获得了长足的进步。

我们有理由相信,随着对小说体裁的研究理念、研究范式和研究方法等不断拓展和深化,中国的契诃夫小说研究及其成果将逐步得以丰富和发展,并达至更高的研究水准。随着契诃夫小说研究五个研究领域,特别是"契诃夫小说作品个案研究"和"契诃夫小说创作与中国现代文学的关系研究"两个领域研究工作持续的深化和完善,中国契诃夫小说研究将形成基于自身文化身份和小说价值观念的、独特的学术话语系统。

第六节　高尔基小说研究

高尔基(Maxim Gorky,1868—1936)主要是以他的230余篇短篇小说、19部中长篇小说确立在文学史上的地位的。新中国成立60年来,我国研究者在新中国成立前研究成果的基础上,对高尔基的小说进行了多方位的研究,取得了新的成就,并显示出随着历史的进程而变化的阶段性特征。系统梳理这一学术历程,对于深入认识高尔基的创作贡献,反思我们的研究方法,都具有不容忽视的意义。

一、新中国成立前研究状况的简要回顾

我国对高尔基小说的翻译始于 1907 年,最初的评介性文字也同时出现。五四运动至 20 年代末,随着高尔基小说更多的翻译与出版,相关研究开始起步。早期的评论者们往往通过其评说宣扬各自的文学主张,如郑振铎的《俄国文学史略》(1924)突出了高尔基小说"为人生"的意向,瞿秋白和蒋光慈《俄国文学史》(1927)中的评价则接近苏联"无产阶级文化派""岗位派"将高尔基视为"同路人"的观点。赵景深的《高尔基评传》(1929)作为一篇概观性评论,指出高尔基早期作品"在写实主义内,实还带了一点浪漫主义气氛",而到了撰写回忆性作品的后期,"才把他真正是个写实主义者显露出来";作者还认为高尔基"不善写长篇"①。赵文基本上延用了俄国批评家德·米尔斯基的见解。高尔基小说的译者耿济之,则以其对于原著的确切了解,在《高尔基》(1928)一文中论及作家的几乎所有重要作品,提出了许多即便在今天看来也甚为精辟的观点,如认为在"奥库罗夫三部曲"、《童年》和《在人间》中"可以寻得俄国人的民性的一切",《我的大学》《日记片断》和 1922—1924 年的短篇小说,"完全是真正俄国的写照",而《母亲》则显示出社会政治上的意义和艺术上的"软弱"②。钱杏邨的《曾经为人的动物》(1928)对高尔基的流浪汉小说《沦落的人们》进行了鞭辟入里的艺术分析,成为当时中国学者撰写的为数不多的一篇关于高尔基单篇小说的专论。上述评论,有助于人们多角度地认识高尔基的小说成就。

三四十年代,高尔基的大部分小说都有了汉译,相关的研究也得以向前推进。这期间我国报刊共发表评介高尔基的文章 140 余篇,出版高尔基研究著作、论文集近二十种,上海《时代》周刊的副刊《高尔基研究》(1942—1947)、《高尔基研究年刊》(1948、1949)也先后问世。不过在上述研究成果中,绝大多数文章都属于纪念性、介绍性的,而相关著作则多为对苏联、日本学者著作的编译或改写。一些有分量的评论,往往出自兼为作家和译者的评论者笔下,如茅盾在《关于高尔基》(1931)一文中,分别以《母亲》和《童年》为界,划出高尔基创作的三个阶段,简洁地概括出各阶段创作的不同成就与艺术风格,甚为精当;巴金论高尔基的"草原故事"系列小说、耿济之论《罗斯记游》和《阿尔塔莫诺夫家的事业》、丽尼论《蔚蓝的生活》、穆木天论《初恋》、冯雪峰论《夏天》等,也都显示出独到见解。关于《母亲》的评价在这一时期的研究中占有很大比例,小说被定位为

---

① 赵景深:《高尔基评传》,《北新》1929(3/1)。
② 耿济之:《高尔基——为纪念他 35 年创作和 60 年生辰而作》,《东方杂志》1928(25/8)。

"社会分析小说"(茅盾)、"无产阶级文学"奠基作(戈宝权);它的浪漫主义因素、反抗斗争的主题、艺术技巧和不足之处,都得到了评论者们的关注;作品对于革命运动的直接意义,则受到更多的阐发。只有朱维之曾论及小说的母爱主题①,在同时期的评论中独树一帜。

中国新文学发展最初 30 年间的高尔基小说研究,为此后 60 年的研究奠定了基础。

二、1949—1966 年间的研究状况

从新中国成立至"文化大革命"爆发的 17 年中,我国的高尔基小说研究鲜明地显示出与那一历史阶段的社会文化生活氛围相联系的时代特征。在欧美"资产阶级文学"普遍受到排斥的大背景下,高尔基却和整个备受推崇的苏联文学一起得到特别的礼遇。他的作品集、单行本在我国大量出版,根据他的小说改编的苏联电影,也在我国城乡放映。每逢高尔基诞辰或逝世纪念日,京沪等地都举行隆重的纪念活动。高尔基在我国获得了任何一位外国作家都不曾受到的殊荣。我国的高尔基研究也有了较大的进展。除了苏联研究者的文章、相关研究资料和专著源源不断地被译介到我国来之外,我国评论者自己撰写的各类文章就有 400 余篇,但其中大部分仍旧是纪念、颂扬性文字,高尔基作品评论方面的文章只有 130 余篇。这些文章中,还包括高尔基作品中译本序言、后记类文字 45 篇,评介根据高尔基作品改编的影片类文章 14 篇,评论高尔基戏剧、政论、散文诗和回忆录的文章 27 篇。除去这几类文章,涉及高尔基小说的论文仅有 40 余篇,其中属于综合评论的文章有 12 篇,论及《伊则吉尔老婆子》《二十六个和一个》《福马·高尔杰耶夫》《没用人的一生》《马特维·科热米亚金的一生》《童年》《阿尔塔莫诺夫家的事业》《克里姆·萨姆金的一生》等高尔基单部(篇)小说的文章 9 篇,其余的全部是关于《母亲》的评论。

除了论文选题上的集中性,这一时期的高尔基评论在立论和思路上还显示出以下共同点:首先是强调高尔基的作品塑造正面英雄人物、歌颂革命运动的功绩,如白石的《纪念高尔基,歌颂伟大时代的英雄人物——从〈母亲〉谈起》(1950)、夏衍的《从〈母亲〉谈作品的政治标准和艺术标准》(1958)、臧乐安的《文学为无产阶级政治服务的典范——略谈高尔基的〈母亲〉》(1963)等。这类文章都努力把高尔基描绘成一位着力描写英雄形象、颂扬和鼓吹革命的作家。其次是大力论证高尔基是一位自觉地以文学创作为政治革命服务的典范性作家,如王西彦的《高尔基的道路》(1951)、吕荧的《苏联文学的奠基者——高尔基》(1954)、以群的《把文学作为革命斗争的武器》(1963)等。还有许多文章一再强

---

① 朱维之:《高尔基的〈母亲〉》,《现代父母》1937(5/2)。

调高尔基是"社会主义现实主义的奠基人",如臧云袁的《高尔基是社会主义现实主义的旗帜》(1950)、徐维垣的《社会主义现实主义的奠基者——高尔基》(1954)、郑伯华的《社会主义现实主义的典范作品——〈母亲〉》(1957)等。评论者们往往置高尔基的大量作品于不顾,过分"拔高"《母亲》《海燕之歌》等少数几部作品,从而遮蔽了高尔基创作的整体面貌。回望历史,可以看到17年中的上述高尔基评论,相当成功地为中国读者描画出了一幅以偏概全的作家肖像:高尔基严格遵循"文学为无产阶级革命斗争服务"的原则,运用他本人为之奠基的"社会主义现实主义"创作方法,在《母亲》等作品中塑造了一系列高大的革命英雄形象,热情歌颂俄国革命和苏联社会主义建设,为无产阶级文学树立了光辉的榜样。这是一个显然被片面化、偶像化了的高尔基形象。

然而,也有些研究者从高尔基创作的实际出发,力图把握其特质与精华,强调作家的人道主义精神。如钱谷融的《论"文学是人学"》(1957)、萧三的《高尔基的美学观》(1959)等,均论证了高尔基文学思想的人道主义内核。高尔基小说的中译者丽尼则在《高尔基——伟大的战士和"人"》(1952)、《人——骄傲的称号》(1956)等文章中,重申为一般论者所忽略的高尔基对"人"的热爱与重视。作家巴金也曾撰文指出:高尔基之所以为人们喜爱,是由于他的作品帮助读者了解和热爱生活,了解和热爱人,由于它们体现了"文学的目的是要使人变得更好"①。遗憾的是,所有这些评论,在当时都无法从整体上形成一种足以校正那些片面评价观点的力量。

三、1966—1976年的研究状况

十年内乱中,我国文化事业遭到全面摧残,外国文学领域更是首当其冲。无论是外国文学作品的翻译出版,还是外国文学研究,都陷于几乎完全停顿的境地。无数外国作家连同其作品的中译者一起横遭批判,连高尔基也未能幸免。"文化大革命"刚开始,某个大人物就声称要把高尔基"倒过来看",于是他的作品也被打入冷宫。直到1972年,才有高尔基的《一月九日》《母亲》译本重印出版。这显然是被视为高尔基全部作品中最"没有问题"的两部。即便是这样十分谨慎的措施,也是在我国社会政治生活中出现某种转机之后的事。

这一时期的高尔基研究几乎完全陷于停顿。自1974年起才出现的少数几篇文章,竟被一只看不见的手纳入了政治斗争的轨道,高尔基的作品也被赋予了那一特殊年代中国社会的政治话语特征。如有的文章强调《海燕之歌》的意义在于它热情歌颂了海燕那种"敢于反潮流的革命精神",这种精神可以激励人

---

① 巴金:《燃烧的心——我从高尔基的短篇中所得到的》,《文艺报》1956(11)。

们"积极、勇敢地迎着阶级斗争、路线斗争的大风大浪奋勇前进"①；有的告诫人们要吸取高尔基由于受到资产阶级人性论的影响而犯错误的教训，搞清楚"对资产阶级实行全面专政"的问题，并为"新生事物的萌芽"大唱赞歌②。上海《朝霞》杂志1975年第1期发表的文章《作家·创作·世界观——从高尔基的〈母亲〉和〈忏悔〉及列宁的批评所想起的》，更是这类评论中的代表作。还有的文章在谈到高尔基《我的大学》时生拉硬扯，说什么"党内不肯改悔的走资派"反对教育革命，"其目的就是妄图把我们的大学重新恢复到"文化大革命"以前的老样子，甚至恢复成高尔基在《我的大学》中所描写的喀山大学、神学院那样的旧面貌"，把学生"培养成他们复辟资本主义的工具"③。这类令人啼笑皆非的文字，是在20世纪60—70年代中国独特文化语境中出现的一种空前绝后的现象。

与上述情况形成鲜明对照的是，十年浩劫发生前在我国出版的高尔基作品的各种译本，这一时期却仍然在民间，特别是在知青读者群中秘密流传。在那书荒严重的岁月中，高尔基的短篇小说、自传体三部曲等作品，以鲜明而真实的艺术画面，如同清凉的雨露一样滋润着无数被迫辍学的青少年几近干涸的心田，引起了几乎是和新中国同时诞生的整整一代人强烈的共鸣。当这一代人在那疯狂的岁月里被迫走上一条充满灾难和屈辱的人生之路时，是高尔基的作品给了他们精神上、文学上的滋养。诚如诗人舒婷所说："我要在那里上完高尔基的'大学'……这个人间大学给予我的知识远远胜过任何挂匾的学院。"④她立志要写出曾受益于高尔基的作家艾芜所写的《南行记》那样的作品，"为被牺牲的整整一代人作证"。这类在"文化大革命"结束后出自一代知青作家（舒婷、乔良、梁晓声等）笔下的回忆性文字，可视为1966—1976年间我国学人关于高尔基的最佳评论，并生动地说明了高尔基的创作遗产怎样和中外文学史上那些保持着恒久艺术魅力的作品一起，在新中国历史发展的一段特殊时期内，无声地培养着将活跃于"后文革时代"的新一代知识者，为他们在历史新时期的崛起准备了条件。

四、1977—2010年的研究状况

进入历史新时期，随着思想界、文化界活跃氛围的形成和外国文学研究领域新局面的出现，我国的高尔基研究也开始步入一个崭新的时代。从1977年起到21世纪第一个十年末，这一研究历程大致可以分为三个阶段，每一阶段都

---

① 仲文：《学习高尔基的〈海燕〉》，《北京师范大学学报》1974(2)。
② 艾克思：《用无产阶级专政理论武装文艺工作者——读列宁给高尔基的信的札记》，《河北文艺》1975(10)；裴学坤：《为"新生事物的萌芽"唱赞歌——读列宁给高尔基的信》，《光明日报》1976(01-03)。
③ 钟石坚：《读高尔基〈我的大学〉》，《开封师范学院学报》1976(3)。
④ 舒婷：《生活、书籍与诗》，《走向文学之路》，长沙：湖南人民出版社，1983年，第283页。

显示出不同的特征。

1. 第一阶段(1977—1989)

这一阶段的高尔基研究,体现出从停滞走向复苏的时代特色。20 卷《高尔基文集》等作品集的出版,为研究工作的进一步开展提供了必要的基础。十余年中,我国报刊共发表高尔基研究论文 200 余篇。高尔基研究著作也相继出版,如谭得伶的《高尔基及其创作》(1982)、陈寿朋的《高尔基美学思想论稿》(1982)和《高尔基创作论稿》(1985)、李树森等的《高尔基》(1984)、王远泽的《高尔基研究》(1988)、马家骏等的《高尔基创作研究》(1989)等。一些研究者还注意介绍国外高尔基研究的动态,如谭得伶的《高尔基学简论》(1984)一文,系统地梳理了苏联高尔基研究的历史;薛君智的《英美的苏联文学研究》(1979),介绍了西方学者对高尔基的评价。这对于我国的高尔基研究,无疑具有参照作用。80 年代中期以后,随着苏联国内社会政治生活的新变化,许多被长期封存的文学史资料陆续公开发表,众多苏联研究者推出了重新评价高尔基的论著。我国报刊对这些新资料、新成果作了部分介绍,为我国的高尔基研究提供了新信息。

由杨周翰等主编的《欧洲文学史》(下卷,1979)中关于高尔基及其小说的论述,显然仍带有其完稿年代(1965)的时代特征。该书在"19 世纪末至 20 世纪初俄国文学和高尔基"的专节标题下评说高尔基,未能论及他自十月革命至去世之前共 20 年间的全部创作,自然是合乎逻辑的;但编者明确写道:"这一时期,他的著名作品有《海燕之歌》、《底层》、《敌人》、《母亲》等","《母亲》是高尔基最优秀的代表作",这些断言不仅表达了当时学界对高尔基创作成就的一般评价,而且在很大程度上划出了此后一个时期内人们认识高尔基的基本框架。书中的论述正是以《母亲》为重点,同时涉及《海燕之歌》《底层》等作品,而对作家的意义更为深远也更有艺术魅力的《童年》《在人间》《奥库罗夫镇》《马特维·科热米亚金的一生》等重要小说只是一笔带过。这样,编者便在无意中为片面阐释高尔基添上了浓重而影响颇大的一笔。

考察这一阶段我国学者撰写的论文,可以发现,由刘保端发起、李辉凡和吴元迈等参与的关于高尔基的文学是"人学"思想的讨论(1980、1981),张羽对高尔基小说《忏悔》和他的"造神论"观点的评说(1987),吴元迈关于普列汉诺夫和高尔基之文学关系的考察(1981),李树森对《阿尔塔莫诺夫家的事业》的探讨(1980),陆人豪对高尔基批判市侩习气的系列小说的关注(1981),尚知行、冷旭光关于《马卡尔·楚德拉》在高尔基创作中的地位的争鸣(1984、1985),张杰关于奥库罗夫系列小说心理分析艺术的研究(1988),章海凌对高尔基晚期短篇小说的重视(1982),汪介之的《论高尔基小说的心理现实主义特色》(1986)等系列论文,均涉及我国以往的高尔基研究所未能深究的问题。但这类有新意的论文在这一时期的高尔基研究中所占比重却较小,而其余的文章在选题上仍过多地集中于《母亲》《海燕之歌》等少数作品。一些文章虽然开始更多地注意高尔基小说的艺术特色,或挖掘了其作品所表现的人性美,但由于选题老化,所以不能拓宽和深化读者对于高尔基的认识。同样的问题也存在于某些高尔基研究著作中,如有的论著只是对 50 年代中期以前苏联研究者的一些基本观点进行了综合;有的论者在论述高尔基的美学思想时,避开了作家的文学是"人学"这一核心思想;有的著作在评论俄国两次革命(1905 年革命和十月革命)之间的高尔基创作时,竟做出了作家这段时间由于思想矛盾而导致"创作出现停顿"①的错误结论。一方面是庸俗社会学的某些"定论"还在被宣扬,无意义的重复研究还在进行;另一方面是高尔基的许多重要作品无人论及。这一切都表明我国的高尔基研究确实不能再原地踏步了。

不过,一些研究者已开始注意高尔基的创作实绩和某些旧有评论之间存在的偏离,呼吁人们重新认识高尔基,如谢昌余的《高尔基的现代意义》(1986)、汪介之的《关于高尔基研究的片断思考》(1987)、应天士的《重新评价苏联文学》(1988)等论文。陈应祥的《论〈马特维·科热米亚金一生〉的错误倾向》(1987)通过考察这部小说来分析作家的"错误思想",其观点未必能获得广泛的认同,但却显示出我国研究者的眼光已不再局限于高尔基的少数几部作品。

从非俄罗斯文学专业领域传出的声音,表明高尔基的形象在这一时期我国学人心目中正经历着一种微妙的变化。如刘再复曾率先重提"文学是人学"的思想,形成对 1957 年钱谷融文章的悠远呼应,但却始终避而不谈是高尔基提出这一命题的;周来祥撰文缺乏根据地说"拉普"当年提出的"辩证唯物主义创作方法",曾"得到高尔基等人的认同"②;一位中国现代文学专家在北京的一次中青年文学评论家座谈会上,断言"高尔基阻碍了中国文学的发展",如此等等。这些言论,既反映了我国学者对极左文艺路线的厌弃,又说明他们并不知晓高尔基本人就是这种路线的最大受害者。与上述声音截然有别,活跃于当代文坛的几代作家(如巴金、丁玲、路翎一代,高晓声、鲍昌、张贤亮一代,以及上文提及的知青一代),却不约而同地谈到自己怎样受到高尔基的良好影响。鲍昌写道:高尔基的《童年》《我的大学》《蔚蓝的生活》等小说,曾使他"产生了非常亲切的心情","觉得是吸进了新鲜空气";"高尔基的小说不是一般地使我佩服,而是引导我去思索小说以外的很多东西"。③ 梁晓声则说:"我对俄罗斯文学怀有敬意。一大批俄国诗人和小说家使我崇拜……我认为托尔斯泰和高尔基是俄国

---

① 王远泽:《高尔基研究》,长沙:湖南教育出版社,1988 年,第 11—12 页。
② 周来祥:《现实主义在当代中国》,《文艺报》1988(10/15)。
③ 鲍昌:《他山之石》,《外国文学评论》1987(1)。

近代文学史上的两位现实主义之父,尽管他们也写过非现实主义的优秀的名篇。"①这些肺腑之言说明,只要真的读过高尔基的小说,就不会像某些理论家那样对他怀有偏见。

2. 第二阶段(1990—1999)

20世纪最后十年中,审美价值取向多元格局的形成,使得人们的接受视野更为开阔,不再偏重于某一国别文学和有限的几位作家。这期间,在我国各类报刊上出现的有关高尔基的评论文章,总共不过五十余篇。表面上的轰轰烈烈不见了,论文质量却有了提高,不同观点的交叉也明显存在。随着苏联的解体,大量历史文献资料公开发表,俄罗斯国内学界对高尔基的评价也出现了重大变化。高尔基的《不合时宜的思想》、罗曼·罗兰1935年访苏期间写下的《莫斯科日记》、高尔基与罗曼·罗兰等人的部分来往信件、俄罗斯学者的某些新的研究成果,都被译介到我国来,对我国研究者产生了直接影响。

1996年10月在北京大学召开的纪念高尔基逝世60周年学术研讨会,正是在上述背景下举行的。与会代表围绕"重新认识高尔基"的议题展开了热烈的讨论。会议论文和发表于90年代的相关论文,一起显示出我国学者对于高尔基的认识已进一步深化。其中,张羽关于重新评价高尔基的思考、蓝英年对十月革命后高尔基出国和回国前后一系列史实的考察、汪介之关于高尔基在俄国两次革命之间和晚期思想的探讨、韦建国就作家的创作方法和代表作问题所进行的系列研究、余一中关于"我们应当怎样接受高尔基"的思索,都涉及高尔基研究中的一些关键问题。在作品研究方面,孙静云关于高尔基《忏悔》的文本结构的分析、张中锋对《瓦莲卡·奥列索娃》《克里姆·萨姆金的一生》的评价等,在研究方法上也突破了以往的单一社会历史批评模式。

90年代出现的高尔基研究专著有陈寿朋的《高尔基晚节及其他》(1991)、汪介之的《俄罗斯命运的回声:高尔基的思想和艺术探索》(1993)和韦建国的《高尔基再认识论》(1999)等。其中,《高尔基晚节及其他》系由若干篇访问记、论文、座谈会纪要和译文组成,集中讨论作家的晚期思想。该书认为《不合时宜的思想》是"高尔基整个创作中的'败笔'","集中反映了作家的错误思想和立场";作家晚年"一直未能认清斯大林的专制主义",即便是在"终于对苏维埃繁荣表面下汹涌而来的灾难有了直接感受的时候,仍然说了一些不切实际的、甚至违心的话",这是他"在强权之下硬装出来的一种'姿态'"②。1998年,该书的增订本《步入高尔基的情感深处》出版,基本观点未变。由于始终未能联系高尔基的晚期作品来考察他的思想,对许多事实又缺乏了解,这本书的片面性难以

---

① 梁晓声:《致友人》,《外国文学评论》1989(4)。
② 陈寿朋:《高尔基晚节及其他》,呼和浩特:内蒙古大学出版社,1991年,第42、45、48、135页。

避免。《俄罗斯命运的回声》一书沿着高尔基一生创作发展的轨迹,考察了作家各个时期的思维热点和创作内驱力,从新的角度揭示了高尔基作品的丰富思想内涵及艺术风格的演变。著者把高尔基的全部创作分为三个时期,认为《母亲》属于"社会批判"时期的作品,但它并不是作家的代表作;而高尔基在"民族文化心态批判"时期的六大系列作品则构成了作家整个创作中最辉煌的时期;在"回眸历史,探索未来"的晚期作品中,作家借鉴了西方现代主义的艺术经验,表明他在创作方法的运用上不拘一格。国内学者将该书列为"对俄罗斯经典作家创作的评介日趋深化"的"重要研究成果"之一(吴元迈),称其为"中国高尔基学历史上的标志性著作之一"(邱运华)。韦建国的《高尔基再认识论》对高尔基和"社会主义现实主义"的关系、小说《母亲》和后期创作等进行了考察。作者指出:"与其说《母亲》是社会主义现实主义的奠基之作,不如说它是一部浪漫主义的文学杰作。"[①]他还以"没有反映当代新生活"来说明高尔基晚期创作的"缺憾",但又认为作家晚年的两部长篇是"经典之作"。这些评说表明该书作者试图在接受和容纳诸多研究者的不同观点的基础上提出自己的新见解,但却难以达到成功的整合,因此有不少难于自圆其说之处。尽管如此,上述论著却共同显示出我国研究者重新认识高尔基及其创作的意向。

3. 第三阶段(2000—2010)

21世纪最初十年我国的高尔基研究承续前一阶段的特点并有所深入,仍然是同时期国内俄罗斯文学研究的重要组成部分。汪介之的《当代俄罗斯高尔基研究的透视与思考》(2008)、李建刚的《俄罗斯的高尔基研究近况》(2010)等文章,对苏联解体后的高尔基研究现状作了评述,得到国内学界的重视(前一篇文章曾由《新华文摘》全文转载)。报刊上陆续出现的二十余篇论文,一部分以高尔基小说为研究对象,另一部分属于作家思想研究。刘文飞的《高尔基的人道主义》(2008),汪介之的《高尔基的文学理论与批评在中国的接受》(2005)、《关于俄罗斯灵魂的对话——高尔基与别尔嘉耶夫民族文化心理观的比较考察》(2008),徐娟的《中俄革命知识分子的思想苦斗》(2006)等,在作家的文艺观、政论和创作的联系中探讨其思想特点和价值;汪介之的《高尔基:"社会主义现实主义"的奠基人?》(2002)以翔实的第一手资料为依托,对似乎是天经地义的关于"奠基人"的定位提出了质疑。在作品研究方面,方坪的《高尔基早期作品与尼采》(2004)注意到了作家"流浪汉小说"中的人物身上有着尼采思想影响的痕迹。常江虹的《在宗教与革命之间》(2003)、马晓华的《高尔基作品中的母性形象》(2001)、敖丽的《两种选择,两种命运——高尔基〈母亲〉和鲁迅的〈祝福〉》(2001)等,都对《母亲》进行了深度考察,论证了这部小说的丰富意蕴,其中

[①] 韦建国:《高尔基再认识论》,西安:陕西师范大学出版社,1999年,第153页。

马晓华的文章显示出对20世纪30年代朱维之观点的呼应。韦建国的《复制还是超越？——高尔基的〈忏悔〉与"造神说"关系再解读》(2001)认为，高尔基的这部小说非但没有复制"造神说"，反而清晰地表现了对"寻神说"和"造神论"的超越及其对个人与民众之关系的精辟见解。这些观点虽然未必能得到广泛的认同，却无疑能引发人们的深入思考。

这十年中我国学者撰写的高尔基研究专著不多，陈寿朋的《高尔基创作研究》(2002)和《高尔基美学思想研究》(2002)、汪介之的《高尔基研究：作家的思想探索与艺术成就》(2005)等，其实都是旧著重版。黎皓智的《高尔基》(2001)是一部新出版的作家评传，却鲜有新意可陈。该书第8章第3节"小说艺术的试验"对于《日记片断》《1922至1924年短篇小说集》的评介，对于人们全面了解高尔基小说创作的成就是有意义的，但著者所言"这两部小说集所作的艺术试验，对他晚年创作的风格所起的作用不大"（第268页），却令人不敢苟同。在评价《不合时宜的思想》时，著者引用斯大林当年的抨击文章进行再批判，显示出对旧有褊狭结论的坚守；而著者说高尔基与列宁发生争论的焦点在于："到底是推翻罗曼诺夫王朝200余年的黑暗专制统治，以便实现国家在政治、经济、文化上的复兴，还是在这个专制体制的框架内进行'文化启蒙'？"①则更有逻辑上的混乱和史实上的错谬。这表明，在我国评论界，对于高尔基及其作品的评价仍然存在着诸多不同的意见，研究水平也参差不齐。

新中国成立以来60年的高尔基及其作品研究，从一个侧面折射出我国俄罗斯—苏联文学研究的历史面貌。60年时光流逝之后，高尔基在我国评论界仿佛成了一位有争议的作家。这是因为，以瞿秋白等人为先导、为"文化大革命"前17年的无数论者所继承和强化了的评论，已把一个被片面化、偶像化了的高尔基形象，牢牢定格于相当一部分人的心目中；当年胡风所言的对这位作家的"误解或曲解"仍在延续，仍反映在从小学语文课本中的注释到大学外国文学教科书的诸多出版物中，并以此而"先入为主"地制约着一代又一代年轻读者对高尔基的认识。"无产阶级作家"——"社会主义现实主义的奠基人"——"代表作《母亲》"——"高大的英雄形象"——"热情歌颂革命"这类和高尔基的名字紧紧相连的评论话语，既建构了一种似乎永恒的认知框架，又无意中在高尔基的作品和读者之间树起了一个巨大的屏障。无论是高尔基的作品文本，还是重新评价高尔基的所有努力，都难以进入人们的接受视野，难以激起人们重新认识高尔基的兴趣与热情。从这一现象中不难看到，把文学视为一种服务于政治的部门和工具的庸俗社会学批评，可以把一位作家歪曲到什么程度，可以把他的创作面貌遮蔽到什么程度。

---

① 黎皓智：《历史的困扰与心灵的束缚》，《俄罗斯文艺》2002(2)，第17页。

另外，在苏联解体前后陆续出现的对高尔基的另一种曲解，也不时随着北风吹到我国来。例如，1989年春，作家鲍·瓦西里耶夫发表长文，指责高尔基1928年从意大利回国期间对残酷的现实一声不响，将保卫人民、文化和正义的大事置于一边，却忙于参观视察、会见权贵和出席各种庆典活动。1990年科洛德内依在《双头海燕》一文中，说高尔基好像有两个脑袋、两副面孔，这只曾经呼唤革命风暴的海燕，晚年竟在证明斯大林主义的正确性，甚至支持恐怖手段、暴力和屠杀。上述评价一度使我国部分读者真伪莫辨，另一些人则随声附和，而那些郑重地对作家晚年的思想、文学活动和社会活动进行客观评说的观点（约·瓦因贝格、斯皮里东诺娃、弗·巴拉霍夫、普里莫奇金娜等），却难以进入国人的视野。

与此同时，我国学者关于高尔基的重新评价也一直在进行之中。这种评价从胡风的感叹中获得启示，沿着鲁迅点评高尔基"描写俄罗斯国民性"、钱谷融和萧三等强调高尔基"人学"思想的思路前行，坚持从文学史实出发，致力于揭示他的原本面貌，发现他的整个创作和文学活动的真正意义所在。其基本观点可以概括如下：

第一，关于高尔基的创作成就和代表作。纵观高尔基的创作道路，可以看到其主要文学功绩并不在于歌颂"无产阶级和劳动人民摧毁旧世界、建设新世界的伟大斗争"[①]。他的大部分作品，着力描写了十月革命前俄罗斯蛮荒阴暗的现实，提供了俄国社会各阶层的人物众生相，揭示本民族的文化心理特征及其与民族发展进程、民族命运之间的内在联系，探测未来历史的动向，如"奥库罗夫三部曲"、自传体三部曲、《罗斯记游》《俄罗斯童话》《日记片断·回忆录》《1922至1924年短篇小说集》《克里姆·萨姆金的一生》等。这些作品在艺术上也达到了炉火纯青的高度。十月革命前后作家发表的《不合时宜的思想》和出国后写就的《论俄国农民》，不过是作家的上述思想和意向在历史巨变时代的直接表达。如果说，"代表作"指的是最能代表作家的思想深度和美学追求的作品，那么，自传体三部曲和《克里姆·萨姆金的一生》无疑是高尔基的代表作。

第二，关于高尔基与"社会主义现实主义"的关系。细读高尔基的作品文本，认真考察1934年《苏联作家协会章程》出台前后的史实，便不难发现，关于高尔基是"社会主义现实主义的奠基人"的定论难以成立。史料表明，最先提出"社会主义现实主义"概念、为苏联文学的创作方法定名的是斯大林；在第一次苏联作家代表大会上发表演讲，对"社会主义现实主义"进行阐释的是日丹诺夫；而高尔基却在1935年初致苏联作家协会理事会书记谢尔巴科夫的信中表示了对"社会主义现实主义"的怀疑。在创作实践中，高尔基的早期作品，具有

---

① 朱维之、赵沨主编：《外国文学史》(欧美部分)，天津：南开大学出版社，1988年，第616页。

以现实主义为主,兼用浪漫主义、象征主义的特色;致力于民族文化心态批判的中期创作,显示出清醒、严峻的现实主义风格;晚期的长篇小说《阿尔塔莫诺夫家的事业》和《克里姆·萨姆金的一生》,在现实主义基本方法之外,还广泛运用了西方现代主义文学在心理描写方面的新鲜经验。

第三,关于高尔基晚年是否成了个人崇拜的吹鼓手。在十月革命和国内战争的严酷年代,高尔基就凭借自己的声望和影响,为保护"理智的力量"做了大量鲜为人知的工作。20 年代末、30 年代初,在个人崇拜泛滥时期,高尔基为保护一大批受到不公正批判的作家挺身而出,与极左思潮展开了针锋相对的斗争。他对诸多遭受批判的作家的赞扬,同样具有抵制极左路线的意义。直到逝世前不久,他还写信给斯大林为横遭批判的音乐家肖斯塔科维奇辩护,对"批判形式主义"运动提出怀疑。

毋庸讳言,随着 80 年代中期以来俄罗斯—苏联文学在我国影响的急剧衰落,高尔基研究不再成为研究热点,研究成果的数量统计在最近二十余年中也呈递减的趋势。对比苏联解体以来俄罗斯国内的高尔基研究,我国学界的研究力度过小,研究的水平和视野都很有限。可以预见,受制于当代文化语境和精神气候,未来一个时期的国内高尔基研究仍将难以在量上有明显增长,但出现有所突破的高质量的研究成果的可能性却依然存在。

第七节　帕斯捷尔纳克小说研究

始于 20 世纪 80 年代中期的中国俄罗斯文学研究界的"帕斯捷尔纳克热"受到了两个重要契机的激发:一是中国文化界的思想大解放,二是苏联"重建"时期文学"回归潮"的涌起。在中国俄罗斯文学翻译和研究的历史上,大概还没有一本长篇小说的中译本的出版像《日瓦戈医生》那样早于原作在俄罗斯本土问世,也没有一场围绕一个作家和一部小说的讨论会有如此的专注和热闹。

Б. Л. 帕斯捷尔纳克(Boris Pasternak,1890—1960)在 20 世纪 10—20 年代是个未来主义诗人,尽管此间亦有小说创作问世和 40 年代后不凡的翻译成就,但在 50 年代之前,他作为小说家的艺术成就和影响显然是弱的。随着长篇小说《日瓦戈医生》在 1956 年遭《新世界》杂志所拒,1957 年在意大利出版,作家在 1958 年 10 月被开除出苏联作协,11 月由法国作家加缪提名、被授予诺贝尔文学奖,还有他随之受到的险象环生的政治围剿,使得作家及其小说成为轰动 20 世纪 50 年代苏联文坛,乃至世界文坛的现象。

此后的 30 年,帕斯捷尔纳克及其创作在西方成为一个文学热点。巴西和美国好莱坞分别在 1959 年和 1965 年将小说搬上银幕;60 年代初,俄罗斯侨民批评家和文化学家司徒卢威在国外出版了《帕斯捷尔纳克文集》4 卷并对帕氏的小说创作做了有一定深度的分析。1977 年,美国苏联文学批评家马克·斯罗宁关于《日瓦戈医生》的"个体性""自传性""宗教性"等具有很强"问题意识"的论述开拓了相关批评的可能方向。1978 年作家生命暮年的伴侣伊文斯卡雅在巴黎出版了《与鲍利斯·帕斯捷尔纳克在一起的岁月:时代的囚徒》。但在苏联本土,社会政治或"收紧"或"放松"对文学的强制性垄断,文坛几乎见不到作家及其创作的踪影,更遑论研究。

这一局面到了 1985 年后的"重建"时代才有了根本性的改变。1987 年作家被恢复作协会员资格,作家创作遗产委员会决定出版他的全部著作,并建立他的故居博物馆。1988 年,长篇小说《日瓦戈医生》首次在《新世界》第 1 期与苏联读者见面。1990 年,联合国教科文组织将这一年定为帕斯捷尔纳克年,苏联为此举行了各种重要的纪念活动、学术研究会议和专题展览"帕斯捷尔纳克的世界"。

在新中国,对于帕斯捷尔纳克小说的研究可大致分为以下三个阶段。

第一阶段(20 世纪 50—80 年代中期):社会政治眼光的病态审视

早在 20 世纪 50 年代,发生在苏联的那场围绕着《日瓦戈医生》的政治围剿在中国就有同步的强烈回声。《诺贝尔奖金是怎样授给帕斯捷尔纳克的?》《杜勒斯看中了〈日瓦戈医生〉》[①]《痈疽、宝贝——诺贝尔奖金为什么要送给帕斯捷尔纳克?》《市侩、叛徒日瓦戈医生和他的创造者帕斯捷尔纳克》[②],这些有限的声讨话语与此间苏联文坛的批判口吻如出一辙。一直到 20 年后的 1979 年,我们仍然可以读到这样的评述:帕斯捷尔纳克"始终与苏联人民的社会主义革命事业格格不入,最后被人民抛弃","《日瓦戈医生》结构混乱,内容既反动又露骨……成了资产阶级评论界攻击十月革命和马列主义的炮弹"[③]。20 世纪 80 年代前中国对帕斯捷尔纳克小说批评的基本格调是意识形态中心主义,论者用一种高度功利的眼光,因社会政治、历史政治意识的无限膨胀而生发对小说内容和人物的病态审视,在政治话语中寻找对小说思想内容与艺术的认知。

第二阶段(20 世纪 80 年代中期—90 年代中期):以社会历史批评为主体的研究

与苏联文坛相比,中国俄罗斯文学研究界在 20 世纪 80 年代中期对《日瓦戈医生》的接受时效非但毫无迟来之虞,反而颇有赶先之势。

---

① 《文艺报》1958(21)。
② 《世界文学》1959(1)。
③ 张英伦、吕同六、钱善行、胡湛珍主编:《外国名作家传》,3 卷集,北京:中国社会科学出版社,1979 年,第 218、221 页。

1986年和1987年,长篇小说《日瓦戈医生》尚未在苏联面世,三个不同版本的长篇小说《日瓦戈医生》已经先后在中国出版,它们是:力冈、冀刚翻译,漓江出版社的版本(1986);蓝英年和张秉衡翻译,外国文学出版社的版本(1987)和白春仁、顾亚铃翻译,湖南人民出版社的版本(1987)。与此同时,力冈、吴笛翻译,浙江文艺出版社出版的《含泪的圆舞曲:获诺贝尔文学奖诗人诗选》也在1988年与中国读者见面。顺应着中国变动不居的文化思潮,帕斯捷尔纳克长篇小说研究开始从苏联文学研究的时代合唱中脱颖而出,其所负载的政治、道德、人性、文化情怀显得十分急切与强烈。

　　80年代后期和90年代前期,"政治轴心"时代尚未结束,社会历史研究仍然为研究者的主要方法,但一种在"历史—道德—人性—文化"维度上展开的批评观念和思维方式却已经呈现。除了社会政治话题,历史与个人、知识分子与革命、社会变革与个性生存、权力与自由精神、人道主义等命题开始成为研究者探究的重要话题。

　　薛君智依据占有材料的丰富和对西方文学批评的熟稔,成为帕斯捷尔纳克及其小说批评的领先者。她在1986—1987年间撰写的四篇论文中,以"十月革命与知识分子"的社会历史命题为中心,鲜明地提出《日瓦戈医生》"不是一部政治小说",主人公"不是一个反革命分子",由此发出了"反思历史、呼唤人性"的批评呼号。[①] 薛文较早注意到了对作家创作个性、文艺观和早期小说创作的研究。

　　上海辞书出版社的何满子与耿庸关于《日瓦戈医生》的对话[②]、山东聊城师范学院中文系师生的讨论[③]和北京大学世界文学研究生的座谈[④]都没有完全摆脱社会政治判断,但都不同程度地有所超越。论者或将"个性自由意志的张扬和人的自我价值的确认"视为小说的核心命题,或以"对人的发现"的历史文化体察为分析的出发点,或用"生命的哲学思考"为解读小说的意义引领。此外,对作品诗情的分析、心理学分析方法的运用,都表现出研究者在社会历史批评之外寻找思想与艺术资源的旨趣。

　　赵一凡在《哈佛读书笔记》中对美国《日瓦戈医生》研究权威埃尔蒙·威尔逊的介绍为帕斯捷尔纳克在中国的研究带来了一种新的思想理念。"人类文学史和道德史上最伟大的事件""是与20世纪最伟大的革命相辉映的诗化小说""开启俄国文化宝库和知识分子心扉的专门钥匙"——这些发人深省的精辟之论成为小说评价的经典性表述而被广为沿用。"革命—历史—生活哲学—文化

[①] 薛君智:《回归——苏联开禁作家五论》,北京:社会科学文献出版社,1989年,第71页。
[②] 《外国文学评论》1988(2),第77页。
[③] 《苏联文学》1988(4)。
[④] 《国外文学》1989(1)。

恋母情结"①的主题概括大大拓展了中国读者对小说人文内涵与审美价值的认知。

此外,《哲学与道德的审视》(郑羽,《读书》1987年第12期)、《比较的研究视野》(郭小宪,《西北大学学报》哲学社会科学版,1988年第1期)、《小说与作家的人生遭际》(潇洇,《苏联文学》1989年第1期)、《抒情诗分析》(顾蕴璞,《外国文学评论》1989年第1期)、《悲剧意识的探索》(龚伯禄,《云梦学刊》1991年第4期)、《未来主义诗歌的阐释》(杨开显,《四川外语学院学报》1993年第1期)、《人道主义精神的分析》(王也,《怀化师专学报》1993年第4期)等论文都对《日瓦戈医生》的思想与艺术价值作出了各有特色的揭示,拓展了作家研究的人文空间。

值得指出的是,中国作家也承当了《日瓦戈医生》批评的先驱角色。他们不仅深化了对小说思想与艺术成就的探讨,还对俄罗斯文学精神进行了思考。在叶君健看来,帕斯捷尔纳克是个"没有兴趣干预政治"的"真诚的艺术家"。② 张抗抗读了《日瓦戈医生》后"重新意识到俄罗斯文学依然并永远是我的精神摇篮",她"笃信在人世的丑恶与伪善之上,还有超越世俗的光荣与爱之神的召唤"。③

易漱泉、陈晓春是此间较为"极端"的意识形态政治批评的两个论者。前者视主人公为"持不同政见者","造成他人生悲剧的原因是由于他的狭隘的个人主义世界观"④,后者认为,作品对文学真实性的背离表现在"对革命的阴暗面的表现与处理上",作家"基督教的人道主义主张超阶级的善恶观,抹杀人的阶级性",是"对历史的歪曲与丑化","走入历史的迷途"⑤。发表两文的两家理论性杂志受国家意识形态的调控而在外国文学研究领域表现出过量的政治焦虑。

在这一时期,帕斯捷尔纳克的"回归"引发了苏联文坛对其作品新一轮的历史思考,围绕小说的争论吸引了苏俄最有实力和最活跃的批评家,体现了转型期帕斯捷尔纳克批评的状貌,其三种路径可归纳于下:

其一,坚持文学的意识形态批评,评论家认为文学是时代的宣传和印证,文学家应坚持文学的人民性原则。这一立场限制了他们的批评视野,使他们对小说的解读不免有偏激、单一化之误。《文学问题》主编乌尔诺夫仍执著于在小说中寻找现实的投影和时代的印证,他在日瓦戈身上看到的是"空虚的灵魂",未

---

① 赵一凡:《埃尔蒙·威尔逊的俄国之恋》,《读书》1987(4),第35、38页。
② 叶君健:《帕斯捷尔纳克一家》,《文汇报》1988年7月13日,第3版。
③ 张抗抗:《大写的"人"字》,《外国文学评论》1989(4)。
④ 易漱泉:《一代知识分子的命运》,《理论与创作》1989(4),第74页。
⑤ 陈晓春:《帕斯捷尔纳克的迷误——兼论作家的主体意识与文学真实性的关系》,《文艺理论与批评》1990(2),第6、11页。

能融入时代潮流的"知识分子的个人主义"。批评家戈列洛夫眼中的日瓦戈也"不是一个人民的知识分子,而是个人主义的知识分子"。①

其二,看重小说创作的诗意化原则和作家的自由主义美学理念。利哈乔夫认为《日瓦戈医生》不是普通的小说,而是一首"抒情诗",是"对现实的抒情态度"。在批评家沃兹德维仁斯基看来,"小说的内容,实质上是帕斯捷尔纳克本人的精神历程","几乎是整个十月革命后的生活经历和精神体验",是"对个人意见价值的信念","是按照情诗的自我表现法则结构起来的叙事作品"②。通过形象情感的审美来实现对世界、社会的把握,用"全人类的观点"表达对人生的终极关怀,这是更深刻的人文意义上的文学批评。

其三,着眼于小说诗学形式的探讨。批评家戈列洛夫说,《日瓦戈医生》在艺术上的不完美,首先表现在艺术上缺乏真实性。持相似的观点的乌尔诺夫批评小说"在叙事中打破事件因果关系,不注意历史时间顺序","把中心人物的面目弄得模糊不清"。而相反,沃兹德维仁斯基认为,小说在传统的现实主义结构下,体现出一些现代主义的特征,作家对人生荒诞感的认识,使作家无意中与现代主义文学思潮达成了某种契合,是"按照情诗的自我表现法则结构起来的叙事作品"③。

与作家所在国的研究相比,我国同时期的研究有一个优长,两个滞后。优长在于研究视角的大大拓展与中国研究视角的显现。两个滞后是:一、意识形态批评的第一路径仍为研究主导;二、对长篇小说文学性经典价值的忽视。

从20世纪80年代中期开始到90年代中期,我国对帕斯捷尔纳克的研究,聚焦在长篇小说《日瓦戈医生》上,重点在为作家和他的长篇小说"正名",将小说中历史是非的反思当作一个核心话题。一方面,功利主义的惯性使然,小说的历史价值和社会功能仍然是小说批评的重要出发点。在整体上,研究者仍比较看重小说"历时性"的时代特征和思想意义。部分批评中过量政治焦虑的释放使小说成为政治和道德评论的媒介,对意识形态的敏感遮蔽了对人性和灵魂的洞察。另一方面,在经历了20世纪80年代的思想启蒙之后,人性、人道主义、生命之谜的命题理所当然地成为帕斯捷尔纳克批评重要的纠结点,批评界已有对作品具有永恒意义的"共时性"价值和审美特征的发现。

第三阶段(20世纪90年代后期—21世纪):走向文化批评和审美批评的学术转型

从90年代后期到21世纪,我国对帕斯捷尔纳克批评的学术转型表现在两

---

① 李毓臻:《日瓦戈医生在苏联的看法种种》,《外国问题研究》1990(2),第35页。
② 同上。
③ 同上,第36页。

个方面:以"文化批评"取代社会历史激情而成为阐释和分析的兴奋点;以审美批评取代审思、审智批评,开始小说的形式研究。

文化批评者的理论和思考方式主要在俄罗斯民族"历史—文化"层面上展开,即试图从政治范畴以外,比如宗教意识、经典意识、悲剧意识、圣愚文化等方面来寻求作家和作品的价值依据,在相关批评概念、批评思路和阐释策略上都呈现出较为丰富多样的态势。

青年学者何云波以"《日瓦戈医生》的文化阐释"为文章副题,指出作家"从宗教人本主义来审视十月革命","从人、人的价值的角度透视社会历史的变迁","始终具有对现实的一种超越"——这些提法与此前的研究结论大异其趣,提供了一种有意义的文化批评范例。然而,应该看到的是,何文的批评仍受制于一种既定的政治框架——革命进步意义的不可置疑,从而使文化批评意义的深刻性受到了局限。他说:"由于过份强调革命对旧有道义基础的消解……而忽视了革命在历史发展过程中的巨大意义,使小说在纠正一种片面时又走向了新的片面。"①但在他与刘亚丁晚些时候的对话②中规避了这一思想,两人关于"与宗教文本、与革命现实、与哈姆雷特"的三重对话的文化阐释意义显然大于前者。

任光宣长期从事文学的宗教文化研究,有着深入的体察和感悟。他对小说"组诗"的艺术阐释解释了爱、受难、忏悔的三个主题,认为日瓦戈是当代基督形象。③ 王志耕是以其深刻的宗教文化思维和以对俄罗斯文学的历史、人的生命存在本质哲理沉思品质见长的一位,他将日瓦戈置于"圣愚文化"的视域中,以共时性批评取代历时性批评,揭示主人公对社会历史的超越:追求个性精神自由、充溢的基督教特质、独具的圣愚的道德形态、强调艺术的救赎功能等。④ 黄伟否定主人公的"多余人说""基督使徒说",也认定"游离于政权、社会之外,寻找自己精神的独立和自由,独善其身,精神流浪与情感流浪"是圣愚——日瓦戈——本质性的精神特质。⑤

重视作品的文化批评是借助于文化批评摈弃单一社会历史视角的有效努力,以此重建文学研究与历史、现实的沟通和对话。在那个俄罗斯民众普遍生活苦难、喘息未定的动乱的社会,帕斯捷尔纳克用文学让读者感受到那个时代俄国知识分子心灵的怅惘,告诉人们他要呐喊的心灵世界在燃烧的理由,实现

---

① 何云波:《20世纪的启示录——〈日瓦戈医生〉的文化阐释》,《国外文学》1995(1),第72页。
② 刘亚丁、何云波:《雷雨中的闲云野鹤——关于帕斯捷尔纳克的对话》,《俄罗斯研究》2001(3),第72—76页。
③ 任光宣:《小说〈日瓦戈医生〉组诗中的福音书契机》,《俄罗斯文艺》2007(3)。
④ 王志耕:《日瓦戈与圣愚》,《外国文学评论》2006(2)。
⑤ 黄伟:《精神错系探源》,《江西社会科学》2005(6)。

对俄国社会伦理、精神的重建。革命是社会政治学说,它不能解决自由心灵的问题,所以帕斯捷尔纳克笔下的日瓦戈医生更重视文化、心灵,这是对该作品进行文化批评的内在根由。

"史诗风采、社会现实批判、形而上的文化批判、俄罗斯文学传统精神、诗的意蕴"是董晓提供给读者关于《日瓦格医生》经典性的新解。① 刘守平以"主体论"为题,认为作家展现日瓦戈的人生悲剧在于"肯定对个性价值、人性完善的追求,肯定人的主体命运在社会历史发展中的理性价值与意义"②。包国红关于小说是帕斯捷尔纳克"精神自传"的说法③也应合了刘文的"主体论"思想。从帕斯捷尔纳克的自我信念、创作追求和个人品格等精神文化气质入手,揭示作家的使命意识和俄国知识分子的精神特征是杨海云论说④的核心。青年学者谢周从生、死、精神复活的角度对该长篇小说悲剧精神的研究也是一个有益的补充。⑤ 这些论文尽管并非纯粹的文化批判,但在努力发掘作家和作品中的陌生,指认被我们错过、误读、忽略的风景,都能给我们以新的启示。

将文学审美批评从文化批评中分离出来,以朴素的心态面对作品本身,以审美的方式鉴赏,以行家的眼光品评。不仅谈论小说的思想和文化,还要讨论小说的艺术和技巧,尽管这类论文寥寥,但毕竟是此间《日瓦格医生》研究的一个新的推进之处。着眼于小说的叙事色调,叙事手段与哲理性是刘玉宝、万平论文的主要特色。⑥ 苏炜试图从情节和"语言思维"的角度解析《日瓦戈医生》。⑦ 吴笛着眼于帕斯捷尔纳克风景抒情诗中的音响结构、词语结构、个性化的自然探究,揭示在诗人艺术创作中自然与艺术、诗人与自然的新型关系以及由此生成的独特的比喻体系。⑧ 论文视角新颖独到,对诗歌创作艺术形式的研究具体、真切、可感,颇富启迪性。执著于文学音乐性研究的王彦秋以诗歌文本为支持,通过与象征派诗歌的比较,考察帕斯捷尔纳克诗歌创作的"声形美"⑨。这些研究成果尽管水平参差不齐,其重要的意义在于为中国的帕斯捷尔纳克研究提供了一种批评策略,即文学文本的形式解读方式。

帕斯捷尔纳克与中国文学精神的关联是此间研究的一个亮点,其可贵之处在于研究者从作家及其创作中看到了中国文学精神魂魄中所缺乏的"对时代和

---

① 董晓:《〈日瓦戈医生〉——我心目中的经典》,《俄罗斯文艺》2000(4),第 50—54 页。
② 刘守平:《主体命运的反思》,《国外文学》1998(4),第 107 页。
③ 包国红:《〈日瓦戈医生〉——帕斯捷尔纳克的精神自传》,《当代外国文学》2001(2)。
④ 杨海云:《论帕斯捷尔纳克的精神文化特性》,《东京文学》2010(4)。
⑤ 谢周:《〈日瓦戈医生〉的悲剧精神》,《四川外语学院学报》2002(4)。
⑥ 刘玉宝、万平:《〈日瓦戈医生〉的诗意特征》,《俄罗斯文艺》2007(2),第 31—36 页。
⑦ 苏炜:《帕斯捷尔纳克创作思想、语言思维产生的根源》,《山西广播电视大学学报》2010(1)。
⑧ 吴笛:《论帕斯捷尔纳克的风景抒情诗》,《外国文学研究》2003(4),第 86—90 页。
⑨ 王彦秋:《琴键的美——帕斯捷尔纳克诗歌创作的声形美》,《俄罗斯文艺》2006(4),第 26—30 页。

民族之苦难的自觉承担",这是帕斯捷尔纳克研究的精神视野的拓展。散文家筱敏在小说中听到了"被时代的进行曲所淹没,被强权禁锢和扼杀"的声音,读到了"像硝石一样凸现出来,穿过时间的屏障,让人们看到隽永的人的心灵史"①。王家新以诗人的独特感悟写下了震撼中国读者心灵的诗歌《瓦雷金诺叙事曲》《帕斯捷尔纳克》。他不仅揭示了帕氏诗歌中修辞、比喻、意象的特点,而且还看到了其创作中独特的精神魅力:"他把个人置于历史的遭遇和命运的鬼使神差的力量之中,但最终又把对历史的思考与叙述化为对个人良知的追问。而这,也正是 90 年代中国诗人努力要去确定的写作角度和话语方式"②。汪介之认为,《日瓦戈医生》"让中国知识分子读出了自己的精神传略","也为中国知识分子提供了反思自身的契机"③。

冯玉芝的专著《帕斯捷尔纳克创作研究》是 21 世纪作家与创作研究的具有总结性意义的一个重要成果。研究对象的包容性与比较方法的运用是这部论著的两大特色。前者体现在对帕斯捷尔纳克作为诗人与小说家创作的整体把握上,后者体现在纵向与横向与其他诗人、小说家创作的比较上。然而,专著给予阅读者的新的发现并不多,它仍然没有摆脱我国帕斯捷尔纳克近 10 年研究的两个明显的不足:一是精细阅读的不足,二是文学整体观把握的不足。前者是指源于文本细节品读后的对作品深度意义和艺术形式体悟、分析的欠缺,后者是指对作家创作中生命存在维度深入发掘的阙如。

应该看到,与世纪之交的俄罗斯相比,我国的帕斯捷尔纳克研究仍呈现出明显的差距。一是在研究对象上,俄罗斯对《日瓦戈医生》的研究从 20 世纪 90 年代开始,已经由作家命运、小说创作史转向对接受史和包括体裁、结构、现代主义质素、对话性、叙事技巧、互文性等诗学命题的研究上。二是历史文化研究、哲学研究、宗教研究、比较研究等多种方法的运用,呈现出价值观的多元和方法论上的多样。

帕斯捷尔纳克研究的文化批评隐藏着一种令人担忧的趋向:研究对象被人谈得最多的还是其思想、伦理、文化意义,而作为一个作家的艺术品质,却不太得到评论界的高度关注,对以作品为中心的审美细读批评的忽略,对作品仔细研读、敏锐发掘的缺失。从批评思维上文化批评与俄国 19—20 世纪之交的宗教哲学批评有着"同根性",与先前的社会历史批评也没有本质性的差别,因为它仍然强加给文学创作太多的宗教、道德、伦理的"意义"和"象征",文学批评一头扎进"文化"——"宗教""精神""思想"中,表现出一种审美批评的"走失"。这

---

① 筱敏:《流亡与负重》,《南方周末》1998 年 5 月 1 日。
② 王家新:《承担者的诗:俄苏诗歌的启示》,《外国文学》2007(6),第 120 页。
③ 汪介之:《世纪苦吟:帕斯捷尔纳克与中国知识者的精神关联》,《探索与争鸣》2007(9),第 48 页。

是一个缺憾,这个缺憾既是意识形态批评的惯性前冲,也是我们把作家看做一个思想家,而非艺术家所导致的。

结　语

苏联解体前后我国对帕斯捷尔纳克及其创作研究的热闹与深入令人记忆犹新,对比当下俄罗斯文学研究兴奋点的转移,我们不能不承认,当年的那种盛况多有外在文化语境的成因。帕斯捷尔纳克及其小说《日瓦戈医生》因其特有的敏感话题成为我国俄罗斯文学研究界和中国作家们一时集中关注的对象,在一定程度上承担了那个时代的思想启蒙功能。研究一方面澄清了与作家有关的诸多政治、历史迷误,为新的意识形态的确立起到了推波助澜的作用;另一方面,研究也为批评自身的发展开辟了道路,它最终冲破了文学政治、道德批评的局囿,呈现出文化的、哲学的、宗教的、人类学的、艺术形式的等多元、多样的批评样态,为文学批评人性的、自由的表达创造了条件。日后的帕斯捷尔纳克的研究需要在三个方面开拓与深化:一是批评主体价值观的确立,即要通过帕斯捷尔纳克的研究来"阐释中国的焦虑",依靠批评者的价值理念对作家的创作及至对中国文化语境作出自己的分析判断,确立中国学者的声音;二是强化对创作的诗学研究,即对作为20世纪经典作家帕斯捷尔纳克创作的经典性作出有理、有力、有见地的艺术分析;三是研究范围应包括帕斯捷尔纳克的诗歌和他的早期小说,呈现一个完整的帕斯捷尔纳克。

第八节　布尔加科夫小说研究

米哈伊尔·阿法纳西耶维奇·布尔加科夫(Mikhail Bulgakov,1891—1940)是20世纪俄罗斯著名小说家、剧作家,1891年生于乌克兰基辅市一个典型的知识分子家庭,这是一个民主和睦、追求真理、热爱艺术、淡泊名利的家庭。不合时宜的写作风格使他的作品屡遭封杀,简单否定及肆意歪曲的评论铺天盖地。从20年代末起他的小说一部都没有在苏联发表。

20世纪80年代,布尔加科夫热的浪潮波及中国。我国文学界先后翻译出版了布尔加科夫的主要作品。虽然我国对布尔加科夫小说的研究起步较晚,而且对布尔加科夫小说的评价与研究也并非一开始就是公平、公正的,但是随着时代的发展,在极短的时间内就还原了布尔加科夫小说艺术的真正魅力,路途虽然曲折,但是众多学者却孜孜不倦地在这条研究道路上求索并前进着。时至今日,对布尔加科夫小说的研究也已经取得了骄人的成绩,从无到有,从单一到丰富,从浅显到深入,学者们执著地诠释着不朽的经典。

本节在查阅了国内大量有关布尔加科夫的文献资料的基础上，旨在对中国布尔加科夫小说的研究脉络有一个整体把握，并进行相应的分析。本节所用文献资料多以发表在权威期刊和各大高校的学术期刊的文章为主。笔者将国内的布尔加科夫研究按照时间顺序大致分为三个阶段：接受阶段（1977—1989）、初始研究阶段（1990—1999）、深入研究阶段（2000至今）。

一、第一阶段（1977—1989）：接受阶段

在我国，最早介绍布尔加科夫的是中国社会科学院外国文学研究所的研究员童道明。他在1977年的《外国文学动态》上发表了题为《苏联作家布尔加科夫及其〈大师和玛格丽塔〉》一文，文章介绍了布尔加科夫的生平，其作品在苏联的命运，尤其重点介绍了《大师和玛格丽特》。但是该论者对《大师和玛格丽特》的评价多多少少受苏联政治因素的影响，有失艺术的公允。该文中说"它不能在无产阶级专政的苏联出版，而只能在资本主义全面复辟的苏修出笼。容许《大师和玛格丽塔》出笼，就等于承认对列宁斯大林时代进行恶毒攻击是正当的，就等于承认丑化、诬蔑十月革命的反动宣传是合理的"。

1982年童道明在《中国大百科全书·外国文学卷》中为小说家和剧作家布尔加科夫撰写了词条。同年又在《苏联文学史论文集》中撰写了《布尔加科夫及其创作》一文，该文介绍了布尔加科夫小说的回归情况，对布尔加科夫及其作品作了一个比较客观而公正的评价。

1986年冯玉律发表了《苏联的文学热与苏联当代文学》一文，文中谈到了苏共二十大以后，一大批受到批判或镇压的作家被恢复名誉，他们创作的作品也成为读者阅读的"热点"，这其中就包括布尔加科夫的小说《大师和玛格丽特》，作者客观地指出了"文学热"兴起的原因：苏联文艺政策的放宽，读者的"逆反心理"及对作家命运的同情，这些作品本身仍有现实意义，当苏联文学中还没有出现人们一致公认的"大手笔"的作品。但是这股热潮是否会"降温"，作者没有直接回答，认为时间会给出答案。而今，这个答案显而易见，布尔加科夫小说不仅魅力不减，而且吸引了越来越多的关注与研究。

在这一阶段里，曹国维发表了《改革的标志——从布尔加科夫的〈狗心〉说起》，并翻译了《布尔加科夫致苏联政府的信》，让我们拨开历史的迷雾，清晰地了解了作家当时艰难无助的处境，揭示了一段痛苦且备受煎熬的心路历程。

1989年，杨直发表了评论性文章《历史终究作出公论——布尔加科夫及其〈大师和玛格丽塔〉》。文章讲述了《大师和玛格丽塔》在苏联发表的坎坷历程，曾经的指责是暂时的，读者的眼睛是雪亮的，历史终究会做出公论。而1989年陈智仁的《试谈布尔加科夫现象》为布尔加科夫在文学史上准确定了位，作者认为，布尔加科夫的创作才华和他为苏联文学发展所作的贡献，已经得到普遍的承认,布尔加科夫现象反映了改革和世界文学多元化的大潮。布尔加科夫等作家的作品是人类的文献,"不公正地对待他们,也就是不公正地对待我们自己和我们的文化。他们占据的不是别人的位置,而是历史赋予他们的、自己的位置"①。

在此阶段,吴泽霖发表了《精神支柱的求索——〈大师和玛格丽特〉阅读札记》《公猫——布尔加科夫的笑声》等文章。可以说,他的文章首次探讨了布尔加科夫创作的艺术手法和审美风格,精湛深刻,耐人寻味。在《公猫——布尔加科夫的笑声》一文中,作者谈到:"谁若像布尔加科夫那样一生忍熬着事业的坎坷,生活的窘迫,精神的苦闷,像他那样冷静地考察过社会,思索过人生,像他那样无畏地战斗而不肯让作家的良心'背起沉重的政治谎言的包袱'(法捷耶夫对布尔加科夫的赞语),像他那样不被理解而又充满自信和骄傲,那么,布尔加科夫的笑声就能在他胸中激起共鸣,他就能理解和感受这笑声直至它最后一丝余音。在这部决意不在生前付梓的巨著中,布尔加科夫笑得最为纵情,最为坦诚,因而也笑得最美。它是惊觉庸碌愚钝的警笛,是刺穿丑恶龌龊的利刃。布尔加科夫的笑声是复调的,其中有百感交集的嘲弄和劝诫,有揭露和讽刺的恶作剧,也有疾恶如仇的打击和报仇,而即使在最冷峭无情的狂笑背后,又总是透出深厚的人道主义的正直和善良。"②

此阶段可以看做中国研究布尔加科夫小说的开端,在苏联"布尔加科夫热"的影响下,我国学者对布尔加科夫小说的接受过程,从开始受上层意识形态影响的略显偏颇到客观辩证,从最初的些许微词到客观的赞美,学者们各抒己见,可以看出,布尔加科夫小说在中国受到充分肯定之后,必将鼓舞并指引着后来研究者的深入探索与研究。

二、第二阶段(1990—1999):初始研究阶段

如果说第一阶段是我国对布尔加科夫小说的接受的过程,那么接下来的这十年则是初始研究阶段,即真正进入到对布尔加科夫小说的研究上来。由于布氏小说的博大精深,情节的怪诞离奇,初始阶段的研究主要集中在探讨小说的艺术风格上。

1. 从时空角度进行研究:布尔加科夫的小说打破了传统小说"共时性"(情节的展示和事件的发展按现实的时间顺序来安排)的时空结构模式,将多个时空(包括现实的、历史的和神话的时空)纵横交错在一起,从不同的时空方位、不同的主体活动背景来展示小说的艺术画卷,多层次地观察人生,进而深化主题。

---

① 陈智仁:《试谈布尔加科夫现象》,《杭州大学学报》1989(2)。
② 吴泽霖:《公猫——布尔加科夫的笑声》,《苏联文学》1988(2)。

这引起了很多学者的关注。1992年刘亚丁发表了《谈米·布尔加科夫的〈大师和玛格丽特〉》,该文对小说中的三种时空、三个叙事层面进行了由浅入深的分析。三种时空营造了三种价值阶梯,魔性、人性、神性。

2. 从讽刺、怪诞角度进行的研究:布尔加科夫作为一个讽刺作家,他的讽刺手法从其小说一发表就引起了人们的关注。1991年,吴泽霖先生发表了《布尔加科夫创作的思想风格和他的〈不祥之蛋〉》,作者认为,布尔加科夫的讽刺手法不是某种表面性的插科打诨的噱头,而是富于幽默感的性格和一颗知识分子的痛苦的灵魂对生活的哲理思考的产物,这就形成了布尔加科夫讽刺的哲理性特征,从而让人们思考一个永恒的道德课题:人的责任,人在大自然、在社会面前的责任。1991年周成堰发表的《〈大师和玛格丽塔〉简析》从小说的独特结构、怪诞手法、发人深省的笑声三方面对小说的艺术世界进行了剖析和探讨。1993年李琳发表了《布尔加科夫文学创作的审美特征》一文,该文从作家的若干审美特征,主要是讽刺(布氏的审美内在特征)、怪诞(审美外化特征)的角度来探讨其作品的艺术魅力和内蕴。1997年,曾予平的《论布尔加科夫的讽刺艺术》一文认为,布氏在文学创作上最大的贡献在于把奇异化手法创造性地应用于讽刺艺术。1998年张敏发表了《雄浑·精警·怪异·谐谑——试论〈大师和玛格丽特〉的艺术风格》一文,多角度地阐述了对这部讽刺小说的见解。1995年陈代文发表的《M·布尔加科夫长篇小说中人名的讽刺性运用》对作家运用人名而增强讽刺效果的手法进行了探讨研究。

3. 从哲理性角度进行的研究:孙兆恒发表的《一条月光路——〈大师和玛格丽特〉哲理意蕴探析》中从"总督"的"偏头疼"、夕阳下的背影、圣像和风景画、月光下的维纳斯为切入点,得出"月光路是一条真善美之路,是一条众望所归之路"的结论。作者认为,这是布尔加科夫对人类追求真善美的肯定,而其中穿插的对社会生活阴暗面的描写也是为小说的哲理性主题服务的。

4. 从人物形象方面进行的研究:唐逸红的《布尔加科夫笔下的魔鬼形象》一文论述了沃兰德与世界文学中其他魔鬼形象的异同,这是一个既具有浪漫激情,又富于历史理性的形象,他的审美功能也更趋于多元化。唐逸红的另一篇文章分析了《大师和玛格丽特》中的小丑形象,作者认为,布氏小说中的小丑是从狂欢节上走下来的、被脱冕的小丑,他们的出现是为了让人们摆脱习以为常的东西,用新的眼光观察世界,也就是借小丑之口说话,进行讽刺性模拟;借小丑的眼睛看世界,使世界陌生化。

5. 散文、随笔类:著名作家余华在此期间发表了诸如《布尔加科夫与〈大师和玛格丽特〉》等文章,以作家敏锐的视角阐述了布尔加科夫与作品间的内在关系。"回到了写作的布尔加科夫,没有了出版,没有了读者,没有了评论,与此同时他也没有了虚荣,没有了毫无意义的期待。他获得了宁静,获得了真正意义上的写作。"①《大师和玛格丽特》无疑就是作家的心声。1997年,唐逸红的《布尔加科夫和斯大林》在史实的基础上,指出了布尔加科夫和斯大林之间那神秘而又微妙的关系。1998年余杰发表了《俄罗斯之狼》一文,对布尔加科夫在作品被禁时期所表现出来的刚正不阿的性格,即作家的良心,表示了深深的赞赏。

除了对布尔加科夫小说的研究外,1998年,陈世雄先生的《布尔加科夫戏剧的历史命运》也为这一时期的研究增添了一抹亮点,探讨了布尔加科夫剧本的创作、夭折、回归的情况,史料翔实。

从这一阶段的研究可以看出,对布尔加科夫的艺术才华的首肯已经毋庸置疑。这一阶段的研究成果——近二十篇论文,体现了这一时期极为显著的特征,即学者们对布尔加科夫小说的研究由宏观的把握逐步转为微观的细致分析,研究客观辩证,反映了人们批评观念和审美情趣的提高,但是大多数的研究仍然局限在作家凝其毕生心血铸就的绝唱《大师和玛格丽特》上,而且,正如初始阶段的必经过程,这一时期的研究主要集中在对布尔加科夫小说的艺术手法,主要包括时空、叙事、人物形象及其作品中的讽刺、哲理等的研究。

三、第三阶段(2000—　　):深入研究阶段

国内对布尔加科夫小说的深入研究,也是在这个阶段全面展开的。论文从最初阶段的文本分析到有深度的理论阐释,研究范围从人物形象、讽刺艺术、修辞特点、主题等方面到宗教文化阐释、神话原型、魔幻世界、人道主义思想及传统与现代的融合等诸多方面。文本也从《大师和玛格丽特》扩展到《狗心》《不详之蛋》等小说。可以说,这一时期布尔加科夫小说的研究呈现了多姿多彩的局面,取得了可喜的成果。

最突出的成果就是三部研究布尔加科夫的专著问世,第一部是唐逸红2004年出版的《布尔加科夫小说的艺术世界》,该书是国内第一部系统研究布尔加科夫小说诗学的专著;一部是2008年出版的温玉霞女士的《布尔加科夫创作论》;一部是2009年出版的谢周先生的《滑稽面具下的文学骑士:布尔加科夫小说创作研究》。

这期间出版的论文的数量近四十篇,比前两个阶段总和还多很多,其中比较有代表性的文章有:

1. 从宗教哲学角度进行的研究:布尔加科夫出生在神学世家,他的父亲是基辅神学院的教授,父亲职业及家庭熏陶对他的影响表现在他以后的创作中。布尔加科夫在小说中经常把文化和历史宗教的传统联系在一起,如古希腊罗马的多神教、犹太教、早期的基督教、西欧中世纪的魔鬼学和斯拉夫的神话传说。

---

① 余华:《布尔加科夫与〈大师和玛格丽特〉》,《读书》1996(11)。

而其中每一个传统在具体的语境中都可以引出固定的联想,这使他的小说不仅具有浓厚的宗教色彩,而且具有强烈的警世色彩。20世纪90年代,俄罗斯的评论界就非常侧重布尔加科夫小说中的宗教色彩的研究。在我国,这方面的研究起步较晚,但却大有后来者居上之势。刘锟的论文从康德哲学对布尔加科夫创作思想的影响入手,论述了《大师和玛格丽特》中借宗教的隐喻所体现的深刻哲理内涵和文化价值。梁坤的文章以俄罗斯宗教哲学的核心索菲亚学说为切入点,分析了布尔加科夫小说主人公玛格丽特这一形象所代表的宗教文化意义。夏晓方认为,布氏在自己的作品中,自始至终把人的道义和道德因素放在中心位置上,而这一点则继承了俄国宗教哲学的思想传统。丁海丽则分析了布氏脱离马克思主义到皈依宗教的原因:这是他身上强烈的弥赛亚情结及专制政权对个性压制造成的不可避免的结果。耿海英将《大师和玛格丽特》与《圣经》之间千丝万缕的联系进行了探讨和比较。余自游是通过几组人物形象的对比,得出了《大师和玛格丽特》是一部探索人类得救途径的圣经式的文学巨著,也是一部启示录式的作品。潘华琴、王宏起也就布尔加科夫的宗教思想阐述了自己的见解。

2. 运用巴赫金理论进行的研究:随着现代文学理论向"语言学"的靠近,更多的学者开始关注文学批评和文本中话语权之间的关系,而巴赫金的狂欢化理论和复调理论则为许多人提供了理论的依据。刘锟的《〈大师和玛格丽特〉的叙事话语分析》便是运用巴赫金理论探讨布氏小说的范例。作者认为,布尔加科夫打破了以叙事者为中心的叙事行为,多语的情景构成了小说的内在对话性。王剑青的《〈大师和玛格丽特〉与狂欢化》一文以巴赫金理论中的梅尼普体为主线,探讨了《大师和玛格丽特》这部作品中所隐含的狂欢化特点。王希悦同样运用巴赫金的狂欢理论,阐释了小说中的人物形象、魔幻情节、叙事语言的狂欢特点。葛闰是从小说的复调叙事与隐喻文本,情感特征和死亡意识,即形式和思想两个方面对作品进行分析的。唐逸红、徐笑一则对《大师和玛格丽特》的体裁进行了溯源,作者认为,该小说体裁体现了梅尼普体的特征,是梅尼普体的新变体。谢周的《对话精神的缺失——试评〈大师和玛格丽特〉的人物塑造》也运用了巴赫金的狂欢化理论,但作者的观点是,《大师和玛格丽特》只是表层上的狂欢,而在深层次上依然是作家掌握着绝对的话语权。

3. 从洛特曼的符号学角度进行的研究:赵晓彬的《"家"与"伪家":〈大师和玛格丽特〉中两种对立的精神世界》可以说是一篇上乘之作。文章秉承俄罗斯著名的文艺符号学专家洛特曼的结构诗学的分析路径,从"家"与"伪家"的对立描写入手,揭示了作品的思想内涵。文章具体分析了该小说中的艺术空间如公共住宅、别墅与宫殿、地下室、永久的栖息等特征,阐释了"家"与"伪家"的对立形象,从而揭示了布尔加科夫对家这一概念的独特认识。赵晓彬的另一篇文章

《俄罗斯文学的装饰风格初探》从符号学意义上的"装饰风格"出发,探讨了布氏作品中出现的各种修辞手段,它们构成了语义结构的延伸,从而使单一的语义结构向多义结构的转化。

4. 从文化传统方面进行的比较研究:布尔加科夫是一个注重传统的作家,他的作品包容性之强令人叹为观止,俄罗斯著名学者 M. 彼得罗夫斯基曾说过,布尔加科夫是如此有文化上的包容性,以致可以说他的整个创作本质上都可以看成是对他人作品的再创造,是世界文化成果的精练。这种再创造有语言上的,有段落上的,有场景上的,有情节上的,还有世界观来源方面的。因此把布尔加科夫和其他作家(圣奥古斯丁、但丁、拜伦、歌德、霍夫曼、巴尔扎克、果戈理、普希金、陀思妥耶夫斯基、阿赫玛托娃、马雅可夫斯基等)联系起来进行比较研究的论文在俄罗斯数量不少,但在中国,这方面的研究相对来说甚少。其中有代表性的文章是 2005 年许志强先生在《外国文学评论》上发表的《布尔加科夫与果戈理:文学史的对话》一文,该文探讨了布尔加科夫与俄罗斯文学的"果戈理传统"之间的关系,作者认为,《大师和玛格丽特》中的莫斯科故事是《死魂灵》的一个翻版,它是受了果戈理创作主体性的影响,而莫斯科故事中的一系列闹剧也贯穿着《死魂灵》的叙事原则。乞乞科夫和沃兰德只能算是小说叙事上的主角,绝不是小说真正的主角,所以,《死魂灵》第二部中乞乞科夫的悔改渗透了作家僵死的说教,也扼杀了这部小说的进一步创作。果戈理所未能解决的难题留给了其他作家来解决。布尔加科夫正是借鉴了果戈理的经验,让主角"大师"登场,才使作品走出困境,获得成功。

5. 从神话学角度进行的研究:祖国颂的《现实、神话、历史——〈大师和玛格丽特〉的文本解读》一文则另辟蹊径,作者认为,布尔加科夫顺应了西方文学中神话主义复活的浪潮,用神话向我们展示了一个与理性思维相反的魔幻世界。谢周的《〈大师和玛格丽特〉的象征与神话叙述》一文认为,布尔加科夫在创作《大师和玛格丽特》期间受西方非理性主义哲学、俄罗斯宗教哲学、神秘主义哲学的影响,在叙事方式上有别于俄罗斯现实主义文学,而是更像西方现代主义文学中的象征与神话叙述。

6. 从美学角度进行的研究:布尔加科夫小说内容广博,集文学、美学、哲学、道德探索之大成,因而从美学角度进行研究的论文也不在少数。王希悦的《论〈大师和玛格丽特〉显性和隐性音乐成分》从全新的角度解读了小说:由于受家庭音乐气氛的影响,布尔加科夫几乎把音乐作为艺术手法融入自己的许多作品。在《大师和玛格丽特》中,布尔加科夫为我们创造了一个如同交响乐般的时慢时快的叙述频率,这种频率使读者的情绪如同海水一样此伏彼起,音乐的"原动力"在暗中牵引着读者的意识和思维,不会造成一点偏离。唐逸红发表的《论布尔加科夫的小说〈大师和玛格丽特〉中的讽刺性模拟》一文则从莫斯科对耶路撒冷讽刺性模拟、语言的讽刺性模拟、宗教上的讽刺性模拟三个方面解析了布氏小说，探讨了布尔加科夫审视生活的新视点，再现生活的新方法。谢周先生的《荒诞世界中的困惑——论〈大师和玛格丽特〉的主题思想》一文认为，小说的主题思想反映了布尔加科夫在耶舒阿代表的至善主义及沃兰德主义之间的徘徊与困惑。王先晋的《布尔加科夫艺术世界文体结构探》从文本分析入手，探讨了布氏小说结构上的多层次，从而让小说的内容达到最大限度的扩展。此外，王宏起分析了布尔加科夫另外两部作品《白卫军》和《魔障》的艺术风格，叶丽娜在自己的论文中探讨布尔加科夫的杂文创作，邱艳萍、林晓华阐述了《狗心》的艺术特色，严卿探讨了《大师和玛格丽特》的叙事，张敏分析了布尔加科夫小说创作的美学风格，李秀敏解析了《大师和玛格丽特》中的对应与对立，吴雪梅和戴静对小说中的时空发表了各自的见解，周青、刘海宁从现实、疯癫、理性三个方面解读了《大师和玛格丽特》中的魔幻世界。总之，不同的学者从各自不同的角度发表了自己独特的见解，探讨了布氏小说独有的美学价值。

7. 从人物形象角度进行的研究：刘祥文的《人魔神交融的"三位一体"——〈大师和玛格丽特〉中女主人公形象分析》一文分析了玛格丽特在不同时空中体现出的不同性格，现实时空中是传统女性，魔幻时空中是叛逆女性，永恒时空中是神圣的女性，不同的个性不是独立的，而是有机地结合在一起的。另外，温玉霞、迟文静、赵宁、杨慧娟和张永红解析了小说中的魔鬼形象；杨玲和齐丹锋分析了《大师和玛格丽特》中的几个主要人物形象；李哲和刘新颖梳理了《大师和玛格丽特》中的知识分子形象；康澄和殷明明则把目光锁定在耶舒阿身上，耶舒阿虽然不是从《圣经》中走出来，但仍然能感受到他身上的救世主的特征。

聚焦人物形象分析的文章虽多，但创新性不多，大多是青年学者和研究生发表的论文。

8. 从创作角度出发的研究，如：梁坤的《布尔加科夫的家园之旅》、张冬梅的《寻找大师之旅》、赵丽君的《布尔加科夫创作断想》等。此类文章更倾向于历史考证的研究，这在 20 世纪 80 年代的俄罗斯盛行一时。随着布尔加科夫诸多档案材料的面世，评论家对小说中人物的原型、情节发生的地点进行了追踪、考证、研究。但在我国此类文章并不多见。

9. 综述类的研究：随着对布尔加科夫关注的日益增强，评论文章的日益增多，综述类的文章也开始出现。王宏起的《他为明天而存在——20 世纪布尔加科夫研究综述》对 20 世纪俄罗斯布尔加科夫的研究状况进行了简要的回顾和梳理，描绘了这一领域的大致轮廓，对俄罗斯境外的布氏研究也做了归纳，但对中国的布尔加科夫研究阐述得相对简单笼统。陈建华主编的《中国俄苏文学研究史论》（第三卷）中，对中国的布尔加科夫研究作了更为系统的归纳与分析（2005 年前），该文共分五部分，分别探讨了布尔加科夫研究在中国的兴起；破译结构的迷宫;对精神伦理意蕴的挖掘;主题和形象研究;历史文化底蕴的诠释。这两篇文章相得益彰,互为补充。

结　语

通过对这三个阶段中国布尔加科夫小说研究的考察,可以看出,国内的布尔加科夫研究由"接受阶段"的借用"他山之石",到"深入研究阶段"的全方位、多维度挖掘,说明布尔加科夫研究方兴未艾。

但与此同时,补充几点在整理归纳这些研究成果时发现的问题。首先,我国对布尔加科夫小说的研究到目前为止有一定的局限性,诚然,《大师和玛格丽特》是布尔加科夫呕心沥血的不朽绝唱,历时十二载,八易其稿,是作家创作的巅峰,西蒙诺夫也说过:《大师和玛格丽特》属于这样一类书,对这类书,不同的读者将抱着不同的态度阅读它,各自从不同的角度喜欢它,各自从中吸取不同的养分。但这并非意味着《大师和玛格丽特》就是作家创作的全部。而我国对布尔加科夫小说的研究最大的局限性就是学者们把研究的目光一直聚焦在《大师和玛格丽特》上。从第一阶段至今,在各类文学期刊上发表的有关布尔加科夫的文章中,85%以上都是针对《大师和玛格丽特》这部作品的,而笔者认为,把这部小说同作者的其他创作割裂开来是错误的,应该从整体上把握布尔加科夫小说总的诗学特征。

其次,对布尔加科夫小说的研究队伍虽然在不断壮大,研究的广度、深度,甚至数量上都比过去有了大幅度的提高,但是,学者们对布尔加科夫小说的研究还存在内容重复的问题。从文章的题目上就可以看出来,研究的内容还局限在布尔加科夫的创作、《大师和玛格丽特》中的人物形象分析及对小说艺术手法的分析上面。当然,在研究的初始阶段,这些研究具有非常重要的作用;但是随着时间的推移,在30年后的今天,研究的内容仍然局限于此,就值得我们深思了。所以在今后的研究中我们需要有一个清晰的脉络与头绪,应在全面的基础上去挖掘布尔加科夫小说深层的意义和内涵,多视角地诠释其作品的美学价值,我们期待更多的像吴泽霖、谢周、许志强、赵晓彬、王宏起等学者的有深度文章的出现。

第三,在布尔加科夫小说的研究方面,国内的专著还为数不多,系统研究的成果也较匮乏,刊登在国外权威学术期刊的中国学者的文章则更少。笔者认为这是发展的必经阶段,随着时代的发展,人才的涌出,更多的优秀研究成果一定会层出不穷。

第九节 萧洛霍夫小说研究

在20世纪的俄罗斯文学史上,萧洛霍夫(Mikhail Sholokhov,1905—1984)是继高尔基之后的另一位伟大作家,这不仅是因为"他在描写俄国人民生活各历史阶段的顿河史诗中所表现的艺术力量和正直的品格"而获得诺贝尔文学奖,更因为他的承前启后的艺术成就把苏联文学推向了世界。

一、新中国成立前研究的简要回顾

早在20世纪30年代萧洛霍夫的作品就译介到中国,鲁迅先生是最早翻译和评论萧洛霍夫创作的中国作家之一。他不仅翻译了萧洛霍夫的短篇小说《父亲》(现译《有家庭的人》),而且撰写了萧洛霍夫的生平简介。1931年,当贺非译的《静静的顿河》(第一卷)单行本出版的时候,他为该译本写了《〈静静的顿河〉后记》,盛赞《静静的顿河》可以和托尔斯泰的《战争与和平》相媲美,认为这部小说"风物即殊,人情复异,写法又明朗简洁,绝无旧文人描头画角,婉转抑扬的恶习……将来倘有全部译本,则其启发这里的新作家之处,一定更为不少"①。萧洛霍夫的其他一些作品也陆续被介绍到中国,中国评论界对这些作品大都给予了肯定的评价。

二、1949—1965年的学习和赞赏

新中国成立之后,中国人民决心要把半封建、半殖民地的旧中国建设成为独立富强的社会主义新中国。社会主义的苏联自然就成为我们的学习榜样,反映苏联社会主义革命和建设的苏联文学,自然也成为中国作家和读者喜爱的读物。

那是一个激情燃烧的年代。城市的工业建设轰轰烈烈,农村的合作化运动也进行得热火朝天。在这种情况下,阅读萧洛霍夫的《被开垦的处女地》便有了另一番感受。1953年12月《人民日报》发表文章指出:"小说《被开垦的处女地》出色地描绘了一个苏联集体农庄成长的曲折过程,塑造了达维多夫这样一个足资效法的农村工作者的典型。""如何充分估计到农民的特点,即一面是劳动者,一面又是私有制度的迷恋者,并引导他们走向社会主义,是个很复杂的问

---

① 鲁迅:《〈静静的顿河〉后记》,载《集外集拾遗》,北京:人民文学出版社,1995年,第142页。

题,在这方面,让所有的农村工作者向达维多夫学习吧。"①这个时期许多报刊都发表了评论《被开垦的处女地》的文章,大都结合中国农村合作化运动中的情况和问题,谈自己的阅读心得。但是也有一些作者从艺术创作的角度对小说进行分析。有一篇文章专门分析了中农梅谭尼可夫这个人物形象的塑造:"社会主义的集体思想与个体小生产者根深蒂固的私有观念的斗争,这一点体现在中农典型梅谭尼可夫身上……萧洛霍夫依据列宁同志对农民的深刻分析,以十分鲜明的色调,极其突出而细致地刻画出来在思想上和行动上具有双重性格的中农典型——梅谭尼可夫……生活的困苦,迫使他产生这种寻找新生路的要求,积极参加集体农庄;同时在另一方面深植在梅谭尼可夫灵魂深处的小生产者的私有观念,却又不时地使他痛苦,使他时常情不自禁地流露出对私有财产的留恋……这种复杂的矛盾的思想情绪,实际上也就是社会主义的思想因素与私有观念的尖锐斗争。"②针对我国某些作者在刻画敌人形象时往往只采取"贴标签""漫画化"的手法,使得作品中的敌人只是一些概念化的人物,有的作者以《被开垦的处女地》中的雅可夫·洛济支(现译:雅可夫·鲁基奇)为例,分析萧洛霍夫是如何塑造阶级敌人形象的。文章说:"《被开垦的处女地》写了三个主要敌人:白军上尉波罗夫则夫、中尉廖切夫斯基和富农雅可夫·洛济支,他们体现了当时历史条件下的反动的社会力量,但是都以鲜明的活的个性来体现的。""雅可夫·洛济支是一个隐藏了本来面貌的富农,是一个善于使用两面性赌博的'土著'的反革命分子……作者对于他的'二重生活'的刻画,使得这个人物完全活了起来。"文章指出:"决不是说萧洛霍夫超阶级地描绘了人的本性;恰恰相反,通过作者用匠心独造的方法所塑造出来的典型,证明这个人物是活的,是真实可信的。"③这个时期我国对《被开垦的处女地》的评论同苏联国内对这部作品的评价基本上是一致的:"它是一个时代的历史画卷","表现出了巨大的历史的真实","是一本生活与斗争的教科书"。④

短篇小说《一个人的遭遇》(又译《人的命运》)一翻译成汉语,便赢得了中国读者和评论家的一片赞扬声。有的作者称赞:"这是一篇迷人的作品!""这是燃烧着生活激情的诗!"他说:"悲痛,而不使人悲观。流泪,而不使人绝望。相反地,人们能够从作品中获得蓬勃进取的思想力量……这正是萧洛霍夫笔下的社

---

① 潘际坰:《农村工作者应该向达维多夫学习——苏联小说〈被开垦的处女地〉读后》,《人民日报》1953年12月6日。
② 刘超:《走向新生活——谈〈被开垦的处女地〉中的梅谭尼可夫》,《长江文艺》1955年(11)。
③ 李岸:《试谈雅可夫·洛济支——"典型问题"随感》,《延河》1956(9)。
④ 辛未艾:《生活与斗争的教科书——谈〈被开垦的处女地〉》,上海:上海文艺出版社,1958年,第36—41页。

会主义现实主义作品的艺术魅力的成功标志之一。"①《光明日报》发表评论说："这个形象,是整个苏维埃人的形象,是整个社会主义新人的形象。"②另一位评论家称赞小说是对"俄罗斯性格的赞美"："安德烈形象的巨大说服力在于他的思想感情能够纤细地通向一切普通人的思想感情的深处……安德烈的典型意义还在于他的全部遭遇不是他'一个人的遭遇',而是苦难战争中千百万善良的苏维埃人的遭遇。"③刚刚站立起来的中国人民曾经深受帝国主义侵略战争的苦难,这篇倾诉苏联人民战争创伤的作品很容易激起中国读者的共鸣。

虽然《被开垦的处女地》和《一个人的遭遇》在当时的情况下更多地受到评论家和读者的注意,但是《静静的顿河》毕竟是萧洛霍夫最主要的作品。它时刻都在吸引着研究者的兴趣,特别是小说主人公葛利高里的形象和他的悲剧命运,更是研究者关注和议论的中心。尽管当时中国的评论家们对葛利高里形象的评论并没有超出苏联研究家们给他下的结论,诸如"背叛说""社会责任说"等等,但是在行文中毕竟带有中国读者的视角和感受。有位作者说："尽管造成葛利高里的悲剧性格,是有着各种错综复杂的因素,但是可以看出,主要是他的阶级局限性","……是一个小私有者的经济基础的不稳定性",尽管作者从理性的阶级分析上已经把主人公划入敌对阵营的一边,但是感情上却难以抑制对主人公由衷的同情："人们把他的反动的行径,看成主要是由于他的错误认识,主观上还不完全是在于甘愿为维护剥削阶级的利益卖命。"④另一位作者认为："葛利高里这样一个热情、勇敢、有着强烈生活欲望的人,但是中农家庭所带来的政治上的动摇性和沙皇统治所种下的哥萨克集团的偏见毒害了他……他脱离了人民的道路,就必然会被拉进反人民的泥坑。"⑤著名诗人蔡其矫也著文评论萧洛霍夫的创作："因为葛利高里对人民所犯下的罪过和他自己过去的重负……他的结果只有悲惨的下场而不能有光荣的战死。"他认为："萧洛霍夫在写《静静的顿河》时,不仅依靠观察和体验,恐怕更重要的还是他经过了研究和分析,才能通过哥萨克社会传统在一个人身上所产生的悲剧,反映了整个时代的风貌精神和人民伟大的胜利。"这位诗人对小说家萧洛霍夫的创作给予了很高的评价："我以为萧洛霍夫创作方法的最大最突出的特色,是他的绝对忠实于生活的真实。他敢于从十分复杂的现实的矛盾冲突中去描写真实,而又同时充满了对人民和人民事业的无限热爱。"⑥总的说来,这个时期我国对萧洛霍夫的创作是抱

---

① 杜黎均:《论〈一个人的遭遇〉的创作特色》,《文艺学习》1957(5)。
② 张立云:《读萧洛霍夫的新作——〈一个人的遭遇〉》,《光明日报》1957年3月16日。
③ 房树民:《俄罗斯性格的赞美——读萧洛霍夫〈一个人的遭遇〉》,《中国青年报》1957年3月21日。
④ 叶灿:《一个发人深思的悲剧形象》,《北京文艺》1957(11)。
⑤ 黎之:《试论葛利高里的阶级特征》,《北京文艺》1959(1)。
⑥ 蔡其矫:《谈萧洛霍夫的创作》,《处女地》1957(11)。

着学习和赞赏的态度来评论和评价的,所依据的资料也大多是苏联方面已有的结论,但这并不是说我们没有自己的视角和特色。我国的读者和评论家大都是从中国的社会情况和欣赏情趣出发来评价萧洛霍夫作品的思想和艺术的,应该说比较客观和公正,苏联方面那些情绪化的议论似乎并没有影响到中国读者对萧洛霍夫的赞赏。

三、1966—1979 年的否定和批判

20 世纪 50 年代末中苏两党两国的关系开始发生变化,到 60 年代初形成公开的政治论战。苏联共产党成了现代修正主义的政党,苏联文学自然也就成了修正主义文学。这时候对苏联文学的态度不再是学习和赞赏,而成了揭露和批判。萧洛霍夫首当其冲,成为被批判的"苏修文学"的"代表人物"。首先遭到批判的是《一个人的遭遇》。1966 年 7 月 9 日《解放军报》发表文章,认为小说是"修正主义叛徒文学的标本",该报在《编者按》中说:"萧洛霍夫是苏联修正主义文学的鼻祖……他死心塌地地为赫鲁晓夫修正主义路线服务,写出了宣扬和平主义和投降主义、诅咒正义战争的《一个人的遭遇》。"文章指责小说"歌颂利己主义,宣扬活命哲学","否定正义战争,不准人民革命,美化法西斯强盗",认为主人公索科洛夫"贪生怕死,保命第一,甘当走狗,卖身投敌"。① 这篇文章全然不顾小说文本所描写的内容,一路挥舞大棒,肆意诬陷和谩骂。读者看了也深感茫然。一向深受中国读者喜爱的萧洛霍夫如何在一夜之间就成为"修正主义文学的鼻祖"了呢?不久,我们在《人民日报》发表的一篇批判萧洛霍夫的文章的《编者按》中看到了端倪:"《林彪同志委托江青同志召开的部队文艺工作座谈会纪要》中,向我们提出了一项重要的战斗任务:在文艺上进行反对以苏修为中心的现代修正主义的斗争……《纪要》指出,'文艺上反对外国修正主义的斗争,不能只捉丘赫拉依②之类的小人物,要捉大的,捉萧洛霍夫,要敢于碰他。他是修正主义文艺的鼻祖'。"③这篇文章就是要来"捉大的",对萧洛霍夫的几部主要作品进行了全面的攻击和否定。文章又搬出了 20 年代苏联某些人迫害萧洛霍夫的旧武器,给萧洛霍夫扣上"无产阶级专政死敌"的大帽子,说《静静的顿河》"通篇歌颂一个血债累累的反革命分子葛利高里","恶毒地攻击十月革命所建立的苏维埃政权",是一部"仇视无产阶级,同无产阶级背道而驰的作品",而作家萧洛霍夫就是"哥萨克富农与外国的贵族的代表人物"。他的《被开垦的处女地》是一部"否定苏联农业集体化运动的代表作",萧洛霍夫是"布哈林右倾机

---

① 广军:《修正主义叛徒集团的吹鼓手——评萧洛霍夫的〈一个人的遭遇〉》,《解放军报》1966 年 7 月 9 日。

② 丘赫拉依——苏联著名电影导演。

③ 载《人民日报》1967 年 10 月 22 日。

会主义集团在文艺战线上的代言人","为复辟资本主义鸣锣开道"。① 文章完全无视作品的文本事实,任意颠倒黑白,满口胡言乱语,真是欲加之罪,何患无辞!

显然,这样的文章在读者中是起不到多大作用的。萧洛霍夫的作品,特别是《静静的顿河》,照旧在那些爱读书的人中间悄悄地流传。学校的、社会上的图书馆都关闭了,有的学生就偷偷地把那些文学名著(其中也包括萧洛霍夫的作品)拿出来,在同学和朋友间交换阅读。著名作家刘绍棠十年动乱中被"遣送"回乡后,劳动之余,"夜静更深",便偷偷地阅读《静静的顿河》,他说,外国作家中,"萧洛霍夫对我影响最大","萧洛霍夫的作品使我找到了如何扬长避短的创作道路——写自己的家乡,致力于乡土文学创作"。② 他"对萧洛霍夫的《静静的顿河》佩服得五体投地",但是他认为小说并非"尽善尽美",有许多地方写得不够精练。他认为:"《静静的顿河》第一部最为迷人,第四部是一座艺术高峰。"这位中国作家对《静静的顿河》佩服、心爱得手痒,便给《静静的顿河》动起了"手术":"十年内乱,我苟全性命于荒村寒舍。农闲时节,夜静更深,曾将一套老本《静静的顿河》拆散,另行精选组合为三册。可惜,今已不存。"③假如刘绍棠"精选组合"的这套《静静的顿河》能够保存下来,那么,对于比较文学,对于中、苏小说美学,该是多么有趣而又宝贵的资料啊。可见,真正的艺术是植根于生活、植根于人民之中的,是任何人也不能依靠权势、依靠挥舞大棒就可以摧毁得了的。报刊上的"批判"尽管声嘶力竭,然而是非曲直,广大读者自是心知肚明。十年动乱中,也是这位刘绍棠,当有人劝他按照样板戏"三突出"的原则进行创作时,刘绍棠断然拒绝,他严正地说:"这三条突出的原则说得太绝对了……'英雄人物'这个字眼,不能到处提,某些作品有值得我们学习的人物,有的就没有。《静静的顿河》得了诺贝尔文学奖,可你能称葛利高里是英雄人物吗?"④萧洛霍夫在中苏政治论战、中国十年动乱中蒙受了不白之冤,但是他在中国读者、作家、研究家心目中依旧是伟大的俄罗斯作家。

四、1979—2010 年的空前活跃和繁荣

十年动乱结束,中国科学、文化又迎来一个蓬勃发展的春天。萧洛霍夫创作的研究也空前地活跃起来。1979 年中国苏联文学研究会(苏联解体后改称俄罗斯文学学会)和黑龙江大学等单位在哈尔滨召开了"当代苏联文学讨论会",关于萧洛霍夫的创作和对萧洛霍夫的评价是会上的重要议题之一。这个

---

① 师红兵:《揭穿萧洛霍夫的反革命真面目》,《人民日报》1967 年 10 月 22 日。
② 刘绍棠:《四类手记》,北京:中国社会出版社,1997 年,第 94—97 页。
③ 同上书,第 587 页。
④ 郑恩波:《刘绍棠传》,北京:社会科学文献出版社,1995 年,第 324 页。

时期发表的,由东北师范大学外语系苏联与东欧文学研究室集体讨论、何茂正执笔的《评萧洛霍夫的〈一个人的遭遇〉》,是第一篇批驳十年动乱中对萧洛霍夫的诬陷的文章。文章指出:"萧洛霍夫讲出了人民的心里话……这篇作品对法西斯侵略战争的控诉是很有力的。""作者用大量的笔墨真实而细腻地描写希特勒法西斯的暴行,目的是让读者痛定思痛,珍视新的生活,热爱和平,保卫和平。读了之后,只会大大加深对希特勒法西斯的憎恨,却怎么也得不出'否定正义战争,不准人民革命'的结论。"①这篇文章后来被《新华月报》(1980 年第 2 期)转载,影响很大,被国外看做中国重新评价苏联文学的信号。这也可以说是我国俄苏文学界对萧洛霍夫重新评价、为其平反昭雪的开端。

1984 年苏联文学研究会和吉林大学主办了"第一届萧洛霍夫创作研讨会",与会的几十位学者就萧洛霍夫的创作问题展开了广泛而热烈的讨论。应该说,80 年代初对萧洛霍夫创作的讨论还带有明显的拨乱反正、重新评价的意味。学者们关注、争论的中心议题是:"萧洛霍夫是属于哪个阶级的作家?"吉林大学李树森教授提出,萧洛霍夫生活在农民的环境中,"他主张按生活的原样来写,实质上就等于给自己戴上了一副农民的眼镜,用农民的眼光来观察生活和反映生活……所以他只能成为苏维埃时期农民思想情绪的表达者"②。吉林大学的另一位教授车成安先生却认为"萧洛霍夫是无产阶级作家",他的论据是:萧洛霍夫"站在无产阶级的立场,用历史唯物主义观点和阶级分析方法",描写了苏维埃政权取得胜利的"历史必然性"。"他对这一胜利的态度是肯定和歌颂的。"③从 20 世纪 60 年代初到十年动乱结束,我国和苏联基本上断绝了文化交流,我国俄苏文学界对苏联文坛的现状缺乏了解。1982 年出版的资料汇编《萧洛霍夫研究》(中国社会科学院外国文学研究所孙美玲编选)可以说起到了雪中送炭的作用。该书不仅收录了苏联及其他国家的重要作家、评论家历来对萧洛霍夫的评论,而且附有萧洛霍夫谈自己和自己创作的重要言论以及萧洛霍夫的生平和创作年谱,这对正在兴起的萧洛霍夫研究热潮起了很大的推动作用。从第一届萧洛霍夫创作研讨会到 1995 年的十多年间,我国的俄苏文学界接连举办了五次研讨萧洛霍夫创作的学术会议,这对一个外国作家的创作研究来说,是前所未有的。2005 年,在萧洛霍夫百年诞辰之际,北京大学和大连外国语学院又分别举办了萧洛霍夫创作研讨会。每次研讨会都有十数篇或数十篇论文被宣读或发表,形成一个对萧洛霍夫创作研究的热潮。这个时期所研究的问题已不限于对具体作品和人物的分析,而是有了更为广阔的视野,涉及哲学、小说

---

① 何茂正:《评萧洛霍夫的〈一个人的遭遇〉》,《学习与探索》1979(5)。
② 李树森:《苏维埃时期农民思想情绪的表达者——评萧洛霍夫的创作》,《社会科学战线》1983(4)。
③ 车成安:《萧洛霍夫是无产阶级作家——评〈静静的顿河〉的创作倾向》,《吉林大学社会科学学报》1985(2)。

美学、比较文学、叙事学、文化学、作家的艺术风格等广泛的学术领域。如陈守成的《当代杰出的笑的艺术大师萧洛霍夫》和陈孝英的《论萧洛霍夫创作的幽默风格》,从不同的角度谈到萧洛霍夫作品中笑、幽默的艺术特色和美学价值。马晓翔的《〈静静的顿河〉中的风景描写》和《〈静静的顿河〉中的心理描写技巧》集中探讨萧洛霍夫小说的艺术表现手法。刘铁的《萧洛霍夫写真实的得与失》和李毓榛的《萧洛霍夫现实主义的若干特征》都从萧洛霍夫"写真实"的艺术主张入手,从不同的角度探讨萧洛霍夫现实主义的艺术特征。有的作者将萧洛霍夫的创作同俄国古典作家、外国作家的创作进行比较来展现萧洛霍夫的艺术特色。如李树森的《从屠格涅夫看萧洛霍夫》、林一民的《〈老人与海〉与〈一个人的遭遇〉比较》、梁兰的《萧洛霍夫与莱蒙托夫及列夫·托尔斯泰》、李毓榛的《萧洛霍夫和曹雪芹写作手法之比较》。尤其是李树森的《从屠格涅夫看萧洛霍夫》一文很有些个性化的独特见解。文章认为"贵族自由主义作家屠格涅夫对俄国民主革命的反映,和共产党员作家萧洛霍夫对苏联社会主义革命的反映很相似"。他们"从某种意义上来说,都是站在中间的立场上观察生活和反映生活的,都是走中间路线的。屠格涅夫既反对保守贵族,又反对革命民主主义者。和这种情况相似,萧洛霍夫既无情地揭露和鞭挞富农和一切反动势力,同时也怀疑和否定无产阶级的道路"。① 虽然文章的立论未必能经得住事实的检验和分析,但是在 80 年代的萧洛霍夫研究中,这种思路和视角却是独具一格的。贵州大学胡日佳教授在一篇论文中提出,萨特哲学"这种从现象的存在中考察存在的现象,探究现象的存在之能是超现象存在的根据的方法,提供了诠释萧洛霍夫'纯粹现实主义'的工具"。他认为,《静静的顿河》中"最能体现意识本体性的,要算是葛利高里这个主角了……对于这样的特殊形象,其审美价值不在对他带领白军对红军斗争的现象的现实描写,而在对他即使身陷反革命泥潭而犹能自拔的否定意识的真实开掘。葛利高里的悲剧不是'个人反叛'美,'历史迷误'美,而是安放在人的自为意识结构中的一种生活美,理想美"。文章指出:"《静静的顿河》这部书,无论从作家的创作动机,还是从作品的整体结构看,也分明是把顿河哥萨克的深层心理意识,看做叙写历史事件之本,抒发人物心灵运动之源,评价人物美丑善恶之根。"②

随着我国改革开放的不断深入发展,中俄关系的正常化和不断改善,两国的文化交流也越来越频繁和密切了。特别是苏联解体后某些历史档案的解密,以及萧洛霍夫 363 封书信的出版,不仅为萧洛霍夫研究提供了最可靠的第一手资料,而且使我们对苏联过去的社会历史背景有了新的了解,这使我们对萧洛

---

① 李树森:《从屠格涅夫看萧洛霍夫》,《吉林大学社会科学学报》1985(2)。
② 胡日佳:《萧洛霍夫与萨特——〈静静的顿河〉的意识本体结构初探》,《外国文学研究》1994(3)。

霍夫创作研究中若干深感困惑的问题有了新的理解。比如《静静的顿河》中关于"哥萨克暴动"问题。我国的研究者过去根据苏联当局公开发表的材料,认为"在作者的笔下,几乎顿河地区哥萨克反布尔什维克的悲剧都是布尔什维克领导的红军和苏维埃铸成的……不管作家的主观意图如何,作品反映客观历史过程的一个方面的本质就被歪曲了"①。也就是说,萧洛霍夫在《静静的顿河》中所写的"哥萨克暴动"在本质上是"违背真实"的。苏联解体后,我国的研究者根据俄罗斯方面新发表的历史资料,对这个问题的分析却得出了完全不同的结论。《静静的顿河》中所描写的1919年维约申斯克的哥萨克暴动,完全是"苏维埃政权当局'消灭哥萨克'的错误政策,是红军在战场上的背信弃义,是对哥萨克群众的滥杀无辜"所造成的。"1968年出版的《苏联共产党历史》一书就公开承认了'消灭哥萨克'这一政策的严重错误"造成了哥萨克暴动的"后果"。② 萧洛霍夫写《静静的顿河》就是要向世人展现顿河哥萨克的这场悲剧,是为顿河哥萨克劳动群众伸张正义。因此,对《静静的顿河》的中心人物葛利高里的悲剧命运也有了新的理解和不同的解读,对这个人物形象的分析和评论也出现多种不同的声音。有的文章明确指出,所谓"迷误""反叛者"的结论"都不符合葛利高里的本来面目"。"葛利高里是打着一面上书'人性'二字的旗帜回到村中去,走下人生舞台。"③有的作者从历史、时代背景和哥萨克文化角度考察葛利高里的悲剧原因,指出:"考察葛利高里悲剧的原因,与其说是个人的反叛行为、历史迷误,倒不如说是历史的必然。具体地说,其一是现代战争,其二是哥萨克文化自身的因素。"④新版《静静的顿河》的译者力冈却另有看法,他说:"有些研究者不看重作者本人的表白,不研究葛利高里的性格美,却看重葛利高里的悲剧及其成因,不把葛利高里的悲剧性经历看作表现他的性格的手段,而是一味地从他的悲剧中寻找他的性格缺陷,这是颠倒本末。"⑤另一位学者彭甄也有类似的看法,他认为萧洛霍夫描写葛利高里的"悲剧性经历"是为了展现他的"人的魅力"。他说:"最能体现葛利高里这一形象'人的魅力'的还是他严肃认真的人生态度,孜孜以求的探索精神。虽然葛利高里最终面临着必然失败的悲剧命运,但毕竟展现了葛利高里精神炼狱——'心灵的运动'的过程和他自身的'人的魅力'……在充斥着否定的悲剧性历程中,对社会、历史和人生的思辨和探索便成为他精神崇高的体现。在这个意义上,葛利高里的'摇摆性':肯定——否定(或否定——肯定)则是他'人的魅力'的标志。这种'人的魅力'是以毁灭的悲剧形

---

① 钱善行:《简论〈静静的顿河〉》,《苏联文艺》1981(1)。
② 李毓榛:《一个良知者的遭遇》,《文艺报》2004年10月14日。
③ 刘铁:《〈静静的顿河〉的主题层次与葛利高里的悲剧性质》,《辽宁大学学报》1985(4)。
④ 朱鸿召:《关于葛利高里的悲剧——立足哥萨克文化的重新考察》,《外国文学研究》1988(2)。
⑤ 力冈:《美好的悲剧形象——论〈静静的顿河〉主人公葛利高里》,《外国文学研究》1989(1)。

式来重建的。"① 有的作者以"非理性主义"哲学观分析《静静的顿河》,认为小说"存在着非理性主义思想特征,这种哲学观已使得《静静的顿河》在美学上具有了现代主义的文学特征,因此,《静静的顿河》已经不是一部纯粹意义上的现实主义作品"②。一部《静静的顿河》真是"纵看成岭侧成峰",仁者见仁智者见智了。

随着改革开放的不断深入,中外文化交流的活跃,人们的学术视野越来越宽阔。我国的俄苏文学研究人员不仅能够直接利用俄罗斯的第一手材料,而且也可以借鉴西方国家研究者的理论成果和研究方法,这就大大地拓展了学科的研究领域,使我国的萧洛霍夫研究呈现出空前繁荣的局面。这一课题领域的研究成果已不限于学者的论文和专著,许多俄罗斯文学专业的博士生和硕士生也选择萧洛霍夫创作来撰写学位论文。许多长年研究萧洛霍夫创作的专家在这一时期出版了七八种研究专著,这在俄苏文学界是前所未有的丰硕成果。这些著作各有所长,对萧洛霍夫研究都有自己独特的见解,本节按出版时间先后,对其简要介绍:孙美玲的《萧洛霍夫》(1985)和《萧洛霍夫的艺术世界》(1994),利用丰富的第一手材料全面地论述萧洛霍夫的创作,对萧洛霍夫的为人和艺术都作了很高的评价,特别是第二部著作的附录中编制了《萧洛霍夫生平和创作年表》,很有学术价值。李树森的《萧洛霍夫的思想与艺术》(1987),其中心内容是阐发"萧洛霍夫是苏维埃时期农民思想情绪表达者"这一主题,作者视野广阔,说理有据,自成一家之言。徐家荣的《萧洛霍夫创作研究》(1996)很像是给本科生和研究生使用的教材,不仅全面地介绍和评论萧洛霍夫的所有作品,而且广泛地介绍苏联国内外历来评价萧洛霍夫的情况,并且在每章之后都有供复习思考的问题。何云波的《萧洛霍夫》(2000)是"二十世纪文学泰斗丛书"之一,对萧洛霍夫的生平和创作作了比较全面的介绍,材料虽然还是大家熟知的材料,但是对作品的分析却很有见地,对某些人和事的评论可以说是独树一帜的。这里仅举一例:"按一般伦理道德标准来说,阿克西妮亚已经近似于荡妇了,但小说却回避对人物的这种道德评价。仿佛一切都不过是人的自然本性的流露。《静静的顿河》在对哥萨克自然纯朴的乡村生活、充满原始生命激情的爱情、具有一种野性生命力的顿河草原的描写中,却充满了一种生命之美、力之美、野性之美。"《静静的顿河》"首先将人的情欲、人的生命激情,提高到生命本体的高度"。③ 刘亚丁的《顿河激流——解读萧洛霍夫》(2001),利用苏联解体后俄罗斯出版的新的文献资料,重新解读萧洛霍夫作品,有一些新的感受和认识。因此

---

① 彭甄:《"人的魅力":毁灭与重建——论萧洛霍夫悲剧创作的特质》,《国外文学》1995(3)。
② 张中锋:《试论〈静静的顿河〉创作中的非理性主义特征》,《国外文学》2006(4)。
③ 何云波:《萧洛霍夫》,成都:四川人民出版社,2000年,第126—128页。

全书的篇章结构和立论视角都给人面貌一新的感觉。作者认为,萧洛霍夫作品中存在着"多重话语":"在研究《静静的顿河》的时候,我们曾发现这部史诗性小说中有两套话语:一是关于真理的话语,即作品以哥萨克走向苏维埃政权的大趋势为背景,这是以历史进步为评价标准的;二是关于'人的魅力'的话语,即以人性的产生或毁灭为小说叙述的重点,这是以审美尺度为标准的……我们进一步阅读研究萧洛霍夫的作品时越来越强烈地感到,他的所有重要作品都包容两个声部——胜利者的声部和无辜受害者的声部"。① 作者认为这是萧洛霍夫的一种"叙述策略":"因为有了胜利者的声部,反映了历史的趋势,他的作品就可以与主流意识形态吻合;因为包括了无辜受害者的声部,叙述者似乎又采取了一种不同于政治家和历史学家的独特的作家立场。这是萧洛霍夫的作品能在具有不同的价值观念的人群中都能得到认同的重要原因。"② 冯玉芝的《萧洛霍夫小说诗学研究》(2001)是我国第一部以萧洛霍夫小说的艺术形态作为研究对象的著作。作者指出,萧洛霍夫小说艺术的"整合性""充分显示了萧洛霍夫小说'海纳百川'的美学风范……他的小说是多种艺术形态首先是史诗、悲剧与小说互相融合、互相渗透的结果……在扩大这些体裁艺术潜力方面,萧洛霍夫的贡献是突出而独特的。"③ 李毓榛的《萧洛霍夫的传奇人生》(2009)利用苏联解体后出现的一些新材料,对萧洛霍夫的作品重新解读,对萧洛霍夫的生平重新认识,为中国读者展现了一个新的萧洛霍夫。这是一个敢于为哥萨克群众伸张正义的作家,这是一个为真理不怕威胁和诬陷的作家,他虽然头戴着许多荣耀的光环,但他认为自己实际上是一个"维约申斯克囚徒"④,他花费几十年心血完成的长篇史诗《他们为祖国而战》不准出版,最后他悲愤地将其投入壁炉,付之一炬。

总的看来,这些著作都各有自己的视角和研究的侧重点,也都各有自己的发现和独特见解,综合起来,大体上可以代表近些年来我国萧洛霍夫研究的水平。

60年来,我国的萧洛霍夫研究走过了一条不平坦的道路。从以上的考察和分析可以看出,我国的萧洛霍夫研究是随着改革开放的不断深入,国际文化交流的日益频繁而不断发展、不断深入的。正因为有了这样有利于学术发展的国内和国际条件,我国学者的学术视野日益开阔,学术思想更加解放,为研究所必需的第一手材料越来越充沛和丰富,我们的研究才达到了一个前所未有的水平。

---

① 刘亚丁:《顿河激流——解读萧洛霍夫》,成都:四川教育出版社,2001年,第5页。
② 同上。
③ 冯玉芝:《萧洛霍夫小说诗学研究》,太原:山西人民出版社,2001年,第18页。
④ 李毓榛:《萧洛霍夫的传奇人生》,北京:北京大学出版社,2009年,第270页。

第二章
法德奥小说研究

导 言

　　法国小说在中国的受关注程度一直很高,尤其是其中的现实主义小说,而像雨果这样的浪漫主义小说家广受欢迎,其艺术造诣高、故事精彩自然是原因之一,但不容否定的是,在国人心目中他"自由之士"的身份、"为欧洲弱小民族辩护、为社会伸张正义"的人格魅力及其小说中洋溢的人道主义和理想主义精神也是重要原因,甚至是更为重要的原因。从新中国60年法国小说家在中国学术界受关注的程度来看,首当其冲的是百科全书式地反映了法国资产阶级社会生活的巴尔扎克,其次就是雨果。其他的现实主义小说家,像福楼拜、司汤达、莫泊桑、左拉、罗曼·罗兰、大仲马、小仲马,都是在法国小说家中被研究得比较多的。20世纪80年代中期之后,此前几乎没有得到关注的加缪、普鲁斯特、杜拉斯、萨特、戈里耶占据前台,左拉、罗曼·罗兰、大仲马和小仲马则受到排挤,有的甚至可以说几乎销声匿迹,比如罗曼·罗兰。这里面的主要原因是该时期现代派小说和非传统现实主义小说在引领风尚,喜欢走极端的人甚至下了现实主义文学过时了的论断。应该说,这与当时中国社会思想解放的呼声是分不开的,因为现代主义不仅是一种艺术潮流,更是一种文学和思想领域内的革命,它冲击的不仅是文学概念,而且是思想观念和方法论。当然,力图摆脱文学研究的意识形态化也是研究转向的一个原因。

　　卡夫卡的情况不用多说,他在中国的命运完全可以代表全部现代派小说家在中国的命运,见证着五四运动以后中国外国文学研究的风云变幻。在这种变幻中卡夫卡长期以来都是"弃儿",80年代中期才闪亮登场,而他的同胞茨威格却一直都是"宠儿",两相比较将是饶有趣味的事情,所以选择茨威格完全是受他从进入中国起就广受欢迎的事实所决定。而选择托马斯·曼不是因为研究他的成果在数量上占优势(与其在小说史中的地位和世界影响力相比,我国的研究成果少得可怜),而是因为只有在中国才会出现的一种文学现象,它理应引起我们深入的思考。早在50年代的中国,托马斯·曼就因为符合马克思分析巴尔扎克创作的方法论而"被经典化"、被"批判现实主义化",甚至可以说"被工具化",成为一面对抗资本主义世界的大旗,但值得深思的是,托马斯·曼的研究成果却为数不多。

第一节 巴尔扎克小说研究

法国作家奥诺雷·德·巴尔扎克(Honore Balzac,1799—1850)进入中国的时间并不长,从1914年林纾、陈家麟译述了《人间喜剧》"哲理研究"的四个短篇小说至今,不过百年。如今巴尔扎克和《人间喜剧》的名字,不说家喻户晓,也可以说是耳熟能详了,一般的文学爱好者、作家、批评家、专业的外国文学研究者,都曾经、正在、还要就巴尔扎克或他的作品表达他们的意见。巴尔扎克已经成为中国人最熟悉的外国作家之一,《人间喜剧》已经进入中国人喜闻乐见的外国作品之林,特别是《欧也妮·葛朗台》和《高老头》,已经成为他们津津乐道的两部小说。这其间离不开译者、批评家和外国文学研究者特别是法国文学译者和研究者的辛勤劳动。

1949年之前,巴尔扎克的作品已经部分迻译过来,达三十余部,只是研究方面不尽如人意,局限于一般的介绍和翻译外国研究者的议论,我国学者的研究文章还属凤毛麟角。新中国成立之后,特别是改革开放之后的三十多年中,巴尔扎克的作品的翻译、研究都出现了欣欣向荣的局面,翻译且不论,研究方面,如作品的序跋、鉴赏文章、评论以及学术性研究等等,都取得了不俗的成绩。穆木天、高名凯、傅雷、陈占元、李健吾、程代熙、艾珉、金嗣峰、郑克鲁、柳鸣九、黄晋凯、李忠玉、杨昌龙、曹让庭、孟宪义等,都在巴尔扎克及其作品的研究上下了功夫,无论对巴尔扎克及其《人间喜剧》的全局还是局部,对主题还是人物,对作家的世界观还是创作方法,对他的美学思想还是创作实践,都进行了评论、赏析和研究,取得了令人瞩目的成绩。有关巴尔扎克和《人间喜剧》的专著达6部之多,它们是:黄晋凯的《巴尔扎克和〈人间喜剧〉》(北京出版社,1981年)、李清安的《巴尔扎克》(北京师范大学出版社,1983年)、金嗣峰的《一个伟大作家的足迹——巴尔扎克的生活、思想和创作》(湖北教育出版社,1989年)、杨昌龙的《文坛上的拿破仑——巴尔扎克创作论》(山西人民出版社,1991年)、孟宪义的《巴尔扎克的〈人间喜剧〉与美》(黑龙江教育出版社,1992年)、艾珉的《巴尔扎克——一个伟大的寻梦者》(人民文学出版社,2005年)和蒋芳的《巴尔扎克在中国》(中国社会科学出版社,2009年)。还有一批年轻的爱好者和研究者,对几乎所有的《人间喜剧》的组成部分进行了评析,其中不乏运用新的批评方法之作,使人有耳目一新之感。他们关注的问题是:巴尔扎克的思想,他的世界观与创作方法的关系,《人间喜剧》的全局鸟瞰,结构与风格,金钱问题,欲望问题,父爱和人性,高老头、葛朗台、拉斯蒂涅、伏脱冷等人物形象,等等。下面择其要而述之。

1937年,李健吾就在《巴尔扎克的欧贞尼·葛郎代》一文中说:"他给了我们一个世界。和我们的世界一样,形形色色,有的是美,有的是丑,有的是粗窳,有的是华严,有的是痛苦,有的是喜悦,有的是平淡无奇,有的是惊心动魄,传奇犹如命运,神秘犹如人生,广大犹如自然,而自然就是巴尔扎克,无所不有,无微不至,登泰山而小天下,泛一叶而浮大海,你觉得你不复存在,存在的是完美的宇宙,或者又如作者自己所谓,这十九世纪的'人曲'。"①这是他对《人间喜剧》的总评价,此后近五十年间,他一直在这个总评价的照耀下对《人间喜剧》或称《人曲》做了思想的、哲学的、文学的、历史的、比较的研究。为此,他写下了一系列的论文,如《巴尔扎克是什么样的正统派?》(1961)、《〈人间喜剧〉的远景》(1978)、《〈人间喜剧〉的革命辩证法》(1978)、《巴尔扎克与空想社会主义》(1979)、《神秘主义与巴尔扎克》(1982)等,以具体的史料说明巴尔扎克的思想和哲学,既有微观的探索,又有宏观的概括,且不乏个人的体悟。柳鸣九在1985年发表了两篇文章:《论巴尔扎克和他的〈人间喜剧〉》②与《巴尔扎克的小说艺术》,全面而深刻地论述了巴尔扎克的现实主义艺术。他指出:"巴尔扎克带给了小说艺术一系列新的东西:他完成了对社会生活全面的无所不有的描绘,他很大程度上实现了小说艺术对真实的追求,使文学描绘从来没有像这样酷似现实,栩栩如生,堪称现实生活准确的再现;他通过私人生活、日常家事而不是传奇表现戏剧性,使私人生活的细节成了小说表现的对象,成为作家表现重大社会主题的手段;他大大开拓并丰富了塑造人物形象的方法,提供了从肖像描写到内心刻画、从描写人物的环境到展示人物言行的全面的艺术经验,使得在小说中塑造典型环境中的典型人物成为可能。"③郭宏安在作为"《波德莱尔美学译文选》译后随想"之一的《巴尔扎克:观察者?洞观者?》(1986)一文中提出:"我们应该对《人间喜剧》进行诗的、哲学的把握:即它表现了超时空的人和世界的关系。"④进而指出:"波德莱尔的观点不同凡响,有如空谷足音,开辟

---

① 李健吾:《巴尔扎克的欧贞尼·葛郎代》,《文学杂志》1937(3)。
② 柳鸣九:《论巴尔扎克和他的〈人间喜剧〉》,《外国文学研究季刊》(第10辑),北京:中国社会科学出版社,1985年。
③ 柳鸣九:《巴尔扎克的小说艺术》,《外国文学研究》1985(1)。
④ 郭宏安:《巴尔扎克:观察者?洞观者?——〈波德莱尔美学译文选〉译后随想》,《读书》1986(12)。

了把握《人间喜剧》的第二战场。"黄晋凯的《巴尔扎克文学思想探析》(2000)则从体系观念、宏观与微观、观察与洞观、与未来对话等几个方面对巴尔扎克的文学思想作了全面而深刻的解析。特别值得提出的是,他把巴尔扎克的"第二视力"的论述放在重要地位,把观察者与洞观者的结合而又主张"紧紧地依附于现实土壤进行艺术创作"作为他的根本的文学思想,从而为开辟巴尔扎克研究的新方向做出了有益的探索。其他如郑克鲁的《论巴尔扎克》(1979)、丁子春的《巴尔扎克艺术理论勘探》(1982)、杨昌龙的《巴尔扎克的现实主义整体观》(1983)、蒋承勇的《〈人间喜剧〉:物质世界后面还有一个心灵世界》(1992)等,都对巴尔扎克及《人间喜剧》的研究和评论提出了很好的看法。

新中国成立后,恩格斯对巴尔扎克的评价获得了空前的重视:"……巴尔扎克在政治上是一个正统派,他的伟大作品是对于上流社会必然崩溃的一曲无尽的挽歌;他的全部同情都在注定要灭亡的那个阶级方面。但是,尽管如此,当他让他所深切同情的贵族男女行动的时候,他的嘲笑是空前尖刻的,他的讽刺是空前辛辣的……巴尔扎克就不得不违反自己的阶级同情和政治偏见;他看到了他心爱的贵族们灭亡的必然性,从而把他们描写成不配有更好命运的人;他在当时唯一能找到未来的真正的人的地方看到了这样的人——这一切我认为是现实主义的最伟大的胜利之一,是老巴尔扎克最大的特点之一。"①因此,体会、诠释甚至发展这一看法成为众多学者孜孜以求的目的。卞之琳的《略论巴尔扎克和托尔斯泰创作中的思想表现》(1960)指出巴尔扎克对于"我们今日对于欧洲资产阶级文学遗产的重新估价""具有突出的意义"。他指出:"巴尔扎克的世界观与创作之间既有矛盾,也有统一。世界观本来是一个统一体,同时又是各种观点的综合。巴尔扎克和托尔斯泰这一类作家的政治观点、哲学观点、道德观点、美学观点这种种观点之间可以有这样那样的矛盾,他们的创作中也会有这样那样的矛盾。"②可以说,巴尔扎克"基本的世界观在这里起了决定的作用",所以,世界观和创作方法是一致的。有的研究认为,巴尔扎克的世界观是反动的,或者他的世界观有进步的一面,也有反动的一面,或者他的世界观的"主流是进步的",但是这些研究往往脱离了对具体作品的具体分析,显得空洞和抽象,甚至完全沦为对恩格斯的论断的片面的、意识形态的阐释。尽管对巴尔扎克的世界观有不同的认识,但是对于世界观和创作方法之间的关系却有几乎一致的认识,即世界观和创作方法是一致的,世界观主导创作方法,对胡风、冯雪峰、秦兆阳等人的"巴尔扎克的世界观和现实主义创作相矛盾"的说法进行了批判。进入20世纪80年代以来,除了确立二者之间的一致性之外,众多研

---

① 《马克思恩格斯选集》第四卷,北京:人民出版社,1972年,第463页。
② 卞之琳:《略论巴尔扎克和托尔斯泰创作中的思想表现》,《文学评论》1960(3)。

究者更加注重对这种一致性进行具体深入的分析,有代表性的观点大致如下:其一,"巴尔扎克世界观中比较进步的民主观、科学观和社会观等思想观点,对他在创作实践中深入观察和理解现实生活,精心描绘各色各样的事物形象、塑造种种社会典型,终于把资本主义社会的人情世态揭示给人们"起到了"决定性作用"①(王振铎,1980),"巴尔扎克在作品里所表现的思想矛盾,都是与他的世界观里的矛盾息息相通的,这两方面有因果,有支配者与被支配者的关系;世界观对他的创作起着支配、制约的作用,因而在两者之间互相适应,并没有矛盾"②(周骏章,1981)。其二,有学者(如何友齐)认为,世界观与创作方法是既统一又矛盾的辩证范畴。巴尔扎克的作品,即使是最优秀的杰作,也常常因其错误的观点而蒙受影响,表现出批判现实主义作家的思想局限,这正说明了世界观对于创作的重要意义。但是先进的世界观也只有在与作家对于生活的具体认识、评价、情感、态度水乳交融、谐和一致时,才能发挥有利的指导作用,否则同样会削弱作品的艺术力量,甚至产生概念化的作品(1984)。其三,是认为巴尔扎克的世界观与创作方法之间没有必然的联系。"巴尔扎克的现实主义创作,就是植根于其唯物主义哲学倾向和现实主义文艺思想。在他身上体现的'现实主义最伟大的胜利'并不与他保皇党的政治观点直接相关,而是他的唯物主义哲学和现实主义文艺观的伟大胜利。"③(杨太、陈文忠,1985)值得注意的是,有学者对我国评论界将研究变成对马克思、恩格斯关于巴尔扎克的某些论断原意的推测提出警告,呼吁结束这种令人尴尬的局面。如李伟成就持这样的看法(1987)。有学者提倡"要把巴尔扎克作为一个艺术家来看,切不可作为一个照相师来看;要把他的作品当做创造物来看,且不可作为'历史教科书'来看"④(冀侗,1990)。

《人间喜剧》由长短不一的九十多部作品组成,引起学者评论的有《高老头》《欧也妮·葛朗台》《高利贷者》《苏城舞会》《农民》《幻灭》《邦斯舅舅》《舒昂党人》《贝姨》《驴皮记》《无神论者做弥撒》《十三人故事》《烟花女荣辱记》《乡村神父》《夏倍上校》《乡村医生》《沙漠里的爱情》《于絮尔·弥埃罗》《长寿药水》《杜尔的本堂神父》《家族复仇》《古物陈列室》《红房子旅馆》《禁治产》《赛查·皮罗托盛衰记》《纽沁根银行》,其中以《高老头》与《欧也妮·葛朗台》最受青睐。对于《高老头》,争议最多的是高老头的"父爱",争议的焦点是"高老头的父爱是一种什么样的爱"和"高老头的父爱是否具有超阶级性"。合肥师范学院1957年

---

① 王振铎:《巴尔扎克的世界观与创作方法》,《外国文学研究》1980(4)。
② 周骏章:《巴尔扎克的世界观与创作的关系》,《社会科学战线》1981(1)。
③ 杨太、陈文忠:《巴尔扎克与"现实主义的最伟大胜利"——兼论世界观与创作方法的关系》,《辽宁大学学报》1985(5)。
④ 冀侗:《"恶"的诗化——从一个侧面看巴尔扎克的审美创造》,《河北师范大学学报》1990(2)。

十九世纪西欧文学评论小组认为,高老头的父爱是"伟大的",它表现了"人类最崇高的至性"(1960)。罗岭认为,高老头的父爱是"资产阶级的亲子之爱"(1964)。曹让庭认为,高老头的父爱是"以封建宗法式的家庭观念与感情为基础"的爱(1964)。① 20 世纪 80 年代之后,关于高老头的父爱的议论依然火热。研究者不再关注这种父爱的阶级属性,而是就其真实性发表了针锋相对的意见。出现了"神经质"(尹岳斌,1982)、"畸形"(金嗣峰,1989)、"庸俗""罪恶"(鲁立平,1996)、"变态"(王芳实,1999)等说法,与之相对的则说它"是父性基督的化身"(姜强华,1982),是"真挚"(储月桃,1983)的,"是人性的表现"(宋致新,1983),是"人类正常的亲子之爱"(田景春,1999)。自 2000 年之后,研究者主要从人性论出发,强调高老头的父爱"体现了人性共同的准则——博大的父爱"(王娴,2000),是"欲望激情的一种宣泄"以及人性的"异化"(曾玉宏,2000),是"带着深刻的时代和阶级的烙印"的"亲子之爱"(王红莉,2002)。总之,关于高老头的父爱的看法走过了一条从阶级论到人性论的道路,偏向任何一方恐怕都不能得出合情合理的结论。作为小说,人们自然关心《高老头》的主题和人物,而恰恰是在这里出现了分歧。程代熙认为,《高老头》表现的是"父与子(女)的关系及其矛盾",而其关系和矛盾的焦点是金钱(1979)。艾珉则认为,《高老头》的"真正的主题是拉斯蒂涅的学习社会","他的全部经历、心理状态和性格发展都反映了时代和社会的特征,反映了一个以金钱为主宰的充满竞争角逐的社会的种种必然现象"。②(1989)由此产生了一个问题,究竟谁才是作品的主人公?显然,第一种看法认为是高老头,第二种看法认为是拉斯蒂涅。谁是小说的主人公,也许不是最为重要的问题,小说的名字并不能决定什么,但是如果它涉及小说的内涵,则需要辨明了。在小说中,高老头不过充当了拉斯蒂涅的人生导师之一,其他还有两个人不能不提,一是鲍赛昂子爵夫人,一是苦役犯伏脱冷。如此看来,小说实际的主人公乃是拉斯蒂涅。对拉斯蒂涅、鲍赛昂子爵夫人、伏脱冷等人物,研究者也花费了不少笔墨,时有新见。

对于《欧也妮·葛朗台》,研究者最关注的问题是"金钱"。有一个奇怪的现象:《高老头》以高老头命名,主人公却不是高老头,《欧也妮·葛朗台》以欧也妮·葛朗台命名,主人公却正是欧也妮·葛朗台。李健吾指出:《欧也妮·葛朗台》是一件"美丽的作品",它的主人公的爱情是"纯洁的、无边无际的、傲岸的",巴尔扎克不仅细致地描绘了这个爱情,"而且栩栩如生地为它刻画了一座不可

---

① 上述几篇文章可参见:《揭开高老头父爱的本质》(《合肥师范学院学报》1960 年第 4 期)、曹让庭《试论高里奥的父爱》(《光明日报》1964 年 7 月 26 日)、罗岭《高老头父爱的实质》(《光明日报》1964 年 8 月 23 日)。

② 艾珉:《〈高老头〉译本序》,《高老头》,张冠尧译,北京:人民文学出版社,2002 年。

逾越的封建大山,堵住她的生命之流"[①](1979)。所谓"不可逾越的大山",就是以老葛朗台为代表的金钱世界,是他毁灭了欧也妮·葛朗台的爱情,使她成为"被金钱吞噬的无辜的牺牲者",也是他使自己成为一个"丧失了一切人性、爱财如命的守财奴、吝啬鬼"[②](曹让庭,1984)。金钱导致人性的沦丧和扭曲。老葛朗台是作为一个吝啬鬼、守财奴、资产阶级暴发户的形象为学术界所公认的,但是在具体分析人物性格时则显示出不同,一种看法是,老葛朗台是一个"办事精于计算,善于看风使舵,投机取巧"[③](李国生,1981)的人,另一种看法是,他是一个"金钱的膜拜者、追逐者和积攒者,同时也是一个金钱的奴隶和牺牲者"(邵阳,1981)。进入20世纪90年代之后,研究者对葛朗台的认识有所深化,触及了对金钱所产生的"狂热"的根本实质,认为他的吝啬源自贪婪、源自情欲、源自偏执,表现了人被异化的本质,"他对金钱、享乐、纵欲、诱惑的描写,对冰冷竞争、无情倾轧、炽热欲望交织搏斗的描写,这种个人本位意识的极致张扬恰恰是马克思所说的'以物的依赖性为基础'的资本主义时期社会群体意识和社会深层心理的本质反映"[④](于璩毅,1995)。由于潮流和风向的影响,对老葛朗台的评价也出现了纯经济的倾向,例如称他为"一个通经济变、功成业就的经济强人"[⑤](王峰,2001),挖掘他作为"一个有着辉煌的业绩和独特精神信仰的成功资本家"的价值(孙海芳,2005),更有甚者,有的研究者还认为他是"成功的商人""合格的父亲"以及有着"坚持不懈、持之以恒的精神"的老顽童,并称其"可敬""可赞"。小说命名为《欧也妮·葛朗台》,欧也妮·葛朗台是小说的主要人物,"《欧也妮·葛朗台》的主题是欧也妮的爱情悲剧。它的主题思想是反映了感情与金钱的矛盾,也即是反映了天真纯洁高尚的欧也妮的重视感情无视金钱与葛朗台老头等一群唯利是图的资产阶级分子之间的矛盾、纠纷和斗争"[⑥](王鲁雨,1982)。当然,有研究者认为,巴尔扎克"在创作实际中突出了葛朗台老头的形象,甚至将他推上了主要人物地位,效果好,意义大"[⑦](王忠祥,1978)。欧也妮·葛朗台主要的特点是弱者的形象。对于她的"弱",研究者有不同的评价。一种看法是,"她是个受吝啬鬼剥削、迫害、侮辱和影响,却又不自觉的弱者;不满意黄金世界的法则,却又不得不受制于这个法则的牺牲者;不积极参加财富的追逐,却又不能拒绝做暴发户继承者的悲剧人物"(王忠祥,1978),与之相反

---

① 李健吾:《〈欧也妮·葛朗台 高老头〉译本序》(1979),《欧也妮·葛朗台 高老头》,傅雷译,北京:人民文学出版社,1980年。

② 曹让庭:《被金钱吞噬的人们——〈欧也妮·葛朗台〉人物谈》,《湘潭大学社会科学学报》1984(3)。

③ 李国生:《谈谈葛朗台和泼留希金艺术形象的异同》,《西北师大学报》1981(2)。

④ 于璩毅:《谈葛朗台偏执狂形象的现代特征》,《贵阳师专学报》1995(2)。

⑤ 王峰:《通经济变 发奋为雄——重读葛朗台》,《安徽大学学报》2001(1)。

⑥ 王鲁雨:《论〈欧也妮·葛朗台〉的主题》,《西南民族学院学报》,1982(2)。

⑦ 王忠祥:《〈欧也妮·葛朗台〉浅谈》,《外国文学研究》1978年第2期。

的,有研究者(如张履岳)认为她是葛朗台的忠贞孝女,骨子里纯粹是一种虚伪与欺骗(张履岳,1978)。这个形象意义不仅在于,"巴尔扎克用那个时代的社会关系的虚伪和险恶来反衬欧也妮的纯洁和善良,从'恶的凹坑中间'挖掘出她善良的品性,从而使之悄然卓立于污泥之中,放射出引人瞩目的光辉"[1](张玲霞,1982),"欧也妮的一生,对于金钱渗透着一切的社会,的的确确是另一种形式的控诉。欧也妮,她是一个生活在金钱王国之中的被金钱吞噬的无辜的牺牲者"[2](曹让庭,1984),更为深刻的是,巴尔扎克在揭露现实的同时,融入了改良社会的政治理想:"企图以宗教精神治疗社会的弊端,抑制人类情欲的泛滥,制止社会道德的堕落,淳化社会风尚"[3](张剑英,1988)。20个世纪90年代之后,研究者对欧也妮的评价偏向了爱情,有的称欧也妮为"丑恶世界中凋零的花朵"[4](谢占杰,1994),有的把欧也妮比作"爱的守望者"[5](董群智,2003)。

除上述两部作品外,《农民》和《驴皮记》也受到较多重视。对于《农民》,陈占元指出,这部作品表现了两种矛盾,一是"农村资产阶级和农民与贵族大地主之间的矛盾",一是"农村资产阶级与农民之间的矛盾",后一种矛盾比前一种矛盾"更为深刻、更为持久,而且日趋尖锐",因此,作者"对于乡间资本主义的发展作了精辟的分析,对于农村资本主义的丑恶面目也毫不留情地加以揭露,并且正确地指出了他们同巴黎大资产阶级的血缘关系"[6](1979)。罗芃的观察更为深刻,他说:"如果《农民》仅仅刻画农民与贵族、农民与资产者的矛盾斗争,或许也能成为一幅杰出的农村生活画卷,但是现实主义的力量无疑将大大削弱。巴尔扎克对现实关系的深刻理解突出地表现在他敏锐地觉察到,农民与贵族的冲突,说到底是资产阶级与贵族的冲突,这是农村问题的症结所在。"[7](1989)对于《驴皮记》,艾珉认为,它是"一部貌似荒诞的现实主义小说",她指出,巴尔扎克的"作品中也有浪漫的,荒诞的,超现实的成分。不过,这一切艺术形式仍然主要服务于记录社会风俗,显示事物真相的目的……至今仍然被法国批评界视为他的伟大的现实主义艺术的组成部分"[8](1982)。薛龙宝认为,这是一部"现实主义大师笔下的浪漫主义小说"[9](1983)。田庆生则从《驴皮记》中的超自然现

---

[1] 张玲霞:《略论欧也妮·葛朗台形象塑造中的善恶对照》,《扬州师院学报》1982(2)。
[2] 曹让庭:《被金钱吞噬的人们——〈欧也妮·葛朗台〉人物谈》,《湘潭大学社会科学学报》1984(3)。
[3] 张剑英:《从欧也妮的形象探索巴尔扎克改良社会的主张》,《盐城师专学报》1988(1)。
[4] 谢占杰:《丑恶世界中凋零的花朵——论欧也妮·葛朗台》,《许昌师专学报》1994(1)。
[5] 董群智:《爱的守望者——欧叶妮·葛朗台形象解读》,《周口师范学院学报》2003(4)。
[6] 陈占元:《〈农民〉译本序》,陈占元译:《农民》,上海:上海译文出版社,1979年。
[7] 罗芃:《〈农民〉译本序》,资中筠译:《农民》,北京:人民文学出版社,1979年。
[8] 艾珉:《一部貌似荒诞的现实主义小说——略谈巴尔扎克的〈驴皮记〉》,《读书》1982(3)。
[9] 薛龙宝:《一部现实主义大师笔下的浪漫主义小说——浅谈巴尔扎克的〈驴皮记〉》,《扬州师院学报》1983(1)。

象所蕴涵的象征意义出发,揭示了隐藏在它背后的贯穿整个作品并构成其统一性的二元对立体系,说明了"《驴皮记》是一部现实主义与超自然现象相结合的典型作品"①(2000)。他参照了法国文学批评家托多罗夫在《志怪文学导论》中提出的理论模式,以此展示了现实主义大师的"浪漫主义风格"(2000)。总之,研究者对《驴皮记》的评价还没摆脱现实主义小说的窠臼,对于小说本身提出的"第二视力"还没有引起足够的重视。

20 个世纪 80 年代,比较文学研究在我国重新焕发了青春,开辟了巴尔扎克研究的新的方向,不少论文对《人间喜剧》中的人物与中国和西方其他作品中的人物展开了具体的比较研究,例如许建华的《吝啬鬼之异同——严监生与葛朗台的比较》(1983),杜春荣、郎景成的《欧洲文学史上的奇观:四大吝啬鬼的比较分析》(1989),成良臣的《被欺骗的'蠢狐狸'——试论李尔王、泰门、高老头人物悲剧的相似性》(1990),丁跃华的《相似人物,"恶"相同——从福斯塔夫和伏脱冷看莎士比亚和巴尔扎克对"恶"的表现》(1994),李新丽的《黄金枷锁下的两个女人的悲剧:曹七巧与欧也妮形象的比较》(1996),马林贤的《试析葛朗台与泼留希金积累财富的特点》(1998),吕英的《〈高老头〉与〈墙头记〉父爱悲剧寻绎》(1999)。进入 21 世纪以来,相关的比较文学论文有了进一步的深化。有的论文聚焦于巴尔扎克的创作方法与中外其他名家创作方法的比较,如张兆华的《莎士比亚与巴尔扎克创作比较研究》(2000)、王立明的《从汤显祖到巴尔扎克——论艺术美中的情与理》(2000)、吴作奎的《人生态度对作家文学观、创作观的影响——巴尔扎克与卡夫卡比较》(2007)。有的论文探讨了巴尔扎尔和中国作家和文化的关联,如钱林森的《巴尔扎克与中国作家》(1993)和《巴尔扎克与中国文化》(1994)。还有些论文着重于影响研究,如姜岳斌的《〈神曲〉:辉映〈人间喜剧〉的星辰:从〈逐客还乡〉看但丁对巴尔扎克的影响》(2004)等等。孔耕蕻的文章较为突出,它们是:《〈人间喜剧〉与〈约克纳帕塌法世系〉——论福克纳与巴尔扎克》(1988)、《法国贵族衰亡的挽歌与美国南方望族毁灭的恋歌——福克纳与巴尔扎克艺术世界鸟瞰》(1989)和《〈喧哗与骚动〉、〈高老头〉叙事艺术异同论》(1991),通过对两人思想意识、艺术氛围、创作手法、叙事技巧的异同之比较,得出如下结论:"福克纳与巴尔扎克具有相似的意术风度与气质,有相近的理智和感情的世界,他们都描绘了他们时代的历史注定要吞噬的人物,尽管他们都对这些人物充满着一种不可言传的情感,有的甚至充满着血和泪的同情"②,"福克纳继承并变革了巴尔扎克传统的叙事技巧。如果说巴尔扎克是一

---

① 田庆生:《梦与真——〈驴皮记〉中的二元对立体系》,《外国文学评论》2000(1)。
② 孔耕蕻:《法国贵族衰亡的挽歌与美国南方望族毁灭的恋歌——福克纳与巴尔扎克艺术世界鸟瞰》,《安徽大学学报》1989(1)。

维透视,福克纳则是多维与一维透视的统一;如果说巴尔扎克的叙事方法相似与绘画中的'焦点透视',福克纳的叙事方法则相似于绘画艺术中的散点透视;若果说巴尔扎克的叙事技巧难免有单一、片面之嫌,那么福克纳的叙事技巧就有多元互补的、全方位的优势"。① 他引用李文俊的话:"福克纳是巴尔扎克的学生和追随者",说明:"巴尔扎克的许多艺术模式,在现代世界并没有过时。正是在20世纪现代主义有些作家在大肆贬低和否定巴尔扎克的呼声中,他却在20世纪里,特别是在像福克纳这样的经典作家的艺术世界中,获得了艺术生命的延续……19世纪的艺术和20世纪的艺术之间,并不是一种'敌对'的关系,二者是有着血缘的继承关系的。"②郑克鲁在一篇按照某种观点说不属于比较文学的论文(《双峰并峙继往开来——普鲁斯特与巴尔扎克》)中也表达了类似的观点:"现代主义作家未必与现实主义作家格格不入,不一定需要全面推翻传统的手法才能实现创新。创新可以建立在传统的基础上……"③(2006)

巴尔扎克是中国人最熟悉的外国作家之一,可能也是最有争议的外国作家。一般认为,他是一个伟大的现实主义作家或者批判现实主义作家,他的《人间喜剧》是19世纪法国社会的"百科全书"和"现实生活的准确再现"。在他的祖国,加在他头上的帽子不仅仅是现实主义,什么浪漫主义、现实主义、自然主义、混有现实主义的浪漫主义、混有浪漫主义的现实主义、神秘主义、革命浪漫主义、革命现实主义和批判现实主义,等等,不一而足。争论的焦点,究其实质,巴尔扎克究竟是一位洞观者,还是一位观察者,也就是说,他究竟首先是一位洞观者,然后才是一位观察者,或者是一位洞观者与观察者合为一体的伟大作家。有一种观点认为,巴尔扎克是一位洞观者,其含义是:一、他用想象的世界代替了存在的世界,他借用了后者的物质材料,根据他个人的神话重新加以组织,创造了一个新的世界。巴尔扎克的创造是一种诗的创造,神话的创造,也就是说,他用象征取代了现实。二、在巴尔扎克的作品的内在世界和超自然的世界之间,存在着一种神秘的、超验的联系。揭示这种联系主要依靠直觉的洞观,精细的观察只能提供具体的材料,并不能达到事物的本质。三、我们不能通过《人间喜剧》来认识法国社会,法国社会也不能印证《人间喜剧》。我们应该对《人间喜剧》进行诗的、哲学的把握:即它表现了一种超时空的任何世界的关系。应该说,我们对于作为观察者的巴尔扎克有了相当全面的认识,但是对于作为洞观者的巴尔扎克还缺乏足够的了解。洞观者巴尔扎克,还是观察者巴尔扎克,这是法国文学批评界的一个难题,更是中国文学批评界的一个难题,中国文学批

---

① 孔耕蕻:《〈喧哗与骚动〉、〈高老头〉叙事艺术异同论》,《社会科学战线》1991(2)。
② 孔耕蕻:《〈人间喜剧〉与〈约克纳帕塌法世系〉——论福克纳与巴尔扎克》,《外国文学评论》1988(4)。
③ 郑克鲁:《双峰并峙 继往开来——普鲁斯特与巴尔扎克》,《外国文学研究》2006(6)。

评界应该为解决这个难题做出自己的努力。

第二节 雨果小说研究

维克多·雨果(Victor Hugo，1802—1885)是享誉世界的法国浪漫主义文学运动领袖、小说家、诗人、文艺评论家和政论家。在我国，雨果的作品无论在文学界还是政治社会文化界均受到重大关注。

一、新中国成立前研究状况简要回顾

在中国，维克多·雨果研究始于其作品的翻译。光绪二十九年即1903年6月5日，《浙江潮》月刊发表了鲁迅翻译的雨果的《哀尘》(即《悲惨世界》)，译者署名为"庚辰"，作者被译为"嚣俄"；译者对其从社会政治角度进行了评价。[①] 同年，由苏子谷(真名苏曼殊)译的《惨世界》(即《悲惨世界》)在泰东出版社出版，另据阿英的《晚清小说史》称，该书由苏子谷和陈由己(即陈独秀)合译，由东大陆书局出版，也是在这一年，中国近代政治家和教育家马君武先生于3月27日在《新民丛报》第二十八号上撰文褒扬雨果为"自由之士"[②]。此后 Les Miérables 一书又有许多译本，译名也各有不同，如1907年上海商务印书馆出版的单行本名为《孤星泪》，《时报》社出版的节译本名为《逸囚》，商务印书馆于1929年出版的李丹译、方于校的《可怜的人》，1931年出版的缩写本译本《少年哀史》(译者为柯蓬州)等。这些译本大都是节译。从雨果被介绍到中国之初，中国的译者和研究者同样也注意到了雨果浪漫主义文学的文学艺术价值本身。除了马君武先生对雨果的爱情史与其诗歌创作的关系予以关注[③]外，穆木天于1935年在上海"世界书局"出版了《法国文学史》一书，介绍以雨果为首的"第二瑟那戈尔"(Le seconde Cénacle)，还特别介绍了这个文学社的几位骨干成员如维尼、圣伯符(Sainte Beuve)等。

二、1949—1979 年：雨果在中国享有盛誉的原因

1951年，中国著名作家茅盾在维也纳举行的第二届世界和平大会上建议隆重纪念雨果诞生150周年。这个提议得到世界范围内的广泛响应，1952年，世界上众多国家都举办了纪念雨果的各种活动。中国的多家报刊发表了纪念

---

① 施蛰存主编：《中国近代文学大系翻译文学集 I》，上海：上海书店，1990年，第718页。
② 章开沅主编《马君武集》，武汉：华中师范大学出版社，1991年，第126—127页。
③ 同上。

和评论文章。茅盾在《我们为什么喜爱雨果的作品？》一文中写道："在中国'五四'运动以后的十余年间，中国爱好文艺的青年知识分子所最留心研究的虽然是西欧的现实主义的作品，然而为了钻研欧洲文艺思潮的历史发展，对于浪漫主义诸大家的作品也是寄以颇大的兴趣和注意的。"①茅盾认为中国读者之所以喜欢雨果，并不仅仅因为他是浪漫主义文学大师，而主要是因为雨果作品的思想内容，特别是雨果"歌颂"和"反对"的对象是什么："在雨果的作品中，我们中国的读者看见了作者所拥护所歌颂者正是他们所拥护与歌颂的，看见了作者所反对所憎恨诅咒的，也正是他们所要反对、憎恨与诅咒的。这就是雨果的作品所以在中国享有盛誉的根本原因。"茅盾还分析了《悲惨世界》的主人公若望·法尔强（今译冉阿让）一生的遭遇，认为中国读者从这个人物一生的种种复杂的经历中，能看出"那不合理的社会中的不合理的所谓法律是怎样颠倒是非、混淆黑白"，"不能设想酷爱真理、拥护正义、坚强而勇敢的中国人民是不会像作者一样对于若望·法尔强寄以无限同情的"。②

1952年雨果诞生150周年纪念时，《人民日报》专门发表社论，称"雨果，我们是把他当作法国进步人民的一颗巨大良心来认识的；我们十分尊重在雨果的作品及其一生事业中所表现出来的民主主义人道主义的精神和对人类的合理前途的渴望"③。呼吁加大翻译出版雨果作品特别是诗歌的工作力度，避免过去雨果研究中存在的不足，将这份宝贵的文化遗产完整地介绍给读者。同年，李健吾翻译了雨果的诗剧《宝剑》(L'épée)，在上海平明出版社出版。《宝剑》虽非本节的研究对象，但译者长达46页的长篇译序却是新中国的雨果研究中值得提及的。译者全面介绍了雨果作为一位激进的人道主义作家在事关人民大众与王权与帝国主义的暴力之间斗争中的态度。在新中国的雨果研究中有着鲜明的时代特色。李健吾写道："在世界和平理事会上，中国代表茅盾先生提议，举行十九世纪法兰西大文豪维克多·雨果的诞生一百五十周年纪念。今天世界上每一角落都在庆祝着中国的新生，而美帝国主义者霸占着中国的台湾，以最无赖的恶汉冒险姿态侵入朝鲜，出卖祖先所宝贵的天理良心，使用细菌病毒武器，蔑视国际公约，蓄意毁灭一个民族或种族的全部或一部分。假定反对战争、屠杀与暴行的雨果还活着，一定会不顾一切，吹起诗人的号角，讨伐血腥的罪行。"（李健吾：《维克多·雨果——人类的战士》）④李健吾认为，雨果为浪漫主义"提供了一个值得信赖的定义"，尽管在很长时间里他被许多人误解，但是

---

① 茅盾：《我们为什么喜欢雨果的作品？》，《文艺报》1952年（4）。
② 同上。
③ 同上。
④ 维克多·雨果：《宝剑》译序，上海：平明出版社，1952年，第1页。

最终获得了绝大多数人的承认和效仿,这就是"文学的解放。新的人民,新的艺术"①。李健吾还针对当时中国文学界的某些倾向,有针对性地介绍雨果的"文学民主化"的思想主张,他指出,即使在雨果浪漫主义文学声名显赫之时,仍然有一些诗人,甚至是一些雨果的追随者(如"巴尔纳斯"派——今译"高踏派"),他们躲在象牙塔里,不关心"屈辱的法兰西",也"不正眼看苦难的世纪",甚至,"诗人成了一个特殊阶层"。李健吾指出:"这时已年过花甲的雨果号召诗人走出迷途……走出小艺术,走出小教堂……1830 年展开的那场争论,表面是文学,底下是社会和人。如今是下结论的时候了。我们的结论是文学有着这个目的:人民。人民,就是人。"②所以李健吾特别注意到雨果于 1858 年"明确了"他对祖国政体的认识:"我要求共和国与社会主义拥抱……共和国与社会主义是一个。"③但令人遗憾的是,雨果的小说在这一历史阶段未受到应有的重视,从 50 年代初起到"文化大革命"止,当时代表国家级文学研究方向的中科院外国文学研究所及人民文学出版社联合编辑出版的"外国古典文学名著"丛书仅收录了雨果的《九三年》,也未有对此书的重要研究和评价。

三、1978—1989 年:关于雨果人道主义立场的争论

在这个阶段中,各种外国文学史中对雨果的研究如柳鸣九等主编的《法国文学史》(三卷本)以及各种文学艺术学术报刊上为数众多的学术和介绍文章大幅度上升,仅对雨果小说及其叙事艺术的研究文章就达 82 篇。也可以说,雨果研究此时已开始成为中国外国文学研究中的一门显学。

"文化大革命"中,外国文学研究一度停滞,直到 1978 年,朱光潜在《社会科学战线》1978 年第一期发表了《文艺复兴至十九世纪西方资产阶级文学艺术家有关人道主义·人性论的言论概述》,认为西方文学中表现出来的人道主义在 19 世纪便转化成为一种阶级调和论的理论基础,因此是反动的。这种观点虽然也受到过一些质疑,如毛信德于 1979 年在《杭州大学学报》发表题为《论雨果小说中的人道主义——兼与朱光潜教授商榷》,分析了《笑面人》《九三年》《海上劳工》等小说的人道主义之后,认为"它作为资产阶级中积极进步的思想观念还依然保存了它的真谛——人民性……就是为大多数人民说话,和大多数人民具有情感上的联系,这种人民性是在人道主义形成的那一天起就存在的,只要任何形式的剥削制度还继续存在,人道主义就还能发挥它应有的进步意义,起到揭露社会、同情人民的目的"④。雨果研究逐渐迎来了又一次高潮。1979 年,上

---

① 维克多·雨果:《宝剑》译序,上海:平明出版社,1952 年,第 12 页。
② 转引自维克多·雨果的《宝剑》译序,上海:平明出版社,1952 年,第 14 页。
③ 同上。
④ 毛信德:《论雨果小说中的人道主义——兼与朱光潜教授商榷》,《杭州大学学报》1979(4)。

海译文出版社出版了由伍蠡甫等人所编《西方文论选》，该书下卷选载了由柳鸣九翻译，发表于 1961 年《世界文学》第三期上的雨果的《〈克伦威尔〉序言》。编者在作者简介中认为，雨果的诸多浪漫主义小说如《巴黎圣母院》《悲惨世界》《九三年》《海上劳工》《笑面人》等作品"基本上是站在资产阶级人道主义立场，同情人民的苦痛，希望通过改良社会，解决矛盾"①。伍蠡甫等认为，虽然雨果的后期创作含有一定的现实主义因素，但其诗学方面的主张却是唯心主义的。因为尽管雨果主张诗的基础是社会，但是由于雨果认为诗歌发展的三个阶段，即所谓"原始阶段""古代阶段"和"近代阶段"中，诗歌表现的分别是"上帝、心灵、创造三维一体的思想，因而孕含万象"，以及古代诗"描写人民、国家、战争等"的内容，和"由于精神的宗教（基督教的启发），认识到生命中肉体的、兽性的、尘世的、暂时的部分以及灵魂的、天国的、不朽的部分，于是诗被引向真理"。②所以无论浪漫主义的诗歌、戏剧还是小说中表现出来的看法都是唯心主义的。他认为雨果将诗歌或浪漫主义的想象说成是基督教对诗人的启发，将现实看成是精神或上帝的体现，这样现实就被赋予了绝对性，把想象看成是从相对世界接近绝对世界的桥梁，"结果作家的想象力并不植根于生活的实践，而是上帝的恩赐了"③。

1981 年，中国为纪念雨果诞生 180 周年在长沙举行了雨果学术研讨会（"普希金、雨果学术讨论会"），共收到论文九十余篇，柳鸣九等人 1983 年出版了《雨果创作评论集》，曹让庭在该书"前言"中指出，那时的中国"关于雨果及其创作的研究，不少问题正处在探索和争鸣之中。这个集子中的有些文章，就涉及了这些问题"④。首先，作为"文化大革命"后的雨果研究，这个研究文集首先涉及"如何正确理解马克思、恩格斯对于雨果的评论"，雨果是这两位马克思主义的思想家在其"著作和信札中提到次数最多的浪漫主义作家，而不管直接还是间接谈及，几乎都是否定的"⑤。例如马克思在涉及雨果抨击拿破仑时认为其《小拿破仑》没能揭示出事物的本质，"因而结果适得其反"；以及马克思曾批评雨果的"沙文主义态度"等。曹让庭认为，实际上雨果的政治思想的变化的来龙去脉"是清楚的"，这不仅表现在他的政治生活中，也体现在他的全部文学创作中，"对于这样一位有广泛影响的重要作家，如果仅仅因为马、恩对其某一阶段政治上的缺点错误进行过批评，就放弃对他作品的社会思想内容进行研究，

---

① 伍蠡甫等编：《西方文论选》（下卷），上海：上海译文出版社，1979 年，第 179 页。
② 同上。
③ 同上。
④ 柳鸣九等著：《雨果创作评论集》，南宁：漓江出版社，1983 年，第 3 页。
⑤ 同上。

就不敢对他的艺术经验进行科学总结,这种态度,不是实事求是的,是不正确的"①。因此曹让庭呼吁认真研究雨果及其创作,而且"特别是浪漫主义的创作方法"。可以"仁者见仁,智者见智",提出研究者自己的看法,但总之应该本着实事求是的精神,"从实际出发而不是从主观框框出发",要求对雨果的作品进行深入细致的研究,特别是对雨果作品文本的细读式研究等。此外,曹让庭还在关于"资产阶级浪漫主义"在欧洲至今仍是"欧美许多作家用来揭露和批判社会现实的武器"的问题表明了自己对雨果的浪漫主义的看法:"雨果,可以说是拥有人道主义思想的最突出的一个作家。这种思想贯穿他创作的始终,而且愈到后来,愈加强烈。"②而对于雨果笔下如沙威、朗德纳克等人物行为表现出来的矛盾性,曹让庭指出,"有的同志认为这只不过是作者为了突现人道主义的无尽威力而背离人物性格的逻辑,外加上去的,有的则觉得他们的行为有内在的根据。诸如此类问题的探讨,无疑可以深化对于作家世界观和人物形象的认识。"③

同年,人民文学出版社出版了柳鸣九主编的《法国文学史》,该书分析了雨果的《巴黎圣母院》《悲惨世界》《海上劳工》《笑面人》《九三年》等小说,认为雨果小说的数量很多,"其共同的特点是,鲜明地贯穿着资产阶级人道主义的激情,浪漫主义色彩浓厚,而在一些作品中又达到了某种程度的与现实主义的结合"④。作者引用马克思《资产阶级与反革命》中关于法国大革命的有关观点,认为雨果在《九三年》中"宣扬人道以冲淡革命、鼓吹宽容、恕道,以调和阶级矛盾是非常自然的,这是雨果在当时写作《九三年》的现实意义,也是他作为资产阶级思想家不能越出资产阶级的利益、要求和愿望的所在"⑤。这种评价虽然对雨果小说特别是《九三年》中表现出来的人道主义不再"猛烈地批判",但仍然是站在无产阶级的视角上看问题的,不过显得比"文化大革命"时期宽容一些。与此同时,这一期间也出现了一些站在普遍人性的立场上肯定雨果人道主义的评论。特别是对《巴黎圣母院》《笑面人》《海上劳工》《悲惨世界》中的故事情节和人物的分析评论中,大多认为"文学就是人学",雨果浪漫主义小说中更是表现了这一观点。1985年《安徽大学学报》发表了金湖的文章《论加西莫多式的美与丑——雨果美学思想管窥》,文中认为雨果在这部小说中强调的是"人的自然属性"而非阶级属性,认为这才是雨果美学思想的精华所在,作者在文章开头便引用《巴黎圣母院》的勘定本说明的话,主张按作家本人对《巴黎圣母院》的解

---

① 柳鸣九等:《雨果创作评论集》,南宁:漓江出版社,1983年,第4页。
② 同上书,第5页。
③ 同上书,第6页。
④ 柳鸣九主编:《法国文学史》(中册),北京:人民文学出版社,1981年,第205页。
⑤ 同上书,第249页。

释,认为"探索雨果的美学思想,确是我们今天研究美学的一项重要任务"①。

1985年,武汉大学举行了雨果逝世100周年纪念会暨雨果学术讨论会,全国高等学校、科研机构和出版部门等二十多个单位的代表和法国在中国的部分法国文学专家出席了会议。大会收到高质量的学术论文四十余篇,其中罗大冈先生的《试论雨果》等17篇发表于《法国研究》。有学者认为雨果的浪漫主义有着现实的起因,"这些素材经过雨果天才的加工、深化,成了流转千古的文学艺术瑰宝和历史的忠实见证"②。但也有人认为:雨果笔下的人物虽然有现实生活基础,但他过分夸大人物的某一方面,比如美丑对照,就"过分强调创作的主观性,为了使人物情节更有吸引力,便无限扩大其某一特征,使之到了畸形的程度"。因而也就不够真实了。在关于人道主义问题上,"有的同志提出:雨果的人道主义在阶级社会里是否行之'有效'?雨果人道主义与革命人道主义是否有共同之处?围绕这些问题,展开了热烈的讨论……雨果的人道主义对恶人也主张用人道去感化",认为是不可取的;也有人认为雨果的人道主义是主张惩恶扬善的,是"上升为主持正义,杀向社会恶势力的"思想的体现。③ "对雨果人道主义应该做全面的分析,才能得出比较正确的结论。"④

这一时期,也有从文学社会学和现实主义文学理论的唯物观角度研究雨果小说人物描写的批评文章出现。1983年,《名作欣赏》发表了毛时安的文章《雨果小说的两处败笔及其他》,认为雨果把美丑对照原则贯彻到了绝对的地步,以至于"尽管雨果本人在《〈克伦威尔〉序言》中强调真实与伟大的结合,强调通过真实来表现伟大,最后仍避免不了'主观偏好本身就是一种'真'的变种'这样主观唯心主义的解释。在沙威和朗德纳克背后隐隐作祟的正是这种违心的哲学观"⑤。

与此同时,也有一些学者开始从美学和人性本身对雨果小说进行研究,1985年,《法国研究》在同一期上发表了冯寿农的《雨果美学对照系统浅析》和韦遨宇的《对原始人性的追求——试析雨果〈九三年〉中的儿童主题动机》,前者以"竖轴对照模式"和"横轴对照模式","把雨果的美学对照系统放在他的全部作品的大系统中考察其功能质……"⑥;后者认为雨果"以原始人性的名义""向我们暗示作者心目中的这样一个人类发展的进程与方向:原始人性:人类的童年(肯定)——人性的异化:人类的成年、老年与衰亡(否定)——克服异化,达到

---

① 金湖:《论加西莫多式的美丑对比》,《安徽大学学报》(哲学社会科学版)1985(1)。
② 《法国研究》1985(4)。
③ 同上。
④ 同上。
⑤ 毛时安:《雨果小说的两处败笔及其他》,《名作欣赏》1983(5)。
⑥ 冯寿农:《雨果美学系统浅探》,《法国研究》1985(4)。

人性的复归:新的生命、新的世界的诞生(否定之否定而达到肯定)"①。

四、1990 年至今

随着中国改革开放的逐步深入,特别是外国的文学研究方法的引入,雨果研究也从革命与反革命、人道与反人道、美与丑的对照等较为传统的研究方法和角度逐步走出来,对雨果小说开展了较为全面的研究。

1998 年,柳鸣九主编的《雨果文集》由河北教育出版社出版。其中翻译出版了雨果最主要的《巴黎圣母院》及《九三年》等五部长篇小说和《克洛德·格》等短篇小说。柳鸣九在"雨果小说作品序言"中,对雨果小说作品的产生背景、小说的社会现实意义、小说艺术发展本身的作用、雨果小说艺术的独特艺术魅力和形成机制,都做了较为客观全面的分析和研究。他认为,雨果的小说创作"追求复杂的多元、多头绪的生活事件。表现在对小说故事情节的设计上,他总是把非单一的线索纠结在一起……雨果大大超出了他同时代浪漫派小说家的水平……具有比单纯浪漫主义更为丰富的美学内涵"②。

与此同时,也有研究者对雨果小说做了一些专门研究,如吴邦文在《重庆师范学院学报》1996 年第 3 期上发表的《雨果的宗教思想与创作》、张梅松在《名作欣赏》2001 年第 4 期发表的《关于雨果小说的插叙》、唐珍在《外国文学动态》2002 年第 2 期发表的《写续之争》等,都是较为专门而非全景式的雨果小说研究。吴邦文的研究走出了此前多将雨果基督教思想归结为其母亲的影响的简单结论,较为深入细致地分析了雨果基督教精神的人道主义内涵,认为雨果的宗教世界观中贯穿着一条红线,即对自由、平等、博爱的膜拜与呼唤,"雨果在《悲惨世界》中对原始宗教精神的肯定是出于对欧洲中世纪以后基督教对'自由、平等、博爱'的背离并已化为人们的精神枷锁的有力批判……是对 18 世纪以来资产阶级启蒙思想的强化与弘扬"③。但更有意义的是,这一时期还出现了雨果小说在中国接受状况和影响的研究,如钱林森的《'时间可以淹没大海,但淹没不了高峰':雨果在中国》(《文艺研究》1991(3))、辜也平的《巴金与雨果》(《巴金研究》1998(2))、陈梦的《论曾朴与雨果小说创作中的写史意识》(《惠州大学学报》2001(2))等。王新玲在《张家口职业技术学院学报》2004 年第 2 期发表的《对雨果的中国化误读》,对中国文学评论界何以在介绍雨果之初选择了小说而不是诗歌进行了梳理和分析,认为这与清末民初维新派梁启超及后来的沈

---

① 韦遨宇:《对原始人性的追求——试析雨果〈九三年〉中的儿童主题动机》,《法国研究》1985(4)。
② 柳鸣九:《雨果小说作品序言》,载《雨果文集》第六卷,石家庄:河北教育出版社,1998 年,第 1—19 页。
③ 吴邦文:《雨果的宗教观与创作》,《重庆师院学报》(哲社版)1996(3)。

雁冰等人大力提倡"小说界革命"和"推动中国文学尽快赶上世界潮流"①有关。但该文也指出，正是由于这种原因，早期雨果小说在中国的翻译也存在"为我所用"甚至在翻译文本上"中国化"的问题，如鲁迅将《悲惨世界》中祸害芳汀的无赖的名字译为印度神话中的恶神"频那夜迦"，苏曼殊于1907年则按中国古代章回小说的体式来译《惨世界》（即《悲惨世界》），并指出该译本并非严格意义上的翻译，而是在"中间的部分加入了译者大量的评述性内容，使得原作倒好像是为译者发表感受的依据了"②。

2003年，上海外语教育出版社出版的郑克鲁所著《法国文学史》上卷中，辟专章对雨果小说进行了述评。该研究除肯定雨果的人道主义思想外，还特别肯定了雨果小说在世界浪漫主义小说中的"最杰出"地位，认为他的小说无论是在思想内容还是艺术特色上都"自成一格"，"他能以独特的角度去理解历史，反映他的共和思想……以人道主义精神去关照历史，批判丑恶事物，赞美崇高品德"。③但对于雨果在《九三年》中表现出来的人道主义思想，郑克鲁仍然认为有其局限性："因此，雨果提出胜利后应实行宽大政策，具有合理因素。只不过如何执行这个政策，倒不见得像雨果所描述的那样，放走敌人。雨果提出：'在绝对正确的革命之上，还有一个绝对正确的人道主义。'似有将革命与人道主义割裂开来之嫌。"④但在小说创作的风格上，郑克鲁认为雨果的小说具有明显的史诗风格，他列举并分析了《巴黎圣母院》《悲惨世界》《九三年》等小说，认为它们分别"再现了一个历史时期的社会生活，这是使他的小说具有史诗色彩的重要原因"⑤。此外，郑克鲁还列专节分析了雨果小说的心理描写。他注意到雨果学习司各特"向读者揭示心灵中最隐秘的皱纹"的成功秘密。他还转引雨果《光影集·序》中的话："自我也许是一个思想家能够创造的最广阔、最普遍、最包罗万象的作品。"⑥认为雨果小说艺术的一大贡献是以夸张浪漫，特别是对比的手法，不但使人物具有与众不同的内在和外在形象，而且能将人类文化的产物如巴黎圣母院，大自然的造化如大海、礁石、大章鱼，甚至海上的暴风拟人化和"妖魔化"，变为神奇魔幻般的艺术形象，形成极大的艺术感染力。

2004年，浙江大学出版社出版了吴岳添所著《法国小说发展史》一书，作者在"雨果的小说"一节中认为，作为杰出的小说家，雨果"起初模仿当时流行的黑色小说，创作了情节恐怖的中篇小说《冰岛的汉》……他的第二部小说《布格·

---

① 王新玲：《对雨果的中国化误读》，《张家口职业技术学院学报》2004（4）。
② 同上。
③ 郑克鲁：《法国文学史》（上卷），上海：上海外语教育出版社，2003年，第595页。
④ 同上书，第605页。
⑤ 同上书，第612页。
⑥ 同上书，第609页。

雅加尔》仍然具有黑色小说的痕迹……正是由于他的小说和其他作品,法国的浪漫主义文学才得以延续了将近一个世纪,而且孕育了其他的文学流派,对整个世界都产生了巨大儿深远的影响"①。吴岳添也注意到,马克思对雨果作品的评论在一定程度上也说明了雨果的作品虽然有一些"弱点",但同时他的一些作品也是值得肯定的。马克思认为雨果的致命弱点是"只是对政变的负责发动人做了一些尖刻的和机智的痛骂","马克思在批评雨果的弱点的同时,也指出这是他本身的阶级局限性造成的,所以'他没有觉察到'当他说这个人表现了世界历史上空前强大的个人主动性时,他就不是把这个人写成小人而写成巨人了"。②"雨果的这种'局限性'本身,实际上也是雨果浪漫主义与现实主义相联系的一种表现。"③

进入21世纪以来,在此前已经初见端倪的"多样化"之上,中国的雨果研究逐渐引进结构主义人类学、精神分析学、神话学、叙事学、结构主义文学理论等,对雨果的作品进行研究。2004年,《外国文学评论》发表了罗国祥的文章《理性的反动——雨果小说美学的现代性》,该文追溯了雨果浪漫主义美学的"今派",即法国17世纪末18世纪初的"古今之争"中的"今派"(les Modernes——"现代派")文学的语言特别是美学渊源,分析了雨果小说美学中"感性"(个体性、当下性)成分的张扬,将雨果小说美学中的现代性总结为"形象功能和概念功能的冲突之美""无呈现美感"和"延异之美"的复合体,如《巴黎圣母院》中的加西莫多是'一个支离破碎复又胡乱拼凑起来的巨人',而艾丝美拉达则是一个'灿烂夺目的景象',而且"不能一眼看清这姑娘究竟是非人,是仙女,还是天使"④。2012年,由中国社会科学院外国文学研究所所长陈众议主编的社会科学院重大项目"外国文学经典研究"子项目"雨果学术史研究"通过验收。该书作者罗国祥对两百多年来的世界雨果研究做了较为系统的梳理,并在此基础上作了雨果研究之研究,第一次重点以文学的本义是"美的文字学"为理论基础,从文学现代性的生成性特征着手研究雨果的美学,认为文学从本质上来说是文字的一种组织构建形式,虽然不同时代、不同作家的作品之组织结构文学作品的方式各有不同,其文字形式承载的所指也可能各异,但是文学是"组合起来的文字"这一点却是任何时代、任何流派和任何作家都无法否认的:"雨果浪漫主义文学艺术理论和认识论中出现的种种'现代性'因素,对于文学这种生成性的美文字学,都是有着深刻启示的。"这项研究认为,雨果的文学作品是一面反映自然的镜子,但它不是一面普通的镜子,而是一面能够"聚集物象的镜子",也就是说,如果按

---

① 吴岳添:《法国小说发展史》,杭州:浙江大学出版社,2004年,第163—171页。
② 同上书,第124页。
③ 吴岳添:《雨果画传》,北京:中央编译出版社,2008年,第2—3页。
④ 罗国祥:《理性的反动——雨果小说美学的现代性》,《外国文学评论》2004(2)。

照古典主义三一律的或是某种刻板的规则来创作,那么文学艺术反映的就是一个平面,然而许多事物都是丰富多彩的,从平面的镜子上是反映不出事物的全貌的,它的许多角落里还有许多精彩的东西就得不到展示。雨果所说的这种镜子反映说实际上也常见于现当代许多现代派文学艺术理论和实践中,例如所谓"立体派"绘画以及新小说中的所谓"故事中套故事""迷宫式"的全景描写法等等,他们在美学上都与雨果的镜子聚集事物说有着某种关联,雨果说(这种镜子):"非但不减弱原来的颜色和光彩,而且把它们集中起来,凝聚起来,把微光变成光彩,把光彩变成光明。"他将戏剧的舞台看做一个"视线的集中点。世界上、历史上、生活里和人类中的一切,都应该而且能够在舞台上得到反映"①。但是,表面上看来,雨果试图将镜子看成是全能的广角镜摄影头,且无须摆动便能像后来的许多现代派文学艺术家那样将所有的事物"原样"地、纯客观地展示出来。《雨果学术史研究》的作者注意到,雨果的上述反映说在本质上虽然也是现代派文学艺术美学理念的基础之一,但是两者在美学的"无关心性"(即所谓"纯客观性")问题上是有着很大区别的。雨果认为这种镜子的反映功能必须在艺术独特作用下才能起到"艺术反映"的效果,他说:(事物)"……都应该而且能够在舞台上得到反映,但是,必须是在艺术的魔棍作用之下才成。"②那么,这种艺术魔棍是什么呢?作者借用雨果的话解释说:"艺术历观各世纪和自然界。穷究历史,尽力再现事物的真实,特别是再现风格和性格的真实,使其比真正的事物更确凿、更少矛盾,艺术起用编年史家所节略的材料,调和他们剥除了的东西,发现他所遗漏的并加以修补,用富有时代色彩的想像填补他们的漏洞,把他们任其散乱的东西收集起来,把人类傀儡下面的神为的提线再接起来,给这一切都穿上既有诗意而又自然的外衣,赋予它们以真实、活跃而又引起幻想的生命;赋予他们以显示的魔力,这种魔力能激起观众的热情……由此,艺术的目的差不多是神圣的,如果它写历史,就是起死回生;如果它写诗歌,就是创造。"③作者认为雨果上述见解说明,文学艺术对于人的内心与外界真实的表现并非编年史,亦非某事物全景式的和线性的再现,也不是所谓"无关心性"的表现,而是要对叙述对象加以修补。因为传统的,尤其是古典主义的文学清规戒律往往"剥除"了许多真实的东西,因而需要"修补",但是这种修补并不是仅仅为了"补全",而是要将其进行"调和",即是说,要使它们"既有诗意而又自然","真实、活跃而又引起幻想",甚至具有某种"魔力",也就需要对素材进行重组和"打磨"、夸张和扩展,"把微光变成光彩,把光线变为光明"。作者认为,雨果浪漫主义文

---

① 参见柳鸣久主编:《雨果文集》第 17 卷,柳鸣久译,石家庄:河北教育出版社,1998 年,第 68 页。
② 同上。
③ 同上。

学的这些美学见解,或多或少对以后出现的各种现代派文学和艺术都产生了影响,如后来的黑色幽默的"拿人的痛苦开玩笑""将玩笑直开到令人痛苦得不堪忍受"的黑色幽默①、各种表现主义文学艺术、超现实主义文学、野兽派绘画的强烈色彩对照等,甚至在新小说等文学艺术样式中都有所体现。

总之,《雨果学术史研究》的作者认为,雨果的"聚集物象镜子"说的精髓在于在文学艺术创作上主张将创作素材进行有机的、符合文学艺术审美的自然规律("美学是一门感觉学")组合,将素材当成雕塑用的胶泥般可以任意进行变换的"魔方"基本色块,用它们创作出五彩缤纷、变化万千的艺术作品来。雨果的浪漫主义美学要求作家、艺术家将文学艺术的素材进行处理,甚至可以说需要"制造"一种"柔韧度"强、能够任意组合的文学艺术的素材,即是说,文学的艺术材料应该具有足够的生成性,才能构成具有足够张力的艺术品。因此,在某种意义上说,这项研究是中国评论界在文学的本来意义上(美的文字学)研究雨果作品的一份贡献。

第三节　福楼拜小说研究

居斯塔夫·福楼拜(Gustave Flaubert,1821—1880)是 19 世纪法国经典作家,法国现实主义文学的重要代表。福楼拜作品的汉译始于 20 世纪 20 年代,至 21 世纪初,其主要作品如长篇小说《包法利夫人》《情感教育》《萨朗波》《圣安东尼的诱惑》和《布瓦尔和佩库歇》及《三故事》等中短篇小说、蠢话录《庸见辞典》等,均已译为中文在国内出版。我国的福楼拜研究在 20 世纪 20 年代也已经开始,并在新中国成立后逐步走上蜕变、发展与繁荣的轨道,同时也经历了一个从泛政治化到学术化回归的复杂、波折的发展历程。概而言之,新中国 60 年福楼拜研究的整体成就差强人意,从前 17 年到"文化大革命"结束(1949—1976)是一个泛政治化的时期,而在"文化大革命"结束以后的新时期(1977—2009),我国的福楼拜研究在福楼拜作品大量汉译(主要是复译)的带动下,逐渐步入了正常的学术轨道,取得了较大的成绩。

一、新中国成立前福楼拜研究的简要回顾

准确地说,我国的福楼拜研究在 1949 年新中国建立以前仅处于萌芽与起步阶段。这一时期从事福楼拜研究的往往不是专业学者,大多由作家兼任,并附带进行文学翻译。在此阶段,对福楼拜作品最有发言权的人物大多是参加过

---

① 罗国祥:《20 世纪西方小说美学》,武汉:武汉大学出版社,1991 年版,第 298 页。

五四新文化和新文学运动的作家们,如陈独秀、田汉、周作人、茅盾、张资平、徐志摩、李健吾等,但他们中多数人的评论都是零零碎碎、缺乏系统性的,或者各取所需、浮泛而论。鉴于此,新中国成立前的福楼拜研究成果不仅数量稀少,而且篇幅短小,极少具有学术价值和系统性,与当时的翻译成就很不相称,因为这一时期,福楼拜的几部最重要作品已基本在国内出版。

新中国成立前国内相对具有代表性的福楼拜专论主要有周作人的《三个文学家的纪念》(1921,该文评论福楼拜、波德莱尔和陀思妥耶夫斯基),茅盾的《纪念佛罗贝尔的百年生日》(1921,佛罗贝尔即福楼拜,下同)、《佛罗贝尔》(1924)和《佛罗贝尔的〈波华荔夫人传〉》(1935,《波华荔夫人传》即《包法利夫人》),李健吾的《福楼拜的内容形体一致观》等系列文章和学术著作《福楼拜评传》(商务印书馆,1935年),张若名的里昂大学博士论文《纪德的态度》(1931年北平中法大学版,该论文部分内容涉及福楼拜与纪德的比较)和《小说家的创作心理——根据司汤达、福楼拜、纪德三位作家》(1946)等。其中周作人和茅盾的评论动机在于如何从创作上吸收福楼拜的艺术精神,为我国新文学确立方向。新中国成立前真正具有学术意义的福楼拜论著是李健吾的《福楼拜评传》,它曾被吴达元称为"国人研究外国作家"的第一部"巨著"。该著详论福楼拜的性情、精神疾患和艺术观,且给予各小说以同样多的笔墨,具有一定的前沿性和创新性。到40年代,张若名率先使用现代病理心理学或德语背景精神分析的批评方法分析福楼拜的创作与双重人格,同时她的某些文字也潜在地使用着法语背景的意识批评方法。就整体而言,新中国成立前的福楼拜研究具有方法灵活、立论独立、行文活泼、较少受意识形态干扰等优点,但同时也存在琐碎浮泛、缺乏深入和偏重内容介绍等弱点,这种弱点是当时那种特殊的时代环境下所无法克服的。

二、新中国成立后前17年和"文化大革命"时期的福楼拜研究

前17年我国的文学研究普遍坚持政治标准第一、艺术标准第二的批评标准。在此背景下,从泛政治化和阶级论立场衡量福楼拜作品的重要性和价值,寻找福楼拜作品的政治与社会批判内涵,或避重就轻地玩味他的某一种修辞技巧,或忽视乃至公式化地批评其不合国内主流价值观的艺术自律论,或完全无视他在文学史上的存在,便成为这一时期我国福楼拜研究的题中应有之意。横向而言,福楼拜在国内也没有获得像高尔基和巴尔扎克那样的关注度。

前17年间,国内有案可查的、与福楼拜直接相关的文章仅有三篇。一是李健吾的《科学对法兰西十九世纪现实主义小说艺术的影响——纪念"包法利夫人"成书百年(1857—1957)》(《文学研究》1957年第4期),二是矛陋室的《贾岛·加里宁·福楼拜尔》(《新闻战线》1957年第6期),三是玉尔的《福楼拜的"一语说"》(《朔方》1962年第2期)。其中后两篇还不是学术论文,而是关于如何在作文时雕琢字句的随笔文字。福楼拜的"一词说"和"一语说"均是福楼拜对门生莫泊桑的写作教诲,它要求无论写什么都要找到那唯一的名词、动词和形容词,以及只能用一句话来描述事物之间的差异。福楼拜的"一词说"和"一语说"迄今为止仍在国内写作界和中学语文教学中颇有名气,但它们却一直没有在学术或艺术哲学上得到阐释。

值得注意的是,李健吾发表于 1957 年的长篇论文《科学对法兰西十九世纪现实主义小说艺术的影响——纪念"包法利夫人"成书百年(1857—1957)》成了这一时期福楼拜研究的最重要收获,也可以说是唯一的收获。这篇力作虽然带有些许阶级论的影子,但其学术水平实际在作者出版于 20 年前的著作《福楼拜评传》之上,它不仅论述了科学对司汤达、巴尔扎克、福楼拜、左拉等人创作的推动作用,而且集中论述了福楼拜的美学,区分了福楼拜与其他作家对待科学态度的差异,指出了福楼拜美学的根本恰在于科学与想象、真实与虚幻、客观与主观的辩证统一。文章淡化政治意图,且精准把握福楼拜的美学思想,与时代潮流不太合拍。到了第二年,杨耀民和陈燊等人相继发表文章(分别见于《文学研究》1958 年第 2 期和第 4 期)从阶级论立场批评李健吾文章所流露的"纯艺术见解",有学术论辩成分,但更是思想交锋和批判。这种特殊论辩可以说是由特殊时代的特殊政治环境所决定的。

在前 17 年,除了李健吾的文章,我国学界在福楼拜研究上取得的成绩微乎其微。其根源除了极左路线的干扰外,苏联文艺思想在中国学界的统治也是导致这种状况的重要原因,但通常这两个原因是纠结在一起的。随着苏联世界文学和国别文学教科书的译入,苏联庸俗马克思主义学术和充满极左思想的文艺社会学成了我国文学研究和批评的不动的标杆。如普什科夫编著的教材《法国文学简史》(1958)无论在章节安排还是作家作品解说上都遵循了阶级斗争为纲的逻辑,而在论述福楼拜时,阶级局限性和政治态度的分析更是成为贯穿论述过程始终的话题,而作品的介绍仅有寥寥数语。这种研究范式深深影响着我国的福楼拜研究。

不过,从苏联、东欧输入的福楼拜论著有些的确是有其值得称道之处的,不能一概抹杀。40 年代以来,匈牙利马克思主义理论家乔治·卢卡契的论文《叙述与描写》(1946)、《作家与世界观》(1960),苏联学者伊瓦宪柯的论文《论批判现实主义和社会主义现实主义》(1958,以上文章均重点分析福楼拜)和专著《福楼拜》(1959)等相继译入国内。这些论著虽政治色彩浓厚,但却深刻分析了福楼拜作品中"行动的危机和完成的危机"问题,描述了福楼拜创作转向和法国现实主义"从一个阶段向另一阶段过渡"的特殊机制,深湛地分析了福楼拜"从一片玻璃里鄙夷地看世界"和《包法利夫人》等作品对于技巧与目的关系的颠倒,但未引起国人重视。到 80 年代,我国一度有论者偷师上述论著的内容与观点,但像卢卡契和伊瓦宪柯那种既有哲学高度又有作品深入细读功夫的笼圈条贯式分析在我国学界几乎没有出现。

在"文化大革命"的十年间，福楼拜的作品被列入"大毒草"之列，没有得到任何的研究。

三、新时期的福楼拜研究

在1976年"文化大革命"结束后的数年内，我国的整个外国文学研究包括福楼拜研究，实际上是向着前17年的研究路径回归。1977年中共十一大召开以后，学术研究得到了恢复，但阶级论意识仍根深蒂固，滞留于学界多年。不过从80年代中期以来，随着福楼拜作品复译本的不断涌现和研究者方法论意识的觉醒，学界关于福楼拜及其作品的专题探讨逐年增加，进入90年代后，福楼拜研究日益呈现多元化趋势。

从1978年第一篇福楼拜研究论文发表至今，我国新时期的福楼拜研究已形成不小规模。从总量讲，1978—2009年，我国学术期刊共发表学术类文章206篇，其中半数以上是2006年以来4年内发表的，而在1978—1980年间只有3篇论文。就研究类型而言，以《包法利夫人》为研究对象的文章有125篇，以《情感教育》等其他单篇作品为研究对象的文章有16篇，福楼拜综合研究，包括作品综合研究、理论研究和国外理论的评介及研究综述等，共有65篇。比较研究呈繁荣态势，在全部206篇文章中，约有比较研究类文章50篇，其中《包法利夫人》比较研究35篇，作品综合及理论类比较研究15篇。同时新时期共出版著作4部（包括评传类2部）。下文拟以《包法利夫人》研究、《情感教育》及其他作品研究、作品综合及理论研究为序述之。

1.《包法利夫人》研究

在我国新时期的福楼拜研究中，《包法利夫人》研究从成果数量上讲大约占去了近60%的份额，是我国福楼拜研究中的第一大热点。从研究内容和特点上看，《包法利夫人》研究可分为主题研究、人物研究和艺术研究三大类别。

新时期伊始，我国的福楼拜研究仍热衷于在阶级论的框架下解读《包法利夫人》的思想主题，一般认为该作通过包法利夫人的恋爱悲剧批判了资本主义的唯利是图和社会现实。如新时期的第一篇福楼拜研究论文，诸燮清的《来自泥沼的呻唤——评〈包法利夫人〉》(《扬州师院学报》1978年第3期)仍延续着我国前17年的文学批评导向判断作品，与当时国内流行的教材在观念上保持了一致。30年来，从阶级论角度片面强调作品社会批判意义的文章仍然存在，这些文章大多重复着80年代以前的解释或使用苏联教科书的口吻解释作品主题，已无多少学术价值。近年来，学界对于作品思想主题的解读空间逐渐扩大，对作品主题意蕴的解释也越来越多元化，出现了多篇具有新意的文章。如高红梅的《〈包法利夫人〉的价值理性取向与社会建构》(《北方论丛》2008年第3期)从伦理学角度积极解读作品主题,认为小说表达了福楼拜对精神贫乏这一社会现象的关注和对价值理性的追求。刘良华从教育学或美育视角,指出《包法利夫人》实为"情感教育"的一份个案(《当代教育与文化》2009年第1期),王韬从爱情哲学出发,指出福楼拜在《包法利夫人》和《情感教育》中迷恋的是爱欲的假象及其毁灭(《学海》2008年第5期)。不过30年来,相对于其他方面的研究而言,主题研究仍是《包法利夫人》研究中的一个弱项。

新时期我国《包法利夫人》研究的重心之一是人物研究,而人物研究的重点则又是女主人公爱玛形象及其悲剧实质的研究。国内传统的解释主要把爱玛置于受迫害者的位置上加以同情性分析,基本用意在于强调资本主义社会的黑暗和残暴,同时也谴责爱玛的幻想、爱慕虚荣和纵欲。而新的解读尤其是女性主义解读,则将研究重心扭转到了女性的能动性方面,将爱玛性格中的某些消极因素加以涂抹或重写,并将其积极因素加以放大,从而对整个人物作出积极评论。近年来这种走着女性主义线路的分析者,主要有褚蓓娟、张凌江、于冬云、胡波莲等人。褚蓓娟的《试论包法利夫人的女性意识》(《外国文学研究》1993年第1期)是新时期第一篇从女性主义视角出发为爱玛辩护的文章。张凌江的文章《从〈包法利夫人〉看权力话语下本文的两性关系模式》(《洛阳师范学院学报》1999年第4期)揭露了父权制话语文本对爱玛的"极度诱惑""文本骚扰"和"诗意征服"。于冬云的《辛德瑞拉的水晶鞋与子爵的缎烟盒——也说"灰姑娘情结"与爱玛的悲剧》(《山东师大学报》2001年第5期)一文则认为爱玛捡起的"缎烟盒"与《灰姑娘》中辛德瑞拉的"水晶鞋"一样,都指向了女性的集体无意识即"灰姑娘情结",这一情结诱使女性落入丧失主体性的悲剧陷阱。以上论文都把爱玛悲剧的最终根源归结于父权制社会及其话语。与上述解读线路不同的是,刘武和在《"女性的吉诃德"——包法利夫人》(《云南师范大学学报》1999年第4期)中将爱玛的悲剧称为"女性吉诃德"的悲剧。

包法利夫人的性格近年来获得了新的解读。一种是限于女性性别之内的解读,另一种是超越了女性性别和女性主义的解读。洪晃在《满大街的包法利夫人》(《城色》2008年第11期)中认为现在很多中国男人身边都睡着包法利夫人,或者潜在的包法利夫人,这种理解已经超越了19世纪法国的特殊时空背景,不过仍局限于女性性别之内。而超越女性性别以及超越女性主义的一种解读的特点,则在于把包法利夫人的性格全人类化,把幻想、情爱与欲望设定为人类所共同面对的枷锁,从而使其性格获得普遍意义。如祁晓冰在《重释"包法利夫人就是我"——兼评爱玛的形象》(《名作欣赏》2007年第14期)一文中认为,《包法利夫人》的深层结构在于通过爱玛的欲求深刻地揭示人类"永远生活在别处"的生命本质,从这个意义上讲,每个人都是一个"包法利主义"者。言子在

《我们都是包法利夫人》(《散文百家》2008年第4期)中也重申了这一观点。这类解读可以说是近年来我国学界在包法利夫人形象的理解上所取得的一个重要进展。

新时期我国《包法利夫人》研究的另外一个重心是艺术研究。其成就之一表现于我国学界对小说的结构布局、人物处理、意象设置、创作方法和修辞造句等方面都进行了更深入的探讨。如李健吾先生的《〈包法利夫人〉作者的疏忽》(《社会科学战线》1983年第1期)发现了小说中存在的数字使用方面的错误。汤静贤的文章《在爱玛与包法利夫人之间——一个福楼拜笔下的女人》(《外国文学研究》1997年第4期)分析了小说中无意识地更换爱玛和包法利夫人这两个不同称谓的意义。李云峰的文章《试论福楼拜〈包法利夫人〉中的"双眼视觉"》(《信阳师范学院学报》1997年第3期)指出了《包法利夫人》中存在着将"抒情的福楼拜"与"解剖(或批评)的福楼拜"融合为"双眼视觉"的美学现象。彭俞霞的文章《隐蔽的联袂演出——〈包法利夫人〉二线人物创作探微》(《外国文学评论》2008年第1期)则分析了福楼拜在作品二线人物郝麦和儒勒构思和写作上的艺术用心及其意义。还有不少研究者分析了《包法利夫人》中的隐喻、象征和暗线等问题。

随着西方叙事学著作在我国的陆续翻译与出版,叙事学研究近年来也逐渐上升为《包法利夫人》艺术研究的重要层面。早在80年代初,我国就有学者认识到《包法利夫人》叙事的新特点了,如吴朗的文章《攀"龙"附"凤"的一部悲剧——读〈包法利夫人〉札记》(《云南师范大学学报》1981年第4期)最早指出了《包法利夫人》的一个重要特征,即"严格控制,尽量隐蔽作者的叙述角度"等,这是一个有意义的开始。近年来,叙事学的研究陆续获得了一些新的拓展。如强月霞的文章《从叙述模式和叙述语言看〈包法利夫人〉的客观性》(《河北师范大学学报》2006年第5期)论述了小说在视点和语式的使用方面如何遵循了作者所提出的客观化叙事原则的问题。刘渊的《福楼拜的"游戏":〈包法利夫人〉的叙事分析》(《外国文学研究》2006年第6期)进一步讨论了《包法利夫人》的叙事策略及其隐含的意义,阐述了作品中叙述主体的隐匿性和作者面对生存虚无的游戏态度。

另外,《包法利夫人》的比较研究及研究综述也已展开。30年来,学界在比较研究方面已公开发表论文达35篇之多,大约占去了《包法利夫人》研究论文总量的近三分之一,主要围绕包法利夫人与中外作家(如李劼人、丁玲、张爱玲、巴金、司汤达、托尔斯泰等)笔下人物的异同点展开,但遗憾的是,真正有分量、有意义的比较研究文章极其少见。冯寿农的《法国文坛对福楼拜的〈包法利夫人〉的批评管窥》(《法国研究》2006年第3期)是一篇涵盖面较广的综述文章,它囊括了福楼拜时代以来法国众多作家学者对《包法利夫人》的各层面所作的讨论。

2.《情感教育》及其他作品研究

福楼拜的其他重要作品还有《情感教育》《萨朗波》和《圣安东尼的诱惑》等，30年来，我国学界对这些作品的研究很不乐观，总共只发表了16篇文章。其中关于《情感教育》的文章只有十篇，而关于剩余其他作品的研究只有六篇。

新时期我国的《情感教育》研究涉及了小说的叙事学、历史学和欲望主题等几个层面。第一篇研究文章是冯汉津的《福楼拜的艺术追求和他的〈情感教育〉》(《读书》1981年第9期)，该文初步探讨了小说的内容和艺术特点。王聿蔚、许道明的文章《〈情感教育〉和福楼拜的科学化直观描写》(《复旦学报》1983年第3期)剖析了《情感教育》对"科学化直观描写"写作手法的使用，在研究意识上有一定的进展。段映虹的《试论〈情感教育〉的叙述手段》(《国外文学》1997年第1期)一文较早从叙述学角度，采用热拉尔·热奈特建立的模式，分析了小说所使用的叙述手段及其现代性，主要聚焦于小说的语式如自由间接引语和内聚焦的使用等方面。田庆生的文章《"白墙"的建构——论〈情感教育〉的现代性》(《外国文学评论》2007年第2期)在已有叙事研究的基础上，从情节结构、人物塑造和叙述技巧等方面分析了小说的现代特性，比以往单纯分析叙事话语又有一定的拓展。另外，赖国栋引入史学视角，揭示了《情感教育》如何成为介于历史与小说之间的一种文本(《历史教学(高校版)》2008年第4期)，王韬分析了小说中的爱欲毁灭问题(《学海》2008年第5期)，吕平义、余凤高等也曾撰文论述《情感教育》中的爱情、描写等相关方面。

学界对于其他作品的研究也各有价值和特点。如巴文华的《论〈圣安东尼的诱惑〉的诱惑——兼及现代派艺术溯源》(《外国文学评论》1990年第3期)是一篇较早通过具体的作品分析，以佐证福楼拜如何成为现代派小说之父的具有说服力的文章。该文认为小说对于圣安东尼梦幻和潜意识的描写是现代派作家的尤物之好，而怪诞、象征、意识流、作者自我隐匿手法的使用则是影响现代派作家的几个重要方面。郑克鲁的《史诗小说——〈萨朗波〉》(《天津师范大学学报》1992年第2期)分析了小说的史诗描绘手法等艺术特点，是国内最早研究《萨朗波》的文章。吴岳添的文章《福楼拜的一本奇书》(《读书》1995年第12期)在国内最早介绍了福楼拜的遗作《布瓦尔和佩库谢》。另外，肖国敏对福楼拜的短篇小说《希罗迪娅》和王尔德的《莎乐美》进行了深层比较。

3. 作品综合及理论研究

除了对于单篇作品的具体解读与研究外，许多学者选择从宏观角度对福楼拜的作品进行综合研究，以及从某一理论问题入手来把握福楼拜的美学。也有部分学者展开与此相关的比较研究，或进行国外相关理论的介绍与评论，或对国内外的福楼拜研究进行综述。在这些方面，国内目前的研究文章约有六十余篇,并出版著作四部,其中有不少著述属于我国福楼拜研究的标志性成果。新时期对福楼拜的作品进行综合研究,以及对福楼拜的美学和思想系统进行理论探讨的作者主要有郑克鲁、程云章、冯汉津、王钦峰、蒋承勇、钱林森等人。

郑克鲁的《略论福楼拜的小说创作》(《外国文学研究》1979年第1期)是我国新时期最早出现的福楼拜研究文章之一,它重点分析了福楼拜作品的"艺术成就"和"思想局限"。不过该文的主要观点在两年后引发了其他学者的质疑。程云章在《能这样解释福楼拜的局限性吗？》(《外国文学研究》1981年第3期)一文中批评了郑克鲁提出的福楼拜的"艺术至上论是他的悲观主义思想的一种产物"等观点,他认为分析一个作家的局限性,不能笼统地用他所处的社会时代和阶级属性来判定。这种商榷与质疑可看成80年代初我国学界部分学者力图挣脱阶级论思维及话语框架的一种努力。不久,冯汉津发表了两篇具有重要价值的文章,一篇是《乔治·桑的浪漫主义文学观——兼评乔治·桑和福楼拜关于文学问题的争论》(《法国研究》1984年第2期),该文梳理了乔治·桑和福楼拜的文学主客观主义之争,是80年代的理论力作之一;另一篇是《福楼拜是现代小说的接生婆》(《社会科学战线》1985年第2期),这篇文章分析了福楼拜在文学思想、人物形象塑造、创造手法使用和语言风格等方面所体现的现代小说的明显特征,涉及客观主义、叙述职能的削弱、小说主题的模糊、自由间接引语等许多问题,堪称后来我国不少福楼拜研究文章的接生婆。

近年来在冯汉津等人开创性研究的基础上,学界在写作艺术和美学上对福楼拜作品的现代意义所做的挖掘得到了不断的深化。蒋承勇的《福楼拜:从现实主义走向现代主义》(《浙江大学学报》1995年第4期)一文通过与巴尔扎克比较,指出了福楼拜对现代小说审美趋向的探索性追求的几个方面。王钦峰的系列文章如《福楼拜叙述言路的中断》(《贵州大学学报》1995年第2期)、《从主题到虚无:福楼拜对小说创作原则的背离》(《外国文学评论》2000年第2期)、《重审福楼拜的现实主义问题》(《国外文学》2001年第1期)等分析了福楼拜作品中叙述言路的中断、行动和愚蠢人格主题聚合功能的削弱等变革性特征,涉及为福楼拜的创作定性问题。另外,肖惠荣、刘文孝、郭文娟、段建辉等也在文章里对福楼拜创作方法和话语系统的现代意识进行了探讨。

与此同时,一批研究者还力图从文艺心理学、精神分析学、文化学、哲学、性别学等更为宽阔的视角进一步推进现有的福楼拜理论研究,方法论意识也比以往更为自觉。如宗树洁的《控制与绵延再探——兼论福楼拜的写作和心理分流》(《许昌学院学报》1986年第3期)一文从文艺心理学视角,阐述了福楼拜客观化艺术传达活动的动态心理机制。王钦峰的文章《论"福楼拜问题"》(《外国文学评论》1994年第4期、1995年第1期)在梳理了20世纪盛行于欧美学术界的"福楼拜问题"的来龙去脉及其符号学解读实例的基础上,融合深层心理学、精神分析学的分析方法,揭示了福楼拜作品中貌似"无意义"的描写的意义所在,即这种描写对于福楼拜的精神疾患而言具有治愈意义。蒋承勇的文章《福楼拜的文化人格与小说的现代文化意蕴》(《浙江大学学报》1999年第6期)则从文化学视角探讨了福楼拜的虚无与痛苦的文化人格对近代基督教和人本主义的文化价值体系的背离。王钦峰的文章《福楼拜"非个人化"原则的哲学基础》(《外国文学研究》2005年第1期)和《福楼拜与空想社会主义》(《外国文学研究》2006年第5期)从哲学和思想史角度,论述了福楼拜"非个人化"创作原则的哲学基础即泛神论,分析了福楼拜对空想社会主义的批评和排斥态度。另外,杨国政的《福楼拜的男人世界》(《国外文学》2001年第2期)在国内首次揭示了福楼拜与男性密友勒普瓦特万和杜冈之间的同性爱的暧昧关系,丁世忠则分析了福楼拜的女性意识和对女性的复杂态度(《长江师范学院学报》2007年第5期)。

80年代以来,学界对福楼拜的创作整体及理论进行比较的文章也已有十余篇之多,这种比较围绕福楼拜与中外作家、文论家展开。如张维芳比较了金圣叹与福楼拜的文论(1984)。钱林森的文章《"自己分析自己的方法"与"描写女人的方法"——福楼拜与丁玲》(《外国文学评论》1995年第2期)比较了丁玲与福楼拜分析和描写女性的方法。杨亦军的文章《福楼拜的理性主义与新小说的后现代特点》(《国外文学》2005年第1期)论述了福楼拜的"客观而无动于衷"的描写方法和艺术形式论如何影响了法国新小说。吕国庆的文章《艺术观、视觉空间及意象的构造:从福楼拜到乔伊斯》(《国外文学》2009年第4期)则寻绎了乔伊斯在艺术观、视觉空间和意象构造三个方面对福楼拜的艺术言论和文学文本的博观约取。曾艳兵的文章《"文字的基督":福楼拜与卡夫卡》(《法国研究》2009年第4期)研究了福楼拜对卡夫卡思想和创作的影响。

新时期我国学界共出版关于福楼拜的著作四部,包括李健吾的《福楼拜评传》(湖南人民出版社,1980年)、孟宪义的《福楼拜》(辽宁人民出版社,1983年)、王钦峰的《福楼拜与现代思想》(宁夏人民出版社,2006年)和《福楼拜与现代思想续论》(黄山书社,2008年)。其中李健吾的《福楼拜评传》和孟宪义的《福楼拜》均为评传类著作,前者为再版书。与1935年的版本相比,再版的《福楼拜评传》在序言里对福楼拜的"批判现实主义"进行了特别的强调,这显示出"文化大革命"后国内意识形态和现实主义文论话语的某些影响。孟宪义的《福楼拜》在体例和内容上都与李健吾的《福楼拜评传》大致类同,但观点和内容却与80年代初的高校教材几乎一样。王钦峰的《福楼拜与现代思想》和《福楼拜与现代思想续论》是目前我国仅有的两部纯学术类和专题性的福楼拜研究专著。其主要内容是探讨福楼拜与西方现代主流思想,包括斯宾诺莎主义、萨德主义、科学主义、历史主义、现代主义和后现代主义的关系,发掘福楼拜在现代语境中所具有的多重意义和影响。该著在各种现代观念交织的语境中，提出了福楼拜是艺术、思想和知识领域内科学主义的执疑者，纯艺术的守护者，实证主义和自然主义的反对者，西方现代化进程的逃避者，现代开放社会和社会主义的敌人，不合时宜者，历史决定论和历史理性主义的挑战者，以及古代专制体制和东方价值的维护者等观点，还原了现代语境下福楼拜思想系统的特异面貌，在福楼拜研究领域具有填补空白的意义。

80 年代以来，国内学界对国内外福楼拜研究成果（含福楼拜传记）也进行了一些评介、研究或综述，共发表文章 16 篇。在国内成果评介方面，郭宏安等人相继发表过以李健吾的《福楼拜评传》为研究对象的文章。钱林森的《"爱真与美的'冷血诗人'"——福楼拜在中国》（《克山师专学报》1994 年第 2 期）一文是以五四新文学运动时期福楼拜接受情况为研究对象的综述文章。学界近年来对国外成果的研究相对要丰硕一些，该类研究中有不少是以英国当代作家朱利安·巴恩斯的《福楼拜的鹦鹉》作为研究对象。巴恩斯的《福楼拜的鹦鹉》是一部准传记作品，记述了福楼拜一生的不同侧面，也包括对福楼拜作品的批评。最早研究该著的文章是阮炜的《巴恩斯和他的〈福楼拜的鹦鹉〉》（《外国文学评论》1997 年第 2 期），文章认定此作对福楼拜的生平、文论和写作进行了评论，具有准文学评论的性质。李冬梅的文章《艺术家与失败的"缪斯女神"》则联系该作品并从女性主义角度，解读了福楼拜的情妇路易丝的悲剧（《世界文化》2007 年第 10 期）。

围绕皮埃尔·布迪厄等西方学者对福楼拜的讨论，学界近年也发表了一批评介和综述文章。徐贲的《文化"场域"中的福楼拜》（《中国比较文学》2003 年第 4 期）是一篇较全面地介绍法国文学社会学家皮埃尔·布迪厄对福楼拜进行分析、讨论的文章。梁展的《隐蔽的结构——布迪厄对〈情感教育〉的阅读》《外国文学》2007 年第 4 期）一文以布迪厄对福楼拜《情感教育》的阅读为例，分析指出了布迪厄文学场理论的效用，但也批评它无力解释艺术家的独特风格形成机制以及割裂艺术与人类生存的关系。王钦峰的两篇文章《社会历史批评视野中的福楼拜》（《广州大学学报》2005 年第 8 期）和《20 世纪福楼拜研究中的意识批评》（《三峡大学学报》2006 年第 6 期）对世界范围内福楼拜研究中社会历史批评和日内瓦学派意识批评的主要成就进行了初步勾勒。

结　语

综观新中国 60 年的福楼拜研究，可以发现总体发展线路非常曲折。在新中国成立后的前 17 年，至少是"反右"开始之后，我国学界曾将福楼拜研究带入了一个学术思想政治化和研究方法一元化的狭小空间之中。到"文化大革命"时期，这种学术思想一元化和政治化的狭小空间又进一步受到文化虚无主义和国内政治需求的持续挤压,致使我国福楼拜研究完全停顿。新时期的福楼拜研究在缺乏新的学术资源的情况下,曾一度短暂回到了前17年的政治化学术范式,不过也在此基础上得到了逐步的复苏和发展。80年代初、中期,在政治性学术话语依然占据主导地位的情况下,文学现代性话语开始进入我国的福楼拜研究。80年代后期以来,随着国门的开放,我国的福楼拜研究也进入了自由、多元发展的轨道。其中主流政治话语的进退是我国福楼拜研究经历曲折发展历程的决定因素。

改革开放以来,我国的福楼拜研究取得了较大成绩(上文已述),但依然存在不少问题。一是学界对福楼拜不同作品的研究还极不均衡,对福楼拜作品和思想的拓展研究仍然不够。从作品角度讲,国内福楼拜研究的主要著述多围绕《包法利夫人》和福楼拜小说理论的现代性问题展开,其中对于《包法利夫人》关注过多,而对于其他小说如《情感教育》《萨朗波》《圣安东尼的诱惑》、遗作《布瓦尔和佩库歇》以及早期中短篇小说等的研究还远远不够。从议题上讲,福楼拜创作思想的演变、政治思想、作品艺术手法以及福楼拜与浪漫主义、唯美主义和后现代主义的关系等,仍需进一步研究。研究方法仍不够丰富,研究视野还不够开阔,版本学、文献学、文体学、历史学、怪异学等方法均应引入到福楼拜研究中来,比较研究也需要突破 X 加 Y 的低级模式。另外一个主要缺陷是低水平重复太多。对于80年代以前的福楼拜研究而言,低水平重复的主要原因在于政治思维的限制和学术方法的单一,使不少著述或本能地沿用庸俗社会学的批评方法,或频繁援用广为流行的政治化结论,或反复叙述福楼拜的生平和作品概况,或复述故事情节,或归纳艺术特点,或干脆抄袭当时的教材。对于90年代以后的福楼拜研究而言,低水平重复的主要原因则在于经济动机、功利主义和学术腐败,不少作者因职称评定、学位获取等因素而人为制造一些垃圾文字,其中比较研究的质量最令人忧虑。同时,不少研究内容陈旧,有的甚至还在抄袭80年代初的教材。

国内研究低水平重复多、内容陈旧的原因之一,是无法接受国外的学术成果。长期以来,国外理论翻译和国内理论研究的相对割裂与不对称一直没有消除。"文化大革命"前,学界对国外福楼拜研究著作的翻译一般集中于苏联、东欧的研究成果,除意识形态因素外,其中不少论述分析精妙、思想深刻,但国内研究基本与其隔绝,无法达到其水准。80年代后,学界的译介逐渐偏重于欧美论著,前后译入了巴尔特、热奈特、纳博科夫、布迪厄等关于福楼拜的谈话、论文或著作,然而国内论者难以吃透这些学者的研究,更无法在研究中有效融入他们的见解或与其接轨乃至展开对话。同时,学界对国外理论的译介尚需进一步加强,诸如萨特的《家庭白痴:福楼拜》、乔纳森·卡勒的《福楼拜:不确定性的使用》等著名理论著作和福楼拜书信集等尚需翻译出版,这对国内的福楼拜研究而言将有所裨益。

第四节 普鲁斯特小说研究

马塞尔·普鲁斯特(Marcel Proust, 1871—1922)的长篇巨著《追忆似水年华》初版诞生历经漫长而曲折的过程(1913—1927),且七卷作品的后三卷在小说家去世后出版,在20世纪50年代和80年代,小说又经历两次修订出版。与此相应,对小说的研究也显出起伏变化的趋势,经历了几个阶段。与19世纪巴尔扎克为代表的传统小说不同,普鲁斯特的小说被视为20世纪小说形式革新的开山之作。在小说诞生后的近一个世纪的时间里,对小说的研究呈现出缓慢而稳步上升的趋势,直至20世纪80年代末,J.-Y.塔迪埃在他主持修订的伽里玛出版社新版七星文库本《追忆》总序中,对普氏做出至高评价:"长期以来人们都说,英国有莎士比亚,德国有歌德,意大利有但丁,法国没有任何作家可与他们媲美。已出版的关于普鲁斯特的著作的数目令人想到,法国现在和将来有马塞尔·普鲁斯特。"①普鲁斯特成为法国文学的象征。下文中,我们将立足于中国的普鲁斯特小说研究,在与法国普学的关系中,展现《追忆》研究的四个阶段。

一、1949年前的普学:初兴

1949年之前,出现了中国普学的初兴,这大致对应于法国普学第一阶段(始于一战结束后作品陆续出版至作者去世后的二十多年间)。此间法国批评家主要将《追忆》作为心理小说阅读,并与柏格森和弗洛伊德的理论相联系研究。一些普学家还将《追忆》与巴尔扎克的《人间喜剧》进行比较。两位德语批评家库尔提乌斯和斯皮策对《追忆》的文笔进行了研究。② 从30年代起,与两次大战间社会政治状况有关,学者们对《追忆》的兴趣渐冷,这种状况持续到40年代末。在中国,该阶段的代表作,乃曾觉之的纪念普氏去世十周年的长文《普鲁斯特评传》③。作者参考手中原文资料④对普氏进行了较深入的评介:从其生平到构思作品的方法和风格,并探讨了小说中的社交与爱情世界。他指出小说家所进行的心理描写,与同时代的柏格森的哲学和心理分析学的研究不谋而合,称其为"法国式的分析心理的小说家"。他还探讨了普氏对滑稽手法的运用,视

---

① "Introduction générale," À la recherche du temps perdu I (Paris: Gallimard, Pléiade, 1987), pp. X-XI.
② 他们的研究得到20世纪70年代法国普学家的高度评价。
③ 《大公报·文学副刊》1933(288、289)。
④ 作者在文后列出了参考书目。

其为"喜剧作家"。作者特别强调了普氏的作品与其生活的密切关系。若将评传与作者列出的参考书之一 L. 皮埃尔-坎的《马塞尔·普鲁斯特,其生平与写作》(1928)①进行对比,不难发现曾觉之并未提出多少独特的个人观点。不过他的评介却是在基本了解普氏的作品、深入阅读和思考过当时法国普学成果的基础上写成,因此即使今日读来,仍令人感到准确精当,不失为中国普学兴起阶段之佳作。不过与他同时代的学者对他的工作似乎并不知晓,在他们对普氏的评介中,并未提及曾觉之的名字,而且对小说家的姓氏和作品标题均给出不同译法。徐仲年在其《法国文学的主要思潮》(1946)、吴达元在他编著的《法国文学史》(1946)中,都对普氏进行了十分简单的介绍。三四十年代,外国文学研究始受时政(民族存亡、抗战、不同的意识形态等)影响。一些研究者显出某种政治倾向,他们将 19 世纪以来的文艺划分为"为艺术的艺术""为人生的艺术"和"为新社会的艺术"三类,并将它们归结为颓废派、现实主义和苏联的文艺,进而肯定后两者而对前者持怀疑与批判态度。② 这种划分与取舍预示了 1949 年以后的长时间里外国文学研究的大致走向。

总之,这一阶段除了曾觉之对普氏的生活和作品进行了较全面的评介,其他学者对普氏和其作品的了解很可能来自间接渠道,如通过阅读法国人、日本人、苏联人写的文学史。往往介绍得十分简单,评价也不很高。直到 21 世纪,许钧③、段怀清④等重提早年中国普学,曾觉之的名字和他的《普鲁斯特评传》才真正引起注意。新中国成立以前对普氏作品的研究十分冷清,与小说本身冗长、内容复杂且难以简单归类、作品未经翻译⑤、对小说的评介研究限于极少数学者有关。

二、1949—1979 年间的普学:沉寂

新中国成立后 30 年间,普氏的名字和其作品从研究者和读者视野里消失。这与当时的文艺政策有关。外国文学研究受到明确的政治引导,1958 年翻译出版的、苏联人普什科夫编著的《法国文学简史》便是一例。普氏和其作品出现在"第一次世界大战以后资产阶级作家的颓废和反动倾向"的小标题下,著者对小说进行了简短介绍,最终《追忆》被定性为"反现实主义、反社会的小说,不仅

---

① 该书初版发表于 1925 年,随后于 1928、1936 年两度增补修订,从曾觉之对普氏滑稽手法的评述,可以判断他参考的是 1928 年版。
② 参见徐伟:《第十讲文艺思潮的转向》,《西洋近代文艺思潮讲话》,上海:世界书局,1943 年。
③ 许钧:《普鲁斯特在中国的译介》,《粤海风》2007(2)。
④ 段怀清:《曾觉之与普鲁斯特》,《新文学史料》2007(2)。
⑤ 在这段时间里,似乎只有卞之琳翻译了《追忆》的开头部分,题为《睡眠与记忆》,《大公报·文学副刊》1934 年。

是法国的、而且也是整个欧洲的颓废倾向的特殊的总结"①。很可能正是当时的文艺政策再加上这一反现实主义、颓废派的定性使中国普学陷入沉寂。

相应地,早在三四十年代便对普氏进行评介的学者保持沉默。新中国成立后在北京大学任教的曾觉之和吴达元并没有机会讲授法国现代派文学,当然也不可能发表普学论文。70年代末改革开放后,中国恢复对外国文学的译介研究。在1979年出版的杨周翰、吴达元、赵萝蕤合著的《欧洲文学史》(下)中,最后一章"十九世纪后期至二十世纪初期文学"的法国部分,论及"巴黎公社文学、法国批判现实主义文学和罗曼·罗兰",普氏自然被排除在外,显然改革开放前的文艺政策依然在发生影响。

而这一时期法国普学新浪迭起。40年代末,莫洛亚撰写《追寻马塞尔·普鲁斯特》(1949)之际,得到小说家遗产继承人许可,翻阅他留下的大量手稿和草稿。不久后德·法卢瓦在同一批资料中"发掘出"《让·桑德伊》(1952)和《驳圣伯夫》(1954)。1962年,一部分掌握在私人手中的"普鲁斯特遗产"由法国国家图书馆手稿陈列部收藏,1977、1985年图书馆又获两小批手稿。普学史上,手稿的逐步发现和公开出版(仍在进行中)始终是举足轻重的事件。1954年伽里玛出版社以七星文库本的形式重出《追忆》,便参考了普氏遗产继承人提供的手稿资料。这一系列与手稿的发现相联系的出版工作,引发新的研究兴趣,并对20世纪下半叶《追忆》研究影响深远。它们先后启迪法国六七十年代兴起的"新批评"和70年代末逐渐产生影响的溯源批评(生成批评),这一时期可视为法国普学的第一个高潮。

从批评方法看,《驳圣伯夫》的出版适逢其时。其中尤其值得注意的是小说家对一些19世纪重要作家的阅读和与此相关的对19世纪著名批评家圣伯夫的批判,普氏认为圣伯夫混淆创作者与生活中的人,致使他无法理解同时代的大作家;由此,普氏的阅读与批评观得以呈现,要之在于作品乃另一自我的产物,从而将研究聚焦于作品。这与巴尔特、热奈特等倡导的法国"新批评"的实践相得益彰。他们采用符号学、文本批评和叙事学等方法阐释《追忆》,引发大量从符号分析、叙述者、叙述人称、叙述视角等角度进行的《追忆》研究。70年代初兴起、成熟于70年代末的溯源批评,由"新批评"热衷的文本批评转向写作研究。普氏遗留的大量手稿为这一研究提供丰富资源。② 与此同时,众多批评家还从主题批评、精神分析学、文笔(风格)研究、比较研究等角度对《追忆》进行

---

① 普什科夫:《法国文学简史》,北京:作家出版社,1958年,第153—154页。
② 70年代初成立的属于现代文本和手稿研究所(ITEM)的"普鲁斯特研究组"(L'équipe Proust)的首要任务,便是对国家图书馆的"普鲁斯特遗产"中的草稿和手稿等进行清点、编目、誊写、出版及批评性开发。研究组有自己的资料中心,每年举办不同主题的研讨会,并有自己的出版物《普鲁斯特通讯简报》(年刊)。他们的研究与出版工作,成为普学的一个重要窗口。

了深入探讨。

这 30 年间法国普学家对《追忆》的新发现,从 80 年代开始被我国学者接纳,同时接纳的还有第一阶段和当代的法国普鲁斯特研究,心理学批评、符号学批评、叙事学批评、文笔研究等方法都被运用在对普氏作品的研究中。对我国学者而言,唯一比较陌生的是溯源批评,由于无法参照普氏手稿,难以展开这方面的研究。此外,精神分析学的方法也未见我国《追忆》研究者采用。

三、1980—1999 年间的普学:复苏与蓬勃发展

80 年代中期《追忆》各卷初版版权纷纷到期,法国 GF-弗拉马里翁(1984—1987)和伽里玛(1987—1989)两大出版社分别参照新获手稿资源重出小说,在世界范围内普学迎来又一高潮。学者们除了继续采用叙事学、溯源批评、文笔研究等方法探讨《追忆》,还出现了一些研究新思路,如对小说进行社会学分析,探讨小说作为跨世纪的文学作品与 19、20 世纪文学艺术的关系,以及《追忆》与后现代写作的关系等等。

这一时期,普学在中国的复苏显示为重新起步。在该阶段的很长时间里,除卞之琳在 1988 年曾提及他在 30 年代对普氏作品的翻译,其他学者对 1949 年前的那一段译介研究史似乎并不知晓,基本上也无人问津。罗大冈在他为译林版《追忆》所写的序言(1989)中指出:"在中国,研究介绍法国文学的专家们很少提到普鲁斯特和他的《似水年华》。"①

确切说,中国学者对普氏和其作品的重新发现,始于 80 年代初。与解放思想、改革开放的大潮呼应,这一阶段对在"文化大革命"期间被打入冷宫的西方现代派作品的译介研究显出异乎寻常的热情。这种兴趣与中国作家试图走出"文化大革命"阴影、寻求写作新手法一拍即合。没有某些杰出作家的实践和其热心读者的关注,对这些西方作品的译介研究无疑难以产生如此广泛的社会影响。这一阶段,普氏主要是作为西方现代派文学中意识流写作大师被介绍给中国读者,他的名字常与乔伊斯、伍尔夫、福克纳等人的名字一同出现。而在当时中国文学界已产生重大影响的王蒙的创作,一度被认为受到西方意识流手法的启发。② 从这一意义上说,学者们从意识流角度引进普鲁斯特等人的创作,不失为立足于中国国情的选择。

在学术界,就普氏而言,先是出现了一些翻译选段和与之相伴的介绍性文

---

① 罗大冈:《试论〈追忆似水年华〉(代序)》,《追忆似水年华 I · 在斯万家那边》,南京:译林出版社,1989 年。

② 1982 年第 3 期《文学评论》上刊载三篇文章展开对王蒙作品的讨论,其中徐怀中和冯骥才的文章都在与意识流的关系中谈论王蒙的创作。

章。作为开拓者的,大概是管震湖译《司旺的爱情》(1981)①,译文前有"编者"评介,对普氏的生平、写作特点、主题与人物、历史地位等进行了简要介绍。接下去是徐和瑾的《马塞尔·普鲁斯特》(1982),作者首先介绍了普氏的生平与写作历程——从早期写作直至《追忆》的诞生与出版,随后从《追忆》与传统小说的关系,作品的体裁、题材特点,具体内容和主题,写作手法与哲学基础,句子的特点,人物的塑造和描写事物的独特手法等方面简明扼要地介绍了作品。上述两文分别提到《追忆》对意识与潜意识,及对无意识的回忆的发掘,且徐和瑾也采用了"意识流"一词,不过,专门将普氏作为意识流大师介绍给读者的,也许是冯汉津的《法国意识流小说作家普鲁斯特及其〈追忆往昔〉》(1982),作者特别强调了小说家在描写幻觉上的艺术功力,一切都经过意识的过滤。刘自强的《普鲁斯特的寻觅》(1987)与王泰来的《西方现代主义文学的先驱——普鲁斯特》(1988)似可互相补充,两篇作品都试图展现《追忆》独特的艺术性;前者探讨了普氏寻觅的对象——某种"精华"和其确切含义,后者试图展现普氏小说作为大教堂式的建筑的结构特征。比较系统全面地从意识流和心理小说的角度介绍和研究普氏作品的,是长期从事文学史研究的柳鸣九。从 1985 年始,他在一系列文章和序言中介绍意识流方法和普鲁斯特的作品。② 在他的《法国心理小说的发展历程》(1988)一文中,对包括《追忆》在内的"心理现代主义"小说的介绍里,尤其提到柏格森对实际时间与心理时间的区分。这种区分,一直是后来的中国普学的重要话题。徐知免③的《论〈追忆逝水年华〉》(1989)以典雅细腻的文字准确通透地展现了普氏的小说世界(爱情、浮华世界、内心经验)和某些艺术手法(感觉与联想、内心电影、由一条主线贯穿的复合结构等)。80 年代末,还引进了两本普鲁斯特传记。④

  这一阶段对中国普学发展做出重大贡献的事件,乃译林出版社组织 15 位译者翻译七卷本的《追忆似水年华》。⑤ 译本卷首施康强译《安德烈·莫洛亚序》和罗大冈的《试论〈追忆似水年华〉(代序)》两文,对我国后来的《追忆》研究

---

  ① 《外国文艺》第 5 期。译者选译了小说第一卷第二部《斯万的爱情》中的一些华彩片段。
  ② 柳鸣九主编了属于《西方文艺思潮论丛》系列的《意识流》卷(1989)和属于《世界小说流派经典文库》系列的《意识流经典小说选》(1995),从理论和作品两方面探讨和译介意识流,《追忆》成为两书关注的焦点之一。
  ③ 1988 年《世界文学》第 2 期刊载了徐知免译小说第一卷第一部《贡布雷》第一章(结束于小玛德莱娜点心的段落)。
  ④ 蒋一民译皮埃尔-坎的《普鲁斯特传》(第一部分,1988;2011 出版全译),许崇山、钟燕萍译克洛德·莫里亚克的《普鲁斯特》(1989)。
  ⑤ 1989—1991 年陆续出版,根据伽里玛出版社 1954 年七星文库本译出。仅从译本的择定看,我们落后了很长一段时间。英美世界第一个《追忆》译本完成于 20 世纪 30 年代,80 年代初根据 1954 年七星文库本进行了修订,90 年代初又出版了参照 1987—1989 年七星文库本修订 80 年代译本的新译。

起了重要引导作用。莫洛亚序显示了始于50年代的普学兴趣:当时借助一系列手稿的出版,学者们开始了解普氏创作《追忆》前的准备性写作,并开始关注作者的写作观念。诸如莫洛亚文中涉及的两重互相呼应的基本主题,摧毁一切的时间和复活过去美好时光的回忆(记忆),以及更为本质性的艺术与永恒的关系的主题①;作品的结构:如文中探讨的大教堂式的构造、两翼支撑起最终将会合的拱顶,及文笔特色:如隐喻与形象的运用。在很长一段时间里,它们成为普学热门话题;尽管如前所述,70年代以来,法国学者们采用的研究方法和关注的问题有所改变。罗大冈的代序,主要从两方面介绍普氏的作品,一方面强调《追忆》乃生活的镜子,以暗中表明小说具有现实主义特色,并将其归入"为人生的艺术"之列;另一方面指出了《追忆》作为现代派作品,在内容与形式上开启20世纪文学并与19世纪文学明显区别的种种特征。作者将《追忆》归结为"回忆录式的自传体小说",对后来的中国普学颇有影响。与这一翻译工程直接相系,是参与翻译的学者们对《追忆》的介绍、研究和相关研究资料的翻译。② 正是在他们作为翻译实践者兼研究先行者的双重努力下,中国的众多作家、文学爱好者得以逐步进入《追忆》的世界,也使从今往后对《追忆》的研究不再限于少数懂法语的学者,而是扩展到更广泛的外国文学学者和作家群体。

新时期伊始的普学论文,大都遵循从生活到作品的套路,且从流派、主义角度展开的评介较多。这种角度侧重对作品进行总体把握、为作品定性归类,往往缺乏对作品的独创性展开深入细致的研究,且独特个人观点的表达明显不足。80年代末情况有所改变,出现了一些较注重展开作品本身的问题和较具个性的研究。张寅德的《普鲁斯特小说的时间机制》(1989),采用叙事学的方法对《追忆》的时间形式进行了严谨的分析。郑克鲁的《普鲁斯特的意识流手法》和《普鲁斯特的语言风格》(1992),紧紧结合作品从两方面对普氏的写作风格进行了条分缕析的探讨。丁子春的《论〈追忆似水年华〉的建构轨迹》(1993)提出普氏艺术经验的精髓,乃"确立了以主观真实论为核心的理论体系",并从小说的哥白尼式的结构框架、新旧交替的追忆笔法、通感型的联想模式等方面展开

---

① 莫洛亚指出:"任何东西只有在其永恒面貌,即艺术面貌下才能被真正领略、保存:这就是《追忆似水年华》的根本、深刻和创新的主题所在。"这一观点深入人心,得到中国普鲁斯特研究者的一再发展。

② 在此仅给出他们的名字和一些相关作品的篇目:第一卷李恒基、徐继曾;第二卷桂裕芳(1992年与王森合译《普鲁斯特和小说》)、袁树仁(1987年译莫洛亚的文论集《从普鲁斯特到萨特》);第三卷潘丽珍、许渊冲;第四卷许钧(发表多篇与翻译普鲁斯特相关的评论文章,如1991年《〈追忆似水年华〉卷四翻译札记》、1993年《风格与翻译——评〈追忆似水年华〉汉译风格的传达》)、杨松河;第五卷周克希、张小鲁(1993年译《普鲁斯特随笔集》)、张寅德(撰写多篇普学论文,如1989年《普鲁斯特小说的时间机制》、1990年《现实·心理·艺术——论〈追忆似水年华〉的三重内涵》,1992年出版专著《意识流小说的前驱:普鲁斯特及其小说》);第六卷刘方、陆秉慧;第七卷徐和瑾(1985年译普学重要论文,热奈特的《普鲁斯特和间接语言》的中间部分,约占全文近1/4篇幅;1998年译出莫洛亚的《追寻马塞尔·普鲁斯特》,译为《普鲁斯特传》)、周国强。

这一体系。论文构思缜密、论述优雅细腻。张新木先后发表《论〈追忆似水年华〉中符号的创造》(1997)、《论〈追忆似水年华〉的叙述程式》(1998)等论文,着重分析《追忆》的两重形式:小说中荟萃的各类时光符号及由此构成的时光体系,作为小说叙述程式的人称"我"。在普学专著中,张寅德的《意识流小说的前驱——普鲁斯特及其小说》(1992),可以看成这一阶段中国普学在与国际普学接轨的努力方面最高水平的成果。70年代以来普学的重要方法基本上都有所涉猎,如符号学批评、叙事学批评,以及从哲学、美学、社会学等角度展开的探讨。专著在展现普氏作品的同时为读者提供了研究工具。涂卫群的《普鲁斯特评传》(1999),对普氏成为小说家的历程——童年的阅读、青年时代的社交生活、翻译拉斯金、通过仿作超越偶像崇拜、正式写作《追忆》前的多重写作尝试、普氏与19世纪一些大作家的关系等进行了较深透的展现。90年代还出版了几部非常重要的研究性质的译作。①

四、21世纪的普学:走向成熟

在法国,自20世纪末到现在,从叙事学角度对《追忆》进行研究的兴趣渐冷,溯源研究、主题研究、文笔研究、互文性研究、比较研究等仍维持着普学的热度。普学家们继续对《追忆》进行多方面阐释,研究的兴趣从近些年来举办的一些学术研讨会的题目便可看出。孔帕农在法兰西学院主持以"普鲁斯特,记忆(回忆)与文学"②(2006—2007),现代文本和手稿研究所相继组织以"比较普鲁斯特"(2007—2008)、"普鲁斯特与诗"(2008—2010)、"《追忆似水年华》,关于战争的小说"(2010—2011),P.-E.罗贝尔在巴黎三大主持以"马塞尔·普鲁斯特与19世纪:传统与嬗变"(2010)等为主题的研讨会。

进入21世纪,在世界范围内,普氏成为一般意义上的经典作家。在中国,曾与他的创作联系在一起的意识流或内心独白式写作,不再具有先锋派写作的意义;相应的,对其作品的研究,也不再像前一阶段那样与作家的创作和广大的读者群联系在一起,因此从总体上看比前一阶段略显冷清。2010年③译林出版

---

① 王文融译热奈特的《叙事话语、新叙事话语》(1990)、桂裕芳和王森合译塔迪埃的《普鲁斯特和小说》(1992)、中国社科院外文所组织翻译的文集《普鲁斯特论》(1999)。在最后这本文集中,收入了对法国乃至世界普学产生重要影响的贝克特的论文《普鲁斯特论》(1931)。由于贝克特作为诺贝尔文学奖获得者(1969)的声誉,在中国,这篇论文不仅对普鲁斯特研究者,而且对一般的文学爱好者都产生了一定的影响。直到21世纪,这三部作品仍是许多研究者的重要参考读物。

② 2009年以文集形式出版。书名 Proust, la mémoire et la littérature 中的 la mémoire 一词具有双重含义,回忆(回想往事的行为和其结果)与记忆(回想往事的能力,回想功能的运作方式)。该文集所涉及的主要是记忆而非回忆的问题,诸如小说中的文学记忆问题——普氏如何将其所读过的作品纳入自己的小说,写作与记忆的关系等;而非将他的作品作为一部回忆录对待,以揭示他如何复活自己过去的生活。

③ 2004、2005年上海译文出版社和译林出版社曾分别推出小说第一卷的新译本。

社和人民文学出版社分别推出前两卷的新译本,尽管报刊上发表了一些对两位独自重译普氏小说的译者周克希①和徐和瑾②的访谈和相关文章,似并未引起当年译林初版问世时的热切关注。这并不排除普氏的作品已渐渐赢得我国一批文学爱好者和作家的持久兴趣,对于后者而言,这位法国作家成为他们创作与思考的一位日常对话者;作家赵丽宏、王安忆都曾充分肯定周克希的新译本。王安忆是这样推荐周克希的译本(节本)的:"假如你一个人旅行,就请带着这本小书。它絮叨着他的心事,你却听见你的自语。就这样,自己伴着自己离家远行。"在此,普氏和其作品已成为孤独的旅人(谁又不是?)最亲近的朋友,乃至读者自鉴的镜子。

这一时期,刊物上发表的论文的数量与前一阶段相比有所增加,且略呈递增趋势。一些现象表明中国普学正在走向成熟,这首先显示为出现了两类研究者,一类是懂法文的普学学者,他们在深入研读原文《追忆》和国外相关资料的基础上进行研究,从参考资料的获得、关注的问题等方面看,他们的研究渐与国际普学达到同步。另一类是无法通过阅读法语原文进行研究的外国文学研究者,他们借助中文版《追忆》、翻译过来的普学著作或者还有英文普学资料,以及大量相关译著,凭借对中外文学作品的丰富研读经验和在此基础上形成的较高水平的个人学养,从文学的本质、其本身的发展与其普遍规律等方面展开对普氏小说的研究。他们之中更有少数学者并不满足于在研究上与国际普学接轨,而进一步寻找基于中国文学传统和个人文学素养的独特的研究道路,以实现在更深的层次上沟通普氏的小说与中国文学传统,并揭示文学通过提供审美享受和对人生的深入认识,实现人与人之间深层交流的作用。我个人认为,无论是在文学创作,还是在文学研究中,会通之境都是至高的审美境界,会给人带来难以言喻的精神愉悦。一些前一阶段较活跃的普氏译介研究者,在不断积累学识和磨砺思维的基础上继续他们的工作。与此同时,出现了一批更年轻的普鲁斯特研究者和一些新的研究兴趣与角度。下文将结合具体的论文、论著一一说明。与前一时期相比,从流派、主义的角度(往往比较外在)进行探讨的论文明显减少。一些较重要或较有影响的普学论文、论著也经由翻译引入我国。③

就普学论文而言,新版《欧洲文学史》第三卷(上册)《二十世纪二次大战前欧洲文学》(2002)法国文学部分终于加入了由王文融执笔的对普氏作品的介绍和评价。许钧在其《20世纪法国文学在中国的译介与接受》(与宋学智合著,2007)一书中,特辟一章《普鲁斯特与追寻生命之春》追溯普氏的作品在中国的接受

---

① 根据伽里玛出版社1987—1989年七星文库本译出,并将小说总标题译为《追寻逝去的时光》。
② 根据GF-弗拉马里翁出版社1984—1987年版译出,但保持译林初版总标题《追忆似水年华》。
③ 余斌译德波顿的《拥抱似水年华》(2004)、姜宇辉译德勒兹的《普鲁斯特与符号》(2005)、李幼蒸译巴尔特的《普鲁斯特和名字》(2008)、涂卫群译斯皮策的《马塞尔·普鲁斯特的风格》(2009)。

史,从翻译、研究、影响三方面进行了深入细致的探讨。郑克鲁进行着不懈的普氏研究,发表多篇论文:《普鲁斯特〈追忆似水年华〉的多声部叙事艺术》(2004)探讨了《追忆》第一人称叙述的独特技巧;《双峰并峙,继往开来——普鲁斯特与巴尔扎克》(2006)对比了两位大作家在构思与塑造人物方面的异同。《普鲁斯特的小说理论》(2009)则试图对普氏的小说理论进行一番总结,先后探讨了小说家的哲学思想渊源和其文学观念;将其归入意识流小说家行列,与同时代的现实主义、象征主义作家加以区分;随后又将普氏与其所欣赏的作家进行比较,以揭示其所受影响。涂卫群也在继续从事《追忆》研究。其《百年普学》(2005)对《追忆》出版以来的批评历程(以法国为主)进行了综述,随后其研究主要致力于沟通中法两国文学与文化传统。《中国艺术"插曲"对普鲁斯特美学的揭示作用》(2006),探讨了中国艺术在普氏小说中扮演的角色;《普鲁斯特〈追寻逝去的时光〉中"可见"与"不可见"的主题》(2011),从小说中音乐与教堂所扮演的角色展开作品的艺术与精神境界;《小说之镜:曹雪芹的风月宝鉴与马塞尔·普鲁斯特的视觉工具》(2011),从小说中的世界、小说家提示的阅读方法等方面探讨他们的小说作为宝鉴与视觉工具所起的令人换新眼目的作用。

另有一些学者在对自己所熟悉的与普氏有关的其他作家研究的基础上探讨其作品。刘波的《普鲁斯特论波德莱尔》(2002),借助普氏论波德莱尔的两篇文章,辨析诗人与小说家在审美趣味上的共鸣,并探讨了普氏独特的批评方法。刘晖的《普鲁斯特与圣伯夫——〈驳圣伯夫〉之真谛》(2011),在深入阐释圣伯夫的批评方法的基础上,着重揭示普氏对这位19世纪著名批评家的误读。这一角度颇具新意,即使从国际普学的语境看。圣伯夫的最有代表性的"传记批评"方法,在普鲁斯特的有力反驳之下,渐渐被遮蔽、遭遗忘;法国普学家中即使间或有为圣伯夫的某些观点、个别手法辩护者,也很少如此认真地展开圣伯夫的批评方法。从某种意义上说,圣伯夫的"传记批评"方法,与中国传统的"文如其人"的观念有些不谋而合之处,确实有在与普氏的对话中重新审视的必要。杨彦玲的《谈白先勇小说中的时间意识——兼与普鲁斯特比较》(2006)、陈莹珍的《内反省现代性叙事例析》(2008)、田广的《论废名与普鲁斯特小说之"断片的美学"》(2009),分别将《追忆》与白先勇、陀思妥耶夫斯基、废名作品的某些方面进行比较。

钟丽茜的两篇论文《心理时间与审美回忆——谈〈追忆似水年华〉中艺术与时间的关系》(2007)和《通感:感受世界的隐喻性知觉方式——普鲁斯特小说的审美革新》(2008),主要从审美的角度挖掘《追忆》的诗性因素。这一角度不但新颖独特,而且便于沟通普氏小说与中国文学诗性传统。黄晞耘的两篇论文《普鲁斯特式写作或浮出海面的冰山》(2007)、《普鲁斯特的小说创作与第一次世界大战》(2010),分别从普氏的写作特点(描写与分析结合)和《追忆》中的战争主题分析普氏的作品,是近期普学中较出色的论文。后一篇关于战争主题的论文,将普氏和其作品与大战的关系梳理得较清晰全面;而且这篇论文的发表,先于法国现代文本和手稿研究所组织的相同主题的研讨会,显示出作者敏锐的学术眼光。他们两人的研究,从会通文学境界和发现新的研究主题两方面显示出我国的普鲁斯特研究者的杰出成就。

多位学者从小说家的新的时间观和与之相应的叙事技巧等方面探讨了普氏小说的独特性。如高奋的《普鲁斯特的〈追忆逝水年华〉:时间长河里的航标》(2001)、陈茜芸的《普鲁斯特:新时间观引发的小说革命——兼谈科学、哲学与文学的关系》(2001)、刘成富的《普鲁斯特创作风格的再认识》(2001)、张介明的《〈追忆似水年华〉的叙事时间研究》(2005)、谢雪梅的《在知觉信念中重构的世界——〈追忆似水年华〉的时间艺术研究》(2006)等。其中张介明的《追忆》叙事时间研究,从时间叠加、时间主题的特点(艺术与时间主题合二为一)、时间具象、空间化时间等方面,较深透地展开了《追忆》的时间艺术。

就普学专著而言,涂卫群在21世纪之初出版论著《从普鲁斯特出发》(2001),继续从写作与生活的关系的角度,在与众多相关文学家和普学家的对话中,深入探寻《追忆》乃至在更宽泛的意义上,文学写作所面临的重重问题和其可能的解决,以及《追忆》与20世纪文学批评的关系。钟丽茜的论著《诗性回忆与现代生存——普鲁斯特小说的审美意义研究》(2010)尤其值得关注。作者将普氏的小说置于西方美学史上诗性(或审美)回忆的传统中,探讨这种特殊的回忆形式的来龙去脉、其特点和普氏对其贡献,及审美回忆对于普氏,乃至一般意义上的现代人生的价值。论著将普氏的审美回忆置于由"失乐园"到"复乐园"的框架中,充分展现了普氏小说的艺术精神和其对现代生活的拯救性力量。这是一部难得的综合与会通之作:一方面,在作者笔下,在回忆往事、审美回忆、存在的意义之间,并没有中断,经过一系列细微过渡形成完整的寻找和寻回的过程;另一方面,作者谙熟中国文学的诗性传统,从而在论著中潇洒自如地沟通两个世界的艺术精神。

从上述一些研究中,可明显感到研究者与作品展开多层次深切交流,作品不再仅仅是认知对象,而与研究者丰富的生活体验及阅读经验有了密切的关系。这一阶段,《追忆》的心理时间和其时间艺术成为中国普学最热门的话题,而无论是心理时间还是时间艺术,都是在与回忆、记忆的关系中展开讨论。这种反复出现的兴趣,一方面可看成对莫洛亚序中时间与回忆两重基本主题的深入展开;另一方面,正像大多数中国读者对《追忆似水年华》这一标题的喜爱,它体现出某种中国传统的审美趣味:对追忆与伤逝主题的倾心。从这一角度研究普氏的小说,可以看成一种基于中国文学诗性传统,唤起文学记忆、沟通文学世界的独特方式。这与引进西方现代派文学一段时间后(也即90年代末),重兴的国学热不无关系。在法国文学中,这双重主题,主要由 19 世纪浪漫派文学发展而来,并非古已有之。就追忆与伤逝主题而言,一些中国学者尤其强调普氏小说中的乐观精神和对艺术的信心。值得追问的是,普氏的信心从何而来?在此,有必要指出,也许正是《追忆似水年华》这一标题,在很深的程度上引导了我国读者对小说的理解和研究。在法文标题里,与"追忆"相应的表示行为的词乃"寻找"(Recherche),而且在"玛德莱娜点心"的片段中,普氏进一步拓展"追寻失去的时光"的方式:"寻找(Chercher)么? 更甚于此:创造。"因此寻回过去的时光,不只基于回忆,更重要的是想象和创造。

仅从这一时期普氏小说与回忆、记忆的关系看,法国学者更多从记忆角度进行研究,这意味着,探寻小说家与过去(远远超出作家个人生活的狭小天地),主要是与过去的传统及作品的关系,以及根据他本人写下的大量手稿(相当于记忆库)对作品进行的不断修改:作品远非一气呵成的回忆之作,而是在带有各种明确意图层层加工之下,尤其是在与传统和众多文学作品的对话中诞生。中国学者则侧重探讨回忆与写作的关系,这意味着,写作是对个人的过去的追寻,这一意义上的写作是人安身立命的重要方式等。从某种意义上说,这种理解既拉近了普氏与中国文学诗性传统的距离,同时又难免遮蔽了小说家本人在作品中表达的另一番重要意图和思想:写作乃追寻真理和创造世界,小说家笔下的欢乐正是观照真理和创造世界带来的欢乐;这才是普氏小说中的乐观精神的主要源泉,通常的回忆往昔难以产生这种效果。这一点值得注意。

从负面因素看,这一时期的少量论文仍未摆脱介绍性质,从作者生平到作品内容,或叙述和复述性文字较多,未能对作品中的问题进行深入细致的展开和分析,研究性不强。偶见抄袭现象。与前一阶段研究成果相比,一些论文略显粗糙,文中的一些明显的错误表明论文作者并未细读作品。尽管获得参考资料的渠道更多,一些作者并不了解其他研究者已发表的相同或相关主题的论文、论著,且参考资料显得十分陈旧。

结　语

普鲁斯特的《追忆似水年华》,正像曹雪芹的《红楼梦》,分别代表了法中两国小说艺术之最高成就,同时深深植根于两国文化,他国读者对它们的接受,远比不上更通俗的二三流小说来得容易,当然也对研究者的文学与文化积累提出更高要求。基于作品本身的难度,《追忆》在中国的研究始终显出较冷清的面貌。在整个中国普学发展中,不难看出时政、国内文学家的兴趣、特定时代的流行话语和整体文化水平,都影响着学者们的研究。另一方面,翻译也对研究发生着积极影响,不只涉及普氏小说的翻译,还涉及国外普氏研究专著和论文,及其他相关著作的翻译。

一种值得注意的现象是,我国的普鲁斯特研究者参考的往往主要是国外的研究资料或翻译过来的普学或外国文学论文、论著,显然多数国内研究者更信赖国外的研究,而并不十分关注国内的研究成果。这种现象透露出国内学者之间缺乏交流与论辩,而这不利于中国普学整体研究水平的提高。另一方面,中国的普学在改革开放后短短三十多年的时间里,经过几代外国文学研究者的辛勤耕耘,无论是在与国际普学接轨方面,还是在从审美角度沟通不同的文学世界方面,都取得了长足的进步。可以说我们在三十来年(1980—2011)的时间里填补了曾经耽搁的30年(1949—1979)的空白,并渐渐达到了与国际普学同步的水平。更重要的是,学者们的文化与文学修养更趋平衡全面,从而我们的研究渐渐具备了立足本国文化与文学、融会贯通他国文学与文化的特色。在此基础上,《追忆》作为一部世界文学杰作,综合了"为社会、人生的艺术"与"为艺术的艺术"诸侧面的特点,不断得到认识与揭示。

不同于日新月异的科技发展,多少有必要唯新是从;文学研究,有着与文学的本质联系在一起的独特性,特别是作为人心、人性的表达,因此与作品进行深入交流始终应是第一位的。至于国外的新的研究方法与研究角度,固然能够帮助我们认识作品的某些方面,却需要经过研究者细致入微的消化吸收过程,方能避免生搬硬套、终至隔膜,无助于理解作品。就中国普学而言,张寅德的《意识流小说的前驱——普鲁斯特及其小说》在对西方理论进行融会贯通的理解与运用方面,尤其值得借鉴。再者,外国文学研究的魅力之一,还在于向本国读者展现一个陌生而亲切的文学世界,陌生可能在于作品的形式、所表达的某些思想和所植根的传统等,亲切的方面则来自研究者成功地会通作品和我国文学传统中类似的艺术与精神境界。就此而言,钟丽茜的《诗性回忆与现代生存——普鲁斯特小说的审美意义研究》非常值得参考。

综上所述,中国的普学学者,一方面有必要深入了解国际上已有的成果,在此基础上努力加入主流普学研究、展开国际学术交流;另一方面,国内同行之间的交流同样有必要加强。基于对《追忆》本身的不断深入的阅读、对普鲁斯特所植根的法国文学和文化的更充分的认识,以及伴随新译本的出版读者群的扩大,加上学者们不断深化的多方面的文化积累,中国的普鲁斯特研究会有可观的发展。

第五节 加缪小说研究

法国小说家加缪(Albert Camus,1913—1960)是荒诞派文学的代表,1957年获诺贝尔文学奖。1947年6月,吴达元在《大公报》上发表了《加缪和悲剧英雄》,中国读者第一次听到了加缪的名字,接着罗大冈、盛澄华等在文章中也提到了加缪的名字。但是,从此之后他的名字就从中国读者的眼中消失了,直到1961年,作家出版社上海编译所内部出版了孟安翻译的《局外人》,他的名字方才重新出现在极少数中国读者的眼中。出版者说发行《局外人》的目的是"通过这部充分体现加缪的反动哲学思想的中篇小说,使我国的文学工作者能够具体认识存在主义小说的真貌,为了配合反对资产阶级反动文艺思潮的斗争"。这中间已经有14年过去了,加缪的名字似乎沉入了忘川之底。岁月匆匆,转眼间18年又过去了,直到1978年改革开放以后,《世界文学》第1期上发表了施康强译的加缪短篇小说《不贞的女人》,他的名字才再次浮上水面。一年之后,即1979年,《译林》第1期上刊登了冯汉津的《卡缪和荒诞派》,中国学术界开始了对加缪及其作品的研究。冯汉津认为,《局外人》和《鼠疫》都是荒诞派文学的"体现",是一种"暴露文学",其哲学纲领是《西齐夫的神话》所阐明的"荒诞哲学",即"世界是荒诞的,人生就是幻灭"。

一、发轫期

20世纪80年代是加缪研究的发轫期。1981年,郭宏安在柳鸣九主编的《萨特研究》上,发表了《阿尔贝·加缪》①一文,全面地介绍了加缪的思想和创作,提出:"他批判资本主义社会,同时也反对无产阶级专政,但他首先是批判资产阶级社会,他对无产阶级专政的认识多半是基于当时苏联的实践,而当时苏联的经验并不能被认为是成功的。因此,以反对马克思主义、反对苏联的名义将加缪一笔抹倒,打入反动派的营垒中去,是不公正的。"(492)紧接着,他发表了关于《局外人》(1986)、《鼠疫》(1982)、《西绪福斯神话》(1987)、《堕落》(1987)、《流放与王国》(1986)、《来客》(1986)和《不贞的妻子》(1988)等文章,以个案研究的方式,对加缪的小说创作进行了分析和评论。他认为,加缪的荒诞哲学的要义在于:"荒诞并不产生于对某种事实或印象的考察确认,而是产生于人和世界的关系,这种关系是一种分裂和对立。一方面是人类对清晰、明确和同一的追求;另一方面是世界的模糊、矛盾和杂多,也就是说,对人类追求绝对可靠的认识的强烈愿望,世界报以不可理喻的、神秘的沉默,两者处于永恒的对立状态,而荒诞正是这种对立状态的产物。"②(77—78)所以,荒诞不在人,也不在世界,而在两者的关系。加缪为意识到荒诞的人提出这样一条行为准则:义无反顾地生活,穷尽现有的一切,知道自己的局限,不为永恒枉费心力。《局外人》中的默而索[莫尔索、默尔索]被判了死刑,社会抛弃了他,然而他却宣布:

---

① 柳鸣九主编:《萨特研究》,北京:中国社会科学出版社,1981年。
② 郭宏安:《荒诞·反抗·幸福——加缪〈西绪福斯神话〉译后》,《读书》1987(1)。

"我过去曾经是幸福的,我现在仍然是幸福的。"这正是他的觉醒,他认识到了人和世界的分裂,他完成了荒诞的旅程的第一阶段。"默而索既非白痴,又非野蛮人,更不是一个比一般人缺乏理性的人。他是一个有着正常的理智的清醒的人。"①(72)加缪把人发现和获得了荒诞感称为"觉醒",而觉醒在加缪的哲学中只是一个起点,如《局外人》所表现的,更为重要的是,人一旦认识到这种荒诞性,获得了觉醒,就应该设法寻求解决的途径,而解决的途径就是反抗,《鼠疫》表现的就是这种反抗,它指出:人在面对恶的时候,应该正视恶,承认恶,抵抗恶,战胜恶;恶虽败而不能绝迹,人虽胜而不能止步,幸福总是存在于相对之中。②(53)他指出,《堕落》中的克拉芒斯的"形象是复杂的,加缪对他的态度也是复杂的。他身上既有作者本人的影子,又带上了以萨特为首的存在主义者的特征,同时又打上了另外一些左翼知识分子的印迹,最后又什么具体的人也不是,成了一种滋生在战后欧洲资本主义世界中的知识分子的精神复合体。加缪对于他,是厌恶的,批判的,嘲讽的,同时又企图通过对他的揭露和鞭挞使自己获得某种净化,使自己从他的堕落中解脱出来"③。(66)《流放与王国》是加缪的一个短篇小说集,郭宏安对它做出了一个总体的评价:"人在这个世界上流放,也在这个世界上进入王国,流放的痛苦和王国的幸福互相渗透。获得了自由、尊严和正义的人虽然也免不了流放的命运,却可以在流放中获得相对的幸福。"郭宏安对加缪的研究为中国学界提供了一个基础,或者说一个出发点。

易丹在《论加缪〈局外人〉中主人公的冷漠》(1989)中把默而索的形象特征归结为"冷漠",说他的冷漠产生于一种"信念","他的冷漠、他的信念(那种固执而深刻的激情)产生于一种反抗的心态,即在他的社会中做一个局外人","他的冷漠就是他的反抗。他的反抗,就是毫不动摇地将自己推向坟墓"。"从这一点上看,我们似乎不得不承认他有一种独特的超凡勇气,不得不承认加缪所说的话:他是一个这个时代所能得到的基督。"④(66—69)张容的《荒诞的人生——评加缪的〈局外人〉》(1989)从主题、形式等方面全面地论述了《局外人》,指出:"整部小说都笼罩着死亡这一主题,加缪正是通过死亡来揭示荒诞的。""加缪笔下的'荒诞世界'中的'荒诞的人'的典型,莫尔索是认识到荒诞的怀疑主义者,是20世纪的精神畸形儿,他代表了西方三四十年代的一部分青年对混乱的世界秩序感到的精神不安和绝望的心态。"至于小说的形式方面,她指出:"这种名为主观实为客观的反常的叙述方法产生的效果是异乎寻常的超脱和冷漠,表现的是主体和客体的分离,思想与行动的分离,与生活的距离,与社会的距离,这种

---

① 郭宏安:《多余人? 抑或理性的人?——谈谈加缪的〈局外人〉》,《读书》1986(10)。
② 郭宏安:《谈谈阿尔贝·加缪的〈鼠疫〉》,《读书》1982(2)。
③ 郭宏安:《法官——忏悔者——谈谈加缪的〈堕落〉》,《读书》1986(7)。
④ 易丹:《论加缪〈局外人〉中主人公的冷漠》,《四川大学学报》1989(3)。

冷漠、客观的叙述突出了局外人的特征、荒诞主题并由此得到进一步的加强，这正是加缪的良苦用心。"①(52—57)

此外，张良春的《加缪作品中景物描写的象征作用》(1986)、徐玉成的《荒诞人生的底蕴的深层探索——论加缪的"荒诞三部曲"》(1987)、韩明的《笑声中的忏悔——读加缪的小说〈堕落〉》(1987)、陈家琪的《爱与正义者之间——读加缪〈正义者〉》等文章，从文学和哲学的角度对加缪的《堕落》《流放与王国》《婚礼集》《夏天集》及剧本《正义者》做了不同程度的解读。

二、展开期

随着改革开放的推进，20世纪90年代是中国加缪研究的展开期，主要的论题是加缪的小说《鼠疫》，其中也涉及《局外人》。1992年，丘上松发表了《莫尔索是局外人，还是局内人？》，针对《局外人》的主人公是否可以用"冷漠""无所谓"来概括，对易丹等学者的观点提出了异议。他指出："事实上，莫尔索对待丧母、死刑等大事是不完全无所谓的，而是非常矛盾，竟或说大大的有所谓。"②(79)面对世界的荒诞，莫尔索并不是"无所谓"，而是陷于"介于'有所谓'和'无所谓'之间的无所适从"的变体心理，他并不孤单，他是"20世纪精神畸形儿的代表"。至于莫尔索是否是"精神畸形儿"，是否能够孤立地谈论"世界是荒诞的"，学界是有不同看法的。

1990年，陈祥明对加缪的美学思想做了一个综合的分析和评价，发表了论文《加缪美学思想评析》，提出"荒谬"概念是加缪美学思想的轴心，"西西弗"精神是加缪所倡导的美学理想。他的美学理论跟他的文学作品一样，具有强烈的人道主义色彩。由于他在揭示人生的荒诞和人类的悲剧命运时，采取了反历史唯物主义的思维方法，仅注重个体的心理结构的考察，而忽视对社会历史结构的科学分析，最终使他走向人道主义的反面。同年，郭宏安发表了《加缪与小说艺术》，强调："加缪毕竟是有艺术的，假使所谓'艺术性'不等于雕琢华丽、标新立异或追逐时髦之类。加缪的艺术性在于'适度'。"③(234)加缪的艺术性在于"高贵的风格"，其表现是：《局外人》的"含混"，《鼠疫》的"神话"，《堕落》的象征，《流放与王国》的作为技巧的工具，等等，从不同的侧面反映出他对现代小说艺术的观念，即适度地运用技巧，如他所说："现代艺术的错误几乎总是手段先于目的、形式先于内容、技巧先于主题。"

1992年，刘雪芹的《反抗的人生——论加缪的〈鼠疫〉》通过细腻精到的分

---

① 张容:《荒诞的人生——评加缪的〈局外人〉》,《外国文学评论》1984(4)。
② 丘上松:《莫尔索是局外人,还是局内人？》,《佛山大学学报》1992(1)。
③ 郭宏安:《加缪与小说艺术》,《从蒙田到加缪:重建法国文学的阅读空间》,北京:三联书店,2007年。

析,突现了《鼠疫》所塑造的三种人:第一种人是"合理的杀人凶手",第二种是"无罪的杀人凶手",第三种是"真正的医生",即"当恐怖之神带着它的无情屠刀再度出现之时,那些既当不了圣人,又不甘心慑服于灾难的淫威,把个人的痛苦置之度外,一心只想当医生的人"。里厄就是这样的医生,"与客观事物做斗争",这里的客观事物,即指"自然的荒谬力量",也指"人类的荒谬力量",这是加缪式的"激情":"似乎简单,实则根本,朴素真实得如同生活本身一样。"刘雪芹指出,应该在三个层次上阅读《鼠疫》:"表层的,字面意义上的;象征的,时代意义上的;寓意的,绝对意义上的。在这几重意义中,第三种显然是根本的,是作者刻意表达的……如果说《局外人》主要描写一个执意生活在荒谬感受中的人的生活,那么,(《鼠疫》)这部作品则主要表现了人的基本现实是非理性的、荒谬的,时刻面临死亡威胁的情况下,所应采取的态度和行动。"①(62—69)

1995年,杨昌龙在《写实的载体,存在的精髓——论加缪的〈鼠疫〉》一文中,指出:"存在主义者认为,世界是荒谬的,无理性的,西方作家从西方社会制度中把它总结出来,又用它来剖析西方社会的弊病,用来描绘帝国主义的战争罪恶,显然具有鲜明而深刻的积极意义。小说《鼠疫》正是如此。"同时,"存在主义者还认为,世界虽然是荒谬的,但人并非奴隶,不应俯首帖耳,顺应服从。人有主观意志,面对客观境遇,可以自由选择,选择自己的态度和行为,用自由选择的行动,进行自我创造,实现和证明自己的存在"。总之,加缪采取了象征的手法表达对第二次世界大战的"反思":"表面上是在写鼠疫,实质上是在写战争。"杨昌龙认为,《鼠疫》是一部存在主义文学作品,"因为它体现了存在主义的哲学思想"。② (159—164)但是,加缪并不简单地认为世界是荒诞的,荒诞的是人与世界的关系,离开了关系,世界和人都不能简单地称为荒诞。

1998年,郑克鲁发表了《加缪小说创作简论》,从内容和形式方面全面地论述了加缪的小说创作,指出:"加缪的小说提出了一些当代资本主义社会的重大问题,主要有两个,即对荒诞的认识和对命运的反抗。"该文分别论述了《局外人》《鼠疫》《堕落》和《流放与王国》:《局外人》中的默尔索是"用沉默、无所谓和蔑视对这个荒诞的社会和世界的,他身上有着激情,只不过这种激情隐藏在表面上显得麻木的态度中";《鼠疫》是一部"寓言式的小说","鼠疫既是法西斯的象征,也是荒诞的现实和存在"。加缪在《鼠疫》中已经"达到他思想发展的顶点,他积极进取的反抗恶的思想通过这个寓言式的故事,得到了最充分的表现";《堕落》中的克拉芒斯"体现了人性中邪恶的一面","他成为时代的起诉者和公众的忏悔师";《流放与王国》则"反映了加缪面对50年代激烈变动的现实

---

① 刘雪芹:《反抗的人生——论加缪的〈鼠疫〉》,《外国文学研究》1992(4)。
② 杨昌龙:《写实的载体,存在的精髓——论加缪的〈鼠疫〉》,《当代外国文学》1995(1)。

的无所适从的状态",是一部"欲反抗而找不到出路"的作品①(53—60)。同年,张静的《论加缪的死亡哲学》分析了他的死亡哲学的内涵乃是表现了自我挣扎的反叛思想和自我拯救的地中海思想。这种死亡哲学的实质是向死而生,超越死亡。生是偶然的,死是必然的,人不能回避生,也不能回避死。加缪这位伟大的文学家通过对人生折磨所吟唱的颂歌,以罕有的力量冲击着我们的心灵。他毕生追求一种精神力量,致力于实践一种人生哲学,这种哲学以死亡为背景,探求的却是生命的价值和人生的意义。同年,周小珊的《走近加缪——读〈第一个人〉》第一次在中国人面前介绍了加缪的遗作,并且进行了平实而不是深入的分析。作者指出:"《第一个人》是一部寻根小说,加缪用他那双热情而冷漠、敏锐而真挚、幸福而痛苦的眼睛在文中探寻他的家庭史,也探寻法国人在阿尔及利亚的殖民史。它忠实地再现了加缪对人性、人的生存、人的内心体验和人生意义进行探索的心路历程。"作者关注《第一个人》的叙述方式:"加缪总在变换叙述场景、叙述对象、叙述角度和叙述顺序。"同时,她又用具体事例说明,加缪在一部作品中复制另一部作品中的情节或人物的"循环叙事"可以成为一个"修辞学概念",是"加缪在创作手法上的一种创新"。从"第一个人"对生命的追寻与拷问中,读者可以感觉到:"他的创作,已从荒诞文学过渡到了介入文学。"总之,"福克纳式的叙述顺序,兼有朴素与绚丽之美的语言,丰富多彩的童年生活,贫穷坎坷的人生经历,无限痛苦的历史发展,向我们展示了加缪的多面性:热情真诚,自我审视,进取不息"②(158—163)。

张容在1990、1995年和1998年连续发表了三部专著,分别是《阿尔贝·加缪》《加缪——从西绪弗斯到反抗者》和《形而上的反抗——加缪思想研究》,全面系统地论述了加缪的思想和创作。她通过对加缪哲学思想、政治思想、宗教思想、道德伦理思想和美学思想的分析和评价,试图揭示加缪思想发展的曲折过程,阐明他的哲学观点、政治立场和反宗教的道德观的实质,展示他思想上的矛盾和两重性,从而深刻地理解这位永远都在寻求答案却对自己都没有把握的思想家。加缪的谦虚、谨慎和冷静与那些口出狂言、自命不凡的"哲学家"的狂妄形成了鲜明的对比。她指出:"如果死神没有过早地向他招手,加缪必然会继续他的写作生涯,为我们留下更丰富的精神遗产。他给我们留下的是真诚的人的形象,一个忠实于他的故土、他的信念、他的使命的作家形象。他的作品回荡着反抗的喊声,对正义的呼声,也充满着对自由和幸福的渴望,是全世界人民精神宝库中的一朵绚丽多彩、朴实无华的花。"

1998年,刘明厚发表了《论加缪及其戏剧》,在不多见的有关加缪戏剧的研

---

① 郑克鲁:《加缪小说创作简论》,《上海师范大学学报》1998(3)。
② 周小珊:《走近加缪——读〈第一个人〉》,《当代外国文学》1998(4)。

究中颇为引人注目。文章主要分析了《加利古拉》《误会》和《正义者》,指出:"加缪的戏剧结构紧张有力,富有动作性和戏剧性,始终遵循着语言的规范;人物个性鲜明、生动,面对痛苦和不幸,每个人都在寻找自己的道路,自己的道德,或自救的方法。尽管他们意识到一切都将在失败、孤独和死亡中完结,但他们仍然尝试着与荒诞作斗争,'我反抗故我在',这使加缪的戏剧具有一种独特的力量。"①(9)

整个90年代的加缪研究几乎涉及加缪创作的各个方面,甚至包括他的遗著《第一个人》,但是,他的随笔还是很少接触,无论政治随笔,还是哲学随笔,还是抒情随笔。不过,加缪与萨特的关系,特别是因《反抗的人》所引起的争论,已经引起中国学界的兴趣,当然其中所隐含的意义还需要深入探寻。

三、相对活跃的发展期

21世纪最初的十年中,加缪研究进入了相对活跃的发展期。2001年,柳鸣九为《加缪全集》写了一篇"总序",对加缪的思想及创作做了全面的评述。此后,他又发表了《〈局外人〉的社会内涵与人性内涵》(2002)、《论加缪的创作》(2003)、《论加缪的思想与创作》(2004)等文章。综合这几篇文章,他的基本观点如下:就《局外人》,他认为,"小说以这个人物的真切感受揭示出了现代司法过程中的悖谬,特别是其罗织罪状的邪恶"(58),默尔索最主要的"地核"是"一种看透了一切的彻悟意识"(59);就《卡利古拉》,他认为这个剧本表明加缪"非常重视与强调人面对生存与世界的清醒意识、彻悟意识",卡利古拉"成为了恶的化身、荒诞的代表,成为了世人必须铲除而后快的暴君"(60);就《西西弗神话》,他认为:"加缪所思考的荒诞,归根结底仍是来自客观世界的荒诞";就《鼠疫》,他指出:"在《鼠疫》中,关于人应该如何面对荒诞的哲理,显然比加缪以前任何一部作品都表现得明确、清晰、有力度。"(63)"清晰明确的历史意识,固然有其社会进步的借鉴价值,而在一部文学作品中,隽永的哲理尤其有更长久的人文启迪意义,《鼠疫》就具有这种双重的力量。"(63)就《反抗者》,他认为:"在加缪心目中,反抗是有理性的,是有价值标准、社会效益,有见解意义的社会行为。它是人的尊严的体现,具有明显的崇高性。"(65)总之,"加缪不是一个书斋中的教条主义者,而是一个在实际生活中、在复杂的社会现实中学会了思考的思想家,不只是一个靠思维与笔介入社会政治的作家,还是一个身体力行在实际斗争中得到了锻炼的斗士"②(112)。

2002年,马爱华在《理性的沉沦与荒诞的飞腾——论〈局外人〉的"阳光"意

---

① 刘明厚:《论加缪及其戏剧》,《戏剧》1998(2)。
② 上述引文均源自柳鸣九:《论加缪的创作》,《学术月刊》2003(1)。

象》一文中,采用了主题学的研究方法,分析了理性的沉沦与荒诞的飞腾,指出"阳光"是两者的关系的枢纽。"在加缪的《局外人》里,太阳是集体无意识的显现,又是作家个人潜意识的符码;阳光中的阴影既是荒诞哲学的矛盾综合体现,又是文学作品荒诞象征元素。"①(175)

2003年,谢芳群发表了《与世界不分离——对加缪小说的考察》,通过考察加缪的小说、思想著作及传记,试图理清他对上帝、对世界、对人的哲学态度,并且通过这些态度分析他对人生的理解。由于承认上帝的不存在,所以我们"阅读加缪的作品,读到了一种神圣性";阳光和阴影,在世界的矛盾面前,"加缪没有做出丝毫的逃避,他接受了生活所给予他的一切,包括它所有的反面和正面";"没有一个永恒的给世界以意义的上帝,反而能够使人获得真正的自由和创造力","在否认英雄主义和圣人之道之后,'真正的人'获得了尊荣"②(65—74)。上帝、世界、人,三者之间的关系得到了哲学上的阐明。同年,王福和在《被'玻璃板'阻隔的荒诞人生——默尔索形象新释》一文中,以加缪在《西绪福斯神话》中关于"玻璃隔板"的论述为钥匙,再次解读《局外人》的主人公默尔索的形象,对这个局外人的荒诞人生做了进一步的诠释。作者通过对"隔住了什么?""为什麽被隔住了?""隔在了哪里?"三个问题的回答,说明"阻隔在默尔索的生命与世界之间的那张玻璃板,象征或代表着一种传统的伦理纲常,一种约定俗成的定式思维,一个不可侵犯的'道德法庭',一道无法逾越的价值鸿沟"③(49)。同年,冯季庆在《特殊话语标记和语义无差异性——论加缪〈局外人〉与塞林格〈麦田的守望者〉的叙事意义》的论文中,从叙事学的角度,以比较研究的方法,探讨了《局外人》和《麦田里的守望者》所包含的社会意义。这篇文章从两部小说的特殊话语标记,如默而索的"怎么都行"和霍尔顿的脏话入手,研讨作品的叙事特征和意义,指出它们作为小说叙事文本的最大特点就是揭示了以互不相容的语义价值和文化价值拼接起来的双重性,导致了价值的无差异性。作品中大量表示这种立场的词语和语义对应了特定社会深层结构的组织状况和战后社会语言环境因意识形态冲突而导致的堕落。此外,两部小说还以反英雄为主角批判了意识形态中心话语的贬值和社会强势话语的虚假性。也是在这一年,赵晓珊发表了《无为自然与反抗荒诞——试论许地山的道家思想与加缪的存在主义》一文,探讨了这两位作家思想中的相同点,他指出,我们至少能找出"两点相同之处:他们都意识到人面对世界的异化,痛苦与困惑是无法逃避又难以克服的问题;其二,他们都试图通过理性的思考正视荒诞与痛苦,在令人绝

---

① 马爱华:《理性的沉沦与荒诞的飞腾——论〈局外人〉的"阳光"意象》,《广西社会科学》2002(1)。
② 谢芳群:《与世界不分离——对加缪小说的考察》,《上海师范大学学报》2003(3)。
③ 王福和:《被"玻璃板"阻隔的荒诞人生——默尔索形象新释》,《外国文学研究》2003(3)。

望的世界中复活生存的价值,踏出救赎之路。这类冥思苦想是在追求难以捉摸的生活意义的时候,遇上了另外的彼此相近或互相对立的真理,于是形成了一种个人的激情,一种从痛苦中产生的个人责任"①(58)。

2004年,郭宏安在题为《〈堕落〉:一幅当代知识分子的画像》的文章中指出:"记忆或回忆,是《堕落》的基本主题。"在克拉芒斯,是"一阵笑声"唤醒了那条潜伏在人的心中的"蛀虫"。总是有那么一个时候,有那么一个晚上,有那么一个地方,由于那么一种原因,人突然从混沌中醒来,发现自己在堕落。2009年,钱翰发表了《加缪的〈堕落〉中的罪与忏悔主题》,说明了加缪虽然是一个人本主义者,却隐含着一种基督教的情结:"加缪是人本主义者,然而,人本自何处,向何处返本,从《局外人》的乐观、《鼠疫》的斗争到《堕落》的迷茫,加缪没有放弃他的追索。面对荒谬,加缪选择了西西弗式决绝的勇气、反抗荒谬的斗争,但是他并没有找到令自己安心的答案。无论是现实政治斗争的困境,还是哲思中的矛盾,都对他的精神世界提出了强烈的挑战。《堕落》就是这种不安心,在批判和自我批评之间寻找出路。毫无疑问,克拉芒斯是他批判的对象,是知识分子反面的警醒,然而这个哈哈镜中的形象也不乏对自己的嘲讽,人生的荒诞感如同运河上的迷雾,难以散去。"②(85)

2006年,晁召行的《重构生活与反抗,超越荒诞——从叙述方法的角度解读〈局外人〉》一文指出:"从叙事方式上讲,《局外人》是默尔索面对荒诞和死亡而不屈服,要通过语言重构生活,表明自己对过去的'义无反顾'态度的产物……默尔索是一个因法庭的荒谬而被扯入'荒诞'的人,他本人并不荒诞。"③(63)同年,杨龙发表了《自我的坚持与毁灭——"局外人"之死浅议》,提出:加缪的小说《局外人》主人公默而索之死,与其说是荒诞力量促成的必然结果,不如说是有着更为深刻内在的自我根源。默而索对荒诞的理解和认识存在很大的偏差,只看到荒诞造成了自我与世界的分离,而未能意识到荒诞同时也是人与世界的唯一的联结。他极端坚持局外自我,企图战胜荒诞,不经意间却滑出了自我与荒诞相联结的时间性的局内,最终导致自我的毁灭。"默而索把自我保存在世界的局外,反倒去侵入他人的局内,这种不能一以贯之的行为不应当仅仅是反讽。"④(74)这一年,赵秀红的论文《加缪的〈鼠疫〉中的悲剧意识》不同意杨芬1999年的文章《一个存在主义的英雄》所表达的观点:"加缪一扫以往作品

---

① 赵晓珊:《无为自然与反抗荒诞——试论许地山的道家思想与加缪的存在主义》,《甘肃理论学刊》2003(3)。
② 钱翰:《加缪的〈堕落〉中的罪与忏悔主题》,《国外文学》2009(4)。
③ 晁召行:《重构生活与反抗,超越荒诞——从叙述方法的角度解读〈局外人〉》,《许昌学院学报》2006(1)。
④ 杨龙:《自我的坚持与毁灭——"局外人"之死浅议》,《国外文学》2006(3)。

中的悲观气氛,在这里奉献给读者的是一个正视现实、不畏艰难、忘我献身、以实际行动与恶势力抗争的存在主义的英雄。"她认为,《鼠疫》展示的不是一幅与恶势力"抗争"的"鼓舞人心"的画面,而是表现了加缪的"悲剧情愫"。这种悲剧情愫"源于作家心灵的沉重与感伤","它暗含作家身世的不幸,紧系制造悲剧的时代,同时又与作家所受的哲学熏陶密切相关"①(90—93)。

2008 年,吴碧云发表了《异化与荒诞——试论〈局外人〉的人格缺失之因》,指出《局外人》的主人公是一个"社会病人",患有严重的"人格缺失症"。作者运用弗洛伊德的人格理论和荣格的人格面具理论,对默尔索的人格缺失进行分析,关注机器奴隶们的现实生活和精神生活,也许能完全展示现代人精神处境的无所适从与尴尬境地,并把这种缺失指向异化和荒诞。同年,李东辉、张倩在《地中海的阳光——加缪创作的文化根源与哲学归属》一文中,写道:"实际上,'地中海思想'是加缪思想的一个重要的文化、思想特质,它使加缪体现出与法国本土作家截然不同的柔情。对加缪而言,'地中海思想'即是古希腊文化传统的同义词,意味着'压倒一切的对生活的热爱',它超越于荒诞和反抗理论之上,是一种贯穿于其中的思想指导,是加缪创作的文化根源和哲学归属。"②(105)

2009 年,贺金茹的《从"局外人"到"反抗者"——默尔索在边缘情境中的自我超越》一文指出:"局外人"揭示了 20 世纪西方世界的荒诞性,并通过主人公默尔索的精神发展历程,展示我们应对荒诞的正确态度和途径乃是在"爱"与"对话"中"重新开始",重建人与世界、与他者的关联,创造性地进行反抗。而默尔索从"局外人"到反抗者的过渡,则是在辍学、入狱、被判处死刑等一系列边缘情境中逐步实现的。

21 世纪第一个十年,加缪研究,主要是关于他的小说的研究,呈现出多角度、多层次的特点,研究者尝试着从叙事学、精神分析、哲学、文化等角度入手,以便深入和扩大研究的空间。

综上所述,新中国成立 60 年来,加缪研究在中国有逐步深入和扩大的趋势,20 个世纪 80 年代,有论文四十余篇,90 年代,有六十余篇,到 21 世纪第一个十年,论文已近百篇。特别是 2011 年,黄晞耘出版了他的专著《重读加缪》,郭宏安将他写的关于加缪的文章结集为《阳光与阴影的交织——郭宏安读加缪》,预示着(但愿如此!)加缪研究的新的突破。我认为,未来的研究要在以下诸方面投注更大的精力:一、继续深入地研究他的小说,要在外国学者的研究成果基础上提出新见解,特别是过去涉及较少的作品,如《堕落》《流放与王国》《第一个人》等,尤其要在具体作品的分析评论上下工夫。二、关注他的随笔创作,

---

① 赵秀红:《加缪的〈鼠疫〉中的悲剧意识》,《上海师范大学学报》2006(3)。
② 李东辉、张倩:《地中海的阳光——加缪创作的文化根源与哲学归属》,《江西社会科学》2008(4)。

除了《西绪福斯神话》《反抗的人》之外,要注意他的三本随笔集:《反与正》《婚礼集》和《夏天集》。三、加缪的戏剧创作是他的主要活动之一,过去我们关注较少,今后理应加强。

总之,过去我们在加缪研究上取得了不少成绩,但是,就他的创作实绩、意义和影响来说,恐怕还远远不够。相信未来的研究或有所突破。

第六节　托马斯·曼小说研究

托马斯·曼(Thomas Mann,1875—1955)是20世纪德语文学最重要的作家之一。他不仅获得1929年的诺贝尔文学奖,在有生之年就获得巨大的国际声誉①,而且在死后也证明了自己的不朽。从德国国家图书馆的馆藏书目看,他已跻身十个最有影响力的德意志文化名人之列②;无论对于普通民众③还是权威的评论家④,他在20世纪德语文学中都占据数一数二的位置。他拥有众多的研究者,也拥有众多的读者⑤,他的读者还喜欢有组织的崇拜——德语国家的托马斯·曼协会已有六个之多⑥。可以说,他实现了自己借助小说人物所表述的文学理想:既赢得"广大读者的信赖",又得到"挑剔者那充满钦佩、也充满要求的关注"⑦。

一

受中国社会政治大气候的影响,新中国的托马斯·曼接受史也可以顺理成章地分为前30年和后30年。我们先谈1949—1979年的情况。

---

① 他受到罗马教皇和多国政要的接待,还获得14个名誉博士头衔。
② 这十人依次为:歌德、雅可布·格林、马克思、黑塞、尼采、托马斯·曼、席勒、马丁·路德、恩格斯、康德。参见:《百年华诞:德国国家图书馆百年大庆专刊》2012(3)。
③ 2005年做的一项问卷调查表明,在20世纪德国作家里面,他和布莱希特数一数二。参见:http://www.epochtimes.de/thomas-mann-ist-fuer-deutsche-der-bedeutendste-autor-4978.html 或者:http://www.augsburg.de/index.php?id=2903。
④ 卢卡奇把他视为德语文学第一人(见下文)。汉斯·迈耶早年持这一观点(见下文),后来又把卡夫卡、托马斯·曼、布莱希特排列为一二三;当代批评霸主马塞尔·赖希-拉尼茨基则认为他和卡夫卡是20世纪德语文学的双雄。有关前三和双雄的说法分别参见:1)叶廷芳:《遍寻缪斯》,北京:商务印书馆,2004年,第111页;2)马塞尔·赖希-拉尼茨基:《随便提问——关于世界文学的应答》(德文版),慕尼黑:德意志出版社,2009年,第34页。
⑤ 法兰克福费舍尔出版社现代经典文学部的编辑罗兰·斯巴尔(Roland Spahr)通过电邮向笔者提供了一个参考数据:迄今为止,《布登勃洛克一家》已在德语国家销售约600万册,在海外销售约100万册。
⑥ 这六个协会分别位于苏黎世、吕贝克、波恩、杜塞尔多夫、慕尼黑、波兹坦。
⑦ 托马斯·曼:《死于威尼斯》,黄燎宇、李伯杰译,北京:人民文学出版社,2012年,第12页。该处译文有误,现在予以更正。

1949年以前，托马斯·曼有十来个短篇译成中文出版，介绍性文字有七八篇，对其评价褒贬不一。郑振铎夸《死于威尼斯》"不可及的美丽与淡泊"，沈雁冰（茅盾）批他对一战的态度"尤其荒谬"，林语堂则高调赞扬他在二战中的反法西斯立场①。在新成立的中华人民共和国，托马斯·曼其人其作可谓受到先入为主的、众口一词的评价和颂扬，被视为德国文学的旗帜。之所以如此，是因为苏联和新成立的德意志民主共和国赋予他很高的地位。譬如，民主德国文化部长约翰内斯·贝歇尔把托马斯·曼比作"吟唱资产阶级挽歌的荷马"，著名评论家保罗·里拉称他为"最伟大的德国作家"②。民主德国的建设出版社在1956年就出版了12卷本的《托马斯·曼文集》，联邦德国的费舍尔出版社则在1973年才推出13卷本《托马斯·曼文集》。在俄国，托马斯·曼的作品早在十月革命前就得到广泛传播。进入苏维埃时代以后，他的名望更是与日俱增。50年代初就有访苏归来的德国作家向托马斯·曼报告说："谈到当代德语文学的时候，您的名字总是排在第一位。"③

在新兴的社会主义国家，托马斯·曼坐上20世纪德语文学第一把交椅。这无论如何都是一件耐人寻味的事情。诚然，民主德国有诸多理由拥戴托马斯·曼，譬如，他是享誉世界的作家，他曾积极投身反法西斯宣传并成为德国流亡作家的精神领袖，他反对冷战、反对两德分裂，发表过一些同情社会主义和共产主义的言论，他还顶住巨大的政治压力，前往魏玛参加歌德诞辰200周年和席勒逝世150周年的官方大型纪念活动，他因为不满美国的政治气候而在耄耋之年从美国迁居瑞士，等等。但是，民主德国也有充足的理由忽视托马斯·曼，因为他是一个从不背叛自己阶级的资产阶级作家，因为他坦言自己的作品中"充满了共产主义深恶痛绝的恶习，如形式主义、心理学至上论、颓废倾向，还可以添上幽默和追求真理嗜好——这在绝对党性眼里可是一种缺陷"④；他撰写过不少的的确确非常"反动"的文字，如建设出版社的12卷本文集没有收录的《一个不问政治者的看法》；他还做过一些很不给社会主义国家面子的事情，譬如他婉拒了三项红色大奖：民主德国的"国家奖"、苏联的"斯大林和平奖"、法共的"世界和平奖"。

东欧社会主义国家拥戴托马斯·曼，看似一厢情愿或者阴差阳错，实际上有着深刻的必然。从某种意义上讲，这是马克思主义文艺理论的特性所决定

---

① 卫茂平：《德语文学汉译史考辨——晚清和民国时期》，上海：上海外语教育出版社，2004年，第162—166页。

② 海因茨·路德维希·阿诺尔德主编：《文本与批评——托马斯·曼专刊》（德文版），慕尼黑：文本与批评出版社，1976年，第151页。

③ 《文本与批评——托马斯·曼专刊》，第152页。

④ 《十三卷本托马斯·曼第10卷》（德文版），美茵河畔的法兰克福：费舍尔出版社，1999年，第397页。

的。因为,马克思主义文艺理论看重文学的认识功能,它尤其关注文学作品是否揭示了历史唯物主义所发现的历史规律,所以,只要一部作品的描写符合历史唯物主义的认识,不管其作者的情感、立场、主观意图如何,都被视为好作家好作品。马克思文学批评也由此显得非常大度、非常客观。况且,这种大度与客观源于深刻的心理认识。马克思主义经典作家对深层心理的观察和研究与弗洛伊德有异曲同工之妙。如果说弗洛伊德的功绩在于发现本我、自我、超我三者之间存在微妙的、戏剧性的互动,那么马克思主义经典作家的伟大,就在于发现人的意志和行动、意识和下意识之间存在断裂。无论是恩格斯论巴尔扎克[①],还是弗洛伊德论陀思妥耶夫斯基[②],其令人刮目之处都在于发现并且肯定了作家的下意识。前者欣赏巴尔扎克"空前尖刻"地嘲笑了他所"深刻同情"的阶级,后者热衷于证明陀思妥耶夫斯基的生平和创作如何受其下意识的操控。二者的阐述都可谓饶有兴味,自圆其说。也正因如此,马克思主义文学批评首先关心的不是作家的政治表白,不是他们嘴上怎么说,而是他们的艺术形象,而是他们笔下怎么写。马克思主义文学批评的价值判断主要立足于文学文本。从这个意义上讲,马克思主义经典作家才是"意图谬误"说的鼻祖。[③] 马克思主义文学批评家之所以对批判现实主义作家如此宽容和欣赏,就是因为他们深知作家们存在"意图谬误"。

对于托马斯·曼在社会主义国家的经典化,马克思主义文学批评的代表人物乔治·卢卡奇功不可没。卢卡奇不仅很早就关注并且欣赏托马斯·曼的作品,他对托马斯·曼的阐释也和恩格斯对巴尔扎克的阐释如出一辙,为托马斯·曼在社会主义国家成为德国批判现实主义文学的代表奠定了坚实的基础。

新中国对托马斯·曼的认识和宣传始于1955年。8月12日,托马斯·曼逝世,国内很快做出反应。几大报刊纷纷撰文,对托马斯·曼的一生进行总结和回顾。其中,冯至在《人民日报》发表的文章尤其值得关注。冯至把托马斯·曼称为"德国批判的现实主义文学中的典范",称赞他"代表了德国悠久的人道主义的进步传统",还说他"每逢世界上的重要事件,他总是站在进步方面,支持进步的力量"。[④] 冯至勾勒的托马斯·曼形象,符合当时的政治正确原则,也具有为时事政治服务的功能。但该文在实事求是和为尊者讳之间基本保持了平衡:不宜说的就轻描淡写或者干脆不说,说出来的一定以事实为根据。譬如,

---

① 参见恩格斯1888年4月初致玛·哈克奈斯的信。参见《马克思恩格斯选集第四卷》(第二版),北京:人民出版社,1995年,第682—684页。
② 参见《陀思妥耶夫斯基与弑父》一文。参见车文博主编:《弗洛伊德文集第7卷》,长春:长春出版社,2004年,第145—156页。
③ 意图谬误说通常被视为新批评派的发明。
④ 冯至:《悼托马斯·曼》,《人民日报》1955年8月17日。

"伟大的俄罗斯文学"对《布登勃洛克一家》产生过影响,这是事实;至于北欧文学和在新中国前30年被视为反动哲学家的叔本华和尼采对托马斯·曼产生的影响,该文则明智地保持了沉默。

1955年的媒体宣传为托马斯·曼塑造的20世纪德国文学第一人的形象,在新中国编写的第一部德国文学史中得到巩固和强化。1958年出版的《德国文学简史》就非常巧妙地把贝歇尔的一句话当作托马斯·曼一章的强收尾:托马斯·曼是"我们这个世纪最伟大的德国诗人"①。

与新中国早期高规格、高调门的托马斯·曼接受史②形成反差的,是研究人员和研究资料的严重匮乏。即便在德语界,当时读过托马斯·曼主要作品的人也是凤毛麟角。有鉴于此,《译文》杂志在1956和1957年推出多篇关于很有资料价值的一二手文献。由此看来,新中国的托马斯·曼接受和研究可谓开局良好。然而,由于共和国在50年代后期就进入不利于独立思考和自由发言,也不利于读书写字的运动年代和斗争年代,所以,除了1962年出版的《布登勃洛克一家》中文首译和译本前言,新中国的托马斯·曼接受和研究可以说停滞了整整20年(1959—1979)。

二

进入80年代以后,我国的托马斯·曼研究才算真正起步。一些文献基础相对扎实的评论文字开始出现。这些成果的一个显著特征,就是回响着1955年确立的宏大命题——"托马斯·曼是批判现实主义者"。从大百科词条③到新撰写的文学史④,从多篇论文⑤到多个托马斯·曼中译本前言⑥,许多论者都

---

① 冯至、田德望、张玉书、孙凤城、李淑、杜文堂编著:《德国文学简史》,北京:人民文学出版社,1958年,第329页。

② 巴金在赞美者之列。他在对比《秋》和《布登勃洛克一家》时盛赞托马斯·曼"的确是一个伟大的艺术家",同时称自己的作品"只能说是一个年青人的热情的自白和控诉"。参见巴金:《谈〈秋〉》,《收获》1958(6)。

③ 严宝瑜为《中国大百科全书·外国文学卷Ⅰ》(中国大百科出版社,1982年,第675—678页)撰写的相关词条中,托马斯·曼被称为"现实主义作家"和"进步的人道主义者",其小说的"基本主题是帝国主义阶段资本主义社会的衰败和没落"。

④ 余匡复撰写的《德国文学史》(上海外语教育出版社,1991年,第565—586页)将托马斯·曼称为20世纪上半叶"具有世界声誉的德国批判现实主义作家"并围绕这一主题进行了阐述。在范大灿主编、韩耀成撰写的《德国文学史第4卷》(译林出版社,2008年,第149页)中,托马斯·曼只是被称为"20世纪德国最伟大的小说家"。

⑤ 木星:《〈布登勃洛克一家〉和〈红楼梦〉》,《外语语文教学》1986(4);湖晴:《资产阶级"垄断巨人"的"历史陈列"》,《南京师专·教院学报》1994(2);叶廷芳:《〈魔山〉的魅力在哪里?》,《世界文学》1992(4);邵思婵:《德国人民的醒悟与反思——读托马斯·曼的〈浮士德博士〉》,《外国文学研究》1995(3)。

⑥ 其中包括:《骗子克鲁尔自白》(君余译,上海译文出版社,1984年)、宁瑛:《〈上帝的宝剑〉译者前记》(载:袁可嘉选编《外国现代派作品选第四册上》,上海文艺出版社,1985年)、《托马斯·曼中短篇小说选》(钱鸿嘉译,上海译文出版社,1986年)、《魔山》(杨武能等译,漓江出版社,1990年;钱鸿嘉译,上海译文出版社,1991年)、《中短篇小说全编》(吴裕康等译,漓江出版社,2002年)。

在对这一命题进行阐释和发挥。当然,托马斯·曼是批判现实主义者这一论断,在不同论者的笔下有不同的功能。有的是思想点缀,有的是思想惯性乃至思想蛇足,有的则是严肃思考的结果。相关文章有三篇特别值得关注:一是由孙坤荣、孙凤城合写的论文。① 该文写得有声有色,有理有据,因为其作者不仅做了细致的文本解读并恪守言之有理和言之有据的学术准则,从小说文本挖掘出大量令人信服的社会批判材料,把小说对金钱化的人际关系以及对封建贵族、基督教会和德意志帝国的教育制度的批判进行了全面梳理,而且立足于历史唯物主义的铁律,对小说所暴露的错误认识和伤感倾向进行了坦率的批评,如"宿命论",如1848年革命受到的"不真实"的描写,如作者由于不了解布家和哈家"这两种类型的资产阶级都是剥削阶级",所以对布家"始终抱有深切的同情",等等。该文证明,马克思主义的社会—历史批评大有用武之地。其次,由严宝瑜为《中国大百科全书》撰写的"托马斯·曼"词条,则在吸收以卢卡奇、汉斯·迈耶、英格·迪尔森为代表的民主德国托马斯·曼经典研究文献的基础上,以批评现实主义为思想红线对托马斯·曼的作品进行了全面介绍,为曼氏作品的爱好者和研究者提供了一个比较可靠的入门指南。第三项值得注意的成果,是董象和诸燮清合写的论文。② 该文由作家生平及时代背景、文本思想阐发、艺术形象点评几部分组成,其基本观点则是小说"反映了历史长河的流势和流向——支配资本财富的人们被资本财富所支配,资产阶级一批批地将自己变成历史废料"。这篇从内容到形式都有些八股意味的文章,却显示出较高的叙事和说理技巧,作者的学识和文采也不时流露于字里行间。面对该文,读者的注意力很容易从说什么转移到怎么说。

80年代初,随着视野的开阔和思想的解放,随着现代派问题成为中国文学界的热门话题,一些论者开始关注托马斯·曼作品的现代性和哲理性,把注意力从社会批判转向思想—文化议题。譬如,舒昌善一面借助民主德国学者在70年代发表的论点对《布登勃洛克一家》的历史真实性打上了问号,一面提醒读者注意托马斯·曼作品中的现代派表现手法,如象征、隐喻、意识流、非情节化。③ 洪天福则把托马斯·曼的小说纳入"哲理小说"的范畴。他的论文对托马斯·曼小说的哲理内容、对尼采和施彭格勒的思想进行了笔酣墨饱的论述。但由于作者完全拘泥于托马斯·曼的字面表述,将其小说与尼采和施彭格勒的哲学著作放在同一平台考察,而对"哲理小说"的诗学界定又流于一般:讽刺、寓

---

① 孙坤荣、孙凤城:《托马斯·曼和他的〈布登勃洛克一家〉》,《外国文学评论》1980年第2辑。
② 董象、诸燮清:《纵是残红也入诗——谈托马斯·曼的〈布登勃洛克的一家〉》,杨岂深主编《外国文学名著欣赏》第四辑,哈尔滨:黑龙江人民出版社,1983年。
③ 舒昌善的两篇文章:1)《寄〈布登勃洛克一家〉的读者》,《读书》1981(11);2)《略论托马斯·曼的现实主义》,《读书》1985(4)。

意、象征、交响曲式的结构、传记形式、思想独白等等,所以,对该文抱有诗学期待的读者不免感到一丝遗憾。① 关福坤认为,托马斯·曼"艺术表现的着眼点是人类的精神生活方面",他写出了"现代欧洲文明的危机",即"道德的沦亡,政治上的反动,艺术上的堕落"。作者围绕这一话题对托马斯·曼的主要作品进行了全面论述,最后盛赞其"哲学的高度"和"心理的深度",并以福伊希特万格的溢美之词结尾:"从罗马教皇到印度的尼赫鲁,都尊称他为世界上最伟大的圣哲之一。"② 这篇文章视野开阔、文字流畅,但不知它的主要依据是一手还是二手文献,所以给读者留下了悬念。80年代后期,刁承俊和张佩芬也撰文谈到托马斯·曼小说的哲学渊源。前者阐述"叔本华的悲观主义思想和尼采的没落心理学"决定了《布登勃洛克一家》的批判内容③,后者用"思想先驱性"来概括黑塞和托马斯·曼艺术家小说的核心主题并且指出,尼采是一切为其思想的先驱性而烦恼的现代知识分子的榜样。④

进入90年代以后,托马斯·曼研究出现一些新趋势、新特点。

首先,《魔山》成为评论热点。为叙述方便起见,我们按时间顺序进行介绍。1990年,译者杨武能把《魔山》誉为"德语文学乃至西方文学率先将现实主义和现代主义结合起来的典范"⑤。1991年,黄燎宇发表《试论〈魔山〉中的纳弗塔》,对雄辩家纳弗塔这个耐人寻味的基督教共产主义者进行了全面分析,并由此探讨托马斯·曼为何在20年代主张德国式中庸之道。⑥ 1994年,卫茂平发表《托马斯·曼〈魔山〉中的中西文化评论及〈绿蒂在魏玛〉中的"中国格言"》,认为《魔山》的亚洲和东方"在很大程度上就是指中国",说托马斯·曼"面对东方文化的大举入侵",采取了抵制和批评的态度⑦;1992年,叶廷芳发表《〈魔山〉的魅力在哪里》,对小说的社会批判意义、哲理内涵以及作为教育小说的"现代品种"的特征进行分析⑧。1996年,李昌珂撰文对《魔山》进行面面观,把德国学者的各种解读介绍给读者。此外,他认为《魔山》中的"亚洲原则"指的就是中国,就是老子。⑨ 同年,黄燎宇发表《〈魔山〉是怎样一本书》,从分析《魔山》的基本艺术特征

---

① 洪天富:《当代德国哲理小说初探》,《南京大学学报》(哲学社会科学版)1986(3)。
② 关福坤:《现代欧洲文明的广角镜》,《牡丹江师院学报》(哲学社会科学版)1987(4)。
③ 刁承俊:《叔本华,尼采与〈布登勃洛克一家〉》,《外国语文》1988(1)。
④ 张佩芬:《托马斯·曼和黑塞——略论20世纪艺术家小说的思想先驱问题》,《外国文学评论》1988(4)。
⑤ 杨武能:《〈魔山〉:一个阶级的没落》,《四川外语学院校报》1990(2)。
⑥ 黄燎宇:《试论〈魔山〉中的纳弗塔》,《外国文学评论》1991(1)。
⑦ 卫茂平:《托马斯·曼〈魔山〉中的中西文化评论及〈绿蒂在魏玛〉中的"中国格言"》,《中国比较文学》1994(2)。
⑧ 叶廷芳:《〈魔山〉的魅力在哪里》,《世界文学》1992(4)。
⑨ 李昌珂:《云气氤氲话〈魔山〉:评托马斯·曼小说〈魔山〉》,《国外文学》1996(3)。

即象征和反讽入手,探索其艺术结构和思想红线。① 1999 年,作家周泽雄发表《时间的殊相》。这篇可读性极强的印象式批评对小说中的神秘数字 7,对"《魔山》上的时间"即"一种更真实,更活跃,更不受钟表羁绊,也更具艺术气质的时间"做了一番饶有兴味的演绎。② 2000 年,于冬云发表《众声喧哗的"魔山"——论〈魔山〉的对话性叙述特色》,强调《魔山》通过"对话性叙述"超越了现实主义小说的叙事传统。③ 2005 年出现两篇《魔山》研究论文。顾梅珑的《〈魔山〉与托马斯·曼的审美主义思想》,分析的是疾病、死亡和虚无主义,以及感性和理性的关系,认为托马斯·曼有人道主义情怀④;王炎发表《〈魔山〉对时间的追问》,该文"从认识论和本体论的时间观"来分析小说,旁征博引奥古斯丁、康德、伯格森、海德格尔对时间的论述,得出"托马斯·曼的时间观是对存在的领悟"这一结论。这篇颇有哲学意味的论文印证了一个质朴的道理:研究文学,功夫常常在文学之外。⑤ 2007 年,叶隽撰文讲述《魔山》勾起的"万重思绪",对于托马斯·曼"不惜牺牲文本的可读性"来制造"思想史文本"表达了不满。⑥ 该文可以引发从事文学研究是否需要艺术亲和力的思考。2008 年,赵佳舒和唐新艳阐述了托马斯·曼对村上春树的影响。⑦ 同年,在一次关于启蒙问题的中德学术对话中,黄燎宇从《魔山》切入话题,德国最大报纸《法兰克福汇报》随即评论说:"双方的排兵布阵也完全出人意料:德国人用康德发起进攻,中国人用托马斯·曼进行反击。"⑧

90 年代以来的托马斯·曼研究的另一热点,是艺术家小说。其中最受关注的是《死于威尼斯》。相关论者主要关心如下话题:一、阿申巴赫和他钟情的小男孩的原型即作曲家古斯塔夫·马勒和波兰贵族乌拉斯基拉夫·莫伊斯的故事⑨;二、互文关系,其中包括美国作家苏可尼克的小说《威尼斯之恋》与托马斯·曼的小说,与威斯孔蒂的电影以及博尔赫斯小说《曲径分岔的花园》的互文

---

① 黄燎宇:《〈魔山〉是怎样一本书》,《外国文学》1996(4)。
② 周泽雄:《时间的殊相》,《书屋》1999(3)。
③ 于冬云:《众声喧哗的"魔山"——论〈魔山〉的对话性叙述特色》,《烟台师范学院学报》2000(2)。
④ 顾梅珑:《〈魔山〉与托马斯·曼的审美主义思想》,《常熟理工学院学报》2005(3)。
⑤ 王炎:《〈魔山〉对时间的追问》,《外国文学》2005(3)。
⑥ 叶隽:《一卷〈魔山〉万重思绪》,《中华读书报》2007 年 12 月 26 日。
⑦ 赵佳舒和唐新艳:《托马斯·曼对村上春树的影响——比较〈魔山〉和〈挪威的森林〉》,《译林杂志》2008(4)。
⑧ 黄燎宇的演说题为《中国,启蒙何用?》。参见:黄燎宇、霍费编:《以启蒙的名义》,北京:北京大学出版社,2010 年。
⑨ 分别参见余凤高的两篇论文:1)《托马斯·曼写〈死在威尼斯〉——揭示艺术家的困境》,《名作欣赏》2001(3);2)《托马斯·曼在威尼斯》,《世界文化》2011(9)。

关系①；三、审美活动的特殊性和艺术家生存方式的超越性、崇高性、危险性②；四、阿申巴赫这一形象如何反映托马斯·曼为寻找本我和超我之间的平衡点即艺术家的自我做出的努力③；五、托马斯·曼的神话观以及文本中的神话暗示和神话关联④。

托马斯·曼其他小说中的艺术家主题也受到关注。有论者拿短篇小说《饥饿的人们》与卡夫卡的《饥饿艺术家》进行比较，由此把"饥饿""与公众的断裂"以及"绝望中的希望"定义为艺术家的生命状态与人生姿态。⑤ 黄燎宇也几次撰文论述艺术家问题。要点概述如下：《特利斯坦》和《托里奥·克吕格尔》一面揭示艺术家存在的特殊性、优越性、可疑性，一面表明托马斯·曼是一位"擅于拿形而上来包装形而下的包装大师"⑥；《布登勃洛克一家》所刻画的不肖子孙与叔本华的天才论相映成趣，家族的没落与艺术天才的诞生互为因果，所以这部小说既是挽歌也是颂歌⑦；"伟人乃公众之不幸"这个所谓的中国格言，是贯穿歌德小说《绿蒂在魏玛》的思想红线，小说所勾勒的艺术和社会、艺术和艺术家的关系，实际上反映了托马斯·曼本人不乏清醒，也不乏自恋和悲剧色彩的自我意识⑧；席勒小说《沉重的时刻》也具有夫子自道的特征：艺术家禁欲和享受的辩证法源于作家本人的生存体验以及尼采、瓦格纳的影响，席勒的"慢速礼赞"既来自托马斯·曼的创作危机，也反映出他与崇尚灵感与喷薄的审美原教旨主义对立的诗学立场，而透过小说的"蒙太奇"特征，又可窥见托马斯·曼的"文学拾荒者、文学粘贴匠和文学装配师傅的形象"⑨。罗维扬为《沉重的时刻》撰写了一篇热情洋溢的书评，称之为"创作心理学"和"人生教科书"，希望"我们的作家也有'沉重的时刻'"⑩。有趣的是，一个被错误翻译的句子——"只有生手和外行才炫耀……"——恰恰感动了这位不懂德文的作家，使之发了一大通有关作家应该如何谦虚为人的感叹。⑪

---

① 杨红英：《〈威尼斯之恋〉的互文性解读》，《南京工业职业技术学院学报》2005(1)。
② 张弘：《艺术审美的危机——评〈死在威尼斯〉的艺术家主题》，《外国文学评论》1998(3)。
③ 刘海婷：《艺术家的超我、自我、本我——托马斯·曼小说〈死于威尼斯〉评析》，《重庆交通大学学报》（社科版）2007(1)。
④ 李昌珂：《"典型的也即神话的"——托马斯·曼的〈死于威尼斯〉》，《欧美文学论丛》2006年。
⑤ 李鲁祥、李晓林：《艺术家的生命状态与人生姿态——从两部"艺术家小说"谈起》，《山东师范大学学报》2003(5)。
⑥ 黄燎宇：《艺术家，什么东西？！——评托马斯·曼的两篇艺术家小说》，《外国文学评论》1996(1)。
⑦ 黄燎宇：《进化的挽歌与颂歌——评〈布登勃洛克一家〉》，《外国文学》1997(2)。
⑧ 黄燎宇：《从〈绿蒂在魏玛〉看托马斯·曼的文学观》，《外国文学评论》1999(4)。
⑨ 黄燎宇：《沉重的时刻，沉重的艺术——评托马斯·曼的席勒小说》，《德语文学与文学批评第一卷》，北京：人民文学出版社，2007年。
⑩ 罗维扬：《从混乱走向光明——评〈沉重的时刻〉》，《名作欣赏》1997(6)。
⑪ 那句话本应译为"只有糙手和半吊子才文思泉涌"。

90年代以来的托马斯·曼研究还涉及其他作品和话题。首先是《浮士德博士》进入了研究视野。邵思婵认为小说揭露了"帝国主义战争的罪恶"和"帝国主义时代所有的反动倾向"①,杨宏芹则对"恶魔性"这一概念的含义、生成背景、美学意义以及托马斯·曼对"恶魔性"的复杂态度进行了探讨②。其次,托马斯·曼作品中的市民概念引起关注。黄燎宇从词源考证入手,阐述与公民、资产阶级、中产阶级同根而生的市民概念为何难以翻译,并对《布登勃洛克一家》所反映的阶级意识、对19世纪末市民阶级在社会意识和审美趣味方面发生的转变进行了论述。③ 再者,余婉卉对《绿蒂在魏玛》的英文版前言所表述的新历史主义命题即"挣脱和反抗歌德这一经典的蛮横力量"进行了发挥。④ 遗憾的是,该文的文本支撑过于单薄。此外,也有论者介绍托马斯·曼与"内心流亡"作家的论战⑤以及80年代以来德国学界对托马斯·曼的态度演变⑥。

最后需要提及的是,我们终于有了两本土产的托马斯·曼学术评传。第一本由黄燎宇撰写,出版于1999年。⑦ 该书来自十几年的学术积累,可谓"全面、详细地介绍了作家的生平和作品,为中国读者描绘出一幅较为全面、生动、刻画出作家个性的肖像"。第二本由宁瑛撰写,出版于2002年。该书图文并茂,语言流畅,材料丰富,并且非常注重学术规范,是一本理想的入门读物。⑧

三

回顾新中国60年的托马斯·曼研究,我们很欣慰。因为我们的研究成果越来越多,研究队伍越来越大,研究范围越来越广。更为重要的是,我们的总体研究水平得以提高。这一方面表现在多数论者的学术积累更加厚实,与托马斯·曼研究的国际主流话语更为接近,我们的学术化、专业化和国际化水准得到明显提高。另一方面,我们有了更为强烈的现实感和本土意识,为托马斯·曼研究的本土化和实用化奠定了良好基础。但是,我们必须对我们的研究所存在的问题和不足保持清醒的认识。

---

① 邵思婵:《德国人民的醒悟与反思——读托马斯·曼的〈浮士德博士〉》,同上。
② 杨宏芹:《试论"恶魔性"与莱维屈恩的音乐创作——关于托马斯·曼的〈浮士德博士〉研究》,《当代作家评论》2002(2)。"恶魔性"的德文为:Das Dämonische。杨宏芹的译法值得商榷。
③ 黄燎宇:《〈布登勃洛克一家〉:市民阶级的心灵史》,《外国文学评论》2004(2)。
④ 余婉卉:《论文学经典的蛮横力量——以〈绿蒂在魏玛〉为例》,《社会科学论坛(学术研究卷)》2009(2)。
⑤ 李昌珂:《德国战后的"托马斯·曼风波"》,《译林》1997(4)。
⑥ 马文韬:《德语文学越来越引人注目的课题——托马斯·曼研究》,《文艺报》1995年1月21日。
⑦ 黄燎宇:《托马斯·曼》,成都:四川人民出版社,1999年。
⑧ 宁瑛:《托马斯·曼》,北京:华夏出版社,2002年。

我们最大的问题和不足,是我们的翻译和研究起步太晚①,是我们的研究成果太少。我们这一目了然的研究成果,既对不住托马斯·曼的辉煌艺术成就,也经不起任何横向的比较。我们不用眺望托马斯·曼研究文献汗牛充栋的德国本土。看看我们国内的卡夫卡文献,我们也会感到不适和不安。这两位同属一个重量级的小说大师,在我们这里几乎出现了一个门庭若市(卡夫卡)、一个门可罗雀的反差(托马斯·曼)。在德国,托马斯·曼的研究文献多于卡夫卡②;在中国,卡夫卡的中文研究文献却是托马斯·曼的十倍之多③,其研究队伍不仅有十倍之巨,而且具有跨语种、跨专业、跨行业的特点,甚至不乏知名作家,托马斯·曼研究则显得孤立无援;卡夫卡在我们的知识界几乎路人皆知,但是我们的一些文化名人却搞不清楚谁是托马斯·曼④。对此,人们可以说卡夫卡属于墙内(德语国家)开花墙外香的类型,人们还可以说卡夫卡的思想和艺术更具开拓性、现代性、国际性。不过,造成上述接受差别的主要的原因,恐怕还在于我们的托马斯·曼研究缺乏二传手,就是说,相关的翻译和介绍不够。我们知道,卡夫卡的文字几乎一字不漏地翻成了中文,他的许多作品都有多个中文译本。另一方面,与托马斯·曼相关的翻译空白却是太多。他还有太多的文字等待翻译成中文。这其中有包括四部曲《约瑟和他的兄弟们》在内的多部长篇小说(共计8部11册)⑤,有6卷本各类散文的十之八九⑥,有他的1部戏剧、2本札记、12卷本的日记以及大约25,000封书信。译成中文的托马斯·曼传记只有两种,而且属于通俗版小册子,德国本土出产的大部头传记和经典研究文献一本也没有引进。与大面积的托马斯·曼翻译空白遥相呼应的,是大面积的托马斯·曼研究空白。我们不仅尚未对他的许多作品展开研究,我们已经接触的作品中又有诸多重要话题尚未接触或者只是浅尝辄止。这包括托马斯·曼对欧洲文学传统的继承和对后世文学的影响,托马斯·曼与政治和宗教、与音

---

① 日本的情况应该具有参考价值:截至1975年,托马斯·曼的作品在日本已有90个译者,被翻译过大约400次。其翻译频率在欧洲作家中间排第十位。参见:《论托马斯·曼(1875—1975):来自慕尼黑—苏黎世—吕贝克的学术报告集》,美茵河畔的法兰克福:费舍尔出版社,1977年,第434页。

② 来自德国国家图书馆的比较:把托马斯·曼设为检索主题词,得到相关研究文献4598种,其中专著4223种,教授资格论文337种,博士论文320种,将卡夫卡设为主题词,得到相关研究文献3518种,其中专著3213种,教授资格论文211种,博士论文195种。

③ 来自中国国家图书馆的比较:把卡夫卡设为检索主题词,得到相关汉语研究文献112种,其中专著72种,硕士及博士论文35种;把托马斯·曼设为检索主题词,得到相关汉语研究文献14种,其中专著6种,硕士及博士论文8种。

④ 2004年,托马斯·曼荣耀入选一本由余秋雨、贾平凹、徐新、杨曼苏联合推荐、被誉为"中国作家的文学启蒙圣经"的书,但该书题为《犹太大师文集世界先锋小说金典》(赛妮亚编译)。人们收录托马斯·曼的理由是:他的父亲是吕贝克的"犹太巨商"!

⑤ 值得庆幸的是,《浮士德博士》的首个中译本已经问世。见罗炜译:《浮士德博士》,上海译文出版社2012年4月。同样值得庆幸的是,他的33个中短篇小说全部译成了中文。

⑥ 一本约18万字的《托马斯·曼散文》已在2014年由人民文学出版社出版。

乐和造型艺术、与神话和心理分析的关系,托马斯·曼与犹太人和东方阵营的关系,托马斯·曼的反讽家、幽默家、"高级文抄公"形象,等等。一手材料的匮乏使许多不会德文或者西文,但善于利用知识二传手的研究高手英雄无用武之地。德语界的产出越少,非德语界的贡献就越小,非德语界的研究者的严重缺席,则让德语界的研究少了许多灵感和刺激。这是一个恶性循环。

如果说我们的托马斯·曼研究在一定程度上受到德语二传手的制约,那么德语二传的缺乏也并非偶然,因为托马斯·曼的翻译和研究实在太难。这至少体现在如下四个方面:一是他的语言难。他的语言既难在词汇,也难在句法。他的词汇太多、太杂、太转,这不仅要归咎于他广阔的叙事世界,而且要归咎于"把天下所有的词汇都用一遍"的雄心壮志①;他的句子太长,结构太复杂②;层层叠叠、犬牙交错的曼氏主从复合句甚至可能对读者的目力、脑力以及肺活量构成挑战。二是他过于博学。他的小说具有杂学特征或者说大百科气象。都说隔行如隔山。托马斯·曼却特别乐于而且善于翻山越岭,他的长篇小说犹如一座座知识的大山。欣赏者称他为"最能驾驭语言的百科全书派"③,反感者如布莱希特则将约瑟四部曲斥为"文化市侩的百科全书"④。尽管托马斯·曼承认自己的博学属于现炒现卖⑤,他的自我解构却无法让读者免于频繁地翻辞书查字典。作品的厚度是托马斯·曼研究的第三难。这位令人敬仰的大作家也是一个令人生畏的"大部头作家"。他的小说动辄写 800—1000 页(约瑟四部曲达 1500 多页),论文动辄写 50—100 页(《一个不问政治者的看法》达 500 多页)。他的作品全集常常让研究者发出"人生太短"的感叹,系统阅读过他的德文原著的研究者也的确不多。研究托马斯·曼的第四难,在于其思维"太德国",在于其作品常常和德国问题紧密相连。从某种意义上讲,他的创作印证了"越是民族的越是世界的"这一辨证规律。他的作品是进入德国文化传统和德国问题的绝佳途径,但如果没有相关的知识兴趣和知识储备,研究者很可能出现两种情况:要么为遭遇精神屏障而烦恼,要么在"创造性误读"中一路凯歌。

---

① 汉斯·维斯林:《自恋和幻想的存在形式》(德文版),美茵河畔的法兰克福:费舍尔出版社,1995 年,第 380 页。

② 有人做过如下统计:"《约瑟四部曲》的首句几乎长达 350 个字,《浮士德博士》首页的一个句子装了大约 150 个字,夹叙夹议的句子用 60 多个字司空见惯。"参见:埃伯哈德·希尔舍:《托马斯·曼的生平和创作》(德文版),柏林:人民出版社,1986 年,第 247 页。

③ 《您如何看托马斯·曼?——来自十八个作家的回答》(德文版),马塞尔·赖希-拉尼茨基主编并撰写前言,美茵河畔的法兰克福:费舍尔出版社,1994 年,第 37 页。

④ 汉斯·迈耶:《托马斯·曼》(德文版),美茵河畔的法兰克福:苏尔坎普口袋书出版社,1984 年,第 393 页。

⑤ 艾丽卡·曼编:《托马斯·曼书信集,第三卷》,美茵河畔的法兰克福:费舍尔出版社,1988 年,第 219 页。

其次,也许因为研究空白太多,我们的论者们似乎都忙于"补白",忙于"引进"。这一方面使我们的研究出现了自说自话、各自为政的局面,缺乏一个学术共同体应有的对话、争鸣、互动;另一方面则造成一些论者对国外研究文献饥不择食、囫囵吞枣,既不考虑自身的阅读体验——成功的文学批评和文学研究离不开个性化的阅读体验,也没有洋为中用这根弦,更不考虑如何"走出去"。由此,洋腔洋调油然而生。如果说我们的早期论者常常在马列理论的鼓舞下显得豪气万丈,敢说自己所评论的大作家有何不懂、有何局限,后来的论者则易出现底气不足,跟无论一手还是二手文献之间都很难拉开批判距离。个别论者甚至妄自菲薄或者见(洋)鬼说(洋)鬼话。一本用德文撰写,同时也是为德国人所撰写的有关中国40年托马斯·曼接受史的书就有这种嫌疑。譬如,该书的作者一面声称自己想"为接受美学和比较文学做点实事",一面又去指责中国学者营造"中国化的托马斯·曼形象"。难道中国人读马斯·曼的时候能够停止做中国人?难道接受美学不能接受中国人将托马斯·曼的形象中国化?什么叫"有一千个读者就有一千个哈姆莱特"?又如,作者对用马克思主义理论阐释《红楼梦》和《布登勃洛克一家》的学者不屑一顾,所以讥讽道:"《红楼梦》出版于1771年,当时马克思(1818—1883)还没有出生。所以曹雪芹不可能知道马克思主义的阶级斗争理论和历史发展观。"按此逻辑,莎士比亚就只能用17世纪以前的思想来阐释?阐释荷马史诗就不能采用公元前9世纪以后的思想和立场?再者,他抱怨外国汉学家太忙,无暇检验"中国学者有关莎士比亚、马克·吐温或者高尔基的研究成果是否正确",但是他怎么不抱怨中国学者无暇检查欧美汉学家对中国文学的研究成果是否正确。还有,当他声称"中国的文学批评总是把政治和伦理放在第一位,艺术总是第二位"的时候,不仅不考虑动词应该采用什么时态,而且压根儿就没想过文学批评可不可以把政治和伦理放在第一位的问题①,等等。该书的问题,在于作者心态失衡,刻意迎合其目标人群的主流意识形态。

结　语

回顾过去、面向未来,我们有如下事情可做:

第一,巩固和扩大我们的研究队伍。所谓巩固,就是尽可能争取已涉足托马斯·曼研究的学人做长期研究,争取他们搞学术阵地战和持久战。做托马斯·曼研究特别需要"十年磨一剑"的精神。所谓扩大,就是一面鼓励学术新人

---

① 舒昌善:《托马斯·曼在中国的接受:1949—1989》,第10、77、133—134、153页。

加入我们的研究队伍,一面争取德语圈外的作家①和知名学者来客串,来打游击战。这不仅仅是为了追求规模效应和百花齐放的视觉效果。更为重要的是,最优秀的文学批评常常来自这两种人。②

第二,大力推进翻译和编纂工作,使我们的研究立足于更加宽广、更加厚实的材料基础。我们应该一面抓紧翻译尚未翻译的托马斯·曼作品,一面引进几种经典的托马斯·曼传记和研究专著,同时还应编纂一本兼收国内外优秀研究成果的《托马斯·曼评论集》。一些束之高阁的高质量学位论文也可以拿出来翻译、修改然后发表。

第三,我们的研究需要更多的问题意识、本土意识、自由意识。尽管我们的托马斯·曼研究总体上还在处于"入乎其内"的阶段,还在努力理解和吸收西方的主流话语,但是我们也要利用旁观者的优势,来点"观乎其外"。尤其需要提醒的是,无论东方还是西方,家家有一本难念的经。有的需要坚持几项基本原则,有的受宗教和政治正确的双重制约,所以各方都存在学术盲区和学术禁区。作为海外日耳曼学者,我们可以在熟悉和掌握主流话语的前提下去关注一些让本土日耳曼学者驻足不前或者视而不见的研究区域。

第七节　卡夫卡小说研究

20世纪奥地利著名作家弗朗茨·卡夫卡(Franz Kafka,1883—1924),被誉为欧洲文坛的"怪才",西方现代派文学的宗师和探险者。美国当代著名女作家、评论家乔伊斯·卡罗尔·欧茨(1938—　)指出,卡夫卡是20世纪的最佳作家之一,"且已成为传奇英雄和圣徒式的人物;正如奥登在1941年说过的那样,就作家与其所处的时代的关系而论,卡夫卡完全可与但丁、莎士比亚和歌德相提并论"。③ 正是这句简短的评点使中国的少数几位学者日后率先敏锐地发现并注意到了卡夫卡的杰出和伟大。

然而,卡夫卡生前几乎默默无闻,他的作品只有极少数是在他生前发表的。卡夫卡作品的第一个法译本的出版是1928年,这时卡夫卡已经去世四年了。二次世界大战后,经历了一场噩梦的欧洲终于发现了卡夫卡的价值和意义。1950年,随着布罗德新编的9卷集《卡夫卡文集》的出版,一股"卡夫卡热"很快

---

① 根据笔者的了解,中国作家阅读和欣赏托马斯·曼的不在少数。余华曾对笔者说过,托马斯·曼是"德国的托尔斯泰"。另外,贾平凹住院期间请求探访者为他朗读《魔山》片段的逸事也成为美谈。

② 恩格斯和弗洛伊德就是客串文学批评的经典实例。

③ 乔伊斯·欧茨:《卡夫卡的天堂》,《论卡夫卡》,叶廷芳编,北京:中国社会科学出版社,1988年,第678页。

遍及西方文坛。随后,各种现代主义、后现代主义流派,如荒诞派、新小说派、存在主义文学、黑色幽默、魔幻现实主义等,都纷纷去卡夫卡那里寻找渊源和灵感。1962年萨特在莫斯科和平和裁军会议上把卡夫卡比作东西方意识形态的一块试金石。1963年,在卡夫卡诞辰80周年之际,东欧社会主义国家的批评家和西方共产党员文艺评论家一起在卡夫卡的家乡布拉格举行了"卡夫卡学术研讨会",自此以后,社会主义国家的批评家也开始关注、思考并研究卡夫卡。中国的卡夫卡研究大体上可以分为三个时期:1949年以前;1949—1979年;1979—2010年,但真正的卡夫卡研究实质上是从1979年开始的。

一、新中国成立前研究的简要回顾

在中国,长期以来读者对卡夫卡都是比较陌生的。以笔者所看到的材料来看,中国最早提及卡夫卡名字的是沈雁冰,他在《小说月报》第14卷第10号(1923年10月)《海外文坛消息》专栏中发表了《奥国现代作家》一文,文中写道:"从那绝端近代主义而格特司洛,而卡司卡(Franz Kaffka),莱茵哈特(Emil Alphons Rheinhardt)以至于维尔弗(Franz Werfel),都是抒情诗家,而且都可算是表现派戏曲的创始人。"沈雁冰将卡夫卡译为"卡司卡",将卡夫卡评述为"抒情诗家""表现派戏曲的创始人",显然颇为隔膜,可见当时沈雁冰对卡夫卡的了解非常有限。1930年1月赵景深撰写的《最近的德国文坛》一文发表于《小说月报》第21卷第1号,文中有关卡夫卡的评述五百余字。这次卡夫卡被译为"卡夫加",文中尚有许多不实之词。1936年6月1日,赵家璧译的德国作家雅各布·沃塞曼(Jacob Wassermann)撰写的《近代德国小说之趋势》发表在《现代》杂志第5卷第2期上,文中有一小节为"犹太作家考夫加",卡夫卡被译为"考夫加",对卡夫卡的介绍语焉不详。1944年孙晋三在重庆《时与潮文艺》第4卷第3期上发表了题为《从卡夫卡说起》一文,这大概是国内第一篇专门介绍卡夫卡的短文。卡夫卡终于有了现在这个译名。这以后中国对卡夫卡有过少许零星的评述,没有专文论述。就中国的卡夫卡研究这个题目而言,几近可以忽略不提。

1948年,天津的《益世报》"文学周刊"刊登了由叶汝琏通过法语翻译的卡夫卡日记片段《亲密日记》,共摘录了卡夫卡写于1910—1911年的六则日记。[①]据笔者目前掌握的材料看,这几则日记大概是国内对卡夫卡所写文字的最早翻译,或者说1949年以前仅有的翻译了。

[①] 见《益世报》"文学周刊"第110期第6版,1948年9月13日。

二、1949—1979年

1949—1979年这30年间中国对卡夫卡的翻译和研究虽然不能说等于空白,但也可谓乏善可陈。由冯至等主编的《德国文学简史》1958年由人民文学出版社出版,1959年修订出版,但书中对卡夫卡只字未提。日后杨武能教授曾提及这一现象:"大学外文系德语专业的教材中和课堂上根本不提他的名字;在一部1958年出版的影响很大的文学史里,哪怕批评的话也没有一句。"[①]遗憾的是,1979年付印的《欧洲文学史》下卷也没有提及卡夫卡的名字。

值得一提的是,1966年,作家出版社曾出版过一部由李文俊、曹庸翻译的卡夫卡的《审判及其他》。尽管这部小说集在当时只是作为"反面教材""供内部参考",只有极少数专业人员才有机会看到,但这也是这期间中国内地唯一的翻译、介绍卡夫卡的成果。这部小说集包括卡夫卡的长篇小说《审判》和五个短篇:《判决》《变形记》《在流放地》《乡村医生》《致科学院的报告》,书后附有马克斯·布罗德的《原文本编者附记》,以及由戈哈、凌柯撰写的《关于卡夫卡》[②]。

《关于卡夫卡》写于1965年11月,应当就是中国内地自1949—1979年30年间有关卡夫卡的唯一文章了。该文的意识形态特征非常明显,其主要观点在今天看来恍如隔世,但文章的历史意义和价值则不容忽视。文章开宗明义:"弗朗兹·卡夫卡(1883—1924)是现代颓废主义作家……欧美现代派文学的奠基人,在四五十年代受到欧美资产阶级文艺界狂热的推崇。""卡夫卡的作品充满着神秘而离奇的内容……卡夫卡所描写的,都是个人的主观幻想,也就是一个人在精神分裂以后所产生的精神状态,在梦魇中所看到的种种幻象……然而不论卡夫卡作品的情节多么离奇、怪诞,综观卡夫卡的全部创作,我们仍然可以看出,他是一个彻头彻尾的颓废作家,一个极端的主观唯心主义者。他反对理性,他认为世界是不可知的……卡夫卡是反对反抗,反对革命的……他极端仇视革命,他认为群众是愚昧的……他还恶毒地说:'每次真正的革命运动,最后都会出现拿破仑……洪水愈是泛滥,水流就愈缓、愈混。革命的浪头过去了,留下来的就是新的官僚制度的淤泥了。'"总之,"在反对现代资产阶级文学、反对现代修正主义文学的斗争中,彻底批判卡夫卡是一项重要的课题"[③]。

卡夫卡这部小说集是由"企鹅丛书"1955年英文版转译的,译者是英美文学专家李文俊和曹庸。关于此书的翻译,李文俊后来回忆道:"我是通过读英国诗人奥登的作品,接近卡夫卡,了解了他的重要性。在卡夫卡的创作中,我发现

---

① 杨武能:《从卡夫卡看现代德语文学在中国的接受》,《中国比较文学》1990(1),第63页。
② 弗朗兹·卡夫卡:《审判及其他》,北京:作家出版社,1966年。
③ 同上书,第394—399页。

有许多对于我们来说是新的、独特的东西,值得介绍过来,帮助扩大同行们的眼界。可当时中国的情况不允许公开出版他这样的作家的作品。于是根据我的建议,出了他那本'黄皮书'。"原来,李文俊就是通过阅读奥登而了解到卡夫卡的重要性。无独有偶,1982年钱满素和袁华清通过英文转译了卡夫卡的长篇小说《审判》,在"译序"(写于1981年)中译者也引用了奥登的这段话:"就作家与其所处时代关系而论,当代能与但丁、莎士比亚和歌德相提并论的第一人是卡夫卡……卡夫卡对我们至关重要,因为他的困境就是现代人的困境。"①威斯坦·休·奥登(1907—1973)是英国著名现代诗人和剧作家,第二次世界大战期间曾访问过中国。他在1941年就提出了有关卡夫卡可以与但丁、莎士比亚、歌德相提并论的观点,该观点又被美国著名女作家欧茨所引用,产生了一定的影响。②杨武能后来提到了一个有趣的现象,"在我国带头译介卡夫卡的,并非我们搞德语文化的专家,而是李文俊、汤永宽、钱满素等英、美文学学者,卡夫卡的主要代表作的中译本几乎都出自他们之手。之所以如此,卡夫卡在英美比在德语国家先引起注意和更受重视……"也就是说,卡夫卡最初被介绍过来时,连我国的德语文化专家也未予以关注。③ 总之,"卡夫卡来到中国之初,只是在文坛入口处登了个记,未引起人们的注意,更谈不上发生什么显著的影响了"④。

三、1979—2010年

1979年《世界文学》杂志刊登了由李文俊翻译的《变形记》,发表了署名丁方、施文的文章《卡夫卡和他的作品》。该文应该是国内第一篇比较全面、系统,也比较客观地评介卡夫卡的文章,文章作者似乎对刚刚过去不久的"文化大革命"仍心有余悸,没有署真名。其实,丁方就是我国著名的研究卡夫卡的专家叶廷芳先生,施文就是李文俊先生。据叶廷芳先生2001年4月7日对笔者介绍说,他在1964年才第一次听到卡夫卡这个名字。他说:"1964年我担任内部参考的《现代文艺理论》的编辑时,才开始知道卡夫卡的名字。但那时不仅卡夫卡的作品,连迪伦马特的《老妇还乡》这样的优秀作品都是作为'反面教材'出版的,笔者自然不敢深入探讨它们的奥秘了。"⑤大约在1974年,由于一个偶然的机会,他在一家旧书店购得几本卡夫卡的书,其中包括《城堡》和几个短篇。后来他将这几本书送给了冯至先生。这是叶廷芳第一次接触到卡夫卡的小说。

《卡夫卡和他的作品》分为四个部分:"生平简介""主要作品""孤独的人和

---

① 卡夫卡:"译序",《审判》,钱满素、袁华清译,长沙:湖南人民出版社,1982年,第2—3页。
② 欧茨的文章被翻译成中文发表于《外国文艺》1980(2)。
③ 杨武能:《从卡夫卡看现代德语文学在中国的接受》,《中国比较文学》1990(1),第64、65页。
④ 叶廷芳:《通向卡夫卡世界的旅程》,《文学评论》1994(3),第115页。
⑤ 叶廷芳:《现代审美意识的觉醒》,华夏出版社、安徽文艺出版社,1995年,第2页。

陌生的世界""艺术特点",其目的旨在"就卡夫卡的生平和主要作品作一初步的介绍"。文章对卡夫卡的评介似乎只是放了一个试探性的气球:卡夫卡不属于传统的现实主义,因此我们不能以传统的现实主义的标准来衡量他,他"加深了对社会现实的'挖掘尺度',在艺术上他也扩大了艺术表现的可能性"①。

自此以后,卡夫卡小说的译文在各大杂志一发而不可收。1980年《十月》(第5期)杂志又发表了由叶廷芳翻译的《饥饿艺术家》及《略论卡夫卡及其〈饥饿艺术家〉》。1980年《外国文艺》(第2期)发表了卡夫卡的短篇小说《绝食艺人》和《歌手约瑟芬,或耗子似的听众》。1981年初《外国文学》发表了卡夫卡的四个短篇:《判决》《乡村医生》《法律门前》和《流氓集团》。长篇小说《城堡》(汤永宽译,上海译文出版社,1980年)和《审判》(钱满素译,湖南人民出版社,1982年)很快就出了单行本,《美国》也发表了选译的第一章和第五章。1983年在卡夫卡诞辰100周年时,《外国文艺》(第4期)刊有"卡夫卡小说特辑",包括《万里长城建造时》《地洞》《致科学院的报告》。同年《外国文学季刊》发表了卡夫卡的三个短篇:《司炉》《乡村教师》《老光棍布鲁姆费尔德》。1985年孙坤荣选编的《卡夫卡短篇小说选》由外国文学出版社出版,印数9001册。两年后第二次印刷,加印了6700册。这个选集收录了卡夫卡的20个短篇,卡夫卡的重要短篇小说几乎都被收录在内。孙坤荣在"译本序"中肯定了卡夫卡在文学史上的价值和地位:"奥地利小说家弗兰茨·卡夫卡和爱尔兰的詹姆斯·乔伊斯、法国的马赛尔·普鲁斯特一起被认为是西方现代派文学的奠基人。"但同时他又指出:"我们承认,卡夫卡的小说对于我们有很高的认识价值,能够帮助我们深刻地认识西方资本主义社会非人化的腐朽一面。但是,卡夫卡在所有作品中所宣扬或流露的资产阶级思想意识,显然与社会主义精神文明格格不入;对于他的艺术手法,我们也决不能盲目照搬,随便模仿。"②1980年《外国文学动态》发表了民主德国文艺批评家保尔·雷曼撰写的长文《卡夫卡小说中所提出的社会问题》,在文章前面有编者按:"近三十年来,生前并不引人注意的奥地利业余作家卡夫卡在西方文学界越来越引起了重视,人们把他奉为现代派文学的祖师,二十世纪最伟大的德语作家,等等。五十年代前半期,当卡夫卡这股'热'在欧美各国开始形成的时候,苏联、东欧各国是进行抵制的。但1957年以后,卡夫卡热的'东方防线'被冲开了,不少原来信仰马克思主义的文艺批评家也对卡夫卡作了肯定的评价。"③同年,联邦德国著名文学批评家和文学史家汉斯·马耶尔访华,他在北京大学的一次讲演上,当有人问他,20世纪的现代德语作家中谁是

---

① 丁方、施文:《卡夫卡和他的作品》,《世界文学》1979(1),第242、255页。
② 孙坤荣:《卡夫卡短篇小说选》,北京:外国文学出版社,1985年,第1、19页。
③ 保尔·雷曼:《卡夫卡小说中所提出的社会问题》,余匡复译,《外国文学动态》1980(12)。

最重要的作家时,他毫不犹豫地回答说:"第一位是弗兰茨·卡夫卡,其次是托马斯·曼,第三位是布莱希特……"他的这一论断当时"语惊四座"①。随后,卡夫卡的幽灵便迅速在大江南北弥漫,在各种文艺刊物上出头露面。1981 年底钱满素先生满怀激情地写了一篇《卡夫卡来到中国》②的文章,宣布卡夫卡在世界上蹉跎了半个多世纪后,终于在中国"安家落户"了。

因此,可以说,中国的卡夫卡研究实质上是从 70 年代末 80 年代初开始的。③ 在 1979—2009 年这 30 年时间里,我国的卡夫卡研究取得了丰硕的成果。卡夫卡不仅成为我国学者关注最多、研究最多、影响最大的外国作家之一,对我国新时期文学创作也产生了极其深远的影响,卡夫卡的小说还被选入中学课文,成为千家万户普通读者的阅读对象。时至今日,卡夫卡几乎成了一个时髦、现代、复杂、悖谬的文化符号,为无数读者喜爱,甚至热捧,这大概也是卡夫卡所始料未及的。

1979 年以来我国的卡夫卡研究成果主要包括以下几个方面:翻译出版了十卷本的《卡夫卡全集》(叶廷芳主编),以及百余种卡夫卡作品选集和单行本;翻译出版了西方学者研究卡夫卡的资料汇编《论卡夫卡》,以及其他几种国外学者研究卡夫卡的著作;翻译或撰写了数十种卡夫卡传记;出版了国内学者撰写的十余种卡夫卡研究专著;发表了八百余篇研究卡夫卡的学术论文,其中博士论文十余篇。下面笔者对研究方面的成果分而述之:

叶廷芳先生从 20 世纪 80 年代初着手编辑《论卡夫卡》,历时八年,使该书"汇集了七十年来外国学者各个时期写的有关卡夫卡的参考资料"④,它对于中国的卡夫卡研究具有十分重要的意义。该书 1988 年出版,奠定了中国卡夫卡研究的基础。遗憾的是,二十多年过去了我们没有出版新的国外卡夫卡研究资料汇编。这期间翻译出版的卡夫卡研究著作主要有:扎东斯基《卡夫卡与现代主义》(外国文学出版社,1991 年);赫伯特·克拉夫特《卡夫卡小说论》(北京大学出版社,1994 年);吉尔·德勒兹、菲力克斯·迦塔利《什么是哲学?》(张祖建译,湖南文艺出版社,2007 年),其中第一部分为:《卡夫卡:为弱势文学而作》;卡拉·瑞美特《K 一顿→卡夫卡》(姬健梅译,台北商周出版,2006 年)。

1987 年中国文联出版公司率先翻译出版了日本学者三野大木的《怪笔孤魂——卡夫卡传》,拉开了卡夫卡传记在中国翻译出版的序幕。随后出版的卡

---

① 叶廷芳:《通向卡夫卡世界的旅程》,《文学评论》1994(3),第 116 页。
② 见钱满素:《卡夫卡来到中国》,《世界图书》1981(12)。
③ 台湾对卡夫卡的译介和研究比大陆要早 20 年,20 世纪 50 年代末台湾大学外文系的学生白先勇、陈若曦、欧阳子等就在他们主办的《现代文学》杂志上介绍卡夫卡,1960 年出了一期《卡夫卡特辑》。当时卡夫卡是随同萨特、加缪和存在主义一起进入台湾的,但台湾的卡夫卡研究并没有取得突出的成就。
④ 叶廷芳编:"前言",《论卡夫卡》,北京:中国社会科学出版社,1988 年。

夫卡传的译本达十本之多,其中布罗德的《卡夫卡》已有三种不同的译本。另有国内作者撰写的卡夫卡传记,如叶廷芳《卡夫卡——现代文学之父》(海南出版社,1993年);杨恒达《城堡里迷惘的求索——卡夫卡传》(上海世界图书出版公司,1994年);阎嘉《反抗人格:卡夫卡》(长江文艺出版社,1996年);林和生《"地狱"的温柔:卡夫卡》(四川人民出版社,1997年);杨恒达《卡夫卡》(四川人民出版社,2003年);斯默言《卡夫卡传》(东北师范大学出版社,1996年,此书有大段抄袭已有的中译本之嫌)。杨恒达等还编写了浅显通俗的读物《变形的城堡——卡夫卡作品导读》(上海世界图书出版公司,1999年)。比较而言,中国学者撰写的传记主要依据的是文字材料,往往将卡夫卡的作品与生平结合起来,互为阐释,注重挖掘卡夫卡作品的意义内涵,而很少有机会接触到卡夫卡的亲朋好友以及原始档案材料。

国内学者撰写的卡夫卡研究专著主要有:叶廷芳《现代艺术的探险者》(花城出版社,1986年);《现代审美意识的觉醒》(华夏文艺出版社,1995年);《卡夫卡及其他》(同济大学出版社,2009年);姜智芹《他者之镜——卡夫卡与中国新时期小说巡礼》(中国文联出版社,2001年);张天佑《专制文化的寓言——鲁迅、卡夫卡解读》(甘肃人民出版社,2003年);曾艳兵《卡夫卡与中国文化》(首都师范大学出版社,2006年);罗璠《残雪与卡夫卡小说比较研究》(人民出版社,2006年);胡志明《卡夫卡现象学》(文化艺术出版社,2007年);张玉娟《卡夫卡艺术世界的图式》(浙江大学出版社,2009年);曾艳兵《卡夫卡研究》(商务印书馆,2009年)。值得一提的是,被誉为中国文坛特立独行的女作家残雪,1999年出版了一本专门解读卡夫卡的大作《灵魂的城堡——理解卡夫卡》(上海文艺出版社)。另外还有随笔类涉及卡夫卡的著作,如格非《卡夫卡的钟摆》(华东师范大学出版社,2004年);张闳《钟摆,或卡夫卡》(福建人民出版社,2010年)等。

搜寻中国知网(2011年3月27日),我们发现自1979年以来国内发表的有关卡夫卡的研究文章850余篇。其中1980年以前3篇;1980—1990年38篇;1990—2000年113篇;2000—2010年698篇。这些论文的研究领域主要集中在如下几个方面:卡夫卡的归属问题,卡夫卡创作的基本特征,主要作品研究,卡夫卡与其他作家,尤其东方作家的关系研究。当代美国理论家詹姆逊说:"卡夫卡的主题,无外乎以下三种:俄狄浦斯情结或自惭形秽的内疚感;官僚专政或现代性的反面乌托邦;上帝、我们与上帝的关系或我们与上帝缺场的关系。"[①]这三种主题也是我国学者集中思考和探讨的问题,只不过其中的顺序略有不同。

[①] 詹姆逊:《论现代主义文学》,苏仲乐、陈广兴、王逢振译,北京:中国人民大学出版社,2010年,第145页。

30年来中国涌现出一大批翻译、研究卡夫卡的专家学者,其中有资深学者如叶廷芳、李文俊、汤永宽、曹庸、孙坤荣、谢莹莹、钱满素、黎奇、洪天富等,他们在中国最早译介、研究卡夫卡;也有一批热情、执著的中年学者,如曾艳兵、祖国颂、冀桐、胡志明等;还有一批新近涌现出来的"新秀",如姜智芹、张玉娟、赵山奎等;除了这些专业的研究人员外,还有一些作家也对卡夫卡情有独钟,颇有研究,譬如残雪、余华、格非、林和生等,他们在创作之余,写下了大量的论述和阐发卡夫卡的文章,有的甚至写有独具一格的专著;另外,还有许多卡夫卡的业余爱好者,他们也常在报刊上发表自己的研究心得和成果。

中国的卡夫卡研究真正起步是20世纪70年代末,可以说起步很晚,但是中国的卡夫卡研究起点较高、层次较高,范围较广,并且已经形成了一支相对稳定的研究队伍。三十多年来我国的"卡学"研究已经取得了让国内乃至国外学术界瞩目的成果。总的说来,我国的卡夫卡研究有如下主要特征:

第一、研究队伍零散而又广泛,研究人员自觉而又执著。他们既没有成立什么"卡夫卡研究学会",也极少为卡夫卡组织专门的研讨会,但他们均在各自不同的领域孜孜不倦地阅读和研究卡夫卡,并取得了丰硕的成果。比较长期而集中的关注并研究卡夫卡的中国学者主要有叶廷芳、孙坤荣、谢莹莹、黎奇、洪天富、胡志明、姜智芹、赵山奎、曾艳兵等。

叶廷芳是我国著名卡夫卡研究专家,从1979年至今已发表有关卡夫卡的论文数十篇,出版研究卡夫卡著作多部,主编《论卡夫卡》以及多种卡夫卡作品集。1996年主编的《卡夫卡全集》是我国卡夫卡研究走向深入和成熟的标志。叶先生的研究之路基本上代表了中国的卡夫卡研究的萌生、发展并走向成熟之路。可以说,没有叶先生的开创性劳动,中国的卡夫卡研究是不可想象的。多年来,叶先生"从民族心理学、历史文化学、现代伦理学、生命哲学和悲剧美学等多种角度,窥察了构成卡夫卡人格整体的各个部分……"他还对卡夫卡的艺术表现的总体风貌作了概括和归纳,"荒诞框架下的细节真实;图像式象征与寓言、譬喻;梦境记录式的奇幻;石破天惊的怪异;啼笑皆非的悖谬;不尚浮华的简朴……"①

黎奇、孙坤荣、谢莹莹、洪天富等也写过一些有分量的研究卡夫卡的文章。黎奇早在1980年就写过《卡夫卡初探》(《外国文学研究》1980年第3期),并与叶廷芳先生合作翻译过大量卡夫卡的作品,只是后来从事外交工作,便无暇做更多的研究工作了。孙坤荣写过《卡夫卡的小说》(《北京大学学报》1983年2期)、《关于卡夫卡的〈诉讼〉》(《国外文学》1984年第4期)。谢莹莹80年代初写过《荒诞梦幻中现实主义——浅谈有争议的现代作家卡夫卡》(《外国文学》1981

---

① 叶廷芳:《通向卡夫卡世界的旅程》,《文学评论》1994(3),第119页。

年第 2 期),90 年代又写过《Kafkaesque——卡夫卡的作品和现实》《卡夫卡作品在世界各地的接受》(《外国文学》1996 年第 1 期)等在中国卡夫卡研究中颇有影响的论文。2005 年发表了《卡夫卡〈城堡〉中的权力形态》(《外国文学评论》第 2 期)。洪天富 1982 年写过《简论卡夫卡的长篇小说〈美国〉》,以后也翻译过不少卡夫卡的作品。曾艳兵在 1993 年发表《卡住了吗?——卡夫卡论》(《湘潭大学学报》1993 年第 2 期)后,又写过一系列研究卡夫卡的文章。其中谢莹莹的某些观点尤其引人注目,她将卡夫卡所创造的独特的艺术世界概括为"卡夫卡式"(Kafkaesque)。她从词源学上对"Kafkaesque"这个词进行了辨析梳理,认为"总的说来,Kafkaesque 除了在文学意义上理解为卡夫卡的写作风格外,一般的理解是指人受到自己无法理解、无法左右力量的控制和摆布,发现自己处在一种不能以理性和逻辑去解释的荒诞神秘的景况中,内心充满恐惧、焦虑、迷惑、困扰和愤怒,但又无可奈何,找不到出路;那任意摆布人的力量是出自那样庞大复杂的机制,它又是那样的随意,它无所不在,又无所寓形,人受到它的压抑却又赴愬无门"。①

20 世纪 90 年代又涌现出一批新的研究卡夫卡的学者,如曾艳兵、胡志明、祖国颂、冀桐、姜智芹、赵山奎等,他们都写有系列的研究卡夫卡的文章,给中国的卡夫卡研究注入了新的活力。

此外,中国当代女作家残雪对卡夫卡作品的解读是非常独特的,这集中体现在她那部颇有影响的著作《灵魂的城堡——理解卡夫卡》中。残雪完全是以独特的、写小说的方式来解读和描述卡夫卡的作品的,这使得读者在惊讶残雪的敏锐、机智和个性外,也渐渐地开始怀疑,残雪在这里究竟是在解读卡夫卡,还是在构筑她自己心中的卡夫卡? 她究竟是在使卡夫卡更接近卡夫卡本来的面目,还是在创造自己的卡夫卡? 她究竟是在解读小说,还是在创作小说? 读者在读过她的著作后真有点不得而知了。

第二、注重比较的方法。可以说中国的卡夫卡研究从一开始就注重比较的方法和思维,这与中国比较文学学科的兴起、发展是分不开的。早在 1982 年方平先生就写了《对于〈促织〉的新思考》一文,对蒲松林的《促织》和卡夫卡的《变形记》进行了对比研究。作者指出:"《促织》中的'人变蟋蟀',只能在 20 世纪的欧洲现代文学中找到它的同类,那就是《变形记》中的'人变甲虫'。二者遥相呼应,都揭示了在不合理的社会制度下,人的'异化'的悲剧。"耐人寻味的是,方平所用的副标题,就是"比较文学就是比较思考"。② 1998 年张中载发表了《庄周梦蝴蝶与格里高尔变甲虫》(《外国文学》第 6 期)。这以后,有关卡夫卡的比较

---

① 谢莹莹:《Kafkaesque——卡夫卡的作品与现实》,《外国文学》1996(1),第 41—47 页。
② 方平:《对于〈促织〉的新思考》,《读书》1982(11),第 126 页。

研究的成果便层出不穷。此前提到的卡夫卡研究专著几乎有一半都是从比较文学角度切入并完成的,如姜智芹《他者之镜——卡夫卡与中国新时期小说巡礼》、张天佑《专制文化的寓言——鲁迅、卡夫卡解读》、曾艳兵《卡夫卡与中国文化》、罗璠《残雪与卡夫卡小说比较研究》等。

胡润森将《变形记》与《阿Q正传》进行了对比研究,认为这两部作品"在哲学内涵的表现上存在着引人注目的'异中之同',它们都揭示了异化;并且,又存在着更加引人注目的'同中之异',即《阿Q正传》主要以现实主义艺术手法,从客观角度描绘了人在社会里的异化处境——阿Q作为一个愚昧麻木的农民在封建性末庄的异化处境;《变形记》则以表现主义艺术手法,从主观角度揭示出了人的自我异化体验"①。胡志明也从"恐惧"的角度对这两部作品进行了比较研究。② 谢家驹则将《变形记》与《圣经·约伯记》进行了比较,他认为,二者的不同主要体现在四个方面:异化的表现形式不同;异化对象的主观感受不同;作者的创作倾向不同;表现手法的"形似"和"神似"的不同。③ 杨荣在对《变形记》和《犀牛》进行了比较研究后说:"卡夫卡与尤奈斯库相比较,前者异化有局部性,后者异化有全局性;前者是个人变形,众人不变形,后者是众人变形,个人不变形;前者表现格里高尔的个人变形、痛苦,后者表现社会的变形,人类对主体性的自我否定,且变形者并无痛苦;前者变形者是孤独的,后者不变形者则是孤独的。"④ 曾艳兵、陈秋红对《城堡》和《围城》进行了比较研究,他们认为,这两部小说在主旨立意上有着惊人的相似,而它们之间的差异又体现了两位作家迥然相异的生活方式、人格特征,以及东西方文化与思维方式的不同。⑤

除此之外,有关卡夫卡的比较研究的文章还有郭来舜《三"记"的比较研究:卡夫卡〈变形记〉·中岛敦〈山月记〉·井上靖〈狼灾记〉之比较》(《兰州大学学报》1986年第4期)、王福和《果戈理的同情心和卡夫卡的辛酸泪:〈狂人日记〉和〈变形记〉比较谈》(《沈阳师范学院学报》1987年第4期)、张绍儒《西方现代派三大名家——卡夫卡、弗洛伊德和萨特辨析》(《杭州大学学报》1993年第4期)、艾津的《鲁迅与卡夫卡小说创作漫议》(《鲁迅研究月刊》1996年第9期)、何峰《边缘化的冷眼旁观与后现代的思维向度——鲁迅与卡夫卡》(《外国文学研究》2003年第4期)、阎嘉《中国"文革"小说与卡夫卡》(《四川大学学报》2001

---

① 胡润森:《〈阿Q正传〉和〈变形记〉哲学内涵比较》,《烟台大学学报》1991(4),第80—86页。
② 胡志明:《"恐惧"的诗学:〈变形记〉与〈狂人日记〉的比较研究》,《山东大学学报》2000(6),第24—27页。
③ 谢家驹:《人性的失落和异化的母题——〈圣经·约伯记〉和〈变形记〉之比较》,《上海教育学院学报》1996(4),第26—30、43页。
④ 杨荣:《异中之同,同中之异:〈变形记〉与〈犀牛〉之比较》,《国外文学》1996(4),第72—77页。
⑤ 曾艳兵、陈秋红:《钱钟书〈围城〉与卡夫卡〈城堡〉之比较》,《文艺研究》1998(5),第60—69页。

年第4期)、范捷平《论瓦尔泽与卡夫卡的文学关系》(《外国文学评论》2005年第4期)、方爱武《生存与死亡的寓言述指——余华与卡夫卡比较研究》(《外国文学研究》2006年第3期)等百余篇。

第三、注重运用新理论、新方法和新视角来研读卡夫卡。在西方学界,最早传播、阐释、翻译卡夫卡作品的是布罗德和缪尔(Edwin Muir),他们强调卡夫卡作品的形而上意义,放大了卡夫卡作品的预示性意义,主要将卡夫卡看作一个追寻上帝的现代圣人,通过他的作品规劝读者过一种道德完善的生活。《城堡》就是一篇宗教寓言。随后存在主义作家开始注意到了卡夫卡作品中的"存在"意味。加缪、波伏瓦、萨特都对卡夫卡有过专门的评述。考夫曼编著的《存在主义》一书就将卡夫卡纳入其中。这以后西方学者对卡夫卡的解读和研究发生了很大的分歧:东欧学者开始注意到卡夫卡作品对官僚机制的嘲讽以及对法西斯主义的寓言,同时也认识到了卡夫卡作品对异化世界的描绘和讽刺;西欧学者则更注意卡夫卡作品的形式,甚至将卡夫卡的作品当做一种半私人化的文字游戏。比较而言,中国学者从一开始就不满足于仅仅从简单的社会、历史角度对卡夫卡进行研究。他们通常直接借用马克思的"异化"理论或其他相关理论来进行阐释和研究,譬如《变形记》,学者们"一般认为这是一篇表现'异化'主题的代表作"。①"《变形记》的价值就在于它是兼备变形艺术手法和人的异化的文学主题、因而也是最为生动形象地表现了这一主题的第一个作品。"②这方面最为突出的成果当属叶朗的《卡夫卡——异化论历史观的图解者》一文。叶朗认为西方形成"'卡夫卡热'的实质就是'异化热'。卡夫卡所以被西方评论家誉为'文学天才'、'现代文学之父',甚至抬到'传奇英雄'和'圣徒'的高度,最根本的原因就在于他是异化论历史观的图解者"③。日后从异化理论阐释和研究卡夫卡的著述,很难超越此文。

20世纪70年代以后西方学人的卡夫卡研究开始转向,他们不再满足于对卡夫卡及其作品进行宗教研究和道德化解读,更注重对其进行解构主义批评和社会政治批评。这方面的代表作有考恩戈德(Stanley Corngold)1988年出版的《弗朗兹卡夫卡:形式的必要性》。卡夫卡俨然被看成了一个解构主义尚未出现之前的解构主义者。另外,伊丽莎白·博厄(Elizabeth Boa)的《弗朗兹·卡夫卡:信件和小说中的性别、阶级和种族》(1996)和吉尔曼(Sander L. Gilman)的《弗朗兹·卡夫卡:犹太病人》(1995)则被认为是"文化研究"的杰作。20世纪90年代后,中国学者也渐渐抛开"异化"说,开始从心理学、社会学、宗教学、叙

---

① 紫葳:《寓严肃于荒诞之中——读卡夫卡的〈变形记〉》,《外国文学研究》1980(1),第101—104页。
② 郭祥赓、戴经论:《我国卡夫卡研究述评》,《外国文学研究》1983(2),第132—135页。
③ 叶朗:《卡夫卡——异化论历史观的图解者》,载北京大学哲学系编《人道主义和异化问题研究》,北京:北京大学出版社,1985年,第186页。

事学、符号学、结构主义、后结构主义、女性主义等多种角度来分析和阐释这篇小说,从而使我国的卡夫卡研究出现了一种新气象。

一些学者试图从心理学或心理分析的角度来阐释和解读卡夫卡。董红钧认为:"要了解卡夫卡的作品,首先要了解卡夫卡本人,了解他丰富而独特的内心。""卡夫卡的创作既不是为了反映客观的现实,也不是为了展现理想的境界,他纯粹是为了抒发他强烈的主观,表现他深切的内心感受。"①而童年时代的心理创伤无疑在卡夫卡的性格形成过程中起了至关重要的作用。"压抑的和违反儿童心身正常发育的家庭环境和生活在不同范围和程度上扭曲并形成了弗兰茨个性心理的同时,却恰恰又为作家卡夫卡具备了应有的敏感气质和孤独的个性的心理模式。"②赵山奎认为,卡夫卡的《致父亲》是一部以书信形式写成的"寄生性自传"。卡夫卡对自我"起源"问题复杂性的认识决定了这一作品的深层叙述结构。③ 这方面的近期成果还有周何法的《卡夫卡的自虐狂倾向及其触发因素》(《外国文学评论》2005 年第 1 期)。

有些学者从存在主义哲学的角度来阐释和理解卡夫卡。如昂智慧认为:"卡夫卡的小说、格言、书信、日记等人们似乎可以归纳为一部大作品——一部形式散漫但主旨集中的关于人类生存困境的作品。"卡夫卡"活着就是为了求证人生的真实情况,求证生命的真正形式和意义。卡夫卡将他的生命演绎成一部生存哲学专著"④。还有的学者认为,卡夫卡与其说是在"求证人生",不如说是在"求证死亡",他"以其独到的人生体验、虚拟的文学阐释,把文学作品中的死亡意识提到了艺术领域的新高度"。"对死亡意识的描写既是卡夫卡精神世界的探索。也是其小说结构形式上不可或缺的内在组成部分。"⑤而有人则干脆将卡夫卡创作的心路历程归结为:"恐惧占据心灵,孤独融入生命,而死亡是最后的'涅槃'。"⑥

还有些学者从宗教学或宗教文化角度分析和研究卡夫卡。譬如孙彩霞的论文《宗教精神的失落——谈〈乡村医生〉反讽〈圣经〉主题》(《外国文学研究》2000 年第 3 期)、《与上帝的疏离:卡夫卡的宗教关怀》(《中州大学学报》2004 年第 2 期)、《最后审判的寓言——卡夫卡小说〈在流放地〉的〈圣经〉解读》(《外国文学研究》2005 年第 4 期),论述了卡夫卡与《圣经》及基督教的关系。孙彩霞

---

① 董红钧:《击破心中冰海的利斧——浅谈卡夫卡的心理和创作》,《上海大学学报》1994(1),第 31—37 页。
② 袁庆丰:《卡夫卡:孤独、敏感、创作》,《衡阳师范学院学报》1995(2),第 64—67 页。
③ 赵山奎:《通过父亲写自传——卡夫卡〈致父亲〉解读》,《国外文学》2010(2),第 151 页。。
④ 昂智慧:《倔强的灵魂的独语——论卡夫卡的人生求证》,《外国文学评论》1996(4),第 69—76 页。
⑤ 祖国颂:《卡夫卡小说的死亡意识》,《学术交流》1997(2),第 109—111 页。
⑥ 周定宇:《恐惧占据心灵、孤独融入生命——试论卡夫卡创作的心路历程》,《湘潭师院学报》1999(5),第 78—81 页。

认为:"卡夫卡尽管不是基督徒,却非常熟悉基督教思想……卡夫卡对犹太教和基督教的态度影响了他的文学创作,在运用圣经故事时他糅合了《旧约》和《新约》的思想,并将对宗教问题的思考反映在作品中。"[1]也有学者从犹太教、犹太文化角度论述卡夫卡,如车成安《卡夫卡思想与创作中的犹太情结》(《吉林大学学报》1999年第3期)、曾艳兵《"耗子王国"的歌手:论卡夫卡与犹太文化的关系》(《外国文学评论》2003年第1期)、胡志明《非常的"原罪"——论卡夫卡的犹太文化渊源》(《上海师范大学学报》2005年第4期)、冯亚琳《"原罪"之后是什么——德国成长小说与犹太教交叉视野中的〈失踪的人〉》(《四川外语学院学报》2008年第2期)等。

另外一些学者则从叙事学角度论述了卡夫卡的叙述风格及其特征。黄燎宇认为,卡夫卡的"神秘在于那清晰、平静而单调的叙述总是夹带着一种惊心动魄却又妙不可言的弦外之音,所谓弦外之音,就是指不明说,不直说的艺术,如象征、反讽"。而这种"弦外之音"其实就是指卡夫卡的那种"投影式的写作"和"悲喜式的写作"[2]。阎保平对《变形记》进行了叙事学的分析和研究,他认为,这篇小说的叙事结构主要包括:纵向结构、横向结构、语言结构和复合结构。"纵向结构是文本基本叙事形式之一,它以时间为顺序,以事物的发生发展过程为线索,呈现主人公萨姆莎现实人生的悲剧,揭示了资本主义生产关系把人变成纯粹物质生活的附属品最终又彻底抛弃的社会本质","横向结构是以人物在空间的活动顺序的叙事形式,也是叙事主体意识外化,主体精神宣泄的方式","萨姆莎和卡夫卡的语言结构所显现的思维活动的根本症结是主观与客观相分裂,精神和实践相脱离","复合结构是文本叙事结构的整体形态,是时空、人生、艺术三相交融的整体,是纵横交错的复合,并由独特的叙述语言充盈其间的宛若蜘蛛网一般的结构模式"。[3] 这一类研究成果还有罗璠《卡夫卡与现代小说叙事维度的呈现》(《外国文学研究》2006年第3期)。

就研究专著而言,2000年以前我国没有严格意义上的卡夫卡研究的学术专著问世,这说起来有些令人遗憾,但2000年以后中国内地陆续出版了八部专门研究卡夫卡的学术专著,这又令人感到欣喜和鼓舞。在这八部著作中有四部属于比较研究。叶廷芳先生的《卡夫卡及其他》收录了近二十年来叶先生有关卡夫卡的论文十余篇。胡志明的《卡夫卡现象学》"从阅读现象学入手,对卡夫卡的精神层面及其作品的哲学内涵"进行剖析,"是我国卡夫卡研究以来的一个新的重要成果"。张玉娟的《卡夫卡艺术世界的图式》则"运用现象学方法,不再

---

[1] 孙彩霞:《西方现代派文学与〈圣经〉》,北京:中国社会科学出版社,2005年,第206—207页。
[2] 黄燎宇:《卡夫卡的弦外之音——论卡夫卡的叙述风格》,《外国文学评论》1997(4),第60—66页。
[3] 阎保平:《〈变形记〉叙事结构解析》,《外国文学研究》1992(3),第128—131、45页。

把文学当成对现实的摹写,而是视为体验中的表象,进而深入到卡夫卡的想象世界中",去发现卡夫卡"存在的真相"。曾艳兵的《卡夫卡研究》"对卡夫卡及其问题作了全面的分析和深入的探讨,尤其集中思考和研究了某些重点、难点、盲点、疑点、热点和焦点问题",是一部综合性研究卡夫卡的学术专著。

总之,三十多年来,中国的卡夫卡研究虽然已经取得一些不俗的成果,但也存在着诸多问题,如研究队伍还不够稳定、研究者的视野还不够开阔、选题也较为狭窄并时有重复、观点的原创性也嫌不足等。但是,既然中国学者在30年的时间里就能使中国的卡夫卡研究形成一定规模,并在世界卡夫卡研究中发出自己的声音,占据一席之地,那么,我们也完全有理由相信,在今后漫长的岁月里,我们也一定会逐渐地克服自己的不足,使中国的卡夫卡研究更进一步地走向深入、走向繁荣。

第八节 茨威格小说研究

斯台凡·茨威格(Stefan Zweig 1881—1942)是奥地利著名小说家、传记作家、诗人、剧作家、随笔作家、翻译家。论及影响,托马斯·曼确证在茨威格之前,德语文学从未达到过如此广泛的国际盛名。[①] 茨威格是继卡夫卡之后20世纪翻译得最多的德语作家,"至今仍属读者最多、各大洲最知名的德语作家之一,其作品已翻译成不下57种语言"[②]。文学史上,作家在不同文类均取得世界影响已非常态,而茨威格除此之外成为关注的焦点还在于一个悖论式现象:其文学地位在母语国家评论界难以摆脱对畅销作家的成见而引起争议,与此相反,也正是在德语国家,其作品却在没有评论界导向和参与的背景下,自20世纪80年代以来重新大量再版,仅在1992年德国费舍尔一家出版社就出版了茨威格三十多种版本作品;在国际上更是广受欢迎,并成为各国学界持续研究的热点,该领域大多数学术成果出自德语区以外国家本身已构成了一个涉及面颇广的研究课题。[③] 这种墙里开花墙外香的"茨威格现象"以及作家本人的犹太背景和夫妇双双自杀的悲剧,无不印证着托·曼的另一评论:"评价茨威格毕生作品并非易事,是得倾其所能方可完成的任务。"[④]

---

① Ulrich Weinzierl: In Gengf die Scheiben einschlagen, Frangkfurt Allgemeine Zeitung, 1992—2—25.
② Sabine Kinder: Die Zeit gibt die Bilder, ich spreche nur die Worte dazu. S. Fischer, Frankfurt, 1993, S. 30.
③ Randolph J. Klaviter: Stefan Zweig. An International Bibliography. California, 1991.
④ Erika Mann: Thomas Mann Briefe 1937—1947. Frangkfurt, Aufbau, 1965, S. 280.

在我国，茨威格被称为"当今中国译坛上最最红火的德语作家之一"①，特别是自20世纪80年代以来，茨威格作品的翻译、出版和研究取得了显著成就。总体而论，茨威格在中国接受的线路图是经由小说而扩大，辐射到传记、戏剧、文论、诗歌等体裁，而茨威格研究的轨迹也与此大抵相仿，两者相辅相成，促使茨威格成为与歌德和卡夫卡齐名的、出版发行最多的德语作家，包括三联、商务印书馆、人民文学出版社在内的几十家出版社争相出版其作品（其中尤以小说和传记为重），总共有170多位译者致力于茨威格作品的翻译。盘点茨威格在新中国的接受史，可以说半个多世纪的积累使得当年涓涓细流呈现出蔚为壮观的大河之势。② 人民文学出版社分别于2006年和2011年将《斯·茨威格中短篇小说选》和《一个女人一生中的24小时》列入"名著名译插图本：精华版"系列以及纳入"企鹅"丛书再版面市，这也从一个方面表明茨威格作为经典作家的地位获得了确认。鉴于文学名篇具有深入人心、久传远播的生命功能，窥其堂奥自是研究界义不容辞之责，这方面翻译因其本身就是译者对原作自觉或不自觉的诠释，从而构成了茨威格研究的重要组成部分。在大量以"小说集""选集""名篇集""精品集""全集"和单行本等形式出版、再版、重译的茨威格小说翻译中，译者于序跋中均对作家作品进行了全面介绍，并作出相应之导读，这类以启山林的努力为推动和深化国内茨威格研究奠定了基础。与此相呼应，相关的学术研究从无到有，渐成气候，据不完全统计，1979—2010年发表在各类报刊上论文达212篇以上③；产生了6部专著④，初步形成了规模。尤其是2000—2010年论文达145篇，占总数的68%，表明该领域研究具有强劲的发展势头。

一、新中国成立前：筚路蓝缕

茨威格在中国的接受可追溯到20世纪20年代初。据推断，第一部茨威格小说的汉译"是耿济之译的《保姆》（今译《家庭女教师》），载《东方杂志》24卷（1927年8月10日）"⑤，在西风东渐的晚清和民国时期总共179名译介到中国的德语作家中，茨威格以24部传记、小说、文论的汉译跻身前10位，表明自20世纪80年代起茨威格作品在中国的大热有着历史的渊源和传统。有鉴于茨威

---

① 卫茂平：《德语文学汉译史考辨》，上海：上海外语教育出版社，2004年，第156页。
② 张晓青：《斯·茨威格作品在中国内地的译介》，《河南社会科学》2006(9)，第160—162页。
③ 20世纪90年代前相关数据来源于目录索引和研究文献；之后来源于期刊网和研究文献。
④ 阎嘉：《茨威格——触摸人类的心灵》，成都：四川人民出版社，1997年；曹天健、何洛：《通往心灵：茨威格其人其作》，合肥：安徽文艺出版社，1999年；杨荣：《茨威格小说研究》，成都：巴蜀书社，2003年；人文素养读本编委会：《莱茵河畔的森林之歌：德语短篇之王茨威格》，太原：北岳文艺出版社，2004年；王志艳：《带你到莱茵河畔赏读心灵：德国艺术灵魂的猎手茨威格》，延吉：延边人民出版社，2006年；张玉书：《茨威格评传：伟大心灵的回声》，北京：高等教育出版社，2007年。
⑤ 卫茂平：《德语文学汉译史考辨》，157页。

格同时代大作家如霍夫曼斯塔尔和布莱希特分别有八部和四部汉译作品,卡夫卡竟然一部没有,不免令人疑惑,对此,当年《保姆》译者所写的附记点出了茨威格名列前茅之大端:"他所著的作品注重心理的描写,而不流于枯燥,加以鲜明活泼的幻想,流利畅通的文笔,很能使读者发生兴趣,有不读完不释卷的吸引力……他作品的中心题目是一个'爱字'。但他似乎不像那些轻浮的作家所做近于'风流秘史'式的爱情小说,却带着使人感动的深厚思想。"①这段精炼的文字可视为翻译心得,亦可以归类到茨威格小说在中国最早的研究,涉及了作品形式和内容的定位和评价,虽行文宽泛,但大体切中了茨威格小说的核心,随着时间的推移,这一评述仍不失为举之则目张的"纲",今之盛行于国内茨威格"情爱"小说的观念,可上溯于此。

二、1949—1966年:传承与接力

新中国成立后,茨威格接受得以承续的一个特点表现在上海作为民国以降中国出版业重镇、西学东渐之风多经上海滩登陆华夏的风光依旧,不论是1950年由上海出版公司发行的《历史的刹那间》(楼适夷译),还是1951年上海海燕书店出版的由高名凯、吴小如翻译的《巴尔扎克传》(上海新文艺出版社于1954年再版此书)均可佐证。然而,对于茨威格在新中国的扬名作出实质性贡献并产生深远影响的当属纪琨先生所译、于1957年发表在《译文》(1959年改名为《世界文学》)上的中篇小说《一个女人一生中的二十四小时》,该译本对于作者写情艺术所表现出的精致深密的特色心领神会,表现在译文风格上与原作高度契合,格调不温不火,文字准确雅驯而成为在日后不胜枚举的茨威格小说翻译中被采用最多的(数十次)经典译本。该译作大大提升了茨威格小说在中国的影响力。② 更名后的《世界文学》于1963年同时发表茨威格两篇短篇小说《看不见的收藏》(金言译)和《家庭女教师》(墨默译,彭芝校),可理解为这家改革开放之前我国唯一的外国文学刊物历时五年、以具体译作让中国读者领略中短篇小说家茨威格风采的用心,这种薪火相传的努力及其润物细无声的功效为滥觞于80年代茨威格的热络做出了铺垫。这一时期从学术角度看茨威格研究尚未形成,这既与社会历史背景有关,也与缺乏能够造成声势的译作数量不无关系。

三、1966—1978年:沉寂与复苏

此后持续不断、愈演愈烈的政治运动对文学,特别是对外国文学的影响,在

---

① 卫茂平:《德语文学汉译史考辨》。

② 对此,为茨威格翻译与研究作出杰出贡献的张玉书在专访中特别提及该译作对他的震撼。参见:《告诉德国人茨威格是伟大作家》,《南方人物周刊》2007/25,第64页。

"文化大革命"中达到了登峰造极的程度,西方国家的作家作品首当其冲地成为禁忌实为时代悲剧的衍生物,艺术沦为意识形态的牺牲品亦无例外地降临到茨威格头上,从而造成其在中国接受史上长达十余年的空白。然而,时间是公正的评判者,十年浩劫之后,当中国刚刚踏上拨乱反正的复兴之路,1978 年第一期《世界文学》(内部版)就选登了茨威格中篇小说的压卷之作《象棋的故事》(叶芳来译),同年上海译文出版社出版了单行本《一个女人一生中的二十四小时》(纪琨译),这在寒冬过后、百废待举的年月不啻为一枝报春花,亦可见茨威格作品的生命力。

四、1979—2010 年:繁荣与深入

伴随着改革开放大潮的兴起和禁锢之堤的溃决,外国文学率先出现了繁荣景象。就茨威格接受而言,1981 年和 1982 年作家诞辰 100 周年和逝世 40 周年纪念日具有里程碑意义,赋予了"复兴"一说以实质性内容,这不仅表现在多家出版社出版了茨威格小说集、小说选、传记;两家出版社出版了作家生前唯一发表的长篇小说《心灵的焦灼》的不同译本;《名作欣赏》亦刊登该长篇小说第三种节译本;《译林》接连两期登载茨威格作品,以及两种《德语国家(中)短篇小说选》收录茨威格小说,也表现在 1982 年《外国文学研究》第一期刊登了《纪念奥地利著名作家斯特凡·茨威格》的文章,标志着改革开放初期刚刚诞生的最具影响的国内几家外国文学学术刊物就已将茨威格纳入了研究视野。国内这一借由纪念日而推动作家勃兴的现象无独有偶,与当时世界范围开展的一系列纪念活动相得益彰,如果从国际视角讲"1981 年以前当代文学研究界具有根本性的、根深蒂固的忽视茨威格的现象最终结束"①,那么中国出版界和学界的努力无疑是这一变化的重要组成部分。虽然时至今日各种译著评论已是名目繁多,难以尽述,但 20 世纪 80 年代初国内围绕茨威格作品的翻译、研究和吸收的速率是空前的,开辟了茨威格接受持续繁荣的局面。在为这一盛况催生的诸多因素中,不能不提及 1979 年人民文学出版社出版的《斯蒂芬·茨威格小说四篇》(张玉书译),该书初版即达十万册,已是当今出版界难以企及的天文数字,次年再版亦可见反响之大。

书籍的走俏通常与某一时代特定背景密切相关。"文化大革命"后的政治气候为外国文学在中国的风行创造了先决条件,时代发生变化的标志之一在于长期为一种意识形态目标而隐姓埋名的集体生活让位于注重个性生活,与此相适应,读者的关注点发生了变化,十年浩劫的教训直接促成对于有关人的存在、个体命运问题的高度重视。肇始于 1978 年初、后经 1983 年、1986 年两度起伏

---

① Mark H. Gelber, ed., *Stefan Zweig heute*. New York: P. Lang, 1987, S. 7.

升温的有关人道主义近十年之久的讨论,强化了这一社会关注热点,同时也为包括茨威格小说在内的外国文学提供了促进性的社会舆论和接受平台。通览茨威格小说题材及其从中所派生出的所有问题,一言以蔽之谓之人性,小说中处于中心地位的是人,是依据自身感觉而付诸行动的各类不同的个体,他们与自身激情相处,听命于潜意识中发生作用的、难以捉摸的本能力量,对于这些人物而言,不存在现成的、必须恪守的生活模式,尽管他们触犯了普遍的道德观甚至走向死亡,但作者通过再现动人心扉的故事,着力表现的是人如何在精神的煎熬中与自身和命运搏斗,进而达到一种自我认定的完整与完满。作家从中所表现出的强烈的人文关怀,已为当时的研究者所重视,有论者指出茨威格"继承了欧洲的人道主义传统";"在作品中力图捕捉纯人性的东西,力图以宽厚、豁达的态度实践歌德的那个思想:谅解一切人的不足和弱点,理解一切,也就是宽恕一切"①。从而点明了茨威格小说"使人感动的深厚思想"的内涵,作家悲天悯人的博爱思想和对个性自由的表现和张扬,契合了时代精神,为饱受"文化大革命"伤痛的人们通过多样化、个性化阅读以求抚平精神创伤、慰藉心灵痛楚提供了一种可能。

另外一个值得重视的相关因素是弗洛伊德理论在国内广泛传播。出现在20世纪二三十年代第一次和80年代第二次"弗洛伊德热"表明了精神分析学说在中国影响的深度和广度,这就为以心理分析著称的茨威格小说的接受提供了支持,增强了认同感。弗氏理论直接作用于文学已为两次"弗洛伊德热"所证实:从20世纪二三十年代鲁迅的《补天》《肥皂》《兄弟》,郁达夫的《沉沦》,"新感觉派"作家施蛰存的《鸠摩罗什》《将军底头》《石秀》等;到80年代张贤亮的《男人的一半是女人》,莫言的《红高粱》,苏童的《妻妾成群》等,均透露出中国作家从心理分析的角度,通过性的暗孔剖析检视人物人性动机的诉求,联系这类作品在读者中的强烈反响,反观茨威格小说专注于男女主人公隐秘心理的分析和人性的发掘,亦即罗曼·罗兰所概括的"他运用弗洛伊德犀利的钥匙,成了灵魂的猎者",其作品获得普遍认可当存在着逻辑的关联。与此相关,新中国成立以来文学作品多强调将人物置于历史、社会"大"环境中加以刻画,从而强化和凸显了社会凌驾于个人之上的先决性和优越性,在社会与文化观念上,个人变得相对渺"小"。然而不可忽视的是人类的发展正是人不断冲破现存社会秩序的限制、获取更大人身与精神自由的历史过程,这种不甘现状、不断超越与进取的力量及其个人所表现出的主观能动性,通过艺术的再现在文学作品中更能激动人心因而具有强烈的吸引力,这也是茨威格小说虽没有波澜壮阔的社会画面,却得益于描写一个个与众不同的个人丰富多彩的内心世界而赢得了读者的原

---

① 黄文华:《茨威格的生活与创作》,《译林》1982(2),第269页。

因之一,当年研究者对茨威格激赏之词:"每一篇小说都表现着一个独立的感情世界"①,颇有见微知著之洞见。

茨威格小说的走红,归根结底是由其思想内容和艺术魅力所决定。茨威格作品所表现出强烈的人道主义、和平主义、世界主义思想,虽然在严酷的现实面前显露出乌托邦的色彩,然而恰恰是现实中难以实现的美好理想往往会在精神世界得以高扬,并给读者以鼓舞和升华;茨威格对于人类文化的歌颂、捍卫、传承浸透在其作品中,特别是广受欢迎的大量传记作品中,对此,国内学者在指出其局限的同时给予了充分的肯定和高度的评价,虽然这类专题研究为数不多②,但散见于大多数论文中,客观上形成了一个重要的研究领域。就茨威格小说而言,学界总体上定位为心理现实主义,这一概念包含着两个不同侧重的指向:一是与弗洛伊德理论紧密相连的心理分析,二是结合社会现实的心理分析。前者是以"激情"为切入点,运用精神分析学说解析茨威格小说及其特色,这与国外研究侧重并行不悖,《精神分析与茨威格的小说创作》《用强光照亮人物内心的各个角落》《陌生女人·异变心理·悲剧性》③等是这方面的代表。需要指出的是,这一研究指向强调茨威格不是弗氏理论在文学上的代言人,而是受其启发,丰富、强化了心理分析的写作手法,这就为后者,即结合社会现实的心理分析的立论留下了阐释空间,从而提供了文本多义性解读的可能:有论者或从奥匈帝国末代普遍存在于奥地利资产阶级中的衰败气氛和与此相关的世纪末情绪的结合上;或从茨威格继承维也纳文学流派富有历史性的记述的文学传统出发;或从茨威格小说直接对社会重大事件的反映上,来阐述小说人物《感情混乱》的成因。总之,不是纵向孤立地看待心理描写,而是横向整体加以把握构成了心理现实主义立论的基础,认为茨威格小说"一方面是心理的现实化,写出心理的最高真实;一方面是现实的心灵化,写社会现实在人心灵上的造影",强调"心理描写中鲜明的时代印记和现实圭臬"④。茨威格一批颇有时代气息和社会意义的中短篇小说(如《象棋的故事》《看不见的珍藏》《桎梏》等)为此论提供了直接的文本依据。

除心理分析这一核心议题之外,另一个关注焦点集中在茨威格小说艺术特色的考辨以及所表现出的高度认可:"茨威格艺术表现技巧达到了相当完美的

---

① 许桂亭:《斯蒂芬·茨威格小说的风格》,《天津师院学报》1981(4),第 69 页。
② 关晓林:《人道主义者茨威格的悲剧》,《外国文学研究》1985(2)。雷庆锐:《关爱人性,追求人道——论茨威格小说创作的主题意识》,《青海师范大学学报》2003(3)等。
③ 关晓林:《内蒙古大学学报》1985(3);刘伯奎:《当代外国文学》1989(2);陈竞:《外国文学研究》1993(2)。
④ 张文勇:《社会情绪与形式情绪的并交》,《外国文学研究》1991(4),第 111 页。

程度。"①对此,有论者概括为"心理分析的深刻,人物刻画的细腻,语言的流畅优美,情节的扣人心弦"②并从类型学的角度归纳出"内心独白""现身说法""自由联想""写信做梦";③以及"自白法""旁衬法""层次感"④等等写作手法,这种分门别类、条分缕析的努力使得对作家艺术特色的分析更为翔实。与此同时,也有论者运用现代文学理论,提出"茨威格小说的心理描写又留有明显的现代派痕迹……有着一种新旧合璧的艺术魅力"的观点⑤,这与认为茨威格"没有建立一种新的文学风格——他所追求的风格明显带有修补而非创新意义"⑥的观点相悖,显现出该领域研究并非众口一致,争鸣乃是推动学术发展的动力所在,也是茨威格研究充满活力的标志。

进入21世纪以来,茨威格研究呈强劲上升势头,繁荣的同时向纵深发展的趋势清晰可见。其特点是既有面上的宽广,又有点上的聚焦,总体而言是除热点议题之外关注点增多,这种多元化研究趋势也反映在研究视角的变化上,其中女性视角渐成亮点,这方面尤以对《一个陌生女人的来信》的重读表现得最为抢眼,在茨威格小说文本细读名单中高居榜首⑦,表明这部并非作家最重要的代表作(相比之下《象棋的故事》和《感情的混乱》等更为典型)由于爱情这一恒久主题所具有的魅力以及与接受国审美传统契合所产生的共鸣,对其另辟女性主义视角加以重新审视,使作品呈现出别有洞天的气象,给人以耳目一新之感。这类文章或从作者男权意识角度;或从女性传统观念角度;或从女性经济地位角度;或从显性女性形象塑造的角度;或从隐形男权话语诠释角度,分析指出"陌生女人是茨威格从男性性别出发,一厢情愿地诠释出来的女性,是男性希望的、而不是女性真实的符号"。认为"小说中的女性仍然生活在男性话语为其贬值的囚笼中"⑧。在对小说作者所流露出的男权中心意识保持批判距离的同时,对于作者"揭示了女性被动地位"以及"充满了一种对女性的同情和尊重"⑨给予了充分的肯定。由于这方面的研究从文本入手探索了隐含其中的社会性含义,即男权社会下见怪不怪的男女不平等的社会现实,使这部传统上多从情爱视角解读的小说获得了更为宽广的思想社会内涵,是对国内多从高尔基对其

---

① 李清华:《斯蒂芬·茨威格及其创作》,《当代外国文学》1982(2),第49页。
② 张玉书:《海涅席勒茨威格》,北京:北京大学出版社,1987年,第166页。
③ 张玉书:《海涅席勒茨威格》,第214页。
④ 黎皓智:《力现人世怨尤,描摹心灵真实》,《江西大学哲学社会科学学报》1984(2),第83页。
⑤ 张燕:《论茨威格中、短篇小说的表现艺术》,《外国文学研究》2003(5),第162页。
⑥ 任国强:《"面向大众"与"象牙塔"之间的取舍》,《西安外国语大学学报》2009(12),第59页。
⑦ 据中国期刊全文数据库显示,2002—2010年就有14篇专题评论该小说,这还不涉及众多以该小说为例研究茨威格女性形象的论文。
⑧ 肖英:《男性意识下的女性世界》,《名作欣赏》2010(6),第107—108页。
⑨ 韩建荣:《爱得如此豁达》,《天府新论》2009(6),第188页。

赞誉之词出发解读这部表现"真挚的爱情"①小说的反拨,再次显示出视角的变化对于研究结果的对应关系,这类尝试无疑拓展了研究视阈,显示出茨威格小说具有广阔的阐释空间。

文学需要互文,需要杂交,这一学理在国内茨威格小说研究中得到了印证。这方面令人瞩目的成果当推《论爱情故事中的"小人鱼"模式》一文②,作者运用女性主义的视角,从思想、文化、社会等诸层面比较分析了安徒生(《海的女儿》)、茨威格(《一个陌生女人的来信》)、蒲宁(《故园》)三部可比性高的小说文本,在显豁的意义层次上展开讨论,详细而且清晰地揭示三部作品多重内在关联,展现出三位女主人公注定遭到失败的爱情原委,探讨了女性在无私的爱中体现出的对善的追求,及其对人的精神发展所具有的深刻意义,从而赋予了这三部小说广泛而深刻的思想和社会意义,该文显示出突破心理分析的窠臼,茨威格小说阐释亦大有潜力可挖。就中国文学与外国文学的关系而言,在拿来的基础上互文、杂交的意义更显重要,立足本民族文化从事外国文学研究,是谓通常所云本土意识和与母语国文学研究建立对话机制,这方面亦有可喜的尝试。从施蛰存小说到张爱玲小说,均与茨威格小说人物进行跨时空"对话",除了比较作家与作品艺术创作的同工异曲之外,论者更是从东西方迥然不同的文化诉求、中西思维模式以及文学传统来考察作家作品殊同的深层次原因③,为该领域研究注入了新鲜的内容,亦构成与国际同行交流的亮点。

文学作品改编电影是经典再现的一种重要形式。2004年女导演徐静蕾将《一个陌生女人的来信》搬上了中国银幕,除该片再次掀起茨威格热外④,这部脱胎于原著,但与原著存在不同的"出新"之处在于原作中国化。这不仅表现在中国文化符号的强力呈现,如京剧、饺子、四合院等,也表现在故事情节与中国特定的社会历史背景关联,如宛平事件、北平光复等。如果说片中历史背景与故事情节的游离令人费解的话,那么,导演"颠覆"原作所运用的女性主义叙事视角对爱情的诠释则留下诸多思考:原作隐忍、富有牺牲精神的爱情观让位于导演所强调的"我爱你,但和你无关"的主旨,无论是从当下关注个体生存体验的年轻受众的认同感角度;还是从现代女性对于爱情的主动性的角度,导演所强调的这一特立独行的爱情观,表明经典常读常新的特质,展示出不同文化对于原作所表现出的、以本文化思维模式为基础的理解程度,以及时代精神对于

---

① 袁萍:《茨威格小说中的三种情爱》,《江西社会科学》2006(10),第106页。
② 陆黎雅:《外国文学研究》2003(2)。
③ 张宜琳:《现代文明中个性的压抑与矛盾》,《大众文艺》,2010(4);刘丹:《相逢何必曾相识——茨威格与施蛰存小说中人格结构的精神分析》,《吉林师范大学学报》2005(4)。李颖:《茨威格和张爱玲塑造形象艺术手法比较》,《长春大学学报》2008(3)等。
④ 《南方人物周刊》2007(25),第63页。

审美所产生的影响等等,这一切与原作产生了变异,但不变的是对于不可泯灭的人性探索和追求,这与茨威格的小说主旨又高度吻合。

著名学者张玉书是国内茨威格翻译、研究领域名至实归的权威专家,多年孜孜矻矻,成果丰硕,翻译、选编了大量茨威格作品,其译作是同类翻译中的精品,被多家著名出版社出版、再版。① 张先生借30年翻译、研究茨威格之厚积,发表众多学术论文,著有42万字的《茨威格评传:伟大心灵的回声》一书,是国内茨威格研究专著中最新、最为全面的研究成果,作者充分发挥了身为日耳曼学者的优势,对原文材料的搜集、爬梳卓尔不群,融茨威格人生、思想、作品于一体,不仅内容丰赡,而且视野宏阔,观点新颖,堪称国内茨威格研究的代表作。另外,张先生是力促国内茨威格研究国际化的开拓者,于1986年在德国《图书交易报》发表了题为《内心生活——陌生世界——谈茨威格在"文革"后的接受》一文,结合时代背景,分析了茨威格作品的特点以及使中国读者为之倾倒的诸多因素,使国际上该领域第一次听到了中国学者的声音。之后任国强出席有18个国家学者参加的第二届茨威格国际研讨会(1998年,萨尔茨堡),其大会报告"茨威格在中国的接受"系统地梳理了这一接受的历史的沿革与文学成因②,这类交流为国际茨威格研究增添了中国视角,近年来各种国际研讨会均有中国学者论及茨威格,国际交流已呈常态化。③

综上所述,国内茨威格研究大致可通过人道主义、心理分析、艺术风格、女性人物、比较研究等议题加以概括,也就是从作家思想、文本分析和写作方法三个方面着手推进。这一态势与国际该领域研究状况基本相符,不同点表现在对相同研究对象的不同解读。例如围绕茨威格小说的语言风格,国外(特别是德语国家评论界)对于茨威格形象性描述的语言风格有"过于铺张"的批评,更推崇"清晰、冷静、理性"的茨威格④;而国内主流观点则认为"优美、精炼、流畅,细腻而不冗长拖沓"⑤;赞叹其"优美的笔调和葱郁的诗意"⑥,双方的差异显然涉及东西方美学对于审美对象理解的不同侧重与拿捏。再如就心理分析而言,国内更多地将其纳入到与社会现实关联中加以通盘考察,而德语国家评论界则多围绕小说人物形形色色潜藏的心理动机穷源溯流,从心理分析学出发赋予了解

---

① 如《斯·茨威格中短篇小说选》列入人民文学出版社"名著名译插图本:精华版"系列,2006/2008年;台湾出版界亦选用多部张译以繁体中文版发行:《斯茨威格小说选》,光复书局,1998年;《一个女人的24小时:茨威格短篇杰作选之二》,志文出版社,1999年;《爱与同情》,志文出版社,2001年,等等。
② Schmid-Bortenschlager, Sigrid, ed., *Stefan Zweig lebt*, Stuttgart: H. D. Heinz,1999, S. 141—156.
③ Zhang Yushu, Horst Thomé, eds., *Literaturstrasse*, Würzburg: Königshausen & Neumann, 2008, 2009.
④ Schmid-Bortenschlager, Sigrid, ed., *Stefan Zweig lebt*, S. 5.
⑤ 李清华:《斯蒂芬·茨威格及其创作》,第49页。
⑥ 黎皓智:《力现人世怨尤,描摹心灵真实》,第83页。

读小说中种种捉摸不定的、有违常理的人物内心驱动力很大的比重,双方差异可套用一个著名的句型加以表述:开放式还是封闭式解读,这是个问题。值得国内学界重视的是国际上除从文学本体论出发从事相关研究外,还通过社会学、历史学、文化学等视角扩大了茨威格研究,展示出令人振奋的课题和领域。[①] 另外,围绕茨威格对于纳粹立场的争论构成了德语国家日耳曼学界一个重要研究课题,同时亦为对茨威格持保留态度的重要原因之一,随着新的文献资料的出版,该领域传统观念——茨威格在纳粹时期秉持超然物外立场——受到置疑,作家形象不断得到修正,从而形成了一个新的研究热点[②],而这类探讨在国内尚未形成话题。凡此种种表明国内茨威格研究在取得现有成就的基础上,面临着扩大研究视野、开辟新的研究领域的挑战,借以避免一些重复性研究在客观上压缩该领域研究空间之不足,进而推动其向纵深发展。

"文学乃是人学。"文学所写,无外乎世态人情,而情之所系复关乎人的生命本源。茨威格小说对于处于各种精神状态中的小说人物思想感情的描写,展现出人的丰富多彩的精神世界,并使之得到各种形式的涵养、净化、升华和超越,他对个体人心复杂的关注和剖析具有普遍意义,尤其在趋同现象愈演愈烈的当下更其如此。因此,读者有理由对茨威格保有持久的阅读兴趣,并促使研究者在新的语境下解读和领略茨威格小说蕴涵的奥秘与魅力,两者相互促进,预示着茨威格在中国的传播与研究将会历久不衰。

---

① Mark H. Gelber, ed., *Stefan Zweig heute*. New York: P. Lang, 1987.
② Mark H. Gelber, Klaus Zelewitz, eds., *Stefan Zweig Exil und Suche nach dem Weltfrieden*, Riverside: Ariadne Press, 1995.

第三章
英美爱小说研究

导 言

  新中国60年的外国小说研究中,英美小说一直受到较多关注。尤其改革开放的三十多年来,英美小说的研究成果成倍超出其他国家和地域的小说研究。爱尔兰小说研究与英美两国的小说研究相比要少得多,主要集中于对20世纪爱尔兰小说家詹姆斯·乔伊斯的研究。

  新中国成立之后的17年间,由于政治意识形态的关系,我国外国文学研究界的主要关注点在俄苏文学和一些社会主义阵营中的文学作品,西方小说被认为是资产阶级的文艺作品,受到极大排斥。一些小说作品虽然在新中国成立之前已经有了一定的研究基础,但在这一时期西方小说的研究基本上停步不前。英美小说研究此时面临极大限制,大多数研究集中在当时的文艺思想所能认同的批判现实主义小说范围内,如狄更斯、马克·吐温等少数作家的作品。且研究思路往往单一而褊狭,在肯定这些作家对资本主义社会的黑暗面进行揭露和批判的同时也对他们难以摆脱的阶级立场予以否定。研究的方式主要聚焦在小说主题思想研究,对小说的艺术特色往往视而不见。现代主义小说在这一时期则被认为充满颓废、消极的虚无主义色彩而基本上销声匿迹。

  改革开放之后,这样的情形得到了全面改观。20世纪80年代,一批经典英美小说作品研究得以浮出水面,在批判现实主义小说得到进一步深入研究的同时,另一些经典小说得到广泛欢迎和较为深入的研讨,简·奥斯丁、勃朗蒂姐妹、霍桑等18、19世纪的重要小说家的作品成为受关注的重点,研究成果大幅上升,研究的视野也较之前宽阔许多,不仅主题思想,而且艺术特征、美学特征等都得到了进一步挖掘。与此同时,19世纪末20世纪初期的现代主义小说作品引起读者的浓厚兴趣和研究界的高度重视,哈代、伍尔夫、劳伦斯、海明威、福克纳等的小说作品有不少被译成中文,受到关注。90年代中后期,现当代英美小说的研究成果呈大幅上升趋势。随着西方现当代文艺理论和批评方法的引进,英美小说在研究方法、研究思路、研究范围等方面都有了极大的改观,研究越来越向着多元化的方向发展。一些经典作家的作品研究也开拓了新的研究思路,研究更为深入和全面了。康拉德、亨利·詹姆斯、乔伊斯等作家的研究在某些研究领域形成了热点。但传统经典作家的研究相对而言有下降的趋势。近年来,女性小说、少数族裔小说、后现代小说等在整个英美小说研究中占据了相当重要的位置,其中多丽丝·莱辛、托妮·莫里森、索尔·贝娄的研究尤其引人注目。进入21世纪以来,受后现代思潮的影响,英美小说的研究逐渐扩展至英语国家的小说作品研究,且这样的研究表现出越来越旺盛的势头。爱尔兰、澳大利亚、加拿大、新西兰、南非等国家和地域的小说研究正在呈现出上升的趋势,但从总体研究成果来看,还远远跟不上英美小说研究的发展势头。

本章选取了新中国成立60年来在我国外国小说研究界受到持续关注的英美小说家,以及在改革开放之后在研究界尤其引人注目的小说家共17位(勃朗蒂姐妹为两位作家),希望通过对这些小说家及其作品的考察能够提供新中国60年来英美爱小说研究的一个总体情况。

第一节 奥斯丁小说研究

简·奥斯丁(Jane Austen,1775—1817)是英国女作家,作品数量不多,题材"狭小",然而其小说自1811年问世以来一直深得读者喜爱,影响持续扩大。如果说她在19世纪尚有些被低估,那么在20世纪里则可说越来越受重视,甚至被不少人看做与莎士比亚比肩的经典作家。有关她的西方论著数目惊人,特别是最近几十余年里几乎成倍增长。在我国,她也是很受读者欢迎和批评界关注的小说家。

一、新中国成立前研究状况的简要回顾

简·奥斯丁进入中国并不算晚。20世纪20年代里查普曼考校其生平和写作的工作尚未全面完工,奥斯丁在英语世界经典化大幕方徐徐开启,在中国即有《英语周刊》《光华月刊》等杂志介绍这位女作家。1935年,杨缤配合译本推出在商务出版周刊上发表了《〈傲慢与偏见〉作者撷茵·奥斯登评传》。商务书局1937年出版的《英国文学史纲》(金东雷著)也提到奥斯丁,虽然只有半页篇幅。涉笔奥斯丁的作者还有程忆帆、张履谦、林海、陈新谦、钱歌川等。具有一定学术性的文章有吴景荣的《奥斯登的恋爱观:从"劝导"讲起》(《时与潮文

艺》1943年第1期)和常风的《傲慢与偏见》(《文学杂志》1948年第3期)等。前文以《劝导》为例指出奥斯丁的转变,即价值取向趋于浪漫和"情感";后者夹叙夹议,从人物和对话阐发奥斯丁行文之妙及其对世态人情的洞察。两文都持某种开明进步的立场。

概括起来,1949年10月前的奥斯丁评介有三点值得注意。一是有关文字的出现集中在抗日战争之前或之后的年月里;二是发表的主要地点是上海;三是目标读者似以懂得英语或正在学习英语的人为首选,其次是家境较好的知识女性,所以有英语报刊以及《家庭》《家庭良伴》之类杂志积极参与。

二、1949—1976年:奥斯丁的边缘处境

新中国成立以后,1949年秋到1966年夏,曾有过外国文学引介、评论的两波相对繁荣。当时的主流思想强调文学的政治批判功能,奥斯丁由于题材局限于婚姻、家庭,不曾被革命导师提及也没有得到苏联文化界认可,自然入另册,作品无缘进入由中科院外国文学所和人民文学出版社等联合编辑出版的"外国文学名著丛书"选题,也几乎没有任何文章对之进行深入讨论。在中国颇有影响的苏联学者阿尼克斯特撰写的《英国文学史纲》(1959)完全不提奥斯丁;北大教授主持编写的《欧洲文学史》(1964版)给拜伦分配了八页多篇幅,同样略过了奥斯丁。那些年里与奥斯丁相关的唯一"中国事件"是1956年王科一翻译的《傲慢与偏见》(含序言)的出版。该译本至今仍为许多读者喜爱。王的序言简要介绍了奥斯丁的生平和写作,指出不应以题材大小论价值。他的评议在一定程度上体现了时代特点,比如他说奥斯丁的可贵在于以幽默讽刺的笔调"精确细致地"描写了当时的中产阶级,表现了"人与人的关系,人的现实生活,人的内心世界,从而反映出一个社会阶层的面貌";还设法说明其"进步性",称她摆脱罗曼司传统,有抨击"封建意识形态"的功劳,等。

"文化大革命"(1966—1976)期间对奥斯丁的评论介绍基本是空白。

三、1977—1989年:获得重视

1977—1989年是奥斯丁在文学大解禁浪潮中重新"浮出水面"的时段。这一次她得到了前所未有的重视。上海译文出版社1981年重印王科一旧译《傲慢与偏见》热卖一时的情形引起了新华社甚至《纽约时报》的注意。

不过,当时"琐屑论"等等余风尚在,从中英双语《英国文学史提纲》(四川人民出版社,1983年)中可约略感受到。该书以大约三页篇幅介绍了奥斯丁及其两部主要小说,称她是"技巧大师",认为作家写"熟悉的和理解的"小题材无可指责;但是另一方面仍强调奥斯丁"对阶级社会……所持的全盘接受的态度……大大地限制了她的小说的价值",说她的成就不及司各特的"史诗式"作品。正因如此,20世纪80年代里有不少人仍在为奥斯丁"辩白"。朱虹刊于《读书》1982年第1期上的《对奥斯丁的傲慢与偏见》(她稍后发表的相关论文篇幅更大但题旨相近,两者有重合)可说是音调高亮的开场锣鼓。朱文指出了造成奥斯丁歧视的"题材论"的西方根源;明白地表示不赞成仍用"上升资产阶级""进步倾向"等政治术语做肯定辞。文章更强调作品反讽笔调的底蕴及叙述如何通过婚恋喜剧探究人的自我认识过程,并借用美国文人特里林的话说,这表明作者意识到现代社会中人"发生的深刻心理变化"。稍后,杨绛专论奥斯丁的《有什么好》(《文学评论》1982年第3期)面世。杨文娓娓道来,没有八股格式,也没有后来在校园大行其道的论说腔,却有超出寻常论文的数量可观的引文注释。她从小说的故事编排、写实取向、人物刻画和文字推敲等方方面面讨论作品的"好"处。尤其值得注意的是,她认为奥斯丁小说真正的着重点不是所谓"爱情",而是作为社会行为的婚姻及由此牵动的矛盾和争夺,"表现的世态人情煞是好看"。杨文还分析了奥斯丁笔下的"笑"的诸多层次,说她对世界没有幻想,却以笑面对,"笑不是调和;笑是不调和",甚至是改变现状的努力。

  上述文章既有学术含量又有个人心得,奠定了"新时期"奥斯丁研究的不低的起点。此外还有吴景荣、高嘉正、朱琳、钱震来等一批不同年龄层次的专家撰文讨论奥斯丁,虽然大多尚留在介绍层面,但也不乏表达争鸣意见的尝试,如方汉泉(1985)提出:"西方评论家对[《爱玛》中的]埃尔顿太太尽皆指责……很不公平";王宾的《奥斯丁小说的浪漫主义》(1983)就吴景荣和朱虹等人的观点表达异议,不赞成前者认为奥斯丁支持"古典主义"和"社会传统",后者断言奥斯丁嘲笑"假浪漫主义",反对给奥斯丁戴"保守"的帽子。不论观点是否成立,有关讨论都是在探究有关奥斯丁的重要思想、艺术议题,对创造健康学术论争氛围也有积极作用。

  这一时段里最具中国特色的评论是将奥斯丁著作与《红楼梦》做比较,如赵双之(1986)、张兵(1989)和赵景瑜(1993)等人的论文。以《红楼梦》在中国文学中的地位,这类对比研究多少是对奥斯丁的"褒举",出自对其小说的由衷喜爱并表达了著者的独立见解。不过,当时的讨论似未脱"批判现实主义"的框框,常过于偏重作品的社会批评功能;同时又"比"得比较随意——如:有文章认为相比《红楼梦》奥斯丁的语言"是生硬的粗描的",却未举原文例子进行文本分析;有人说奥斯丁笔下的"笑"不及《红楼梦》丰富多彩,全然无视根植于英国喜剧传统的有限视角叙述与源自中国话本文化的全景巨作之间的重大文类差别;还有人称奥斯丁时代"纤细、清淡、柔和"的西方罗珂珂风格与"中国风"和南中国艺术相关,而《红楼梦》亦与南方韵味相通,可谓"大胆假设",但"小心求证"显然不充分。

值得一提的是,朱虹选编的《奥斯丁研究》(1985)作为"外国文学研究资料丛书"系列中的一本,选译了许多重要国外评论文章和若干其他资料,约三十万字,其问世推进了我国的奥斯丁研究。

自 20 世纪 20 年代,国外特别是英语国家的奥斯丁研究渐成显学,有突飞猛进之势,眼界迅速打开,研讨日渐深入,出现了一连串影响力超出学界的名家。尤其是 20 世纪 70 年代以降,西方校园理论探讨活跃,对奥斯丁作品中的政治、历史、道德等"大"议题的关切急速升温,形形色色女性主义解读更是层出不穷。反观我国,虽然在长期沉寂后迎来了奥斯丁研究的再起步,有可观的成绩,但还远远没有和国外同步。

四、1990—2009 年:快速发展

1989 年之后的 20 年是中国奥斯丁评论和研究发展最快、成果最多的时期。

随着国外奥斯丁影视产品持续火爆、"奥斯丁工业"蓬勃发展以及国内出版商业化转型基本完成,我国奥斯丁小说的译介和出版呈异常繁荣态势,每部小说都有多个译本,其中,《傲慢与偏见》有近三十五家出版社推出了约三十种译本,外加形形色色的双语本和缩写本。相关电影也无一例外吸引着一批忠实"粉丝"。同时,与整个外国文学研究学科的发展一样,1990 年以来有关奥斯丁的议论和言说明显日益专业化、学术化,高校教师和专业人员成为参与的主体。"学院化"趋向成就了研究的繁荣,也与(外国)文学在思想文化界被相对边缘化互为因果。

在这一时期涌现出的诸多文学史类著述——包括《英国文学通史》(2002,侯维瑞主编)、《英国 19 世纪文学史》(2006,钱青主编,为五卷本英国文学史之一)、《英国小说发展史》(2006,蒋承勇等著)等——当中,完全忽略奥斯丁的情况已经不复存在。《欧洲文学史》的修订版(2001)增补了有关奥斯丁的内容,篇幅约为拜伦或雪莱的二分之一。

此阶段国内奥斯丁研究的一个突出特点是当代西方文论的影响日益凸显。20 世纪 90 年代初国内论文参考的国外资料尚比较有限,朱虹选编的资料集和美国左翼作家鲁宾斯坦(Anette T. Rubinstein,1910—2007)的《英国文学的伟大传统》一书的译本(上海译文出版社,1987 年)频频在引言出处中出现。这种情况延续时间不长,随着国内研究渐渐与国外"接轨",学术讨论话题迅速多样化,各种英语研究和评论纷纷进入视野。

这里试从几个方面做一些概括。

1. 从"技术"角度切入的论文大大增加。比如,对反讽的关注历来是奥斯丁评论的焦点之一。1990 年后虽然仍有文章结合交代故事泛谈《傲慢与偏见》

的"喜剧精神",但是更多的学人开始尝试从"技术"角度进入,如林文琛的《在理性和感情之间——谈奥斯丁的反讽》(1998)思路清晰地归纳了一些国外评论,对其中特里林等人的看法表示认同,并依从西人分类概述了小说中"三类被嘲讽人物"——"理性缺陷者""情感型"和更深层次上的"理性型"。文章称最后一类体现作者价值观的人物被公认"乏味",而"不理智"的失误却构成最精彩、最富于生活情趣的篇章。这一看法值得重视。原因是它确实触及奥斯丁研究的关键话题之一,同时又源于或相合于西方的一种流行观点,因而有待进一步追问——比如,被谁"公认"？为什么如此？这个判读中"理智/理性"英文原词的历史语境和当今语境是否等同？等等。林另有《〈爱玛〉反讽试论》(2000)表达了相似关怀,但角度略有漂移——借助另一种分类讨论了反讽的三个层面:修辞反讽、戏剧性反讽和哲学反讽。同样讨论《爱玛》,思路和方法也近似的还有刘丹翎的论文(2003),涉及结构反讽、情境反讽、结果反讽诸多层次,行文不无幽默。

国内这类反讽研讨中,语言学和叙述学方法最凸显,或可被视为文学评论"科学化"努力的一个标志。其中朱小舟(2002)尝试借助奥斯汀(J. R. Austin)、塞尔(J. R. Searle)、普拉特(M. L. Pratt)、哈弗尔卡特(H. Haverkate)等提出的一些概念分析微观(指人物之间)反讽语言行为;肖慧(2009)强调视角功能,其理论来源涉及阿伯拉姆斯、热奈特和路伯克(P. Lubbock)等;邓中华(2008)则用俄国形式主义和什克洛夫斯基的"陌生化"思想来探讨奥斯丁的反语。这类讨论触及具体内容,体现了深入文本的意向,但是迄今仍局限于简介理论并把作品和一些很"学问"的专业术语对上号或挂上钩。如何能通过形式问题开拓有关奥斯丁的中国式新思考和新体验还需进一步探索。

还有论者,如张介明、刘霞敏等,注意到奥斯丁写作与戏剧的关系。后者(2008)侧重讨论戏剧话题与小说叙事安排的关联,主张不仅从道德角度评议书中演戏插曲,而更多从人物关系的技术处理角度考察。陈俊(2001)注意奥斯丁小说的形式美,认为其和谐、均衡的特征渗透着宫廷舞蹈的韵味。

2. "刷新"思想、伦理、政治、历史评论,也即所谓"内容"研究。"内容"一直是新中国成立后文学评论的重心,近年里相关研究的范围有所拓展,观点有所更新。

伦理研究是讨论奥斯丁的传统领域。张箭飞的《奥斯丁的小说与启蒙主义伦理学》(1999)论及 18 世纪英国妇女处境,认为奥斯丁"计算婚姻的幸福",与爱尔维修、霍尔巴赫、边沁的"自利"观念有相通之处;且小说中的"理性"和"德行"是同一的。梁晓晖《从女主人公的性格矛盾看〈傲慢与偏见〉的自我解构》(2006)借助当代理论质疑一种传统认识——即认为女主人公伊丽莎白体现了对以爱情为基础的婚姻的崇尚。文章从伊丽莎白的矛盾性切入,剖析她对达西和钱财的态度,说她以"貌似反叛维护着社会规约"。不过,作者似乎忽略了从存在矛盾到真正"解构"还有很大距离,因此论文给人的感觉是言说事出有因,结论却有待推敲。

讨论奥斯丁小说的思想往往离不开关键词"理性"和"情感"(sensibility)。陈明瑶(2000)指出,虽然奥斯丁本人和许多著名评者都认为她标举"理性",其实小说人物常有"内藏的不理智"和"对感情的崇尚",立意与前边提到的王宾、林文琛论文近似。不论自觉与否,他们都参与了"进步""保守"之争。林文琛的另一篇文章(2000)认为,奥斯丁笔下人物通常截然分为"理智型"和"情感型",而《劝导》中的女主人公安妮体现了"融合"且"坚决排除了'理性'的误导"。文章认同埃·威尔逊指出的"弥漫全书的感情力量",也赞同西方学者认为该书展示了"懒惰的或自私的士绅"的衰落、"村庄作为社区正在分崩离析"等判断。林的系列写作从一个角度体现了我国学界对奥斯丁作品和西方评论的了解在拓宽并深化。

王海颖的《一场辛苦而糊涂的意识形态之战》(2001)是少见的从标题就亮牌与西方学者争论的文章。该文称:近年来,奥斯丁评论领域内意识形态研究兴起,"党性"成热门话题——自由派和女权者认为奥斯丁"进步",历史派如玛·巴特勒坚称她为(当年对法国革命持抵制态度的)保守派。论文言简意赅地介绍了托克维尔等几位学者有关法国革命的彼此抵牾的见解,然后质疑道:既然革命与文学都无法定性,奥斯丁又能在什么立场上反动?作者认为,奥斯丁的文本是开放的,而巴特勒们自取所需,偏颇地将范妮·达什伍德和露西·斯蒂尔等反面人物认定为"宣扬情感"的"自我主义哲学"之代表;对心怀浪漫幻想的玛丽安有强烈"偏见";只谈《诺桑觉寺》对哥特式小说的反讽而不提另一面的证据,等等。文章认为"意识形态批评坠入抽象,将丰富的人性压扁为片面单一"。这是一篇有一定深度和力度的论文,作者质疑巴特勒观点,有充分的理由和依据。不过,中国学者的社会语境(我国文坛曾长期被过度意识形态化批评所笼罩)与巴特勒完全不同,该文似乎未能充分领略巴特勒的某些精妙文本细读的出彩之处,也没有全面估量后者旗帜鲜明地将政治历史维度引入西方奥斯丁研究所起的某种突破旧藩篱的开拓作用。从行文看,她对巴特勒和达克沃斯等关键学者在"保守"问题上总体态度的把握也有可商榷之处。

谈到"保守""进步"之争,还应提到耿力平的《与时俱进的思维》(*Progressive States of Mind: Dialectical Elements in the Novels of Jane Austen*,北京大学出版社,2006年)。从书名就可以看出,该书主旨也是对"保守"论提出异议,致力于梳理阐发奥斯丁作品中的"辩证"元素,进而扬弃简单定性的解读。就全面分析研讨作品、广泛参考最新英语资料并与国外学界平等对话而言,这部基于博士论文(作者在加拿大获得博士学位)的长篇专著可说是独领风骚,不过由于是英语论作,读者范围和社会影响都受到局限。值得指出,耿书和王文虽然都质疑巴特勒、倾向"进步"说,都注意到"保守"与"进步"之争内含有关"个人"/"社会"对立统一关系等重大思想问题,但是他们的取向和论证并不完全相同。

黄梅的《〈爱玛〉中的长者》(2009)也与这个话题相关,力图说明把奥斯丁的题旨定义为"保守"或"进步"的评论常是"上纲上线"的粗率解读,或多或少曲解了作者小心、模糊的多向度思想探求。文章认为书中几位"长者"的处境、性格及与爱玛的关系各有特点,并非权势的体现,却从不同角度代表着社会群体;作者着意将主人公个人心路细密地织进社会生活之网,表达了对传统农业社会解体后人际关系走向的近忧和远虑。

刘霞敏的论文《论简·奥斯丁的自然写作》(2008)在梳理奥斯丁笔下的自然描写和达克沃斯、利兹(A. W. Litz)和莫勒(K. L. Moler)等学者的相关评论之后,进而讨论作者的"自然观"。这在强调保护环境和可持续发展的 21 世纪可算备受瞩目,目前已呈现有更多学人跟进的迹象。

这批触及思想问题的文章最近几年相对密集地出现恐怕不是偶然,应该说包含了对当前中国社会热议问题——比如个人与社会、金钱与"幸福"、自然与科技发展等——的关心和呼应。

3. 女性主义或性别研究"应者"众多。女性话题是近三十多年里西方奥斯丁研究的热门之一,在我国也引来较多追随者。较早有潘维新(1989)介绍奥斯丁作品中的"妇女群像";随后有杨莉馨(1998)、吴卫华(2000)、何朝阳(2001)、黄学军(2001)、黄静(2002)等陆续围绕有关话题发表文章。谭颖沁《叙述声音中的女性主义立场》(2006)从艺术角度讨论女性意识及相关思想冲突。刘戈的《简·奥斯丁与女性小说家的"说教传统"》(2004)涉及奥斯丁的少年习作以及18 世纪末女性"品行手册"文化等,对奥斯丁及其时代有较深入的阐述,指出:《诺桑觉寺》开篇取外在视角,"批判男性小说常规"并"自树权威",作者后来因出版受挫转而"采取迂回的叙事策略"——比如用非全知内聚焦手法、自由间接话语等。刘霞敏的《〈诺桑觉寺〉中的女性教育》(2007)强调女性教育是该书主题;她同年发表的另一篇论文则指出《诺寺》对哥特小说传统并不持全盘否定态度,该书是就"阅读、文本的影响以及妇女问题而进行的对话"。刘也长期从事奥斯丁研究。她 1999 年的文章《奥斯丁对话艺术的文体分析》尝试借助语言学知识分析小说中的对话场景,这一思路在 2006 年着重讨论班内特先生话语的论文中得到了延续。此后发表的作品包括前文提到的有关戏剧话题和自然描写的论文。源源不断的论作见证了作者对奥斯丁的持续关注、视野的扩大和知识的积累。不过,和林文琛情形相似,刘霞敏似乎也多少随着所接触的西方学者不同而转移研讨话题、角度和方法。这样做虽有获益,但也可能造成在每个方向上都浅尝辄止,需要有所警惕。

聚焦于女性问题的讨论今后应有进一步深化和拓展的空间。

4. 文化研究前景广阔。在可以划归"文化研究"的论作中,程巍的《伦敦蝴蝶与帝国鹰:达西和罗切斯特》一文更接近传统文学评论,只是包含更多社会史内容,把男主人公形象与可能的历史原型及当时女性对男人的集体想象结合起来解读。论文借重霍布斯鲍姆等人的思想,将前后间隔三十多年的两位名声远扬的小说人物对比考察,使论说具有时代纵深和理论关怀。至于达西是否如该文认定是一时"反动思潮"的产物,是否为"厌恶任何工作的食利者"和"标准的纨绔子",恐怕会是中外奥斯丁读者和评者争论不已的话题。

与程文不同,邱瑾的《论〈理智与情感〉小说和电影中的反讽》(2004)更侧重考察奥斯丁影视作品,既是"反讽"研讨的延续,也属正宗"文化研究"。她着重阐明《理智与情感》中的反讽在 1995 电影版内的"跨媒介移植",比如电影对约翰·达什伍德夫妇对话、玛丽安读诗和埃莉诺送茶等场面的精心处理。作者显然对原作和电影都很熟悉,她强调指出改编者兼主演艾玛·汤普生的双重身份与小说中埃莉诺近似,但受限于电影媒介的表现手段,使"冷眼旁观变成冷嘲热讽";还认为电影较多体现了当代西人看 18 世纪的观点,某种程度背离了埃莉诺代表的价值观,却体现了自身的某种"游移不定",等等,颇有见地。作者的另一篇文章《论〈回忆录〉与"简姑妈"神话》(2008)从当前西方奥斯丁热入手,借鉴哈布瓦赫的"集体记忆"理论回顾了 19 世纪末 20 世纪初一系列相关文化事件和现象(包括重要传记文献《简·奥斯汀回忆录》的问世和接受),并进而探讨"奥斯丁"1927 年起开始与莎翁并提、逐渐成为一个蕴含复杂情感内涵、负载多重文化意义的能指的过程。"简姑妈"和她笔下的世界成为宁静、稳定、富于传统精神的英国乡村生活的某种代表并在当今世界如此走红,的确发人深省。

在某个意义上,近年来接踵问世的诸多传记也属于奥斯丁热的产品,相关研究似亦可归于文化研究。我国有少量介绍或议论奥斯丁新传记的文字,但有深度的讨论尚未见到。

所谓文化研究,其实很难与有关历史、政治、道德、宗教和艺术的讨论切割开来。但是,由于奥斯丁日益成为跨领域的文化品牌,小说原著的衍生品层出不穷,也许我们有理由在当前语境下把"文化研究"视为相对独立的单元和可能的"富矿",期待在这个领域里产生更多有价值的思考成果。

5. 随笔类写作不应忽视。读罢满篇术语和注释的论文,调头看看毛尖的散文,立时有门窗洞开的畅快感。她的《生是你的人,死是你的鬼》(《书城》2008 年第 3 期)题目就让人心生期待。文章开头说:达西一出场,其身材眉目和风度已经令众女性读者心仪,紧接而来的关于他每年有一万镑收入的交代,"更把这人头马的道德资本给夯实了"。语言的魔力有时就是那么无理可讲!也许读者还来不及明白达先生何以就"人头马"了,毛女士也压根不交代在她的逻辑里一万镑真金白银是如何与"道德"挂钩的。然而我们就是被这样的生猛的文句"魅"住,如同被拍了"花子",一路追随她从达西的豪宅彭伯里冲进《曼斯菲尔德庄园》。当然,该文不仅有不同于奥斯丁品牌的鲜活强悍的幽默,也有一己的见解——比如,认为《曼斯菲尔德庄园》与《傲慢与偏见》两书有诸多"同构"之处,作者的态度在后者中变得"严肃";在内心强硬的"芬妮身上,奥斯丁已经把自己卷了进去";"真正的男主人公是曼斯菲尔德庄园",是英格兰的绿色乡野,"奥斯丁对英国的传销"是死而不已,等等。毛尖作为奥斯丁的忠实读者(她谓之"跟屁虫"),字里行间有真体味、真心得,几乎每个断语都可以引发严肃争论或敷衍扩展成论文。这类自由挥洒、气场强大的精彩书评是学院化研究的必要补充,也反衬出纯学术文章的短处——往往个人性情少,真知灼见少,斐然文采少。

　　奥斯丁也不时出现于凯蒂的随笔,比较突出的一例是《你在乎别人称你老姑娘吗?》(2001)。邱瑾 2008 年介绍电影《成为简·奥斯丁》("Becoming Jane")的报刊文章除了评说电影,还着重报告了西方"奥斯丁热"和"奥斯丁工业"的兴旺景象——比如,奥小姐早已逾越书刊影视甚至文化领域而进入旅游服装餐饮,挂上奥斯丁名牌的寻常菜食价格翻番仍然卖得不错。黄梅也不时在《读书》《万象》等报刊上聊奥斯丁,从 1990 年起先后写了《讥讽者的陷阱》《笨嘴拙舌的范妮》《奥斯丁与着装的焦虑》《起居室里的写者》等。

　　20 世纪 90 年代以来我国奥斯丁研究取得了很大进展,但学界的一些流行弊端——如粗制滥造甚至剽窃抄袭——也留下了痕迹。如,有篇文章谈《诺桑觉寺》的"金钱决定论",却不含任何具体分析,甚至连有关基本情节的陈述都前后矛盾,随意咬定奥斯丁"成了一名实实在在的拜金主义者"。另有一篇《奥斯丁伦理道德观初探》,除了添加几个自攒的小标题,基本是逐字抄袭了朱琳 1987 年发表于《外国文学研究》的文章《奥斯丁小说主题意义初探》中的部分内容。

　　总的说来,与奥斯丁作品的畅销程度和社会影响、她在英语国家文学研究中的地位以及其他英语作家(如哈代)在国内学界引起的反响相比,我国有关奥斯丁的评论和研究可以说是少得不成比例。她进入中国已近百年,有一定分量的相关论文和文章不足百种,专著则至 2009 年只有一部英语作品。在高校中,有关奥斯丁的硕士论文虽不算少并偶见精彩篇章,但博士论文就很难一遇。个中缘由,耐人寻味。

第二节　狄更斯小说研究

狄更斯(Charles Dickens,1812—1870)的作品(主要是小说)在中国传播近百年,译本齐全,读者稠众,影响甚广,与此相应,中国狄更斯研究的历史也比较长。如果我们把林纾、魏易于 1907—1909 年间翻译出版的关于狄更斯五部小说的"译序"看做是中国狄更斯研究的滥觞的话,那么中国的狄更斯研究已经走过了整整百年。学者赵炎秋曾指出:"我国的狄更斯研究虽然没有出现引人注目的热点,但一直是研究者们耕耘的对象。"①这种情况不像有些研究课题那样忽冷忽热,表明了中国狄更斯研究的持续性,而其中以新中国成立后的研究成绩最为显著。

新中国成立后的狄更斯研究主要可分为三个时期,即新中国成立至 1966 年、1966—1980 年、1981—2010 年。

一、第一时期(1949—1966)

在新中国成立之初的 17 年中,相对于其他英美作家来说,狄更斯研究颇受中国学术界的重视。这主要归因于马克思、恩格斯对狄更斯的高度评价以及苏联学术界的影响。这期间,每年平均有两到三篇有关狄更斯的文章发表,总数达到了四十多篇。全增嘏一人就发表了《谈狄更斯》(1955)、《介绍影片〈匹克威克先生外传〉》(1957)和《〈艰难时世〉后记》(1957)三篇文章。这一时期还发表了几篇评论狄更斯的译文,如伊瓦肖娃的《关于狄更斯作品的评价问题》(1956)、沙金娘的《匹克威克在银幕上》(1957)等,这在当时无疑有助于我国研究者扩大眼界。

其间,在 1957 年和 1962 年形成了两个小小的高潮。1957 年,随着根据狄更斯的小说改编的电影《匹克威克先生外传》《孤星血泪》等的上映,一批带有介绍性与普及性的文章纷纷见诸报刊,比较有影响的文章达 18 篇之多。

1962 年,为了纪念狄更斯诞辰 150 周年,外国文学界包括范存忠、王佐良、陈嘉、戴镏龄、杨耀民等著名学者在内的研究者发表了一系列纪念文章,多达16 篇,掀起了一股狄更斯热。

上述电影的热映以及大量纪念文章的发表,使狄更斯及其作品逐渐为人们所熟知,对相应的翻译和研究工作起到了推动作用。

与民国时期相比较,此时的狄更斯研究带有鲜明的特点。当代狄更斯研究

---

① 赵炎秋:《狄更斯长篇小说研究》,北京:社会科学文献出版社,1996 年,第 31 页。

专家赵炎秋将其概括为"始创性、介绍性、侧重具体作品和思想内容的分析"①等特点。童真则将其概括为"介绍性与始创性相结合""单一的批评方法"和"鲜明的政治色彩",等等。② 这些特点主要体现于四个转向:一是从过去的侧重译介开始转向以批评研究为主;二是对国外关于狄更斯研究的关注从西方转向苏联;三是在思想观念与研究方法上,转向马克思主义和社会—历史的批评方法;四是开始从面向普通读者/观众的介绍性、普及性转向专业性,其中最具代表性的是杨耀民发表在《文学评论》1962年第6期上的长篇论文《狄更斯的创作历程与思想特征》。

这一时期的狄更斯研究受政治形势影响很深,因而在很大程度上影响了狄更斯研究的独立性。一言以蔽之,新中国成立后的17年里,有关狄更斯的专业研究论文很少,没有专著出版,研究方法单一,研究范围狭窄,研究水平较低。

二、第二时期(1966—1980)

第二时期是一个比较特殊的时期。有学者把"文化大革命"十年(1966—1976)作为中国狄更斯研究的一个独立阶段,称之为"空白期"③或"沉寂期"④,而把1978年至今作为"繁荣期"。这种分期虽然广为接受,但是完全比附政治形势的阶段性变化来对文学研究进行分期,也有不尽合理之处。比如,"文化大革命"后四年(1977—1980)的狄更斯研究,无论从成果的数量,还是质量来看,都很难被纳入"繁荣期";更何况,这四年的研究方法、研究视角以及价值立场等方面,基本上还是新中国成立初17年狄更斯研究的延续,因此在总体上更靠近此前的研究。有鉴于此,我们不妨把这四年往前划分,而不是往后划分,也就是把第二时期的下限设在1980年。这一时期又可以具体分为以下两个阶段:

(1) 1966—1976年。在"文化大革命"十年里,中国的狄更斯研究基本停顿。不过,如赵炎秋所说,"文化大革命"后期,狄更斯又开始受到一定的注意,"学者们以马克思、恩格斯的有关论述为挡箭牌,以人民性为武器,把狄更斯纳入讲课的内容,有的学校还以学习资料的名义,印发了狄更斯的《双城记》、《艰难时世》等作品……一部分研究者已经开始自己的独立研究,虽然成果尚无法发表,却为文革结束后狄更斯研究的复兴做好了准备"⑤。在此期间,未见任何狄更斯研究论文公开发表。

(2) 1977—1980年。这是一个重新启动与恢复的阶段,共计有九篇文章发

---

① 赵炎秋:《狄更斯长篇小说研究》,第18页。
② 童真:《狄更斯与中国》,湘潭:湘潭大学出版社,2008年,第223、226、228页。
③ 童真:《狄更斯与中国》,第223页。
④ 赵炎秋:《狄更斯长篇小说研究》,第23页。
⑤ 同上。

表。其中有四篇论文研究狄更斯的单篇小说,分别是王忠祥的《论狄更斯的〈双城记〉》、何文林的《谈谈狄更斯的〈双城记〉》、濮阳翔的《浅论狄更斯的〈双城记〉》和任明耀的《评狄更斯的〈艰难时世〉》。上述四篇文章的基本内容涉及作家生平背景、作品情节、人物形象分析与作品思想意义等四大块。对文本的解析主要集中在人物形象上。例如,王忠祥《论狄更斯的〈双城记〉》在第二部分重点解析了"理想的正面人物形象""自我牺牲""革命人民的代表"和"贵族、资产阶级坏蛋"等四类人物形象。

另有两篇是从总体上研究狄更斯的。赵萝蕤的《批判的现实主义杰出作家狄更斯》对狄更斯的创作历程进行了回顾与评析。潘耀琼的《狄更斯创作的艺术特色》则较为全面地探讨了狄更斯小说的情节安排、性格刻画、语言描写、环境描写以及对比、反复、浪漫主义精神等特征。

这一阶段还发表了一篇译文,即泰纳(今译丹纳)的《论狄更斯小说中的人物》。这篇文章与其说是在谈狄更斯小说中的人物,还不如说是在借狄更斯小说中的人物,来比较英法两国的民族性差异。虽然这种比较是建立在他的"环境决定论"基础上的,但文章超越简单化的阶级立场来研究狄更斯小说中的人物的做法,对于人们突破阶级论的狭隘视角,具有启发意义。

另外有两篇是有关狄更斯的典故以及据狄更斯小说改编的电影《孤星血泪》的介绍性短文,缺乏学术价值。

总的看来,这一阶段的狄更斯研究除了延续新中国成立初17年的"介绍性""批评方法单一""鲜明的政治色彩"等特征外,并没有什么新的成就。然而,鉴于是处在"文化大革命"浩劫后的恢复期,仍然是难能可贵的,为下一时期的繁荣做了准备。

三、第三时期(1981—2010)

自1981年始,当代狄更斯研究真正进入了繁荣期。有几个显著的标志:1.专著、论文数量剧增。2.涌现出一批标志性的研究成果。3.研究范围更加广泛,方法更加多样,研究环境及研究条件大为改善。下面就先从这三方面逐一考察。

1. 专著、论文数量剧增

论著方面。这一时期,在中国出版的由中国学者编著的狄更斯研究专著就有15部,而在此之前是空白。这些专著主要可以分为三类:

(1) 纯学术研究型的,如罗经国编选的《狄更斯评论集》、朱虹的《狄更斯小说欣赏》、赵炎秋的《狄更斯长篇小说研究》和童真的《狄更斯与中国》。关于这些著作的情况,留待第二点详述。

(2) 评传型的。从学术性程度上看,又可把该类著作分为两种:一种是以传记为主,学术性不强;另一种是学术性较强的,如薛鸿时的《浪漫的现实主义——狄更斯评传》,该书虽然遵从了一般传记的写法,但是作者"对狄更斯小说艺术的基本看法('浪漫的现实主义')贯彻全书"[①],而且末尾有长达八页的附录,是国内目前最为详细的狄更斯年表,具有重要的资料价值。罗经国的《狄更斯的创作》用了一章的篇幅介绍了狄更斯的生平,而用 11 章的篇幅分析了狄更斯的 10 部长篇小说及 1 部中篇小说集,学术成分无疑超过了传记成分。

(3)纯传记型的。谢天振的《深插底层的笔触——狄更斯传》、牟雷的《雾都明灯——狄更斯传》可为代表。谢天振在他著作的"前言"中坦言,他"花了较多的笔墨反映狄更斯多姿多彩的品质与性格,同时也不回避狄更斯的弱点与怪癖"[②]。这种定位使得这部狄更斯传记对大众读者颇有吸引力。

论文方面。这一时期的专业研究论文共计三百多篇,论文数量出现了较大幅度的增加,表明了新时期狄更斯研究热的到来。

2. 涌现出了一批标志性的研究成果

(1)标志性论著

标志性论著主要有四部。

罗经国选编的《狄更斯评论集》1981 年由上海译文出版社出版,这也是国人选编的第一部狄更斯研究著作。该著作选编了三十多位欧美著名作家和评论家对狄更斯的评论,时间跨度达一百多年。该书所选文章内容丰富,广泛涉及了狄更斯的思想观点、人物塑造、艺术手法,对多部狄更斯长篇小说进行了细致的评论。书中特别注意收集持不同观点的论文。该书的出版,极大地开阔了新时期狄更斯研究者的视野,极大地促进了国内狄更斯研究的发展。直至今日,该书仍是国内研究狄更斯的一本不可或缺的参考书。

朱虹的《狄更斯小说欣赏》是国内第一本狄更斯研究专集。该著作收集的一个个单篇文章虽带有很强的赏析色彩,但并不妨碍作者表达对狄更斯的深刻理解。本书共收录了 16 篇文章,都是关于狄更斯作品的评论,评论的对象包括狄更斯的 14 部长篇小说、散文集《博兹札记》及 5 个中篇合集的《圣诞故事》(今译《圣诞故事集》),每书一评,每评以一个视角为主,不拘泥于学术文章的通常范式,对狄更斯创作的发展、个人经历与创作的关系、思想倾向与艺术特色等,进行了别具特色的探讨,处处见"我"。关于本书的写作风格,作者在"后记"中写道:"这本小书记录了、汇集了笔者在重读狄更斯时的一些零碎的感受,难免带着个人感情的色彩,无意追求什么体系。当然,任何评论,都包含着某种方法论的前提。我想,在评论中,实事求是地从形象出发、从广义的文艺反映现实的

---

① 薛鸿时:《浪漫的现实主义——狄更斯评传》,北京:社会科学文献出版社,1996 年,"前言"第 2 页。
② 谢天振:《深插底层的笔触——狄更斯传》,上海:世界图书出版公司,1994 年,"前言"第 4 页。

基本规律出发,总能捕捉到原作精华的点滴。"①正是这种点滴成河的精华,使得该书至今为止,仍然是国内狄更斯研究中一本特别有价值的参考书。

1996年,赵炎秋的《狄更斯长篇小说研究》由社会科学文献出版社出版。这是国内第一部系统地、全面地研究狄更斯的理论著作,标志着国内狄更斯研究的新高度。童庆炳先生如此评价道:"全书采用了宏观和微观相结合的方法。作者把狄更斯15部长篇小说看作有机的整体,从思想、人物、艺术三个角度进行系统的分析,其研究狄更斯小说的各个方面,显示出整体性、系统性的特点。"②此书还有两点特别值得注意:一是该书"绪论"部分花了32页的篇幅,系统地梳理了1907—1995年间中国狄更斯评论的概况,使人们对中国狄更斯研究的整体状况有了基本的了解;二是该书"附录二"(《狄更斯小说人名出处汉英对照表》)及"附录三"(《国内狄更斯研究论文索引》)具有极强的史料价值。恰如童真所说,该书是"国内第一部真正意义上的狄更斯研究专著"③。

继赵炎秋之后,童真于2008年出版了《狄更斯与中国》。这本书可以说是一部狄更斯在中国的接受、传播与研究史。全书的特色在于第一次比较全面地考察了近百年来狄更斯在中国的译介、狄更斯在中国的影响与传播以及狄更斯在中国的研究。关于狄更斯在中国的研究,作者还另辟两节的篇幅,分别对中国与英美狄更斯研究进行了比较,对中国狄更斯研究中存在的问题进行了探讨,增加了该书的学术分量。虽然该书有一些明显的失误(详见本节第四小部),但是瑕不掩瑜,足堪称道。

(2) 标志性系列论文。

在这一时期有一批专家学者在狄更斯研究方面发表了标志性系列论文。这些论文一般有以下几个特征:一是单个作者的论文数量较多;二是时间跨度大,说明了研究的持续性;三是既有系统性,又有集中性;四是具有创新性。提出了新观点,采取了新角度,开辟了新领域,或运用了新方法。

朱虹于1989年发表了《市场上的作家——另一个狄更斯》,文中指出:"还有另一个狄更斯——迎合大众趣味的通俗小说作者。若要全面了解狄更斯,他的这一面不容忽视;从考察某些文艺现象的角度,他的这一面亦有启发性。"这一观点虽可商榷,但为随后的狄更斯研究开辟了新的视角,有助于人们更全面地了解狄更斯及其创作。

几乎与朱虹同时起,至1987年,郭珊宝陆续发表了《狄更斯的儿童形象初探》《〈匹克威克外传〉的幽默》《狄更斯小说的夸张》《狄更斯创作个性管窥之二》

---

① 朱虹:《狄更斯小说欣赏》,太原:山西人民出版社,1985年,第191页。
② 赵炎秋:《狄更斯长篇小说研究》,"序言"第2页。
③ 童真:《狄更斯与中国》,第236页。

等7篇文章,对狄更斯小说的艺术手法进行了较早的、多方位的探索。

继郭珊宝之后,赵炎秋自1987—2006年共计发表了17篇狄更斯研究方面的论文,时间跨度达20年,广泛涉及了狄更斯小说的人物塑造、创作方法、结构、叙事方法、道德观、"监狱"意象等方面。

殷企平于2003—2006年期间先后发表五篇论文,提出了"狄更斯等人开创了一个质疑'进步'话语的传统"的观点。① 这一系列论文从文化话语角度入手,旨在开辟狄更斯研究的新领域,并形成与西方学术界的对话。例如,《〈董贝父子〉中的"铁路意象"》对"铁路意象"的情景语境和社会文化语境进行了分析,揭示了狄更斯对伴随工业革命而盛行的社会价值观的质疑。② 又如,《对所谓〈艰难时世〉中"败笔"的思考》一文,对西方学术界把《艰难时世》对于"阶级情节"和"工业主题"的处理看做一个"败笔"的偏见进行了反驳,指出"《艰难时世》中体现工业主题的两条情节主线——反资本主义情节和反功利主义情节——始终形成互动,它们共同发展,互相交织,相生相灭,进而达到了交相辉映的艺术境界"。③ 再如,《〈小杜丽〉中的"进步"瘟疫》一文,通过对《小杜丽》的深层结构及"progress"一词的细致分析,指出作品的深刻意义在于揭示了许多维多利亚人所狂热追求的"进步"其实是一场瘟疫。2006年,殷企平再次发表文章指出,《董贝父子》揭示了"进步"潮流中成人和儿童之间关系的异化。④ 这个系列的论文与中国现代化弊端初现的当下文化语境比较契合。

此外,还有一些学者发表过系列论文。譬如,周颐于1991年连续发表了《兼容了历史与喻指价值的人物——〈狄更斯"扁平人物"论〉之一》《呼唤着人类同情的艺术形象——〈狄更斯"扁平人物"论〉之二》《表演出舞台效果的喜剧性格——〈狄更斯"扁平人物"论〉之三》三篇系列论文,丰富了狄更斯小说人物研究。严幸智于2004—2010年期间发表过七篇研究狄更斯的论文,研究领域涉及狄更斯作品中的异化、狄更斯的宗教观、狄更斯的中产阶级价值观等方面,引起了较大关注。童真也发表了《狄更斯作品在中国大陆的传播和接受——以翻译出版为视角》等三篇论文。限于篇幅,其他恕不一一列举。

3. 研究范围更加广泛,研究方法更加多样,研究环境及研究条件大大改善

(1) 研究范围

这一时期的狄更斯研究仍然涉及传统的人道主义、人性、道德、阶级、批判现实主义创作方法、人物塑造、幽默手法等研究领域,但是比以前更加细化、深

---

① 殷企平:《质疑"进步"话语——三部英国小说简析》,《浙江师范大学学报》2006(2)。
② 殷企平:《〈董贝父子〉中的"铁路意象"》,《外语与外语教学》2003(1)。
③ 殷企平:《对所谓〈艰难时世〉中"败笔"的思考》,《外国文学研究》2003(1),第25页。
④ 殷企平:《是〈董贝父子〉,还是〈董贝父女〉——狄更斯笔下的"进步"和异化》,《杭州电子科技大学学报(社会科学版)》2006(1)。

化了。

更值得注意的是对前一时期研究范围的拓宽。新出现的研究范围主要包括狄更斯作品的译介与传播研究、狄更斯小说中儿童教育问题的研究、狄更斯作品的侦探小说特征、狄更斯小说中的反犹主义，以及狄更斯小说研究之研究（综述类研究），等等。

(2) 研究方法

随着改革开放的进程，长期左右狄更斯研究的单一社会学批评方法，被多元化的研究方法所取代。

例如，陈颖、李潇颖则从生态批评的视角，解读狄更斯作品中回归自然的主题。① 上文提到的文化研究的方法以及叙事学方法，在这一时期也被广泛地运用到狄更斯研究中来。

自觉运用比较研究法的研究者甚众，主要有狄更斯与中国作家（特别是老舍、张天翼）比较、狄更斯与其他外国作家（如哈代、托尔斯泰、劳伦斯、雨果等）比较，论文数量众多，仅狄更斯与老舍比较的论文就超过二十篇。

其他如女性主义批评等也被应用于狄更斯研究，但是论文数量较少，影响也不是很大。

(3) 研究环境和研究条件大为改善

改革开放三十多年来，我国狄更斯研究的社会环境、翻译与研究队伍、物质条件等都大为改善，这是狄更斯研究长期保持繁荣的重要保证。

从1978年至今，狄更斯的15部长篇小说及主要的中短篇小说都有了中译本，有的译本种类超过两位数，表明狄更斯作品在传入中国一个世纪后的今天依然被中国读者所喜爱，读者的接受状况无疑也激励着研究者去不断探索狄更斯作品的无穷奥秘。主要的长篇小说还出版了英汉对照本。狄更斯作品的英文版及国外的研究论著、论文，比起以前，在国内也更容易接触到。

这一时期，还相继翻译出版了几部狄更斯的传记。如伊瓦肖娃的《狄更斯评传》、赫·皮尔逊的《狄更斯传》、安·莫洛亚的《狄更斯评传》、米·斯莱特的《狄更斯与女性》、埃德加·约翰逊的《狄更斯——他的悲剧与胜利》、T.A.杰克逊的《查尔斯·狄更斯：一个激进人物的进程》以及茨威格的《三大师》（包括巴尔扎克、狄更斯和陀思妥耶夫斯基）。另外，乔丹编的《查尔斯·狄更斯》（"剑桥文学指南"丛书之一）于2003年由上海外语教育出版社出版。该书收集了国外近年来狄更斯研究的14篇英语论文。这些都为狄更斯研究提供了重要的参考。

---

① 陈颖、李潇颖：《从生态批评的视角解读狄更斯作品中回归自然的主题》，《名作欣赏》2010(21)。

四、回顾存在的问题

当然，即便是繁荣期的狄更斯研究，也存在着一些不足与隐忧，不容回避。

最大的问题，莫过于对内缺少不同观点的交锋、争辩，对外缺少与国际狄更斯研究主流话语的深度对话与交流，常常是单向的接受，而且是简单的接受和沿用。

关于简单、机械地搬用国外研究成果，略举数端如下：

（1）不加批判地套用文化批评、后殖民批评等理论。例如，丛郁在介绍了萨伊德的后殖民批评理论以后，认同了他对《远大前程》的如下评论："狄更斯对于麦格韦奇重返祖国的限制不仅仅是惩罚性的，而且是带有帝国主义霸权性的。"①我们知道，在《文化与帝国主义》一书中，萨伊德把"文化"界定为"一种身份的来源"，或者说"文化已经跟民族和祖国联系在一起，而且常常带有攻击性；这种文化致力于把'我们'跟'他们'区分开来"。② 更具体地说，萨伊德在阐释狄更斯等人的作品时总带有这样一个预设的前提："像小说这样的文化形式，对于帝国主义的态度、价值参照系和经历的形成起着极其重要的作用。"③这样的预设出现在了我国学者的不少著述中。如吴桂辉的文章认定狄更斯的小说"参与了帝国主义的活动"，因而"本文将借助萨伊德的有关理论与观点，对狄更斯小说中处于不同文化地位的伦敦与世界其他地方进行分析，揭示其作品所体现的强烈的西欧中心主义，从而挖掘其中蕴涵的帝国意识与殖民话语……"④这种预设其实是可以商榷的。笔者认为，萨伊德犯了一个错误，即把文化与假"文化"之名推行帝国主义的实践混淆了起来。诚然，所有的小说家都多多少少会受到历史的局限，狄更斯也不例外。然而，伟大的文学艺术作品都会在不同程度上超越历史的局限，狄更斯的作品更是如此。就《远大前程》而论，即便其中有帝国主义霸权思想的残余，我们也不能忽视它超越时空的艺术价值：熟悉文本的读者都明白，麦格韦奇的故事在小说中只占了很小的篇幅，而大量的篇幅都指向了金钱、地位与纯真的爱情、亲情和友情孰轻孰重这一超越时空的主题，都深刻地批判了横行于19世纪英国的"进步"话语⑤，都展示了狄更斯在人物塑造、情节安排和象征的埋伏照应等方面的精湛艺术。我国的一些评论对此视而不见，生搬硬套萨伊德的理论，结果只能是以讹传讹。

---

① 丛郁：《文化与霸权主义——萨伊德的文学的文化政治观照》，《徐州师范学院学报》（哲学社会科学版）1995(1)，第94页。
② Edward W. Said, *Culture and Imperialism* (New York: Knopf, 1993), p. xiii.
③ Ibid., p. xii.
④ 吴桂辉：《狄更斯小说的后殖民解读》，《牡丹江大学学报》2008(10)，第24页。
⑤ 参见殷企平所著《推敲"进步"话语——新型小说在19世纪的英国》，北京：商务印书馆，2009年。

（2）干脆把狄更斯的作品当作印证某种时髦理论的工具。例如，2009年问世的一篇论文简单地用《远大前程》来印证新历史主义理论："格林·布拉特的'颠覆'与'抑制'理论在《远大前程》中得到了印证……以道德家自居的心态，使得狄更斯在出于情节精彩考虑而安排叛逆、挑战姿态的同时，最终又使之控制在一定的社会道德范围内，甚至最终走向隐忍和回归。这恰恰符合了新历史主义'颠覆'与'抑制'的辩证关系理论。"①这样的解读有两大毛病。其一，文学作品的解读失去了它应有的首要地位，沦落为理论的附庸，实为本末倒置；作品本身的分析过程，已经不再有趣，因为它必然通向预设的理论观点。其二，缺乏对理论本身局限性的警惕。就拿新历史主义来说，它固然能钩沉稽古，偶尔也洞隐烛微，但是它深染"去经典化"之风，往往把毫无审美情趣的文献资料与文学经典等量齐观。当然，经典的内涵和规模不是一成不变的。如克莫德所说，虽然经典会随时代的变迁而有所变更，但是大部分的经典是卓立千古的，而"经典的必要前提是它能给人愉悦，尽管这一前提不那么明显"。② 就《远大前程》而言，其意义远远超出了对"颠覆"与"抑制"之间关系的揭示；匹普做上等人的美梦破碎，然后与埃斯苔拉破镜重圆，这一切即便能说明所谓"狄更斯的良苦用心，一切的颠覆最终归于抑制"，其更重大的意义也不在于此，而在于歌颂纯真的爱情、亲情和友情，其中交织着超越时空的审美判断。

（3）借鉴国外学者的观点时随意性较大，事先未做深入的对比分析。所谓对比，即不同观点之间的对比，以及批评家所持观点跟有关文本实际情形之间的对比。以童真的《狄更斯与中国》为例。该书在介绍了王忠祥先生等人关于《双城记》的观点之后，作出了这样的结论："将《双城记》视为狄更斯的代表作，是典型的以我们自身文化模子的文学观和文化立场来认识、欣赏、评价来自西方文化模子中的作家作品，这种根据自己的文学观、审美观去欣赏、理解、取舍来自别的文化模子的文学信息的结果必然会造成狄更斯来自异质文化模子中的作品在中国产生变形、遗漏，甚至歪曲。像狄更斯这位英国文学史上著名的流行作家，我国在研究他时夸大了其作品对重大的社会问题和社会现实的反映，将他作为流行作家媚俗的一面过滤掉了。"③这一论点的论据是："在英国人那里，他们却持有完全不同的态度，他们认为《双城记》'是作者所有的小说中最缺乏狄更斯风格的一部了'，'许多不喜欢狄更斯其他作品的人倒十分偏爱《双城记》，而许多热爱狄更斯的人却不肯把《双城记》读上两遍'。"④令人纳闷的是，

---

① 王欣：《新历史主义初探及查尔斯·狄更斯之〈远大前程〉解读》，《文教资料》2009(3)，第76页。
② Frank Kermode, *Pleasure and Change: The Aesthetics of Canon*, Oxford: Oxford University Press, 2004, p.20.
③ 童真：《狄更斯与中国》，第285页。
④ 同上书，第284页。

童真所说的"英国人"只有一个人——他只举了乔治·桑普森所著《简明剑桥英国文学史》中的一个例子,便得出了上述结论。事实上,许多热爱狄更斯其他作品的英国人也十分喜爱《双城记》,原因恰恰是他们认为后者最能代表狄更斯风格。例如,威廉·基·朗在他的《英国文学史》(该书在文字和学识上远胜桑普森的《简史》)中赞扬并推荐了《大卫·科波菲尔》《匹克威克外传》《奥立佛·退斯特》《尼古拉斯·尼克尔贝》《荒凉山庄》《董贝父子》和《老古玩店》等许多作品,同时也予以《双城记》极高的评价,理由是在该书中狄更斯的"所有特质都得以展露",而且"像半遮半掩的光线那样,富有艺术感染力"。[①] 当然,赞同桑普森的观点,这本身无可厚非,然而不做比较就下结论,并把一家之言说成英国人普遍持有的态度,这未免过于草率。另外,若要断定《双城记》最缺乏狄更斯风格,还得用第一手资料佐证才行,而童真并没有做这方面的功课。事实上,《双城记》卷首的名言就带有典型的狄更斯风格:"那是最美好的时代,那是最糟糕的时代;那是智慧的年头,那是愚昧的年头;那是信仰的时期,那是怀疑的时期;那是光明的季节,那是黑暗的季节;那是希望的春天,那是失望的冬天;我们眼前无所不有,我们眼前一无所有;我们全都在直奔天堂,我们全都在直奔相反的方向……"[②]狄更斯惯用的全景式描绘、生机勃勃的悖论和烘云托月般的比喻方式,都在这里精彩地呈现。仔细欣赏过这一段美文,并结合小说中波云诡谲的情节加以细细品味的读者,就不会草率地用《双城记》来代表狄更斯"作为流行作家媚俗的一面"。

除了上述问题以外,我国学界对狄更斯的中短篇小说和演讲重视不够,研究不足。

关于狄更斯中短篇小说,虽然有一些评论文章,但是数量偏少,研究也不够深入。客观上可能与狄更斯中短篇小说的中译版数量较少有关,主观上则与研究者对于中短篇小说的思想与艺术价值的偏见有关。《狄更斯文集·中短篇小说选》的译者项星耀在"译序"中指出:"狄更斯一生写了不少特写和短篇故事之类的作品。它们构成了狄更斯文学遗产中不可分割的部分……狄更斯的中短篇小说与他的长篇小说一样,体现了他的创作思想、美学追求和艺术造诣。无论就创作方法和批判精神而言,它们与他的长篇小说都是一致的。遗憾的是有些批评家在有意无意之间,贬低了狄更斯的中短篇小说,认为这是他批判精神和现实主义创作方法衰退的表现。"[③]这一评论可谓切中肯綮。与此相仿,狄更斯的演讲也未得到足够的重视,直到2006年,《狄更斯演讲集》的汉译本才首次

---

① William J. Long, *English Literature: Its History and Its Significance for the Life of the English-Speaking World*, Boston: Ginn and company, 1909, pp. 495—496.
② 参考张志军主编:《双城记》英汉对照本,长春:时代文艺出版社,2002年,第2—3页。
③ 狄更斯:《狄更斯文集·中短篇小说选》,项星耀译,上海:上海译文出版社,1991年,"译序"第1页。

问世。在草木扶疏的狄更斯作品园林中,"篇篇演讲犹如朵朵奇葩,体积虽然不大,可是其芬芳不亚于《匹克威克外传》和《远大前程》等更为耀眼的花卉","它们为研究维多利亚时代的文学、社会政治、经济教育和公共卫生状况,尤其是为研究狄更斯的文学观提供了有用的窗口"。① 也就是说,缺少了对狄更斯的演讲集和中短篇小说的研究,我们就无法对他的总体文学观作出恰当的评价。

另一个大问题是,低水平重复研究有日趋严重之势。

既有选题的重复,也有研究方法的重复,甚至还有观点的重复,缺乏创新性。比如1986—2010年间,将狄更斯与老舍进行比较研究的论文就有二十多篇,绝大多数文章都集中于比较他俩作品的语言艺术、幽默及小人物形象,观点也比较接近。1981—2010年间,探讨狄更斯作品中"人道主义思想"的论文多达二十余篇。特别是2006—2010年期间,有关狄更斯研究的论文成逐年爆发式增长,分别是19篇、23篇、32篇、31篇和42篇。不可否认,这其中有一些文章具有较高水准,但是大多数属于重复研究。这种现象令人担忧。

从总体来看,新中国成立后60年来中国的狄更斯研究取得了不俗的成果,为今后的研究打下了扎实的基础。只要我们勇于正视存在的问题,耐得住寂寞,勤于探索,就能迎来狄更斯研究的又一个春天。

第三节　勃朗特姐妹小说研究

勃朗特姐妹——夏洛蒂、埃米莉和安妮(Charlotte Brontë, 1816—1855; Emily Brontë, 1818—1848; Anne Brontë, 1820—1849)——是活跃于19世纪中期英国文坛的作家,其作品因兼具现实主义与浪漫主义双重特色而在英国乃至全世界产生过深远的影响。以成就与影响力而论,三姐妹中以夏洛蒂与埃米莉更为著名。勃朗特姐妹的作品中兼有小说与诗歌,但主要以小说留名于后世。夏洛蒂一生写过多部小说,有《简·爱》(1847)、《谢莉》(1849)、《维莱特》(1853)和《教师》(1857),而埃米莉仅写过一部小说《呼啸山庄》。这些作品中最为世人所熟知的是《简·爱》与《呼啸山庄》,我国的外国文学界同样也最为关注这两部作品,仅有少量论著涉及其他作品。

在1949年以前,我国学者对于外国文学的研究主要限于翻译、介绍与鉴赏,凡涉讨论者,多简短。对于勃朗特姐妹的研究也不例外。那个时期,我国境内出版了由梁实秋翻译的《呼啸山庄》、由李霁野翻译的《简·爱》以及伍光建的译本《孤女飘零记》(即《简·爱》)。1949—2009年,我国外文界翻译了勃朗特

---

① 参见丁建民、殷企平、徐伟彬:《狄更斯演讲集》译序,杭州:浙江文艺出版社,2006年,第1—2页。

姐妹的全部小说,其中《简·爱》约有16个译本,《呼啸山庄》有12个译本,其他小说每部大约有3—4个。在研究方面,这60年大致可分为两个阶段,即1949—1978年改革开放之前,以及1979—2009年。

一、1949—1978年间的勃朗特姐妹研究

从新中国成立到改革开放前这段时间,对于外国文学的批评与介绍文章主要刊登于综合性文学期刊与报纸的文艺版面,探讨对象大多是苏俄及东欧作家与作品,讨论英国文学的文章数量鲜少,并且缺乏有深度的分析,而专门批评勃朗特姐妹的文字更几乎为零。

在书籍方面情况稍有不同,在此期间有两本涉及勃朗特姐妹的介绍性著作,即1958年由人民文学出版社出版的《论夏绿蒂·勃朗特的〈简·爱〉》(张学信等著)和《论埃米莉·勃朗特的〈呼啸山庄〉》(陈焜等著)。这些著作带有深刻的时代烙印,主要从阶级斗争意识形态出发分析与批评作品与作家。无论是《简·爱》还是《呼啸山庄》,当时对于我国学者而言,最为重要的问题并非爱情,而是人物的阶级地位与状况,爱恨情仇被视作阶级斗争的表现形式。比如,对于《简·爱》,张著认为,虽然小说在揭露贵族腐朽生活和反映妇女地位方面具有进步性,但未能提出推翻资本主义制度,甚至还令简·爱夫妇在婚后以食利为生,成为剥削阶级的成员,因此局限明显。该书认为罗彻斯特是个虚伪、道德败坏、喜新厌旧的人物,并称他对简·爱求婚并非出于爱情,而全因其地位低下而可能更为忠诚。这一观点在我国外文界颇有市场①,这显然与罗彻斯特在书中的阶级地位有关。② 陈著同样认为《呼啸山庄》的主要矛盾是以辛德莱·恩萧和艾德加·林顿为代表的封建地主和官吏连同他们的资产阶级价值,同以希斯克利夫和凯瑟琳·恩萧为代表的被压迫者之间的斗争。对于希斯克利夫后来的报复行为,该书认为这是被压迫者向压迫者的蜕变,其复仇属个人主义性质;而凯瑟琳·恩萧同样经历了由资产阶级价值的反抗者到认同者的变化过程,因此是个自私、软弱的人。此书批评埃米莉·勃朗特的视野过于狭窄,局限于爱情,无法将"斗争"进一步展开。这两本著作在这一时期颇具代表性,其主要特点不在于阶级分析本身,而在于这种视角基本排斥了其他分析方法。

二、1979—2009年间的夏洛蒂·勃朗特研究

1978年以后,得益于外国文学研究水平的整体提升,我国外文界对于勃朗

---

① 西方有的学者与此正好相反,如伊格尔顿反称是不名一文的简·爱在引诱大地主罗彻斯特上钩。见 Terry Eagleton, *Myths of Power: A Marxist Study of the Brontës*, Palgrave MacMillan: Hampshire, 2005.

② 如朱虹在20世纪80年代的分析文章。见本文后面相关段落。

姐妹作品的研究逐步呈现起色并在90年代以后出现空前繁荣。自1993年以来，我国内地外国文学及文艺评论类核心期刊发表的涉及勃朗特姐妹的论文共151篇，其中专门针对《简·爱》的文章有59篇，评论《呼啸山庄》的文章有87篇。①

70年代末期与80年代初期，夏洛蒂·勃朗特研究主要集中在《简·爱》这部小说，尤其是小说反映的社会历史问题。这一领域的主要学者之一朱虹于1979年在《读书》上发表文章，批评我国学术界对于文学现实性的过分要求，指出《简·爱》作为文学作品已经包含了诸多反映与批评当时社会现实的因素。②朱文的发表颇具象征意义，标志着我国文学批评界已经开始摆脱唯阶级斗争论的束缚，并逐步向专业化、学术化方向迈进。必须承认，80年代初期的研究仍主要局限于背景介绍以及较为浅表的情节分析，通常涉及作者与人物的阶级身份、19世纪女权主义思想等；真正有意义、有深度的批评始于80年代中后期。以内容划分，这些论著大致可分为以下几大类：第一类是人物身份研究，主要涉及性别与阶级；第二类是社会历史研究，数量不多，少量文章涉及殖民主义问题；第三类是比较研究。

有关《简·爱》的人物研究，耐人寻味的是，较有学术价值的论文往往并非聚焦于女主人公，而是罗彻斯特的疯妻伯莎·梅森，尤其是这个人物所承载的阶级、性别和种族意义，以及她在小说情节安排中所起的特殊作用。朱虹认为伯莎·梅森这一人物形象展现出割裂特征，而此特征源于小说本身存在的割裂性。朱文称，在情节层面，罗彻斯特通过抹黑伯莎来博取简的同情，而在情节层面，《简·爱》既是一部现实主义力作，又是一部"情节剧"式刺激小说，二者矛盾的后果由伯莎这个破绽百出的形象所承担。③围绕这一观点我国外文界展开了一次颇有意义的"对话"。比如，方平持类似观点，认为疯妇伯莎这一形象是作者为追求情节离奇、增加刺激性、迎合市场读者口味而设④，而范文彬则认为伯莎的原型是作者曾经暗恋的法国教师埃热的夫人，其疯狂与丑陋反映作者对于这个情敌的报复欲望。⑤范文彬根据背景材料，称罗彻斯特这个人物实为夏洛蒂·勃朗特深爱之人埃热，而他所遇到的女人除简·爱之外无一形象正面，反映的正是作者本人的妒忌心理。80年代以来，中国学者分析这部小说的角度各不相同，论文凡涉及伯莎·梅森这个人物形象，大多认同女权主义学者吉

---

① 针对勃朗特姐妹中任何一人的论文往往会涉及其他人，因此很难在数量上作严格的界定。
② 朱虹：《〈简·爱〉——小资产阶级抗议的最强音》，《读书》1979(5)。
③ 朱虹：《禁闭在"角色"里的"疯女人"》，《外国文学评论》1988(1)。
④ 方平：《读者是享有特权的隐身人——谈〈简·爱〉的自叙手法》，《上海师范大学学报》1991(1)。
⑤ 范文彬：《也谈〈简·爱〉中疯女人的艺术形象》，《外国文学评论》1990(4)。

尔伯特与古芭的见解①,认为作者用这一人物宣泄对于社会的不满,认为伯莎备受歪曲与误解,与简同为"被压迫的姐妹"。② 近年涉此问题较具原创性的研究是刘振宁的文章。③ 刘振宁认为伯莎·梅森远非疯妇,而是"灵魂救赎者",她用"自己的焚毁既拯救了罗彻斯特的灵魂又洗尽了他的罪孽,既维护了简的人格与尊严又成就了她的希望与梦想"。此外,中国学者大多认为伯莎乃故事中的牺牲品;这种地位与其加勒比来历之间有何关联,一些学者也从后殖民批评角度作了颇有意义的探讨(详见后文)。

另一个关注焦点是小说主人公简·爱。与西方的情况类似,我国学者对于简·爱的讨论多从性别与阶级等角度展开,其观点与方法与西方学术界日渐接近,在视野宽度和复杂性等方面也非80年代可比。多数学者视简为具有反抗精神的新女性,但对于反抗的立足点莫衷一是。如,夏郁芹将这种反抗精神与对资产阶级本质(即剥削、压迫与金钱万能)的揭露相联系④,方平则从女权主义立场称赞简·爱大胆摆脱男权社会的要求,主动示爱。⑤ 90年代开始,性别批评中不乏运用西方理论者,如葛亮用弗洛伊德理论解读简、罗彻斯特、海伦和伯莎的关系⑥,而刘柯兰、余晓文则探讨人物之间(包括作者本人)的映照关系,认为作者试图通过这种关系表达她对于社会不公的反抗。⑦ 有学者将《简·爱》与《男教师》相比,认为《简·爱》在批评男权社会方面较后者更为直截了当,尤其是后来主人公选择远离尘世的芬丁庄园居住,作者对主流社会的拒斥之意昭然。⑧ 有人专门将《简·爱》中表现出的女权思想同其他作家相比,如王珂将勃朗特的女权思想称作"平权主义",因其温和,强调平等独立,而伍尔夫因主张两性斗争以争取妇女权利,乃"霸权主义"者。⑨ 不难看出,中国学者近年来对于原创性追求不懈,但也会因此偶入猎奇的误区。比如,有人将简·爱视作"双性同体"的新女性,通过与男主人公角色地位的互换,担当起积极主动的主体性地位,实现作者男女平等的社会理想。⑩ 《简·爱》中男女主人公在故事末尾确

---

① 见 Sandra Gilbert and Susan Gubar, *The Madwoman in the Attic: the woman writer and the nineteenth-century literary imagination*, New Haven: Yale University Press, 1979.
② 如马冬:《失语女人的密码——论〈简爱〉中的疯女人》,《四川外语学院学报》2007(2)。
③ 刘振宁:《疯妇欤天使欤——重释伯莎·梅森》,《中国比较文学》2005(1)。
④ 夏郁芹:《浅谈〈简·爱〉中的简·爱形象》,《兰州大学学报》(社会科学版)2000(S1)。
⑤ 方平:《简,是你向我求婚的——从〈简·爱〉看妇女在爱情中的地位》,《名作欣赏》1989(5)。
⑥ 葛亮:《本我·自我·超我——浅论〈简·爱〉中的"3+1"体系》,《国外文学》1999(4)。
⑦ 刘柯兰、余晓文:《三位一体:解读简·爱、伯莎·梅森和海伦·彭斯》,《湖北大学学报》2002(2)。这在思路上显然同样沿袭了西方学者的批评方法,但理论运用有一定创新意义。
⑧ 郑孝萍:《从〈教师〉中看夏洛蒂·勃朗特的创作困惑》,《中国农业大学学报》(社会科学版)2002(3)。
⑨ 王珂:《女权主义文学的代表形态:平权与霸权——夏洛蒂·勃朗特与弗吉利亚·伍尔夫的女权思想比较》,《青海社会科学》2001(6)。
⑩ 郭笑梅:《双性同体的新女性——简·爱形象新析》,《四川外语学院学报》,2001(4)。

实发生了地位对调,但这属于正常的命运沉浮,在英国小说中也并不鲜见①,称其为"双性同体"略显武断。

60年《简·爱》研究前后若论有何共同之处,当推人们对其结局之诟病。学者们指出,简·爱最后仍选择婚姻并回到传统的女性角色中,反映此书的反抗与愤怒局限明显。至于作者设此结局意图究竟为何,学者们则众说纷纭。有人认为这是内化主流性别意识形态的结果,作者试图以此迎合主流意识、进行"自我防御"[2];有人指作者为简·爱在女性的传统需求与现有体制的矛盾中寻求平衡与和谐[3];有人认为结局体现作者形而上的"双性和谐"思想[4]。对于结局的多种认识正反映作者本人身陷的困惑以及小说所涉问题之复杂。不过,也有为数不少的文章表现出明显的激进倾向,对于小说的批评有时比英美自由派学者更为严苛。如,有学者称小说乃失败之作,因为简·爱在男女平等问题上婚前婚后自相矛盾,断言此等完美结局不可能存在[5];另有学者在比较《简·爱》和张洁的《方舟》后,指出两部小说的女主人公均为"走不出男权领地的夏娃"[6]。这类激进型批评并未充分考虑作者面对的社会环境与历史背景,因而有失之简单化之嫌。

在众多分析文章中不乏原型批评,而其"原型"多为希腊神话故事和圣经元素。方平从"珀尔修斯解救安德洛美达"神话的角度解读《简·爱》,将罗彻斯特比作"被牢牢绑缚在岩石上,向海怪献祭的安德洛美达",而故事末尾重回他身边的简则成为"一位不自觉地认同珀尔修斯的新女性"[7]。胡爱华称此书"包括圣经故事的隐喻",是"得乐园、失乐园和复乐园三个紧密相连的隐型情节的有机对应"[8]。陈湛妍的文章与此类似,试图揭示圣经文体对小说的影响及其文体方面的"艺术魅力"[9]。孙胜忠的论文则认为这部小说是对童话故事灰姑娘的颠覆,称小说前半部分是一个灰姑娘故事,此后的经历是对该童话故事的改

---

① 其实凡浪漫主义色彩浓厚的英国小说均有不同形式的地位对调,如玛丽·雪莱和司各特等人的作品。
② 陈姝波:《论〈简爱〉中的性别意识形态》,《外国文学研究》2002(4)。
③ 曾雪梅:《寻求平衡:论〈简·爱〉中的女性主义》,《四川外语学院学报》2002(1)。
④ 李凤兰:《夏洛蒂·勃朗特小说中的双性和谐思想》,《湘潭大学社会科学学报》2003(1)。
⑤ 赵海虹:《〈简·爱〉的失败》,《外国文学》2004(2)。
⑥ 彭红卫:《走不出男权领地的夏娃们——论〈简·爱〉与〈方舟〉中女性的生存困境和精神突围》,《湖北大学学报》(哲学社会科学版)2007(2)。
⑦ 方平:《希腊神话和〈简·爱〉的解读》,《外国文学评论》1992(1)。
⑧ 胡爱华:《〈简·爱〉中的神话原型解读》,《淮北职业技术学院学报》2004(3)。
⑨ 陈湛妍:《〈简·爱〉与圣经》,《湛江师范学院学报》2003(5)。

写,进而演化成为一个主人公面对社会现实逐渐清醒的成长故事。① 此类原型批评为理解这部小说提供了新的、有效的审视角度,揭示了一些从其他角度难以捕捉的意义。另一方面,原型批评最需避免的倾向之一是小题大做,而这些论文也在一定程度上确实包含牵强附会的对比以及无足轻重的巧合。此类原型批评文章的另一瑕疵是多数并未深入讨论某个"原型"本身在其原始文化背景下的意义以及在新的文化条件中的作用,特别是对于作品在读者接受方面的影响。这多少给分析的效果打了折扣。

由于《简·爱》的人物命运与加勒比地区的种植园经济休戚相关,而《呼啸山庄》中的希斯克利夫也来自英国之外,因此后殖民批评是勃朗特研究中的另一重点。有学者指出,为实现简·爱这个"殖民宗主国的好斗女的女性主体的白日梦",作者安排她意外继承大额遗产,遗产来自客居马德拉群岛的酒商约翰;而《呼啸山庄》中的报复行动也"隐喻了殖民地人民对宗主国反戈一击的可能性"。② 用后殖民理论批评勃朗特作品在西方虽非新创,但此文相当直观地揭示小说所陷的政治困境,即西方的一种进步需以其一种退步为代价。有学者借用赛义德的东方学理论,指出伯莎·梅森处于失语状态全因其加勒比被殖民身份使然③,同样深中肯綮;有人认为伯莎是个被欧洲中心主义丑化、妖魔化了的"他者",同时为希斯克利夫的复仇辩护,称其原有的自然本性遭帝国的所谓"文明"践踏和破坏,只能在复仇中确定自身的存在④,也可备一说。另有一批学者通过分析"《简·爱》前集"姿态出现的小说《苍海茫茫》(1966)反观《简·爱》中的殖民主义成分,认为比较二者可以看出后书对于殖民主义的抗议。⑤ 由于种族问题在两部小说中均显而易见,后殖民批评论著较之性别研究分歧少,虽然多无新意,却也令人信服。

夏洛蒂·勃朗特的其他几部作品——《谢莉》《维莱特》和《教师》——重要性相对较低,关注者寥寥,但凡出现于论文,多因与《简·爱》相比之故,单独分析者不多。郑孝萍的论文认为《教师》反映出作者在性别问题上的困惑:她一方面认同父权社会的文学标准,另一方面又在修正养育她的文学传统。⑥ 史汝波对《谢莉》进行了女性主义分析,认为夏洛蒂·勃朗特通过对两位女主角谢莉和

---

① 孙胜忠:《一部独特的女性成长小说——论〈简·爱〉对童话的模仿与颠覆》,《外国文学评论》2009(2)。西方批评界将简·爱与灰姑娘相比者早已有之,朱虹在20世纪七八十年代也曾提及。至于简是否如同作者所称一开始便沉浸在浪漫的童话故事里,似有商榷余地。
② 周琳玉:《一样的隐喻,不同的他者:〈简·爱〉与〈呼啸山庄〉的后殖民主义视角比较》,《佛山科学技术学院学报》2006(4)。
③ 贾文胜:《〈简爱〉与〈呼啸山庄〉的殖民主义主题初探》,《杭州师范学院学报》(医学版)2006(3)。
④ 韩英花:《〈简·爱〉中的殖民主义因素》,《科教文汇》(中旬刊)2009(5)。
⑤ 如谷丽红:《〈简·爱〉和〈苍海茫茫〉中的殖民主义话语》,《解放军外国语学院学报》2003(1)。
⑥ 郑孝萍:《从〈教师〉中看夏洛蒂·勃朗特的创作困惑》,《中国农业大学学报》(社会科学版)2002(3)。

卡罗琳之间友好关系以及卡罗琳与母亲之间的"天然同盟"的细腻描述,肯定了女性之间友谊、同盟的可能性及其"迷人的前景"。① 这些讨论表现出紧跟西方学术前沿的积极倾向,同时在原始创新方面尚待加强。黄梅的论文则另辟蹊径,通过严谨的细读,发现《维莱特》"声东击西"的开头是向传统的主题、情节定式及人物类型的一种挑战和质问。② 黄梅的文章反映,理论视角固然不无帮助,但细读经典作品仍能揭示有价值的意义与线索。

在书籍方面,杨周翰与赵萝蕤主编的《欧洲文学史》(第二册于1979年出版)以一定篇幅讨论了勃朗特姐妹的两部主要小说,其角度与看法跟50年代出版的著作类似,但除了分析阶级矛盾,该书也指出《简·爱》在一定程度上反映了女权主义者所关注的妇女地位问题。2001年新版的《欧洲文学史》对于勃朗特姐妹的主要小说进行重新审视与评估,其评述反映了我国学术界在吸收西方过去半个世纪以来的学术思想后对于这些作品取得的新认识。

过去三十多年来,我国内地出版了四部涉及勃朗特姐妹的传记与文献材料性书籍,且均将三姐妹一并研究;至2009年,尚无专门针对其作品的研究性专著。80年代前期出版的著作多为三姐妹的生平与作品的简介及少量评论,并且上一个时代的主流思想仍然主导着评论的视角与基调。1983年中国社会科学出版社出版的由杨静远撰写的《勃朗特姐妹研究》汇集了勃朗特三姐妹的主要材料,包括自序、短评、书信和简要生平资料。范岳和吴明明的《勃朗特姊妹》(辽宁人民出版社,1983年)介绍了三姐妹的生平以及三部小说(《简·爱》《谢莉》和《呼啸山庄》)的主要情节。在对《谢莉》的介绍中,此书指出夏洛蒂对于工人阶级怀有人道主义的同情,但她并非暴力革命的拥护者,仅从小资产阶级的同情心出发来反映英国历史上工人运动。在艺术成就方面此书的评价更为客观、准确。作者认为《谢莉》情节过于简单,不够生动,并且评论性文字过多,点出了这部小说未能如《简·爱》般轰动的重要原因。王国庆撰写的《英国文坛勃朗特三姐妹》(商务印书馆,1985年)也是一部短小的传记,内容与前书类似。这本小册子介绍的关于勃朗特姐妹的感情经历,对于理解她们的小说不无帮助。中国社会科学出版社2008年出版了由冯茜撰写的《英国的石楠花在中国——勃朗特姐妹作品在中国的流布及影响》,其主要价值在于梳理这几个作家在中国的接受、研究情况与影响。

在过去60年间,有不少学者涉足针对夏洛蒂·勃朗特的中外比较性研究。冯茜的著作在其下篇将中国女作家与勃朗特姐妹进行比较,苏稻香则将《简·爱》与《伤逝》进行比较性分析,尤其是主人公简与子君。苏文认为二者的不同

---

① 史汝波:《浅析〈谢莉〉中的女性同盟与友谊》,《山东社会科学》2004(5)。
② 黄梅:《"声东击西"的叙述及其他》,《读书》1988(8)。

命运主要源自思想认知上的区别——"子君的反抗仅仅是纯女性意识的觉醒,还远远未上升到独立人格的追求上来"。① 上述比较性研究一方面揭示了不同文化的相通之处,有其不容忽视的意义,但另一方面也暴露中国比较文学研究面临的一个新课题,即如何避免蜻蜓点水式的、以寻找简单相似性为目的的对比,如何通过比较对所比之物挖掘出新的、在单独批评时无法读出的意义。

三、1979—2009 年间的埃米莉·勃朗特研究

1978 年以后,我国学者对于埃米莉·勃朗特的研究仍集中于其长篇小说《呼啸山庄》。与上一个时期过度关注阶级复仇不同,这一阶段的研究呈现多样化趋势,结论也各不相同。中国学者大多从以下几个角度分析此作:性别研究、原型研究、社会历史研究、叙事研究和比较研究等。一些文章颇有见地,但也有为数不少的论文仅对小说进行简单的情节复述或赞叹其"艺术魅力",学术价值有限。

我国外文界对于《呼啸山庄》的性别研究兴味索然,这与《简·爱》的情形判然不同。刘春慧的论文是少数的例外之一。刘文指出,这部小说是对传统的两性原则和父权意识的颠覆,作者试图"建构一种新型、理想的两性关系"。② 这与西方学者所见略同——英美有一派观点即认为,《呼啸山庄》表面上讲述希斯克利夫的复仇,实际上在展示凯瑟琳·恩萧如何反抗维多利亚社会对于妇女的种种限制与不公。③

相较之下,我国学者对于从社会历史角度分析小说兴趣更为浓厚,只是此类论文一般涉及书中的反抗与批评主题,角度略显单一,且多集中关注希斯克利夫这一人物。如,有学者称,小说反映 19 世纪前期资本主义发展造成的农村凋敝、社会变动的景象,揭示庄园主的精神腐朽和崩溃,因而堪称现实主义杰作④;有学者补充道,希斯克利夫这一形象表达作者的愤慨、同情和理想,而充斥书中的变态、畸形的人际关系全由扭曲而畸形的资本主义社会造成⑤,均不无道理。另有学者认为主人公希斯克利夫是个异化的人,并以书中的病态与扭曲认定小说具有现代派文学特征。⑥ 小说中发生的事件固然与英国社会的大背景有关,但希斯克利夫的病态与扭曲也不能全然归咎于资本主义,而与社会地位和种族因素同样不无关系。

---

① 苏稻香:《"谁能守住爱?——我看简·爱与子君"》,《外国文学研究》1996(3)。
② 刘春慧:《颠覆与重构——论〈呼啸山庄〉的性别意识》,《学术交流》2009(2)。
③ 如 Gail Cunningham, "Wuthering Heights", *Prentice Hall Guide to English Literature*。
④ 王国明、王蓬:《〈呼啸山庄〉二题》,《郑州大学学报》(社会科学版)2000(2)。
⑤ 代新黎:《试论〈呼啸山庄〉所表现的人性与人际关系》,《学术交流》2008(6)。
⑥ 张同乐、毕铭:《〈呼啸山庄〉——一部具有现代主义意味的小说》,《外国文学研究》1999(1)。

与《简·爱》的情形一样,针对《呼啸山庄》的原型批评也异常热门,其主要原因恐怕是,"原型"为批评者提供了一个现成的分析框架,因而免去了苦寻批评切入点之劳。众多学者从圣经、神话等角度,解读小说的人物关系及情节走向,与西方学术界的路子相仿。比如,有学者指埃米莉·勃朗特模仿了弥尔顿笔下有关"堕落"的神话结构,内中多个女性人物乃女性形象"堕落版本的复现"①;有学者从圣经的"原型场景、原型人物和情节以及原型叙述模式"等三方面对小说进行剖析解读,证明圣经对其影响之深远。② 另有部分学者套用哥特小说的故事模式分析这部小说。这些批评的一个共同特点是,其终极目标似乎均为证明作品中存在某种原型,而对于此种原型在作品本身起到何种作用,或作者采用此类原型的目的或原因为何,大多未作进一步探讨。朱晓映的论文是少数未入窠臼的例外之一。朱文认为,埃米莉·勃朗特通过对美狄亚神话原型"置换"或"移用"塑造出希斯克利夫这一形象,以此展现畸形社会中人性的变异,唤起读者的"种族记忆"与"集体无意识",从而获取读者对希斯克利夫的同情。③ 与不少原型批评文章一样,这一解读方法需要说服读者,我们能否仅凭二者唯一的共同点"复仇"而视前者为《呼啸山庄》的原型?我们如何衡量某些神话故事在西方文化中的重要性?④ 更具体地说,美狄亚神话在英国文化中的地位是否已足以进入其所谓"集体无意识"?

叙事研究是分析《呼啸山庄》的另一热点视角,这与这部小说独特的叙事方式有关。除去一些简要介绍该书叙事特色或赞美其艺术技巧的文章外,在较有特色的几篇论文中,有的认为勃朗特的"内故事叙述层"不只是简单地要引出管家耐莉叙述的"元故事",而洛克伍德的所谓理性和逃避个人情感的冲动也平衡了"元故事"中激越的情感冲突⑤;有的认为洛克伍德的介入是为了加强耐莉的可信度,而尽管耐莉极少说谎,她选择性的沉默和貌似天真的追问比谎言更有效⑥。金琼的论文较此更进一步,将叙事特征与小说主题思想结合起来研究,认为勃朗特三姐妹小说的叙事结构一方面使读者关注作家对维多利亚时代传统观念的反叛意识与超越意识,同时也反映作家对中产阶级价值观念的维护意识。这篇论文在无意中揭示了《呼啸山庄》一个重要的浪漫主义特征——政治

---

① 杨莉馨:《一部"天堂"与"地狱"之书——再论〈呼啸山庄〉的主题》,《南京师大学报》(社会科学版)2008(2)。
② 刘永杰:《〈呼啸山庄〉的〈圣经〉解构》,《天津外国语学院学报》2003(6)。
③ 朱晓映:《爱恨情仇:对〈呼啸山庄〉的原型解读》,《学术交流》2007(12)。
④ 原型批评的理论依据是所谓"集体无意识",即某个神话故事妇孺皆知,已成为该社会理解文学作品的某种现成的判断视角。有些文章所举的原型其实并不具备这一特性。
⑤ 刘进:《"观望者"的故事——〈呼啸山庄〉叙述层次研究》,《四川师范大学学报》(社会科学版)2006(3)。
⑥ 范岭梅:《纳莉的"谎言"》,《北方论丛》2004(1)。

两重性。①

严格地说,《呼啸山庄》是一部带有浓重浪漫主义色彩的维多利亚小说,但由于我国小说研究界甚至外国文学界长期以来重现实主义轻浪漫主义的传统,学者们对于这一特色大多视而不见。也因如此,《简·爱》由于包括更多现实因素,在我国所受的重视程度远高于浪漫主义倾向明显的《呼啸山庄》,而当今西方学术界则认为后者在艺术成就上更胜一筹。浪漫主义作品多采用意象,但在我国仅有少量论文对此予以关注。有学者称,荒原与风暴是《呼啸山庄》中最基本、最典型也最富有意蕴的原始意象,小说作者试图利用"大自然中的原始意象"表达人的心灵与社会制造的人为荒原之间的冲突。② 此文假设的前提显然是,外在的自然荒原是隐形的社会荒原的外化反映。这一观点不乏新意,但作者又如何解释女主人公为何对自然荒原如此渴求,如此情有独钟?③

在理论运用方面,韩敏中在其发表于1992年的论文中介绍与梳理了西方的结构主义和解构主义理论在此书评论中的应用。④ 在我国专门运用当代批评理论解读此书者不多,偶有尝试者往往针对单一问题,运用单一理论。如有人运用拉康的心理分析理论研究人物的身份认同⑤,有人采用心理分析方法讨论小说中的镜像化的人性符号⑥,均不失可取之处。此外,也有学者采用传统的情节分析方法细读小说,挖掘其中有价值的线索。如,朱虹以希斯克利夫的报复为主线分析小说的主要矛盾,并发现"书"在小说中起着贯穿故事的作用。⑦ 这种批评方法在我国外文界经历理论热之后仍有不凡的借鉴意义。

涉及埃米莉·勃朗特的比较研究同样包括中西比较和西西比较两种类型,这里仅提较具代表性的几篇论文。黄曼青与易春华比较的是《呼啸山庄》与《红字》两部小说中的景物象征意义⑧;陆小宁与刘志以情感为切入点,对《呼啸山庄》与《金锁记》进行平行研究,试图"寻找沟通人类情感世界之桥梁"⑨。刘文比较了《呼啸山庄》与丁玲的《莎菲女士的日记》,发现当女主人公试图遵守传统社

---

① 金琼:《绝对时空中的永恒沉思——〈呼啸山庄〉的叙述技巧与结构意识》,《外国文学研究》1993(2)。与许多浪漫主义色彩浓厚的小说一样,《呼啸山庄》在政治上带有两重性。小说由多人口述,可以使作者自由发表言论却不必承担责任,同时也使作家意见显得模棱两可,含糊不清,因而可以包容两种或更多不同甚至互相冲突的思想。

② 王海铝:《荒原与风暴——〈呼啸山庄〉的意象研究》,《重庆大学学报》(社会科学版)2004(3)。

③ 西方学者认为,荒原在这部小说里象征自由,而高度文明的林顿家庭则象征维多利亚对于人的压迫。

④ 韩敏中:《无穷无尽的符号游戏——20世纪〈呼啸山庄〉阐释》,《外国文学评论》1992(1)。

⑤ 如张静波:《论〈呼啸山庄〉中童年和纯真主题》,《名作欣赏》,2007(18)。

⑥ 李胜清:《希思克利夫:镜像化的人性符号》,《文艺争鸣》,2007(1)。

⑦ 朱虹:《山庄、田庄、复仇和书的角色——重读〈呼啸山庄〉》,《名作欣赏》,1994(6)。

⑧ 黄曼青、易春华:《〈呼啸山庄〉与〈红字〉景物象征之比较》,《社会科学家》,2005(4)。

⑨ 陆小宁、刘志:《〈呼啸山庄〉与〈金锁记〉情感世界之比较》,《外国文学研究》2000(1)。

会行为规范,在传统社会结构中生活时,她们均抛弃女性自我,有自我崩溃之虞;而当其违反传统伦理规范时,又陷入病态。① 至于原因为何以及这种相似有何意义,作者却未作深究,令人遗憾。与针对夏洛蒂的比较研究一样,这些论文极少超越具体的所比之物,犹如画龙而尚需点睛。

除了小说《呼啸山庄》,埃米莉·勃朗特的诗歌也受到少数学者关注。潘利锋与陈碧园讨论了埃米莉·勃朗特诗歌中的诸多意象,如时空意象、两极对立意象和风暴意象与音乐意象。② 目前尚无学者通过其诗作研究其小说(西方的小说批评者则相当关注勃朗特小说与诗作之间的关系③),这不能不说是我国外文界在勃朗特研究方面的一个缺憾。

60年来的勃朗特研究是我国外国文学研究的一个缩影,有几个特点值得注意。一、从纵向看,前30年以介绍为主,批评为辅,并且批评基本受国内政治路线支配,思路单一;后30年,尤其是90年代后期以来,研究力度得到空前加强。二、研究质量良莠不齐,这一状况在进入21世纪以来尤其明显。许多论文——尤其是非核心期刊登载的论文——对作品仅作简单的复述与分析,缺乏深度分析与有价值的观点;不少论文观点雷同,甚至重复。核心期刊发表的论文相对而言更具深度与研究价值。总的来说,国内发表的研究论文与国际水平相比仍有明显差距。三、我国内地在这60年间并未出版针对勃朗特姐妹作品的研究性专著。

第四节 劳伦斯小说研究

戴维·赫伯特·劳伦斯(David Herbert Lawrence,1885—1930)是英国现代著名作家,也是20世纪世界文学史上最具争议、最有影响的作家之一。他短暂的一生,为世人留下了12部长篇小说,70余篇中短篇小说,8部戏剧,近1000首诗歌,数量惊人的散文、随笔、书信,以及风格独特的文学和心理学研究著述。劳伦斯在世时,关于他的研究即已在英语世界展开。20世纪50年代,由于批评家利维斯的倾力辩护,劳伦斯作为"英国文学伟大传统"之一的崇高地位得以确立。在六七十年代,西方性解放运动如火如荼;80年代,又逢劳伦斯逝世50

---

① 刘文:《病·思想·社会:〈莎菲女士的日记〉与〈呼啸山庄〉的比较研究》,《学术论坛》2006(2)。
② 潘利锋、陈碧园:《艾米莉·勃朗特诗歌意象片论》,《外国语文》2009(3)。
③ 如 A. Stuart Daley, "The Moons and Almanacs of *Wuthering Heights*", *Huntington Library Quarterly* 37.4 (1974): 337—353; William A. Madden, "*Wuthering Heights*: The Binding of Passion", *Nineteenth-Century Fiction* 27.2 (1972): 127—154; Janet Gezari, "Fathoming 'Remembrance': Emily Brontë in Context", *ELH* 66.4 (1999): 965—984.

周年、100周年诞辰,受这些因素的综合影响,劳伦斯研究蓬勃发展。时至今日,劳伦斯研究在英美等国家已经发展为一个成熟的产业,涉及教育、学术、文化、旅游等多个领域。

中国的劳伦斯研究在1949年之前即已展开,但尚处于起步期,发表的长短文章、消息仅二十多篇,没有专著;劳伦斯的作品,也只有长篇小说《查特莱夫人的情人》和二十多篇中短篇小说、散文、诗歌翻译出版。新中国成立之后的1949—1979年30年间,由于特殊的历史原因,劳伦斯的传播和研究基本上是空白,仅1963年商务印书馆出版的《外国哲学社会科学人名录》、1965年商务印书馆出版的《近代现代外国哲学社会科学人名资料汇编》,收入了"劳伦斯"条目,再就是《查泰莱夫人的情人》曾以手抄本形式在坊间流传。进入80年代,劳伦斯研究开始全面复兴。经过改革开放三十多年的发展,中国的劳伦斯研究已经取得了不俗的成绩,显示出鲜明的特色,为中国文学、文化的繁荣发展,做出了自己独特的贡献。以下分两个阶段,从四个方面对新中国的劳伦斯研究进行考察和分析。

一、1981—1990年的劳伦斯研究

《世界文学》1981年2期发表赵少伟的《戴·赫·劳伦斯的社会批判三部曲》,可视为劳伦斯研究复兴的第一个信号。同时刊登劳伦斯的中篇小说《狐》和短篇小说《请买票》,以论文+翻译的组合形式,将已然陌生的劳伦斯重新介绍给中国读者。赵少伟的论文以马克思理论为指引,以"社会批判"为切入点,全面肯定了劳伦斯的创作;劳伦斯作品中的性描写,也在此名义下获得了正面意义。这种"小心翼翼"的论述进路,为具有强烈叛逆色彩的劳伦斯披上了一件"合法"外衣,避开了研究中可能遇到的非文学干扰。在改革开放初期,这不失为一种有效的学术策略。赵少伟的论文被公认是中国劳伦斯研究史上的一个突破,具有开拓性意义。

在80年代,一批劳伦斯的作品及研究著作相继翻译出版,对劳伦斯研究的复兴有重要的推动作用。1983年,人民文学出版社推出陈良廷、刘文澜翻译的《儿子与情人》,上海译文出版社推出主万等人翻译的《劳伦斯短篇小说集》,收入《普鲁士军官》《菊花的幽香》等15个短篇小说。1986年,三联书店推出英国学者克默德著、胡缨译的《劳伦斯》,同年12月,湖南人民出版社将饶述一译的《查特莱夫人的情人》翻印再版。1987—1988年间,刘宪之主编的6卷本"劳伦斯选集"由北方文艺出版社出版,这六卷作品是《白孔雀》《儿子与情人》《彩虹》《恋爱中的妇女》《劳伦斯中篇小说集》《劳伦斯书信选》,产生了较大的社会反响。1988年间,广州文化出版社出版了郑达华等译的《迷失的少女》,四川文艺出版社出版了李建译的《出走的男人》,漓江出版社出版了吴笛译《劳伦斯诗选》

等劳伦斯作品。这些译作的出版,使劳伦斯开始为广大中国读者所熟知,尤其是《查特莱夫人的情人》的出版旋即被查禁,成为轰动一时的事件,引发该书盗版猖獗、读者彻夜排队抢购的"盛况"。在翻译的持续推动下,劳伦斯研究热在80年代中后期出现。

80年代中后期的劳伦斯研究热,有两个标志性事件。其一是中国首届劳伦斯学术研讨会于1988年10月中旬在上海召开。国内外劳伦斯研究者近100人与会,提交论文四十余篇。会议论文由刘宪之主持选编、翻译其中的27篇,结集为《劳伦斯研究》,1991年由山东友谊书社出版。这是国内出版的第一部劳伦斯研究文集,其中由国人撰述的论文中,顾明栋的《阶级·生活·艺术——论劳伦斯的社会背景和艺术》论述了劳伦斯的工人阶级出身对其小说主题和艺术表现的影响。李乃坤的《评劳伦斯笔下的现代女性》对劳伦斯小说中活跃的大批现代女性形象进行了归纳和分析。徐崇亮的《现代人的悲剧——论劳伦斯的〈白孔雀〉》和郑达华的《评〈恋女〉的思想艺术特色》分别分析了《白孔雀》和《恋爱中的女人》两部作品的工业文明批判和两性关系主题。这些论文从多个角度全面肯定了劳伦斯作品的艺术价值,是国人学术成果第一次集中检验。

其二是1989年,上海《环球文学》杂志第2期开设"《查特莱夫人的情人》十人谈"专栏。《环球文学》1989年1—4期都在用专栏形式讨论立法杜绝色情文学泛滥的问题,"《查特莱夫人的情人》十人谈"是其中讨论的一个重要话题。参加笔谈的十人,身份是学者、编辑、教师、官员、普通读者,他们围绕这一话题从各自角度发表了意见。此外,还有三篇相关文章刊发在这期间出版的《环球文学》上,它们是杉蘅的《两本禁书:〈查太莱夫人的情人〉与〈玫瑰梦〉优劣探》(第1期)、刘洪涛的《性的反思——对劳伦斯性描写的两点思考》(第4期)、索天章的《〈查太莱夫人的情人〉告诉我们一些什么?》(第4期)。论者一致将劳伦斯的《查特莱夫人的情人》与色情文学相区别,大都认为劳伦斯的性描写具有严肃的目的性,内涵丰富,有较高的认识价值和审美价值,也合乎伦理道德。考虑到《查太莱夫人的情人》刚被官方查禁不久,《环球文学》为其张目,显示出的学术勇气和胆识令人敬佩。但也有论者批评劳伦斯过于拔高性爱在精神提升方面的作用,过多渲染性爱细节,扭曲了性爱与生命、性爱与人际关系的真实意义。

纵观80年代中国的劳伦斯研究,一个明显的特点,是其与新时期文学进程的密切联系。80年代的中国文学是思想解放运动的重要推手,而将性爱视为自然人性加以充分肯定和表现,是思想解放运动的一个重要表现。新时期文学中的性描写从80年代中期开始集中涌现,仅1985年,就有张贤亮的《男人的一半是女人》、贾平凹的《黑氏》、杨克祥的《玉河十八滩》等作品发表;1987年,有马原的《亮出你的舌苔或空空荡荡》发表。这一时期出现的劳伦斯热,尤其是《查太莱夫人的情人》热,无疑与这样的时代氛围有关。平心而论,这些作家笔下的性描写,未必都受到劳伦斯性描写的直接影响,但他们受到劳伦斯这样一位文学名家创作的鼓舞和启发则是肯定的。劳伦斯为80年代中国文学的发展"贡献"了自己的一份力量,对一个作家而言,这是幸运的。

80年代的劳伦斯学术研究成果,最值得关注的是侯维瑞《现代英国小说史》(上海外语教育出版社,1985年)中的第四章"社会批判和心理探索的结合:戴维·赫伯特·劳伦斯"。这一章分为"现代主义小说的高潮与弗洛伊德和柏格森的影响""劳伦斯创作的主题与倾向""生平与思想"《儿子与情人》和早期小说"《虹》与《恋爱中的妇女》""后期小说及《恰特莱夫人的情人》""中短篇小说以及其他作品""风格技巧分析"等8节,共50页,约4万多字。侯维瑞将劳伦斯认定为英国现代主义小说高峰时期的代表作家,对其思想渊源和倾向、创作的发展道路、创作主题、艺术风格以及代表作品,进行了全面深入的研究,代表了80年代的最高水平。

1981—1990年间发表的劳伦斯研究期刊论文,目前收集到的有近60篇。除了赵少伟的论文,还有其他一些较重要的论文。其中王家湘的《劳伦斯之探索》(《外国文学》1985年1期)以"执著的追求"概括劳伦斯的一生及其创作,认为劳伦斯的思想虽然有极大的局限性,但他"提供的丰富多彩的文学画卷"能够加深我们对资本主义工业化后期社会的认识,有积极的意义。蒋炳贤的《新世界的憧憬——评戴·赫·劳伦斯的〈虹〉》(《杭州大学学报》1987年3期),介绍了《虹》的写作与出版经过,分析了《虹》的主题与主人公厄秀拉形象以及作品的艺术特色。作者认为《虹》是一部"具有高度艺术价值与思想价值的社会批判小说","开创了现代主义文学的先声"。叶兴国的《论戴·赫·劳伦斯的继承与创新》(《外国文学评论》1990年3期)从现代工业批判、教育制度批判、基督教道德批判等方面,论证了布莱克、卡莱尔、罗斯金、尼采的人对劳伦斯的影响,还评述了劳伦斯与弗洛伊德的联系与区别。徐崇亮的《劳伦斯的现代主义象征》(《九江师专学报》1989年第4期)通过对《白孔雀》中的白孔雀、乌鸦等意象的分析,指出劳伦斯探索"黑暗意识"的现代主义特征。徐崇亮的《爱与死:再生的希望——论〈恋爱中的女人〉的主题意义》(《九江师专学报》1990年第4期)注意到劳伦斯这部代表作的两性关系和死亡—再生主题,并指出其在劳伦斯小说创作发展及现代西方文学中的重要意义。

二、1991—2010年的劳伦斯研究

进入80年代之后,劳伦斯研究逐渐脱离开社会文化思潮的漩涡中心,转向相对纯粹的学术本身,经过20年的发展,取得了丰硕的成果。据笔者掌握的统计资料,1991—2010年这20年间,中国内地发表的劳伦斯研究期刊论文1100多篇,国图馆藏硕士学位论文187篇、博士学位论文5篇,出版的学术专著20

余部。以下从四个方面对这些成果进行总结。

第一是主题思想研究。这是中国劳伦斯研究者持久的兴趣所在，成果数量占有压倒性优势。各家对劳伦斯作品主题思想内容的分析，综合起来有四个层面：

一是工业文明与大自然的冲突主题。例如刘洪涛在其专著《荒原与拯救：现代主义语境中的劳伦斯小说》（中国社会科学出版社，2007年）中指出，劳伦斯出生在诺丁汉伊斯特伍德地处矿区，但与乡野自然比邻，青少年时期的劳伦斯频繁转换于这两种生活环境之间，这种直接的经验感受以及英国乡村田园文化传统的影响，是劳伦斯批判现代工业文明的灵感和力量的源泉。他表现大自然的诗意之美，追求回归自然；又表现工业文明与大自然的冲突，对大自然造成的破坏，对人内在生命力的摧残。更进一步，劳伦斯还超越了具体的煤矿生产领域，从整体上把现代文明塑造成一种异己力量，广泛展示了其存在的方方面面。现代化追求的是功利化和效率。作为现代化的具体成果，现代文明在为人提供舒适的物质享受的同时，也必然将人本身组织到机械化的程序中去，使之工具化、理性化、物化和社会化。劳伦斯抓住了现代文明这一根本要害，并坚决反对。

二是两性关系主题。这是劳伦斯小说研究的另一个焦点问题。研究者注意到，劳伦斯既表现畸形的两性关系，也探索理想的两性关系。罗婷的《论戴·赫·劳伦斯关于人际关系的思想》（《湘潭大学学报》1993年第3期）、蒋家国的《精神型女人的雏形：试论〈白孔雀〉中的莱蒂形象》（《外国文学研究》2003年第2期）等论文，论述了畸形两性关系的根源在于现代工业文明对人的异化，具体表现为莱蒂、米丽安、莫瑞尔太太等精神型女性对男性主人公的控制。罗婷在上文中认为，劳伦斯心目中理想的两性关系是"在对立的冲突中逐渐达到平衡、达到统一、达到完美和谐而又保持各自的特性"。刘洪涛在《荒原与拯救：现代主义语境中的劳伦斯小说》中指出，劳伦斯笔下畸形的两性关系主要形式为社会化婚姻、无性之爱、精神占有，都是工业文明所结的恶果，而理想的两性关系建立在男性君临和女性屈服以及去社会化和爱欲体验的基础之上。研究者关注最多的还是劳伦斯小说中的性爱描写问题。张建佳、蒋家国的《论劳伦斯小说的性伦理》（《外国文学研究》2006年第1期）认为劳伦斯的性伦理"反对理性、道德对人性的干预，主张回归人的自然本性，追求'灵'与'肉'的和谐结合"。其他大量研究《查特莱夫人的情人》的论文指出，劳伦斯尤其推崇健康、奔放的性爱，认为它在激发人的美好天性、活力、朝气，调节人类最基本的关系——两性关系，有决定性作用。

三是死亡与再生主题。吕伟民的论文《死亡与再生：谈劳伦斯的〈查泰莱夫人的情人〉》（《郑州大学学报》1994年第3期）、伍厚恺的传记《寻找彩虹的人：

劳伦斯》(四川人民出版社,1998年)、刘洪涛的专著《荒原与拯救:现代主义语境中的劳伦斯小说》等,研究了劳伦斯热衷表现死亡与再生主题的原因和具体形式,认为劳伦斯是肺结核患者,这种消耗性的不治之症使他时时感受到死亡的威胁;他所处的又是一个大动荡、大变革的时代,绝望与希望并存。受个人身体状况和时代的双重影响,劳伦斯热切表现经验的或超验的死亡形态,同时也追求向死而生。劳伦斯对死亡与再生主题的表现,还在《虹》《恋爱中的女人》等作品中被形式化,成为一种叙事结构,并与《圣经》文化原型相关联。

四是对劳伦斯非理性心理活动功能的研究。刘洪涛的论文《作为现代心理小说家的劳伦斯》(《许昌师专学报》1993年第2期)及其专著《荒原与拯救:现代主义语境中的劳伦斯小说》中认为,劳伦斯本质上是一位现代心理小说家,他受非理性主义影响和现代主义思潮的策动,着力表现人的"另一个自我",也就是被本能、欲望、潜意识所驱动的非理性自我。论文注意到,劳伦斯小说中的非理性自我具有双重职能:一方面它是现代文明的内化形式,各种扭曲、变态、畸形的"情结"、欲念、本能汇聚其中,昭示着现代文明沉沦、堕落的程度。另一方面,劳伦斯又认为,现代文明与人的非理性自我是一种敌对关系,与生命的本质相悖,使人的生命力衰竭。只有让原始自然本性复归,人类才能重新焕发活力;而激活人的躯体、血性,尤其是性本能,是劳伦斯探索的再生途径之一。因此,劳伦斯表现的工业文明与大自然的冲突、两性关系以及死亡与再生主题,都通过非理性心理世界得以呈现。其他诸多论文,还从"血性意识""潜意识""本能"等概念入手,探讨了劳伦斯小说对非理性心理描写的问题。

在劳伦斯小说主题思想研究方面,还有许多重要的观点值得介绍。漆以凯的《论戴·赫·劳伦斯的二元论》(《外国文学研究》1995年第4期)认为,劳伦斯关于宇宙万物二元对立统一的思想,贯穿在其全部的创作之中,有着丰富的形式,是理解劳伦斯丰富复杂思想的一把钥匙。庄陶的《在性爱神话后面——劳伦斯的阶级认同危机》(《当代外国文学》2001年第1期)以《儿子与情人》《恋爱中的女人》《查特莱夫人的情人》等作品为例,指出劳伦斯作为工人阶级出生的作家,对自己所属阶级存在深刻的认同危机。程心的《论劳伦斯的反进化论的自然观》(《外国文学评论》1995年第1期)认为劳伦斯的自然观是反进化论的,他"汲取了泛神论自然崇拜的精髓,希望通过修复人与自然的关系,为异化的人类社会重新找到生命的活力"。还有多篇论文探讨了劳伦斯的乌托邦想象。如王薇的《心中的天堂,失落的圣地——劳伦斯的"拉纳尼姆"情结评析》(《国外文学》1997年第4期)和丁礼明的《"拉那尼姆"王国的生态学思考——解读劳伦斯小说中文明与自然的冲突主题》(《西安外国语大学学报》2009年第1期)从不同角度对劳伦斯的"拉那尼姆"情结及其具体表现进行了深入分析,指出其表达的文明与自然冲突的主题。刘洪涛的《D. H. 劳伦斯的美国想像》

(《外国文学评论》2001年第1期)用"美国想像"统摄劳伦斯与美国文化、文学的关系,指出"美国想像"在一战期间及战后促成了劳伦斯思想探索走出纯粹的精神领域,与特定的地域文化广泛融合在一起;"美国想像"构成了他的乌托邦的核心。此外,张建佳、蒋家国的《劳伦斯的反战思想与领袖崇拜——以〈出走的男人〉为例》(《昆明大学学报》2006年第3期)还以《出走的男人》为例,论述了劳伦斯反战思想和"领袖崇拜"的具体表现,及产生的根源,并指出了其局限性。

第二是艺术形式与技巧研究。中国研究者对劳伦斯到底属于现实主义作家还是现代主义作家存在分歧。较多人接受的是把劳伦斯定位为"处于批判现实主义和现代主义交汇点上的重要作家"(罗婷,《论劳伦斯笔下的人性异化》,《湖南师范大学社会科学学报》1995年第1期),认为他"继承传统又超越传统、走入现代又保持鲜明个性的创作风格"(郭英剑,《传统·劳伦斯·现代主义》,《新乡师范大学学报》1991年第2期)。对劳伦斯小说由此形成的杂糅风格,研究者也进行了探讨。如熊沐清的《传统与现代的冲突及糅合——劳伦斯叙事的二重性特征》(《外国文学研究》2001年第2期)指出劳伦斯"大量使用自由间接话语,主张作者不应在作品中出现,其部分作品在结构层面呈现出开放性和不连贯性,在意蕴和评判层面呈现出对立、不确定和复调叙述的特征","同时又以稳定的传统的全知视角保持作者的在场与可靠性",杂糅了传统与现代的叙事风格。

比较而言,研究者更重视劳伦斯小说中的现代主义属性,并从不同角度,对其进行了深入的研究。蒋承勇在这方面用力较勤,成果也较多。他的《论劳伦斯小说艺术的现代主义倾向》(《国外文学》1993年第1期)、《论劳伦斯〈爱恋中的女人〉的深度对话》(《国外文学》1996年第3期)、《论劳伦斯〈虹〉的多重复合式叙述结构》(《外国文学评论》1996年1期)等论文,从小说情节的暗示性和非连贯性、多重复合式叙述结构、深度对话模式等角度,阐述了劳伦斯小说的现代主义艺术特征。国内学者研究最多的是劳伦斯小说象征手法。代表性论文有叶兴国的《劳伦斯与〈圣经〉》(《国外文学1995年第2期》)、王丽亚的《D. H. 劳伦斯小说中的意象》(《外国文学评论》1996年第4期)、王丽亚的《评〈虹〉〈恋爱中的妇女〉的象征手法》(《杭州大学学报》1991年第1期)、黄宝菊的《论劳伦斯小说中马和月亮的象征意义》(《外国文学研究》2000年第3期)、胡亚敏的《二十世纪的神话仪式:读劳伦斯的〈太阳〉》(《外国文学评论》1999年第3期)等,对劳伦斯小说象征意象的种类、来源、内涵、呈现方式和功能等问题,都进行了深入研究。涉及的自然意象包括太阳、月亮、花朵、马、飞鸟、河水、白孔雀、狐等,这些意象往往是男性力量、女性力量以及情欲的象征。宗教意象大多来自基督教,如《圣经》的故事、人物和结构、基督教堂、圣像、宗教仪式等,也有的来自异教的神祇和图腾,如潘神、黑神、羽蛇、灵船等,这些意象通常象征着死亡与新生。研究者对上述不同形式的象征手法追根溯源,梳理分析,深化了对劳伦斯作品的理解。

第三是各种批评方法的应用。作为一位思想内涵异常丰富复杂的作家,劳伦斯为各种文学批评方法的应用提供了试验场;反过来,这种批评方法又拓展了劳伦斯研究的领域,促进了劳伦斯研究向深入发展。

精神分析是最早应用于劳伦斯研究的一种批评方法。劳伦斯深受弗洛伊德影响,其作品又以两性关系作为表现的中心,因此可作精神分析的案例比比皆是。学者们提及最多的是《儿子与情人》中的恋母情结,其次是短篇小说《美妇人》中的畸形母爱,都指出其对男性成长所起的桎梏作用。如李志斌的《弗洛伊德主义和劳伦斯的小说〈儿子与情人〉》(《湖北大学学报》1997年第6期)、张涛的《试论〈儿子与情人〉的恋子情结与恋母情结》(《外国文学研究》1998年第4期)、蒋家国的《从俄狄浦斯情结中解脱出来——评劳伦斯的〈美妇人〉》(《嘉应大学学报》1998年第1期)等。也有研究者注意到劳伦斯与弗洛伊德精神分析理论更广泛的联结,如他把性爱看成人类活动的基本动力,将健康性爱与文明相对立,把性压抑看成文明的产物等,认为这些观念构成了劳伦斯思想的基本脉络。代表性的论文有如漆以凯的《劳伦斯与弗洛伊德》(《南京师大学报》1997年第4期)、刘洪涛的《劳伦斯与非理性主义》(《北京师范大学学报》2006年第3期)、黄汉平的《D. H. 劳伦斯与弗洛伊德主义》(《暨南大学学报》1995年第3期)等。

女性主义批评方法使研究者注意到劳伦斯与英国女权主义运动之间的深刻联系,帮助研究者分析其作品中新女性形象的特征及其产生的社会背景,分析劳伦斯对待新女性既崇拜又憎恶的矛盾态度,分析其男权思想产生的根源。代表性的论文有罗婷的《论劳伦斯关于妇女解放的思想》(《湘潭大学学报》1991年3期)、林树明的《女权主义对劳伦斯的批评》(《贵州师范大学学报》1998年第2期)、刘须明的《是恶魔还是天使?——从劳伦斯研究中的女权主义论争谈起》(《当代外国文学》1999年第1期)、高万隆的《劳伦斯的回应:妇女问题与妇女解放——论劳伦斯早期小说中的女性形象》(《国外文学》1999年第2期)、梁伟、李晴辉的《论劳伦斯的女性主义意识》(《四川外语学院学报》2001年第1期)、赵红英的《论劳伦斯的女性观》(《武汉大学学报》2001年第4期)、陈璟霞的《劳伦斯的女性意识和双性主题》(《天津外国语学院学报》2005年第2期)、卢敏的《从女性主义视角解读〈恋爱中的女人〉》(《四川外语学院学报》2005年第1期)等。

生态批评是进入21世纪之后,劳伦斯研究中被广泛应用的批评方法。劳伦斯终其一生对大自然的向往和追寻,作品中的乡土性和对大自然的诗意描写,大自然与工业文明对立的主题表现,回归自然、亲近自然的思想,这些为生态批评提供了丰富的材料;其内涵和意义,也在生态批评中得到更充分和深刻的阐发。丁礼明的《拉那尼姆王国的生态学思考:解读劳伦斯小说中文明与自然的冲突主题》(《西安外国语大学学报》2009年第1期)、李碧云的《〈查特莱夫人的情人〉之生态批评》(《名作欣赏》2010年第24期)等论文,用生态学批评方法研究劳伦斯的作品和思想。尤其值得关注的是苗福光的《生态批评视角下的劳伦斯》(上海大学出版社,2007年)一书,这是国内第一部应用生态批评方法,系统研究劳伦斯生平和创作的专著,是作者在其2006年博士论文的基础上拓展而成。该书从自然生态、社会生态、精神生态三个层面,较全面地分析了劳伦斯的生态思想,阐述了其作品中的自然人、文明人形象的生态学意义,还关注到作为生态批评家的劳伦斯形象。

比较文学方法在劳伦斯研究中也有广泛应用。在西方文学传统中,研究者论述了劳伦斯与《圣经》、布莱克、乔治·艾略特、狄更斯、托尔斯泰、哈代、叔本华、尼采、弗洛伊德、柏格森、乔伊斯、卡夫卡、T.S.艾略特、海明威、杜拉斯等经典作品和作家的血缘关系或类同关系。劳伦斯与中国文学的关系是比较研究的热点,分为三种类型。第一种类型是比较劳伦斯与中国作家、作品的关系,如与《金瓶梅》、郁达夫、沈从文、张爱玲、张贤亮、贾平凹、莫言等作家作品在性描写、原始主义倾向、意象象征手法、女性主题等方面的类同与差异。其中田鹰的《比较视野中的张贤亮和劳伦斯性爱主题研究》是系统研究相关问题的专著,比较了中国当代作家张贤亮小说中的性描写与劳伦斯性描写的异同,为中国作家探索人性张目。第二种类型是中译本研究。研究译者对劳伦斯小说中的方言和性描写的处理方式,并对错译、漏译现象纠偏指瑕。第三种类型是研究劳伦斯在中国的译介和传播。其中郝素玲、郭英剑的《劳伦斯研究在中国》(《河南师范大学学报》1993年第3期),董俊峰、赵春华的《国内劳伦斯研究述评》(《外国文学研究》1993年第3期),廖杰锋的《20世纪80年代前D.H.劳伦斯在中国的传播综论》(《衡阳师范学院学报》2005年第2期),杨斌、吴格非的《中国的劳伦斯研究述评》(《成都教育学院学报》2005年第10期),杨斌的《劳伦斯作品在中国的翻译综述》(《成都大学学报(教育科学版)》2008年第2期)等论文最有代表性。

其他应用于劳伦斯研究的批评方法还有原型批评、解构主义批评、叙事学、伦理学批评等,都取得了一定的成绩。

1995年之后,中国的劳伦斯研究向纵深和综合发展,涌现出一批较有分量的学术传记和专著,值得特别关注。其中冯季庆的《劳伦斯评传》(上海文艺出版社,1995年),是首部国内学者撰写的劳伦斯评传。全书以劳伦斯对生命的体验、对两性关系的探索为主线,按时间顺序展现了劳伦斯坎坷的一生,还列专章讨论了《儿子与情人》《虹》《恋爱中的女人》和《查泰来夫人的情人》四部长篇的思想艺术价值。

罗婷的《劳伦斯研究：劳伦斯的生平、著作和思想》(湖南文艺出版社，1996年)是国内系统研究劳伦斯的第一部学术专著，除了设专题分析劳伦斯的《儿子与情人》《虹》《恋爱中的女人》《查特莱夫人的情人》等六部长篇小说以及中、短篇小说和诗歌创作，还以"劳伦斯创作中的哲学思想""劳伦斯笔下的人性异化""劳伦斯与弗洛伊德""劳伦斯与女权主义"为题，对劳伦斯文学创作的主题、思想及其来源和背景，进行了较为全面深入的分析。

1998年是中国劳伦斯研究的丰收年，有四部专著和传记出版。漆以凯的《劳伦斯的艺术世界》(南京师范大学出版社)对劳伦斯《阿伦的杖杆》《袋鼠》和《羽蛇》这三部较少受到关注的长篇小说所反映的权力意志和超人思想进行了研究，还探讨了劳伦斯小说中的女性形象和二元论思想，分析了劳伦斯对哈代的继承与创新。王立新的《潘神之舞：劳伦斯和〈查泰莱夫人的情人〉》重点探讨了《查泰莱夫人的情人》的创作背景、社会影响和历史地位，肯定了劳伦斯性观念的严肃性。毛信德的《郁达夫与劳伦斯比较研究》(杭州大学出版社)细致梳理了郁达夫与劳伦斯有关的文献，并从风格与人格、自我表现主题、人物塑造、性描写、审美意识、哲学思想和道德观念、心理描写和语言技巧、地位和影响等角度，比较了中西两位小说家的异同。伍厚恺的《寻找彩虹的人：劳伦斯》是一部优秀的传记作品，以大量第一手资料、颇富感染力的文字，细腻地描述了劳伦斯的生平与创作道路，在其生平经历和创作之间建立起因果连接，并对劳伦斯六部长篇小说的主题和艺术进行了精细而深刻的分析。

黑马(本名毕冰宾)是新时期出现的最重要的劳伦斯作品翻译家，也是重要的劳伦斯研究者。他从80年代中期开始发表劳伦斯研究论文。2002年出版的《心灵的故乡：游走在劳伦斯生命的风景线上》(中国社会科学出版社)一书，是一部融游记、随笔、评传与研究为一体、图文并茂的佳作，它通过对劳伦斯家乡和生活地的实地考察，详尽地挖掘了劳伦斯作品的生活原型，以及劳伦斯生活经历，尤其是情爱经历对其创作的影响。

刘洪涛2007年出版的《荒原与拯救：现代主义语境中的劳伦斯小说》(中国社会科学出版社)一书是作者在广泛搜集材料和实地考察的基础上写成，把劳伦斯放在现代主义语境和英国历史文化传统中加以考察，指出劳伦斯是工业文明坚定的批判者，他认为工业文明的根本缺陷是使人社会化和机械化，压抑了人的直觉、本能和欲望，使人的生命能量枯竭。从这一立场出发，劳伦斯以极大的热情表现两性关系，表现新女性形象，挖掘人的非理性心理世界，驰骋异域原始文明想象，描绘了西方现代文明崩溃的整体图景，并且为探索人类走出荒原的道路殚精竭虑。该书除了揭示劳伦斯小说中丰富的现代思想及其意义，还对其中的男权主义、心理神秘主义、极端原始主义和过渡性描写等倾向进行了反思和批判。

研究反思

劳伦斯作为一位伟大作家的地位得以确立,固然根本上取决于他文学创作的实际成就,但如果没有英国批评家利维斯在20世纪50年代的倾力辩护,把他作为英国文学的"伟大传统"的重要组成部分,社会对劳伦斯的承认可能要推后许多年。50年代以后,世界范围内劳伦斯研究的成果车载斗量,其中绝大多数都是在证实或加强劳伦斯在英国文学史中的崇高地位。但同样值得重视的是,在利维斯之前,包括高尔斯华绥、伍尔夫、曼斯菲尔德、罗素、T. S. 艾略特在内的众多作家学者都对劳伦斯发表过批评意见。我们钦佩利维斯的勇气和眼光,但当劳伦斯的文学地位真正确立以后,回过头来再审视那些作家、学者的批评言论,会发现其中不乏真知灼见。劳伦斯对工业文明批判和为现代人寻找出路的探索常走极端,且态度之偏激和狂热,少有人与之比肩。他大肆渲染性爱力量,攻击民主制度,鼓吹超人和贵族统治。他对非理性心理世界的探索,最后坠入神秘主义;他的原始性追求,屡屡挑战人类道德底线,置个体生命的尊严和价值于不顾。这些都是我们不能不正视的。劳伦斯是一位充满激情、有浓重理想主义色彩的天才作家,他对工业文明的批判到达了前所未有的深度,但他的"理想主义"也暴露出道德上的重大缺陷和现实的反动性。我们的劳伦斯研究,可以在道义上同情其思想探索,在文学上肯定他的想象力和艺术创造,但对他的思想付诸社会实践时可能造成的危害,同样应该保持清醒的认识,不能一味崇拜、赞赏,而要有一种立足于学术的冷静和批评的立场。而这是目前中国学界所缺乏的。此其一。

其二,在研究中建立中国特色的自信。作为中国的世界文学研究者,我不得不经常面对这样的疑问:相对于西方学者,我们研究西方文学有何优势可言?的确,与西方学者相比,我们在语言上没有优势,没有感同身受的文化体验,没有收集资料的方便,如何能够在西方文学研究中接近、达到乃至超越西方学者的研究水平?如果不能,我们的研究又有何意义?就劳伦斯研究而言,我不会盲目自大,动辄奢谈"超越",但也不必盲信西方,妄自菲薄。九十多年来,西方学者积累的劳伦斯研究成果可以说是车载斗量,但真正能够流传下来的也真的是屈指可数。20世纪各种新的批评理论和方法层出不穷,它们都在劳伦斯研究领域激起过回声。时过境迁,一些研究成果经住了时间的考验,也有许多早已经湮没在历史的长河中。何况学术的标准是多元的,史料上的重大发现当然有学术价值,在时代风潮的影响下,从不同侧面对劳伦斯作出合乎时代需要的阐释又何尝不是一种学术贡献?就此而言,我认为东西方学者站在同一个高度,站在同一个起跑线上。况且,人文学术研究总是受本国思想文化运动的激励和影响,并且注定成为本国思想文化运动的一个重要组成部分。一些中国学者如周作人、茅盾、郑振铎、梁宗岱、朱光潜、杨周翰等,他们的西学研究,只有从这一角度衡量,其意义才能更加充分地彰显出来。我把这些前辈学者作为我的榜样,在劳伦斯研究领域努力吸收最优秀的研究成果,发出自己的声音。

第三,毋庸否认,中国的劳伦斯研究水平与英语国家相比,仍存在相当差距。主要有三点不足:第一,研究多集中在劳伦斯的长篇小说上,对中短篇小说、诗歌、散文、戏剧、书信、文论和心理学著作,有分量的成果不多。对劳伦斯研究中的许多重要问题,如生平考证、版本校勘都没有涉及;对劳伦斯作品所涉及的历史、文化、地理因素的精细研究还没有展开;对劳伦斯在文学史上的地位,以及他对传统的继承和创新,缺乏真正的体认。第二,低水平、重复研究日趋严重。其中既有选题重复,也有研究方法的重复,甚至还有观点的重复。例如,仅2010年就发表了34篇研究《儿子与情人》的论文,其中有7篇讨论"畸形异化"问题,6篇讨论俄狄浦斯情结。对《查特莱夫人的情人》的性描写研究、象征手法研究,也存在类似现象。很难想象这样的论文能够有所创新。第三,缺乏学术规范。有的学者在使用他人材料和观点时过于随意,断章取义者有之,不标明出处者有之,不核对原始文献者有之。

综上所述,新中国成立后60年来中国的劳伦斯研究取得了喜人的成果,为今后的研究打下了扎实的基础。而其间存在的一些问题,往往不在劳伦斯研究本身,而是整个学术大背景的问题。愿适当的反思,能帮助我们沉下心,踏踏实实地进行研究,相信国内劳伦斯研究将会更上一层楼。

第五节 哈代小说研究

20世纪80年代来访中国的美国作家哈罗德·奥雷尔(Harold Orel)回国后于1987年出版了一部新书《哈代生活和创作中鲜为人知之事》。他在书中说,访问中国期间的一大发现是:"在英国小说家中,哈代拥有的中国读者最多。"①奥雷尔有一点未发现,即除英、美等英语国家外,中国也是拥有哈代研究者和著述最多的国家。哈代小说研究的发展反映了新中国60年外国文学研究的图景。

哈代(Thomas Hardy,1840—1928)一生写了14部长篇小说、近50篇中短

---

① Harold Orel, *The Unknown Thomas Hardy: Lesser Known Aspects of Hardy's Life and Career*, New York: St. Martin's Press, 1987, p.7.

篇小说、近千首诗、1部史诗剧和1部幕面诗剧。二战后,哈代诗作对英语国家诗坛影响巨大,英美文学批评家在研究他的生平、创作思想和技巧、小说艺术的同时,把目光转向他的诗作。受哈代诗风影响至深的英国战后著名诗人、小说家菲立普·拉金(Philip Larkin)称哈代是"20世纪最伟大的诗人"。1921年,哈代81岁生日时,英国一百多位著名文人集体向他祝寿,在给他的生日祝词中写道:"我们感谢您,先生,感谢你写出的所有作品,尤其要感谢你创作了《列王》。"

在19世纪英国作家中,哈代有诸多与众不同之处:他写小说、诗歌、史诗剧都很出色;他是讲故事的高手。作为一个跨世纪的作家,他把19世纪英国现实主义引向现代主义,堪称英国现代派创作的先驱。著名英国现代主义女作家伍尔夫崇拜他。1926年,44岁的伍尔夫去多切斯特登门拜访86岁的哈代时说,她读他的小说总是"读得爱不释手"①。1928年,她发表的《托马斯·哈代的小说》,是评论哈代小说的经典之作。

这是英国人看哈代。

中国人心目中的哈代如何?

本节考察60年中国人对哈代小说的研究。他的诗作、传记等不属本节考察范围,文中有几笔提及,也是因为与小说有关。

中国的哈代小说研究历时90年,大致可分为3个时期,即新中国成立前的30年(20、30、40年代)、新中国成立后的前30年(50、60、70年代)和后30年(80、90、21世纪头10年)。

一、第一时期(1921—1944)

让我国读者首次知道哈代的是理白。他在1921年《小说月报》第12卷第11号的"译丛"上发表了他翻译的哈代短篇小说《娱他的妻》,并对哈代作了简介。同年,新月派诗人徐志摩陆续在《新月》《小说月报》《文学周刊》《晨报副刊·诗镌》《大公报》《世界日报》等报刊上发表他翻译的哈代诗作及评介哈代的文章,并首次使用流传至今的"哈代"译名。把哈代引入中国,徐志摩功不可没。他翻译、评介哈代有三大优势:一、他是我国五四后著名诗人,曾留学英国剑桥大学,熟知英国文学和哈代。二、他是中国人中唯一有幸到哈代寓所会晤哈代的作家。三、他比任何中国作家都更看重哈代,说哈代的文学地位可与莎士比亚和巴尔扎克并驾齐驱。

20世纪20年代,还有傅东华、虚白、钱歌川等翻译出版哈代短篇小说多篇。但是直到30年代才有长篇小说中译本问世。1934年,吕天石翻译出版《德伯家的苔丝》,译本书名为《苔丝姑娘》。1935、1936年张谷若相继翻译、出

---

① 弗吉尼亚·伍尔夫:《论小说和小说家》,瞿世镜译,上海:上海译文出版社,2000年。

版《还乡》《德伯家的苔丝》。《微贱的裘德》(即《无名的裘德》)中译本于 1944 年由吕天石翻译出版。

我国第一部评介哈代的专著是 1937 年李田意写的《哈代评传》。作为我国第一部哈代研究专著,其价值不可轻视。但由于时代的局限,参考文献的不足以及缺乏批评理论的支撑等原因,此著可改进的空间不小。如虽取名《评传》,对哈代及其作品却鲜有评论。在评《德伯家的苔丝》一书时,仅有寥寥数语:"本书的文字实而不华,本书的结构密而不懈。"①李著可贵之处是它使我国读者首次较全面地认识了哈代生平、他生活的时代和社会背景。

二、第二时期(1949—1976)

1. 重新起步的 50 年代

50 年代多部哈代小说在国内翻译出版。侍桁、淑勤合译的《卡斯特桥市长》1955 年与读者见面。伍蠡甫、顾仲彝先后翻译出版了《哈代短篇小说集》(1956)、《哈代短篇小说第二集》(1958)。张谷若在修订、出版中译本《德伯家的苔丝》《还乡》后,又于 1958 年出版中译本《无名的裘德》。1958 年人民文学出版社推出一部由不同作者撰写的论文集《论哈代的〈苔丝〉〈还乡〉和〈无名的裘德〉》,收入论文六篇,是我国首部哈代小说论文集。这一时期期刊发表的哈代研究论文屈指可数。但是围绕《德伯家的苔丝》评论的一场小争论却值得一提。虽然这场争论的范围、影响均小、历时也短,却反映了当时的文学批评状态。

1958 年,酷爱哈代作品并拥有丰富哈代英文原著藏书的北外青年教师吴国瑞在《西方语文》(1958 年第 2 期,现名《外语教学与研究》)发表题为《德伯家的苔丝》的书评,除对张谷若的译本提出不同意见外,充分肯定哈代作为批判现实主义作家的杰出地位和这部小说的批判性。吴称,哈代对 19 世纪工业化侵入农村,导致传统农业经济破产后的苦难农民深表同情,对资本主义制度强烈不满,小说揭露了维多利亚社会的黑暗。翌年,唐广钧、张秀歧在《世界文学》(1959 年第 1 期)撰文《论〈德伯家的苔丝〉》,批驳吴文观点,称哈代为资产阶级人道主义者,反对高估他的文学地位和作品。

受苏联批评模式和意识形态的影响,马克思主义成为新中国文艺思想的指导纲领,"政治标准第一,艺术标准第二"是当时的文艺方针。因此,用"马列主义立场、观点、方法"对文学艺术作品作阶级、社会、历史分析,流行于我国当时批评界,关注作品内容、主题思想,轻视或索性撇开其美学价值的探讨。其实,这是对马、恩、列文艺观的误读或片面理解。只需读读马克思、恩格斯于 1859 年分别致斐迪南·拉萨尔的信、恩格斯的《卡尔·格律思〈从人的观点论歌

---

① 李田意:《哈代评传》(再版),台北:台湾商务印书馆,1969 年(首版 1937 年),第 84 页。

德〉》、列宁的《托尔斯泰是俄国革命的镜子》等著述,即可知道,这些伟大的无产阶级革命家十分珍重文学的审美价值。他们甚至在论述政治、经济、哲学问题时,也不忘竭力表现其美学思考。

专注文学文本外的社会历史语境,轻视或撇开文本本身的语言、结构、文体修辞、意象、原型、反讽等内在美学内涵,是当时我国文学批评存在的偏差,或失衡现象,对外国文学和哈代小说研究产生了制约性的负面影响。而在 50 年代的英美批评界,占主导地位的批评范式是关注文本细读的新批评,他们更加关注文本本身的语言、结构、文体等美学现象,与我国当时外向性文学批评形成相悖的两级。

2. 沉寂的 20 年

纵观中国历史,大凡国泰民安、经济昌盛之时,必是文化繁荣之日。反之,则万事难兴。1958 年的"大跃进"以灾难性的结局收场,随之而来的是"三年困难时期"。待元气稍有恢复,1966 年爆发的"文化大革命"又接踵而至,历时长达十年。政局动乱,经济濒临崩溃,文化惨遭革命,正常的文学创作和批评被狂烈的极左思潮淹没。欧美文学经典被视为毒害青少年心灵的"大毒草",人们避之犹恐不及,遑论哈代小说研究。

1959—1977 年,哈代研究论文绝迹,更无新译作和专著面世。哈代突然从我们的视线中消失得无影无踪。通览这十多年来多篇综述哈代研究文章,论及这一时期时均噤若寒蝉,并非乏善可陈,实为无可综述。由此形成我国哈代研究历史上 20 年的大断层。

反观六七十年代的英美,正是哈代研究的兴旺时期,在文学研究中占有显著地位。多部哈代传记此时问世。罗伯特·吉廷斯(Robert Gittings)的《青年哈代》(1975)、《晚年哈代》(1978)为哈代小说研究贡献了许多新鲜资料。60 年代肇始于法国的批评理论热潮迅速席卷欧美,继而造就了一个"批评理论世纪"。内容丰富多彩、叙事风格独特的哈代小说遂成为各种新兴批评理论用武之地。希里斯·米勒(Hillis Miller)的《托马斯·哈代:距离和欲望》(1970)用现象学批评理论分析哈代的小说。伊莱恩·肖沃尔特(Elaine Showater)在《哈代小说批评方法》(1979)中的《卡斯特桥市长的非男性化》一文用女性主义批评理论诠释小说的男主人公亨察德。她用拉康的后精神分析理论评《还乡》中的游苔莎,考察哈代小说中女性的社会建构和哈代的性别理念,论述独到、精辟。70 年代起,女性主义批评成为英美哈代小说研究的重要板块。

这 20 年中,英美哈代研究的专著就多达六十余部。上述两位美国学者的著作显示了这一时期哈代小说研究的新思路、新方法。英美这方面的著述从 80 年代起陆续进入我国。

"沉寂的 20 年"随着"文化大革命"的结束终止。1978 年,在《世界文学》第

2期,我们终于读到了久违的关于哈代的文章《英国哈代年》。翌年,陈焘宇在《雨花》第6期发表《情理之中,意料之外——谈哈代的〈三怪客〉》。这两篇文章打破了多年沉寂,征兆哈代研究的春天即将来临。

三、第三时期(1980—2010)

1. 20世纪八九十年代

80年代迎来了哈代小说研究的春天。

改革开放国策在经历了一番曲折后,终于以强劲的势头冲破各种陈旧观念的束缚,解放了思想。国门大开后,国外的先进科学技术,经济管理经验以及人文社科新思想、新理论,涌入封闭多年的中华大地。二战后,西方批评理论流派纷呈,竞相突破人文传统,高举反思、批判西方文明的旗帜,着意标新立异,爆发出一股企图引领学术创新、思想和学术革命的冲动。思想解放的内因以及国外引进的批评理论的外因汇聚,造就了一个崭新的学术批评环境,为我国的哈代小说研究构建了有利环境。

1980年,郑启吟、和晴先后在《十月》《甘肃文艺》发表评论哈代短篇小说《彼特利克夫人》的文章。以过去从未评论过的一个短篇开局,出手不凡。1982年,《文汇报》一年之内连续登载了三篇张谷若等老一辈学者评论哈代小说的文章。长篇小说《贝妲的婚姻》《一双湛蓝的眼睛》《意中人》,以及《罗曼斯和幻想故事——哈代中短篇小说集》《哈代短篇小说选》等中译本相继出版。

更可喜的是聂珍钊、张玲、陈焘宇、祁寿华、吴笛、张世忠、颜学军等一批哈代研究的后起之秀在80年代崭露头角。聂珍钊1982—1984年发表四篇论文,评论哈代早期小说创作、苔丝命运的典型性和社会性质以及悲观主义。张玲评说苔丝和裘德(1987)。颜学军论哈代悲剧小说的现代精神(1989)。王玲珍用比较文学方法比较哈代、沈从文(1989)。1980—1989这十年间各种报刊发表评论哈代小说或涉及小说的论文六十余篇,虽然远不如20世纪90年代、21世纪头十年的论文量,但超过了新中国成立后前30年的论文总量。研究的范围扩大,质量也明显提高。

1987年,新中国第一部哈代研究专著《托马斯·哈代——思想和创作》出版。张中载的这部专著填补了1937年李田意的《哈代评传》问世后整整半个世纪我国哈代研究专著的缺失。何宁评道:"在这部专著中,作者难能可贵地突破了50年代以来统领中国哈代研究的批判现实主义批评方法,提出哈代思想和创作具有复杂性和多面性,结合历史背景对哈代思想和创作内涵予以解析……"①

---

① 何宁:《中西哈代研究的比较与思考》,《中国比较文学》2009(4),第127页。

90年代迎来了哈代研究的鼎盛期,有三部专著出版:聂珍钊的《悲戚而刚毅的小说家——托马斯·哈代小说研究》(1992)、朱炯强的《哈代:跨世纪的文学巨人》(1994)、吴笛的《哈代研究》。其中聂著对哈代创作长篇小说的历程及哈代思想发展,有精辟的分析,是哈代小说研究的一部力作,得到著名英国哈代研究学者 F. B. 皮尼恩(F. B. Pinion)的好评。

陈焘宇1986年着手编译《哈代创作论集》,于1992年出版。此书汇集了自19世纪70年代至20世纪70年代一百年间英美学者的论文共25篇,其中写于19世纪的论文8篇。在互联网尚未成为我国学者索取学术信息手段的当时,这部论文集为我国哈代小说研究提供了宝贵的文献资料。1998年,朱炯强继他的专著后又编选、出版了《哈代精选集》,精选了中短篇小说7篇、长篇1部、诗作30首、文论4篇。

这10年,各种期刊发表哈代研究论文146篇,比80年代的论文量翻了一番多。《晶体美之所在——哈代小说数面观》(张玲,1995)、《论哈代的乡土精神》(陈庆勋,1998)、《清远、哀婉的田园牧歌——沈从文湘西小说与哈代威塞克斯小说比较》(易季娟,1996)都各有精到独见。

西方用女性主义批评理论分析哈代小说始于20世纪70年代,至今不衰。我国则滥觞于90年代。肖沃尔特的著述以及凯思林·罗杰斯(Kathleen Rogers)的《托马斯·哈代笔下的妇女》(1975)、罗莎琳德·迈尔斯(Rosalind Miles)的《托马斯·哈代小说中的威塞克斯妇女》(1979)、彭尼·博迈尔哈(Penny Boumelha)的《托马斯·哈代和妇女:性意识与叙述方式》(1982)等著述传入我国,促进了我国研究者用女性主义批评理论分析哈代的小说。哈代擅长刻画女性人物的外貌、心理、人生经历,塑造了不少不朽的女性人物。描写《还乡》中游苔莎的外貌,浓墨重彩,勾魂摄魄;揭示苔丝的心理活动,细针密缕,丝丝入扣。在虚伪、保守的维多利亚时代,哈代敢于写女性的离婚、婚外性关系、非法同居,张扬女性的个性、情欲和性意识,实为超前的大胆之举。他对受苦难的妇女怀有深切的同情。90年代这方面的文章有13篇,更有深度的论文则出现在21世纪头10年。

2. 21世纪头10年

经过八九十年代20年的积淀,哈代研究在21世纪头10年登上了历史最高峰。近10年间,论文总量高达764篇,其中绝大多数为小说研究,或涉及小说。2007、2008、2009年三年的论文量分别为101、104、122篇,2010年1—10月为80篇。全国中文世界文学类核心期刊《外国文学评论》《外国文学研究》《外国文学》《国外文学》《当代外国文学》《四川外语学院学报》等从20世纪90年代至2010年10月,刊登哈代研究的论文逐年增加,显示了哈代研究迈进的强劲势头。

论文的研究范围从个别小说、人物、主题等微观分析扩展至哈代小说总体研究、创作思想、哲学思想、宗教思想、婚恋观、女性观、伦理道德观、生态观、艺术特点、叙事技巧、结构分析、神话原型、乡土色彩等诸多方面。评论哈代创作思想以及其作品的艺术特色的论文在过去20年间均分别超过百篇。《晶体美之所在——哈代小说数面观》(张玲,1995)、《论哈代的乡土精神》(陈庆勋,1998)、《哈代与中国》(何宁,1999)、《哈代的小说创作与达尔文主义》(聂珍钊,2002)、《论托马斯·哈代的宗教思想》(马弦,2003)、《哈代与悲观主义》(颜学军,2004)都是有代表性的好文章。

21世纪的另一特色是对哈代与中国作家作比较性研究。易淑琼2003年3月在《暨南学报》(哲学社会科学)发表《〈红楼梦〉与〈德伯家的苔丝〉女性人物肖像刻画的对比分析》,从文本出发,分析曹雪芹与哈代描写女性人物外形的差别。她结合中西方在空间艺术表现形式的差异,指出哈代描写女性重在复制、美化客观物象之真,曹雪芹则意在传递人物之神韵。陶家俊的《论英中跨文化转化场中的哈代与徐志摩》(《外国文学研究》,2009年10月)立足于跨文化诗学视角,分析20世纪20年代中英两国跨文化转化场中徐志摩对哈代诗艺和哲思的跨文化书写,是一篇很有新鲜思路的佳作,受到国内外学者的好评。其他比较哈代和沈从文、老舍、张爱玲、贾平凹等作家的论文也都各辟蹊径,不乏新意。

多篇综述性文章说明我国哈代研究经过半个多世纪的发展,已到了可作阶段性总结的时刻。90年代,这类文章只有两篇:《中外哈代研究综述》(张志庆,1990)、《哈代与中国》(何宁,1999)。这10年,有3篇:《近20年国内哈代研究论文述评》(刘茂生,2004)、《1980—2004国内哈代研究论文统计分析》(王桂琴,2005)、《论哈代小说创作的转折》(何宁,2008)。何宁还对1998—2007年这10年西方哈代研究进行追踪,指出这一时期有专著12部、论文集4部、传记3部、其他有关研究著述6部、论文100多篇。何宁的《论哈代小说创作的转折》和《当代西方哈代研究综述》(2008)传递近期西方哈代研究动态,有助于我们作中外横向比较。王桂琴的《1980—2004年国内哈代研究论文统计分析》对1980—2004年这25年间国内哈代研究论文作了分门别类的详尽统计和分析。王文统计,这一时期我国262种期刊发表的哈代研究论文共441篇,其中小说研究366篇,占总数83%,可见哈代研究的主流仍是小说。

除论文异彩纷呈外,该时期还有几部上乘专著问世。吴笛多年热衷于哈代研究,卓有成果,继1994年推出《哈代研究》后,又于2009年出版新著《哈代新论》,从跨文化批评视角探讨哈代小说中具有独特地貌、风光的埃格登荒原,并结合近年来兴起的生态批评,论述哈代小说中的自然意象、音乐性以及人与自然的关系。祁寿华在八九十年代曾发表多篇好文章,旅居美国后,研究哈代锲而不舍,与"哈代研究会"执行副主席威廉·摩根(William W. Morgan)合作,于

2001年由上海外教社出版了《回应悲剧缪斯的呼唤：托马斯·哈代小说和诗歌研究文集》。这部中英文文集虽出自两位美籍学者，考虑到它的特殊性以及在我国出版，也进入本节考察之列。

3. 近30年哈代研究之反思

我国哈代小说研究从沉寂的六七十年代走出，迅速进入繁荣佳境，其发展之快令人惊叹。哈罗德·奥雷尔盛赞中国哈代读者之多，F. B. 皮尼恩高度评价聂珍钊的哈代研究专著，美国学者称赞陶家俊论英中文化转化场中的哈代与徐志摩，说明我国的哈代研究已引起国外学者的关注和兴趣。2007年5月，声望很高的 PMLA（《美国现代语言学协会会刊》）连登两篇哈代研究论文。同年6月，耶鲁大学召开"国际哈代学术研讨会"，表明美国研究哈代的热情和力度不减当年。浏览中、英、美三国近几十年哈代研究著述，不难发现中、美大有超越英国本土之势。

与英、美相比，我国的哈代小说研究还存在不小差距。尤其是美国，这些年来在哈代研究上多有创新建树，而创新正是我们需要努力为之的目标。可喜的是在比较研究这一领域，我们正在做出令人瞩目的成绩。我国研究者对哈代和中国作家作比较性研究，卓有成果。比较《红楼梦》与《德伯家的苔丝》中的女性人物，沈从文的湘西小说与哈代的威塞克斯小说，沈从文与哈代的悲观意识等，显露了哈代小说研究的中国特色，对全球哈代研究作出了别具一格的贡献。

我国哈代小说研究近30年来的快速发展得益于90年的悠久历史、庞大的读者群和不小的研究队伍。研究队伍主要由大学的师生构成。与欧美大学不同的是外语类专业在我国大学各专业中师生总量最大。其中英语语言文学专业的师生所占比例位居第一。他们能阅读英文原著。每年本科生、研究生写哈代的学士、硕士、博士论文数量不小。但产出的多，发表的少。哈代研究的主体仍是高校教师。研究论文95%以上刊登在大学主办的期刊和学报。登载过哈代研究论文的全国262种期刊和学报中绝大多数为大学主办的刊物。这个研究群体的优势是能直接阅读哈代原著、英文评论著述和文献资料，能迅速及时地掌握全球这一领域的研究信息和学术动态，便捷地与英美等国进行学术交流。他们一旦思想解放，广纳博采四海众家之长，便焕发出勃勃生机。

从上述可以看出，后30年是我国哈代小说研究的繁荣时期。但是存在的问题也不少。

首先是生搬硬套西方批评理论，忽略文本的细读和分析。面对令人眼花缭乱的西方批评理论，或不分良莠，一概奉若神灵；或囫囵吞枣，消化不良；或"穿鞋戴帽"，生搬硬套。在热衷于应用理论时，忽略了文学文本的细读和分析。文本的细读和分析、理论的指导和支撑是理论和实践的结合，两者缺一不可。例如有的文章在用女性主义批评理论分析哈代小说中的女性人物时，牵强附会地把"新女性"贴在苔丝身上。细读全书即可看到,苔丝确是"一个纯洁的女人",却远非新女性。哈代对她遵循"破旧褴褛的余风遗俗"①,沉溺于传统的贞节观、婚恋观、男尊女卑的伦理观多有尖锐批评,他说:"她的苦恼,大半都是由她有了世俗的谬见而来。"②哈代点出了苔丝的悲剧的性格根源。

应用外国批评理论出现的这些缺陷也非始自今日。新中国成立后的50年代追随苏联的批评模式,改革开放后一个时期套用欧美批评理论,其中一个重要原因是我国尚未建立一套具有中国特色的本土现代文学批评理论。而中国古代文论又多偏重感悟式议论或点评,缺乏系统性理论。

论文内容重复是另一缺点。以评述《德伯家的苔丝》的论文为例。1980—2004年,评述这部小说的论文高达129篇。内容重复、了无新意的文章居多。再看哈代另4部著名长篇《无名的裘德》《卡斯特桥市长》《还乡》《远离尘嚣》,在25年间,各类期刊评论这4部小说的论文分别是34、25、23、21篇。涉及其他9部长篇的文章只有区区4篇,评说短篇小说的文章只有7篇。其实,其他9部长篇小说中的《非常手段》《意中人》《号兵长》《林居人》《绿林荫下》都各具特色,很有说头。尤其是哈代的最后一部长篇《意中人》,是作者创作技巧达到高峰期的作品,从叙事结构和技巧的角度去分析,很有评论价值。这种厚此薄彼、多寡不均的现象,固然因为那5部长篇是哈代的经典之作,但有中译本也是重要原因。另外9部长篇除《非常手段》中译本已收入2004版的《哈代文集》外,其余8部尚无中译本。这说明,读英文原著评哈代小说的人并不占多数。而通过译文评原著总难免有所失。

哈代是"最能讲故事的小说家",他的近五十篇中短篇小说篇幅不长,情节曲折跌宕,妙趣横生,展示了他讲故事的精湛技艺。《三怪客》《神魂颠倒的传教士》《浪子回头》等都是上乘之作,可惜论者寥寥。

就论文主题分布而言,存在着失衡现象:悲剧思想、艺术特色综述、人物形象分析的文章所占比例很大,以婚恋观、女性观、现代意识、现代主义美学特征为主题的论文偏少,与英美等国同类文章相比,数量差距明显。在论及悲剧思想时,不少论文称哈代为"悲观主义者",缺乏令人信服的论证,只是沿袭20世纪二三十年代英国评论界的一种观点,或由于误读哈代的悲剧小说。其实,哈代本人从不承认自己是悲观主义者,他称自己是个"进化向善论者"。他在《无名的裘德》前言中说,他所做的只是"直率坦白地揭开未能如愿的悲剧"。写悲剧的作家未必就是悲观主义者。再者,从悲剧意识角度去分析哈代小说已经了无新意。

---

① 张玲编:《哈代文集》1—8卷,北京:人民文学出版社,2004年,第118页。
② 同上书,第126页。

结　语

展望未来,今后任何一个十年,恐难再现 21 世纪头十年 764 篇哈代研究论文量。发展的趋势不会是量的持续增长,而是质的不断提高,研究范围的扩展,主题的多元化。目前,我国学者在国外学术期刊发表的哈代研究论文还很少,我们期待有更多的中国学者的文章出现在国外权威学术期刊,让中国的哈代研究走出国门。

第六节　伍尔夫小说研究

弗吉尼亚·伍尔夫(Virginia Woolf,1882—1941)是重要的英国现代主义小说家。她不仅创作了《到灯塔去》《海浪》《达洛维夫人》《雅各的房间》《奥兰多》《幕间》等多部令人瞩目的小说,而且发表了《一间自己的房间》《现代小说》《班内特先生与勃朗夫人》等众多思辨性论著。她出众的领悟力、感知力和洞察力赋予她的作品以融多种思想为一体的活力,足以使她在多变的现代批评思潮中经久不衰。她既是公认的现代主义文学代言人,又是令人敬仰的女性主义思想之母,也是"天启式的审美家"。① 西方伍尔夫研究主要集中于现代主义、女性主义和后现代主义三个方面,我国的伍尔夫研究则主要集中在形式主题、小说理论、女性主义研究等范畴。

本节以西方伍尔夫研究为参照,考察和分析新中国 60 年伍尔夫小说研究。伍尔夫的思辨性论著因与其小说研究密切相关,也纳入本节考察范围。我国的伍尔夫小说研究始于 20 世纪 20 年代末,新中国成立后可大致分为前 30 年和后 30 年这两大时期。

一、新中国成立前研究的简要回顾(1929—1948)

伍尔夫最初是作为西方著名现代小说家之一被简略地介绍给国内读者的。赵景深于 1929 年发表《二十年来的英国小说》(《小说月报》第 20 卷第 8 号)一文,将伍尔夫与乔伊斯和多萝西·理查逊并列,称他们为有名的心理小说家。两年后,他又在《现代文学评论》(1931 年第 1 卷第 3 期)发表《英美小说之现在及其未来》,重点论述英美现代小说的心理描写特征,特别指出伍尔夫小说的秘诀是"选择有力的最激动情感的地方来描写"(12)。当时由中国学者撰写的三

---

① 哈罗德·布鲁姆:《西方正典》,江宁康译,南京:译林出版社,2005 年,第 343 页。

部西方文学论著都高度称赞伍尔夫的创作,或称其为"小说家的爱因斯坦"①,或赞誉其为"极有价值的作家"②,或指出其小说"废除时间与形式",表现"滚滚不尽的紊杂无章的意识之流"的特征③。

三四十年代的评论以生平介绍和作品点评为主,学者们点到即止的批评不乏真知灼见。费鉴照、彭生荃、叶公超、谢庆尧、吴景荣、萧乾、陈尧光等分别在《益世报》《人世间》《新月》《时与潮文艺》《大公报》《新路》《文潮》等报刊发表文章,题目大多类似《吴尔芙夫人》,主要概述其创作经历,也有点评具体作品的,包括《墙上的斑点》(1917)、《弗拉西》(1933)、《岁月》(1937)。他们的介绍和点评言简而意繁,入木三分,体现中国传统批评的妙悟特性,叶公超的评述最具代表性。他为译文《墙上一点痕迹》作"译者识"时,不仅指出伍尔夫小说的审美特质,而且充分肯定其价值:"吴尔芙绝对没有训世或批评人生的目的。独此一端就已经违背了传统的观点。她所注意的不是感情的争斗,也不是社会人生的问题,乃是极渺茫、极抽象、极灵敏的感觉,就是心理分析学所谓下意识的活动……吴尔芙这条路是极窄小的,事实上不能作为小说创作的全部,但是小说的基础……是建立在个性的表现,所以吴尔芙的技术是绝对有价值的。"④叶公超这一段话是针对当时英国批评界对伍尔夫贬褒不一的现状和伍尔夫与班内特之间的激烈论战而作的剖析。面对传统思想与现代理念的对峙,叶公超寥寥数语便道出纷争的缘由和伍尔夫创作的优劣,充分体现中国学者深切的领悟力和判断力。

该时期的翻译集中于伍尔夫有关创作的文章,国内文艺界对西方现代小说创作动向的热切关注略见一斑。除了叶公超翻译《墙上一点痕迹》,范存忠翻译了《班乃脱先生与白朗夫人》(1934),卞之琳翻译《论俄国小说》(1934),冯亦代翻译《论英国现代小说》(1943),王还翻译《一间自己的屋子》(1947)。所翻译的作品都是伍尔夫现代创作理念和实践的代表作,体现当时学术界对西方文学动态的敏锐把握。相对而言,伍尔夫长篇小说的译作较少,仅有石璞翻译的《弗拉西》(商务印书馆,1935年)和谢庆垚翻译的《到灯塔去》(节译本)(商务印书馆,1945年)。

与同时期英美伍尔夫研究相比,中国文艺界对伍尔夫的译介和接受是积极而开放的。在英美,伍尔夫的创作虽然获得她所在的布鲁姆斯伯里文化圈的真诚推崇,却受到阿诺德·班内特等传统作家的质疑,也备受利维斯夫妇等批评

---

① 赵景深:《一九二九年的世界文学》,上海:神州国光社,1930年,第80页。
② 金东雷:《英国文学史纲》,上海:商务印书馆,1937年,第475页。
③ 柳无忌:《西洋文学的研究》,上海:大东书局,1946年,第164页。
④ 叶公超:《〈墙上一点痕迹〉译者识》(原载《新月》1932年第4卷第1期),载《叶公超批评文集》,陈子善编,珠海:珠海出版社,1998年,第128页。

家的批判,当时的评价莫衷一是。在中国,虽然当时文学社团的主流思想是"文学为人生",但坚持文学的自由纯正原则的批评家和作家并不在少数,尤其是留学欧美归国的年轻学者。他们不仅及时译介伍尔夫的文章和作品,热诚肯定其创作风格,而且充分吸收其创作技巧。"新月派"和"京派"作家徐志摩、林徽因、凌叔华、李健吾等人的创作都直接或间接地受到伍尔夫的影响。①

二、第一时期(1949—1978)

这一时期的伍尔夫研究基本处于停滞状态。

新中国成立后,文艺界接受苏联日丹诺夫为代表的文艺思想,强调文学艺术为政治斗争服务,对西方现代主义文学采取一棍子打死的态度。现代主义作家和作品一律被扣上"政治上反动、思想上颓废、艺术上搞形式主义"的三顶大帽子。②

在文学研究政治化的形势下,西方作家被划分为"左"翼、中间派、右翼三类,伍尔夫被认定为中间派,既不颂扬也不批判,基本处于被遗忘状态。批评方面,仅袁可嘉在论文《美英"意识流"小说述评》(《文学研究集刊》第1册,人民文学出版社,1964年)中曾批判性地涉及伍尔夫的《达洛维夫人》《到灯塔去》和《海浪》;翻译方面,仅有朱虹的译文《班奈特先生和勃朗太太》,被收入内参《现代英美资产阶级文艺理论文选》(作家出版社,1962年)。

而同时期的西方伍尔夫研究取得很大进展,学术界出版了三十余部专著和大量论文。学者们重点探讨伍尔夫的现代主义美学思想和创作技巧。埃里希·奥尔巴赫在《模仿:西方文学中的现实再现》(1946)中精妙分析《到灯塔去》第一部分前5节,揭开了伍尔夫小说的形式之谜。此研究成为伍尔夫研究中"最重要的,最有启发性的,最有影响的"成果③,为确立伍尔夫的文学地位发挥了重要作用。伍尔夫小说深邃的思想引起批评家的关注,最重要的专著是让·吉盖特的《弗吉尼亚·伍尔夫和她的作品》(1965),揭示了伍尔夫小说的存在、生命主题。女性主义研究于70年代兴起,议题重点落在伍尔夫的双性同体观上,赫伯特·马德的《女性主义与艺术:伍尔夫研究》(1968)和南希·托·巴辛的《弗吉尼亚·伍尔夫与双性同体视象》(1973)代表了当时的研究深度。我国的伍尔夫研究直至90年代后期才涉及上述部分议题。

---

① 详见杨莉馨:《20世纪文坛上的英伦百合:弗吉尼亚·伍尔夫在中国》,北京:人民出版社,2009年,第29—119页。

② 袁可嘉:《现代派论·英美诗论》,北京:中国社会科学出版社,1985年,第40页。

③ Jane Goldman, ed., *Virginia Woolf, To the Lighthouse and The Waves*, Cambridge: Icon Books Ltd., 1997, p.29.

三、第二时期(1979—2010)

1979—2010年,我国的伍尔夫研究逐渐获得深度和广度,研究议题主要集中在三个方面:形式主题研究、小说理论研究、女性主义研究。

1. 形式主题研究

伍尔夫的形式主题研究得益于袁可嘉的现代派研究。1979—1985年,袁可嘉在《文艺研究》《外国文学研究》《外国文学》《读书》等学术期刊上发表近二十篇论文,阐述西方现代派文学的社会背景、思想渊源、思想特征和艺术特色等。虽然有关伍尔夫的论述主要以具体例证的形式出现,却为进一步研究提供必要的总体视野和良好的开端。袁可嘉现代主义研究的基础,源自40年代就读西南联大时叶公超、冯至、卞之琳等人对他的影响。可以说在新中国的现代派研究中,他担负着承上启下的关键作用。①

瞿世镜为开拓和推进伍尔夫研究发挥了重要作用。1982年和1986年,他分别在《外国文学报道》和《外国文学研究》上发表论文《伍尔夫的〈到灯塔去〉》和《〈达罗威夫人〉的人物、主题、结构》,率先拉开伍尔夫小说形式主题研究的序幕。两篇论文均以文本细读为基础,剖析伍尔夫小说的结构、主题、人物和艺术特征。

1987年,瞿世镜发表标志性论文《伍尔夫·意识流·综合艺术》,在纵览伍尔夫全部小说的基础上,郑重提出并论证"意识流并不能包含她的全部创作实践"的观点。② 论文指出伍尔夫的创作经历了从传统到意识流再到综合化艺术形式几个阶段,分析伍尔夫与乔伊斯、普鲁斯特在意识流技巧上的差异,阐述伍尔夫小说的诗化、戏剧化和非个人化特征,认为伍尔夫在创作中融合了音乐、绘画、电影等多种艺术因素,最后探讨精神分析心理学、经验主义哲学、实在论哲学对伍尔夫创作的影响。这篇长达2.5万字的论文的意义是重大的,它不仅将伍尔夫的创作置于现代主义作家、现代艺术和现代哲学的比照之中,突出其原创性、综合性和开放性,而且就多个重要议题进行分析,提出富有见地的观点,充分体现了中国学者的整体视野和敏锐感悟。这篇论文预示了此后20年伍尔夫研究中较为集中的议题:伍尔夫意识流创作的特点、伍尔夫小说的绘画特性、伍尔夫的小说理论及其与传统的关系等。

瞿世镜的贡献还体现在:他出版了国内第一部伍尔夫评传《意识流小说家伍尔夫》(上海文艺出版社,1989年),在概述其生平、创作经历和文学理想的基础上,分析其主要作品,并对其小说艺术作评价;他选编了《伍尔夫研究》,所精

---

① 袁可嘉:《自传:七十年来的脚印》,《新文学史料》1993(3),第148—149页。
② 瞿世镜:《伍尔夫·意识流·综合艺术》,《当代文艺思潮》(兰州)1987(5),第132页。

选的欧美伍尔夫研究成果兼顾影响力和代表性,既有总体批评又有作品批评,体现了良好的评判眼光和广博的阅读范畴;他还出版了专著《音乐·美术·文学:意识流小说比较研究》(1991),翻译了伍尔夫的名作《到灯塔去》(1988)等。他在伍尔夫小说理论的研究和翻译上同样成果丰硕,我们将在下面论述。在很长时间内,这些成果都是年轻学者的重要参考文献。

伍尔夫小说的形式研究重点探讨其意识流特征。学者们从整体视角出发,揭示伍尔夫意识流作品的叙事、话语、结构特征。各阶段的代表性论文包括:王家湘的《维吉尼亚·吴尔夫独特的现实观与小说技巧之创新》(1986),以伍尔夫的现实观为基点,剖析其九部小说的基本结构;张烽的《吴尔夫〈黛洛维夫人〉的艺术整体感与意识流小说结构》(1988),通过整体感悟,揭示伍尔夫以印象画面和象征物为结构,以自由联想、意识汇流、时空蒙太奇为叙述关联的特征;韩世轶的《弗·伍尔夫小说叙事角度与对话模式初探》(1994),以热奈特叙事理论为参照,指出伍尔夫小说多视角、变换聚焦的叙事技巧和转换话语模式;李森的《评弗·伍尔夫〈到灯塔去〉的意识流技巧》(2000),剖析其间接内心独白、自由联想、象征手法、时间蒙太奇和多视角叙述方式;申富英的《〈达洛卫夫人〉的叙事联接方式和时间序列》(2005),整合罗森塔尔的四种联接方式和迈法姆的四种时间序列,构建经纬纵横的整体叙述框架;高奋的《记忆:生命的根基——论伍尔夫〈海浪〉中的生命写作》(2008),以伍尔夫的生命写作理论为基点,揭示小说的艺术形式与其中心意象"包着薄薄气膜的圆球"的契合,指出小说的记忆叙述呈"气膜"形态,包裹着由心理场景、情感结构和人物思想构建的生命"圆球"。朱望、王贵明、伍建华、程倩、秦红、朱丹亚、刘荡荡、蔡斌、赵秀凤、陈丽、洪勤、卢婧等学者均从不同视角切入,探讨其意识流形式。在伍尔夫研究中,这一议题起步最早,持续时间最长,汇聚论文最多。整个研究经历了从直觉感知到理论探微,再到整体透视的过程,学者们的研究视角开放而多元。

伍尔夫小说的绘画特性是另一个引人注目的议题。代表性论文是张中载的《小说的空间美——"看"〈到灯塔去〉》(2007),它用优美的语言,分析伍尔夫用文字表现的景物之光和色,揭示出小说营造的空间美。冯伟、万永芳、许丽莹等探讨了光和色在《到灯塔去》和短篇小说中的表现方法和象征意蕴。学者们基于伍尔夫深受后印象派绘画影响的事实和诗画同源的理念,探讨光与色在空间营造和主题表达上的作用,从另一个侧面揭示伍尔夫小说的形式美。

主题研究体现出学者们对伍尔夫的超越意识的感悟。代表性论文包括:申富英的《评〈到灯塔去〉中人物的精神奋斗历程》(1999),该文通过分析主要人物的精神历程,阐明他们分别代表现代人走出虚无的三种途径:理性、爱和艺术;杜娟的《死与变:〈达洛维太太〉、〈到灯塔去〉、〈海浪〉的深层内涵》(2005),文章通过分析三部作品中主角与次主角之间"死与变"的对立融合关系,揭示其超越死亡、延续生命精神的主题意蕴。她们的研究注重整体透视，比较深入地揭示了伍尔夫小说的深层意蕴。

2. 小说理论研究

瞿世镜是国内最早研究伍尔夫小说理论的学者。他自1983年起陆续在《文艺理论研究》发表伍尔夫有关小说理论的译文，并于1986年将21篇译文结集为伍尔夫论文集《论小说与小说家》，由上海译文出版社出版，其中包括1篇3万字的论文《弗吉尼亚·伍尔夫的小说理论》。论文从七个方面概括伍尔夫的小说理论（时代变迁论、主观真实论、人物中心论、突破传统框子论、论实验主义、论未来小说、文学理想），再从三个方面归纳其批评方法（印象式批评、掌握作家的透视方法、开放式理论体系），最后探讨其小说理论的局限、启示和历史地位。论文对伍尔夫小说理论研究产生较大影响，观点被多次引用，并引发争鸣。

伍尔夫小说理论的研究通过争鸣得以推进。殷企平在《伍尔夫小说观补论》（2000）中评析了瞿世镜对伍尔夫小说理论的概括，提出其核心思想是生活决定论。盛宁在《关于伍尔夫的"1910年的12月"》（2003）中，全方位考察伍尔夫的名言"1910年的12月，或在此前后，人性发生了变化"的由来，对"人性说"提出质疑，指出伍尔夫真正要说的是："人物形象发生了变化。"（33）这一辨析不仅阐明伍尔夫的现代创作观，而且重申艺术创作的实践性。

伍尔夫小说理论以生命真实为最高准则的思想得到多方位的深入探讨。高奋发表4篇论文，从本质、批评、现实观、诗学理论等方面阐明伍尔夫小说理论的生命本质。《小说：记录生命的艺术形式——论伍尔夫的小说理论》（2008）全方位剖析伍尔夫有关现代小说、人物、形式、艺术性和本质的思想，阐明其小说理论的精髓是：小说是记录人的生命的艺术形式。《批评，从观到悟的审美体验——论伍尔夫批评思想》（2009）考察伍尔夫关于批评的系列文章，揭示其批评思想中超感官、超理性、重趣味的生命体悟本质。《中西诗学观照下的伍尔夫"现实观"》以中西相关诗学为参照，指出伍尔夫在重构现实观时，剥离了其中的认知成分，将其还原为直觉感知与客观实在物的契合。《弗吉尼亚·伍尔夫生命诗学》（2010）全面阐述了伍尔夫生命诗学的要旨。她的研究基于对欧美研究成果的充分把握，以中国传统诗学为参照，视野开阔，观点富有原创性。

伍尔夫小说理论与传统的关系也得到学者的关注。郝琳的《伍尔夫之"唯美主义"研究》（2006）不仅梳理伍尔夫与唯美主义代表人物的交往关系，而且剖析两者在文学观点、道德关怀及艺术理念上的相通之处，深入地阐发了伍尔夫与唯美主义的关系。李儒寿（2004）则初步探讨了伍尔夫与剑桥学术传统的关系。

3. 女性主义研究

伍尔夫女性主义研究始于20世纪90年代中后期，主要包括女性主义思想研究和女性主义小说批评两方面。

学者们从多个角度梳理和阐释伍尔夫的女性主义思想。童燕萍在《路在何方》(1995)中解读《一间自己的房间》，概括伍尔夫关于女性现状、创作、阴阳合一心态等主要观点。林树明在《战争阴影下挣扎的弗·伍尔夫》(1996)中，指出伍尔夫对男权主义的评判与她对战争的评判紧密相连。吕洪灵发表了两篇论文，从"走出愤怒的困扰"和"中和观"两个视角阐释伍尔夫的妇女创作观。潘建的《伍尔夫对父权中心体制的评判》(2008)剖析伍尔夫作品对公共/私人领域二元对立的批判和从边缘走向中心的尝试。两部基于博士论文的专著探讨了伍尔夫的女性主义思想：吴庆宏的《伍尔夫与女权主义》(中国社会科学出版社，2005年)和吕洪灵的《情感与理性——论弗吉尼亚·伍尔夫的妇女写作观》(南京师范大学出版社，2007年)。由于起步较晚，对伍尔夫女性主义思想的研究在议题的丰富性和深度方面与西方研究有一定距离。

伍尔夫的双性同体观是学者们研究得较为深入的议题。姜云飞在《"双性同体"与创造力问题》(1999)中指出该理论侧重于揭示艺术家的双性化与艺术创造力之间的关系，并通过分析当代中国女作家的双性人格与其创造力的关系揭示其局限性。李娟的《转喻与隐喻——吴尔夫的叙述语言和两性共存意识》(2004)从文体角度探讨伍尔夫作品中"两性共存"意识的生成过程。袁素华的《试论伍尔夫的"雌雄同体"观》(2007)剖析《奥兰多》对双性同体的演绎，指出其精神实质是两性平等与和谐。伍尔夫双性同体观曾在西方引发激烈争论，我国的研究则基本持肯定态度，结论大体指向和谐共存的主旨，体现独立的思维和理念。

女性主义批评从一个特定视角揭示出伍尔夫小说的主题内涵。葛桂录的《边缘对中心的解构：伍尔夫〈到灯塔去〉的另一种阐释视角》(1997)，以莉丽为解读视角，指出小说揭示了边缘人物解构中心人物话语霸权的过程。王丽丽的《时间的追问：重读〈到灯塔去〉》(2003)通过分析小说的时间结构和意识叙述，指出它表达了对逻各斯中心主义的批判。吕洪灵的《伍尔夫〈海浪〉中的性别与身份解读》(2005)探讨伍尔夫的"其它性别"的内涵及其在《海浪》中的演绎。李爱云的《逻各斯中心主义双重解构下的生态自我》(2009)剖析《雅各的房间》对男性中心主义与人类中心主义的解构及其生态自我的呈现。段艳丽、杨跃华、束永珍、王文、郭张娜也做了研究。由于该批评视角本身包含着显著的预设假说，研究过程和观点明显受制于研究模式，对西方批评方法和理念的借鉴成分比较多。

4. 其他研究与翻译现状

对伍尔夫小说的后现代批评近几年才展开,呈现开放而多元的特征。杜志卿、张燕的《一个反抗规训权力的文本——重读〈达洛卫夫人〉》(2007)用福柯理论剖析小说所表现的规训权力运行机制和被规训者的生存状态。谢江南的《弗吉尼亚·伍尔夫小说中的大英帝国形象》(2008)阐释伍尔夫小说对大英帝国形象的积极描写和反讽解构。吕洪灵的《〈幕间〉与伍尔夫对艺术接受的思考》(2009)探讨伍尔夫对艺术接受者的作用的思考。秦海花的《传记、小说和历史的奏鸣曲——论〈奥兰多〉的后现代叙事特征》(2010)从文类模糊、元小说特征、历史文本化三个方面剖析其后现代特征。吴庆宏的《〈奥兰多〉中的文学与历史叙事》(2010)指出《奥兰多》的狂想式虚构展现和重构了英国社会发展史。杨莉馨的《〈远航〉:向无限可能开放的旅程》(2010)指出小说女主人公的旅行呈现女性在男权话语与帝国意识共谋的世界中自我发展的艰难。学者们倚重西方后现代理论,对伍尔夫作品进行探微性研究。

比较文学研究正在推进,以平行研究为主,体现出中国学者的视角和特色。比如:王丽丽的《追寻传统母亲的记忆:伍尔夫与莱辛比较》(2008),从女性传统这一视角切入,对比两位女作家追寻女性传统的共通苦痛和建构女性创作的不同取向。柴平的《女性的痛觉:孤独感和死亡意识——萧红与伍尔夫比较》(2000),从平行角度对比萧红和伍尔夫在孤独和死亡主题上的异同。特别值得一提的是杨莉馨的专著《20世纪文坛上的英伦百合:弗吉尼亚·伍尔夫在中国》(人民出版社,2009年),它以翔实的资料,论析伍尔夫与"新月派"和"京派"作家的文学关联和精神契合,综述伍尔夫在现当代中国的接受与影响。其他议题包括:伍尔夫与海明威、伍尔夫与乔伊斯、伍尔夫与张爱玲、伍尔夫与张承志、伍尔夫与劳伦斯、伍尔夫与丁玲、伍尔夫与王蒙、伍尔夫与曼斯菲尔德、伍尔夫与陈染、伍尔夫与俄罗斯艺术等。研究的面已经铺开,我们期待深入的探讨。

国内外伍尔夫研究的成果都得到了及时梳理和总结。目前已有国内外综述论文四篇:王家湘的《二十世纪的吴尔夫评论》(1999),重点评述西方研究现状;罗婷、李爱云的《伍尔夫在中国文坛的接受与影响》(2002),侧重分析伍尔夫对中国现当代创作的影响;高奋、鲁彦的《近20年国内弗吉尼亚·伍尔夫研究述评》(2004),重点评述国内研究现状;潘建的《国外近五年弗吉尼亚·伍尔夫研究述评》(2010),主要综述国外近期研究现状。

已发表的伍尔夫研究著作有八部。除了上面已经提到的瞿世镜、吴庆宏、吕洪灵、杨莉馨的著作外,还包括:陆扬、李定清的《伍尔夫是怎样读书写作的》(1998),伍厚恺的《弗吉尼亚·伍尔夫:存在的瞬间》(1999),易晓明的《优美与疯癫:弗吉尼亚·伍尔夫》(2000),代新黎的《伍尔夫小说概论》(2009)。八部著作中五部是评传,以瞿世镜和伍厚恺的论析最见功力。

伍尔夫的小说和随笔不仅全部译出,而且有多种版本且多次再版,译作的繁荣推进了伍尔夫研究。80年代初至90年代末,上海译文、三联书店等十余家出版社陆续推出伍尔夫的小说、随笔、日记的中译本,瞿世镜、刘炳善、谷启楠、李乃坤、伍厚恺等诸多学者参与翻译。21世纪初,伍尔夫作品的翻译和出版从零星转入系统。"弗吉尼亚·伍尔夫文集"(上海译文出版社,2000年,5种)、《伍尔芙随笔全集》(中国社会科学出版社,2001年,4卷)、"吴尔夫文集"(人民文学出版社,2003年,12种)等相继推出,蒲隆、吴均燮、黄梅等更多学者参与翻译。这些文集几乎包括伍尔夫全部的小说和随笔,此后新版和再版不断。中译本的全面出版大大激发国内读者和学者对伍尔夫作品的阅读和研究兴趣。[①] 目前,尚未译出的伍尔夫作品包括传记《罗杰·弗莱》、自传《往事杂陈》、日记和书信全集。

四、伍尔夫小说研究反思

新中国成立前20年,国内学者重点翻译、介绍和点评伍尔夫的创作理念和代表作品。他们对伍尔夫作品的形式风格的直觉点评虽然点到即止,缺乏详尽的分析和论述,却是从心而发的妙悟,寥寥数语,即昭示神韵,体现中国诗学"不着一字,尽得风流"(司空图)的思维特性。

新中国成立后,前30年的伍尔夫研究深受政治的影响,基本无进展。

后30年的伍尔夫研究,既取得很大成就,也存在一些问题,值得深入剖析。

首先,论文数量急剧递增。1979—1989/1990—1999/2000—2010年所对应的论文发表数分别为10/33/690,2007年以后递增速度最快,以每年100多篇的速度增长,其中2010年高达160篇。硕士论文总数达300篇,博士论文总数为9篇。数字的增长与质量的提升虽然不成正比,但能够显示研究队伍的扩大和研究兴趣的提高。

其次,研究领域逐渐扩展,研究方法变得多元,研究质量逐步提升。1979—1989年期间:研究议题主要集中在形式主题研究和小说理论解读上,所涉及的作品集中于伍尔夫的代表作;研究人员寥寥无几;虽然有视野开阔的好文章,为后续研究开拓总体图景,但总体而言,作品介绍的比重较大。1990—1999年期间:研究议题除形式主题外(约二十七篇),新增女性主义研究(约六篇);西方理论的运用增强,叙事角度、话语模式、双性同体等议题得到关注,研究视角变得细微;但由于参考资料很少,部分论文只是浅表性的介绍和对他人观点的重复。2000—2004年期间:研究议题依然偏重意识流形式剖析和女性主义批评,小说

---

① 详见高奋、鲁彦:《近20年国内弗吉尼亚·伍尔夫研究述评》,《外国文学研究》2004(5),第36—37页。

理论研究、双性同体和女性创作观的研究得到推进,小说中的绘画元素和比较文学等研究开始起步;运用叙事学、语言学理论分析意识流技巧的文章增加,但生搬硬套和重复现象时常出现。2005—2010年期间:研究呈现良好态势,大量引入国外参考资料,研究视角更为多元,形式主题、小说理论、女性主义、后现代主义、比较文学的研究全面推进,研究更为规范,原创性观点不断涌现。

  与同时期的西方伍尔夫研究作横向对比,同时与新中国成立前叶公超等人的"点到即止"作纵向对比,我国近三十年的研究优势主要体现在中国传统批评的整体妙悟和西方批评的分析论证的融合。在西方近三十年的伍尔夫研究中,现代主义分析更为精深,重点探讨技巧,比如视像、瞬间、诗性等;女性主义论析重在深入阐明伍尔夫思想的价值,并以此构建女性主义美学;后现代研究侧重从文化、政治、后殖民等视角剖析伍尔夫小说对主体、文明、现代性、战争、帝国、公共私人领域的表现。分析细微而深刻,逻辑严谨而明晰,硕果累累,但也时常遭遇研究模式束缚研究结论,只见树木,不见森林等问题。我国三四十年代的点评虽然能够画龙点睛,但论述过于简练,缺乏说服力。而我们近三十年的标志性、代表性成果擅长对研究对象作整体观照,并不刻意锁定研究视角和方法,在综合感悟之际道出原创性观点,再赋以明晰的论证和阐发。伍尔夫研究的原创性主要体现在:在形式研究上我们注重领悟内、外在艺术成分之间的应和关系,从整体把握其特征;在主题研究中我们更关注文本之外的审美超越意识;在小说理论研究中我们深入揭示其具体观点之下的生命本体定位;在女性研究中我们感悟其解构立场与和谐思想。这种批评的力量在于,它既立足于中国传统诗学的妙悟天性,在"不涉理路"(严羽)的未封境界中悟出作品的"机心",又吸收西方批评的分析性和逻辑性,充分阐发和论证观点。我们的原创性观点就是这样产生的。

  伍尔夫研究的主要问题也体现在原创性的欠缺上,这一欠缺主要表现在研究议题和观点的重复、不加消化的吸收和对西方研究方法的不恰当运用上。首先,我们的研究中存在着部分低级重复,只是将同行已经发表的议题和观点复述或拼凑一下,无任何价值。这种现象频繁出现在文献资料匮乏的年代。其次,我们的研究中存在着不加消化的吸收,将国外的研究议题、观点稍加变换便写成论文在国内发表,虽然有益于介绍新观点,但并无创意。这种现象表现为中西研究在议题、观点上的部分相似性。最后,我们的研究中存在着用不相干的外在理论机械地剖析文学作品的现象,以至于将作品的整体性扯成碎片,违背文学的艺术本质。这一现象表现为对基于当代西方理论的叙、证、辩的刻意关注,却忽视研究观点的不当、研究对象与研究方法的不契合。

  纵观新中国60年来的伍尔夫研究,我们虽然经历了停滞,存在着局限,但成就有目共睹。我们的研究规范已经形成,视角和观点的优势和原创性正在呈现。在今后的研究中,我们需要用更多时间去综合本土思想与西方理论,以便拥有深厚的功底去辨别西方研究的优劣,发出自己的声音。真正的原创来自深厚的修养和学识,就像伍尔夫通晓英、法、德、俄、希腊文学后才最终成为文学大家一样,我们实现超越的途径同样是博览、比照、妙悟和洞见。

第七节 约瑟夫·康拉德小说研究

约瑟夫·康拉德(Joseph Conrad,1857—1924)为波兰裔英国作家,现代主义小说的先驱,出版了三十多部中、长篇小说、短篇小说集和散文集。1924年,康拉德逝世的消息传到中国,《文学》杂志第134期、《小说月报》第十期分别刊载了诵虞、樊仲云为纪念这位"新近去世"的"英国大作家"而作的评介文章。从此,小说家康拉德进入了中国读者的视野,并从此声誉日隆,介绍与评论日趋丰富多样。康拉德作为现代主义小说的先驱以及探索人类心灵最为深刻的作家之一,已经成了中国学界的常识。到了20世纪90年代,康拉德在中国的研究已与世界同步,研究的多样化和深刻性都达到了空前的程度。本节以时间先后为序,考察和分析中国对康拉德的研究情况。首先,简要回顾新中国成立前的译介。

一、新中国成立前的译介

康拉德的小说较早的中译本有《青春》(梁遇春译,北新书局,1931年)、《吉姆爷》(梁遇春译,北新书局,1934年;梁遇春、袁家骅合译,商务印书馆,1937年)、《不安的故事》(关琪桐译,商务印书馆,1936年)、《黑水手》(袁家骅译,商务印书馆,1936年)、《台风及其他》(袁家骅译,商务印书馆,1937年)、《激流》(即《吉姆爷》,鲁丁译,朔风书店,1937年)、《阿尔迈耶的愚蠢》(柳无忌译,古今出版社,1943年)。这一时期文艺界对康拉德的评介主要集中于作者本人的航海经历及其在作品中的折射、作者独特的语言风格、作品中弥漫的神秘主义等。在《康拉德评传》一文中,樊仲云引用康拉德的自白称他为"浪漫的现实主义者"(romantic realist)或"深刻的写实主义者",或"新浪漫主义者"(neo-romantist)。在樊仲云看来,康拉德"自幼即有一种浪漫的性情",故而受到"奔放自由的大海"的吸引,"想脱去束缚"。这种浪漫性情使他那些基于经历写就的写实小说"充溢着热烈的情感和异国情调"。不过他仍认为康拉德是一个"写实派";只是他不同于"普通的写实主义者":他不仅描写"事物的精微处",也表现"事物内心的真实"。对于康拉德在英国文学史中的地位,樊仲云很有见地地看到了他承先启后的作用,称其"继先人之绪馀而另开一个新时代",一方面承继了"浪漫的与写实的先辈的遗风余教",一方面又吸收了新近复活的"欧洲神秘主义"的思想,俨有梅特林克之风。此间另一篇对后学影响甚大的评论文章是老舍的长文《一个近代最伟大的境界与人格的创造者》(《文学时代》1935年第1期)。在这篇文章中老舍将康拉德用英语创作与新文学白话文运动相类比,说自己"爱康拉德的一个原因是他使[自己]明白了什么叫严重",进而分析了康拉德"惯使的"两个结构方法:"第一个是按着古代说故事的老法子,故事是由口中说出的。但是在用这个方法的时候,他使一个 Marlow,或一个 Davidson 述说,可也把他自己放在里面";"第二个方法是他将故事的进行程序割裂,而忽前忽后的叙说"。老舍认为这种打乱时序的创作手法很有可能是对电影叙述中蒙太奇手法的借用,"虽然显着破碎"却无一不是作者"在事前预备好"的。作为一位文学创作者,老舍从自身的写作实践出发,敏锐地认识到康拉德"摆布局面而以得到惊人效果"的创造才能。他对康拉德的叙事技巧所作的观察充满了洞见,毫不逊色于同时期西方学者的分析。不过这还是康拉德评介的初期,质佳然量不足。

二、1949—1978年间的康拉德研究

二战后,英美文学界掀起了一个研究康拉德的高潮,既有对康拉德其人其作的全面综合性分析也有针对具体作品的个案分析,研究者或从作者生平出发探讨其创作心理,或从作者生活的时代出发阐释他的政治思想,也有学者以文本形式为关注对象深入解读作者的写作技巧和作品的主题意蕴。这些研究成果与20世纪70年代在西方召开的一系列纪念康拉德逝世50周年的国际学术研讨会一起拉开了康拉德经典化的序幕。康拉德在维多利亚文学向现代主义文学过渡时所起的作用受到重视,他作为一位重要的英国作家的地位也得到确认。1963年出版的《牛津英国文学史》把康拉德视为20世纪英国文学最重要代表作家对他进行了评述;英国著名批评家利维斯更称康拉德的作品与奥斯丁、艾略特、詹姆斯及劳伦斯的作品一起,构成了英国小说的"伟大传统"。

相比之下,新中国成立后头30年的康拉德研究受当时政治形势的影响进展甚微,除杂志上登载的一些康拉德中短篇小说的零星介绍外,仅有两部译作出版,即《芙丽亚》(刘文贞译,文化工作社,1951年)和《吉姆爷》(梁遇春、袁家骅合译,人民文学出版社,1958年)。其中人民文学版的《吉姆爷》实为30年代商务书局旧译本的重版,从编者写的"后记"中可以看出那个时代在外国文学译介与研究领域留下的鲜明印记。受苏联模式的影响,当时的主流思想强调文学的阶级性和进步性,青睐批判现实主义或革命浪漫主义作品,否定"为资产阶级或帝国主义意识形态服务"的文学。遵循这一方针,《吉姆爷》的编者把康拉德定位为着重描写"人物心理"的"新浪漫主义派代表人物",批评了他在后期写的少数"醉心于分析颓废的、不健康心理的拙劣作品",肯定了他在成熟期创作的

"常常带有鲜明的现实主义色彩"的优秀作品,如《吉姆爷》。总体而言,编者认为西方评论家"把康拉德和吉卜林相提并论"的做法是不可取的,因为康拉德"虽然也在他的作品里描写英帝国主义的殖民地和殖民地人民的生活,但[……]他一直是同情民族解放运动、反对帝国主义者对弱小民族的侵略和掠夺的"。在编者看来,康拉德的世界观和创作思想是"相当矛盾和复杂"的,值得学界进行更广泛和细致的研究。令人感慨的是,这一提议直到十年动乱结束之后才得到回应。

三、1979—1989 年间的康拉德研究

中国的康拉德研究在改革开放和思想解放的号角声中复苏。外国文学研究的重要刊物《世界文学》于 1979 年率先登载了两篇康作中译,一为薛诗绮译《罗曼亲王》,一为赵少伟译《水仙号上的黑家伙·序言》。作为康拉德的艺术宣言,《水仙号上的黑家伙·序言》是研究康拉德美学思想和创作理念的重要文献。选择翻译、发表这篇序言在一定程度上意味着新时期文艺批评风向的转变,康拉德研究者们逐渐摆脱"以阶级斗争为纲"的批评模式,以文本为依据,从文学研究的自身规律出发重新开始了对康作的解读。

据 CNKI 统计,80 年代刊发的有关康拉德的译介、批评文章在二十篇左右,论及作品包括《黑暗的内心深处》《吉姆爷》《间谍》《秘密的分享者》《决斗》等。有的从文学史的角度对康拉德小说及评论界的代表性评价进行梳理、概括和综述;有的聚焦具体文本,分析人物性格阐释作品主题;也有随笔,品读文情,分享读书心得。

侯维瑞的《约瑟夫·康拉德的小说创作》(《外国文学》1984 年第 5 期)从文学史的角度切入,文章开篇即点明康拉德在现代英国小说史上的地位,指出"他的创作推动了现代主义小说在英国的崛起"。作者显然对西方康拉德研究的进展十分熟悉,才能跳出早期"写实主义"与"浪漫主义"之争的思维模式,对康拉德小说中的现代主义形式实验予以肯定。在对康拉德的生平经历和艺术观点加以简要概括后,作者将康拉德的小说分为三类(航海小说、丛林小说和社会政治小说),依次进行总结归纳。在对小说技巧和主题加以阐释时,作者既引用、概括了西方康拉德研究的成果,又对那些观点加以评析,其中虽然有些阶级分析的余韵,但总体上是客观中肯的。文章末尾,作者对康拉德的创作特点进行了综述,首先指出理解康拉德的印象主义创作方法及其在小说结构布局上的体现关键在于理解小说中"光与影、黑与白的对比及其包涵的象征意义",其次点明康拉德刻画人物精神世界的一个独创方法是"双重"技巧,即"一个角色在性格和感情上部分或全体地代表另一个角色",如科兹之于马洛,最后则引用一位英国评论家的话对康拉德作品中的"虚无主义情绪"做了总结。

对于康拉德的"双重"技巧和小说中的"虚实"对比,刘海平以《秘密的分享者》中逃犯莱格特与船长之间的关系为对象做了精彩分析。在文章《康拉德的中篇小说〈秘密伙伴〉简析》(《当代外国文学》1984年第2期)中,作者从小说的自传性出发,提出莱格特与船长的关系"既是一种富有戏剧性的人与人之间的社会关系,而且又是一种较为含蓄地反映船长内心矛盾因素的心理关系。换句话说,在前一层关系中,大副格莱特是'实'的,而在后一层关系中,他是'虚'的,只是船长一个心理上的映照"。对于前一层关系,文章通过将故事情节与现实生活相参照做了简要说明;对于后一层关系,文章以对故事背景和人物性格的分析进行了论证,最后总结道:"这部中篇小说的主要艺术特色之一正是作者把写实与象征有机地结合起来,把人物的社会关系与心理矛盾紧密地融合在一起,'实'、'虚'映迭,互为依靠。也就是说,作品用对人物间社会关系的描述来反映主人公的内心活动,用对人物心理活动的分析来深化对社会关系的认识。"(125)

这一时期的专题性论文中,胡壮麟的《谈康拉德的〈黑暗的内心深处〉》(《国外文学》1984年第4期)尤其值得一提。这篇论文首先对国外相关研究做了概述,依据不同的研究方法对已有成果进行分类整理,并在这个基础上提出问题"如何解释康拉德所谓的'黑暗'(Darkness)和'内心深处'(Heart)?"作者认为这是个关涉主题阐释的根本问题,要弄清楚它必须对一些颇具影响却在关键问题上"歪曲了"小说本意的评论进行辨别诊察。一般认为"黑暗的内心深处"就是非洲的内陆地区,先有康拉德的挚友伽奈特将"白人的堕落"归因于非洲土著的习俗对欧洲文明起到的"威胁作用",继有现代批评家试图用人类学的方法论证这种威胁是白人与黑人在接触中各自失去本真的结果。胡文却依据小说对白人船长的反讽性刻画以及康拉德在书信中的自我批评,指出将堕落的威胁"说成来自双方"其实是一种"貌似公允"的粉饰,与康拉德本人在书中对欧洲"文明"和"进步"的否定与嘲讽是大相径庭的。就康拉德在小说中表现出来的"对西方文明反戈一击的叛逆者的精神"而言,他心目中"真正黑暗的地方是欧洲",而"真正的黑暗的内心深处",用评论家莫德的话来说,是"布鲁塞尔"。在胡壮麟看来,"黑暗的内心深处"具有多重意义,"如果只看到表层意义,而无视深层的意义,便不能充分理解作品",单从地理、政治概念来看,它就不仅指非洲的内陆,因此莫德的话"言简意赅,颇有见识",是"众多现代评论家中真正说到点子上的"。胡文指出莫德研究的突破之处在于抛开定见对"黑暗的内心深处"进行了深入的探索,"从非洲的府邸追踪到欧洲的布鲁塞尔,从布鲁塞尔追踪到康采恩的所在地"。至于康拉德为什么选择康采恩而不是大英帝国或者普鲁士"作为欧洲以致全球的黑暗中心",胡文结合康拉德的生平经历以及当时的国际局势做了一个逻辑清晰、合乎情理的论证,认为这样的选择既有揭露丑恶现实的目的,也"反映了康拉德本人的政治态度",即站在英国的立场将比利时式的殖民主义视为"更反动"的力量,而这也正是康拉德的局限所在。胡文既不迷信权威,又能言之成理,从提出问题到解决问题论证有序、材料翔实,文本内外的功夫都做得恰到好处。

总体而言,80年代的康拉德研究虽然是重新起步却出笔不凡,尽管在研究对象的广度与研究成果的数量上不如同时期的国外康拉德研究,但在具体文本的解读上已有相当深度,表现出与国外研究者论辩的意识。

四、1990—2009年间的康拉德研究

自20世纪90年代开始,国外文艺理论被大量译介到国内,拓宽了国内文艺工作者的视野,无论是文艺创作还是文艺批评都进入一个高产期。在此期间,康拉德研究也蓬勃发展起来,从边缘走向中心,成为国内外国文学研究领域中的"显学"。

近二十年来的康拉德研究在研究对象和批评视角方面呈现多样化和多元化的特点,比较充分地展现了康拉德小说在内容和形式上的丰富性与复杂性。论及对康拉德小说的内容研究,刘新民认为,与之前对其航海经历和恋乡情结的关注相比,"近年来,人们更为注重他对现代社会环境和人与人之间冲突的深刻揭示,对他对人生哲理和人的动机的执著探讨尤其感兴趣"[①]。刘象愚的《康拉德作品中的存在主义试析》就是一例。这篇文章从存在主义的基本观点出发,分析了康拉德小说中世界的荒诞性以及个体在这荒诞世界中遭遇的孤独感和异化感,同时指出面对"这无意义的自我和世界",康拉德笔下的主要人物"不是消极被动",而是"力图通过自由的选择、负责的行动","寻求和他者的真正沟通",表现出存在主义思想乐观、积极的一面。与刘文不同,隋旭升的《〈黑暗的心脏〉中库尔兹和马洛的象征意义》则强调了康拉德的悲观主义思想在《黑暗的心脏》中的体现。围绕"马洛的寻求象征什么?"这一问题,作者深挖追寻主题的象征意义,指出神话中的骑士通过追寻圣杯"认识外部世界",马洛的追寻"则是现代人重新认识世界和自我的心路历程",康拉德"在作品情节、人物刻画中融入了神话传说的寓意,又赋予这种寓意以强烈的反讽色彩。二者结合,以象征主义手法嘲讽殖民主义政策,表现了现代人理想的失落和精神的迷惘,流露出作家的悲观主义思想"。对当时的英国读者而言,《间谍》对"疯狂"的无政府主义与"势力的英国社会"的挖苦或许比笼罩着异国情调的丛林故事更具社会现实意义。在《一部想象之作的道德意义——读康拉德〈间谍〉》中,陆建德指出作为一部直接描写政治运动的小说,《间谍》的意义并不局限于"狭义上的政治领

---

① 王佐良:《英国二十世纪文学史》,北京:外语教学与研究出版社,1994年。

域",康拉德对社会问题和人性弱点所做的艺术呈现,对激进的社会改革所表现出的保守立场敦促我们关注的是"在政治上的清静无为与以'险恶的本能'为驱动力的盲目、极端的行为之间是否有一条折衷和缓之路",而这一如既往地体现了他"对他那时代惟利是图的个人主义、效率崇拜以及与之相联系的毫无道德顾忌的作风"所持的反对态度。陆文的巧妙之处更在于结合《间谍》出版时无政府主义在中国知识分子中传播的社会现实,提供了一个立足于本国历史的、解读外国文学作品的视角。

与国外康拉德研究者一样,国内学者从未忽略过康拉德小说创作与其艺术思想之间的密切关系。康拉德虽然不像其他现代派作家,如詹姆斯和伍尔夫那样,乐于对小说创作发表专门评论,却也留下了一篇颇为全面系统地阐述他艺术观的宣言——《水仙号上的黑家伙·序言》。90年代以来,康拉德研究者不仅在讨论康作之形式特点对现代主义叙事艺术的贡献时,常常援引他在"序言"中的主张,而且专门以"序言"为研究对象考察康拉德如何在创作中实践了他的艺术主张。高继海认为康拉德在"序言"中首先"把艺术定义为一种'专注的努力',目的是发现'人类经验中具有恒久和本质价值的东西'",然后论述"小说像绘画、音乐和其他艺术一样[……]是诉诸感官的",小说家"就是要追求形式与内容的完美统一[……]'借助于文字的力量,使你听见,使你触摸到,而且最要紧的,是使你看见!'"最后提出自己的艺术目标就是凭艺术家的"诚恳",让读者"'看一眼,叹一声,笑一笑','而生活的全部真理都包括其中了'"。高文特别提到"序言"对读者的重视,指出"康拉德认为他的艺术借助于感官,但不依赖感官,他的目标是让读者看见真理"。赵海平的文章《读〈"水仙"号船上的黑水手的〈序言〉〉》则从"序言"的发表背景出发,结合英语文学评论界对它的研讨,概括了"序言"的主要内容和文体风格,并将康拉德在其中提出的观点与他"后来的议论文以及与密友、文友、编辑和出版商等来往信件中所谈及的小说艺术主张"相印证,指出他"毕生坚持用文学艺术形式探求真理,认为帮助读者认识世界、认识生活、向他们弘扬真理是一个作家神圣的职责和极其重要的工作"。对于康拉德在小说叙述形式上的实验和革新,国内学者多借助国外叙事学和文体学理论分析其主要作品中的叙述语言、叙述技巧及叙述结构。由于相关论文太多,这里仅以宁一中的专著《狂欢化与康拉德的小说世界》(北京语言大学出版社,2005年;湖南师范大学出版社,2000年)为例略作观照。宁著以巴赫金的狂欢化理论为批评视角探讨了康拉德小说中的狂欢精神,通过对"戒指和火光"这两个以象征形式出现的狂欢仪式的分析论证了吉姆之为"爷"的多重含义,又运用巴赫金的"对话范式"分析了小说中围绕"荣誉"主题而产生的各种复调式辩论,"荣誉"与"耻辱"之间的"强制对话",吉姆为恢复自己荣誉所做的自我对话,以及以斯坦恩为代表的不对所讨论问题做实质性回答的"逃避性对话主体"。

该书的创新之处还在于,它一反诸多康氏研究中认为其作品受存在主义思想影响而弥漫着悲观、灰暗的色彩的论述,第一次论证了康拉德作品中体现出来的狂欢化精神,且这种狂欢化精神与西方文学中狂欢化传统有着深刻的承继关系。作为国内出版的第一部研究康拉德的专著,宁著对巴赫金理论的准确理解和运用、对国外相关研究的详尽介绍和梳理为国内康拉德研究者提供了很有价值的学术参考,被广泛引用借鉴。在吸收各方意见和建议的基础上,作者对第一版(2000)进行了修改补充,于 2005 年重新出版。

谈到国内对康拉德小说的形式研究就必然要回到康拉德对老舍的影响这一话题上来。由于老舍坦言写《二马》时从康拉德那里"偷学了一点招数",他对康拉德创作艺术的点评和借鉴便成为康拉德研究者和老舍研究者共同引用、研讨的对象。康拉德研究者多引老舍的观点评析康作中的象征主义和打破传统的叙述手法;如杨波在《康拉德海洋异地小说的美学追求》(《齐齐哈尔师范学院学报》1990 年第二期)中提到老舍的作品具有难以接近、难以企及的因素,即他不落窠臼的叙事手法;而老舍研究者则关注康拉德叙述艺术对老舍创作的影响。郝长海在《老舍与外国文学》(《吉林大学社会科学学报》1982 年第五期)中指出,老舍在写《二马》时深受康拉德作品的启发,尤其是在结构上多有借鉴,找到了招数。在技巧的使用上,老舍认为康拉德是最会说故事的人。在写法上用了很多技巧,使故事变得更加曲折多变,而且在很大程度上增加了故事的神秘性。考虑到康拉德在世界范围内的影响,以及近年来德国、法国、波兰、南美等多国学者对康拉德在本国之接受与批评的研究,用比较文学的方法挖掘康拉德作品魅力的空间还很大。目前国内仅有宁一中发表于《外语与外语教学》2004 年第 11 期的《康拉德对世界作家的影响》一文就康拉德对世界作家的影响作了一个较为全面的梳理,为进一步的康拉德影响研究提供了基础,希望将来有更多研究者参与进来。

如前所述,大量涌入的国外文学理论为国内文学批评提供了多元化视角,促成了这二十多年来外国文学批评大繁荣。除叙事学理论外,对 90 年代以来的中国康拉德研究影响较大的理论还有精神分析、女性主义、新历史主义、西方马克思主义批评、后殖民主义批评以及伦理批评。洪永娟的专著《心灵的明镜:从心理分析文学批评理论解读康拉德及其作品》(中国书籍出版社,2007 年)运用弗洛伊德的心理人格理论分析了康拉德主要作品中的五个典型人物,着重"展示了康拉德在刻画人类心灵方面的巨大成就和技巧"。祝远德的《康拉德小说他者建构研究》(人民出版社,2007 年)一书立足于波伏娃、福柯、列维纳斯等西方学者对"他者"的研究,将康拉德小说中的"他者"定义为"一个独立主体对另一个独立主体的客体化、意向性建构",以英国文学传统他者建构为背景考察了康拉德小说中的"种族他者""民族他者""性别和人格他者"和"中国他者"。

胡强的《康拉德政治三部曲研究》则以康拉德的政治三部曲为研究对象,结合康拉德的书信、传记资料,以"焦虑、道德和政治"为关键词,深入探讨了"康拉德矛盾的文化心态和道德伦理取向"。相对于海洋小说和丛林小说而言,康拉德的政治三部曲得到的关注较少,胡著从文学文本和社会文化语境的互动出发,融合比较文学的方法,对康拉德的政治观和文学观做了较为独特的文化阐释,并借此"反思中国当下的文化与文学建设",是一种有益的批评尝试。值得一提的是,王松林在专著《康拉德小说伦理观研究》中提出用"城市小说"取代"政治小说"这一说法,将三部曲中的"城市"视为"海洋"和"丛林"之外又一个表现康拉德之伦理观的场所,通过追踪三大类小说呈现出的"以英国商船伦理为主线的发展脉络"得出"城市小说的主题依然是道德焦虑而不是政治"这一结论。

因为康拉德致力于在创作中实现"艺术价值"与"道德意义"的完美统一,所以他的叙事艺术和道德忧思始终是国内康拉德研究关注的重点。从近年来急速增长的论文和专著中可以看出,康拉德作品中的种族、殖民、性别问题也已成为研究的新热点。随着中西学术交流不断加强,国内研究者在吸收、借鉴西方康拉德研究成果的同时也在谋求创新、对话之路。2001—2003 年间,一场围绕"如何合理运用理论解读文本?"而展开的学术争鸣吸引了国内康拉德研究者的目光。2001 年,殷企平在《外国文学评论》上发表文章《〈黑暗的心脏〉解读中的四个误区》,批评当前生搬硬套理论解读文本的现象,提出"坚持从分析作品的细节出发,把握作品的寓意"。第二年初,王丽亚在《外国文学》上发表《批判理论与作品阐释再认识——兼与殷企平先生商榷》一文,从 1982 年英美文学界关于"反对理论"的争论入题,对"作品阐释与批评理论"的互动关系进行论证,最后为几位被认为是"走入阐释误区的评论者"做了辩护。同年 5 月,《外国文学》上登载了殷企平的回应文章,殷文首先说明《误区》反对的不是"理论本身",而是"在解读《黑暗的心脏》时生搬硬套这些理论";随后提出为了"比较全面地理解文本的基本含义",评论家必须注重文本细节,"要分辨哪些细节属于文本的主流,哪些属于支流";最后就"四个误区"("抽象人性论""过分突出作品的语言层面""生搬后殖民主义批评""硬套女权主义批评")依次做了自辩。2003 年初,张和龙在《外国文学》上发文,感慨"这场争鸣是近年来外国文学界不可多得的亮点之一",并就"理论"和"批评"的区别做了阐发,进而"在理论层面上"肯定了文本阐释不仅存在"正误之分"而且"暗含着一套严密的批评话语和理论前提",最后回到《黑暗的心脏》的解读上,一方面指出既然小说"在细节上存在自相矛盾的地方",那么就无怪西方学者会抱持"对立或相反的态度",另一方面提出"作为文学批评之本的价值判断——与人相关的价值判断"是阐释文学作品的"至关重要的东西"。

《误区》一文指出了时下渐长的,不在文本上下工夫,挥舞着"时髦"理论走捷径的不良风气;《再认识》一文希望推动的是理论与实践的互动相长,文学阐释的多元化与多样化。这场争鸣之所以引人注目、发人深省,是因为它引发的已不仅是如何阐释康拉德小说的问题,而是当前我国的外国文学研究如何除弊兴利的问题。回到康拉德研究的现状上来,应该说我们赶上了一个思想解放、文艺繁荣的好时代,因势利导取得了可观的成绩,有些研究者已经能够与国际同行交流意见、互换心得。不可不察的是成绩之外存在的问题:研究对象扎堆,研究者主体意识不强,研究工作浮于表面等等,要解决这些问题,于研究者个人而言,只能是忠实文本,开放思路,严谨求证。

结 语

纵观新中国成立以来的康拉德研究,我们可以说成绩斐然而继续研究的空间无限。在这个过程中,我们发现,国家的政治气氛直接影响文学的研究。如果囿于政治樊篱,则研究的视野必定狭窄,批评者欲言而嗫嚅,怎能期待批评之繁荣?而当政治更为民主,人们能够独立思考、自由表达之日,也就是文学批评的繁荣之时。中国改革开放之后,文学也挣脱了桎梏,呈现出百花争艳的局面,也有了不同观点的争鸣。康拉德研究从形式到内容都呈现出了令人欣喜的多样性,深度、广度非昔日所能比。但是,我们也必须看到研究中的不足,兹举数端。一、尽管有了争鸣的现象,但是毕竟属于"难能可贵"。康拉德的作品内涵非常丰富,不同的解读当属自然,不同的观点也必然出现,然而我们往往自说自话,不想做论争的肇始者。二、我们的批评还需要与世界接轨。中国学者的批评,当然有源自自身文化土壤的视角和立场,但是我们需把眼光投向世界的大舞台,与世界的康拉德学者交流切磋,不能故步自封。吸收新方法,开拓新领域,我们才能在国际康拉德研究中发出自己的声音,占领一席之地。三、我们的研究需跟上时代前进的步伐,与时俱进。康拉德不属于一个时代,他的作品属于所有时代,因此,新时期的康拉德研究要结合新时代的特征研究新问题。如康拉德提出的"黑暗的心",在我们这个时代的表现;世界在争夺资源的斗争中演义出来的新的《诺斯特罗莫》;世界在政治军事斗争中表现出来的错综复杂的《间谍》故事,人们在职业规范和自身利益相冲突时表现出的《吉姆爷》似的矛盾心理等等,这些都给康拉德研究赋予新的内容,都是康拉德研究的现实意义所在。正因康拉德的时代意义,美国学者彼得·马里奥斯称康拉德为"我们的康拉德"(Peter Lancelot Mallios, *Our Conrad: Constituting American Modernity*, Stanford, California: Stanford University Press, 2010)。以上既是过去研究中的不足,也是今后康拉德研究的努力方向。

第八节　多丽丝·莱辛小说研究

多丽丝·莱辛(Doris Lessing,1919—2013)是著名英国女作家,一生创作了 27 部长篇小说、上百个短篇小说、两部自传,还发表过诗歌集、散文评论集以及剧作若干。她自 1950 年发表小说处女作后就在西方受到广泛欢迎,但十年后才受到学术界关注。伴随着 20 世纪 60 年代现代女权运动的蓬勃发展,她成为炙手可热的作家。几十年来,西方学者尝试从各种不同的角度去研读莱辛,发表了大量专著和论文,有学者将她看作继弗吉尼亚·伍尔夫之后最伟大的女作家。2007 年,她获得诺贝尔文学奖。

早在 20 世纪 50 年代,莱辛的长篇小说《野草在歌唱》、中篇小说《渴望》《高原牛的家》就在我国翻译出版。改革开放后,较早将莱辛介绍给中国读者的是外国文学类期刊的短篇小说栏目。1988 年,《金色笔记》中文节译本以《女性的危机》为名出版;1999 年,《又来了,爱情》中译本出版,《野草在歌唱》《金色笔记》出新译本;2000 年,国内出原文版《简·萨默斯的日记》;2007 年至今,相继出版的中译本长篇小说有《玛拉和丹恩历险记》(2007)、《第五个孩子》(2008)、《浮世畸零人》(2008)、《裂缝》(2008)、《风暴的余波》(2008)、《三四五区间的联姻》(2008)、《天黑前的夏天》(2009)、《幸存者回忆录》(2009)。

我国的莱辛研究起步于 20 世纪 80 年代初,比莱辛小说在国内出版晚了二十多年,不过在 30 年来的发展中,成果数量可观,近年来发表成果数量增速尤其显著。根据中国知网搜索情况统计,截至 2010 年,期刊、报纸发表的相关论文和文章、博士和硕士论文累计 500 多篇,其中以莱辛为主要研究对象的论文(不包括旁及莱辛的一般性文章和硕士论文)也有 400 多篇。在纳入统计范围的 403 篇论文中,从发表时间分布情况看,1981—1992 年只有 7 篇论文;1993—2003 年,每年的论文数不超过 5 篇,以后逐渐升温,到 2006 年达到 14 篇;2007 年 10 月莱辛获诺贝尔文学奖后,当年的论文数量达到 33 篇,接下来的三年则分别达 81、91、124 篇。此外,自 2007 年以来已出版研究专著 3 部。

国内莱辛研究可分为 1981—1992 年、1992—2010 年两个阶段。第一个阶段是起步期,论文数量较少,以介绍性、总论性文章为主,论文作者多为学术功底深厚的资深学者。第二个阶段的论文多为专题研究型论文,但论文作者比较年轻,有相当一部分论文是在硕士、博士论文的基础上加工而成。尽管在这个时段的后期论文数量激增,但主要由莱辛获诺贝尔文学奖引起,整体研究水平和方向并未出现大的突破和转折,因此不再另外分段。

一、1981—1992 年莱辛小说研究起步期

与国外第一部莱辛评论专著于 1965 年出版相比,我国的莱辛小说研究晚了十多年,但起点并不低。孙宗白《真诚的女作家——多丽丝·莱辛》(1981)是国内发表的第一篇专门评介莱辛的文章,重点介绍了《暴力的儿女》五部曲小说和《金色的笔记》、《为下地狱者指引》、《黑暗前的夏天》、《幸存者的回忆录》中的主要人物形象和创作特色,说明莱辛是"英国当代杰出的女作家之一"。王家湘《多丽丝·莱辛》(1987)从文学史角度撰写,被收入王佐良、周珏良主编《英国二十世纪文学史》(1994),主要介绍了《青草在歌唱》、50 年代创作的短篇小说、五部曲《暴力的儿女们》、《金色笔记》、《黑暗前的夏天》、《一个幸存者的回忆录》和《好恐怖分子》等。文中特别提出《金色笔记》的两大主题是人生与艺术创作的关系问题和女性问题。

不同于一般评介性论文,黄梅的《女人的危机和小说的危机"女人与小说"杂谈之四》(1988)专论《金色笔记》,重点谈到"自由女性"的困境、小说结构、小说内部的金色笔与整部小说间的互文关系这三个方面的问题。论文作者试图说明,"自由女性"并不自由,甚至自由概念本身也同样"体现了现存的文化结构对于人的制约",因此,"莱辛不把安娜们写成冲决罗网,一往无前的英雄,却写她们左右掣肘,往复逡巡。这并非她的怯懦,却是她的深刻。她试图指出'自由女性'这个目标的局限性。谋求妇女的真正解放,不能只靠伸张曾遭受不合理压制的个人欲望或争取某些男人享有的权利,而需更新整个的世界和全部的社会关系"。在论文作者看来,《金色笔记》的结构"有意强调理性化语言与客观存在的差距和矛盾",强调幻想与"真实"之间不确定的关系;"四分五裂、千头万绪的"故事讲述方式的背后,是现代社会的种种危机,也就是说,莱辛"力图揭示,小说的危机,也如女人的危机,实质上还是'人'的危机"。该论文还提出,小说《金色笔记》中的"金色笔记"记录的是"一次置之死地而后生的'探险'",是整部小说"炽热的'核心'",这里蕴含的希望与小说结尾暗示的失望相对照,构成小说"并不和谐"的整体。这篇论文讨论的问题成为国内后续论文关注的议题,其所达到的高度,至今为止国内的莱辛评论几乎无出其右者。只是有一点遗憾,论文的标题中既没有出现"莱辛",也没有出现"《金色笔记》",很容易被搜集资料的莱辛研究者遗漏。大概这也是这篇论文并未产生应有的更大的影响的原因之一。

这一时期的其他论文包括伊丽莎白·B.布兹的《多丽斯·莱辛——一位对非洲问题和西方文化中女权运动颇为敏感的作家》(中译文)、黄梅的《"阁楼上的疯女人"——"女人与小说"杂谈之三》、仲子的《第五胎孩子》和李无忌的《现代西方知识女性的家庭孤寂症——简析多丽斯·莱辛的〈走向十九号房间〉》。

二、1993—2010 年莱辛小说专题研究期

1993 年 5 月,莱辛作为英国作家代表团成员代表访华,走访了几所大学和科研院所。小说的翻译出版、文学史著作和报刊的推介、大学讲堂的影响,逐渐将莱辛带入人们的视野,莱辛小说研究的星星之火终成燎原之势。受西方理论和莱辛研究成果的影响,中国学者也开始从多个角度研读莱辛小说,纳入研究范围的小说逐渐增加,但仍以知名度最高的《金色笔记》为主。在近 20 年时间里发表的 403 篇论文中,专论《金色笔记》的有 112 篇,论《野草在歌唱》的 57 篇,论《简·萨默斯的日记》的 17 篇;短篇小说方面,评论《去十九号房》的有 36 篇,《屋顶丽人》11 篇。下面分几个方面介绍代表性较强、影响较大的论文情况。

1. 女性主义批评

尽管莱辛本人并不认可给她的小说贴女性主义标签,不可否认的是,女性主义批评是西方莱辛批评的主流,就她的作品被西方大众和批评界关注和接受来说,女性主义批评功不可没。在国内的莱辛评论中,影响范围最大、时间最长的同样是女性主义批评。夏琼《论〈金色笔记〉的女性主义》(2003)分析小说中复杂的两性关系,说明两性问题的症结在于男权社会和文化,认为小说以两性和谐为目标,体现出"一种真正的女权精神"。夏琼的另一篇论文《自由的悖论——论多丽丝·莱辛的女性自由观》(2007)是这一思路的延伸:通过分析《金色笔记》中的自由女性形象,说明女性的自由离不开与男性和谐相处,也无法脱离社会大环境,这是"自由的限度";分析《黑暗前的夏天》、短篇小说《十九号房间》中描述的家庭妇女的艰难抉择,说明自由不仅仅在于外在行为,更在于内心,莱辛的自由并非绝对的自由,自由与囚禁相辅相成,这是"自由的悖论"。刘颖的《建构女性的主体性话语——评多丽丝·莱辛的〈金色笔记〉》(2004)认为,小说对性爱、女性边缘性琐碎经验、母女关系的描写,使女性作为主体走上历史前台;"通过文本第一人称经验视角与第三人称全知视角的交织、超文本的叙述结构,开放式的结尾以及错乱零散化和剪贴拼画式的叙述语言等方面打破传统父权制文本的单一视角、理性化的情节结构和线性的语言,书写女性经验",因此"《金色笔记》是一本以女性书写来建构女性主体性的写作典范"。黎会华的《解构菲勒斯中心:构建新型女性主义主体——〈金色笔记〉的女性主义阅读》(2004)认为,无论是缺乏独立自我意识的女性还是"自由女性",都受菲勒斯中心文化的统治和压抑,统治和压抑甚至深入性爱生活的各个角落。莱辛在叙事结构上进行变革,"安娜不是固定不变的,而是一个流动的、在变化中的安娜","安娜在主体与客体二元对立中的位置不再稳定,主体与客体的对立得到了消解"。这样,"通过颠覆,消解了女性在该对立关系中所处的客体、他者地位。男女两性关系不再是僵化的对立关系;疯狂与理智界限的模糊使女性处于主体的变化、差异和延宕的过程中"。积极主动陷入疯狂是放弃确定性的手段,新型的、"脱离中心的、散乱的、不依附男女两性二元僵化关系的流动的主体"由此产生。论文还提出,莱辛反对激进女权主义是因为她站在了女权主义运动一个更高的起点上了。白艾贤《〈金色笔记〉与莱辛的女权主义思想》(2005)一文分析了小说中被视为自由女性的女主人公安娜和女友莫莉的生存困境,认为小说对两性关系和女性性欲的探讨都体现了作者的女权主义思想,"多丽丝·莱辛不能说是旗帜鲜明的女权主义者,但确是一位有着独特的女权主义思想和明确的女性意识的作家"。苏忱《多丽丝·莱辛的女性观点新探》(2005)运用互文性理论,分析莱辛在创作的四个不同阶段的四部作品中描述的男女两性关系。在《野草在歌唱》里,玛丽"至死没有察觉到摧毁她的就是被她的自虐倾向而消磨了的脆弱的意志";在《金色笔记》中,"安娜意识到了自己的受虐倾向,却无力摆脱它,直到麦克尔抛弃了她,她得以解脱"。在《幸存者的回忆》中,爱米丽逐渐认识到解决女性苦难的根本"在于女性自身的独立和超越爱情的束缚",因此选择主动离开而摆脱了被抛弃的命运。《本,在这个世界上》中,在非主要人物特丽莎和阿里克斯之间,出现了一种新的两性关系模式,女性走向了情感上的独立。论文作者从以上观察中看出,不同于波夫娃"以对男性的控诉为主的论述","莱辛认为女性问题的症结在于其自身,女性要寻求自由应首先从自身开始,只有取得精神上的独立,她们才可能拥有真正的自由"。论文作者还认为:"苏非主义所宣扬的'个体自身的超越'在一定程度上启发了莱辛对女性问题的解决";又以莱辛在 2000 年的一次采访中的话为佐证说明:"自由与自虐的互补关系构成了莱辛对待女性问题的悖论"。

上面这组论文在批评方法上主要来自西方学者的研究成果,结论上都倾向于赞成莱辛的女性观。这或许与中华文化强调"和为贵"、重视家庭的文化传统有关。

2. 形式批评

20 世纪 70 年代初,国外莱辛研究出现了向形式批评的转向。受国外影响,同时与 20 世纪 90 年代叙事学研究在国内的快速发展相呼应,有的莱辛学者聚焦于小说的结构形式分析。陈才宇《形式也是内容:〈金色笔记〉释读》(1999)认为:"由于结构本身具有重大意义,直接承担了揭示主题的作用,小说的内容已退居第二位,成了形式的注解和佐证。"小说中各色笔记具有象征意义,"小说中的黑红黄蓝,象征着多人种、多主义的整个世界","它的另一端同时又瞄准人的主观世界,反映女主人公安娜思想的多形、多态",而金色笔记的意义"不在于折射外部的或内部的世界,而在于一种哲理的表述和生活的总结",

在金色笔记中,安娜调整了自己的心态,与混乱的世界达成妥协,找到了"真理",写作障碍症也就不治而愈。《自由女性》和五种笔记之间的关系就是女性问题这个小主题和关乎整个人生的大主题之间的关系,整部小说最后终止于具有传统叙事风格的《自由女性》,表示主人公在迷惘之后又回到平淡无序的现实。不过,小说似乎暗示,面对混乱,人的力量又如此渺小,我们只要尽自己的绵薄之力也就够了。黎会华《多丽丝·莱辛〈金色笔记〉中的现代主义技巧分析》(2003)主要讨论了《金色笔记》象征性的网状结构("图式")以及梦和连续电影镜头。关于梦的阐释对《金色笔记》的意义建构来说很有价值,不过这里的一些具体阐释仍值得进一步探讨。

3. 有关精神分析、苏菲主义、生命哲学、认识论等哲学思想的研究

莱辛曾受马克思主义、精神分析、苏菲主义的影响,国外莱辛研究,尤其是早期研究,从这些角度切入较多。或许是由于对改革开放前"左"倾思潮的逆反心态,专门从马克思主义批评角度研究莱辛的在国内研究中很少见,从精神分析角度开展研究的倒不少,也有人研究莱辛与苏菲主义。

刘雪岚《分裂与整合——试论〈金色笔记〉的主题与结构》(1998)一文是国内在精神分析批评中影响较大的一篇,它把《金色笔记》看作"关于一个名叫安娜的女作家如何克服写作障碍、战胜精神崩溃,从心理分裂走向心灵整合的故事"。论文从莱恩理论的视角,归纳梳理了安娜生活中的政治信仰危机、艺术创作危机和情感挫折,追踪她如何陷入精神分裂,又如何在疯狂中获得心灵的治愈的过程。论文认为小说的结构与上述主题相应:"小说的复式多重结构打破了全知叙述、时间顺序叙事和单一视角的模式,提供了一种复合视角的开放式叙述空间,使文本阅读充满了不稳定性和极强的诠释张力。分裂的笔记象征着安娜分裂的内心世界,最后合四为一的'金色笔记'又代表了她走向完整的精神状态,在此,内容与形式达到了高度的契合统一。"夏琼《追寻无意识的踪迹——多丽丝·莱辛〈野草在歌唱〉人物心理探析》(2005)"运用精神分析学说有关个人无意识和集体无意识的理论来分析小说女主人公",认为是被压抑的性本能和内心强烈的种族歧视的冲突导致了主人公玛丽的悲剧。而她的另一篇论文《扭曲的人性,殖民的悲歌——评多丽丝·莱辛的〈野草在歌唱〉》(2001)则从玛丽成长和走向毁灭的过程中,在白人与黑人、白人与白人、白人与土地的关系中,透视殖民主义和种族歧视对人性的扭曲。

苏菲主义批评方面,较有代表性的是苏忱的《多丽丝·莱辛与当代伊德里斯·沙赫的苏菲主义哲学》(2007)和胡勤与之商榷的论文。苏文介绍了苏菲主义的历史和20世纪60年代以来在西方产生影响的沙赫苏菲主义思想。论文认为,莱辛之所以接受沙赫的苏菲主义思想,一方面是因为它相信人能实现自己的潜能,这正契合了莱辛的创作追求,实现人的潜能是她创作中贯穿始终的

母题;另一方面,苏菲哲学"提出的认识自我和社会的方法,可以改变西方人长久以来所崇尚的单一、线形[性]、理性逻辑的思维方式,使人们能够多角度地运用直觉感知",达到认知目的。论文分析了《幸存者回忆录》主人公循着苏菲主义的指引、超越束缚达到自由之境的认知过程,但也指出苏菲主义作为宗教派别的局限性和消极影响。胡勤《多重的苏菲主义:对"多丽丝·莱辛与伊德里斯·沙赫的苏菲主义哲学"——与苏枕商榷》(2008)主要质疑苏文对苏菲主义的介绍,尤其是结尾处有关苏菲主义消极影响的具体表述。胡文就苏菲主义的历史和沙赫的作品和思想做了大量补充介绍,并从三个方面提出异议:一、苏菲主义既非一种哲学,也非宗教派别;二、沙赫是当代苏菲主义在西方的主要阐释者,但他否定了苏菲主义的伊斯兰教传统;三、当代苏菲主义并不推崇"众人皆信教",它主张理性知识和直觉经验的结合,莱辛也没有让人放弃理性。这样的对话在国内莱辛研究同行中是少见的,尽管批评文章本身的某些说法也有可商榷处,但对话的建设性不言而喻。

在写于 1971 年的《金色笔记》序言结尾处,莱辛曾谈到,她从读者来信中发现了这部小说在读者接受方面表现出的割裂情形,人们或者只看到小说中的性别战争或者只看到政治或者只看到精神疾病,这让她深感无奈,企盼读者能从整体上把握小说的主旨。而在整体研究方面,中国学者做出了有益的尝试。张鄂民《多丽丝·莱辛的创作倾向》(1998)通过分析莱辛的主要小说作品来归纳她的文学创作倾向,认为"她的不断变换的视角经历了外部—内心—宇宙这种宏观—微观—宏观的转换过程,其作品的视点可概括为三个走向",《青草在歌唱》、"暴力儿童"五部曲呈现"从宏观的外部视点反映社会现实"走向,《金色笔记》《简述下地狱》《黑暗前的夏天》和《幸存者的回忆》呈现"从内心世界的视点折射社会现实"走向,名为"南船座中的老人星档案"的系列太空小说呈现"从多元的视点和广义的时空角度反思社会"走向。"综观莱辛的文学创作倾向,她在哲学思想基础上曾受马克思主义、精神分析学说、表现主义、苏菲教派等思想影响。这决定了她在思想上既非无神论,也非一神论;既是避世的,也是入世的,因而也是游世的,颇类道家思想。"该文的语言表述或许有些随意,论证或许可以更加缜密,但它提出的观点却颇具启发性,可以说是国内莱辛批评试图从哲学思想上整体把握莱辛的新尝试。

王丽丽则试图从生命哲学的高度把握莱辛。她的《从〈简·萨默斯的日记〉看多丽丝·莱辛的生命哲学观》(2005)从小说的时空结构、小说人物之间的对应关系中提炼出作家对生命的关注,认为作品诠释了始于 19 世纪末、20 世纪初以狄尔泰、柏格森为代表的德国和法国的生命哲学。2007 年年初,王丽丽又发表了国内第一部莱辛研究专著,在她的博士论文基础上写成的英文专著《多丽丝·莱辛的艺术和哲学思想研究》(*A Study of Doris Lessing's Art and*

Philosophy)。该书主要从狄尔泰、柏格森的生命哲学和苏菲主义的理论视角解读莱辛的九部作品,包括《野草在歌唱》、"暴力的孩子"五部曲、《金色笔记》以及《简·萨默斯的日记》中的两个中篇。

姜红以《有意味的形式——莱辛的〈金色笔记〉中的认识主题与形式分析》(2003)一文开始从认识论角度研读莱辛。该文提出,《金色笔记》是一部以认识(认知)为主题的小说,而小说中涉及的女性问题、政治问题、精神分析问题甚至形式问题都是认知的某个具体方面。另一方面,对小说认知问题的分析离不开对其形式的分析。论文从认知的角度去探讨小说中的处于不同时段的不同颜色的笔记本与小说中的小说《自由女性》之间的关系,力图揭示小说形式的认知意义。此后,姜红又发表了三篇论文继续相关讨论。《不归路上的19号房》(2008)说明理智的局限与膨胀迫使苏珊固守对生活方式的错误选择,最终导致她的自杀悲剧;另一方面,小说作者借助空间意象揭示出无辜又无知的受害人的心路历程和这一悲剧的批判意义。《〈金色笔记〉中〈自由女性〉与笔记之间的对话与认知》(2009)通过分析《金色笔记》中各色笔记和《自由女性》等嵌入文本之内和之间复杂的对话关系,把握小说中对话性的认知结构,展现主人公安娜突破旧理性、旧秩序的束缚,经由非理性走向新理性、新秩序的认知过程。《〈什卡斯塔〉:在宇宙时空中反思认知》(2010)分析莱辛的《南天船底座中的老人星档案》五部曲小说中的第一部,说明它借助科幻小说的形式,以认知水平远远胜过地球人的宇宙人的眼光,揭示地球人类的理性禁锢和认知局限,同时又传授认知方法,暗示认知进步的可能性。上述三篇论文研究的作品在题材和形式上都有很大差异,却存在共同的认知特点,说明从认知的角度去读莱辛是颇有意义的尝试。

4. 比较研究

国外莱辛研究曾将莱辛与 T. S. 艾略特、詹姆斯·乔伊斯、弗吉尼亚·伍尔夫等现代主义文学大家进行比较,发现她作品中的现代主义特征,又与凯特·肖邦、艾丽丝·沃克等其他女性作家比较,探讨她的女性主义立场和写作方式,国内研究中也不乏类似探讨。此外,较有特色的是将莱辛与中国作家尤其是女作家的比较研究。林树明《自由的限度——莱辛、张洁、王安忆比较》(1994)就莱辛的《青草在歌唱》《金色笔记》《去十九号房》《黑暗前的夏天》中的女性描写,从女性的困境与困惑、性爱描写的方式、对"自由女性"的表现三个方面,与中国女作家张洁和王安忆进行对比。其他比较研究对象还有聂华苓、张爱玲等。

5. 后殖民主义批评和文化研究

进入20世纪80年代后,后殖民主义理论的出现使相关批评成为国外莱辛研究中引人注目的一支。90年代,新历史主义和文化研究的兴起和发展也为莱辛研究注入了新的活力。陈璟霞《多丽斯·莱辛的殖民模糊性:对莱辛作品中的殖民比喻的研究》(中国人民大学出版社,2007年)是国内现有三部莱辛研究专著中的一部,从殖民主义和后殖民主义理论的视角,分析莱辛作品中的殖民比喻,在肯定她对殖民主义的批判的同时,又指责批判的不彻底性,甚至提出她的作品与殖民主义形成共谋关系。如果说在莱辛的女性观上存在争议,她反种族主义和反殖民主义的态度却几乎从未受到挑战,这部研究专著提出的挑战是否能够成立值得推敲。

空间研究成为近年莱辛小说研究的热点。赵晶辉《殖民话语的隐性书写——多丽丝·莱辛作品中的"空间"释读》(2009)从莱辛的自传《在我的皮肤地下》(《我心深处》)、纪实作品《回家》和小说处女作《野草在歌唱》中选取事例呈现她对"空间"与"殖民主义"的关联的思考,说明她的"空间"描写使作品"更具备文化内涵和思想深度",论证很具说服力。如果说这里的"空间"还只是涉及具体作品的某些细节,并未涵盖作品整体解读的话,那么这个遗憾在赵晶辉的另一篇论文《〈四门城〉中房子的空间隐喻》(2010)中得到了弥补。作者指出,玛莎在伦敦先后居住的四栋不同的房子暗示她自我找寻的四个阶段,莱辛通过对房子的描写"为人们提供了观察世界和理解人生的别样视角"。肖庆华的《都市空间与文学空间——多丽丝·莱辛小说研究》(四川出版集团四川辞书出版社,2008年)是一部脱胎于博士论文的专著。该书运用20世纪70年代后在西方兴起的文化地理学和空间理论,尤其是索亚在列斐伏尔的思想基础之上提出的"第三空间"概念,从伦敦的内外视角、差异空间、性别空间三个主要方面探讨了莱辛小说有关大都市伦敦的文学想象,涉及的文本包括短篇小说《高原牛的家》,长篇《四门城》《第五个孩子》《好恐怖分子》《简·萨默斯的日记》《重坠爱河》和《金色笔记》。该书的特色在于其跨学科的文化研究,不仅从文化批评的角度解读莱辛小说构建的伦敦,还研究建筑、城市规划、图片资料等其他类型的文本。"在这个想像与真实的旅程里,在这个互文本的世界里",作者发现,莱辛的小说整合了社会空间的关系;另一方面,地理史与空间理论在文学意义生产中具有重要的作用。

此外,近年来集中出现了关注生态批评和生态女性主义的研究,只是研究水平还有待提高。

总体上看,国内的莱辛小说研究起步于中国开始实行改革开放后的20世纪80年代初,并未受到改革开放前政治思潮的禁锢,研究中未出现难以破除的思维定式,又赶上90年代西方文论大潮涌入,使得国内研究无论在选题范围还是研究方法上都能很快与国外研究接轨,形成多元化的蓬勃发展态势。内容丰富的莱辛小说研究,为中国读者了解这位伟大的作家作出了贡献,研究莱辛也使研究者在文学趣味上开阔了眼界,在批评方法上得到了磨炼和提高。但也应该承认,尤其是在 90 年代以来的快速发展中,国内莱辛研究存在着不少问题,与国外莱辛研究相比仍有很大差距。

第一,在研究中存在生搬硬套理论的现象,不少研究缺乏问题意识,对小说文本、对具体问题的分析论证不够扎实和细致。譬如有一篇解读《野草在歌唱》的论文①,以后殖民主义理论的条条框框作为衡量小说及其作家的标准,当发现摩西这一殖民主义者眼中的"强暴者"形象未被刻画成"圆形人物"时,论文作者得出了作品反殖民主义不彻底、与殖民主义具有共谋关系的惊人结论。这种贴标签式的批评方式是莱辛本人深恶痛绝的,然而这种为理论偏执所左右的论证方式在国内莱辛小说研究中却不在少数。再譬如,从国内研究文章参考文献看,研究引用的多为理论专著中对原理的论述,却少有针对具体问题表述的具体观点。这些令人担忧的现象,一方面可以归因于对理论的迷信,另一方面恰恰说明我们还没有吃透理论,理论修养还不够好,还不能活学活用,熟练运用理论指导批评实践。因此,解决这一问题的方法并非摈弃理论,而是加强理论建设,提高理论修养,提高思辨能力和分析论证水平。当然,与此同时也要自觉地以恰当的方式看待理论,加强问题意识,重视文本分析。

第二,由于增长速度过快,论文的研究水平参差不齐,存在低水平重复的情况。

第三,国内莱辛研究接受西方影响多,与西方学者平等对话少;国内同行之间更缺乏对话交流。考虑到国内莱辛研究与国外研究的差距,出现这样的局面情有可原,但长此以往,对于在国内建立良好的学术生态却十分不利。譬如上文中介绍的几篇运用女性主义批评方法的论文都是相对来说影响较大的论文,几篇论文都以《金色笔记》和女性观为选题,然而在行文中彼此却全无交集,也不见早先对《金色笔记》和女性问题有过深入探讨的黄梅老师的论文的蛛丝马迹,这不能不令人遗憾。其实,加强国内研究同行间的对话,是避免低水平重复的好办法。我们应在学术规范建设的意义上看待对话交流问题,树立这样的观念:公开发表的成果不仅属于研究者个人,同时也是属于学术界的公共财产和共同财富,是学术研究传承中的一环,它不应被滥用(抄袭剽窃),它的存在也不应该被漠视。对于前人的成果,哪怕是本人的前期研究成果,都应该持这种尊重态度。有些人为了不影响当下需要发表的成果的创新性而消极对待前期成果的搜集梳理工作,造成非主观故意的重复,客观效果上同样给公共学术带来伤害。

第四,整体研究还有待加强:对任何一位有价值的作家来说,整体研究都很

---

① 陈璟霞:《从"强暴"比喻看〈草儿在歌唱〉中的殖民意识》,《天津外国语学院学报》2007(4),第 50—56 页。

重要;对于互文性极强的莱辛作品,整体研究则尤为重要。而她于今年辞世,给她创作的一生画上句号,也使整体研究的条件更加成熟。展望未来,一方面应更多关注莱辛不同的小说作品,另一方面应从莱辛小说创作的整体着眼探讨作品之间的互文关系,避免将不同作品割裂开来进行研究。应在提高专题论文研究水平的基础上出版更多专著。

第五,中文的文字表达水平有待提高。现有莱辛研究中有不少语言欧化问题,甚至出现语法和逻辑漏洞,这与国内研究者主要参阅外国文献、忽视国内学者间的交流与对话有关,也与国内外国文学专业不够重视中文和逻辑推理训练的教育背景有关。

总之,不管是在论述深度上还是在探索创新上,国内的莱辛研究都有待于评论者继续努力。

第九节 霍桑小说研究

霍桑(Nathaniel Hawthorne,1804—1864)是19世纪美国文艺复兴时期经典小说家,霍桑作品在中国的译介与批评始于20世纪早期。新中国成立后,霍桑研究成为我国外国文学研究的一个重要组成部分。本节总结梳理新中国成立后60年间我国霍桑研究的特征、方法、发展趋势及其与社会历史环境之间的互动关系,并与西方的霍桑研究发展态势相比较,评述我国学者在霍桑研究方面的贡献与不足,在此基础上指出该领域存在的研究空间。

一、新中国成立前研究状况的简要回顾及新中国成立后30年间的霍桑研究(1949—1978)

霍桑是19世纪上半期美国经典小说家,也是美国文艺复兴时期的重要作家。霍桑研究的学术传统在西方源远流长,最早可追溯到1828年。这一年,霍桑匿名出版了自己的第一部作品《范肖》,引起了评论界的关注。[①] 此后,霍桑开始在各种杂志发表短篇故事,出版了短篇小说集《重述故事集》,得到了越来越多的评论关注。1850年《红字》的问世进一步把霍桑推到了评论界与普通读者的视野中,霍桑的文学地位得以确立,成为真正意义上美国文学的早期代表,霍桑研究也日益成为美国文学研究中的显学之一。截至20世纪中期,霍桑研究在西方已经有逾百年的历史。20世纪后半期,国外霍桑学者除了对霍桑作

---

① 虽然霍桑对该作品并不满意,甚至在小说出版之后试图对其进行销毁,但该小说还是引起了评论界的注意,对《范肖》的评论也成为现存最早的霍桑研究成果。

品的创作渊源进行了大量的溯源之外,对作品中的主题和写作技法也进一步进行分析、探讨,以尼娜·贝姆(Nina Baym)、萨克文·伯科维奇(Sacvan Bercovitch)、詹姆斯·杜阪(James Duban)、海厄特·瓦格纳(Hyatt H. Waggoner)等为代表的霍桑学者掀起了霍桑研究的新一轮热潮。这一时期的霍桑研究领域出现了象征主义手法、清教主义思想、浪漫主义特征、罗曼司文体等重要研究阵地,同时涉猎霍桑作品的"心"与"脑"的心理认识,霍桑小说中的"心"形象,霍桑作品的含混性、伦理性、反讽、圣经典故、对罪的探讨、科学观等研究主题。80年代后期起,随着文化研究理论的兴起,霍桑研究也出现了一些新兴领域,如霍桑作品的性别建构、叙事结构、霍桑的文学政治性等命题。

我国对霍桑的译介工作发端较晚。由于清政府长期的闭关锁国、文化自守政策,直到20世纪早期霍桑及其作品才被介绍到中国。1913年,《小说月报》"说林"栏目刊登了孙毓修的《欧美小说丛谈:霍桑》一文,开我国霍桑研究工作之先河;同年10月,霍桑的短篇小说《新旧教徒》由旭人翻译成中文,发表在北京法政同志研究会《法政学报》1卷1—3号(1913.10.25—12.25),是目前所知最早译介到国内的霍桑作品,标志着我国学者对霍桑作品的翻译工作之始。此后的几年里,出现了多篇霍桑作品的译文,揭开了我国霍桑作品翻译的序幕。经过了霍桑译介活动相对平静的20年代,20世纪30年代,霍桑的作品引起了我国外国文学爱好者的极大兴趣,产生了大量的汉译作品,其中一些经典名篇更是被一再翻译,掀起了霍桑作品译介的一个小高潮。① 20世纪40年代,由于抗日战争的爆发,我国的外国文学译介工作受到极大影响,但还是陆续出现了一些霍桑作品的译文。尤其值得一提的是,新中国成立前我国出现的《红字》译本达五种之多,足见我国学者对该作品的青睐。然而,虽然新中国成立前我国已有大量的霍桑作品译文存在,但在霍桑研究方面尚没有形成风潮。当时学者们的评论文章主要是关于霍桑生平和作品的介绍,且散见于各种译本的"前言""序"以及"小引"当中,鲜有深入的作品评价和真正学术意义上的文学研究。

新中国成立后头30年里,我国的外国文学翻译工作取得了一定的进展,我国学者在霍桑作品译介方面取得了一定的成绩,出现了《红字》《福谷传奇》以及一些短篇小说的译本。这一时期,由于二战后美国和苏联之间的冷战以及中苏的同盟关系,我国学者研究美国文学时不可避免地戴上了政治、阶级的有色眼

---

① 1931年,上海北新书局出版了一系列英汉对照注释作品,包括霍桑的《返老还童》(傅东华、石民译注)以及《龙齿》(*The Dragon's Teeth*,贺玉波译注),前者于1935年被许子由译作《回春法底实验》,收录在然而社编选出版的《世界短篇小说名作选》中。1932年,中华书局出版了《霍桑氏故事选录》(吴锦森注释)。1936年,上海生活书店出版发行了骞先艾、陈家麟编译的《美国短篇小说集》,收录霍桑的《步福罗格太太》《牧师的黑面纱》两篇作品。1937年,商务印书馆出版了王云五主编,傅东华、于熙俭译的《万有文库:美国短篇小说集》,其中包括霍桑的《胖先生》《腊巴西尼的女儿》两篇。

镜,学界对美国文学的态度总体上不够客观、公允。我国学者在这一时期青睐的美国作家大多是具有较明显阶级立场的所谓"进步作家",包括马克·吐温、德莱塞、杰克·伦敦、海明威等,对这些作家的评论也多集中于他们的阶级立场、革命色彩。在这样的历史背景之下,霍桑的作品在很长一段时期为内地学界所忽视,现存最具学术含量的批评仅存于少量的译本的序或前言中。例如,惟为的《霍桑小说选》(1963)开篇介绍了霍桑的创作,认为霍桑的小说"都有寓言性,成为现代文学里最走红的一种格式",同时认识到霍桑"发掘心理和注重修辞,更替心理小说开了先河"(第11页)。杨立信、侯巩译的《福谷传奇》同样有"译者前记",对霍桑的作品做了总结概括,认为《红字》"是一部关于殖民时期的历史小说,揭露出了美国清教徒资产阶级的伪善面貌",而《七个尖阁的房子》"叙述一个资产阶级的家庭用欺诈的手段聚集财富,结果造成一家人的不幸;《福谷传奇》是一部问题小说,作者在这篇作品里发表了自己关于社会生活的保守而又浪漫的见解",认为霍桑具有"忧郁和悲观主义,以致他的作品几乎全染上了一种阴郁的色彩"(第1页)。这篇前记继续讨论《福谷传奇》,认为小说内容"描写的是美国十九世纪时的知识分子,但是对我们现在来讲,更可以说明,任何空想社会主义或改良主义都不过是失败的命运"(第2页)。考虑到1957年中国的"反右"风潮,这样具有政治色彩的结论也很契合当时的社会历史文化背景,在当时颇具代表性。

除了这些译序、前言之外,新中国成立后到1978年,我国学者几无专论霍桑的论文或论著面世,偶尔在针对其他作家的研究中提到霍桑,也往往着眼于其作品的阶级性。这段时期,由于国内政治运动频仍,加上1966年起"文化大革命"的十年浩劫,我国的文化艺术事业发展受到了重创,整个内地学界的外国文学译介和研究工作首当其冲受到打击。霍桑翻译和研究在这30年间丧失了新中国成立前迅猛发展的势头,虽有新的译作产生,但没有形成新中国成立前30年代那样的气候,对霍桑作品文学价值的评论、赏析更是少之又少,学者们的认识停留在霍桑是浪漫派作家、惯用象征和寓言、其作品具有清教主义文化色彩等这些新中国成立前学者们已经有所论及的观点,鲜有新的见解产生。我国霍桑研究以及外国文学研究事业的整体萧条期待着改革开放春风的到来。

二、新时期的霍桑研究(1978—2000)

改革开放之后,我国的外国文学研究逐渐摆脱了"唯阶级论""唯意识形态论"的基调,开始把关注的焦点从文学作品的政治功能转向了诗学意义,在霍桑研究领域也出现了真正具有学术价值的研究。1978—2000年这20年间,一方面,霍桑作品的译介不断涌现、推陈出新。据有学者统计,自80年代以来,仅

《红字》一书的译本就多达 35 种。① 除了《红字》出现了多个译本之外,《七个尖角顶的宅第》也成为一个翻译的热点,先后出现了五个译本②,其他的短篇小说也有学者不断再译。另一方面,我国学者发表的霍桑研究论文呈几何级数增长,霍桑研究逐渐进入前所未有的繁荣期。

从时间顺序来看,1978 年起至 80 年代末这一历史时期是我国的文艺界从十年文化浩劫的梦魇中苏醒过来的时期,也是霍桑研究在一度停滞之后的一个恢复期。这一时期,我国学者发表的霍桑研究论文接近五十篇③。这些论文有的对霍桑作品艺术特色做了总体性的探讨④,有些论及霍桑的短篇名作如《教长的黑面纱》(陈弘,1985)、《伊桑·布兰德》(王毅,1985),此外很大一部分的研究集中在小说《红字》上。董衡巽是这一时期最早研究霍桑作品的学者之一。1978 年,董衡巽在《美国文学简史》一书中,辟专章讨论霍桑作品的主题思想和艺术特点。⑤ 董衡巽认识到"霍桑是一个思想上充满复杂矛盾的作家"、霍桑作品意义充满含混性,同时指出霍桑善于运用心理描写、作品有神秘主义倾向、作品的浪漫主义及"心理罗曼史"体裁等方面的艺术特色。虽然董衡巽对霍桑的论述还带着一定的政治色彩和阶级属性,但总体而言,这个章节较全面地概括了此前学者对霍桑作品的学术观点,呈现了当时我国霍桑研究的图景,成为我国改革开放后霍桑研究的新起点。此后,我国学者越来越多地关注霍桑的作品,关注的焦点也逐渐远离了政治、阶级、革命的范式,开始注重作品本身的文学价值。

这段时期,我国霍桑研究的一个重点是霍桑作品的浪漫主义特征。1979 年,《世界文学》杂志第一期刊出了两篇霍桑短篇小说《教长的黑面纱》《拉帕其尼的女儿》⑥的新译,并随后登载了朱虹的《略谈霍桑的浪漫主义》一文⑦,这篇论文讨论了霍桑作品的宗教意蕴、"恶"的主题以及霍桑对科学的态度,然后探

---

① 舒奇志:《霍桑研究在中国》,《社会科学辑刊》2007(1)。
② 霍桑:《红字 凶宅七角楼》,熊玉鹏等译,太原:北岳文艺出版社,1996 年;霍桑:《红字 七个尖角顶的宅第》,胡允桓译,北京:人民文学出版社,1999 年;霍桑:《七角楼》,贾文浩、贾文渊译,南京:译林出版社,2001 年;霍桑:《七角楼房》,王誉公、王祖哲译,桂林:漓江出版社,2001 年;霍桑:《七个尖角阁的老宅》,李映珵译,武汉:长江文艺出版社,2008 年。
③ 本节中关于期刊论文的统计数据主要来源于中国期刊网(CNKI)。
④ 探讨霍桑总体艺术风格的代表性论文:戴震:《论霍桑的〈红字〉》,《四川大学学报(哲学社会科学版)》1983(2);陈弘:《"偏僻山谷中带有苍白色彩的花朵"——从〈教长的黑面纱〉漫评霍桑短篇小说的艺术风格》,《外国文学专刊》1985(1);郭力:《空谷幽兰——霍桑短篇小说艺术初探》,《齐齐哈尔师范学院学报(哲学社会科学版)》1987(4)。
⑤ 董衡巽:《美国文学简史》,北京:人民文学出版社,1978 年,第 84—93 页。
⑥ 霍桑:《教长的黑面纱》,聿枚译,《世界文学》1979(1);霍桑:《拉帕其尼的女儿》,冯钟璞译,《世界文学》1979(1)期。
⑦ 朱虹:《略谈霍桑的浪漫主义》,《世界文学》1979(1)。

讨了霍桑作品"丰富的浪漫主义想象和强烈的主观色彩",并阐述了霍桑关于"罗曼史"的界定以及霍桑对象征的运用,是较早从学理角度讨论霍桑浪漫主义创作特色的优秀论文之一。此后,浪漫主义一直是我国学者研究霍桑的一个重要领域。① 霍桑的象征手法是当时和浪漫主义写作风格有关的另一个研究焦点。陈慧君在《象征·寓意·小说——〈霍桑短篇小说集〉拾零》②一文中,立足文本分析,讨论了霍桑短篇小说中象征的运用,认为霍桑"以象征的手法,将事物的寓意深嵌于小说之中,巧妙地把寓意和小说融于一炉"(94),是我国早期文本研究的范例。此外,本时期我国学者也重点研究了霍桑的宗教、伦理、道德观念、心理描写、哲学思想以及文化意义等方面内容,研究成果蔚为大观。

新时期的第一个十年是我国文艺界走出"文化大革命"浩劫的过渡期,接下来的90年代则是我国文学艺术事业发展的一个加速期。霍桑学者们除了对《红字》《拉帕其尼的女儿》《小伙子古德蒙·布朗》等名作进一步研究之外,也开始涉猎前人论述不多的作品如《七个尖角阁的房子》、散文《秋天》等③,在研究方法和主题方面也表现出了传承与创新并重的特征。

这一时期,我国对既有霍桑研究领域的探讨更加专业化、学术化,同时发掘了一些新的议题,学者们基本实现了从强调政治立场、阶级属性、革命意义的文革式批评套路向新式文学批评话语的转型。对于象征主义、宗教道德观这些传统命题的研究进一步细化,同时从心理分析、原型研究、女权主义、接受美学、叙事学等新的视角关注霍桑笔下的人物形象,霍桑研究面目一新。我国关于霍桑的女权主义研究最早出现在1995年。是年,我国当时知名的女权主义学者陈晓兰在《外国文学研究》杂志第三期发表了《女权主义批评者眼中的纳撒尼尔·霍桑》一文,梳理概述了西方学界关于霍桑作品的女权主义研究的焦点问题和批评模态,为我国的霍桑研究提供了一个新的理论视角。原型研究也是这一时期涌现的一种新式的研究方法。学者梁工发表多篇论文分析了霍桑作品对圣经典故的影射、化用。④ 田祥斌撰文从接受美学的角度分析了霍桑小说中的歧

---

① 这一领域比较重要的研究论文还包括:黄铁池:《开掘"现实与幻想可能相交"的手法——霍桑小说艺术谭》,《外国文学研究》1989(4);方文开:《霍桑与浪漫主义反讽》,《外语研究》2007(6)。

② 陈慧君:《象征·寓言·小说——〈霍桑短篇小说集〉拾零》,《外国文学研究》1983(1)。同一时期类似主题的研究还有:史曙华:《试论〈红字〉的人物、象征和主题》,《宁波师专学报(社会科学版)》1984(1);游杰:《谈〈红字〉的人物刻划和象征手法》,《松辽学刊(社会科学版)》1988(1)。

③ 高黎平:《霍桑的散文〈秋天〉的艺术特征》,《宁德师专学报(哲学社会科学版)》1999(3);董兰:《霍桑〈七个尖角阁的房子〉的象征手法》,《国际关系学院学报》1997(2);甄丽丽:《霍桑〈七个尖角阁的房子〉中象征手法的运用》,《兰州大学学报》1995(4)。

④ 梁工:《略谈〈红字〉中的"圣经"意象》,《河南大学学报(社会科学版)》1992(5)。梁工:《伊甸园和拉帕其尼的花园》,《上海师范大学学报(哲学社会科学版)》1993(4)。

义现象①,金衡山在《〈布拉斯岱罗曼司〉中的叙事者和隐含作者》②一文中首次用叙事学理论分析霍桑的作品《布拉斯岱罗曼司》(后通译为《福谷传奇》),讨论了叙事者考佛戴尔的多重身份以及小说的隐含作者问题,是较早利用叙事学概念进行文学研究的成果之一。

三、21世纪的霍桑研究(2000—)

进入21世纪之后,我国的外国文学研究整体出现一片繁荣景象,我国的霍桑研究进入繁荣期。十年间,我国的霍桑研究论文总量几近千篇③,虽然这些论文良莠不齐、优劣同陈,但不可否认的是,进入21世纪以来,霍桑研究越来越受到我国外国文学工作者的青睐,该研究领域成为我国外国文学研究界的显学之一。

这一时期的霍桑学者延续了对一些经典研究领域如清教观、浪漫主义特色、象征手法等的研究,深化了对叙事学、女性主义、原型批评等新兴领域的研究,同时开始利用新的理论视角如超验哲学、生态批评、文化研究、符号学理论等来阐释霍桑的作品。虽然这一时期研究的主要焦点还是《红字》和一些短篇名作,霍桑的其他小说也引起学者越来越多的研究兴趣。方文开的论文《从〈带七个尖角阁的房子〉看霍桑的文化政治策略》(《外国文学研究》2008年第1期)认为霍桑在小说中以历史作为叙述的本源,通过探索现代人心理的精神实质来阐释历史对现实的影响;通过分析霍尔格雷夫价值观的嬗变,揭示了霍桑创作的文化政治策略以及建构主流政治话语的文化努力。尚晓进的《罗马的隐喻:原罪与狂欢——谈〈牧神雕像〉与霍桑的国家意识形态批评》(《英美文学研究论丛》2010年第一辑)着眼于《牧神雕像》中关于罗马的隐喻,指出作品具有反思19世纪上半叶美国的主导价值观念、批评和消解主流意识形态的文化意义。此外,方文开、尚晓进等学者都曾撰文讨论霍桑的《福谷传奇》。④

这一时期,原型研究成为学者们青睐的研究阵地,部分学者继续发掘霍桑作品中的原型元素尤其是和《圣经》有关的原型,有些学者对原型和象征的特点做了分析,还有一些学者将原型研究扩展到对作品中独特意象的研究,丰富了霍桑原型研究的内容。任晓晋、魏玲撰文剖析了《红字》中的象征和原型的多重意义,并从霍桑的清教意识、超验思想和神秘主义倾向等方面寻找含混和多义

---

① 田祥斌:《接受美学与霍桑小说中的歧义》,《外国文学研究》1997(2)。
② 金衡山:《〈布拉斯岱罗曼司〉中的叙事者和隐含作者》,《国外文学》1999(4)。
③ 本统计数字来源于中国期刊网。
④ 尚晓进:《乌托邦、催眠术与田园剧——析〈福谷传奇〉中的政治思想》,《外国语(上海外国语大学学报)》2009(6);方文开:《福谷:霍桑探讨权力运作机制的舞台》,《外国文学研究》2009(6)。

的哲学根源①;彭石玉在《霍桑小说与〈圣经〉原型》中从人物、结构和情节方面对《红字》中的圣经原型做了比较系统的分析,研究指出,霍桑在原型处理上表现出来的冲突和矛盾反映了霍桑本人宗教观上的矛盾。②霍桑的超验主义思想也是本时期学者们关注的重要命题。我国学界在这一领域基本形成了两种批评趋势。以王法吉、洪璇茉为代表的部分学者认为爱默生的超验主义对霍桑的作品有很大影响,霍桑的作品中流露出对超验主义自然观的认同③;以戚涛和臧晓虹为代表的另外一些学者则通过分析论证了霍桑在作品中质疑、挑战甚至企图颠覆和解构爱默生式的超验主义哲学观,认为他的作品中有"反超验"思想。④我国学者对霍桑作品超验主义思想的不同观点从一个侧面揭示了霍桑作品的复杂性和深度,同时也反映了我国学者各抒己见、进行理论争鸣、学术论战的倾向,验证了我国学术界健康、蓬勃发展的态势。

  这一阶段,女权主义和文化批评也是我国霍桑研究的两大主潮。陈榕在《驯顺的灵魂和叛逆的身体——对霍桑短篇小说〈胎记〉的女性主义解读》⑤一文中运用女权主义批评话语,分析了科学家阿尔默将妻子视为自己的附属财产、欲望的客体以及可以合法书写的文本,揭示了阿尔默提出的"身体/灵魂"二分法中所隐藏的男权主义话语暴力。同时,论文认为女主角乔治亚娜将男权机制内化,实现了自我物化,充当了阿尔默"杀妻"的帮凶,而小说结尾乔治亚娜之死既体现了她对男权的屈服,也透露出她的身体以死捍卫主体性、反对男性的书写和改造的信息。方文开的论文《论霍桑的审美现代性》探讨了霍桑敏锐的文化感悟力以及独特的反思方式,指出霍桑的作品之所以展示了富有前瞻性的审美眼光,这是因为霍桑从相反的方向去反思现代性、反思物化文明对人的威胁和统治,这样的审美思路表达了霍桑希望摆脱异化、回归乡土和自然的完美理想。⑥金衡山、马大康和其他文化研究学者也分别从文学作品影视改编、视觉权力、非理性主义、文化的对话性等方面研究了霍桑作品的文

---

  ① 任晓晋、魏玲:《〈红字〉中象征与原型的模糊性、多义性和矛盾性》,《外国文学研究》2000(1)。
  ② 彭石玉:《霍桑小说与〈圣经〉原型》,《外国文学》2005(4)。
  ③ 王法吉:《美的升华 生命的永恒——霍桑〈美之艺术家〉中超验思想分析》,《兰州大学学报》2003(5);洪璇茉、朱倩:《超验主义"自然观"在〈红字〉中的体现》,《长沙大学学报》2008(4)。
  ④ 戚涛:《霍桑对爱默生超验主义的解构》,《外国文学》2004(2);臧晓虹:《从〈红字〉中人和社会的关系看霍桑的反超验主义思想》,《阜阳师范学院学报》2010(1)。
  ⑤ 陈榕:《驯顺的灵魂和叛逆的身体——对霍桑短篇小说〈胎记〉的女性主义解读》,《解放军外国语学院学报》2004(4)。
  ⑥ 方文开:《论霍桑的审美现代性》,《外国文学研究》2005(5)。

化底蕴。①

除了上述突出领域之外,我国学者也在霍桑研究的其他方面取得了成就。方成和王守仁对霍桑和罗曼司体裁进行了专门研究,该论文追溯了罗曼司理论的起源及历史演化,讨论了霍桑罗曼司观念的形成及其对这种体裁的运用,很有启发意义。② 陈玉涓、吴兰香讨论了霍桑笔下的科学家及霍桑的科学观③;朱丽田、龚红霞对霍桑作品进行了生态主义批评④。此外,我国学者在精神分析、空间研究、叙事学等方面都有所斩获,篇幅有限,不一一详述。⑤

我国霍桑研究在 21 世纪取得了长足进步,发展势头良好。我国的霍桑研究总体呈现出研究视角丰富、研究学术性强、跨学科特征明显等特点。学者们在我国霍桑译介工作的历史基础之上,借鉴新兴的文学批评理论和人文社科研究领域的最新成果,从各个角度研究霍桑的作品,积累了大量具有较高学术含金量的研究文献,同时学者们在研究中日益加强了不同学科的联系和融合,产生了许多有强烈启发意义的复合研究视角。反观国外的霍桑学界,在 21 世纪的第一个十年亦成果卓著、佳作连出。

这一时期国外的代表性霍桑学者包括瓦尔特·赫伯特(T. Walter Herbert)、迈克·吉尔莫(Michael T. Gilmore)、布兰达·万纳柏(Brenda Wineapple)等,他们既对传统的研究领域有更加深入、具体的探讨,也开创了霍桑研究的新路径、新潮流。这一时期的美国学者们对传统的霍桑研究命题进行了进一步挖掘,如帕特里夏·克雷恩(Patricia Crain)出版专著从美国文化历史的角度深入阐释了《红字》中"A"的意义,认为它是一个象征性符号,通过这个符号个人得以进入各种社会文化网链,也因此,小说《红字》在美国民族身份建

---

① 金衡山:《〈红字〉的文化和政治批评——兼谈文化批评的模式》,《外国文学评论》2006(2);马大康:《文学:对视觉权力的抗争——从霍桑的〈红字〉谈起》,《文艺研究》2007(2);蒙雪琴、季峥:《纳桑尼尔·霍桑与现代主义文学的非理性主义》,《国外文学》2006(2);张瑞华:《文化对话:一种文化冲突模式——读霍桑的〈恩迪科与红十字〉与〈欢乐山的五月柱〉》,《国外文学》2009(4)。

② 方成、王守仁:《霍桑与罗曼司体裁观念研究》,《英美文学研究论丛》2000(1)。

③ 陈玉涓:《试析霍桑非理性的科学观》,《四川外语学院学报》2000(2);吴兰香:《霍桑与现代科学观——读〈拉帕西尼的女儿〉》,《外国文学评论》2006(4)。

④ 朱丽田:《霍桑的环境伦理观——生态批评视阈中的短篇小说〈胎记〉》,《天津外国语学院学报》2009(1);龚红霞:《从生态批评的视角分析霍桑的两篇游记》,《名作欣赏》2009(24)。

⑤ 这一时期精神分析代表性论文为:张海蓉:《〈红字〉中珠儿心理的后结构主义精神分析解读》,《南京林业大学学报(人文社会科学版)》2005(2)。霍桑作品空间研究代表性论文:袁小华、杨金才:《论〈红字〉中的空间叙事结构及艺术效果》,《四川外语学院学报》2005(6);毛凌滢:《多重空间的构建——论〈红字〉的空间叙事艺术》,《江西社会科学》2009(5)。叙事学方面代表性论文:潘志明:《罗曼司:〈红字〉的外在叙事策略》,《外国文学评论》2006(4);潘志明:《含混:〈红字〉的内在叙事策略》,《外国文学》2007(2);刘炜:《〈拉巴契尼的女儿〉楔子中的内在互文性及作用》,《湖北广播电视大学学报》2006(5);张天飞:《〈红字〉与〈圣经〉的互文性解读》,《电影评介》2009(24)。

构中扮演了重要的文化角色①；桑德拉·托姆克（Sandra Tomc）撰文研究霍桑的罗曼司题材小说，认为该艺术形式和女性的欲望再现相联系，而霍桑通过在罗曼司小说中与女主人公海斯特先认同后疏离的策略来建构自己作为男性作家的权威地位。② 除了对传统研究命题的探讨之外，国外这一时期的霍桑研究出现了一些新的趋势和发展动向。首先，除了传统的研究命题之外，出现了一些新的研究焦点，如霍桑小说中的印第安人问题③、美国内战前的育儿文化④以及霍桑对国家权力的思考等⑤。除了以上讨论焦点问题之外，霍桑与女权主义运动、蓄奴制、霍桑的入世性以及霍桑与麦尔维尔的关系等等也都纳入了学者们的研究视野。其次，对霍桑作品的研究范围进一步扩大。除了小说、短篇故事之外，这一时期国外学者对霍桑的日记、书信、随笔、游记以及儿童文学作品进一步挖掘。除了研究论文之外，这一时期也出现了一些有分量的霍桑研究专著，体现了对以往评论主流观点的反思与修正。

　　进入21世纪以来十年间，中西方都出现了霍桑研究的繁盛期，研究总体态势都呈现了多元、丰富的特点。但比较而言，国外的霍桑研究涉及的作品更加广泛，研究成果期刊论文与学术专著并举，并且有《霍桑评论》（*Nathaniel Hawthorne Review*）这样的专门研究期刊。在国际霍桑研究的视野中审视我国的霍桑研究现状，不难发现，目前我国的霍桑研究存在一定的问题。一是研究的文本范围有局限性，通过梳理近年的霍桑研究文献我们发现，对于《红字》等经典作品的研究占了霍桑研究总文献的一半以上，有严重的"扎堆儿"现象，也出现了相当数量的重复劳动，对霍桑的其他作品研究有限，有些作品的研究为空白；另外一个问题也是我国外国文学研究界普遍存在的一个问题，即对欧美文学批评理论的学习、借鉴过多，对西方理论的跟风较多，缺乏植根于我国文化、文学传统的原创性文学理论及批评实践，以至于研究总是在"赶潮流"而不能"引领"潮流，没有前瞻性。再次，我国的霍桑研究虽然成果卓著，但目前多数是研究论文，有深度的研究性专著寥寥无几。⑥ 这些问题告诉我们，我国的霍

---

① Patricia Crain, *The Story of A*, Redwood City, CA: Stanford University Press, 2001.
② Sandra Tomc, "A Change of Art: Hester, Hawthorne, and the Service of Love", *Nineteenth Century Literature* 4 (2002), pp. 466—94.
③ Timothy Powell, *Ruthless Democracy: A Multicultural Interpretation of the American Renaissance*, Princeton University Press, 2000.
④ Daneen Wardrop, "Hawthorne's Revisioning of the 'Little Cherub': Pearl and Nineteenth-Century Childrearing Manuals", *Nathaniel Hawthorne Review* 2 (2000), pp. 18—32.
⑤ E. Shaskan Bumas, "Fictions of the Panopticon: Prison, Utopia, and the Out-Penitent in the Works of Nathaniel Hawthorne", *American Literature* 1 (2001), pp. 121—45.
⑥ 据统计，目前我国的霍桑研究专著仅有两本：方文开《霍桑及其现代性研究》，上海：上海外语教育出版社，2008年；方成《霍桑与美国浪漫传奇研究》（英文版），西安：陕西人民出版社，1999年。

桑研究仍大有可为。

第十节　马克·吐温小说研究

马克·吐温(Mark Twain, 1835—1910)是19世纪后半叶美国最重要的现实主义作家之一。他的文学作品自20世纪初进入晚清中国之日起，已是一个世纪有余。适逢马克·吐温逝世一百周年，本节通过对新中国成立60年来马克·吐温在中国的接受之特点和成因加以考察和评析，廓清其发展脉络和存在的不足，以期为今后马克·吐温研究在中国的进一步深化提供建设性参考。

一、新中国成立前的马克·吐温研究

20世纪初，马克·吐温在即将走完人生之际，他的两部"不起眼"的作品(《俄皇独语》和《山家奇遇》)却在遥远的中国引起了翻译家们的关注。总体上看，这两篇作品之所以能在清末的中国得以译介，其主要原因绝不仅仅在于它们所包含的文学艺术价值，而更多的是在于它们对中国当时特殊历史政治语境所表现出来的契合。30年代起至新中国成立前后逐渐对马克·吐温的主流文学作品进行了译介，当然这些也只是其文学创作的一小部分而已。1931年，马克·吐温的短篇《夏娃日记》(*Eve's Diary*)由李兰翻译，上海湖风书局出版。1932年，马克·吐温的经典之作 *The Adventures of Tom Sawyer* 首度出现在中国，题为《汤姆莎耶》，由月祺翻译，上海开明书店出版。至新中国成立前后，这部小说又被四次重译，分别是1933年上海世界书局出版的吴景新译本《汤模沙亚传》、1934年上海商务印书馆出版的伍光建的选译本《妥木琐耶尔的冒险事》、1939年上海启明书局出版的周世雄的译本《汤姆沙亚》以及1949年由上海光明书局发行的章铎声的译本《孤儿历险记》。以上译本在新中国成立前即多有再版。章铎声的译文最初在1939年12月完成，在目次前还附了两页描述汤姆充当粉刷匠的黑白剧照，出自诺曼·陶罗格(Norman Taurog)1938年导演的同名电影。另外，铎声的译本中还出现了赵景深书写的"代序"，其笔调之儿童性和幽默感几乎与马克·吐温的小说浑然一体。1934年，上海中华书局还出版了由张梦麟、李声韵、钱歌川、符伯合作翻译的《幽默小说集》，其中收录了马克·吐温1893年创作的短篇小说 *Is He Living or Dead*，张梦麟将原题译为《画家之死》。1949年，马克·吐温被奉为美国小说源流的作品 *The Adventures of Huckleberry Finn* 由上海光明书店出版，铎声、国振合译，题为《顽童流浪记》。至此，马克·吐温两部最经典的"顽童历险"小说均与中国读者见面。

与经典作品的译介相比,中国当时的马克·吐温批评明显滞后。新中国成立前出现的十多篇文章主要停留在介绍生平、创作和风格的层面上。① 赵景深在《孤儿历险记》的"代序"中所作的几段点评则多少有些学术气息:

> 《孤儿历险记》写的是儿童生活不守法律的野蛮面,但其中却充满了人性……这本书里儿童的简单观察和他所看见而不懂的事情恰成悲哀的对照……《顽童流浪记》的范围则更为扩大。这不仅仅是一本孩子的书,也不仅仅是一本关于孩子的书,这是从未成人的天真的圣人眼中所看见的各种社会的研究……与其说[马克·吐温]是美国的幽默小说家,不如说他是社会小说家;他并且是美国写实主义的先驱。②

当然,早期关于马克·吐温的评介即便有些文学批评的意味,却大抵有些舶来之嫌。如赵景深在"代序"中所调侃的那样:"倘若说这篇文章有什么坏处,那都是洋鬼子的,鄙人恕不负责。"③

二、新中国成立至改革开放

1949 年中华人民共和国成立至改革开放初期这三十几年的历史是中国接受马克·吐温过程中最富戏剧性的阶段。新中国成立后到 20 世纪 50 年代末,中苏两国的全面同盟关系和中美之间的政治军事对抗形成了巨大反差。苏俄文学成为中国学术界译介和评论的核心地带。据出版事业管理局不完全统计,从 1949 年 10 月到 1958 年 12 月为止,中国翻译出版的苏俄文学作品占整个外国文学译本总印数 74.4%强。④ 此时的美国文学一方面遭到极大的冷落,另一方面,作为对鲁迅、梁启超文学革命传统的延承,美国文学中的个别"进步作家",多少沦为政治斗争的道具。马克·吐温也因其作品中表现出来的某些"政治觉悟"而成为时代的幸运儿。20 世纪 50 年代的马克·吐温译介活动有两个特点,一是新品、译家多,二是重译、再版多。据中国国家图书馆的相关数据显示,仅 1950—1960 年十年间,中国就出版了三十部左右译介马克·吐温的作品,绝大部分为新作品,少部分为经典重译。新译作包含了过去中国读者疏于了解的马克·吐温名篇,经典重译最主要集中在《汤姆·索亚历险记》和《哈克贝里·费恩历险记》这两部作品上;译者中包括张友松和张万里这样的行家

---

① 马祖毅等:《中国翻译通史》(第二卷现当代部分),武汉:湖北长江出版集团、湖北教育出版社,2006 年,第 672—673、683 页。
② 赵景深:"代序",《孤儿历险记》,马克·吐温著,铎声译,(出版时间和出版社因封面缺失不详,现藏于南京图书馆,民国文献,编号:1712.44/35)。
③ 同上。
④ 卞之琳等:《十年来的外国文学翻译和研究工作》,《文学评论》1959(5),第 45—47 页。

里手。

从50年代末至70年代末,中苏关系的恶化与中美外交冰释前的敌对同时并存。这一时期,苏俄进步文学依然是当时中国主流文学刊物(如《人民文学》《文学评论》)评介外国文学的重点,而美国文学在中国学界则仍是一个需要谨慎观照的领域。1964年《文学评论》第4期上刊载了题为《外国文学研究工作需要联系现实斗争》的文章,强调是否能从无产阶级的立场观点去正确认识和评价外国文学作品"在意识形态上是一场严重的阶级斗争"①。很明显,在这样的历史条件下所从事的外国文学译介工作有悖于文学自身发展的固有属性。当然,美国文学的译介自然也难逃厄运,就连马克·吐温这样的"进步"作家也很少在中国的学术场合"出镜"了。1959—1978年间,尤其是"文化大革命"时期,除了香港和台湾地区,马克·吐温作品的新译著在中国内地几乎绝迹。

1949—1978年这30年间,中国学界在译介吐温的过程中依旧承袭了晚清、民国时期的怪现象,即译作多,而评论少。原因概有二:一、长期受苏联学者的影响,将吐温的作品直接当成政治宣传工具而无视其艺术性。这样的定性实际上将马克·吐温研究逼进了死胡同。二、受"左"倾政治因素的干扰,中国学界翻译马克·吐温的作品要比直接评论其作品具有更好的可操作性。毕竟,马克·吐温的"进步性"在学术界尚有争议;连美国左翼作家都将其称为"供人消遣的作者","只把阶级斗争当背景"。② 翻开当时的主流文学期刊,苏联、东欧及亚非拉的大小国家均有一席之地,唯独美国作家难得一见,而马克·吐温则几乎沦为"坐在黑暗中的人"。即便偶有提及,也只是被用以"揭露""美国式"自由与民主的"秘密"。③ 茅盾指出"马克·吐温的作品之所以使得华尔街的大亨们如此地'痛心疾首'……大概是因为他无情地暴露了美国统治集团的面目"④;匡兴指出"马克·吐温作品的题材相当广泛。其基本内容是揭露美国资本主义社会的丑恶和腐朽,拆穿所谓美国'民主''自由'的西洋镜……但是,马克·吐温是一个资产阶级民主作家,他的理想没有超出资产阶级民主的范围……因此,他的讽刺不管怎样尖刻和辛辣,却不是要摧毁资本主义统治的基础"⑤。很显然,在这一特定历史语境之中,马克·吐温研究在相当大的程度上成了意识形态主导下的政治斗争工具;而马克·吐温作品的诗学价值则远未得到公正的对待与充分的关注。这种情形在客观上导致国内研究者与西方学界产生了严重脱节。

---

① 何映:《外国文学研究工作需要联系现实斗争》,《文学评论》1964(4),第118—119页。
② 转引自董衡巽:《马克·吐温的历史命运》,《读书》1985(11),第20—28页。
③ 柏园:《这就是民主和自由——马克·吐温看美国》,《世界知识》1962(Z1),第29—30页。
④ 茅盾:《剥落"蒙面强盗"的面具》,《人民文学》1950(12),第8页。
⑤ 匡兴:《〈竞选州长〉讲解》,《北京师范大学学报》1978(2),第73—80页。

正当中国学者纠缠于马克·吐温个别政治作品中的"尖锐讽刺"和"辛辣批判"之际,国外学者却业已开始围绕"作为社会批评家的吐温"这一命题展开反思,譬如美国学者约翰·麦克劳斯基不赞成学界将《傻子出国记》看做一位美国社会批评家控诉欧洲传统文化的讽刺之作。理由很简单,马克·吐温绝不是表面上一味站在美国文化立场之上的狭隘民族主义者,相反,他倒是表现出一位真正的旅行家所具备的客观审视姿态——他既对欧洲文化有所歌颂,也同样对美国文化有所贬抑。从此意义上说,即便是作为一位社会批评家,马克·吐温的复杂性也必然是政治化学术阐释传统所难以包容的。① 相较于新中国成立初期国内文学批评多受到意识形态干扰之局面,美国学者更多地将研究视角伸向文本之外,进而引领了西方马克·吐温研究中的"文化转向"②,这一范式时至今日依然充满学术活力。不仅如此,20世纪50年代的西方马克·吐温学界还突出实证研究的重要性。③ 再者,在中国改革开放之前的近三十年间,比较文学研究在国内学界也是难得一见,而同时期的西方学者却表现出了宽广的视野和不乏创新之突破。④

三、改革开放至 21 世纪初

改革开放后,以中美建交为契机,美国文学作为有机的学术整体伴随双边文化交流的日益增多,逐渐引起了中国学界的认真思考和重新定位,而马克·吐温的文学魅力也得以在真正意义上获得了全面释放。这个时期,马克·吐温文学作品的翻译具有面广量大、突出经典的特点。根据国家图书馆相关信息显示,80年代的译作总数(含新译和再版)达到40余种,90年代则突破了100种,而21世纪的前8年更是空前突破了200种;这些译作当中既有新人新译,也有经典译本的一版再版,大部分是马克·吐温最知名的作品,如《汤姆·索亚历险记》《哈克贝里·费恩历险记》和《王子与贫儿》均是译著榜上的常客。当然,从另一方面说,这也反映出译介过程中的"偏食"现象。早在20世纪70年代末,中国学界便呼吁要了解"真正的马克·吐温"。⑤ 但是,缺乏对马克·吐温的全

---

① John C. McCloskey, "Mark Twain as Critic in *The Innocents Abroad*", *American Literature* 25.2 (May, 1953), pp.139—151.

② Alexander E. Jones, "Mark Twain and Freemasonry", *American Literature* 26.3（Nov., 1954）, pp.363—373.

③ Fred W. Lorch, "Mark Twain's Lecture from Roughing it", *American Literature* 22.3（Nov., 1950）, pp.290—307; John T. Krumpelmann, *Mark Twain and the German Language*, Baton Rouge, La.: Louisiana State University Press, 1953; Arthur L. Scott, "Mark Twain's Revisions of The Innocents Abroad for the British Edition of 1872", *American Literature* 25.1（Mar., 1953）, pp.43—61.

④ Joseph H. Gardner, "Mark Twain and Dickens", *PMLA* 84.1（Jan., 1969）, pp.90—101.

⑤ 董衡巽:《马克·吐温的历史命运》,《读书》1985(11),第20—28页。

面译介,学界显然难以胜任此历史使命。不过,2001年由吴钧陶先生主编、河北教育出版社发行的一套洋洋八百多万言的《马克·吐温十九卷集》还是让人们看到了希望。

70年代末到80年代初期,少数具有远见卓识的学者试图在外国文学研究领域尽力实现批评话语的诗学转向。1979年的《读书》第五、九期分别刊登了周珏良先生《读〈美国文学简史〉》和王佐良先生《〈美国短篇小说选〉编者序》两篇文章。两位学者在文中均提到马克·吐温的短篇《跳蛙》,虽然表述有异,但暗示了共同的理念,即研究马克·吐温必须站在文学本体论的高度,而不能片面突出其"政治性"。[①] 当然,这个时期的研究刚刚步入正轨,"左"倾批评模式的痕迹还是难以消除。1979年《外国文学研究》第3期刊载了《一本面对人民的好书——读马克·吐温的〈王子与贫儿〉》一文。论者指出这部作品是"作家独立思考、用心血浇灌培育的鲜花,是作家面对人民、忠于人民的信念所绽放的一朵永不凋谢的艺术之花";其立意是借16世纪的英国来讽喻19世纪后半叶的美国,资本主义经济的发展给"工农"带来的"更加深重的灾难"。作为对这篇文章的回应,在1980年《外国文学研究》第3期上,李淑言撰写了《也谈马克·吐温》一文,指出《王子与贫儿》一书创作之际,正是"美国大发展的初期,并非'人民遭受无边苦难'的情形。当时的吐温不可能在繁荣的表面下敏锐地体会到人民的苦难并感到无比的愤慨。这当然是历史唯物主义的观点,多少代表了这个时期理论转向的时代特征。这两篇文章与其说是就马克·吐温作品展开的学术对话,不如说是改革开放初期新、旧理论路线分歧在文化上的缩影。1979年《星火》第10期刊载了《一幅资本主义'民主政治'的讽刺画——读马克·吐温的〈竞选州长〉》"一文,指出作者笔下的竞争丑剧"反映了美国剥削阶级权力再分配的真实,具有相当的社会意义和认识价值"。1981年《外国文学研究》第1期刊载的论文《马克·吐温的新高度——读〈亚瑟王朝廷里的康涅狄克州美国人〉》更是将马克·吐温抬上了一个难以想象的"高度"。文章指出,马克·吐温通过作品向人们说明:"不愿去动员和组织群众、特别在未具备革命形势的时候,不会利用资产阶级议会,把革命当作时髦的空谈或儿戏,其结果没有不失败的。"相比之下,这一时期,张西元先生的文章《略谈马克·吐温的小说创作艺术》(1981)在展现马克·吐温创作艺术方面算是比较突出的,尽管在最后还是不忘给作者扣上"资产阶级作家"的帽子。

历史地看,改革开放之初的马克·吐温研究虽有缺乏科学性之嫌,但相对于以往的那种片面介入或盲目排斥的做法,则算是迈出了一大步。进入80年

---

① 参见周珏良:《读〈美国文学简史〉》,《读书》1979(5),第27—30页;王佐良:《美国短篇小说选》"编者序",《读书》1979(9),第75—78页。

代后,中国的马克·吐温研究更是经历了空前的"文艺复兴"时期,真正表现出学术化、专业化的百家争鸣之气象,而这也折射出新时期外国文学研究在中国发生的巨大变化。叶水夫先生在1987年曾就此撰文做过客观公允的评价,认为50年代中期以后,外国文学工作刚刚起步,却连续遭受政治运动的冲击,导致外国文学研究的惨淡与成绩卓然的译介工作形成了巨大反差,但现在研究成果不断推出,形成了初步的繁荣。① 与这篇高屋建瓴的文章相对应,1984年邵旭东先生在《外国文学研究》第4期上刊登的文章《国内马克·吐温研究述评》则从一个具体视角解读了新时期针对一位美国作家的研究状况。文章从思想性、艺术性以及中国情结三个层面概述了马克·吐温在中国学界中的接受与反应,一方面对取得的研究成果给予了肯定,但另一方面也总结了研究当中出现的偏差和不足,如只敢谈"揭露",不敢讲"歌颂"。从某种意义上说,这些论述为此后中国学界构建马克·吐温研究的诗学向度提供了积极的风向标。

从80年代中期到21世纪初,中国学者与时俱进,在各自的阐释中结合现当代西方批评话语,相对科学地对马克·吐温研究的广度与深度进行了拓展。围绕吐温的创作艺术,学界在一定程度上突破了过去那种"批判—讽刺"的老俗套,开始将研究触角真正伸向了"艺术"区域。早在1985年,徐宗英和郑诗鼎便撰文呼吁要对马克·吐温进行"再研究"。② 应该说,那是一篇颇具革新意义和人文精神的文章;作者在兼顾国内外马克·吐温研究状况的基础上发掘出一位充满矛盾而又不乏生动的马克·吐温。该文有两点尤为突出,一来,强调"西部幽默"在马克·吐温作品中的核心地位;这一提法本身并不新鲜,但它的重要性在于马克·吐温批评过程中诗学的归位。二来,强调"生活的真实"对理解马克·吐温作品的重要意义。比如有人认为马克·吐温在小说中经常使用"黑鬼"一词,于是就觉得这是种族主义的反映。此种论调在徐、郑两位作者看来恰恰是忽视了白人种族主义的现实状态。因此,马克·吐温不仅没有歧视过黑人,相反倒是将白人种族主义大肆戏谑了一番。的确,在马克·吐温那里,叙述视角的字面标记在特殊语境下有可能只是一种掩饰实际叙述立场的逻辑错位。理解这一点对于我们还原马克·吐温的真实价值取向意义重大。

这个时期马克·吐温研究的另一个特色是,过去人们讨论很少的作品,如《夏娃日记》,也时有进入研究者的视线。当然,新时代谈论老作品,难免会戴上现代人的时尚眼镜。比如,有研究者指出《夏娃日记》演绎的是一部"优美动人的爱情小说",是马克·吐温"第一次在自己的作品中直言不讳地表明,性爱显

---

① 叶水夫:《社会主义新时期的外国文学工作》,《外国文学研究》1987(2),第3—8页。
② 徐宗英、郑诗鼎:《马克·吐温再研究》,《西南师范学院学报》1986(3),第79—84、135页。

然是男女之间吸引对方的根本原因"。① 这种解读从某个角度看自然也有些道理,但联系到当时处于人生晚期的作者,一方面陷入失去妻儿之痛,另一方面又沉冥于思考人性和政治的严肃,这种说法又显得些许牵强附会。2002 年由哈尔滨出版社出版的《亚当夏娃秘密日记》(马克·吐温《亚当日记摘录》与《夏娃日记》的合集)中译本的封底上有两行醒目的文字:"一部原始纯朴的爱情神话/一本现代时尚的情感手册。"这显然夸张了作品当中的爱情成分。其实,马克·吐温写这个故事,固然有对亡妻的怀念之情,但更主要地还是表现出他对理想屈服于现实的悲凉。夏娃对世界充满了好奇心,她富于想象和浪漫,对生活倾注了情和爱,而亚当则显得过于世故,似乎一切都已画上句号,在夏娃面前,他显得笨手笨脚。这两个人物,如果抽象出来看,乃构成作家精神中理想与现实的二元对立。故事的结局当然是悲剧性的;这也符合作家此时的心境:代表现实的亚当将作为理想象征物的夏娃埋葬了。在夏娃的墓前,亚当说出了心里话:"有夏娃处,便有伊甸园。"理想,在马克·吐温那里,的确充满生机和活力,然而终究无法同现实的磨蚀抗争,最终只能存在于想象的天堂中。从这个角度说开去,我们可以发现马克·吐温过去常为研究者们津津乐道的经典文学形象之所以表现出不同的品性,其实都可据此作为批判的原型。最好的例证莫过于汤姆与哈克这两个顽童形象。当下的中国学者常把《哈克贝里·费恩历险记》的结尾当作一种饶有兴致的研究命题,并针对传统的"败笔论"提出"点睛论"。如《云南师范大学学报》2004 年第 6 期上的论文《〈哈克贝里·费恩历险记〉农园故事情节设置反论》从篇章结构平衡的角度解释了"败笔"的合理性和必要性;《解放军外国语学院学报》2006 年第 4 期刊登的论文《现代文明的两难境地——兼议〈哈克贝利·费恩历险记〉中的"败笔"》指出"败笔"包含了作家对人类命运和前途的深深忧虑及对骑士文学的讽刺。实际上,倘若我们再次回到亚当和夏娃的世界,就可以看出"败笔"中汤姆上演的援救闹剧与哈克的突然失语并非偶然。理想的单纯与现实的无奈正是马克·吐温创作当中的母题之一。那看似毫无必要的"败笔"其实变成了文学上的戏仿,而当汤姆的浪漫主义话语在将哈克的现实主义话语颠覆之际,小说结尾部分的不协调本身构成了小说当中的"元语"特色。哈克最终选择浪迹天涯,这其实是吐温内心矛盾的折中产物;它既包含汤姆的理想主义也蕴藏哈克先前的现实主义。

这个时期马克·吐温研究表现出的另一大特点是突破单一的文学考察,形成诸如人类学批评、文化研究等多姿态的社会学批评体系,从而将中国的马克·吐温研究推向一个更高的层次。《浙江大学学报》1999 年第 4 期上刊登的论文《〈哈克贝利芬历险记〉与成人仪式》将人类学当中的成人仪式与小说的成

---

① 许慧鹃:《说不尽的马克·吐温——论〈亚当夏娃日记〉》,《湘潭大学学报》2005(4),第 111—115 页。

长主题进行了联系,揭示小说里"文化与人格、社会与个人以及'自性'和'他性'的冲突"以及现代人心理中沉积的原始无意识。这个论述对《哈克贝利芬历险记》令人"彷徨"的传奇地位进行另一个颇有成效的脚注。《外国文学评论》2003年第4期刊载的论文《马克·吐温的中国观》是屈指可数的几篇将"马克·吐温"与"中国"直接联系在一起的文章。作者采用后殖民理论和新历史主义的批评话语向读者展示了一个拥有人道主义胸怀而又戴着"东方主义眼镜"的马克·吐温。当然,我们也发现,采用"泛后殖民主义"的姿态去解释马克·吐温作品中的一切文本现象,常常会流于机械论,并可能粗暴地将马克·吐温笔下的某些文字纳入到"东方学"的语义框架中。① 2005年《武汉大学学报》第4期上刊载的论文《马克·吐温对"良心"问题的反思》将聚焦点投射在意识形态作用下的道德内化机制,认为畸形的"良心"与邪恶具有同样的危险性。显然,要对马克·吐温的创作进行文学语义的真值评价,还必须关注文本内部人物的"伦理视角",进而揭示现象背后的深层社会矛盾。

近年来,中国学界逐渐对马克·吐温笔下的种族问题投以兴致,在一定程度上丰富了我们对马克·吐温"种族观"的理解。《外国文学研究》2006年第5期刊载的论文《19世纪美国白人文学经典中的印第安形象》认为马克·吐温在作品里表现出"对印地安人的强烈的种族仇恨",是"白人殖民主义话语构建的积极参与者"。事实上,早在20世纪70年代,美国本土学者便已经注意到印第安问题在马克·吐温文学世界中的复杂性,指出仅仅凭借几部发表的作品就对作家的印第安种族观做出论断是流于简单化的。② 但是,我们以为,要充分把握马克·吐温文学创作的"印第安症候",还必须将研究触角伸向马克·吐温的文本真实之外,看看"种族模板"在多大程度上是被作者"构建"了,又在多大程度上是被作者戏仿了;同时,还必须从文学接受的认知层面探讨这种负面的文本再现在多大程度上是客观揭示了主流意识形态的认识方式,又是在多大程度上是主观地对白人至上的种族压迫理念加以神化。他既然能对库柏作品里的印第安形象深表不满,那么也就至少可以说明他对印第安形象在文学中的再现方式具有相当的问题意识和自省意识。另外,我们有必要以历史的眼光和发展的眼光审视吐温作品中的"印第安问题",既充分考虑19世纪美国社会舆论、大众阅读以及教育体制对文学想象的塑形影响,同时又细致分析马克·吐温自身针对印第安人的态度经历了怎样的观念变迁。如果我们把一切的政治责难全部在马克·吐温本人头上清算,这必然是不公正的,也是有悖于批评伦理的。

---

① 于雷:《马克·吐温要把中国人赶出美国吗?——关于〈我也是义和团〉中的一处"悬案"》,《外国文学》2011(1),第135—141页。

② James C McNutt, "Mark Twain and the American Indian: Earthly Realism and Heavenly Idealism", *American Indian Quarterly* 4.3 (Aug., 1978), pp. 223—242.

又比如,当美国人因为马克·吐温在笔下频频使用"黑鬼"一词而要在教科书中对其名著加以"消毒"时,这"毒"到底是存在于美国现实社会之中,还是仅仅滋生于马克·吐温个人的种族主义偏见?幸运的是,我们在20世纪末和21世纪之初看到了少数研究论文已经开始触及到这一方面的问题,如吴兰香在2009年和2010年先后发表的论文《"教养决定一切"——〈傻瓜威尔逊〉的种族观研究》以及《马克·吐温早期游记中的种族观》,均以相对公允的姿态对马克·吐温的"种族观"进行了客观分析。

结语与反思

以上著述在一定程度上代表了马克·吐温研究在当代中国的多元化发展。但是,我们也应该看到,中国的马克·吐温研究仍存在着不容忽视的问题:(1)机械套用西方既有理论,忽略文本内在的语义逻辑,从而与"真正"的马克·吐温发生偏离。(2)绝大多数批评观念缺乏真正意义上的创新,难以摆脱西方学者研究成果的影响,人云亦云的现象不在少数。(3)研究内容局限,"偏食"现象严重,许多"非经典"作品尚无人问津,致使研究缺乏整体性和科学性。正因为如此,国内目前尚未有全面对马克·吐温进行开创性研究的专著问世。(4)政治化解读趋向仍处于强势,诗学意义上的真值评价仍处于待开发状态;大量的所谓"艺术特色"研究仅属于重复劳动,缺乏开创性。与此同时,我们有必要认识国内学界相对于西方马克·吐温研究水平所存在着的较大不足。除了上文所提及的国内马克·吐温学者在实证研究、比较文学研究以及文化研究领域所表现出来的滞后状态之外,西方的马克·吐温研究尚有两点优势值得我们关注:一是主题研究的深刻性。早在1950年,埃德加·布朗奇就指出,与汤姆这样一位乐衷于在既定道德约束体系中舞蹈的"浪漫主义者"不同,哈克算得上一位力图突破传统伦理规约、追逐个体价值的"现实主义者",但出于对正义的天真追随,主人公时常陷入到一种似是而非的伦理悖论当中,用传统标准去丈量道德直觉,由此构成了小说主题形式的张力。① 应该说,这样的观念几乎未曾在国内同时代马克·吐温研究的著述中出现过。即便是在20世纪80年代,国内学者也极少关注到美国马克·吐温学界的新动向。譬如《哈克贝利·费恩》曾是不少美国读者心目中引导孩子"走向地狱"的不良教材,然而对于这一失之偏颇的批评取向,美国学者邝宓·兰塔在其1983年发表的文章《哈克·费恩与审查制度》中即进行了有力的驳斥;遗憾的是,这一原本颇具意义的学术话题却并未能引起同时代国内学界的深入关注。国外马克·吐温主题研究中一个时

---

① Edgar M. Branch, "The Two Providences: Thematic Form in 'Huckleberry Finn'", *College English* 11.4 (Jan., 1950), pp. 188–195.

常得以关注的问题是美国少数族裔文化因子。雪莱·费史金在专著中着力阐释了哈克贝利·费恩这一经典人物形象的塑造如何从作家本人所接受的美国非洲裔影响中汲取营养。① 此后,雪莱·费史金又在《马克·吐温与犹太人》一文中进一步将欧陆的"反犹太主义"与欧美帝国主义乃至于美国本土针对黑人的种族主义联系起来,指出这些反人类的意识形态倾向在马克·吐温那里是一脉相承的。这些成果显然突破了国内学界相关研究中的"印第安模式",从而避免了将马克·吐温与种族主义者简单、粗暴地画上等号。

西方马克·吐温研究中的另一优势,当然也是一个最为重要的层面,即在于马克·吐温传记文学作品的兴盛。国内学界在这一领域几乎堪称完全空白,而西方的马克·吐温研究业已在此领域形成了一条从不间断的学术链条。由于马克·吐温本人的诸多生平点滴时常招徕争议,因此西方学术界早在马克·吐温辞世之前便已经投入到所谓的"传记之战"当中;其所带来的结果之一是传记创作成了马克·吐温研究中一道不可或缺的独特风景线——仅在2010年,美国本土便出版了5部重要的马克·吐温传记,极大地丰富了马克·吐温研究的成果数据库,尤其是加州大学出版社于2010年依照马克·吐温的遗愿编纂出版的最新成果《马克·吐温自传》(第一卷)(*Autobiography of Mark Twain*),另外两卷预计将在2014年前后完成。据称,这三卷自传中会包含大量学界以往从未接触过的重要细节和史料。

毋庸置疑,中国学界在第一手马克·吐温研究资料的发掘和利用方面存在显著不足,在此情况下,不少国内学者转而将关注点投向某些西方"理论",希望借此能够在较为狭窄的批评空间内寻求出路。这样做固然无可厚非,但却有可能带来不良影响。当下的一个典型现象即表现为,在后殖民批评等西方理论框架的影响下,马克·吐温研究在当下中国正在以某种"伪诗学"的华丽变体继续重蹈政治阐释的覆辙,有可能对马克·吐温诗学体系的建构造成新的危害。我们认为,要接近"真正的"马克·吐温,必须至少在以下三个方面做出修正或调整:首先,应该准确捕捉马克·吐温创作中的逻辑叙述立场和隐含道德视角,以防被其字面上的言语特征所误导。其次,有必要加强对马克·吐温诸多"非经典"作品的深入挖掘,避免凭借它们表面上的"悲观""厌世"和"感伤"而将其打入冷宫。在这方面,中国学界拥有巨大的阐释空间。最后,我们还应该拓宽文化研究的地理视野,将马克·吐温的创作置于19世纪欧洲大陆的经济、社会和科学语境中(如欧洲超心理学研究),力图从新的视角发现作家的不同侧影,进而在尊重文学内在规律的基础之上科学地重塑马克·吐温的诗学体系。

---

① Shelley Fisher Fishkin, *Was Huck Black? Mark Twain and African-American Voices*, New York: Oxford University Press, 1993.

第十一节　海明威小说研究

欧尼斯特·海明威(Ernest Hemingway，1899—1961)，现代美国现实主义小说家，在我国拥有大量读者。从1933年黄源在上海的《文学》杂志发表第一篇评论《美国新进作家汉敏威》以来(以下均改为海明威)，半个多世纪过去了。虽然历经沧桑，时过境迁，海明威在我国的声誉有所起伏，但日益提升。今天，他的作品已全部译成中文，有些作品出现多种不同版本。海明威走进了高校课堂，成了大学生和研究生毕业论文的热门选题，也成了全国性美国文学学术会议的重要议题之一。海明威已成为我国学界和读者最感兴趣的一位美国作家，又成为中美两国文化交往的一个历久不衰的热点。

从1949年新中国成立至今，我国海明威评论大体可分为三个时期，即第一个时期："文化大革命"前17年，第二个时期："文化大革命"中10年；第三个时期：改革开放以来35年。下面将分别评述各个时期的特点。在评述前，有必要回顾一下新中国成立前海明威评论的概况。这个时期大体又可分为两个阶段，即1937年抗日战争前和1937年抗日战争爆发至1949年。尤其是第二阶段中出现了我国海明威评论的第一次高潮，留下了值得纪念的一页。

一、1929—1949年：海明威与中国

第一次世界大战后，西方政治和经济中心逐渐由英法转到美国。美国文学日益引起各国的重视。20世纪20年代成了欧美的"荒原时代"。巴黎变成西方现代主义思潮的中心。许多英美青年作家和艺术家在巴黎探索文艺创新的新路子。海明威以清新简洁的写实风格回应了盛极一时的英国作家乔伊斯的意识流小说，开创了欧美小说的一代新风，吸引了各国学界的关注。1925年，海明威第一部长篇小说《太阳照常升起》问世，引起了学界的重视。不久，《永别了，武器》(1929)出版，好评如潮，奠定了海明威在美国文坛的地位。随后，他笔耕不辍，新作不断问世，已发表的短篇小说也结集陆续出版。到了30年代，海明威已成为一位享有国际声誉的新进小说家。

1929年，上海水沫书店出版了黄嘉谟译的《美国现代短篇选集》，收入海明威的《两个杀人者》("The Killers")。但其他作品尚未译介，更没有评论。虽然上海放映过电影《永别了，武器》，民众对海明威仍很陌生。1933年9月，上海的《文学》杂志发表了青年作家黄源的文章《美国新进作家汉敏威》，同时译载了他的《暗杀者》("The Killers")。翌年，上海另一家刊物《现代》刊登了叶灵凤的《作为短篇小说家的海敏威》。1935年，赵家璧又在《新中华》杂志刊登了《海敏

威的短篇小说》一文。同一时期出现的还有施蛰存的《从亚伦坡到海敏威》。1935年,赵家璧在《文学季刊》上又发表了《海敏威研究》。这个时期,评介文章仅这5篇,篇幅不太长,但海明威渐渐在我国文学报刊上露面,意义重大,值得重视。

上述5篇短文反映了我国学界早期对海明威的评价。首先是肯定海明威在欧美文坛崛起的成就和地位。黄源认为:"眼下我们一谈到美国的现代文学,便少不了提到他……他是同时代作家中最有创意的作家……海明威在小说中显示了他的人生观与技巧,同时又证明了他是个彻底的写实派作家。"赵家璧称赞海明威的散文"简洁明朗、清新可读",他是"英国散文中的伟大天才"。[1] 其次,赞扬海明威开创了欧美小说一代新风。赵家璧强调,海明威"抛弃了当时最流行的心理分析,而把一切归还到动作的本身,把官能印象,作为他写作和生活的中心,是含有重大意义的"[2]。叶灵凤进一步指出:"十年以来,在世界文坛上支配着小说的内容和形式的,是乔伊斯的《尤利西斯》。他的风靡一时的精微的心理描写,将小说里主人公的一切动作都归到'心'上……但是,现代世界的生活并不全是这样悠闲的。海明威一流的作家所代表的便是这种对于乔伊斯的反抗。"[3]其三,肯定海明威以世界大战为题材的战争小说的特色。海明威也站在反战立场,但他只把世界大屠杀当做一幅远景,而注目在战后受战事影响者的实际生活。赵家璧指出:"海明威便是最反对现代文化的人……他在战场上得来的经验,使他看破了一切的文化,而把他所生存着的社会,看做一种虚伪者的结合。"他认为,海明威"是这样一个硬心肠的人,把所有近代文化以及社会传统否定了"[4]。由于种种原因,评论者没有深入阐释海明威怎样否定西方的近代文化和社会传统,但对海明威小说的特色说得很中肯,对其新文风与乔伊斯的对抗也充分肯定。上述这些评论大体反映了我国早期学界对海明威的看法。

1937年的抗日战争改变了蒋介石当局的外交政策,出现了中美两国关系的新转折。中美文化交往开创了崭新发展的局面。在这个历史语境下,我国海明威评论有了飞跃的发展,出现了第一次高潮。海明威的《战地春梦》(即《永别了,武器》)和《战地钟声》(即《丧钟为谁而鸣》)、《第五纵队》和《蝴蝶与坦克》等被译介到中国。海明威关于西班牙内战的作品特别受到我国文化界的欢迎。海明威《战地钟声》的反法西斯主题激励了中国读者的爱国热情,鼓舞了他们顽强抗击日本侵略者。

1941年3月海明威偕新婚不久的第三任妻子玛莎·盖尔虹来华访问。他

---

[1] 黄源:《美国新进作家汉敏威》,《文学》1933年第1卷第3期。
[2] 赵家璧:《海敏威研究》,《文学季刊》1935年第2卷第3期。
[3] 叶灵凤:《作为短篇小说家的海敏威》,《现代》1934年第5卷第6期。
[4] 苏光文:《抗战文学概观》,重庆:西南师范大学出版社,1985年,第70页。

的中国行进一步扩大了他在中国的影响。他动身经香港来内地前后,香港《大公报》最先发表了旅美学者林语堂的《美国通讯》(一)和留美学者林疑今的《介绍海明威先生》两篇文章。林语堂介绍了海明威的创作特色和酷爱冒险、关心平民的个性及其重要影响。他说,海明威"倘能撰一中国战争小说,亦可为中国作文学宣传,力量较大于政治宣传也"①。林疑今在文章里指出海明威采用中西部语言,"独创了一种簇新的风格";"有功于真正美国文学的建立,摆脱了旧日英国的历史传统"。"海氏所写人物的兴趣,只在肉体的享受及男女的爱情,这是原始人的嗜好,也是现代自称'文明人'的嗜好,一点不是矫揉造作的卫道经世。海氏著作,适合社会潮流,风行全美。上流社会青年甚至故意模仿海氏小说人物,作为时髦。"②这两篇文章不但介绍了海明威的写作风格重要特色和独特的影响,而且将他的访华与中美两国在反对德日意法西斯斗争中相互援助的重要意义联系在一起,内容比以往的评论文章深刻得多,因此,许多国内报刊纷纷加以转载,影响遍及全国。与此同时,上海的《西书精华》也于1941年春季号和夏季号分别发表了留美学人李信之的《战争小说〈丧钟〉》和乔志高的《西班牙内战的文学》,评介了海明威的新作《丧钟为谁而鸣》。作者认为西班牙内战刚过不久,已出现了三部小说:海明威的《丧钟为谁而鸣》、德国人锐格勒的《正义之战》和法国人马尔罗的《人的希望》。它们都是当之无愧的反法西斯战争小说。它们的主人公都是国际纵队的战士,背景是内战的全局,题材是西班牙内战时几次有名的战役。三本小说中,海明威那一本最受欢迎。

二、1949—1966年:冷清与转变

"文化大革命"前17年,我国的外国文学研究走过了接受与摆脱苏联的学术影响的历程。1949年10月,中华人民共和国成立。外国文学的评介有了新发展。可是,文艺是与政治、外交和文化联系在一起的。1950年爆发了朝鲜战争,同年10月,中国人民志愿军入朝作战,直到1953年签订了朝鲜停战协定。中美两国处于严重的对峙状态,人员交往几乎完全停止。这极大地影响到我国的美国文学研究。50年代院系调整后的高校没有开设美国文学课程。

随着政治上的"一边倒",苏联盛行的现实主义理论大量传输进来。苏联学者对美国文学的评论对我国学术界曾有过积极的影响。不过,苏联学术界推崇的仅有马克·吐温、杰克·伦敦和希尔多·德莱赛三位美国作家。海明威没有受到应有的重视。他们较为独尊英美批判现实主义作家,对其他作家的局限性

---

① 林语堂:《美国通讯》(一),《大公报》(香港)1941年3月2日第三版。
② 林疑今:《介绍海明威先生》,《大公报》(香港)1941年4月初。

看得太重。1955年10月,茅盾会见到访的苏联作家协会第一书记苏尔科夫,两人对海明威的《老人与海》有过小争论。茅盾认为小说主人公的性格和心理刻画都有深度、有功力,并说我国《译文》(后改名为《世界文学》)准备译载。苏尔科夫则强调,海明威的作品带有悲观和宿命论的色彩,对社会主义国家的青年读者有消极影响,所以《老人与海》不值得推广。后来,《老人与海》的译文在茅盾主编的《译文》1956年12月号上刊发了,受到我国读者的热烈欢迎。两年后,苏联的《外国文学》也译介了《老人与海》。可见,见解独到的老作家茅盾对待外国文学的评价比苏联同行更有远见,更加公道。可惜,这种公正的评价,由于当时的政治原因不能推广。① 在中美两国关系紧张的政治氛围下,美国文学的评介走入低潮。海明威评论仅有赵家璧一篇文章,《从〈老人与海〉想到海明威》。文章强调:"那种悲观失望的情绪正是当时的海明威在思想上的经历。"同时指出:"海明威自欧洲负伤回来之后……他成了一个没有目标的人。"②虽然上海再版了林疑今译的海明威的《永别了,武器》,但有的高校图书馆里却"内部控制,禁止流通",给该书贴上"宣传无原则的和平主义"标签。至于《丧钟为谁而鸣》,由于它在苏联受到批判,国内仅出了节译本,直到改革开放后的1982年才同时出了三种全译本。

从1957年的"反右"运动到1959年的"反右倾"和"拔白旗插红旗"运动,政治气氛更浓烈了,尤其是1960年后中苏两国两党围绕斯大林的评价问题进行了激烈的争论。我国先后发表了九篇文章评论赫鲁晓夫的修正主义。这时,"学习苏联"的口号受到许多学者的反思。但"左"的倾向有点冒头。许多人不敢评论学术问题,怕犯错误。1961年7月2日,海明威举枪自杀,惊动了全世界,我国各大报刊却都保持沉默,仅《世界文学》第7期转载了国外四百多字的一篇短文作为《简讯》。8月22日,上海《文汇报》发表了赵家璧的短文《永别了,海明威——有关海明威的二三事》。它成了我国悼念海明威逝世的唯一文章,气氛相当冷清。

1962年,《文学评论》第6期刊载了董衡巽的《海明威浅论》。它标志着我国美国文学评论,特别是海明威评论开始摆脱苏联的影响。这在当时的政治和文化氛围下是很难得的。《海明威浅论》比较系统地评析了海明威的思想、作品、艺术成就和局限性。它大胆地肯定了海明威创作思想的发展和艺术形式的创新,并指出其思想缺陷和逃避现实的倾向。该文在论及海明威的主要作品时认为,海明威对于第一次世界大战的厌恶情绪在《永别了,武器》中表现得更为直接和清晰。较之于《太阳照就升起》,《永别了,武器》更为深刻。它不仅揭露

---

① 高莽:《茅盾与苏联作家来往散记》,《茅盾研究》第8期,北京:新华出版社,2003年。
② 赵家璧:《从〈老人与海〉想到海明威》《读书月报》1957(4),第20—21页。

战争如何给人带来生理上的摧毁,而且批判了帝国主义思想宣传的虚伪,还揭示了资产阶级精神世界的空虚。同时,论文指出:"《永别了,武器》也突出地表现了海明威的思想缺陷,即未能正确认识战争的本质和根源。他像许多当代资产阶级作家一样,未能摆脱认识的片面性,他把他所看到的那部分现实当作现实的全部,把帝国主义者发动的掠夺战看成人类无法抗拒的自然力量,又把资产阶级的末日看成全世界的末日。"论文认为《丧钟为谁而鸣》反映了海明威对战争态度的转变,"他赋予主人公新的思想认识",同时又写了个别较成功的西班牙人的形象,其中不乏精彩动人的描写。但是,"小说作为西班牙人民争取自由的作品,就显得不够典型,不够真实"。论文强调:"乔登这个人物不是来自群众的英雄,而是超人式的英雄。这就是典型的资产阶级对待群众的态度。"尽管如此,"《丧钟为谁而鸣》也同《永别了,武器》一样,应该列入美国 20 世纪批判现实主义文学"。在论及海明威诺贝尔文学奖获奖作品《老人与海》时,作者认为它代表了逃避现实的倾向:主人公圣地亚哥是一个"在阶级社会里逃避现实的知识分子的形象,一个超人式的英雄"。① 论文肯定了海明威作品的三个亮点。一是坚强的意志,主要表现在求生的渴望。二是"感觉经验"。三是友谊。最后,文章还肯定了海明威简洁优美的文笔和含蓄凝练的风格。总而言之,董衡巽在论文里大胆肯定海明威对美国 20 世纪批判现实主义文学的贡献,也指出他思想的局限性,这正标志着他的观点与苏联 50 年代对海明威的评价分道扬镳。同时,论文对海明威塑造的硬汉形象乔登和圣地亚哥持否定态度,恐怕与当时国内"大批判"思潮的影响有关。总之,该论文意义重大,影响深远。

三、1966—1976 年:浩劫与停顿

十年"文化大革命"使我国文艺界遭到空前浩劫,外国文学亦深受其害。大专院校图书馆的外国文学作品被封存,专家学者被赶进牛棚,他们的私人藏书被夺走或烧毁。海明威的作品亦难逃一劫,但并未完全销声匿迹。《永别了,武器》和《老人与海》在矿区和农村的知识青年中以口传和手抄等形式得以流传。它的吸引力不在于爱情描写或凶杀情节,而是它的精神力量,即一个人如何在困难面前泰然自若:"人可以被毁灭,但不能被打败。"

矿工出身的江苏作家周梅森说过:"历史将证明,海明威会像莎士比亚一样属于全世界。他给读者精神上的影响是永恒的。"② 由此可见,处于逆境的我国青年读者,从实际生活中深刻理解和把握了海明威作品的精神实质和现实意

---

① 董衡巽:《海明威浅论》,《文学评论》1962(6)。
② 见杨仁敬:《文学力量超越国界——记中美作家、学者座谈海明威作品》,《译林》1986(3),第 227—228 页。

义。这种草根式的评论立足于新的视角,为排除极左思潮的干扰创造了条件。这也许是海明威文学评论困境中的幸运,它为日后海明威文学研究的复兴奠定了基础。

四、1976—2011 年:复兴与跨越

1976 年 10 月,历时十年的文化浩劫结束,我国进入改革开放新时期。随后,中美恢复正常邦交,两国文化往来继续深化。外国文学在中国重新起步,海明威文学评论逐渐复兴。1976 年至今,海明威文学研究大体分为两个阶段:1976—1990 年为第一阶段,1990—2010 年为第二阶段。前者从复兴到繁荣,海明威作品的中译为评论的复兴创造条件。而且,国内外学术的空前发展和西方文论的大量引进也推动了海明威研究的蓬勃发展,使其硕果累累。后者展现了跨世纪的超越。随着海明威作品中译本的系列化和众多学术大会的陆续召开,海明威的作品不断走入课堂,关于这方面的评论也纷纷登上报刊。海明威研究还第一次被纳入国家社科基金项目。这都展示了该时期海明威研究的新成就。

1. 1976—1990 年:从复苏到繁荣

这一时期,海明威重返中国学界,成为中美文化往来的新亮点。80 年代是海明威文学研究的第二次高潮,它在深度和广度上都极大超过 30 年代的第一次高潮。主要表现在以下几个方面:

第一,社会环境的大转变催生频繁的学术交流。1978 年,中宣部在广州召开会议,研究外国文学界贯彻落实中央改革开放方针的部署。山东大学原校长吴富恒教授闻风而动,联合北京大学杨周翰教授、北京外国语大学王佐良教授、南京大学陈嘉教授和复旦大学杨岂深教授以及社科院外文所和南开大学等高校,发起并成立全国性的美国文学研究会。1979 年 8 月底,该会在烟台成立,揭开了我国美国文学界改革开放的序幕。大会宣读的论文有杨仁敬《海明威〈永别了,武器〉和〈丧钟为谁而鸣〉中的人物形象》、万培德的《海明威小说的艺术特点》和倪受禧的《〈老人与海〉中的圣地亚哥形象》。杨文认为从亨利到乔登,从逃避非正义战争到甘心献身于反法西斯战争,这是质的飞跃。海明威不仅塑造一个国际主义者的形象乔登,而且刻画西班牙游击队员安索尔莫、妇女彼拉和游击队长艾尔·索多等光辉形象。这在美国小说史上极为罕见。万文则剖析了海明威从俯视、仰视和直视的多角度描绘人物行动的特点以及简洁生动而传神的艺术手法。两篇报告吸引了与会者极大兴趣。倪文引起与会者代表的激烈讨论:圣地亚哥究竟是一个硬汉形象还是一个资产阶级作家对劳动人民加以丑化的形象? 经过个别交谈和小组讨论,大家达成共识:要科学看待海明威及其作品,实事求是,抓住其精神实质,客观评价。与会代表清除"左"倾思想的影响,决心开创美国文学研究新局面。这是"文化大革命"后全国英文学界学者的第一次盛会,也是拨乱反正、推动美国文学研究的誓师会。大会第一次邀请在山东大学任教的美国教授戴蒙德作了学术报告,开创了对外开放的先例,令人耳目一新。

为纪念海明威去世25周年,1986年1月14日,江苏省翻译协会和作家协会联合在南京大学召开了中美作家和学者的海明威座谈会。在南京大学任教的美国芝加哥州立大学詹姆斯·弗兰德教授应邀介绍美国小说研究的新成果。他认为海明威是个"创作大于生活"的作家。他创造了一种来自美国现实生活的独特风格,并成功运用这种风格描写了死亡、失败、迷惘和幻灭的主题。这些内容"大于生活",比现实生活更广阔,具有史诗般的魅力,因而引起当代作家的共鸣。① 江苏作协副主席海笑说,中国作家从海明威的小说中得到许多有益的启示,特别是对"生活是创作的源泉"这一点感触颇深。如果海明威没有亲历一战和西班牙内战,就写不出《永别了,武器》和《战地钟声》。青年作家周梅森深有体会地说,海明威的小说能给人精神力量。他的影响不仅在写作技巧上,还包括精神方面的永恒的影响。老作家梅汝凯则认为,海明威已经走近中国文学,他的现实主义精神与中国的文学传统是相通的。如《老人与海》中对鱼类精细的刻画,与《红楼梦》中人物衣着样式的描写有异曲同工之妙。全国美国文学研究会副秘书长李景端向弗兰德介绍了我国翻译和出版海明威作品的情况,并说明海明威已成为我国读者最喜爱的美国作家之一。

同年6月12日,第二届海明威国际会议在意大利里阿诺市举行。弗兰德在大会发言中多次引用江苏作家们的观点,并高度评价海明威在文学史上的地位。有的作家认为他像莎士比亚一样,影响着每个读者。应邀赴会的我国学者杨仁敬在大会上作了《30年代以来海明威作品在中国的翻译和评论》,受到与会者热烈欢迎。

1986年11月,全国美国文学研究会委托厦门大学承办"海明威与迷惘的一代"研讨会。各个年龄阶段的学者欢聚一堂,在厦门大学任教的美国专家凯因教授和斯泰特教授、在山东大学任教的康乃迪教授夫妇以及来自美国的弗兰德教授应邀出席会议并分别作学术报告。中外学者就海明威小说中的妇女形象、硬汉形象、艺术风格、海明威与电影、海明威与生存主义、海明威与"迷惘的一代"等话题进行热烈讨论。特别有趣的是,与会代表们反复辩论了海明威是不是"迷惘的一代"的代表,并形成三种观点:一、前期是,后期不是;二、一生都是;三、一生都不是。大家摆事实讲道理,心平气和地讨论,反复思考,受益匪浅。这种大胆争鸣的气氛是以前难得一见的。

1989年7月21日是海明威90华诞纪念日。北京和桂林相继举行热烈而

---

① 杨仁敬:《海明威在中国》(增订本),厦门:厦门大学出版社,2006年,第207页。

隆重的学术活动。在北京,7月8日,中国翻译协会和中科院外文所联合召开学术研讨会,董衡巽、冯亦代、陶浩、李文俊和王逢振等在会上发言,各大报刊也对此加以报道。这与 1961 年海明威去世时的冷冷清清形成鲜明的对比。在桂林,广西师范大学和厦门大学联合举办了桂林海明威国际学术研讨会。美国海明威学会会长罗伯特·路易斯特地发来贺电。他认为这是由美国以外的学者主办的第一次海明威国际会议,具有重大的历史意义。中外学者经过讨论加深对海明威塑造的人物形象有了进一步的认识。(1)关于硬汉形象:美国诗人江肯斯教授认为,"海明威精神"在于面临必然失败时表现出人的尊严。这说明不仅圣地亚哥,还有巴勒斯、亨利都坚持了人的尊严。有的中国学者认为海明威表现的是一种悲而壮的悲剧意识;也有人指出,海明威的硬汉形象实现了人主宰自己、体现人神易位的现代意识;(2)关于海明威塑造的女性形象:有人提出,女性形象是否成功,要看是否反映了那个时代妇女的精神风貌,而不在于是否超越同书中的男性形象。江肯斯教授认为,研究一个作家,首先应该注重他的作品,而不是私生活。海明威生活中轻视妇女,有所流露,但他笔下的妇女形象,一般是健康而美丽的;(3)关于海明威塑造的男性形象:海明威的硬汉形象大都是男性形象,常常受到赞扬。但他们是否十全十美呢?不见得。美国艾默里大学沃伦教授指出:海明威在小说中所描绘的非洲揭示男性的阴暗面——恐惧心理和侵害别人。非洲既是个原始而野蛮的"道德荒原",又是西方文明人寻找自我的天地。海明威正是想探索作为男子汉的真正含义。以上这些学术研讨会促进我国学术界的对外开放,推动海明威研究的中外学术交流,受到国内外学者的高度评价。它标志着 20 世纪 80 年代我国海明威研究开始与国际接轨。

  第二,海明威作品的大量翻译出版和再版,进一步扩大了海明威的声誉。1949 年前,海明威的作品译成中文的仅有《永别了,武器》《战地钟声》和几则短篇小说。至"文化大革命"前,《永别了,武器》曾再版。除了 1956 年译成中文的《老人与海》,其他译本屈指可数。1978 年后,情况有了很大改观。1979 年,上海译文出版社再版《老人与海》。1980 年林疑今译的《永别了,武器》重印。1982 年,上海译文出版社、北京地质出版社和内蒙古人民出版社分别出版了三种不同的《丧钟为谁而鸣》中译本。同年,作家出版社出版了海明威的遗作《湾流中的岛屿》(1990 年安徽文艺出版社又出了不同译本,改名为《岛之恋》)。1983 年,江西人民出版社出了冯亦代重译的《第五纵队及其他》。1984 年上海译文出版社出版了《太阳照常升起》。这是该小说的第一个中译本。1985 年,浙江文艺出版社推出了《流动的圣节》。同年,三联书店发行了董衡巽编译的《海明威谈创作》。1987 年,上海译文社出版了吴劳的《老人与海》新译本。同年,漓江出版社出了董衡巽等译的《老人与海》(赵少伟译)及其他。海明威作品的大量中译本不仅扩大了海明威在我国读者中的影响,而且为中青年学者开展海明威研究提供了方便。

海明威的短篇小说像雨后春笋在文学刊物上大量涌现。1979年《译林》创刊号发表了杨仁敬译的《印第安人营地》。1980年新创刊的《当代外国文学》刊登了杨仁敬译的《雨中的猫》《一个明净的地方》和《暴风雨之后》。1981年以来,《外国文艺》《外国文学》《美国文学》《名作欣赏》和《春风译丛》以及一些原来只发表中国文学作品的大型刊物如《十月》《花城》《作品》《百花洲》和《山花》等也译载了海明威的短篇小说。有的还配上评析文章,帮助读者欣赏。上海译文出版社出了《海明威短篇小说选》。还有几个名篇入选了《美国短篇小说选》(1978)和《美国短篇小说选译》(1980)。这么多出版社和杂志争先译介海明威的作品的景象是前所未有的。

不仅如此,海明威的书信和传记也受到我国学者的重视。《世界文学》和《译文与评介》等分别选登了董衡巽选择的卡洛斯·贝克编注的《海明威书信选》的部分信件。贝克的另一部权威性力作《海明威的生平故事》也出现了两个中文译本。浙江文艺出版社还出了库尔特·辛格的《海明威传》。1980年,中国社科院出版社出了董衡巽主编的《海明威研究》,选译了英美和苏联学者的海明威评论,有些观点针锋相对,很有意思。这有助于读者拓宽视野,了解国外的学术动态。

第三,学术论文数量大增,质量提高,科研队伍逐渐形成,日益扩大,一代新人在成长。在一系列全国学术会议推动下,海明威研究的学术论文与日俱增,质量不断提高。科研队伍逐渐形成和壮大。除了英文专业的老师和研究生以外,有些高校中文系的老师也踊跃撰稿。1979年刁邵华分别在《文艺百家》《吉林大学学报》(哲社版)、《外国文学研究》和《学习与探索》发表了《海明威和"迷惘的一代"》等四篇文章。1980年《文艺研究》刊载了董衡巽的论文《海明威的艺术风格》。论文指出海明威的文学创作有三大特色:(1)创造性地塑造了被称为"迷惘的一代"的人物形象;(2)塑造了具有坚强不屈性格的人物典型即所谓的"硬汉子";(3)创造了一种新的散文风格。总的来看,作者比1961年的《海明威浅论》对海明威其人其作有了新认识和新体会,考虑更全面。万培德将他在烟台会议上的发言《海明威小说的艺术手法》加以充实,发表于《文史哲》1980年第2期。这样,对海明威小说的评论将主题思想与艺术特色结合起来就更完整了。

据不完全统计,1981—1985年,报刊上的海明威评论达六十多篇,有的命题相对集中,初步形成了争鸣的气氛。如对《丧钟为谁而鸣》的评论有十多篇,大体有三种不同的看法:(1)它既有优点也有缺点;(2)它是海明威最辉煌的代表作之一。乔登不是个人英雄主义的代表,而是集体主义英雄形象中突出的典型;(3)它是海明威一部失败之作。这种摆事实讲道理、各抒己见的风气是以前所没有的。此外,《太阳照常升起》《永别了,武器》和《老人与海》的评论也出现了多种不同的意见。

这种争鸣风气推动了国外名家研究成果的引进。比如,1982 年《译林》发表了杨仁敬从哈佛大学到普林斯顿大学访问海明威专家卡洛斯·贝克而写的《卡洛斯·贝克教授谈海明威》,介绍了贝克教授对海明威艺术风格、象征主义、人物塑造、思想倾向、对青年作家的影响和美国的研究现状等 12 个问题的看法,内容丰富多彩,生动有趣。一些报刊译介了菲力普·杨的《简论欧尼斯特·海明威的创作》、肯尼斯·罗林的《海明威:暴力在艺术上的运用》、克利恩丁·索恩的《海明威〈丧钟为谁而鸣〉的模糊形象》和弗·劳伦斯的《海明威的电影化风格》等。董衡巽主编的《海明威研究》出了增订本,介绍了多位美国、英国、意大利、西班牙和俄罗斯学者对海明威其人其作的评论。书中还有海明威谈创作、海明威创作年表等。这些对我国青年学者和广大读者是很有参考价值的。

第四,随着西方文论的引进,研究方法逐渐多样性,研究范围日益扩大。80年代以来,我国学者陆续译介了新批评理论、心理分析理论、女权主义、结构主义、解构主义、新历史主义、后现代主义、后殖民主义和生态文学批评理论等,有力地促进了我国的海明威研究向纵深发展。研究方法进一步多样化,以文本分析为基础,结合语境和文化深入解读和阐释。从以往的评析海明威作品的主题思想和艺术手法发展到评论海明威的战争观、生死观、哲学观、存在主义、象征主义、文体风格、叙事策略、文字技巧、他的中国行等等。这些论文既涉及对海明威的思想和创作的总体评价,又针对他的四大名著和一些短篇小说进行文本解读。如评《老人与海》的文章达四十多篇。还有人从比较文学的视角,比较了海明威和鲁迅、王蒙、邓刚和张贤亮等人小说创作的异同;也有人将海明威与肖洛霍夫比较,视野比以前大大地扩大了。评析方法由单一转向多元,论述更深刻了。

随着海明威研究的深入,一些专著陆续出现。1987 吴然的《海明威评传》和郑华编著的《从男人到男子汉——海明威小传》与读者见面。两位青年学者的大胆尝试很可贵,是个新跨越,可喜可贺! 同年,董衡巽发表了《从"尼克的故事"到"老人与海"》。作者从经验与想象、细节和对话以及有关《老人与海》几个方面剖析海明威短篇小说的特色。文本分析细致,行文简洁生动。

从以上评述不难看出:我国海明威研究真正是从 80 年代开始的。改革开放像一阵春风催生了海明威研究的新热潮。国内宽松的政治和文化氛围使我国海明威研究出现了 20 世纪 30 年代以来的第二次热潮。它从十年浩劫后重获了新生,并且走向繁荣。这是以前任何时期无法比拟的。

2. 1990—2011年:从繁荣到超越

90年代以来,海明威研究继续不断发展,保持繁荣的姿态,并逐步走向超越。主要表现在:

第一,多位中国学者出席海明威国际会议,并在大会上发言,让其他国家和地区的学者听到中国学者的声音。1986年,杨仁敬应邀去意大利出席第二届海明威国际会议,但这是80年代"走出去"仅有的一次。到了90年代,这种情况有了明显的变化。1990年,董衡巽应邀赴美国波士顿出席第四届海明威国际会议,并在大会上发了言。1992年杨仁敬赴西班牙潘普洛纳出席第五届海明威国际会议,并应邀在大会上宣读了论文《海明威关于西班牙的长短篇小说在中国的接受》,受到与会者的充分肯定。他还在会上当选为美国海明威学会《海明威评论》国际顾问委员会委员。1994年,钱青应邀赴巴黎出席海明威和菲兹杰拉德国际会议,并在大会上发了言。1996年,杨仁敬应邀赴美国克茨姆—太阳谷参加第七届海明威国际会议,并宣读了论文,探讨了《〈老人与海〉与生态批评》。会议以"海明威与自然界"为主题,开展了热烈的讨论。这一连串的"走出去",大大地促进了对外学术交流,推动了海明威研究。

这期间,美国海明威学会机关刊物《海明威评论》主编苏珊·比格教授曾应邀访问了厦门大学和上海的几所高校,分别作了评论海明威短篇小说和自然观的报告。马塞诸塞州立大学江肯斯教授则作为富布莱特专家来厦门大学任教半年,并到北京和武汉等地高校进行学术交流,增进了中美学者的友谊,也促进了海明威研究的深化。学术活动继续很活跃。1993年7月,广西师大举办了第二届桂林海明威国际学术研究会。美国、英国、瑞典、加拿大等国多位学者莅会。会上宣读的论文多达60篇。一批中青年学者脱颖而出。他们分别用女权主义、读者反应理论、新历史主义和生态文学批评和叙事学等理论,采用不同方法来解读海明威的作品,写出了一批富有新意的论文。会议还总结了当时海明威研究中存在的三个主要问题:(1)重复研究较多,同一部作品、同一个问题重复评述,新意不多;(2)对原著理解不深,甚至有些出入;(3)理论运用欠妥,有时太生硬。大家一起找出这些研究中的问题,这还是第一次。这对海明威研究的深入发展是很有意义的。

第二,科研成果丰硕,论文专著大量涌现,质量较高,逐步形成规模。1990年,杨仁敬出版了《海明威在中国》,系统地评述了1941年春天,海明威偕第三任夫人玛莎访华的目的和意义及其在中国各界和美国学界的反应。1992年,董衡巽在《外国文学研究》发表了《海明威的启示》,提出了许多新见解。作者认为海明威"每一部作品几乎都是拔高了的自传。他新颖的小说作法,包括最有特色的对话,一经固定便成了风格化的模式"。1996年,杨仁敬的《海明威传》由台北业强出版社出版。这是海峡两岸学者撰写的第一部海明威传记,受到海内外的广泛重视。1999年12月,浙江文艺出版社出了董衡巽的《海明威评传》,既有生平故事介绍,又有作品评析,富有创见。这几本传记的出现与美国80年代以来的海明威传记热遥相呼应,各有千秋,实是不谋而合,十分有趣。

据不完全统计,从1990年1月到2005年12月,我国各报刊公开发表的海明威评论达400余篇,论著二十多部。这是80年代以来的新发展。在作品翻译方面,1999年上海译文出版社出版了16卷本的《海明威文集》中译本,由著名翻译家林疑今、主万、吴劳、汤永宽、蔡慧和程中瑞等人译了海明威16部作品和两卷短篇小说集,几乎包括了海明威除诗歌和新闻报道以外的全部作品。它是1949年以来我国最完整的《海明威文集》,对深化海明威研究,扩大海明威的影响发挥了重大作用。

值得指出的是,几年来海明威作品成了高校研究生学位论文的选题,出现了一些优秀论著,涌现了一批优秀的青年学者。如女博士戴桂玉先后发表了《海明威与社会性别》《海明威"有女人的男人"》和《双性视角作家海明威》等论文,用女权主义理论,结合文本分析,指出海明威不是个男权崇拜者,而是一位双性视角作家。他超越男性视野去洞察和同情妇女的苦难,揭露复杂的社会性别问题,以探讨两性关系的和谐。女博士张薇从叙事学的视角探讨了海明威的小说,出版了《海明威的叙事艺术》(2005),深入论述了海明威的叙事模式、叙事结构、叙事时间、叙事情景和叙事声音等,解读了海明威"精通现代叙事艺术"的奥秘,令人耳目一新。此外,陈茂林博士的论文《海明威的自然观初探——〈老人与海〉的生态批评》(2003)也很有新意。2009年,戴桂玉又出版了《后现代语境下的海明威的生态观和性属观》。它反映了我国青年学者对方兴未艾的生态文学批评理论的关注和兴趣。许多青年博士加入了海明威的研究行列,增强了学术活动的活力和实力,展示了未来的美好前景。

第三,政府的重视和鼓励使海明威研究保持持续发展的势头。2005年,杨仁敬的《美国文学批评视野中的海明威研究》获国家社科基金入项,充分体现了国家对海明威研究的重视。该书已如期完稿,2012年已由上海外语教育出版社出版。同年,中国社科院外文所陈众议所长主持的该院重点项目"外国名作家学术史研究"包括了《海明威学术史研究》,由杨仁敬撰写,于2014年,由译林出版社出版。2010年,教育部授予杨仁敬的专著《海明威在中国》(增订本,2006)优秀社科成果三等奖(一等奖暂缺)。这对作者和其他中青年学者是极大的鼓励和鞭策。杨仁敬的另一本专著《海明威传》(增订本)也将于今年内由厦门大学出版社再版。随着海明威研究的不断深入,更多的新成果将陆续出现。

第四,更多报刊的参与,更多青年学者的评介,让海明威走进基层,使他的作品在读者中更普及。这在读者的范围和数量方面对以前是个大超越。

据谷歌网的不完全统计,从2006年1月至2012年6月,全国各种报刊共刊登海明威其人其作的评介达 955 篇。其中省属大学(含学院、高专、电大、函大、职技学院)学报占 342 篇,从黑龙江教育学院、内蒙古民族大学到新疆和田师专和海南广播电视大学等高校的学报都有评介海明威的文章:文学刊物占 311 篇。涉及《名作欣赏》《时代文学》《安徽文学》《当代文坛》《名人传记》《作家》《电影文学》《戏剧文学》和《小说评论》等等,其他各类文化杂志占 302 篇,涵盖的刊物从《小读者》《中学生》《考试》到《开心老年》《文史参考》《工会论坛》《党政纵横》《爱情、婚姻、家庭》和《祝你健康》等;有趣的是有三十多家科普和商贸杂志也发表文章热议海明威,如《大众科技》《科学时代》《科技信息》《今日科苑》《林区教学》《商业文化》《民营科技》《商情》《网络财富》和《决策探索》以及《环球军事》和《中国宗教》等等。从地缘政治来看,神州大地东西南北中都传诵着海明威的名字。从各行各业来看,学农兵工商各界读者对海明威并不陌生。海明威仿佛走进了我国的大千世界,与各阶层的平民百姓生活在一起。这真可以说是"盛况空前",是其他美国作家没法比拟的。

从评介的内容来看,涉及海明威长篇小说的占 77 篇,评论他的短篇小说的占 338 篇。尽管在主题、人物和风格的评析上有不少重复,但从单篇短篇小说的文本细读入手,未尝不是好办法。这有助于不同层次的读者走进海明威和理解海明威。

2011 年是海明威逝世 50 周年,从中央到地方多家报刊发表了许多纪念文章。《文艺报》刊登了杨仁敬的《作家要敢于超越前人》(2011 年 11 月 2 日);《外国文艺》刊载了杨仁敬的《用画家的眼睛观察生活;表现生活》和《海明威 VS 菲茨杰拉德》(2011 年第 6 期);《译林》发表了杨仁敬的《海明威故乡橡树园印象》(2011 年第 4 期);《羊城晚报》刊发了杨仁敬的《海明威在广东抗日前线》(2011 年 7 月 30 日)。此外,《厦门大学学报》(哲社版)、《外国语言文学》《山东外语教学》和《英美文学研究论丛》也分别登载了杨仁敬的《论海明威的小说悲剧》《论海明威与象征主义》《论海明威小说中的现代主义成分》和《论海明威 30 年代的政治转向》。这说明海明威研究今天受到我国学术界、文艺界、新闻界和教育界的高度重视。我国的对外文化交往走进了崭新的阶段。

2013 年,海明威作品的版权已超过了 50 年。许多出版社跃跃欲试,准备推出海明威长短篇小说的新译本。译林出版社 2007 年推出了黄源深的《老人与海》中译本,2010 年出了诗人余光中的新译本。不久,它将出版孙致礼译的《永别了,武器》和冯寿译的《太阳照常升起》等。据了解,其他出版社的《老人与海》两三种译本和短篇小说的重译本也将陆续与读者见面。翻译园地的百花齐放必将带来海明威研究的春天。

从 1933 年至今七十多年过去了。我国海明威评论像外国文学其他领域一样,经历了天翻地覆的变化。从冷清走向复兴和繁荣,呈现了与时俱进,欣欣向荣的无限活力。可以相信,明天它会更辉煌。

第十二节　福克纳小说研究

　　福克纳(William Faulkner,1897—1962)是蜚声世界文坛的一位美国作家。自他在 1926 年发表第一部小说《士兵的报酬》开始,他一生写了 16 部长篇和 100 多部短篇小说,并在 1950 年获得 1949 年度的诺贝尔文学奖。他的著作被译成多种文字,包括阿拉伯语和非洲的斯瓦希里语。他对世界文学大师如萨特、加缪、加西亚·马尔克斯都很有影响。

　　我国在很长的时间内对他注意不多。新中国成立以前比较重要的一次是在 1934 年。施蛰存主编的《现代》杂志在第五卷第一期刊登了赵家璧翻译英国评论家密尔顿·华尔德曼的论文《近代美国小说之趋势》。其中第一次提到了福克纳的名字。当时的译名为"福尔克奈"。几个月后,《现代》杂志第五卷第六期推出了《现代美国文学专号》,福克纳很受重视。赵家璧的《美国小说之成长》中有专门一节讨论他和海明威,杂志封面内 24 张美国作家的照片中有他的一张,作品栏里收有他的短篇小说《伊莱》。此外,他还有一篇专论——凌昌言写的《福尔克奈——一个新作风的尝试者》。两年后,赵家璧在论述现代美国文学的专著——《新传统》中,再次以单独一章的篇幅来讨论福克纳。

　　然而,这些介绍和评论犹如昙花一现,并没有引起中国读者、学者或翻译家对福克纳的兴趣。此后多年,我国再没有出现过评论这位美国大师的研究文章,也没有人对他的作品进行翻译。

一、1949—1978 年间的福克纳研究

　　新中国成立以后,受时政影响,我国对外国文学的译介和研究多半侧重于苏联和东欧文学。作为头号敌人的美国,除了当时苏联文学界肯定的杰克·伦敦、马克·吐温和德莱塞等少数作家外,所有译介和研究工作都基本中断。

　　也许因为福克纳在 1950 年获得了诺贝尔文学奖,他还是引起了中国的注意。新中国成立后我国专门介绍外国文学的《译文》杂志的编辑李文俊就曾组织翻译了福克纳的《胜利》和《拖死狗》两个短篇小说,发表在 1958 年 4 月号。他还以编者身份写了一段按语,指出:"福克纳的小说大多是描写南方没落的贵族,但同时也以同情的态度描写那些受到战争摧残的人们,我们从这一期所选载的两个短篇中可以看出福克纳对于战争的痛恨和对于受到战争摧残的人们的深刻同情。在他的近作《一个寓言》(1954)中,他痛恨残酷的帝国主义战争的

那种愤慨情绪表达得更为明显。"①这篇按语是新中国成立后第一篇介绍福克纳的文章,其中的资料后来还被反复引用。

现在看来,李文俊选择这样的小说主要是出于政治上的考虑,1962年,当时的中国科学院哲学社会科学部学术资料研究室出版了一本不公开发行的"内部参考资料"《美国文学近况》。这本小册子把福克纳同剧作家阿瑟·密勒、黑人诗人休斯和小说家考德威尔、斯坦贝克、海明威和萨洛扬放在一起,归入"资产阶级作家"。关于他的简介重复了李文俊在1958年按语中的论点,也借鉴苏联英语杂志《苏联文学》的材料,批评他"曾企图为艾森豪威尔组织作家委员会并提出一个纲领,在这以前,还曾为美国国务院去日本和其他国家进行访问,说过一些诬蔑共产党人的话……"等。然而,简介又肯定他"最近又有某些进步表现……新发表的《斯诺普斯》小说三部曲的第二、三部:《城镇》和《大厦》② 。已经比他过去的作品好懂得多,人物也比较真实"。尤其是,"在《大厦》这本书里,作者对共产党员的描绘虽然是肤浅的,但所采取的态度还是较好的,书中明显地流露了对美国联邦调查局迫害进步人士的反感"。

1964年,袁可嘉发表的《英美"意识流"小说述评》又提到了福克纳及他的《喧哗与骚动》和《我弥留之际》。虽然他严厉批评意识流文学只表现没落阶级的扭曲心理和低级趣味的梦魇、性、疯狂与无意识,结果腐蚀读者思想,削弱他们的战斗意志,但他仍然肯定意识流是表现康普生一家精神没落的最佳手法,也很好地反映了本德仑一家在现实生活中各自的复杂心理。③

这种用我们的政治斗争和阶级分析的观点来划分外国作家,并且以传统的现实主义创作方法为最高标准来衡量一切艺术作品的做法是60年代的特点。李、袁的文章无法摆脱时代的烙印。但他们向中国读者介绍福克纳的努力还是应该充分肯定的。

二、1979—2009年间的福克纳研究

第一阶段:1979—1989年

1979年底,上海译文出版社新创办的《外国文艺》发表了福克纳的《献给爱米丽的一朵玫瑰花》《干旱的九月》和《烧马棚》以及马尔科姆·考利的《福克纳:约克纳帕塔法的故事》。杨岂深在介绍中指出:"福克纳写下了大量丑恶、犯罪的事情,但他不是悲观主义者,而对人类怀有坚强的信念,这是值得称许之处。"④这一切标志着我国对福克纳的译介和研究工作开始走上正轨。

---

① 李文俊:《〈喧哗与骚动〉译余断想》,《读书》1985(3),第99—107页。
② 这两本书现在的译名分别为《小镇》和《大宅》。
③ 袁可嘉:《美英"意识流"小说述评》,《文学研究集刊》第一册,北京:人民文学出版社,1964年。
④ 杨岂深的评述详见《外国文艺》1979(6),第3—5页。

一般来说,我国在介绍外国作家时往往先翻译出版他们的作品,然后才有述评和研究文章。但对福克纳的介绍却是先有关于他的评论,而且是外国学者对他的评论,然后才在1984年出现他的《喧哗与骚动》的中译本。1980年,李文俊主编出版了《福克纳评论集》,收入国外著名学者对福克纳整个创作生涯进行全面评论的重要论文以及对他一些重要作品的分析性文章。此书大大帮助了中国读者了解福克纳,其中萨特谈福克纳的时间观念、考利对他约克那帕托法神话王国的描述和路易斯关于《熊》等文章后来经常被引用。李的序言言简意赅,肯定福克纳是"美国现代最重要的作家之一",也是一个表现了"时代精神"的作家。后来他在1986年出版的《美国文学简史》中"福克纳与南方小说"那一节里对福克纳的作品作了更详细的描述。他总结了福克纳在西方文学中的三大重要性:第一,"他描绘了一幅复杂的美国南方社会的图景,表现了二百年来美国南方社会的变迁"。第二,"他站在'人道主义和民主主义的立场'表现了20世纪'现代人'(应该说是西方的中产阶级及其知识分子)所关切的重大问题,如个人与社会的关系、罪恶与赎罪问题、历史负担与如何对待这一负担的问题、金钱文明的污染与如何保持自身良心的纯洁、精神出路何在等问题"。第三,"福克纳在小说的写法上进行了大胆的试验,取得了某些成效……这种探索对于后人无疑是有参考价值的"①。这段话对帮助中国读者和学者了解福克纳、进行福克纳研究起了十分重要的作用。

这十年间,中国翻译出版的福克纳作品主要为长篇小说《喧哗与骚动》(1984)和中短篇小说集《福克纳中短篇小说选》(1985),有些杂志也陆续刊登一些他的短篇,如《花斑马》《干旱的九月》等,比较重要的是1988年《世界文学》5月号刊登了李文俊翻译的《我弥留之际》。李文俊在翻译中加了很多注释,大大帮助了普通读者对福克纳艰涩的文体和意识流手法的理解。

这十年发表的研究文章主要集中在《喧哗与骚动》和《献给爱米丽的玫瑰花》。除了经常评论的主题思想和人物形象,还有对福克纳的象征手段、意识流和多角度叙述等艺术技巧进行的分析,以及对福克纳和其他西方作家的比较研究。② 对福克纳的介绍还引起了我国作家的注意。赵玫说福克纳给了她"很多技术上(意识的流动、字体的变换以及潜意识独白等)的启示"③。莫言从福克纳"立足故乡,深入核心,然后获得通向世界的证件,获得聆听宇宙音乐的耳朵"

---

① 董衡巽主编:《美国文学简史》下册,北京:人民文学出版社,1986年,第263—289页。
② 代表性文章有:赵晓丽、屈长江:《〈喧哗与骚动〉表现手法初探》,《外国文学研究》1988(1);傅俊:《痴人说梦:〈喧哗与骚动〉中意识流主体》,《外国文学评论》1988(3);孔耕蕻:《"人间喜剧"与"约克纳帕塌法世系"——论福克纳与巴尔扎克》,《外国文学评论》1988(4)等。
③ 赵玫:《在他们中间穿行》,《外国文学评论》1990(4),第121—124页。

中受到启发,决心"创造一个、开辟一个属于我自己的地区……具有自己的特色"①。甚至有些研究当代中国文学的著作,如南帆的《小说艺术模式的革命》和陈晋的《当代中国的现代主义》也论证福克纳的时序交错,复合视角,借助感受、联想、印象、情绪或沉闷、冗长、拖沓的文句来表现内心世界的手法对中国作家的影响。张抗抗在1987年的《隐形伴侣》中借用《喧哗与骚动》的手法,用不同的字体表现时间场景的转换,广东作家黎珍宇的《女子公寓》在形式上的模仿更为明显,小说分四个部分,采用不正常的时序,并且提到女主人公帮助男朋友杰翻译《喧哗与骚动》,而后者"像昆丁一样,在文化大革命中结束了自己的生命"②。所有这一切都说明福克纳已经引起了我国读者、作家和学者的极大兴趣。

第二阶段:1990—1999年

这十年是我国翻译出版福克纳作品和有关他的著作的全盛时期,也是福克纳研究的一个高潮。首先,译文、漓江、百花文艺、河北教育等出版社陆续出版了福克纳的《我弥留之际》(1990)、《去吧,摩西》(1996)、《坟墓的闯入者》(1996)、《圣殿》(1997)、《八月之光》(1998)、《掠夺者》(1999)的中文版和《福克纳作品精粹》(1990)。有些出版社还翻译出版了西方学者写的福克纳的传记。中国学者也发表了他们写的传记,如黄运亭的《在喧哗与骚动中沉思:福克纳及其作品》(1993)、潘小松的《福克纳——美国南方文学巨匠》(1995)。更为重要的是1999年出现的两本兼顾传记和作品研究的专著——李文俊的《福克纳评传》和肖明翰的《威廉·福克纳——骚动的心灵》。后者还连续发表了两部颇有深度的著作:从比较文学角度出发的《大家族的没落:福克纳和巴金家庭小说比较研究》(1994)和对作品进行深入分析的《威廉·福克纳研究》(1997)。1999年还有廖彩胜的专著《福克纳小说中的语言文化标志》以及刘洊波的专著《南方失落的世界:福克纳小说研究》。这些出版物终于成功地引起了我国读者对福克纳的兴趣和了解。此外,这一时期,我国高等院校的英语系普遍开设美国文学课程,福克纳成为本科生和研究生的必读作家。这也使他成为学生写论文的热点,从而提高了对他的研究水平。

我国对福克纳的研究有一个与以往不同的特点:我们常常是在中外学者合作的基础上进行工作。例如,文联公司出版的《福克纳短篇小说集》(1985)的篇目就是在美国学者斯通贝克的帮助下选定的。随着改革开放的进展,许多美国福克纳专家来到我国,如詹姆斯·梅里维瑟、托马斯·英奇、詹姆斯·卡洛瑟斯都来我国讲学访问,对我国译者翻译福克纳的作品给了不少帮助,也把我们的

---

① 莫言:《两座灼热的高炉——加西亚·马尔克斯和福克纳》,《世界文学》1986(3)。
② 黎珍宇:《女子公寓》,《花城》1988(2)。

研究情况传到美国。1982年,在福克纳故乡的密西西比大学以《福克纳与国际视野》为主题的福克纳年会上,斯通贝克介绍了我国(包括台湾)研究翻译福克纳的情况和计划。1990年,第一个中国学者出席年会,更为详细深入地介绍了福克纳在中国的接受和影响,引起与会者的极大兴趣。此外,北京大学英语系在1992年和1997年联合社科院美国所和香港浸会大学、香港中文大学港美中心等单位举办了两届"福克纳国际研讨会",中外学者和一些作家讨论了福克纳与南方社会的关系,他的悲剧意识和历史感,他的叙述技巧和艺术手段,他对中国作家的影响以及对他的教学和翻译等问题,对推动我国福克纳研究和教学都起了很好的作用。第二届会议论文在1998年由北京大学出版社出版,题名为《福克纳的魅力》。由于所收论文都是用英文撰写,美国系统评估并介绍近期学术论著、有专章介绍福克纳研究的杂志——American Literary Scholarship——对论文进行了逐篇评论。

　　这一时期的研究沿袭80年代的做法介绍福克纳的生平和时代背景,讨论他的作品的主题思想、人物形象和手法技巧,但在资料运用和讨论深度方面都有所提高,如李文俊的《福克纳评传》把生平和作品分列章节,两章生平中间是那一时期的作品评介。生平介绍还包括福克纳对创作的想法和起因,作品评论深入浅出,有助于对作品的理解。这一时期最重要的专著是肖明翰的《威廉·福克纳研究》。肖明翰并不遵循从作家生活经历出发介绍他的创作和成就的传统做法,而是从西方文化背景着手,介绍美国,尤其是南方的社会历史、文化传统(主要是"浪漫主义和理想主义传统"以及"向后看的历史意识"),阐述这样的时代和环境,加上南方经历的巨大变革对福克纳所产生的影响,使他既看到南方的问题又摆脱不了它的影响,因而他的作品反映他对社会和现实的爱恨交织的感情和错综复杂的思想(主要是"基督教人道主义")。此外,肖明翰还描述西方现代主义文学运动对福克纳的影响,以大量的资料和例证肯定福克纳追求创新是为了更好地反映真实情况,使内容与形式更趋完美。这本书的有些章节,如福克纳的妇女观、种族观、跟基督教文化的关系、创作手法等,还在各种杂志发表,影响很大,为以后的研究打开思路、提供论题,他引用的参考资料也为大家提供了丰富的研究材料和信息。

　　美国南方社会有两个核心问题:种族和妇女。福克纳对这两个问题的态度一直是国外学者争论的焦点。我国学者也不例外。① 肖明翰的《威廉·福克纳

---

① 从20世纪80年代至今,这两个问题一直是我国研究者重点研究的对象。80年代的代表性文章有:钱满素的《美国"南方淑女"的消亡》,《外国文学评论》1987(3);郭淑梅的《局外人的归宿——论福克纳第二创作期小说中的南方种族意识》,《外国文学评论》1988(3);2000年以来的代表性文章有:武月明的《天使/妖妇:〈喧哗与骚动〉中凯蒂形象解读》,《外国文学》2002(1);朱振武的《夏娃的毁灭:福克纳小说创作的女性范式》,《外国文学研究》2003(4);钟京伟、郭继德的《福克纳小说中南方女性神话的破灭》,《当代外国文学》2011(3)等。

研究》对此有专章讨论。他认为福克纳的妇女人物多半是"南方妇道观的受害者"。陶洁认同这个观点。她在《〈喧哗与骚动〉新探》中论述天真勇敢的小姑娘凯蒂如何在南方的门第观念、淑女形象和贞洁观等传统思想压抑下失去了自我和自信,最后堕落为纳粹军官的情妇。福克纳正是通过她的变化来揭露南方文化对妇女的摧残。陶洁还在《沉默的含义——福克纳笔下三女性》一文中阐述福克纳在《喧哗与骚动》中没有让最重要的人物凯蒂跟她兄弟一样有自己的内心独白的章节、在《我弥留之际》里让女主人公艾迪在死后才有独白的机会、在《圣殿》里让谭波儿有机会讲她对男性的恐惧却得不到信任,说明福克纳有意强调在南方女性是没有话语权的受害者。尽管他可能没有完全摆脱南方的妇女观,但他还是同情妇女的。梁呐把福克纳的女性人物分成三类:以凯蒂和谭波尔为代表的"堕落的"女性、以艾迪和爱米丽为代表的"痛苦的"女性以及凯蒂的黑妈妈迪尔西、《八月之光》中的莉娜以及《大宅》中的琳达所代表的"希望之光"。福克纳对女性的描写反映了他的"女性意识"和"人类意识"。梁呐指出男权社会的道德规范是女性堕落的根源,她们的堕落说明"社会的腐败、人性的泯灭和人类的艰辛未来"。女性的痛苦是"人类境遇的缩影",福克纳把对人类的希望寄托在迪尔西那样有"极强的坚韧性格的女性",但仅此还不能拯救人类,还要有像琳达这样具有"甘愿为正义事业献身的崇高信念"的女性。总之,福克纳是"把女性作为与男性平等的'人'来描写",因此他的女性形象有着"厚重而独异的光彩"[①]。有意思的是余鸿纯也把福克纳的女性人物分成三类:1)纯粹的受害者,如《八月之光》中狂热的清教徒麦克伊琼的妻子;2)损人的受害者,如《喧哗与骚动》中的康普生太太和《圣殿》里的谭波儿;3)叛逆的受害者,如凯蒂。余鸿纯认为美国人信仰的新教注定女人比男人低一等,而且天生邪恶,生来有罪。而"南方社会推崇的女人美德实际上是男权社会……套在妇女身上的紧箍锁链"。她们无法挣脱这锁链,成为南方传统观念的受害者,旧习俗的殉葬品。然而,余鸿纯认为,由于福克纳的"家庭背景和自身经历",他还是有局限性。他出生贵族后裔,因而难以斩断跟旧习俗的联系。"不能塑造出真正具有叛逆精神、能代表时代新潮流的女性。"此外,福克纳爱情生活的波折使他对女人既爱又恨。他对"小说中妇女的遭遇所寄予的同情包含着他对女人的爱慕,而对她们的结局的安排与刻画又夹杂着他对女人的偏见和怨恨"[②]。

福克纳对黑人的态度是美国学者研究的重点,也是我国学者们关注的论题。肖明翰认为,福克纳一贯同情黑人,对南方的种族主义进行无情的批判和

[①] 梁呐:《福克纳小说的女性/人类意识》,《锦州师范学院学报》1998(4),第 21—24 页。
[②] 余鸿纯:《旧习俗的殉葬品——试谈福克纳笔下的妇女形象》,《韩山师范学院学报》1997(4),第 66—68 页。

揭露，但他塑造的迪尔西只不过是另一个"汤姆叔叔"，他美化黑人与白人的主仆关系，有意无意地流露出"想用美好的主仆关系来代替奴隶制残忍的一面"。他从未歌颂过对奴隶制的废除，因为"他对南方社会，对南方的生活方式及其传统的价值观有着强烈的认同感，怀有深厚的感情。所以他不想改变南方社会本身，只是企图通过提高人们、包括黑人的道德素质来解决南方社会中存在的问题"，结果使他的黑人形象有局限，"与他反对奴隶制和种族主义的基本立场相矛盾"①。石坚和张彦炜的文章认为，福克纳关注南方社会的种族问题，尤其是"血统混杂的问题，即混血黑人这一南方社会特有的产物"。他们详细分析了《去吧，摩西》中的七篇故事，认为贯穿其中的主题是"麦卡斯林家族血统的命运"。故事虽然常常采用喜剧形式，实际富有严肃的内涵，全书围绕艾克和他的白人及黑白混血亲属的关系。《熊》揭露他祖先的罪孽，他的精神导师——混血黑人法泽斯只有在临终时刻才得到荣誉和尊严；其他各篇描写艾克的混血亲属们如何为爱的权利和尊严而抗争；血统命运问题在《三角洲之秋》得到答案。艾克并不希望黑人得到胜利，虽然他知道这一天终究会到来。但他的黑人亲属却从未放弃努力，甚至在死后还要争取权利和尊严。② 魏玉杰的《海因斯和乔安娜——种族主义的两种形式》分析《八月之光》中的两个人物，指出主人公克里斯默斯的外公海因斯是典型的南方狂热的种族主义分子，是他把克里斯默斯推上苦难的人生，他代表"南方社会中存在的根深蒂固的白人种族主义传统"，他要杀死克里斯默斯的"动机背后有着深刻的社会历史原因"。至于乔安娜，她并不是由于热爱黑人而帮助他们，而是为了完成废奴主义父辈未竟的事业。因此她认为自己比黑人高明，以救世主自居，把黑人看做她的"臣民"。尽管她在跟克里斯默斯的关系中得到了从未享受过的人生乐趣，但她始终采取居高临下的态度，有"强烈的控制欲和支配欲"。她其实跟海因斯有共同之处。他们都"要求黑人恪守既定的种族原则"，如果黑人稍有越轨，他们便认为自己有权处死他们。福克纳通过乔安娜"揭露北方人在所谓解放黑人运动中的虚伪性和对黑人精神隔离的残酷性"，也证明他"是美国作家中对白人种族主义思想的本质认识最为清醒的为数不多的南方人之一"③。

这类从细读文本出发密切联系美国尤其是南方的社会和历史，注意它们跟福克纳之间的交融的文章很多，如傅景川的《论福克纳创作中的文化取向》(《吉林大学学报》1991年第3期)、黎明的《论福克纳的乡恋情节》(《西南师范大学学报》1999年第5期)等。有些文章还表示与美国学者不同的意见。如刘建华

---

① 肖明翰：《矛盾与困惑——福克纳对黑人形象的塑造》，《外国文学评论》1992(4)，第40—47页。
② 石坚、张彦炜：《权利、荣誉和尊严——论威廉·福克纳〈去吧，摩西〉中混血黑人的挑战》，《重庆师专学报》1997(1)，第73—76页。
③ 魏玉杰：《海因斯和乔安娜——种族主义的两种形式》，《外国文学评论》1997(3)，第55—60页。

的《福克纳小说中的神话与历史》不同意美国学者奥道纳尔关于福克纳在晚期作品《去吧,摩西》中才开始修正自己的约克那帕托法神话的论点,通过对先后作品的比较,以例证说明福克纳在《沙多里斯》中创立了约克那帕托法神话王国,但在随后的《喧哗与骚动》中就开始以历史修改神话,到《押沙龙,押沙龙!》又更进一步。因此可以说"福克纳具有很强的自我修改能力。他能以很大的勇气和很快的速度不断修改自己对历史的理解和自己的前期作品"[①]。陶洁的《成长之艰难》也针对美国学者认为《坟墓的闯入者》中加文·史蒂文斯律师的种族主义言论代表福克纳的看法提出自己的观点。她认为这部小说是写种族矛盾,但采用了"少年成长的教育小说"的形式,说明在种族主义的南方,连一个自以为是开明人士、比较同情黑人的律师都对黑人有根深蒂固的偏见,一个白人孩子要在成长过程中得到正确的种族观是十分困难的,史蒂文斯其实是福克纳要批判的对象。这些文章说明我国学者已经在研究方法和论题方面跟美国学者有共同的话题,能够进行有深度的对话。

第三阶段:2000—2009年

进入21世纪以来,我国的福克纳研究稳步而迅速地发展。在翻译方面,《押沙龙,押沙龙!》(2000)、《福克纳短篇小说集》《村子》(2001)和《野棕榈》与《福克纳随笔》(2008)先后出版,至此,他不同时期的主要代表作都有了中译文。此外,2007年还出版了两部传记——弗雷德里克·卡尔的《福克纳传》(上、下册)和杰伊·帕里尼的《福克纳传》。与此同时,上海外语教育出版社引进的英文版《剑桥文学指南丛书》于2000年出版了《威廉·福克纳》论文集,北京大学出版社引进的英文版《剑桥美国小说新论》也在2007年出版了《喧哗与骚动》《去吧,摩西》和《八月之光》三本论文集。这些译文和英文论著对研究福克纳的作品和了解他的为人都有所帮助。

这一时期福克纳研究的特点可以用关于2004年"第三届福克纳国际学术研讨会"的报道来概括:"此次会议有个令人欣喜的现象,那就是更多的年轻学者加入了福克纳研究的行列,更多的福克纳作品受到了重视,更多新颖的研究方法出现在探讨交流中。尤其值得一提的是,此次研讨会的研究视角不只限于福克纳的写作技巧、意识流手法等传统范畴,而是扩展到叙事学、阐释学、心理分析、后殖民主义、原型批评、美国黑人批评、女性主义、生态主义、比较文学、语言学等各个方面。"[②]确实,中国期刊网的资料显示,这十年中发表的六百多篇文章,不再局限于北京、上海等大城市和那里的出版社或知名大学的学报或他们出版的外国文学杂志,而是遍布全国各地,甚至边远地区的各类大专院校的

[①] 刘建华:《福克纳小说中的神话与历史》,《国外文学》1997(3),第62—67页。
[②] 蓝仁哲:《第三届福克纳国际学术会议》,《当代外国文学》2004(3),第169页。

学报及各种杂志。作者也不再仅仅是前面提到的那些著名学者,而是包括硕士生、博士生,甚至本科生,以及作家和普通读者,涌现出新一代福克纳研究的主力军。不仅如此,有关福克纳的研究专著也陆续出版,如刘建华的《文本与他者:福克纳解读》(2002)、李文俊编著的《福克纳的神话》(2008)、鲍忠明的《最辉煌的失败:福克纳对黑人群体的探索》(2009)等。

这一时期,虽然文章很多,批评方式也各式各样,但在研究对象和论题方面其实仍然比较集中。长篇小说仍以《喧哗与骚动》为主,短篇小说也还是主要讨论《献给爱米丽的一朵玫瑰花》,论题仍然围绕种族、性别、神话王国、时间观念等方面。也许由于1995年在我国召开的世界妇女大会推动了妇女研究的发展,用女性主义理论讨论福克纳的妇女观和他笔下两位女性——爱米丽和凯蒂的文章几乎占了文章总数的20%,讨论这两部/篇小说的文章占的比重还要更大。这是我国福克纳研究中的一大问题。

然而,这一时期还是有些独树一帜的好文章,例如李常磊的《政治无意识:威廉·福克纳〈押沙龙,押沙龙!〉对黑人群体命运的象征性沉思》虽然谈的也是种族问题但他并不直接谈黑人受歧视,而是另辟蹊径,从穷白人入手,用詹姆森的"政治无意识"理论,论述福克纳通过小说指出:"南方上层白人在剥夺黑人权利的基础之上人为地为穷苦白人提供某些种族特权,其目的是把南方穷苦白人与统治阶级捆绑在一起,确保自己的政治利益。"①他用新历史主义解读《斯诺普斯三部曲》的《文学与历史的互动——威廉·福克纳斯诺普斯三部曲的新历史主义解读》一文将注意力引向大家还不很注意的作品。另一位学者朱振武的文章也常常给人耳目一新的感觉。《威廉·福克纳小说的建筑理念》通过仔细分析福克纳在不同作品中对房屋的描写,论证福克纳在作品中"将建筑处理为六大类,即民间乡土类、新古典类、新哥特类、新维多利亚类、现代类以及相关的公共雕塑艺术",他"借助建筑使读者集中和聚焦于小说的叙事,使他们进入到某种心绪和氛围之中,并以此来划分社会等级,以达到更好地刻画人物和表达创作主旨的目的,并映射出一种地域之感。无论房屋是真是假,是历史遗迹还是古旧的避难所,它们都是纷繁复杂、意图明确的象征物"②。他的另一篇文章《福克纳小说创作的通俗意识》讨论了我国学者很少涉及但却很重要的问题——福克纳对通俗文化的借鉴和运用,论证了福克纳对民间幽默的使用如何使作品更加生动有趣并加强了对人物的刻画和对社会的批判以及对道德的探索,他对方言口语的使用在制造幽默气氛、反映南方生活、塑造人物形象方面收

---

① 李常磊:《政治无意识:威廉·福克纳〈押沙龙,押沙龙!〉对黑人群体命运的象征性沉思》,《国外文学》2009(3),第90—96页。

② 朱振武:《威廉·福克纳小说的建筑理念》,《四川外语学院学报》2005(3),第4—9页。

到了极佳的效果,他还广泛运用哥特小说戏剧性地表现善与恶的斗争和侦探小说揭示罪恶的艺术手法,使它们成了他的艺术创作的不可分割的组成部分。①朱振武这两篇文章和他的专著《在心理美学的平面上——威廉·福克纳小说创作论》(2004)都讨论以前没有涉及的问题,不仅为研究提供新的角度,也说明我国学者开始具有比较开阔的视野,能够把福克纳及其作品和技巧跟更为广泛的文学、哲学甚至其他文化形式相联系。

这一时期,除莫言和赵玫外,余华、苏童等许多当代作家也开始谈论福克纳对他们的"震撼"和影响。虽然早在20世纪80年代就有人比较福克纳与曹雪芹或沈从文②,90年代有肖明翰比较福克纳和巴金的专著,但进入21世纪以来,从比较文学角度出发的论文、论著逐渐增加,所比较的中国作家也扩大到余华、苏童,甚至金庸。然而,大部分论述比较集中于沈从文和莫言,尤其是朱宾忠的《跨越时空的对话:福克纳与莫言比较研究》(2006)和李萌羽的《多维视野中的沈从文和福克纳》(2009)。前者从文学道路、文艺思想、创作主题、人物塑造以及创作特色等几个方面对福克纳和莫言进行比较;后者从本土文化、后现代性、生态美学等维度,对沈从文与福克纳的小说特征、文化内涵与价值做比较分析。

有意思的是,这一时期还出现不少对我国福克纳研究进行分析的文章,如高奋和崔海燕的《二十年来我国福克纳研究综述》(《浙江大学学报》2004年第4期)、张曦的《浅谈威廉·福克纳在中国》(《株洲师范高等专科学校学报》2004年第4期)、廖白玲的《国内福克纳研究综述》(《零陵学院学报》2005年第1期)、纪琳的《中国福克纳研究回顾与展望》(《山东外语教学》2006年第2期)等。这些文章有一个共同的论点,即我国福克纳研究起步较晚,但发展迅速,存在的问题主要是研究过于集中在对《喧哗与骚动》等福克纳在20世纪20年代后期和40年代初期作品的研究,对他后期的作品,尤其是他获得诺贝尔文学奖以后的作品讨论不够;过于集中对他的现代主义手法的研究而对他继承的现实主义传统手法很少提及;过于集中在对个别的长短篇小说的研究,对绝大多数的短篇小说和大部分的长篇小说研究不多,尤其对约克那帕托法神话王国以外的作品基本上没有涉及。不过,近年来,肖明翰、李萌羽和朱宾忠等人的比较文学方面的专著和《八月之光》等中文版已经进入美国一些大学图书馆,美国出版的有关福克纳研究的文献目录里已经开始收入中国学者的英语论文书名或文章标题。许多中国学者到美国一些福克纳研究中心进修学习(如密苏里州立东南大学的

---

① 朱振武:《威廉·福克纳小说创作的通俗意识》,《上海师范大学学报》2003(4),第100—106页。
② 如韩海燕的《威廉·福克纳与曹雪芹作品中的年轻女性》(《求是学刊》1985年第2期)、程光炜和王丽丽的《沈从文与福克纳创作视角比较》(《信阳师范学院学报》1985年第1期)等。

福克纳研究中心自 2005 年以来已经有十位来自中国的访问学者)。如果我国学者和出版界能够进一步合作,翻译出版更多的福克纳作品和有关他的传记论著,我相信我们的福克纳研究会克服上述缺点,取得更大的进步。

第十三节　亨利·詹姆斯小说研究

亨利·詹姆斯(Henry James, 1843—1916)是著名小说家和小说评论家。他生于美国,1880 年移居英国,最后加入英国籍(1915),因此,他的名字常常出现在英美两国的文学史中。詹姆斯一生创作了 22 部长篇小说,113 个中短篇故事,还有大量评论小说创作的文章。他在小说创作和小说评论两方面取得的卓越成就奠定了他在英美小说史上的重要地位,同时也使他成为英美小说界以及西方现代小说理论研究领域备受关注的对象。自 20 世纪三四十年代新批评兴起到 80 年代文化研究的热潮开始,亨利·詹姆斯及其作品一直是许多评论家眼中的伟大经典,其间产生的阐释和研究范式呈现出多角度、多层面的多元与开放态势。即便在经历了西方 20 世纪 60—80 年代高度政治化的"反经典"浪潮之后,詹姆斯及其作品依然在各种意识形态阅读中显现经典的魅力。正如布卢姆(Harold Bloom)所言,这种魅力主要来自作家和作品本身,因为经典作家及其作品总是把最出色的前辈和最重要的后来者联系起来。无论从哪个角度看,詹姆斯的作品就是这样的经典。

与许多西方经典作家相近,詹姆斯的作品真正走入我国学术研究视野是在 20 世纪 80 年代。不过,30 年来,关于他的小说、小说理论以及文学影响的研究得到很大发展,成为我国学术界英美现代作家研究领域的一个聚焦点。本节参照当代英美学界的研究,重点对新中国成立以来我国学者的研究范围和研究方法进行梳理与辨析,以期从总体上把握研究现状,审视存在的不足,从而探讨今后研究走向。

一、新中国成立前研究的简要回顾

我国读者第一次接触亨利·詹姆斯作品的时间并不晚。从《民国时期总书目·外国文学卷》得知,早在 1934 年,中华书局(上海)就推出了由林疑今翻译的《戴茜·米勒》(*Daisy Miller*)。1939 年,商务印书馆出版了傅东华、于熙俭翻译的《四次会面》。1945 年,人生出版社(重庆)出版了丁绍方翻译的《诗人的信件》,卞之琳先生为译著撰写了序言。新中国成立前夕经译介来到中国的这三个中篇小说使中国读者对詹姆斯作品精致的文体特征和新颖的故事题材有了初步的了解,《黛西·米勒》描写的欧美文化冲突以及明快流畅的语言很快为中国读者所喜欢。实际上,在此之前,亨利·詹姆斯的名字已经出现在少量概述美国文学史的基础读物中。史料显示,1929 年,上海书局出版了曾虚白的《美国文学 ABC》,该书简单勾勒了美国文学发展基本脉络,其中提到的一些重要作家中就有亨利·詹姆斯。1931 年,由商务印书馆出版的《欧美近代小说史》(郑次川著)也提及詹姆斯及其主要作品。不过,真正从小说艺术角度评析詹姆斯创作特点的学术论文出现在 1947 年。《文学杂志》(1947 年第 2 卷第 1 期)刊登了萧乾先生的文章《詹姆斯四杰作——兼论心理小说之短长》。值得注意的是,作者开篇直陈詹姆斯小说的诸种不是,认为他代表了"当代英美小说所有的弱点(颓废、隐晦、远离现实、偏重形式,和一种难医的忧郁症)";但作者同时强调,詹姆斯在小说技巧方面"开辟了空前的领域:和谐的型态,心理的透视,并硬把小说这凡胎抬上九重天,去与诗歌音乐媲美。他剥夺了小说中的'血肉'成分,可又给予了它梦想不到的光彩"。不难注意到,作者看似经验式的点评实质包含了对詹姆斯小说艺术的高度概括。除了总体评论,文章还对《女士画像》(原文为《某夫人绘像》)、《鸽翼》《大使》《金碗》做了细致分析,同时指出了詹姆斯小说明显的现代主义风格。萧乾认为,詹姆斯有意背离现实主义小说传统,反对事无巨细向读者交代的传统手法,通过采用人物视角展示叙述的客观性,而这正是"小说技巧的一大革命"。萧乾先生的观点在我国詹姆斯研究的总体发展中具有前瞻意义。严格说来,萧乾发表这些观点的时候,詹姆斯作品在我国学术界尚未展开。如果说 1934—1945 年间的詹姆斯译介使得少数中国读者对詹姆斯前期作品有了初步了解,那么,萧乾对詹姆斯后期作品的介绍以及关于詹姆斯创作风格的总体评论则为后来的研究方向奠定了基础。在一定意义上,国内 80 年代以后兴起的詹姆斯晚期作品研究有相当一部分是对萧乾总体评论的细化。

二、20 世纪 40—70 年代:沉寂的岁月

从新中国成立初至 70 年代,詹姆斯在中国内地外国文学研究领域一直处于沉寂状态。在这一时期,凡是与资产阶级相关的外国文学作品都被盖上"资产阶级"戳记,成为阅读禁忌或批判对象。亨利·詹姆斯不仅是资产阶级文学的代表,而且是这个阶级中的精英分子。关于他及其作品的介绍和研究自然不例外。詹姆斯出生书香门第,家境富裕,自小接受美国白人上层阶层家庭的精英教育,他的大部分作品描写欧美上流社会人士的闲适生活与心理活动。这样的作家在"文化大革命"时代不受欢迎当然正常不过。需要指出的是,认为詹姆斯属于资产阶级文学代表,强调在阅读时必须站在作者的对立面,或者打着反精英、反经典的政治口号将他的作品予以摒弃,这并不完全是中国特色。几乎在同时代,美国学界也有评家认为詹姆斯是资产阶级作家,因为他的作品美化

统治者，忽视劳动人民。① 美国60年代的"文化革命"与中国的"文化大革命"当然不可混为一谈，但有一点却堪称一致，那就是，作家作品研究与研究者所处的历史、政治、文化语境密切相关。

三、80年代：中断后的衔接与展开

20世纪70年代末、80年代初，伴随着我国政治、经济领域实行的改革开放政策，文化思想领域展开了前所未有的思想解放运动，由此迎来了中国社会的"新时期"。"文化大革命"期间被迫中断的外国文学研究在新时期开始与1947年间的初期成果衔接，并由此逐渐展开。

1980年，赵萝蕤先生与巫宁坤先生一起翻译了《黛西·米勒》和《丛林猛兽》。在为译本撰写的序言中，赵先生对詹姆斯的小说及其特点进行了总体描述，为读者提供了包括作家生平、作品艺术特色在内的一幅整体图景。针对早期评论认为詹姆斯是一位心理小说家的看法，赵先生指出："詹姆斯并没有陶醉在心理分析中，他的主要兴趣还在于刻画'优美的良知'。'优美的良知'表现在人物的思想感情中，因此用很多篇幅描写人物的思想感情是很自然的。作者心目中居于首位的不是人物的心理和潜意识活动，而是人物的情操和品德。作者的艺术方法有时候接近意识流，但从来都不是意识流。"②此外，她还针对小说主题提出了独到的观点。在一篇发表于1982年《世界文学》第1期上的文章中，她集中分析了《阿斯彭文稿》，认为该作品的重点在于描述朱莉安娜这一人物形象体现的浪漫主义精神气质，而不是讲述阿斯彭文稿的来龙去脉，更不是刻画朱莉安娜的性格。1984年，人民文学出版社推出了项星耀翻译的《一位女士的画像》，赵萝蕤先生为译本撰写了序言。她指出，这部作品的重点不是故事情节，而是伊莎贝尔·阿切经历的思想与感情，表现了"一个青年妇女如何面对自己的未来，选择自己的命运"。针对国外多数评论家对故事结尾的质疑与批评，她从女主人公性格的两面性入手，揭示了人物"希腊悲剧性格"与故事结尾之间的关系，为结尾的合理性进行了辩护。不难看出，赵萝蕤先生关于詹姆斯作品的评论代表了新时期初我国外国文学研究的总体态势，即，关注作品道德主题，注重人物思想情感。不同于英美学界80年代对性别、族裔、阶级等政治立场的高度关注，我国外国文学研究呈现为"回归文学"。通过在一个人文主义框架内探讨作品形式审美，这一时期的外国文学研究在一定程度上削弱了那种把文学视为政治附属品的思维模式。

因此，我们看到，与当时在美国学界反精英主义浪潮中遭受的冷遇不同，詹

---

① Maxwell Geismar, *Henry James and the Jacobites*, Boston: Houghton Mifflin, 1963, p.4.
② 1981年《外国文艺》第1期刊登了这篇译序。

姆斯研究在我国外国文学界呈现为令人欣喜的逐步展开与深入的局面。1982年,上海外语教育出版社推出了侯维瑞先生翻译的《华盛顿广场》。在译序中,他对詹姆斯作品的题材以及基本技巧作了详细描述:"詹姆斯作品有两个基本主题:第一是'国际性题材',即,美国人与欧洲人之间的关系;第二是无辜与腐蚀的对立,即,年轻美国的无知单纯与对生活的渴望受到古老欧洲的世故与诡诈的腐蚀"。1985 年,侯维瑞先生在他的《现代英国小说史》中用一章的篇幅对詹姆斯的作品进行了系统介绍。遵循英美学界的常规做法,他把詹姆斯的创作分为早期、中期和晚期三个阶段,并把《华盛顿广场》(1881)和《淑女画像》(1881)、《卡萨玛西玛公主》(1886)、《阿斯本文件》(1888)、《悲剧的缪斯》(1890)、《奉使记》(1903)视为显现三个时期创作特点的代表作。在他看来,詹姆斯的早期作品主要以美英新旧大陆文化冲突为主题,采用传统现实主义手法塑造人物性格、构建情节冲突,展示单纯的美国人与世故的欧洲人对道德良知、社会习俗的不同态度以及由此引发的文化冲突。这一观点与 20 世纪 60 年代美国学界的总体认识基本一致。① 不过,他认为詹姆斯的早期作品显现了简·奥斯丁和巴尔扎克的影响。② 在谈到詹姆斯中期作品时,他认为大部分作品内容空泛,语言艰涩难读,主要是因为"他试图用精湛的技巧来掩盖内容的贫乏,用虚构的悬念来代替现实的冲突",其结果必然大大削弱作品的社会意义和现实主义成分。③ 相比之下,1986 年王佐良先生在他的《照澜集》中对詹姆斯小说的评论采取了比较中立的立场。在他看来,詹姆斯的小说总体上代表了一个特别的流派,其主要特点可以从题材、技巧和风格三个方面概述。就题材而言,詹姆斯善于描写美国人与欧洲人相遇时的文化心理冲突,由此展示人物形象以及蕴含的文化差异;从技巧角度看,詹姆斯注重人物心理与小说形式结构之间的内在关系,表现了明显的现代主义小说特点;至于风格,主要体现在长句多,复句多,书卷气重。④ 这番话不仅点明了詹姆斯小说的基本特点,在一定程度上也概括了我国 80 年代学者对詹姆斯小说的总体认识。这一时期的代表性文章有:吕文斌发表在《吉林大学学报》1989 年第 3 期上的《亨利·詹姆斯〈黛茜·米勒〉的艺术特色》、张伟水发表于《厦门大学学报》1988 年第 4 期的《从〈专使〉中的情景反讽看詹姆斯对美国文化的讽刺》、张少燕刊于《外语教学》1987 年第 2 期的《詹姆斯文体分析》、张禹九刊于《外国文学》1987 年第 11 期的《深中肯綮的修正》。这些文章都以单个作品为分析对象,集中讨论作品主题、技巧或文体

---

① 詹姆斯小说的国际主题最早由美国学界提出。参见 Georges Markow-Totevy, *Henry James* Minerva Press, 1969.
② 侯维瑞:《现代英国小说史》,上海:上海外语教育出版社,1985 年,第 46—50 页。
③ 同上书,第 50、53 页。
④ 王佐良:《照澜集》,北京:外国文学出版社,1986 年,第 193 页。

特征。值得指出的是,我国学者在这个时候开始关注詹姆斯的小说评论。聂华苓发表在《上海文学》1980年第10期上的文章《亨利·詹姆斯及其现代主义》,以及瞿世镜在为《意识流小说理论》(1989)一书所作的序言中对詹姆斯的小说观进行了概述,使得国内学者开始留意詹姆斯对西方小说理论的重要贡献。

从总体上讲,上述提及的评论代表了改革开放初期詹姆斯研究在我国外国文学研究领域的基本状况。这些研究大多以单个作品的阐释为目的,关注主题、人物形象、语言风格和作品思想。较之早期的个人感悟和点评,这个时期的评论强调对具体作品、具体文学现象进行探索,揭示詹姆斯小说艺术的独特性。

倘若与英美学界同期研究相比较,国内研究在这一时期基本上忽略《螺丝在拧紧》(1898)。相关评论寥寥无几。即便提及,也是简单几句一笔带过。如,侯维瑞先生指出,该作品"气氛扑朔迷离,情节神秘曲折,常常令读者难以捉摸",说明詹姆斯在创作这部作品时"沉迷于结构技巧的实验"。① 而在此时的英美评论界,针对《螺丝在拧紧》进行的各种解读与评论在数量上几乎可以与《哈姆雷特》评论一比高低。② 形成这种对比的一个深层原因在于国内外文学研究领域氛围之不同。80年代的英美评论界正是各种批评理论层出不穷的理论高产期,包括符号学、解构主义、女性主义批评理论、文化研究等等,在构建自身理论的同时以文学经典作为"案例分析"对象,对经典进行修正阅读,以期张扬理论或是批评范式。《螺丝在拧紧》在情节和语言层面的含混与"盲点",意义的"不确定性"成了评论家施展想象、试验各自理论的空间。③ 与此不同,80年代中国大部分学者依然沉浸在改革开放带来的人文情怀中,明确的意义、清晰的道德界限,具有更大的吸引力。较之詹姆斯描写欧美文化冲突、良知与恶行之较量的小说,《螺丝在拧紧》显然缺乏足够的诱惑力。

四、20世纪90年代以来的多维研究

詹姆斯作品形式与内容的复杂性和丰富性,以及90年代国内外国文艺学理论的大量介绍与评析,促使詹姆斯研究在90年代以来朝着多元方向发展。这主要表现在研究范围的拓展以及批评方法的多样化。大致可分为两个方面。第一,对詹姆斯单个作品进行多角度阅读;第二,关于詹姆斯小说创作理论的

---

① 侯维瑞:《现代英国小说史》,上海:上海外语教育出版社,1985年,第52、53页。
② 详见 Richard A. Hocks, "From Literary Analysis to Postmodern Theory: A Historical Narrative of James Criticism," *A Companion to Henry James Studies*, ed. Fogel D. Mark, Westport: Greenwood Press, 1993.
③ 对此展开讨论的著述卷帙浩繁。具有代表性的著作有:Shoshana Felman, "Turning the Screw Interpretation," *Literature and Psychoanalysis: The Question of Reading: Otherwise*, ed. Shoshana Felman, Baltimore: Johns Hopkins University Press, 1982. John Carlos Rowe, *The Theoretical Dimension of Henry James*, Madison: The University of Wisconsin Press, 1984.

述评。

先说关于詹姆斯个别作品的研究。从发表于国内主要学术期刊上的论文来看,《女士画像》依然是评论界的一个热点。除了在论文数量上有明显的优势,批评方法开始突破前期研究对欧美文化冲突的集中关注。陈惠良发表于1995年《外国文学研究》第3期上的《论小说〈一位女士的画像〉的结构》从神话原型批评角度阐述"伊甸园"故事在作品中的隐喻结构。论文作者虽然没有深入讨论这一神话模式原型与作品整体结构的内在联系,但是这个观察角度代表了新时期詹姆斯研究在方法上的探索。代显梅于2008年发表在《外国文学评论》第1期上的《痛苦·知识·责任——论〈一位女士的画像〉的结尾》一文以"痛苦""知识""责任"为三个着眼点,同时以罗马作为象征欧洲文明的隐喻,分析女主人公回归错误婚姻的心理动机。比较前期关于伊莎贝尔的人物分析,90年代以后的评论更加强调从历史与文化角度揭示这一人物内在的矛盾性。陈丽发表在2002年《外国文学研究》第1期上的文章《伊莎贝尔的自由观——亨利·詹姆斯的〈一位女士的画像〉》,指出詹姆斯通过人物意识中心手法揭示了伊莎贝尔独特的自由观(即意识与思想的自由)对人物内在冲突的重要影响,说明詹姆斯赋予这一人物形象高度的精神气质。与英美学界关于这一问题的讨论相比,这一立场完全抛开了隐含在超验主义思想中的"自由观",虽然有失偏颇,倒也富有新意,显示了我国学者独立思考的批评姿态。除了从人物心理思想角度阐述《女士画像》具有的丰富意义,研究者还从叙事隐喻角度阐述这部作品的审美意义。王艳文发表在《甘肃社会科学》2009年第6期上的文章《〈贵妇人画像〉中隐喻的叙事功能研究》从花园、古宅、月亮和古城罗马的原型意象探讨这些隐喻如何成为詹姆斯为小说结构精心设计的一个有机体。这种多样化的解读方式同样体现在对詹姆斯其他作品的评论文章中。如,对中篇小说《黛西·米勒》的分析。既有学者从文化差异论述女主人公悲剧根源,也有学者从叙事形式角度分析故事整体构架。① 值得一提的是陈榕发表在《外国文学评论》2009年第3期上的文章《〈黛茜·密勒〉中的文化权力之争》。文章作者运用法国社会学家布迪厄用来描述社会生活中权力与资本关系的"场域"概念,着重分析故事中旅欧美国侨民"场域"中的权力关系,揭示了隐含在故事中的一个事实:黛西受到的排斥主要来自美国同胞,小说体现的是美国侨民圈内部传统阶层与新富阶层之间的权力斗争。这种独特的观察角度加深了对詹姆斯国际主题、文化冲突的认识。

随着詹姆斯研究朝着多元方向发展,产生了有差异的阐释与对话,改变了

---

① 陈亦燕:《兼容还是拒绝——〈黛西·米勒〉与文化冲突》,《四川外语学院学报》2002(4)。张勤、熊荣斌:《〈黛西·米勒〉的构架及意境试析》,《外国文学研究》1995(2)。

80年代研究明显的同化式接受。例如,关于如何看待隐含在《美国人》中的文化冲突,有评论认为作品表现了詹姆斯"欧美文化融合思想"①,而林斌则从作品明显的哥特成分论述"贯穿小说始终如一的一条线索是'隔绝'而非'融合'"②。

与80年代不同,90年代开始涉及詹姆斯的晚期作品。《金碗》中的婚姻主题、《专使》的文体特点、《鸽翼》中人物意识展现方式,都开始进入研究的视野,有效地拓展了之前评论界对詹姆斯晚期作品的认识。③ 詹姆斯中期作品以及一些短篇故事也引起了研究者们的关注。如,《外国文学评论》2008年第2期刊登的《推敲真实:〈真品〉的主题变奏》、《外国文学评论》2007年第1期的《文学阅读模式的伦理想象——亨利·詹姆斯的〈阿斯本文稿〉与〈地毯中的图案〉刍议》、2002年刊于《外国文学研究》第1期上的《〈悲剧缪斯〉中的性别与殖民意识》、2008年《国外文学》第1期的《艺术自我与社会形式——亨利·詹姆斯的〈悲剧缪斯神〉》,都代表了当前国内詹姆斯研究范围的拓展。

与国外詹姆斯研究者一样,国内学者同样意识到詹姆斯小说创作与他的小说观之间的密切关系,因此以詹姆斯对英美现代小说理论的贡献作为切入点,对其小说艺术观进行整理和辨析,从理论角度解析詹姆斯作品的形式特点,是90年代国内詹姆斯总体研究一个重要方面。2001年,上海外语教育出版社出版了殷企平、高奋、童燕萍合著的《英国小说批评史》,其中有一章专门讨论了"詹姆斯的理论贡献",对詹姆斯的小说观以及视点说等核心术语进行了阐述。在论及詹姆斯对小说艺术真实性的强调时,作者指出,詹姆斯提出的"真实性"主要指"制造生活的幻觉",由此认为小说存在的理由在于与生活展开竞争。这一概述把握了詹姆斯小说艺术论的要旨,同时也暗示了詹姆斯小说观在审美思想上与佩特(Walter Pater)道德审美主义思想之间的渊源关系。

在2005年由北京大学出版社出版的《英美小说叙事理论》(申丹、韩加明、王丽亚著)中,其中一章重点介绍了詹姆斯对英美现代小说理论的贡献。这部分的作者王丽亚从形式主义角度阐述了体现在詹姆斯小说实践和评论中的"戏剧化"手法与英美现代小说理论之间的关系,突出了詹姆斯作为"现代小说理论奠基人"的重要地位。翌年,社会科学文献出版社推出了代显梅的《传统与现代

---

① 代显梅:《亨利·詹姆斯的欧美文化融合思想刍议》,《外国文学评论》2000(1),第56页。
② 林斌:《浅析亨利·詹姆斯小说〈美国人〉中的哥特成分》,《天津外国语学院学报》2004(6),第30页。
③ 王丽亚:《聚焦折射下的人际关系——亨利·詹姆斯〈金碗〉聚焦模式评析》,《外国文学评论》1998(2);王珊:《亨利·詹姆斯的〈金碗〉:婚姻的寓言》,《外国文学》2004(6);王玲:《亨利·詹姆斯圆周文体及句式、情节与人物刻画中的拖延——〈专使〉语言文体探究》,《外国文学研究》1997(1);陈平:《意识呈现的方式:〈鸽翼〉的现代性》,《四川外语学院学报》2005(5)。郑国锋、陈丽:《〈鸽翼〉中的"空白"》,《国外文学》2008(2)。陈平:《语言、现实和欲望——詹姆斯小说〈波士顿人〉与扭曲的现实》,《外国文学研究》2005(6)。

之间：亨利·詹姆斯的小说理论》。作者把詹姆斯的小说实践与理论放在19世纪末大洋两岸传统现实主义与现代主义交相辉映的文学现象中进行观察，辨析詹姆斯与英国维多利亚小说传统、法国现实主义以及以豪威尔斯为代表的美国现实主义传统之间的差异，揭示了詹姆斯的小说创作与理论包含的历史差异。迄今为止，这是国内唯一一部从文学影响角度阐述詹姆斯小说理论的专著，代表了国内詹姆斯小说理论研究的一大推进。作者指出："詹姆斯觉得，与法国小说相比，英国小说可以说是道德规矩有余，艺术审美不足……英国小说的问题在于小说家没有严肃地对待自己的职业，没有把小说创作当作一项神圣的事业来干，小说只服务于道德宣教和愉悦读者的一个工具。"（第94页）

不过，与国外90年代以来的同类研究相比，国内詹姆斯研究在对象与方法上的不足可谓显而易见。这一点尤其体现在作家影响研究与作品比较研究两个方面。早在1882年，当豪威尔斯（William Dean Howells）向美国文学界举荐詹姆斯的小说时，他就把詹姆斯的小说与乔治·艾略特和霍桑的小说进行比较，并且把詹姆斯的小说置于维多利亚传统的对立面，借此倡导美国小说家勇敢告别维多利亚小说"大团圆"结局。豪威尔斯本意在于倡导"美国小说"的独特性，但他始料未及的是，这番话竟然引发了一场为欧陆小说传统的辩护战，而且招致詹姆斯小说在美国销量锐减。[①] 事实上，詹姆斯与维多利亚小说传统、美国新英格兰文学传统、沃尔特·佩特倡导的唯美主义思想有着深刻的渊源关系。他在不同时期自觉或不自觉地接受了来自这些传统的多位作家的影响，因此，除了乔治·艾略特和霍桑，玛格丽特·富勒、哈代、特罗洛普、萨克雷、梅瑞狄斯、斯蒂文森、左拉、乔治·桑、屠格涅夫、福楼拜、阿尔封斯·都德等一大批作家都是英美学者研究詹姆斯的比较对象。[②] 受詹姆斯影响的作家和作品同样数不胜数，如，与詹姆斯同时的女作家沃顿（Edith Wharton，尽管她自己否认）。依照布卢姆的观点，菲茨杰拉德也深受詹姆斯影响。就国内期刊相关论文的数量与质量而言，我国学者从影响角度进行的詹姆斯研究可谓寥寥无几。我们能够读到的相关论文仅有两篇：刘意青教授发表在《北京大学学报》1992年第2期上的《女性的困惑——析多萝西娅·布鲁克和伊莎贝尔·阿切》和收录在2000年《英美文学研究论丛》（上海外语教育出版社）的《国际主题的建构与解构：〈美国人〉和〈洛丽塔〉》（李建波、唐岫敏）。后者以"非善即恶"的19世纪二元对立伦理思维作为观察角度，分析《美国人》对古老欧洲与年轻美国的冲突模式，反观《洛丽塔》对这一思维的解构处理，辨析不同作家由于时代不同对

[①] Donald David Stone, *Novelists in a Changing World*, Cambridge: Harvard University Press, 1972, p. 31.

[②] Ibid.

同一题材的不同处理手法。刘意青教授的论文立足于分析两个人物对待婚姻的不同期待,解释她们代表的两类不同女性:多萝西娅是维多利亚女性,渴望通过婚姻达到自我满足;伊莎贝尔属于詹姆斯式的思考型女性,对于理性的高度看重以及对自我的觉悟是她生命价值所在。

结　语

纵观新中国成立以来的我国詹姆斯研究,可以见出如下特点:

首先,作为英美小说及小说理论的重镇,詹姆斯研究是我国外国文学研究的一个重要关注点。不过,相对于欧美学界在研究对象和研究路径方面显现的丰富性,我国已有的詹姆斯研究依然显得势单力薄,尤其缺乏作品整体研究和理论系统研究。

其次,詹姆斯置身于欧美小说传统,在继承传统中展现高度的批评意识,这使他的小说和小说评论包含了传统与现代思想。然而,显现在詹姆斯作品和评论中的"传统"因素远远超越一般英美小说。因此,有必要从比较研究和影响研究角度探究詹姆斯与欧美小说创作和文艺思想的复杂关系。

此外,较之英美学界 20 世纪后叶开始对詹姆斯小说主题、文体以及理论内涵丰富性的全方位研究[①],我国现有的詹姆斯研究在批评模式上集中于小说主题阐释和叙事策略分析,其中不乏浮泛的点评,或是重复的套话和习语。对于詹姆斯小说理论的研究有时缺乏深度与系统,停留在重复、翻译国外研究已经取得的研究成果,或是资料的罗列。这是一个明显的总体弱点。

从文学类型来看,我国学者对詹姆斯长篇小说的关注多于他的中短篇故事。除了《螺丝在拧紧》《黛西·米勒》《丛林猛兽》《真品》《地毯中的图案》这 5 个作品,其余大量中短篇故事尚未引起研究者关注,研究论文更是罕见。至于詹姆斯的随笔、传记、戏剧作品,以及根据小说改编的电影作品,就连相关介绍都很少看到。这个部分的研究工作虽然不属于小说研究领域,但至少也是我国詹姆斯总体研究不可或缺的组成方面。

第十四节　索尔·贝娄小说研究

索尔·贝娄(Saul Bellow,1915—2005)驰骋美国文坛 60 年,是继海明威和福克纳之后的美国文坛领袖。国外对其研究较为成熟,早在 20 世纪 70 年代,

---

① 详见 John Carlos Rowe, *The Other Henry James*, Durham and London: Duke University Press, 1998.

"大量有关贝娄的研究已达到一个小型产业的规模"[①]。然而直至20世纪70年代末期,中国内地才首次出现有关其作品的评介。至新中国成立60周年(2009),我国有关贝娄小说研究论文约300篇,研究专著2部,评传1部。下面按三个时期考察国内索尔·贝娄小说研究状况。

一、开创期(1979—1989)

1979年山东大学的陆凡在《文史哲》第1期上发表了《美国当代作家索尔·贝娄》,开创了我国贝娄研究的先河。回观之,我国贝娄研究之所以肇始于这一年,有两个重要原因:一是因为中国已于1978年结束了"文化大革命"和文化封闭状态,已经可以讨论原来所谓的"资产阶级文学"。另外,贝娄于1976年新近获得诺贝尔文学奖想必也是一个重要的直接推动因素。

1979—1989年这十年间有十余位研究者发表有关贝娄的评介文章近二十篇。早期研究[②]多是对贝娄的文学地位和生平简述之后对其主要作品逐一介绍。这种宏观评介在当时知识封闭的年代对我国读者和研究者从总体上了解贝娄是必要的。虽然部分文章有讲故事之嫌,但也不乏深刻评述之作。例如,陆凡就借鉴外国研究成果将贝娄创作分为两个阶段,指出贝娄早期的两部小说是典型的存在主义小说。其主人公是美国文学中"反英雄"的先驱。主人公为所谓"内心的纯洁""自由""道德感""责任感"等而拼命挣扎,想知道怎样才能生活得好一些,但是最终总是屈服于"荒唐的现实"。而从第三部作品贝娄进入了创作的第二个阶段,描写的重点在于个人和世界的关系。主人公们或者是到外界各处或者是到自己内心去探索,企图找出一条能与现实社会相协调的途径。陈焜也指出贝娄小说的人物都是"反英雄"形象,他们起初追求的东西都超过了人性。然而只要他们学会了接受既不高于人性,也不低于人性的普遍的人情时,就获得了人的尊严。陆、陈两位的论文可以说对贝娄小说主题进行了准确概括,为此后很长一段时间的主题研究奠定了基调。

可能是由于中国"现实主义"文学创作和批评的强大传统,这一时期有关贝娄综论的研究都试图在总体上将贝娄界定为"现实主义"作家,称其为美国现实主义的"主要发言人",不过也同时承认,贝娄的创作手法明显受到现代派创作

---

① Chirantan Kulshretha, *Saul Bellow: The Problem of Affirmation*, New Delhi: Arnold-Heinemann publishers (India) Pvt, Ltd., 1978, p.150.
② 如,陆凡:《美国当代作家索尔·贝娄》,《文史哲》1979(1);陈焜:《索尔·贝娄——当代美国文学的代表性作家》,《世界文学》1979(4);伊哈布·哈桑:《索尔·贝娄》,《美国文学丛刊》,蒲隆译,1982(1);刘象愚:《试论索尔·贝娄的创作》,《外国文学研究集刊》(第六辑),中国社会科学出版社,1982年;毛信德:《美国当代现实主义的主要发言人索尔·贝娄》,《外国文学研究》1982(2);钱满素:《西方精神危机的剖析者》,《文学报》1983年10月13日第3版;王宁:《浅论索尔·贝娄的小说创作》,《外国文学》1985(7)等。

手法的影响。

除了较为宏观的研究外,这一时期也出现了对某一专题或某一单部作品的研究。其中,贝娄作品的存在主义意蕴是研究者关注的焦点。内容涉及"自由"与"选择","个体"与"社会"的关系,个人的无能为力等。但这些论文基本上是给出宏观结论,而未能结合作品进行深入论证。笔者认为,这一时期之所以会有研究者提及贝娄作品的存在主义倾向有两个原因。一是借鉴了国外的研究成果,因为国外的研究在贝娄刚发表作品时就有人探讨这个问题。二是因为,20世纪80年代,存在主义哲学是中国知识界的关注的重点之一,这也必然在外国文学研究领域得到反映。

除存在主义外,陆凡①专文探讨贝娄小说中的妇女形象,归纳了四种类型的女性:1.权威的老妇;2.温顺的妻子(或情人);3.背叛的情人(或妻子);4.慈爱的母亲。她研究发现,主人公虽然厌烦生活,但最终还是要走向适应生活,在最后的归宿中总是落脚于一个"母亲式"的女人的身旁。而同样对贝娄作品加以性别关注的还有刘洪一②。他从犹太文化中的男性和女性的关系解释了贝娄小说中两性战争的原因。

这一时期还有对贝娄的《洪堡的礼物》《雨王汉德森》和《赫索格》等单部作品作较为具体的研究。内容涉及作品主题和艺术表现手法,虽未能超出上述总论的广度与深度,但也为上述总论提供了有力的支撑。

不可否认的是,这一时期的批评话语带有明显的时代烙印。有上述宏观研究者认为"索尔·贝娄毕竟是一位资产阶级作家,把资本主义社会中人的遭遇和苦闷仅仅看作自我与现实的矛盾,看作异化结果,从而掩盖了资本主义世界中愈加剧烈的阶级矛盾和民族矛盾"③。他们批评贝娄这类知识分子"很少承认精神危机以外的资本主义基本矛盾……一方面反对资本主义社会的上层建筑,同时又是资本主义经济基础自愿的维护者"④。这显然是受当时政治、文化环境局限,还没能完全从"革命"和"阶级斗争"的"文化大革命"话语中走出来。

二、发展期(1990—1999)

20世纪90年代我国对索尔·贝娄作品的研究广度和深度得以拓展,研究人数和成果数量较前十年有较大增加,发表了约七十篇论文,涉及贝娄已出版

---

① 陆凡:《索尔·贝娄小说中的妇女形象》,《文史哲》1980(4)。
② 刘洪一:《情爱与性战——贝娄人物的两性意识》,《求是学刊》1989(1)。
③ 王宁:《浅论索尔·贝娄的小说创作》,《外国文学》1985(7)。
④ 陈焜:《索尔·贝娄——当代美国文学的代表性作家》,《世界文学》1979(4)

的几乎全部小说(包括新近出版的中篇《偷窃》)。① 前十年研究重点在这个时期得到继承。有人继续探讨贝娄作品中现实主义与现代主义创作手法的融合、作品中的存在主义意蕴、资本主义社会知识分子的精神危机等主题。虽然这些研究在观点上与前一时期相比并无太多新意,但更加注意结合具体作品讨论,因而论证更加充分些。在研究方法上,由于20世纪八九十年代西方文论和批评方法的大量引介,国内索尔·贝娄的研究手段和方法多样化了,出现了新气象。

因此,可以说,90年代我国的贝娄小说研究无论从研究内容和研究方法,还是从研究广度和深度方面来衡量都进入了发展期。下文对这一时期的新成果做简要归纳。

在中国长期的政治批评和社会历史批评之后,形式研究在这一时期成为较为新鲜的研究视角。虽然"新批评"和形式主义文论在西方早就不是什么新鲜的理论和批评方法,国内在20世纪40年代中后期已有袁可嘉先生的引介,但真正大规模的译介却是在80年代中后期和90年代。与此类似的是,在西方,经典叙事学在20世纪70年代达到高潮后,势头渐减。但经典叙事学理论却在八九十年代在中国得以引进、兴起与发展。有趣的是,新批评和叙事学这种引进的"滞后"却给中国90年代的外国文学批评界带来了"新"的视角,并为中国学者提供了可操作的工具。"新批评"、形式主义文论和经典叙事学这些注重文本的内在特质、结构和规律的主张无疑影响了国内90年代的贝娄研究者,因而这一时期有些研究开始探讨贝娄作品内在构造机理和叙述手段。除了传统的写作特色研究之外还能从叙事学的角度探讨贝娄作品的叙事本身的内在规律,部分研究还能探讨作品形式与内容的关联,甚至试图对贝娄小说创作的宏观理路做出总结。对比国外90年代的贝娄研究可以发现,国外对贝娄小说的叙事形式及其小说建构方式本身进行探讨的较为鲜见。可以说,我国这一时期关于贝娄小说的叙事研究(主要集中在对《赫索格》的叙事研究上)是我国贝娄研究迥异于90年代国际研究潮流的中国特色。

对贝娄小说的叙事研究表现在微观和宏观两个层面上。前者主要围绕视角、叙述者、叙述层次等相互勾连的几方面解读贝娄作品,后者则涉及贝娄小说的整体叙事模式及小说构造模式。有研究者②指出《赫索格》突出的创作特色

---

① 需要说明的是,这一时期对作品关注不均衡。对长篇小说研究较多,对短篇关注较少。对长篇的研究也不均衡,其中专论《赫索格》的论文达14篇之多,而无人专论《雨王汉德森》。

② 王云弟:《"我看我自己"——论索尔·贝娄的〈赫索格〉》,《外国文学研究》1995(1);《叙述中的自我——对〈赫索格〉自我乌托邦的沉思》,《外国文学评论》1995(1)。陈春发:《索尔·贝娄创作技法论——兼论〈赫索格〉的创作技巧》,《西南师范大学学报》(哲学社会科学版)1994(4)。陈榕:《索尔·贝娄〈赫索格〉:书信技巧的挖掘与创新》,《解放军外国语学院学报》1991(1)。

是多视角的运用及视角的转换。贝娄选定"我""你""他"三个视角来叙述故事。以内心分析与内心独白为主要表现手段,以有限全知为基本视角,把整个文本的叙述都归并到人物的意识流程,从而展示出叙述秩序和结构模态的多重对位。这种叙述方式与赫索格的矛盾、自嘲的心理状态达到了一种统一。本研究还发现,与布斯的"叙述者可以或多或少地离开'隐含的作者'"这一说法有所不同的是,在《赫索格》中,无论是道德上还是理智上,叙述者和"隐含的作者"有一种紧密的负载关系。"隐含的作者"躲到了叙述者的背后,操纵着叙述者,从而使"隐含的作者"与叙述者在情感、认知与价值上达到统一,也使叙述者之"我"与"隐含的作者"之"我"归并到一起。在这种归并中,贝娄也就在这种叙事中为现代世界中的"自我"找到了一种自我完善的自我乌托邦。作家李知[①]借用法国结构主义文论家格雷马斯的叙述信息术语来论述索尔•贝娄小说的叙述信息密度。他指出,贝娄将叙述成分和描写成分掺揉交融在一起,扩大了叙述信息量。这种"漫溢式"结构看似随意,实际上体现了作家对情节进展的控制力,使他成功地摆脱了小说呆板单调的结构形式的局限,从而有较大的自由度去阐述与表现当代美国社会"人的状况"和"全社会的困惑"。

除了这种较为微观的叙事研究外,刘洪一[②]对贝娄小说人物的构建规律和套路从"心态与性格"及"自身与替身"两个方面进行了精彩概括。他指出,贝娄以"心态—性格"的形式再现了现代人的两个层面:以非自觉意识特征为主的心理层面和以自觉意识特征为主的性格层面,从而把人的生理—心理因素与社会因素有机地融合起来。这样,贝娄就创造出既不同于庸俗社会学指导下创造出的旧式人物,也异于"现代"作家偏爱"无意识"状态下的人物。贝娄人物的另一特征是在人物与人物之间,甚至人与动物等非人之间建立一种联系,彼此互为替身,人物往往能在对方身上找到自己的情感和观念、心态和性格。如果说贝娄以"心态与性格"对人本身进行了微观的内部观察,那么"自身与替身"则通过把人置于一种关系之中对人进行了宏观的外部观察。这种概括虽未必能涵盖贝娄全部的小说人物构建规律,但总体上还是令人信服的,无疑是这一时期我国学者进行独立研究的代表之一。苏晖[③]则借鉴西方研究成果试图从传统与现代、犹太传统与美国文化、世俗与超越几对既对立又统一的因素入手归纳贝娄小说主人公的心理发展模式,即都经历了一个由焦虑到探索最终导致回归的心理流变过程。这对理解贝娄小说创作的基本套路很有启发。

---

① 李知:《索尔•贝娄小说的叙述信息密度》,《小说评论》,1994(6)。
② 刘洪一:《心态与性格、自身与替身——贝娄小说的人物构建》,《求是学刊》1991(6)。
③ 苏晖:《疯狂世界中的"边缘人"——论索尔•贝娄小说主人公心理模式的形成机制》,《华中师范大学学报》(哲社版)1995(5);《焦虑•探索•回归——论索尔•贝娄小说主人公的心理模式》,《外国文学研究》1995(3)。

作为一种文学研究的途径或文学批评的方法,"神话—原型批评"关心文学现象之间的联系,注重探讨同类作品的结构模式,建立关于象征、神话和类型的理论。我国从 20 世纪上半叶到 60 年代都有相关的研究,但 80 年代中晚期和 90 年代后这种研究才渐成气候。受此启发和影响,国内这个时期的有些贝娄研究成果论证了贝娄某些作品与某些文学原型或母题的关联性。廖七一 20 世纪 90 年代初期发表了两篇论文①指出,《奥吉·马奇历险记》中存在表层和深层两个结构层次以及三个既相互平行又相互交叉的神话意象和母题。寻找父亲是小说中反复出现的母题;奥吉·马奇是当代美国的忒勒玛科斯;奥吉的历险和追求与埃涅阿斯有着平行的结构,因而奥吉是企图建立富有人性的新城邦的现代埃涅阿斯;奥吉是 20 世纪美国社会中寻求和梦想重返伊甸园的亚当。傅少武的论文②讨论了贝娄小说的"流浪汉"原型。其不俗之处在于,它不仅仅讨论传统的"流浪汉"形象,而且在更高层次上论证了贝娄小说主人公以流浪作为独特的认知方式,在"流浪"的过程中深刻地融汇了现代西方存在主义对人类生存问题的思考和阐释。

由于中国的女性主义批评的兴起,这一时期有论文探讨贝娄小说中的两性关系和女性形象。此时期我国的研究者往往认同西方评论家的观点,认为贝娄在塑造女性角色时往往带有男性作家的偏见,因而其大部分女性角色为负面形象。而汪海如③则通过对艾娃和马德琳这两个贝娄笔下的妇女形象的论析,试图论证贝娄是在赞扬新时代职业女性的自信、自尊、自强和自立,甚至认为贝娄是女权主义的代言人。虽然在仅考察了两个职业女性角色后就得出这种结论,略显轻率,但它毕竟是对西方所批评的贝娄的"厌女症"的一种反动,显示出我国学者的独立研究和判断能力。

三、初步繁荣期(2000—2009)

进入 21 世纪以来,我国整体学术环境进一步改善,与国外学术交流机会增多,更多的国内外学术资源库投入使用,使得学术资源的获得比前期更加便捷。各种理论引介与运用持续升温,为我国的贝娄研究提供了更多的视角和方法。另外,在此期间我国硕士生、博士生数量激增使得我国贝娄研究人数总量大增。当然,《索尔·贝娄全集》的中文版的出版也为贝娄研究者提供了文本方便。各种因素共同推进,使得贝娄研究进入了一个初步繁荣期。这一时期研究成果数

---

① 廖七一:《重返伊甸园的亚当梦——论〈奥吉·玛琪历险记〉》,《四川外语学院学报》1993(3);《论〈奥吉·玛琪历险记〉的神话母题》,《外国文学研究》1994(1)。
② 傅少武:《论索尔·贝娄小说的流浪汉形象》,《徐州师范大学学报》(哲学社会科学版)1997(2)。
③ 汪海如:《意识的觉醒—论贝娄笔下的职业女性》,《国外文学》1995(4)。

量明显增加,发表论文约200篇,同时研究也向纵深发展,出现了贝娄评传1部①,专著2部②,另外,有些有关犹太文学的专著③也有专门章节论及贝娄。此外,有不少硕士、博士论文专门把贝娄作为研究对象。据不完全统计,这10年有专论贝娄的硕士论文140余篇,先后6人以索尔·贝娄为研究对象完成了博士论文。更可喜的是,这一时期研究者不再像上两个时期那样以"散兵游勇"居多,而是出现了刘洪一、乔国强、张钧、刘文松、周南翼、祝平、刘兮颖、汪汉利、籍晓红、车凤成、张军、白爱宏、魏啸飞等一批较为固定的贝娄研究者。

  这一时期的研究总体上讲是对前两个时期研究的继承和发展。重点在以下几方面:

  首先,贝娄小说的主题思想依然是研究重点之一。大量的研究一如既往地讨论贝娄小说所表现的后工业化社会和消费社会中的现代人(尤其是以赫索格、洪堡为代表的知识分子)的异化以及精神世界的困顿和生存困境,并探讨他们如何力图从对自我、自由的探寻中寻找出路。张钧的专著④无疑是这方面的代表。其选取了六部贝娄早期小说作为研究对象,论证了贝娄小说主人公处理精神危机的渐进化过程。认为前两部小说的主人公已意识到黑暗的存在,奥吉·马奇开始从黑暗处转身,直到赫索格最终走向光明。张著的结论较为可信,但可以讨论之处在于,虽然从黑暗走向光明的过程的确是贝娄小说主人公们精神历程的基本套路,但这个嬗变历程到底是从一部小说主人公到另一部小说主人公渐变的过程,还是每部作品的主人公的精神历程都存在这种变化? 其实,考察贝娄的单部作品的主人公的精神历程就会发现,每部作品的主人公都可能经历这种从黑暗走向拨云见日的过程。吴玲英、蒋靖芝的著作⑤也分析了现代知识分子边缘性的多重表现形式及生存困境:他们找不到自我,更不能将

---

① 周南翼:《贝娄》,成都:四川人民出版社,2003年。
② 刘文松:《索尔·贝娄小说中的权力关系及其女性表征》(英文),厦门:厦门大学出版社,2004年;张钧:《夕阳尽处是长安——索尔·贝娄早期小说研究》(英文),长春:东北师范大学出版社,2007年。补记:2010年后又有三部专著问世。分别是:车凤成:《索尔·贝娄作品的伦理道德世界》,北京:中国社会科学出版社,2010年;刘兮颖:《受难意识与犹太伦理取向:索尔·贝娄小说研究》,武汉:华中师范大学出版社,2011年;白爱宏:《抵制异化:索尔·贝娄小说研究》,北京:中国社会科学出版社,2012年。
③ 刘洪一:《走向文化诗学——美国犹太小说研究》,北京:北京大学出版社,2002年;周南翼:《追寻一个新的理想国——索尔·贝娄、伯纳德·马拉默德和辛西娅·欧芝克研究》(英文),厦门:厦门大学出版社,2005年;吴玲英、蒋靖芝:《索尔·贝娄与拉尔夫·埃里森的"边缘人"研究》(英文),长沙:中南大学出版社,2005年;乔国强:《美国犹太文学》,北京:商务印书馆,2008年;魏啸飞:《美国犹太文学与犹太性》,桂林:广西师范大学出版社,2009年。
④ 张钧:《夕阳尽处是长安——索尔·贝娄早期小说研究》(英文),长春:东北师范大学出版社,2007年。需要在此补注的是,本著作是在其博士论文的基础上修改而成,而其博士论文是中国第一部专门以索尔·贝娄为研究对象的博士论文,具有里程碑意义。
⑤ 吴玲英、蒋靖芝:《索尔·贝娄与拉尔夫·埃里森的"边缘人"研究》(英文),长沙:中南大学出版社,2005年。

自己融入冲突的文化,找不到自己的文化身份。但吴、蒋由于在较为单薄的一本书里讨论了贝娄和埃里森两位重要作家,所以对贝娄作品的分析还有待深入,在理论上和文化身份的讨论上还显得单薄。有关主题思想的讨论较有新意的是蒋书丽的论文。[①] 该文在讨论知识分子不断寻求和逃离荒诞生活的同时,还讨论了在学术资本化、工具化境况下,知识分子这个群体是如何从资本主义的异己分子蜕变为资本主义阵营中的一员的这一过程以及这种蜕变所产生的深刻社会意义。

其次,由于国内叙事学理论(经典和后经典)的研究不断升温,使得国内从叙事学角度研究索尔·贝娄作品的成果数量和质量比上个时期都有较大提升。有不少研究能论证叙事手段与主题思想表达之间的关联,克服了常为人们所诟病的"为理论而理论"的弊端,无疑是对上个时期贝娄小说叙事学研究的深化和发展。

张生庭的论文[②]可谓从叙事学角度对贝娄小说作"技术性"分析的代表。他从法国著名叙述学家杰拉尔·热内特的叙述学理论出发,归纳《赫索格》的叙述机制和叙述模式等特点。该文研究发现,《赫索格》的叙述结构建构于三个叙述层上。第一层次(小说开始时赫索格的叙述)没有情节,没有行动,为静态叙述层。在第二叙述层(对过去五天的回忆)中,叙述者是处于第一叙述层中的较为平静的赫索格,而叙述焦距是受难者兼体验者赫索格。第三叙述层则是夹杂在第二叙事层中对一生的凌乱回忆。文章指出,这种以破碎散乱为其特征的叙述正是主人公混乱内心的外化体现。张文还注意到,通过双重距离和双重视角,贝娄向我们揭示了当代文学中普遍存在的个性分裂和异化的主题。刘兮颖[③]探讨了贝娄的《更多的人死于心碎》的人称转换和视角越界现象,指出贝娄在"你""我""他"的人称之间转换,并巧妙地由第一人称有限视角转入全知视角,从而达成了叙述者、人物与读者这三者之间在对话基础上的相互沟通和理解。她还指出,贝娄采用了外在式聚焦与内在式聚焦双重聚焦和转换式内聚焦的方式来叙事。选择某种聚焦方式也就意味着作者对某种伦理价值和道德观的取舍。因此,叙述聚焦是作者表达伦理取向的方式之一。

徐文培、张建慧[④]从复调小说理论出发,归纳出小说《洪堡的礼物》中的"复

---

① 蒋书丽:《寻求、逃离与同化——索尔·贝娄的知识分子主题三部曲》,《东北大学学报》(社会科学版)2009(2)。
② 张生庭:《浅析小说〈赫索格〉的叙述特点》,《英美文学研究论丛》第3辑,上海:上海外语教育出版社,2002年。
③ 刘兮颖:《论〈更多的人死于心碎〉的人称转换和视角越界》,《广西大学学报》2004(2);《"如烟往事"中的犹太伦理叙事》,《外国文学研究》2008(6)。
④ 徐文培 张建慧:《〈洪堡的礼物〉中的"复调"解读》,《外语学刊》2006(4)。

调"视角、"复调"结构和"复调"时空等特点。他们指出,在叙事视角上贝娄主要用第一人称回顾视角叙述。为弥补第一人称视角的不足,便使用第三人称全知视角进行补充。同时,贝娄还利用特殊的第二人称"你"来调节焦距,即,叙述人与读者的距离。小说在结构上有两条叙述线索,一条是按照传统小说的叙述模式进行的。另外一条关于西特林和洪堡两个人在文学道路上成功与失败的故事线索则隐含在西特林的回忆里。两条线索既平行并存,又独立发展,构成小说的复调结构。有研究者[1]则指出《只争朝夕》的文本表现的是作者与人物的对话、人物与人物之间的对话以及人物内心的自我对话。同时,在情节设置和结构安排上也充分体现了对话性,让这部小说在主题意义上和审美上都充分展示了该小说的复调魅力。

还有些研究者[2]从"互文性"角度研究贝娄作品,探讨了贝娄对经典文本结构和内容上的引用、对社会历史现实以及人物的参照、对自己其他文本的映射。

特别值得指出的是,刘洪一[3]在上一时期研究的基础上,继续对贝娄小说的宏观建构规律进行了卓有成效的探索。他指出,贝娄小说技巧中的模式、视角、人物等要素中分别存在着悖逆的关系取向,从而使得模式、视角、人物等得到了一种对称性的互补和阈限拓展,这也导致了模式、视角、人物等在其深层结构呈现出一种向"完型结构"接近的趋向,即:流浪汉+精神流浪汉→完型模式;单一视角+复合视角→完型视角;心态+性格、自身+替身→完型人物。

第三,对贝娄作品中的犹太元素、原型或母题研究是这个时期的研究重点之一。这几方面的研究又往往围绕犹太文化相互交织在一起。乔国强[4]试图从种族(犹太人)这个维度考察贝娄的作品,探讨犹太民族在美国社会中"无根基""受害者""流浪"和"追寻"等特征。魏啸飞[5]试图通过揭示犹太文学人物身上体现出来的仁爱、公义和责任感等犹太教所倡导的积极性社会因素来发现犹太教可能赋予他们的宗教情感、犹太神性和人性。江宁康[6]认为《拉维尔斯坦》所表现的是犹太民族"寻找自我的民族家园"的文化意识。刘兮颖[7]认为索尔·贝娄小说中隐含父子冲突。"父亲"代表了对犹太传统文化的固守和坚持,

---

[1] 如:周莉莉:《对话的妙语:解读索尔·贝娄小说〈只争朝夕〉》,《南昌工程学院学报》2009(5)。
[2] 如:江春奋:《拉维尔斯坦之面面观——〈拉维尔斯坦〉的互文性分析》,《重庆工学院学报》(社会科学版),2009(1)。
[3] 见刘洪一:《走向文化诗学:美国犹太小说研究》(北京大学出版社,2002年)第十章"小说观念与文化精神"第二节。
[4] 乔国强:《美国犹太文学》,北京:商务印书馆,2008年。
[5] 魏啸飞:《美国犹太文学与犹太性》,桂林:广西师范大学出版社,2009年。
[6] 江宁康:《评〈拉维尔斯坦〉的文化母题:寻找自我的民族家园》,《当代外国文学》2006(1)。
[7] 刘兮颖有多篇论文涉及"父与子"主题。较有代表性的是:《论索尔·贝娄长篇小说中隐喻的"父与子"主题》,《外国文学研究》2004(3)。

而"儿子"则背离了犹太传统,父子冲突的焦点是父子两代人对于犹太文化传统接受的程度及其各自的态度以及被美国文化所同化的程度。此外,还有不少研究者将贝娄小说的流浪汉主题与犹太民族特有的流浪历史勾连起来,揭示了人类生存的"不确定性",但这种观点没有超越前期的研究。

贝娄小说的犹太伦理(道德哲学)意蕴也是学者们讨论的重点之一。祝平连续发表论文[①]论证贝娄的小说创作受犹太伦理的影响,其小说具有"肯定"的伦理旨趣和亲社会伦理指向,指出贝娄虽不回避描写人的异化、人的精神困境和危机,但他赋予在异化、孤独、危机境况中的主人公以希望,即在否定性的叙述中贯穿着肯定的主旨。车凤成[②]认为贝娄作品中存在的诸多二元对立现象不但形成了贝娄创作中的"边界意识",也成为贝娄完成超越并迈向"共同体意识"的契机,这使其作品具有指向人类理想未来的伦理期待性。刘兮颖[③]认为贝娄小说中的人物设置、主题的凸显以及情节的书写均存在着一定的模式化倾向,而犹太伦理正蕴含在其中。

第四,这一时期有更多的研究者从女性主义视角研究贝娄作品。有人指出贝娄利用描述者掌控的话语权力,对女性形象进行别有用心的歪曲,反映了作家的男性沙文主义思想和厌女症。也有人认为作品展现了贝娄对男人世界中的女性特有的关爱和理解,具有"女性写作"特征。这两种观点并无太多新意,只是参加论争的研究者比前两个时期更多。还有人[④]通过分析贝娄不同时期的作品归纳贝娄对女性的态度的演变,得出结论:贝娄在创作初期还对女权主义持消极态度,到后期便不再在女性形象中渗透父权意识形态。上述几种观点都有一个共同特点,就是从作品中人物或叙述者对女性的看法和态度推导出作家本人对女性的态度。但在无确凿证据的情况下,将作品人物观点视为作者观点的研究方法是值得商榷的。

这一时期在这方面较有新意的是刘文松的研究。[⑤]。他从福柯的权力关系理论入手分析贝娄小说中知识分子夫妻之间的权力关系归纳出三种模式:竞

---

① 祝平:《索尔·贝娄的肯定伦理观》,《外国文学评论》2007(2);《从"我要!我要!我要!"到"她要,他要,他们要"——丰裕社会中的"雨王汉德森"的精神指归》,《外语研究》2008(4);《生存还是毁灭?——从〈洪堡的礼物〉看物质主义社会中艺术家的选择》,《外语教学》2009(1);《索尔·贝娄〈晃来晃去的人〉的"亲社会"伦理观照》,《外国语文》2009(3);《"最好莫如作一个士兵":索尔·贝娄〈只争朝夕〉的伦理指向》,《国外文学》2009(2)。

② 车凤成:《从"边界意识"到"共同体意识"——论贝娄作品的伦理指向性》,《东北师大学报》(哲学社会科学版)2009(5)。

③ 刘兮颖:《贝娄与犹太伦理》,《外国文学研究》2010(3)。

④ 唐碧莲:《透过女权运动的发展历程探析索尔·贝娄不同创作时期的女性形象塑造》,《四川外语学院学报》2006(5)。

⑤ 刘文松:《贝娄小说中知识分子夫妻之间的权力关系》,《厦门大学学报》(哲学社会科学版)2002(5);《索尔·贝娄小说中的权力关系及其女性表征》(英文版),厦门:厦门大学出版社,2004年。

争、控制、平等,也划分为两种性质:压抑性和生产性。作者在小说中,对压抑性的权力关系作否定、贬抑的描绘,对生产性的权力关系作肯定、赞美的描述。

结 语

新中国成立60年来,前30年由于中美交恶和意识形态的原因,作为"资产阶级文学"的代表人物,贝娄作品完全被排斥在阅读和研究视野之外。改革开放30年来,我国对贝娄小说的内容和形式做了较为全面而深刻的探讨。对比发现,我国的研究与国外的关注点既有重合之处,也有相异之处。比如,中外研究者都对小说中的存在主义倾向、女性主义视角、探寻母题、对人性和精神的肯定、贝娄的犹太身份与其写作的关系等进行了大量的探讨。但自20世纪七八十年代以来,不少西方文学批评采用"文化研究"的路径,将注意力回转到意识形态、种族、性别、阶级和文本外的社会历史语境等议题,因而有不少研究探讨了贝娄小说与政治、与人文主义、新保守主义、犹太教及贝娄个人文化身份的关系,贝娄前中后期小说特色和主题以及世界观的嬗变,贝娄小说"形而上"的问题(诸如小说主人公对世界历史和时代精神以及生存方式的看法)等,而对贝娄小说的形式关注不多。而我国的研究者除对上述犹太教及贝娄个人文化身份的关系有所探讨外,对其他方面着墨不多,但对贝娄小说形式给予了更多的关注,可以说是中国学者对国际贝娄研究所做出的独特贡献。

另外,我国研究者似乎比同期西方学者更乐于从某一理论视角来讨论贝娄的作品,有"用理论"的倾向。这是对以往我们文学研究中不重视理论运用这种现象的反拨。不可否认,各种理论的运用可以为文学研究提供新的视角、新的手段,也能产出新的成果。其中有不少研究将理论"化入"作品分析中,值得提倡。但也存在矫枉过正的情形,部分论文出现了理论与作品分析"两张皮"的现象,或只是用贝娄作品来验证某种理论。这种主题先行,先入为主的论证方法是值得商榷的。此外,某些研究对理论过度阐释,而较少涉及文本,有喧宾夺主之嫌。

目前,我国的贝娄研究发表的成果的介质主要是中文,也主要在中国内地发表,基本上还没有参与到国际对话中去。已知的只有刘文松在《索尔·贝娄期刊》(*Saul Bellow Journal*)发表过两篇论文。积极参与国际对话是中国广大的贝娄研究者今后努力的方向。笔者以为,在研究主题和研究方法上既可以与西方学者类似,但更应该有本土视角。比如,贝娄的作品有明显的犹太—基督教伦理的意蕴,我们一方面可以像西方学者那样挖掘其中的西方哲学和宗教意蕴,同时也可以考虑从儒、释、道的角度来阐释贝娄的作品,可以探讨犹太—基督教哲学与中国哲学的契合与差异,为跨文明交流作出贡献。

最后还需要指出,我国贝娄小说研究出现了选题、观点和论证方法的大量同质重复,这是有待今后改进的。

第十五节 托妮·莫里森小说研究

托妮·莫里森(Toni Morrison,1931—),美国当代最优秀的黑人女作家,曾于1985年6月随同另外九位美国女作家一起访问中国,代表团成员中还包括非裔女作家艾丽斯·沃克、华裔女作家汤亭亭和印第安女作家西尔科。当时中国读者对她们知之甚少,但二十多年之后,这几位当代美国少数族裔文学的优秀作家已成为我们国家美国文学研究中重要的关注对象。

莫里森在踏足中国之前已有《最蓝的眼睛》《秀拉》《所罗门之歌》和《柏油娃》等四部长篇小说问世。迄今为止,她共发表长篇小说十部,荣获许多奖项。除了小说之外,莫里森还创作儿童文学、短篇故事,撰写文学评论等。如今,年逾八旬的托妮·莫里森仍然笔耕不辍。我国莫里森研究可分为三个时期,即20世纪80年代至1993年莫里森荣获诺贝尔文学奖前夕,1993年底至2000年,2001年至今。

一、第一时期(1980—1993年莫里森荣获诺贝尔文学奖前夕):译介及研究起步

莫里森的第一部小说《最蓝的眼睛》发表于1970年,但她的作品正式被译介到中国内地已经是20世纪80年代的事了,这与当时的译介环境是分不开的。莫里森开始发表小说的时期正值我国"文化大革命"时期,一切学术研究几乎都停顿了。1978年12月,党的十一届三中全会作出了以经济建设为中心、实行改革开放的重大决策。改革开放使国外的文学作品得以引进,莫里森的名字和作品也随之进入中国读者的视野。

莫里森在1985年随美国女作家代表团访问中国时,没有引起人们太大注意。在莫里森荣获诺贝尔文学奖之后,王家湘在《喜闻莫里森荣获诺贝尔文学奖有感》(1994)一文中这样回忆道:"八十年代中期一个初夏的下午,美国女作家代表团访问了北京外国语学院,托妮·莫里森是成员之一,这是我第一次接触到美国黑人女作家,第一次见到托妮·莫里森。"虽然这时莫里森在中国可以说是不为人知,但她几年前就已被介绍给中国读者。1981年,身居纽约并应《读书》杂志之邀定期为其撰稿介绍美国和西方文学动态的董鼎山先生写了题为《美国黑人作家的出版近况》的通讯。他在这篇文章中介绍说,莫里森"在兰登书屋任编辑,可以说已在出版界打出了天下。《柏油婴儿》是她的第四部小说。她于1974年出版的《秀拉》(*Sula*)与1977年的《所罗门之歌》(*Song of Solomon*)虽然销量不大,却受好评。正如鲍尔温一样,摩瑞逊已进入美国主流

作家之林"。董鼎山在 1986 年的《美国黑人作家的双重桎梏》一文中以沃克、莫里森和马歇尔为例,讨论美国黑人妇女文学,指出莫里森等黑人女作家的作品有助于我们"了解美国黑人妇女受压迫的心理状态",并具有普遍意义:"有史以来,社会的重男轻女,女子的受大男子主义欺侮,是宇宙性的,因此黑人女作家创作所起的作用,不一定只限于美国。"

　　吴巩展于 1984 年选译了《柏油娃》的第九章,当时译名为《黑婴》,发表于《外国文学报道》第 3 期。胡允桓是较早翻译、研究莫里森的中国学者,率先分别于 1987 年和 1988 年翻译了莫里森的《所罗门之歌》和《秀拉》。他撰写的《黑色的宝石——黑人女作家托妮·莫瑞森》一文收入钱满素主编的《美国当代小说家论》(1987),该文以莫里森已发表的四部小说为基础,较为深入地探讨了莫里森的创作思想、秀拉形象在美国文学史上的地位,《所罗门之歌》对美国文学传统的继承。胡允桓视莫里森为"当代美国文坛上正在升起的新星",认为"她在深化社会题材和坚持民族化手法上的刻意追求,都值得研究和借鉴"①。王家湘也是较早关注莫里森的学者之一,1988 年在《黑人女作家托妮·莫里森作品初探》一文中介绍了《最蓝的眼睛》《秀拉》《所罗门之歌》和《柏油娃》的故事情节和相关主题,1991 年翻译了泰特的莫里森访谈录。王黎云在 1988 年发表题为《评托妮·莫里森的〈最蓝的眼睛〉》的文章,把小说引言的三种不同书写方式解读为该小说中三种不同的家庭模式,通过对小说不同叙事线索的梳理,分析佩科拉的悲惨命运,认为"莫里森用新颖的表达法多层次地揭示和讽刺了这样一个社会现实:这个社会(美国)无视文化的丰富性和种族多样性,总是用白人的观念来毒害黑人的自身美"。1987 年莫里森发表《宠儿》,并荣获普利策小说奖。小说问世翌年,仲子即在《读书》杂志上撰文介绍,称赞莫里森"用机智的语言和新颖的小说结构,委婉地向一切勇于思索的读者,不分性别与肤色,指出一个重大社会问题的症结所在。同时通过此书的成功,再次证明托妮·莫里森是位全国性的出色思想家;她敢于把美国最黑暗的角落置于阳光之下,而予以高智能和大无畏的探索"②。1990 年《宠儿》的中译本《娇女》问世,王友轩在"译者序"中深入分析了小说的人物形象、叙事手段和思想主题,指出"瑟思是个悲剧式英雄",莫里森"对各种叙事传统和叙事技巧的选择性运用达到了出神入化的境界"。《宠儿》突出了"人民性":"小说把个人身世放到种族命运的高度来考察,它不仅提出并回答了关于种族的人性和人格问题,而且毫不含糊地表现了人民的力量。"王友轩注意到作品的一个特点是"极强的幻觉效果",要求读者阅

---

　　① 胡允桓:《黑色的宝石——黑人女作家托妮·莫瑞森》,钱满素编《美国当代小说家论》,北京:中国社会科学出版社,1987 年,第 226、243 页。

　　② 仲子:《亲骨肉》,《读书》1988(2),第 148 页。

读时"常常须得放弃直观世界的客观性这一衡量真实性的尺码,毫无犹疑地接受哪怕是很荒诞的假设"①。罗选民的《荒诞的理性和理性的荒诞——评托妮·莫里森〈心爱的〉的批判意识》(1993)对"荒诞"进行分析,认为莫里森在小说中通过运用"荒诞的事件"和"荒诞的形象"来达到对"荒诞的社会现象"的批判,从而"揭露了黑人所遭受的种种苦难以及这些苦难给他们留下的精神创伤,揭露了这种精神创伤是如何扭曲了黑人的人格可又不曾为他们自己所意识和不曾为社会所关注的这一悲剧现象"。莫里森虽然采用了大量的荒诞形象和荒诞派的手法,"但它们只是取荒诞之形,存理性之质,更加强烈地否定了那些貌似理性而在骨子里却是荒诞的种种社会现象"。罗选民对《宠儿》给予高度评价:"这部小说标志着当代美国文学主流所能达到的最高的艺术成就和精神境界。"

这一时期我们国家对莫里森的译介与研究刚刚起步,专门的学术论文数量不多,但对我国学界适时了解莫里森在国外的接受情况却是很重要的,它使我国学界在对她的基本创作主题和风格有了大致的了解,为莫里森荣获诺贝尔文学奖之后的广泛接受和研究打下了基础。

二、第二时期(1993年底—2000年):接受与学术聚焦

罗选民研究《宠儿》的论文载于《外国文学评论》1993年第1期,当时他还为这部小说"至今仍未引起批评界的注意,没有一篇专文或书评问世"而感到遗憾,但形势很快发生变化。同年10月,诺贝尔委员会宣布莫里森获得诺贝尔文学奖。在"诺贝尔奖效应"作用下,莫里森顿时成为国内学者关注的对象,作家及其作品为越来越多的读者了解并接受,研究工作成绩斐然,涌现出一批有见地的学术论文和著作。

莫里森荣获诺贝尔文学奖后,《人民日报》以"诗意璀璨"为题率先进行了报道。冯亦代发表于《瞭望》上的《托妮·莫里森之歌》(1993)介绍了莫里森的生活、工作和创作经历,提及莫里森的主要作品,并且特意谈到他与王蒙当年在美国与莫里森的面谈,说莫里森是个"十分和蔼与风趣的人,但是看问题却极为深刻和尖锐"。

莫里森的小说内容丰富,思想深刻,涉及美国黑人历史、种族、文化和性别等主题。这一时期的研究开始关注这些主题,并进行较为深入的探讨。比如,王守仁的《走出过去的阴影——读托妮·莫里森的〈心爱的人〉》(1994)从种族历史经验的视角分析了《宠儿》中的奴隶制与记忆,指出莫里森之所以在20世纪80年代谈论一百多年前的事,旨在说明美国的黑人问题始终没有得到解决,

---

① 托妮·莫里森:《娇女》,王友轩译,长沙:湖南文艺出版社,1990年,第6—9、20页。

是因为在一定程度上,人们一直在逃避奴隶制这段历史。莫里森用撼人心魄的瑰丽的诗篇,履行着自己作为艺术家的社会责任。胡全生的《难以走出的阴影——评莫里森〈心爱的人〉的主题》(1994)聚焦莫里森小说中的社会历史主题,认为宠儿是黑人种族痛苦经验的集中体现,宠儿作为幻觉的意义在于,左右赛丝的不是宠儿,而是一种集体无意识即"种族记忆"。杜志卿、张燕的《"轻"与"重":〈所罗门之歌〉中父与子的精神困境及托妮·莫里森的人文思考》(1998)指出莫里森在小说中对黑人的历史、传统和现状进行"深刻的文化反思"。作家"沉重的历史感和现代悲剧感意识"使她在作品中表现"失根"状态中的现代黑人置身于白人社会所"面临的种种迷惘、困惑、忧虑和期待"。造成黑人男女个性和心灵的扭曲,部分的原因是物质上的贫困,"但白人文化对黑人意识和价值观念的侵蚀和肢解才是他们痛苦的真正根源"。

女性是莫里森小说关注的一个重要主题,她的第一部小说《最蓝的眼睛》就是讲述一个黑人小女孩的故事。在她随后的作品中,女主人公或女性角色的遭遇总会引起读者对女性生存状态的思考。这一时期出现了不少关注莫里森小说女性主题的文章。张弘的《展示文化冲突中的心灵困境——托妮·莫里森小说创作简论》(1994)通过对《最蓝的眼睛》《秀拉》《所罗门之歌》和《柏油娃》的分析,认为莫里森主要描绘了黑人女性在双重文化价值冲突下的困惑,指出莫里森的创作已超越了从社会关系和生存处境上描写黑人的阶段,她关注黑人,尤其是黑人女性心灵世界的冲突,并以这一内在的冲突反映外在的黑白两种文化的对立与错位。周小平对《秀拉》的女主人公进行解读,指出秀拉"打破了以往黑人主角无法控制自身命运的局面,成为黑人心目中倾慕的独立、大胆、向往自由的化身"[①]。杜维平的《〈彼拉维德〉女权主义思想评析》(2000)一文透过莫里森对杀婴故事具有隐喻性的叙述,发现《宠儿》"以艺术的方式记录了美国黑人女性在白人和男人双重压迫下的痛苦挣扎和艰难的自我追寻历程":为了拥有一间属于自己的屋子,她们付出了惨重的代价;她们用自己的身体写作,以便"在男性主宰的历史上发出声音,重写历史"。莫里森作为"黑人女权主义作家",强调"一种女性写作的适度感":女权主义小说不应该封闭自己,而要"与外部世界进行交流,它与男性的关系应该从对抗走向对话"。

部分学者开始聚焦莫里森的创作手法、叙事模式和艺术特色。李贵仓的《更为真实的再现——莫里森〈心爱的〉的叙事冒险》(1994)分析了《宠儿》叙事手法上对传统现实主义叙事的颠覆,指出莫里森通过大胆的镜像结构叙事和拼版式叙述来构建小说,过去和现在来回交错,在非连续性的叙事中引发对过去

---

① 周小平:《"我早该知道那些知更鸟意味着什么了"——读托妮·莫里森的〈修拉〉》,《外国文学研究》1998(2),第68—69页。

生活的追忆。莫里森这种"冒险叙事"的意义不仅仅在于鞭笞奴隶制,更在于揭示人类生存的本意和生存的荒诞。方红的《不和谐中的和谐——论小说〈爵士乐〉中的艺术特色》(1995)通过对《爵士乐》错综复杂的叙事结构、人物塑造和意象的借代、转换及相互承接的分析,解读了莫里森将音乐中的和声、对位技巧和"漂浮的能指"在小说中的运用。吕炳洪的《托妮·莫里森的〈爱娃〉简析》(1997)分析了《宠儿》的创作手法,指出莫里森以别具一格的艺术话语描写黑人的遭遇和命运,她"犀利的笔触投射了黑人被践踏的人格与被戕害折磨的心灵"。陈法春的《于迂回中言"惨不堪言"之事——〈娇女〉叙述手法的心理意义》(2000)一文探讨了《宠儿》一书的艺术手法和创作主题之间的关系,指出莫里森以突如其来的开篇、纵横交错的时间、断断续续的故事、变化多端的视角和深远的象征意义等叙事手段来表达渗透文中的痛苦的黑人历史。莫里森之所以以这样的方式进行创作,旨在以一种"令人能够消化的方式去回忆,使记忆不具有负面影响",《宠儿》即为"正视这场恐怖并使之能被人回忆的一种方式"。

1999年王守仁、吴新云出版了《性别·种族·文化——托妮·莫里森与二十世纪美国黑人文学》[①],这是我国第一部系统研究莫里森小说创作的专著。该书通过解读莫里森的七部长篇小说,对莫里森的文学创作思想和艺术特色进行了全方位的探讨和中肯透彻的阐释,展示出莫里森对美国文学发展作出的贡献,成为莫里森研究第二时期的突出成果。总体来说,这一时期的莫里森研究已初具规模,不同的主题和角度均有所涉及,无论是文章数量还是研究水平都在不断提高。

三、第三时期(2001—2012):深化和走向繁荣

进入21世纪以来,我国莫里森研究出现繁荣的景象,学术队伍不断壮大,研究范围更加宽广,学术讨论更加深入,研究成果日益丰富。从世纪之交开始,莫里森已走进我国高校课堂,成为许多研究生学位论文的首选对象,本科生通过美国课程也阅读她的作品。研究者继续关注并深化种族、文化、身份、性别研究,叙事研究与比较研究有了新的发展,随着十余部专著的问世,研究成果质量显著提升。

1. 种族、文化研究的进一步深入

这一时期的种族、文化研究从以前单纯的小说主题研究拓展到关涉作家本人文学创作的种族与文化立场的讨论,从莫里森总体创作的角度探讨种族与文化问题。

---

① 王守仁、吴新云:《性别·种族·文化——托妮·莫里森与二十世纪美国黑人文学》,北京:北京大学出版社,1999年。2004年重版后更名为《性别·种族·文化——托妮·莫里森小说创作》。

王玉括的《莫里森研究》结合莫里森的文论和小说,围绕莫里森对美国文学经典的重读和对非裔美国女性形象的重新书写,探讨了她的文化抗拒立场。莫里森通过对美国奴隶制历史的思考与挪用,通过对美国主流神话模式的模仿达到揭示其荒谬与危害的目的。因此,"她的立场既是非裔美国学者文化传统的继续,也是作为处于美国主流社会边缘的黑人族群在'美国'发生变化的过程中修正并构建自己文化立场的显现"[1]。杨中举、王红坤的《黑色之书:莫里森小说创作与黑人文化传统》(2007)认为莫里森的小说创作从黑人文化因素出发,充分利用黑人文化内容作为写作的主体,起到了激活、开发、传播黑人文化的作用。朱小琳的《回归与超越——托妮·莫里森小说的喻指性研究》以非裔美国文艺批评家小亨利·路易·盖茨的喻指理论为基础,分析和论证莫里森小说语言和意象的喻指特征,指出莫里森通过文本喻指的方式有效地继承非裔美国文学传统和英语经典文学传统中的优秀遗产,"通过继承性和改写性的文本喻指,使非裔美国文学在思想上和技术上都进入了新的里程。"[2]李美芹的《用文字谱写乐章:论黑人音乐对莫里森小说的影响》从黑人音乐入手,分析莫里森文学创作与黑人文化的关系。"黑人音乐是文化同化和文化认同的产物",莫里森把自己对于黑人音乐的理解诉诸笔端,把黑人圣歌、布鲁斯、爵士乐音乐主题融于创作中,"使她的作品与黑人文化密切相关并充满动感"[3]。除上述专著之外,这一时期还出现了讨论莫里森小说中种族、文化问题的论文五十多篇。

2. 身份认同的阐释

近年来莫里森作品中的身份问题引起学者的关注,与身份相关的研究得到了相当的发展,涉及作品人物的身份认同、文化身份,以及作家本人的身份等方面。

唐红梅是较早关注莫里森小说中身份问题的学者,她的博士论文研究沃克和莫里森的小说创作,《种族、性别与身份认同:美国黑人女作家艾丽丝·沃克、托妮·莫里森小说创作研究》一书沿着时间、空间两条轴线展开讨论,指出莫里森是通过讲述"过去"建构黑人女性身份,"人物身份认同与对空间的突破和拓展是密不可分的"[4]。蒋欣欣发现身份认同是"贯穿于莫里森八部小说的主旋律",她的《托妮·莫里森小说中的黑人女性的身份认同研究》专门研究莫里森

---

[1] 王玉括:《莫里森研究》,北京:人民文学出版社,2005年,第44页。
[2] 朱小琳:《回归与超越——托妮·莫里森小说的喻指性研究》,北京:中国社会科学出版社,2010年,第9页。
[3] 李美芹:《用文字谱写乐章——论黑人音乐对莫里森小说的影响》,杭州:浙江大学出版社,2010年,第Ⅰ页。
[4] 唐红梅:《种族、性别与身份认同:美国黑人女作家爱丽丝-沃克、托妮·莫里森小说创作研究》,北京:民族出版社,2006年,第159、316页。

小说中黑人女性身份认同的"基本形式""历史轨迹"和"政治意义"①。与此同时，其他博士研究生深入研究莫里森的小说创作，身份问题成为其学位论文的重要选题。他们用英语撰写的博士论文相继正式出版，如胡俊的英文版《非裔美国人探求身份之路——对托妮·莫里森的小说的研究》聚焦于莫里森小说中人物的自我憎恨心理，认为黑人群体内部的问题"往往是因为小说中的人物违背个人的兴趣、压抑自己的本性以及忽视本族文化、一味模仿主流文化的模式而造成的"，对白人价值标准的内化以及对黑人身份的放弃是白人种族主义对非裔美国人造成的最大伤害。② 王玉的英文版《在差异世界中重构黑人文化身份——解读解构主义者托妮·莫里森》指出莫里森力图解构白人神话和发掘多元文化参照，这些多元文化参照有助于重构非裔美国人在充满差异的社会中建构自己的身份。③ 王烺烺在英文版《托妮·莫里森〈宠儿〉、〈爵士乐〉、〈天堂〉三部曲中的身份建构》中提出了关于身份建构的定义，即"弱势群体为获得主体地位、摆脱主流霸权话语误陷和他者化而进行的带有政治性操演性的身份塑（重）造"。该书使用身份建构的理论范式，探讨莫里森通过解构黑人民族"他性"、重访湮没历史，尤其是通过挑战单一身份认同概念的"第三空间发声"，对非裔美国人身份构（重）建所做出的探索与贡献，并从种族身份、性别身份和美学身份三个方面论述了莫里森作家本人的身份建构。④ 这一时期都岚岚、胡作友、楼育萍等发表文章，从不同角度对莫里森小说中的身份问题进行了有意义的探讨。

3. 性别研究的深化和扩展

21世纪以来我国学者继续关注莫里森作品中黑人女性的命运和处境且增加了阐释角度，研究的范围也更为宽广，如莫里森作品中的母爱主题、女性的主体意识建构、女性的成长、女性与自然的关系等。同时，莫里森作品中男性形象研究的纳入和两性关系的讨论更加丰富了女性主义研究和性别研究的内容。

朱荣杰的《伤痛与弥合——托妮·莫里森小说母爱主题的文化研究》通过对莫里森七部小说及访谈录的仔细阅读与研究，发现母爱的失落与追寻是贯穿莫里森所有作品的一条内在线索。"母爱的失落和扭曲只是一个表象，它所反映的并不是黑人女性本身母爱的沦丧，而是黑人传统文化的失落。小说人物对

---

① 蒋欣欣：《托妮·莫里森小说中的身份认同研究》，长沙：湖南人民出版社，2008年，第2—5页。
② 胡俊：《非裔美国人探求身份之路——对托妮·莫里森的小说研究》，北京：北京语言大学出版社，2007年，第1—2页。
③ 王玉：《在差异的世界中重构黑人文化身份——解读解构主义者托妮·莫里森》，上海：华东理工大学出版社，2010年，第iii页。
④ 王烺烺：《托妮·莫里森〈宠儿〉、〈爵士乐〉、〈天堂〉三部曲中的身份建构》，厦门：厦门大学出版社，2010年，第XVI页。

母爱的追寻也不仅仅是为了达成对生身之母的谅解与宽容,也是为了追求自己的文化身份。"莫里森的"泛母爱"思想对"女性主义理论的发展做出了独特的贡献,这种博大的母爱思想体现了莫里森对黑人民族文化的深刻理解和对黑人女性给予的深情和厚望"①。田亚曼也关注母爱,她的《母爱与成长——托妮·莫里森的小说》围绕莫里森小说中的母爱与成长主题,"解读母爱的多重性、复杂性,重新审视母爱的内涵与意义,并对多重含义下的母爱带给孩子的成长影响进行深刻的剖析"②。修树新的博士论文《托妮·莫里森小说的文学伦理学批评》从不同的伦理角度探讨莫里森小说中的女性形象,全面论述了这些女性人物形象对传统文学伦理定义下的女性形象的大胆改写与颠覆。应伟伟的文章对佩科拉、秀拉和彼拉特三个女性的身体政治意识进行解读,阐释黑人女性如何在强势白人文化压迫下、在黑人种族内部男性至上主义的误区里迷失主体,如何在反抗和内省中找寻主体、在死亡的涅槃中重建主体的过程。熊文、秦秋的文章从生态女性主义的视角审视莫里森的小说创作,分析其作品所描写的自然、女性和黑人社会,认为莫里森在作品中"展现了生态女性主义的人文关照,体现了积极向上的生态女性主义意识"③。这一时期,我国学者开始将莫里森的女性主义研究拓展到男性形象研究和包括男性在内的性别研究。王泉的著作《拉康式解读莫里森的三部小说》根据拉康对双性同体、想象界和象征界三个阶段的定义,对《秀拉》《所罗门之歌》和《柏油娃》三部小说里的性别角色进行研究,发现"莫里森的小说中有明显的双性同体的趋向",要成为一个"健康全面之人","必须同时具有男性和女性不同的品质"④。哈旭娴的文章(2007)也注意到莫里森作品中两性关系的嬗变模式为从展示对立到探讨和谐,曹威(2009)、李霞(2010)和刘国枝、李祥(2010)等人的文章分析莫里森笔下的黑人男性形象,拓展了性别研究的范围。

4. 叙事研究的新视角

从叙事角度进行研究的论文数量在原有基础上有较大的突破。复调叙事、爵士乐风格、创伤叙事等均有所涉及。翁乐虹在分析《爵士乐》时发现:"经纬交错的故事像一段即兴的蓝调",爵士乐本身作为一种叙述策略,小说的叙事发展是以即兴演奏的方式推进。"莫里森试图循着爵士乐即兴的基调",其"叙述所

---

① 朱荣杰:《伤痛与弥合——托妮·莫里森小说母爱主题的文化研究》,开封:河南大学出版社,2004年,第vi—x页。
② 田亚曼:《母爱与成长——托妮·莫里森小说》,北京:中国社会科学出版社,2009年,第3页。
③ 熊文、秦秋:《自然·女性·社会——解读托妮·莫里森之生态主义意识》,《天津外国语学院学报》2009(2),第60页。
④ 王泉:《拉康式解读莫里森的三部小说》,北京:外文出版社,2006年,第10页。

指向的是建构未来的'无限可能性'"①。王晓兰、钟鸣分析了《宠儿》中叙述视角灵活的转换及其艺术效果:"莫里森变革传统的叙述手法与视角,通过人物叙述视角的转换,使十八年的时空在叙述中自由叠现","这种巧妙转换人物限知视角的叙述方法,有效地发挥了视角艺术的长处"②。王维倩从《爵士乐》中的"音乐符码"入手,"剖析小说中的重复、即兴创作、和声和对位技巧等爵士音乐元素,探讨小说文本与爵士乐艺术形式的有机融合",阐述了莫里森所采用的"爵士乐的叙述策略"③。李美芹的《用文字谱写乐章——论黑人音乐对莫里森小说的影响》(2010)专门辟有一章讨论莫里森的叙述技巧与黑人音乐的"异曲同工之妙",这些技巧包括结构层面上的布鲁斯叙事、呼唤—应答模式、即兴演奏、重复、对抗淘汰赛、开放性结尾和语言层面上的拟声、重复和标点等。曾志江、刘明景(2009)运用热奈特的叙事时间理论,从时间顺序、时间频率和时间距离三个方面对《最蓝的眼睛》中时间叙事策略进行分析,认为作者正是巧妙地运用了这种断层的时间叙事技巧去讲述主人公佩科拉悲惨、断裂的人生。黄丽娟、陶家俊立足代际间幽灵创伤研究视角,分析了《宠儿》中幽灵返回人世索爱的创伤叙事手法,发现"神秘、恐怖的过去镶嵌在现在的'再记忆'(rememory)中,形成围绕创伤性暴力事件的辐射和离散式网状结构"④。

5. 比较研究的新尝试

进入21世纪以来,我国学者开始有意识地在中国文学与莫里森的小说之间建立起联系,进行比较研究有益的尝试。缪久珍以莫里森的《最蓝的眼睛》《宠儿》和鲁迅的《药》《祝福》和《阿Q正传》为例,对这两位作家采用的"看与被看"模式进行比较研究,揭示了该模式"在批判现实挖掘人性方面所蕴含的巨大价值"⑤。彭韵华、周建华在《〈宠儿〉与〈玫瑰门〉之比较分析》(2010)一文中发现莫里森与中国女作家铁凝冷静的笔调以及时空的交错和意识流叙事手法的频繁运用使这两部小说在形式上极为相似,女主人公塞丝和司绮纹均表现出性格当中有违人性的一面,对其命运不满进而进行反抗。"无论是《宠儿》还是《玫瑰门》,其作品的伟大意义不在于成功地刻画了个别人物的生存境遇,而在于对民族的思索与探求。"董晓霞在《阿来、托妮·莫里森的"民族"言说与书写》(2011)一文中对我国藏族作家阿来与莫里森进行比较,认为两位作家都以族裔身份书

---

① 翁乐虹:《以音乐作为叙述策略——解读莫里森小说〈爵士乐〉》,《外国文学评论》2000(2),第52—62页。
② 王晓兰、钟鸣:《〈宠儿〉中叙述视角的转换与其艺术效果》,《外国文学研究》2004(2),第51、54页。
③ 王维倩:《托妮·莫里森〈爵士乐〉的音乐性》,《当代外国文学》2009(3),第51页。
④ 黄丽娟、陶家俊:《生命中不能承受之痛——托妮·莫里森的小说〈宠儿〉中的黑人代际间创伤研究》,《外国文学研究》2011(2),第104—105页。
⑤ 缪久珍:《鲁迅与托妮·莫里森"看与被看"模式之比较》,《现代语文》2009(10),第137页。

写文学,"他们的小说是对民族文化形态、生活形态及人性形态的言说"。受现代性进程影响,他们的身份认同带有"模糊性","开辟了一种'非此非彼'的中性空间"。

朱小琳从《宠儿》的电影改编着手,研究小说主题和表现形式等在改编中产生的差异性及其意义,认为影视改编作品比较成功地"将小说体现的心理空间进行意象转换,将主人公内心的鬼魅幻象和经历中的碎片回忆以图像化的连续意象加以诠释",从而"与小说产生了一定的互文呼应的效果"[①]。

结　语

我国对莫里森的译介与研究始于20世纪80年代初,自那时起,中国学者对她的兴趣日益浓厚,特别是在她获得诺贝尔文学奖后,研究成果急剧增加。30年来,我国莫里森研究已取得显著的成绩。到目前为止,已出版以莫里森为题的研究专著16部,博士论文11篇,硕士论文201篇,涉及莫里森的学术论文达515篇。莫里森作为当代经典作家,在中国英美学术界受到重视,莫里森研究呈现出异常活跃的态势,这在其他当代作家研究中不多见。从总体来看,中国30年的莫里森研究起点比较高,视野开阔,视角多样,比较深入。同时,我国外国文学研究中常见的不足在莫里森研究中也还不同程度地存在,如缺少不同观点的讨论与争鸣,低水平重复研究等。在国际学术交流方面,很少听到中国学者的声音。另外一个问题是,中国学者的主体意识不够强,不少学者接受和沿用国外学术界强调少数族裔差异、冲突的做法,对莫里森作品中关于超越种族矛盾、建立和谐种族关系的描写,则缺少研究,而这对中国有现实意义。中国学者在中国语境下研究外国文学的价值应体现在服务国家利益、服务人民群众需要之上。

中国30年的莫里森研究已为今后的研究打下了扎实的基础,我们期待有更高水平、更有影响力的研究成果出现,为推进学术研究创新、为社会主义文化大发展大繁荣作出贡献。

第十六节　乔伊斯小说研究

詹姆斯·乔伊斯(James Joyce,1882—1941)是20世纪爱尔兰著名作家,对西方现代主义文学影响巨大。

[①] 朱小琳:《镜头中的魅影:〈宠儿〉从小说到电影的二次构建》,《北京第二外国语学院学报》2010(2),第5页。

中国的乔伊斯研究可以大体分作三个时期：20世纪20年代到40年代末为发轫期，50年代到70年代末为停滞期，80年代以来可谓复兴和发展期。与西方的乔伊斯研究相似，中国的乔伊斯研究同样有一个由表及里、由浅入深的渐进过程，但不同的是，中国的乔学曾有数十年中断，在深度与广度上也远不及西方。

一

1949年之前，国人对乔伊斯的了解基本上处于零碎、散漫状态。乔伊斯作品除个别短篇外基本上没有中译；在诗文中提及乔伊斯及其作品的人也已基本上局限在一个较小的圈子里，且大都是一鳞半爪式的介绍，内容不仅浮泛，且难免错漏。不过，在介绍的主流中，也有少数有一定光彩的例子值得记取。

1922年《尤利西斯》问世后，时在剑桥的徐志摩最先感受到它带来的冲击力。那时他醉心于现代诗的创作，主张用新思维、新风格创作现代诗歌。《尤利西斯》独特的文体立即引发了他的共鸣，在他看来，《尤利西斯》不唯是当年，也将是一个时期里的独一无二之作。他还说，《艺术家青年时期的画像》"在散文里开了新纪元"，是一部"不朽的贡献"①，差不多同时，国内学界也注意到了这位横空出世的现代大家，茅盾在《小说月报》中介绍"乔安司"，他的介绍似乎比徐志摩要"客观"得多，他既说到了批评界对《尤利西斯》的"责问"与"谩骂"，也说到了部分青年人对这部书的"热心赞美"②，可惜的是，他的论据主要采自个别西方作家和评论家，不仅是二手，且不免褊狭，甚至还把乔伊斯当作一个"美国"作家，一个"准'大大主义'"（即达达主义）者。不过，这些错漏对于最早的介绍者而言，难于避免，无可厚非。

徐志摩与茅盾的这两篇简短介绍作为中国乔伊斯研究的先声，开启了30年代学界对乔伊斯的进一步关注。傅东华率先翻译了乔氏的短篇小说《复本》，刊发在1934年3月的《文学》上；赵景深、赵家璧、郑振铎、高明、徐霞村、费鉴照、周立波、杨晶溪、汪惆然等人都围绕在《现代》《文艺月刊》《文学》《文学周报》等现代派色彩较浓的期刊周围，以不同形式提及了乔伊斯。这些绍介、评述或撷拾自他人，或融入个人心得，发表之后，都使国人对乔氏有了更多了解。

周立波的《詹姆斯乔易斯》值得特别拈出，此文主要沿用了当时苏联人否定与批判的观点，认为乔伊斯笔下的人物"猥琐、怯懦、淫荡"，他们的心理极端"颓废""没落"，乔氏看到的只是"许多没有相互关系的表面的偶然的形象，却抓不住人间的本质，看不出人民大众的最根本的契机，不理解发展的基本线索，更

---

① 参阅徐志摩：《康桥西野暮色》前言，《时事新报·学灯》1923年7月7日。
② 雁冰：《海外文坛消息（一四六）中的英文坛与美文坛》，《小说月报》1922年第13卷第11号，第1页。

不知道世界的动向",因此,他必然会"歪曲现实"。① 周氏这一观点不仅代表一代追随革命的青年作家的思想倾向,也反映了当时以周扬为首的左联及相当一部分文人的立场,为随后一个阶段国人将乔伊斯目为颓废文学典型代表的观点定下了基调。从这个角度看,这篇文章在中国的乔伊斯研究中具有不可忽视的重要意义。

到40年代,国内外国文学界对乔伊斯的介绍和关注达到了一个小高潮。1939年《芬尼根守灵夜》问世后,素有神童之誉的燕大青年学子吴兴华在新创刊的《西洋文学》上撰文评说这部作品,吴氏从语言的创造、音乐性和时间的把握三点切入,文章虽短,却始终建立在文本分析与具体例子的解说上,正是通过具体文句的剖析,他得出结论说这部作品是"苦思及劳作加绝顶天才"的产物。他还同时评述当时西方乔学家赫伯特·高尔曼的传记《乔伊斯早期40年》。吴氏的评述亲切晓畅,可谓国人早期研究乔伊斯最有水平的尝试。②

1941年乔伊斯逝世后,《西洋月刊》发表纪念性的"乔易士特辑"。这个特辑除辑首的乔伊斯像和小传外,还有四篇文字:宋悌芬选译的乔伊斯诗作、郭蕊译的乔伊斯短篇《一件惨事》、吴兴华选译的《尤利西斯》三小段和张芝联从埃德蒙·威尔逊著《阿克瑟尔的城堡》的"乔伊斯论"专章中选译的第一、二两节。张芝联当时主编《西洋文学》,其余译者郭蕊是他的夫人,吴和宋都是当时燕大英美文学专业的高材生。他们学兼中西,才思敏捷,对西方现代派文学具有卓识和独特的亲和力,这个特辑中选译的乔氏作品及批评文字,译笔准确,特别是吴兴华所译《尤利西斯》第2、14、18三章中的片段,其水平应该不在今日现有译本水平之下。这个特辑不啻乔伊斯主要作品的一个缩影,连同稍早吴兴华对《芬尼根守灵夜》的介绍和评述及其书评,堪称40年后中国乔伊斯研究的序幕。③

二

20世纪40年代中国乔伊斯研究这一靓丽的登场本应引出此后更为辉煌的场景,然而遗憾的是,这个颇引人眼球的开局却昙花一现地丧失了后继的势头,从新中国成立到改革开放前的70年代末、80年代初大约三十年间,中国的乔伊斯研究基本上处于失语状态。

---

① 立波:《詹姆斯乔易斯》,《申报》"民国"二十四年五月六日,第五张。
② 吴兴华:《斐尼根的醒来》,《西洋文学》1940(2),第268—271页;《乔易士研究》,《西洋文学》1940(2),第271—272页。
③ 参看宋悌芬的《乔易士诗选》、郭蕊的《一件惨事》、兴华的《友律色斯插话三节》、张芝联的《乔易士论》(均载于《西洋文学》1941年第7期,"乔易士特辑")。《西洋文学》这份只在1940—1941年办了10期但却对引进、介绍西方现代文学做出重要贡献的期刊,由于存在时间短而未引起国人重视。有关这份杂志的情况可参看马海甸的《西洋文学杂忆》(《大公报》2011年8月19日)和张芝联的《五十五年前的一次尝试》(《读书》1995年第12期)两文。

这一时段内中国乔伊斯研究的失语是其整个外国文学翻译与研究中西方现代主义文学被放逐、被消音的一隅,是新的体制在意识形态和文化领域继续追随苏联老大哥的榜样,高举社会主义现实主义大旗,强调文艺的阶级性、党性和人民性,追求所谓"现实主义与浪漫主义"结合的必然结果。在"文化大革命"前的17年中,外国文学的译介与研究主要集中在苏联文学,东欧拉美等新兴的、"进步的"民族文学以及部分西方的古典主义、现实主义和浪漫主义文学领域;西方现代主义文学基本上被摒除在译介与研究之外,甚至被摒除在高校外国文学的讲堂之外,偶尔看到的少数涉及西方现代派的文章也对之采取了基本否定与排斥的视角,例如,中国社会科学院外国文学研究所学者袁可嘉发表的《"新批评派"述评》称其为"形式主义理论",是"从垄断资本的腐朽基础上产生并为之服务的反动文化逆流",他的《英美"意识流"小说述评》称"意识流"具有"反社会、反现实、反理性"三大特征。① 当时的种种外国文学史教材不仅遵奉这一基本路线的指引,而且一律不讲20世纪西方文学。② 只有从苏联引进的《英国文学史纲》简短论及了颓废主义和乔伊斯。说"世纪末资本主义文化的危机和腐朽表现在19世纪70年代英国发生的颓废主义上",唯美主义及其代表王尔德即属于这一派,而爱尔兰的乔伊斯则是"20世纪颓废文学的典型代表"。③

1966年开始的"文化大革命"及其后十余年间,社会动乱,礼崩乐坏,几千年的传统文化以及外国文化都被作为封、资、修的东西统统遭到横扫,中国的文艺界除了样板戏及少量的红色经典外,处于完全空白状态。在这种情势下,漫说乔伊斯,就是整个西方文化与文学都消失得无影无踪了。

三

中国乔伊斯译介与研究的复苏是随着70年代末、80年代初社会与经济领域的改革开放以及思想文化领域的解放运动开始的。

---

① 参阅袁可嘉:《"新批评派"述评》,《文学评论》1962(2);《英美"意识流"小说述评》,《文学研究集刊》1964年第1辑。另有一些文章在谈及艾略特时,则称他的诗"颓废""晦涩"是形式主义的,反现实主义、反社会主义的;在谈到"垮掉的一代"时,则称之为"垂死的阶级""腐朽的文明"的反映等(参见1960—1964年的《文学评论》《文艺报》《世界文学》等刊物)。

② 例如,这一时段中由杨周翰等主编的、影响甚大的《欧洲文学史》1964年初仅出了上卷,其下卷虽然于次年完成,但却未能付梓问世,而且其编写思路始终局限在当时意识形态确定的框架之内,直到改革开放即将开始的1979年出版修订本时,其"绪言"虽然试图竭力说明资本主义文化中也有先进的东西,不能一概否定,但却仍要学者遵奉阶级分析的方法,将资本主义文化的主流判定为统治阶级的文化。其下卷也上讲到19世纪末,而且将法国象征主义、英国唯美主义仍定性为"资产阶级颓废文学"的代表(参见《欧洲文学史》修订本,人民文学出版社,1979年,上卷,第2—4页;下卷,第243—244页)。由朱维之、赵澧主编,内部发行的另一种影响也很大的《外国文学史》采用了同样的调子,其下限也只讲到19世纪末。

③ 阿尼克斯特:《英国文学史纲》,戴镏龄等译,北京:人民文学出版社,1959年第一版,1980年第二版,第517—518页;第619页。

这一时期中国的乔伊斯译介与研究是其西方现代主义文学译介与研究的一部分,也是随着文学界重新认识、讨论西方现代主义文学的思想运动展开的。

从 80 年代开始的随后几年间,国内学界展开了一场如何看待西方现代派文学的大讨论。1980 年《外国文学研究》季刊第 4 期发起了"关于西方现代派文学的讨论",1980—1985 年,上海文艺出版社出齐了中国社会科学院外国文学研究所袁可嘉、董衡巽、郑克鲁三位学者共同选编的四册八本《外国现代派作品选》,随着对外国现代派作品译介与讨论的深入,人们开始从外国现代派产生的社会思想根源及其思想和艺术特征来讨论现代派的得失,彻底摒弃了过去那种以"颓废、腐朽、病态"之类的大帽子一棍子打死的做法,乔伊斯也逐渐被摘掉了"颓废"这项可怕的"桂冠",开始堂而皇之地进入了国人的视野。

1981 年,这套作品选的第二册"意识流"辑中登载了金隄选译的《尤利西斯》第二章,十几年前对现代派曾做过较为集中批判的袁可嘉开始彻底转换视角,在其对"意识流"的一个简短评述中审慎地以西方学界的口吻"客观地"将乔伊斯称作"意识流大师"[①];翌年,《外国文学》发表的一篇署名文章称乔伊斯为"爱尔兰著名文学家",同时称他"被西方誉为 20 世纪最伟大的小说家、现代派文学巨匠、意识流写作的先驱"[②],这些新的视角开始扭转中国读者心中长期被灌输的"颓废""没落"代表的负面乔伊斯形象,开始引导中国的乔伊斯研究走上实事求是、正本清源的道路。

然而,对待包括乔伊斯在内的西方现代派文学这样一种实事求是的视角转换,仍然需要一个认真的反思过程,事实上,80 年代前半期中,不同观点的争论依然相当激烈,不少人继续顽固地将现代派与颓废、没落、腐朽联系在一起,将其定性为与现实主义水火不容的资产阶级文艺,流露出浓重的以意识形态图解现代派的色彩。甚至许多试图从正面评述现代派的学者也无法彻底摆脱意识形态的羁绊,不能不在正面阐发中时不时地强调,其本质是属于资产阶级的。[③] 在这样一

---

① 袁可嘉的原话是:"被西方文学界称为意识流小说大师的詹姆斯·乔伊斯更在语言形式上做了许多试验。"(《外国现代派作品选》,第二册【上】,上海:上海文艺出版社,1981 年,第 4 页)。

② 参阅樵杉:《乔伊斯与尤利西斯》,《外国文学》1982(8)。

③ 例如,徐迟:"我们惯常把西方现代派文艺称作颓废没落的文艺,这原是很对的。"(《现代化与现代派》,载《外国文学研究》1982 年第 1 期);理迪说,西方现代派等种种"主义"是"资产阶级艺术思潮流派(见其《现代化与现代派一文质疑》,《文艺报》1982 年第 11 期);李准说:"现代派文艺……在哲学上是唯心主义的,在政治观点上是无政府主义的,在人生观上是以个人为中心,而且大多是悲观厌世的,在创作方法上是反现实主义,搞非理性化、非个人化,非情节化的"。(见其《现代化与现代派有着必然联系吗?》,《文艺报》1983 年第 2 期)。甚至连不遗余力地反思,试图矫正过去的错误,尽可能客观、公正地评述现代派的袁可嘉也说,现代派文学"既有革命的、进步的作品,也有反动、颓废的作品"。(见其《欧美现代派文学概述》,《百科知识》1980 年第 1 期)。何望贤编选的《西方现代派文学问题论争集》(上、下)(人民文学出版社,1984 年)收集了这一时期有关争论,可资参考。人民文学出版社在此书的"出版说明"中虽然不赞成简单地一概否定现代派,但却基本上按照官方的意识形态,将其归入了应该清除的"精神污染"的范畴中。

个大的语境中,开始复兴的中国乔伊斯研究不能不带有投石问路的性质。

随着对西方现代派文学讨论的展开,译界对现代派作品的翻译也随之复苏。1978年在上海创刊的《外国文艺》率先刊发了乔氏的《死者》《阿拉比》和《小人物》三个短篇;1983年,《一个青年艺术家的画像》全译本问世;翌年,短篇小说集《都柏林人》整本推出;《尤利西斯》的翻译也在紧锣密鼓地准备中。随着乔氏这几部译作的出版,一些评论的文字也开始出现,其中值得提出的有王佐良的《乔伊斯与"可怕的美"》、张伯香的《艺术家青年时期的肖像简评》、金隄的《西方文学的一部奇书》、姚锦清的《意识流派的杰出代表——乔伊斯》、阮炜的《从〈尤利西斯〉看艺术的再现论》等。这些文章尽管还未能完全摆脱一般性介绍的性质,但其绍介中的评述已分明见出力度,呈示出鲜活的学术生机,为中国乔伊斯研究的复兴发出了有力的先声。①

90年代中国乔伊斯研究中的重大事件是《尤利西斯》两个译本的差不多同时面世。1994年,译林出版社和人民文学出版社先后出版了萧乾、文洁若与金隄的全译本。两个译本由于译者采用的翻译原则不同而呈现出不同风貌,萧本要"尽最大努力"将这部天书"化开","使译文尽可能流畅,口语化",因而不大关注原作中许多形式与内容上的设计②;金本则要"尽可能忠实、尽可能全面地在中文中重现原著,要使中文读者读来获得尽可能接近英语读者所获得的效果"③。尽管就翻译本身而言,两个译本都为进一步讨论留下了较大的空间,但其开创性功绩却不容低估。两个译本的出版不仅为一般读者提供了认识这部"天书"的可能,也为学界进一步研究乔氏及其作品提供了可读的文本,成为90年代至今中国乔伊斯研究蓬勃发展必备的前提,为中国的乔伊斯研究做出了重大贡献。

90年代至今的二十余年是中国的乔伊斯研究获得突破性进展的新阶段。这一阶段出现的论文与著作不仅有了量的增加,而且有了质的飞跃。主要成果体现在从不同视角写出的论文(包括硕士、博士论文)中。据笔者所知,这一阶段发表的论文有700余篇,其中讨论《都柏林人》的近300篇,讨论《尤利西斯》的近150篇,讨论《画像》的80篇左右,讨论《守灵夜》与诗歌、戏剧等作品的20篇左右,对乔伊斯作一般性讨论的200篇左右。④ 700余篇中有一定篇幅和质

---

① 参阅王佐良:《乔伊斯与"可怕的美"》,《世界文学》1982(6);张伯香:《艺术家青年时期的肖像简评》,《外国文学研究》1986(4);金隄:《西方文学的一部奇书》,《世界文学》1986(1);姚锦清:《意识流派的杰出代表——乔伊斯》,《国外文学》1988(2);阮炜:《从〈尤利西斯〉看艺术的再现论》,《外国文学评论》1989(2)。

② 萧乾、文洁若译:《尤利西斯》上卷,南京:译林出版社,1994年,第15—16页;

③ 金隄译:《尤利西斯》上卷,北京:人民文学出版社,1994年,第7页。

④ 网上的资料由于统计方法的差异,大都芜杂、粗糙,笔者查阅了中国学术期刊网、知识搜索网、硕博士论文网、吾喜杂志等,经过认真甄别、筛选,获得这一数字,这些数字虽然不可能精准,但大致是靠得住的。

量的近 200 篇(包括硕博士论文)。另有著作 10 余部,不过这些著作基本上是论者已发或将发论文的结集和拓展,因此,这近 200 篇论文代表了这一阶段乔伊斯研究的基本水平。

倘若拉开距离,从一定高度上鸟瞰、图绘这一阶段中国乔伊斯研究的总体面貌,我们可以看到这样的轮廓:

在一维相面,研究的视野远较 80 年代宽阔,乔氏的四部小说、诗歌、戏剧等作都已经论及,其广度绝非前段可比,但在此宽广的视野中却凸显出极不平衡的景观,讨论《都柏林人》的论文大约是讨论《尤利西斯》论文的两倍,两者相加则占据了讨论乔氏小说论文的五分之四强;在讨论《都柏林人》的近三百篇文章中,讨论《死者》《姊妹们》《阿拉比》《伊芙琳》《一片小云》《偶遇》等作的文章高度集中,而对《都柏林人》中半数以上的其余故事则少人问津;与对《都柏林人》和《尤利西斯》的讨论相比,《守灵夜》《室内乐》《流亡者》等作的研究则少得可怜,几乎到了可以忽略不计的程度。

在三维相面,探讨的内容从宏阔到微细,其深度也远远超越了前一个阶段。这里既有对乔伊斯美学思想、哲学观、历史观、语言观、女性观、艺术观、知识分子观、乔伊斯与爱尔兰文化、乔伊斯与民族问题、乔伊斯与爱尔兰宗教、乔伊斯与现代主义、乔伊斯与女性主义之类的一般性阐发,也有对乔作品中的词语、视点、观念(如灵悟,或译显形)、声音、音乐性等的具体分析。探讨的方法既有对乔伊斯与易卜生、巴赫金、德里达、劳伦斯、瓦格纳、鲁迅、沈从文等人的比较研究,也有对作品文本(如《都柏林人》中《死者》等短篇)乃至局部章节的集中解析。当然这里同样也有一个不平衡的现象,即对某些领域的讨论相对集中,相对深入,譬如在文本分析方面,有关《都柏林人》和《画像》的文章远甚于《尤利西斯》和《守灵夜》;对乔伊斯美学之类的讨论也远较其他问题的讨论为多。

就研究者的队伍而言,自 20 世纪 90 年代以来致力于乔伊斯研究的学者依旧是当代中国乔伊斯研究的主干。他们的研究呈现出丰富、多样、深入的特色,其最大特点,诚如有论者指出的那样,是获得了"理论上的自觉"[①],他们的研究成果标志着中国的乔伊斯研究开始追赶西方乔学的步伐,为今后的研究进一步开拓、深入创造了条件。然而必须指出的是,近十年间有更多年轻有为的青年学者加入了当代中国乔伊斯研究者的行列,他们大都是从事外国文学与比较文学的学者,他们既有较好的中外文基础,又有严谨扎实的学风,熟悉当代西方种种文论,往往能从比较和跨学科的多种视角来审视研究对象。近十年来中国乔伊斯研究的论文(包括硕博士论文)有大约五百篇之多,其中十有八九出自他们的手笔。他们的加盟大大充实、壮大了中国乔伊斯研究的队伍,他们的研究必

---

① 杨建:《中国乔伊斯研究二十年》,《外国文学研究》2005(2),第 153 页。

将成为中国乔学的未来。

倘若拉近距离,更贴近、具体地凝视,我们可以看到一个个闪烁的亮点,这些亮点是由构成中国乔伊斯研究中坚的中国乔学者的研究点燃的,他们的研究从不同方位和角度照亮了这一阶段中国乔伊斯研究的总体风貌。

李维屏是较早从事乔伊斯研究的学者之一。他的研究集中在乔伊斯的美学思想和小说艺术上。在《论乔伊斯的美学思想》①一文中,他从乔伊斯的论文、笔记和作品中发掘资料,讨论了亚里士多德、阿奎那、维柯等哲学家对乔伊斯美学思想形成的影响。此文正确地指出,乔伊斯接受了这些思想家关于美与艺术的一些基本观点,但却通过深刻的反思对这些观点做了修正与补充,从而形成了他自己独特的美学观,譬如,他认为,戏剧是文学最高的形式,在戏剧中,他看重喜剧胜于悲剧;对于"模仿",他更看重"自然"的过程;将阿奎那"完整、和谐与辐射"的美学原则具体化为"可感知事物的最佳关系"。乔伊斯的这些美学观点清晰地体现在他的创作中,令人稍感遗憾的是,此文从乔伊斯作品中挖掘还很不够,未能使乔伊斯的美学思想在其作品中得到更充分的印证。此文随即被收入李氏翌年出版的专著《乔伊斯的美学思想与小说艺术》②中。这本书将乔伊斯置于爱尔兰与现代主义语境中,以其美学思想(第4章)和小说艺术(第11章)为中心线索,对乔伊斯从《室内乐》到《守灵夜》的所有作品做了线形评述。这本书与陈恕的《尤利西斯导读》,袁德成的《詹姆斯·乔伊斯:现代尤利西斯》,马克飞、李绍强《意识流大师的梦魇:乔伊斯与〈尤利西斯〉》③等书一起形成了20世纪90年代对乔伊斯点面结合的、较早而又较为总体的评介,对90年代中国的乔伊斯研究具有引领作用。

李梦桃的切入点也是乔伊斯的美学思想。他的《乔依斯的流亡美学与自我流放实践》《"作家非个人化"的美学思想和创作实践》《乔依斯的多媒体艺术世界——阐释乔依斯的美学思想及其作品》④三文对乔伊斯美学思想中"流亡""真实""作家升华"(或"作家非个人化""作家退出小说")、"完整、和谐与光彩""不相容透视""顿悟"等观念作了评述,并结合作品探讨了乔伊斯在创作实践中采用意识流、内心独白、隐喻、反讽、神话、电影、音乐等多种艺术手法的情形。这些评述与探讨获得了一定深度。

---

① 李维屏、杨理达:《论乔伊斯的美学思想》,《外国语》1999(6),第72—78页。
② 李维屏:《乔伊斯的美学思想和小说艺术》,上海:上海外语教育出版社,2000年。
③ 陈恕:《尤利西斯导读》,南京:译林出版社,1994年;袁德成:《詹姆斯·乔伊斯:现代尤利西斯》,成都:四川人民出版社,1999年;马克飞、李绍强《意识流大师的梦魇:乔伊斯与〈尤利西斯〉》,长春:时代文艺出版社,2001年。
④ 李梦桃:《乔依斯的流亡美学与自我流放的实践》,《海南大学学报》1993(2)、《"作家非个人化"的美学思想和创作实践》,《海南大学学报》1994(1)、《乔依斯的多媒体艺术世界——阐释乔依斯的美学思想及其作品》,《海南大学学报》1996年第2、3期。

笔者从20世纪80年代开始关注乔伊斯和现代主义，对乔伊斯的读解与研究在时断时续中进行，特别注意在文本上下工夫。① 1998年发表的《独特的赋格文体：论〈尤利西斯〉第11章的音乐》从音乐的视角对《尤》第11章的文本做了细致的探讨；翌年的《哲学与科学语境中的〈芬尼根守灵夜〉》则将《芬》置于哲学与科学语境中，解析了乔伊斯在结构、观念、形象塑造、语言等方面对维柯、布鲁诺、弗洛伊德、荣格等人以及相对论、量子力学等领域的借鉴；近年来发表的两篇文章集中讨论西方的乔伊斯批评，力图勾勒一个世纪以来西方乔学的基本面貌，呈现其多样、深广、丰富的内涵。②

一批较为年轻的学者从研究生时期就开始从事乔伊斯研究，郭军是其中的佼佼者。从1993年《画像》中"灵悟"美学的解读到2004年前后有关文章中乔伊斯民族观与历史观的探讨，再到近年来《尤利西斯》艺术风格与人物形象的阐释③，在二十余年间她发表了十篇左右论文，这些论文叠化、含蕴在她颇有分量的专著《乔伊斯：叙述他的民族——从〈都柏林人〉到〈尤利西斯〉》中。这部著作以乔伊斯对爱尔兰民族与历史的深刻理解为主线，深入、全面地探讨了其创作的复杂性、主题与艺术风格，不时闪烁出精辟的思想火花，此作以理论阐发与文本分析的结合见长。郭军的乔伊斯研究之所以具有鲜明特色和重要的学术意义，在于她在乔伊斯原作的读解上下了工夫，也得益于她对西方当代文论的较好把握。

戴从容也是从研究生时期开始钻研乔伊斯并取得显著成果的学者之一。她在21世纪最初五年中发表的八篇论文④大多叠化、融合在她随后出版的两部

---

① 关于这一点可参阅笔者的《〈尤利西斯〉第五六章的翻译》，《东方翻译》2011(1)；《〈尤利西斯〉第七章的翻译》，《爱尔兰作家和爱尔兰研究》，冯建明主编，上海：上海三联书店，2011年，第183—212页。

② 刘象愚：《独特的赋格结构：〈尤利西斯〉第11章的音乐》，《外国文学评论》1998(1)；《哲学与科学语境中的〈芬尼根守灵夜〉》，《北京师范大学学报》1999(3)；《乔伊斯批评概观》，《北京师范大学学报》2006(5)；《乔伊斯与〈尤利西斯〉：从天书难解到批评界巨子》，《清华学报》2006(5)。

③ 郭军：《乔伊斯的"灵悟"美学及其在〈肖像〉中的运用》，《外国文学研究》1993(3)；《〈一个青年艺术家的肖像〉：文本的不连贯与主题意象的连贯》，《外国文学评论》1995(1)；《代达洛斯还是伊卡洛斯：对〈一个青年艺术家的肖像〉人物塑造的语义分析》，《华中师范大学学报》1995(3)；《乔伊斯："历史的噩梦"与"创伤的艺术"——解读乔伊斯的小说艺术》，《外国文学评论》2004(3)；《乔伊斯：反思与超越》，《外国文学研究》2004(3)；《隐含的历史政治修辞：以〈都柏林人〉中的两个故事为例》，《外国文学研究》2005(1)；《尤利西斯的笑谑风格与宣泄净化艺术》，《外国文学评论》2011(3)；《反英雄：解构的力量与民族的未来：勃鲁姆形象阐释》，《外国文学研究》2009(5)。

④ 戴从容：《乔伊斯与爱尔兰民间诙谐文化》，《外国文学评论》2000(3)；《艺术家的迷宫——狄达勒斯与〈芬尼根的守灵夜〉》，《四川大学学报》2000(6)；《乔伊斯与形式》，《外国文学评论》2002(4)；《用词语实现一切——乔伊斯小说中的词语》，《外国语》2002(5)；《用真实撼动美的殿堂——詹姆斯·乔伊斯文本结构的变化》，《外国文学研究》2003(1)；《自由之书：〈芬尼根的守灵〉的形式研究》，《外国文学评论》2004(1)；《自由的言说——论〈芬尼根的守灵〉的饶舌叙述》，《外国文学研究》2004(5)；《复杂的词语世界——〈芬尼根的守灵〉的词语解读》，《外国语》2005(3)。

专著中。《乔伊斯小说的形式实验》是她的博士论文,此书从语言的角度切入,对乔伊斯在其作品中所做的形式实验做了富有意义的阐释①;《自由之书:〈芬尼根的守灵〉解读》是她的博士后著述,此书以克莱夫·哈特、约瑟夫·坎贝尔、威廉·廷达尔等乔学者的诠释为参照,从"词语""叙事""文体"等层面对《芬尼根守灵夜》做了颇具启发性的解读。此书以如何解读《芬》书万花筒般的词语结构开篇,在简要介绍了西方乔学者各家各派的观点后,提出了既不寻求统一法则,又不否认其中可能存在的规则,从"词语的具体使用情况出发,逐一找出"《芬》书"纷繁复杂的词语中包含的种种美学意图与意义"的观点②,这一观点是卓然可取的。此书还以近半的篇幅附录了采自坎贝尔、哈特等乔学者关于《芬》书的框架、结构和基本线索等导读性资料,有助于国人的读解与研究,其开创性意义是显而易见的。

从研究生时期开始研究乔伊斯并获得显著成绩的学者还有杨建,她发表的论文集中在乔伊斯的诗学方面,《〈尤利西斯〉的人物原型批评》《中国乔伊斯研究二十年》《乔伊斯在西方》《乔伊斯与易卜生》《乔伊斯的"经典"观》《乔伊斯论"艺术家"》《乔伊斯与巴赫金》《乔伊斯文论的特点》是引人注目的篇章。③ 这些论文同样凝化在她问世不久的专著《乔伊斯诗学研究》中。杨建的研究以理论概括见长,她提出乔伊斯文论有"散存性外观""意图式语言""感悟式语言"、体系性内质四特点④,这个概括是到位的。她的研究既有义理的剖析,又有接受的视角,还有比较的方法,呈现出理论的深度。

研究生阶段虽未专攻乔伊斯,但同样具有厚实文论基础的还有刘燕。她的《〈尤利西斯〉空间形式的解读》《自由的放逐:乔伊斯与劳伦斯》《作为现代神话的〈尤利西斯〉》《变形的神话——〈尤利西斯〉叙述文体的审美透视》《〈尤利西斯〉的东方想象与身份建构》《〈尤利西斯〉中的中国形象》等文体现了力图从现代性与传统对立关联的宽广视野解读乔伊斯的努力,显示出理论阐发的力度。⑤

冯建明从博士到博士后阶段一直以乔伊斯为研究对象。他的专著《乔伊斯

---

① 戴从容:《乔伊斯小说的形式实验》,北京:中国戏剧出版社,2005年。
② 戴从容:《自由之书:〈芬尼根的守灵〉解读》,上海:华东师范大学出版社,2007年,第22页。
③ 杨建:《〈尤利西斯〉的人物原型批评》,《外国文学研究》1996(4);《中国乔伊斯研究二十年》,《外国文学研究》2005(2);《乔伊斯研究在西方》,《外国文学评论》2005(3);《乔伊斯与易卜生》,《国外文学》2005(4);《乔伊斯的"经典"观》,《外国文学研究》2006(6);《乔伊斯论"艺术家"》,《外国文学研究》2007(6);《乔伊斯与巴赫金》,《外国文学研究》2009(3);《乔伊斯文论的特点》,《外国文学研究》2010(5)。
④ 杨建:《乔伊斯诗学研究》,武汉:华中师范大学出版社,2011年,第56—83页。
⑤ 刘燕:《〈尤利西斯〉空间形式的解读》,《外国文学研究》1996(1);《自由的放逐:乔伊斯与劳伦斯》,《广西社会科学》1996(1);《作为现代神话的〈尤利西斯〉》,《外国文学研究》1998(1);《变形的神话——〈尤利西斯〉叙述文体的审美透视》,《广西师范大学学报》1998(9);《〈尤利西斯〉的东方想象与身份建构》,《外国文学》2009(5);《〈尤利西斯〉中的中国形象》,《长江学术》2011(3)。

长篇小说人物塑造》虽然是他的博士后项目成果,但却吸纳了他博士阶段前后论文①的基本精神。冯著虽然选择了人物塑造的视点,但其论述却包含了结构、形式、语言、技巧等不同侧面,从创作的角度,对《肖像》《尤利西斯》和《芬尼根守灵夜》做了全面讨论,既有微观分析,又有宏观观照,对文学创作的借鉴颇多启示。

袁德成和王友贵对乔伊斯的语言有较多关注。前者的《论乔伊斯的语言观》《乔伊斯小说的对话性:以〈画像〉为例》②,后者的《世纪之译:细读〈尤利西斯〉的两个中译本》《杂沓的现代音响:乔伊斯的〈尤利西斯〉》和《乔依斯小说里的声音》③都是探讨乔伊斯语言创造性和音乐性的佳作。后者在其《乔伊斯评论》④中除收入上述三文外,又增写了讨论《芬尼根守灵夜》语言与音乐性的两篇文字,形成了对乔氏语言较为集中的研讨,显示出作者优秀的中英文功底以及对语言及其声韵的敏锐与自觉。

最近五六年间,有更多更为年轻的学者完成了有关乔伊斯的博士学位论文(其中多数用英文撰写),并将其中的章节进一步深加工予以发表。吕国庆的数篇论文⑤将乔伊斯小说中的"灵悟"(吕称之为"显形")、视觉空间、内在间距、自由间接引语等概念与其作品的结构、人物、意象、主题等关联起来,做出了富有新意的读解;申富英的数篇论文通过解读乔伊斯的文本探讨了爱尔兰与英国民族、历史、宗教、文化既对抗又杂糅的复杂过程,还进一步讨论了《尤利西斯》中

---

① 冯建民:《〈为芬尼根守灵〉的诗歌特征》,《外国文学研究》2004(3);《论〈尤利西斯〉结局中"女性的'Yes'"》,《河北师范大学学报》2004(6);《乔伊斯〈艺术家年轻时的写照〉开头的构思艺术》,《宁夏大学学报》2007(4);《乔伊斯对理性的观照》,《重庆大学学报》2008(2);《化平淡为神奇——论〈青年艺术家的肖像〉的开放式结局的艺术构思》,《英美文学研究论丛》2009年第11辑;《矛与盾——评〈为芬尼根守灵〉中的兄弟相迫》,《作家》2010年8月下半月;《论乔伊斯小说的"夜"与"昼"》,《贵州社会科学》2010(5);《论乔伊斯长篇小说人物塑造艺术》,《作家》2011年4月下半月号。

② 袁德成:《论乔伊斯的语言观》,《四川大学学报》2002(6);《乔伊斯小说的对话性:以〈画像〉为例》,《四川师范大学学报》2003(1)。

③ 王友贵:《世纪之译:细读〈尤利西斯〉的两个中译本》,《中国比较文学》1998(4);《杂沓的现代音响:乔伊斯的〈尤利西斯〉》,《外国文学》2003(3);《乔依斯小说里的声音》,《英美文学研究论丛》2001年第2辑。

④ 王友贵:《乔伊斯评论》,重庆:西南师范大学出版社,2002年。

⑤ 吕国庆:《从乔伊斯的文学观看他的"显形"概念》,《解放军外国语学院学报》2006(1);《论乔伊斯小说中作者与人物的内在间距——以〈伊芙琳〉为例》,《浙江学刊》2007(2);《艺术观、视觉空间与意象的构造:从福楼拜到乔伊斯》,《国外文学》2009(4);《论自由间接引语与乔伊斯的小说构造》,《外国文学评论》2010(3);《论视点与乔伊斯的小说构造》,《国外文学》2011(1)。

的中国形象、莎士比亚、女性、历史观和禁忌等论题①;张春、吴显友、陈豪的论文②对乔伊斯作品中的叙事、语言和文体特征做了细致的解读;王青的《基于语料库的〈尤利西斯〉汉译句式特征研究》③自建语料库,对《尤》的萧、金两译本的句式特征做了对比与实证的研究,是一篇"翻译风格学"的有益尝试;王苹的《民族精神史的书写:乔伊斯与鲁迅短篇小说比较论》④从《都柏林人》《呐喊》《彷徨》中选取了二十余篇作品,就主题思想、人物塑造、写作方法,叙事技巧等层面对中外两位大师的创作做了有意义的比较研究。

此外,一些外国文学或比较文学的学者也做出了值得一提的贡献。李增的《后殖民语境下的乔伊斯》,江宁康的《论乔伊斯小说艺术的创新》,李永毅的《德里达与乔伊斯》,高奋的《乔伊斯的美学思想及其实践》,沈语冰的《乔伊斯的魔力》,曾艳兵、陈秋红的《文学的心灵现象学:评〈尤利西斯〉》,陶家俊的《爱尔兰,永远的爱尔兰——乔伊斯式的爱尔兰性,兼论否定性身份认同》,李汝成的《论〈青年艺术家的肖像〉中的美学追求》⑤等文都是片羽吉光式的文字,作者们不同视角的讨论表现出宽阔的视野与不俗的见识。

四

半个世纪特别是近一二十年以来,中国乔学表现出长足进步。中国乔学开始呈现多样性、丰富性和深广性,然而,尽管如此,中国乔学仍有可以期待改善的巨大空间,约略说来,有以下数端:

其一,就总体研究而言,我们虽然有了多样的理论视角,但仍有注重文学本体不够的弊端。不少研究者选取了社会学的、心理学的、历史的、宗教的、哲学的视角,但却常常忽略文学本身的视角,文学性的探索常常淹没在各种"主义"的理论探讨中。这种现象的出现固然与20世纪中外学界过分热衷理论的大环

---

① 申富英、王湘云:《论〈尤利西斯〉中的中国形象》,《兰州大学学报》2008(4);申富英:《论〈尤利西斯〉中的莎士比亚》,《英美文学研究论丛》2010(2);《论〈尤利西斯〉中作为爱尔兰形象寓言的女性》,《国外文学》2010(4);《〈尤利西斯〉的历史观》,《外国文学研究》2011(3);《论〈尤利西斯〉中的禁忌》,《外国文学》2011(4)。

② 张春:《试论乔伊斯〈室内乐〉的多重声音》,《英美文学研究论丛》2004年;吴显友:《爱尔兰英语:乔伊斯的一种特殊书写媒介——〈尤利西斯〉的语体特征研究》,《重庆师范大学学报》2007(6);陈豪:《触发因子、隐性角色与精神镜像——论乔伊斯小说的空间叙事》,《华东师范大学学报》2010(6)。

③ 王青:《基于语料库的〈尤利西斯〉汉译句式特征研究》,《外国语言文学》2010(2)。

④ 王苹:《民族精神史的书写:乔伊斯与鲁迅短篇小说比较论》,合肥:安徽大学出版社,2010年。

⑤ 参看李增、王云:《后殖民主义语境下的乔伊斯——从乔伊斯的〈死者〉说起》,《外国文学研究》2003(3);江宁康:《论乔伊斯小说艺术的创新》,《外国文学评论》1991(2);李永毅:《德里达与乔伊斯》,《外国文学评论》2007(2);高奋:《乔伊斯的美学思想及其实践》,《英美文学论丛》2007(1);沈语冰:《乔伊斯的魔力》,《浙江大学学报》1997(4);曾艳兵、陈秋红:《文学的"心灵现象学"——论乔伊斯的〈尤利西斯〉》,《文艺研究》1996(3);陶家俊:《爱尔兰,永远的爱尔兰——乔伊斯式的爱尔兰性,兼论否定性身份认同》,《外国文学》2004(4);李汝成:《论〈青年艺术家的肖像〉中的美学追求》,《外国文学研究》2005(5)。

境不无关系,但研究者自身文学意识的淡化也是一个重要的因素。乔伊斯的关键在于他对传统文学本身的革命性变革,他在文学观念、审美结构、叙事模式、语言等方面的戛戛独造具有划时代意义。他笔下的"文学"怎样再现了现实,他的创造怎样表现了人,对于这个核心问题,我们的研究还没有能够做出较好的回答。

其二,在注重对乔伊斯文学性的探索中,如何不割裂形式与内容,既看到他在文学形式上的创造,又看到他独特的形式创造中蕴含的内容,将他的再现方式与他要再现的人与世界紧密结合起来,是研究者须臾不可忘怀的一个原则。

其三,就文本研究而言,我们的研究还相当局促,研究者的目光十有八九集中在《都柏林人》上,研究《尤利西斯》和《芬尼根守灵夜》的人则寥若晨星。乔伊斯之所以"说不尽",就在于这两部作品说不尽,倘不能对这两部作品的文本做出有一定数量与分量的研究,中国的乔学就将只能是一个没有内涵的空壳。

其四,乔伊斯是一个特定历史阶段、特定时空的产物,我们的研究还没有将他充分语境化。尽管有一些研究已经注意到他与爱尔兰文化、西方文化以及现代主义大环境的关系,但从总体而言,这种语境化的意识还很淡漠。

其五,有一些论者从比较的视角研究乔伊斯与中外一些大家的关系,但这类研究由于研究者两方面力所不逮而显得苍白乏力。当然,这并非意味着比较研究没有意义,而只是说,这类研究有更大的难度,对研究者的要求更高而已。

中国乔学这些不足的根本原因来自于对乔伊斯文本以及有关乔伊斯的文本研读不足。文本研读本来就是一切文学研究的基础,而对于乔学来说,文本研读的意义尤其重大。这是因为,乔氏刻意求新求变,其文本本身具有前有未有的复杂性、多义性和蕴含量,要求我们必须下大气力读解,否则,我们的研究就将成为空中楼阁。再者,西方已经成为"产业"的乔伊斯研究包含了许多导读性著述,这些著述为我们读解、研究乔伊斯提供了大量有益和可资借鉴的材料,是我们读解乔伊斯不可或缺的津梁。这些著述的文本也要求我们认真读解。从某种意义上说,不能很好地读解文本,研究乔伊斯就只能是一个美丽的神话。也正是在这个意义上,我呼吁并期待着:中国乔学,读解文本,永远读解文本!

第四章
其他各国小说研究

导　言

　　从西班牙小说在中国的研究状况来看,塞万提斯的光芒太耀眼,在他强烈的光芒照耀下其他西班牙小说家都遁形了,好像西班牙只有一位塞翁写了小说,而且只写了一部《堂吉诃德》。这部小说实实在在是世界上最伟大的小说之一,其主人公已经成为一个符号,标示着一种与哈姆雷特形成对照的人类性格和精神气质。这就是中国西班牙小说研究的现实。更为离奇的是,在中国被习惯地尊称为"翁"的文学家只有三位,塞翁、莎翁和托翁,而仅从研究成果的数量上看,对莎翁、托翁的研究力度可谓名实相符,托翁以千计,莎翁以数千计,而研究塞翁的论著却不足百篇部。

　　米兰·昆德拉1987年才在中国正式亮相,据调查,其作品的畅销程度在外国作家中名列前茅(至少从版税收入看他排第九),说明了他在中国读者中的地位,研究成果相比同时期其他外国作家也不算少,而且短短二十几年有六部研究专著问世。其特殊的身份背景、独具一格的写作风格和"将现实提高到文学和哲学高度的智慧"让我们有理由重视他。作为拉丁美洲最有世界影响力的两位作家,马尔克斯和博尔赫斯差不多都在80年代中期以后为中国读者所熟悉,其"魔幻色彩"引起的是爆炸效应,冲击波及的不仅有普通读者,也有中国的作家,不少当代作家都说自己受到了拉丁美洲魔幻现实主义的影响。作为文学范式的一种类别我们把他们收入本卷的研究范围,虽然80年代中期滚滚而来的魔幻现实主义热浪早已退烧,但研究的热度却依然未减,希望这种热度能持续下去,借此反思一下我们对文学的判断标准究竟应该是什么。这种反思在面对东方文学的时候同样应该有。我们发现,与日本小说的国际地位相比,我们的关注度严重不匹配,历史上的龃龉、摩擦和记忆犹新的惨痛应该是心理排斥的原因,可惟其如此,我们才更应该好好地了解这个国家,好好地了解日本民族,而文学是最好的认识媒介,因为好的文学首先是反映民族灵魂的。从目前掌握的研究看,数量最多的是川端康成研究,研究论文和专著总共也不过一两百篇或部。至于其他东方国家的小说家,更是几乎完全被排除在视野之外。这是应该引起我们重视的问题。

第一节　塞万提斯小说研究

西班牙有史以来最伟大的作家塞万提斯（Miguel de Cervantes,1547—1616）凭借其传世之作《堂吉诃德》（1605—1615）而被誉为"欧洲现代小说之父",迄今仍具有广泛的国际影响力。2001—2002 年由诺贝尔文学院等有关机构举办、54 个国家和地区的百余位作家和文化名人评选的"100 部世界最伟大文学作品",《堂吉诃德》高居榜首。

塞万提斯在《堂吉诃德》第二部的献辞中写道:"最急着等堂吉诃德去的是中国的大皇帝。他一月前特派专人送来一封中文信,要求我,或者竟可说是恳求我把堂吉诃德送到中国去,他要建立一所西班牙语文学院,打算用堂吉诃德的故事做课本;还说要请我去做院长。"塞万提斯的梦想终于在四个世纪后变为现实,从 1922 年林纾、陈家麟以文言文首译《堂吉诃德》（第一部）《魔侠传》起,至今国内已推出 56 个不同版本的《堂吉诃德》,在 1975—2010 年之间国内就发表了近两百篇有关《堂吉诃德》的论文,是拥有最多中译本、在中国最有影响、研究最多的西班牙小说。

关于中国对塞万提斯及其《堂吉诃德》的接受和研究,陈国恩做了以下概括:"20 世纪中国对这部小说的接受折射出了中华民族在此期间所经历的历史和现实的挑战,以及中华儿女所做出的悲壮回应,在新世纪曙光降临之际,理清这一接受史,取得其中的文化资源,对于中华民族自信地面向未来,会是一项很有意义的工作。"①

一、新中国成立前塞学研究的简要回顾

20 世纪上半叶中国的塞万提斯研究起点高,影响大,鲁迅、周作人、茅盾、郑振铎、郁达夫、瞿秋白、唐弢等现代文坛大家都对《堂吉诃德》给予高度重视和评价。塞万提斯的名字最早见于《江苏》杂志第 11、12 合刊（1904 年 4 月 1 日）

---

① 陈国恩:《〈堂吉诃德〉与 20 世纪中国文学》,《外国文学研究》2002(3)。

的世界名人录①,将他的名字译成"沙文第斯"。除了注明他的生卒年,著有小说《唐克孙脱》(*Don Quixote*)外,还评述这部作品"不追前轨,莫步后尘,曼然称杰作"。②

新中国成立前对塞学研究最有见地和贡献的当属鲁迅和周作人。周氏兄弟在日本留学期间就阅读了德文版《堂吉诃德》,周作人在其所著的中国第一部《欧洲文学史》(1918)中除了略述塞万提斯生平,还高度赞誉《堂吉诃德》的精神魅力,指出"其书能使幼者笑,使壮者思,使老者哭,外滑稽而内严肃也",并将无法适应现实的理想主义精神概括为堂吉诃德主义,"然古之英雄,现时而失败者,其精神固皆 Don Quijote 也,此深长思之者也"③。

随着这位西班牙骑士走进中国读者的视野,一系列有关塞万提斯的文章也相继发表④,并引发了中国文坛两场著名的论争:周作人与陈源、鲁迅与创造社及太阳社,分别就堂吉诃德精神的实质进行辩论。周作人秉承屠格涅夫《吉诃德与汉列忒》一文的观点,即"堂吉诃德代表信仰和理想,汉列忒代表怀疑与分析",因此他认为"《吉诃德先生》书内便把积极这一面的分子整个的刻画出来了"⑤。

创造社和太阳社成员将吉诃德精神简单地误解为一种"悖时的精神",称鲁迅为"中国的堂吉诃德""文坛的老骑士",为此鲁迅特意约请郁达夫将屠格涅夫的文章从德语转译过来,发表在 1928 年《奔流》创刊号。鲁迅在《编校后记》中将堂吉诃德精神概括为"专凭理想勇往直前去做事",但他也指出堂吉诃德的"错误是在他的打法。因为胡涂的思想,引出了错误的打法"⑥。其后续杂文《中华民国的新"堂吉诃德"们》(1932)、《真假堂吉诃德》(1933,与瞿秋白合著)继续阐释堂吉诃德在中国的影响与被接受时的误解,并对那些假堂吉诃德予以抨击。姚锡佩在《周氏兄弟的堂吉诃德观源流及变异——关于理想和人道的思考之一》(1989)中对鲁迅、周作人推介《堂吉诃德》的过程以及对此人物的研究、争论、定位及评价做了缜密的梳理,提供了许多有史料价值的信息和资料。⑦

另外,谢六逸的《西洋小说发达史》(1922),郑振铎的《文学大纲》(1925),万

---

① 罗家伦主编:《中华民国史料丛编》,"台湾党史史料编纂委员会"编辑出版(影印本),1968 年。
② 转引自 file:///D:/back/30 年外国文学研究/无标题文档.htm。
③ 周作人:《欧洲文学史》,北京:东方出版社,2007 年,第 187—190 页。
④ 茅盾:《两个西班牙文人》,《文学旬刊》85 期(1923 年 8 月 27 日);陆祖鼎:《西班牙守文德的〈唐克孝传〉》,《学灯》,1924 年 6 月 6 日;傅东华:《万提斯评传》,《小说月报》16 卷第 1 号(1925 年 1 月 10 日);周作人:《塞文狄斯》,《语丝》57 期(1925 年 12 月)。
⑤ 周作人:《魔侠传》,《小说月报》16 卷第 1 号(1925 年 1 月 10 日)。汉列忒即哈姆雷特。
⑥ 鲁迅:《〈解放了的堂吉诃德〉后记》,《解放了的堂吉诃德》,卢那察尔斯基著,北京:人民文学出版社,1954 年,第 131 页。
⑦ 姚锡佩:《鲁迅研究资料》(第 22 辑),北京:中国文联出版公司,1989 年。

良浚、朱曼华的《西班牙文学》(1931)，瞿秋白的《吉诃德时代》(1931)，茅盾的《吉诃德先生》(1935)从各个层面评价《堂吉诃德》：主人公的苦运生涯"简直可以称为有味的哲学之叙事诗，把勇壮、怯懦、平凡、奇异都铸为一炉里面"①，其基调"乃是一种明显的人道主义"，吉诃德"决不以失败为自馁"，是"一切前驱者的精神！"②塞万提斯以"一种讽刺的笔法"使骑士小说的"运命终止"。

抗战时期，堂吉诃德的理想主义精神十分契合当时的国情，中国知识分子在这位西班牙骑士身上看到了榜样的力量。唐弢的《吉诃德颂》(1938)便赞扬他"不仅出现在书本里，同时也活在每一个时代、每一个国家里，历史正是靠着'为大众去冒险'的精神而进展的"③。可以说，只有经过20世纪20—40年代的百家争鸣，堂吉诃德才"在中国知识界有了真正与其经典性相称的知名度"④。但这一时期国人的焦点几乎都局限于如何看待堂吉诃德这一人物形象及其精神实质，很少涉及此著的艺术性和审美性。

二、1949—1977年间的研究状况

新中国成立后，首先在塞万提斯作品的翻译上取得新的突破。1954年再版了伍实（即傅东华）从英文译出的白话文版《吉诃德先生传》，1958年祝融从其他语种转译了塞万提斯的《惩恶扬善故事集》中的五个短篇小说⑤、孔令森译《诈骗婚姻》、杨德友译独幕剧《奇迹剧院》，1959年傅东华的《堂吉诃德》全译本问世，这些译著扩大了塞万提斯在中国的知名度。

1955年中国响应世界和平理事会的号召，在北京举办"世界名著美国诗人惠特曼的《草叶集》出版100周年、《堂吉诃德》出版350周年纪念大会"，《人民文学》《新华月报》《文艺月报》《人民日报》《光明日报》《文汇报》等报刊纷纷刊登有关塞万提斯及其《堂吉诃德》的文章，如叶君健的《塞万提斯的〈堂吉诃德〉》和《〈堂吉诃德〉的现实主义》⑥、巴金的《永远属于人民的巨著》、周扬的《纪念〈草叶集〉和〈堂·吉诃德〉》、文学翻译家曹未风(1911—1963)的《纪念〈堂·吉诃德〉出版350周年》和冰夷的《纪念〈堂·吉诃德〉出版350周年》，由此在全国范围内形成一个不大不小的"塞万提斯热"。

---

① 谢六逸：《西洋小说发达史》，《小说月报》13卷第2号(1922年2月10日)。
② 郑振铎：《文学大纲》，《小说月报》16卷第3号(1925年3月10日)。
③ 唐弢：《唐弢杂文选》，北京：人民文学出版社，1955年，第123页。
④ 赵振江：《中国与西班牙——文学的交流与互动》，《中外文化交流史》(下卷)，北京：国际文化出版公司，2007年，第921页。
⑤ 《惩恶扬善故事集》即《塞万提斯全集》(1997)中文版里的第五卷，由13个短篇小说组成的《警世典范小说集》的选译本。陈凯先的译本取名为《塞万提斯训诫小说集》(重庆出版社，1992年)。
⑥ 叶君健：《〈堂·吉诃德〉的现实主义——纪念〈堂·吉诃德〉出版三百五十周年》，《光明日报》1955年11月25日。

50 年代的评论都把《堂吉诃德》定位为"现实主义巨著",但对其具体的艺术特征极少指涉。至于其主人公,周扬认为"堂吉诃德是可笑的,但始终又是一个理想主义的化身"①,而王淡芳虽然承认"这个可笑又可怜的拉曼却骑士的形象是极其复杂矛盾的",但基本上否定了堂吉诃德的正面意义,声称"堂吉诃德这一典型,具有所有脱离生活,落后历史进程,以幻想代替现实的人的广泛代表意义"②。在当时的背景下,这些论点不足为奇。更可笑的是在一些《堂吉诃德》的研究中,桑丘的地位比主人还显赫,成为农民的代表。③

60 年代有两种评论值得注意。一是杨绛归纳分析堂吉诃德在各国读者心目中的形象:"历代读者或是强调他的某些特点,把他性格上的一个方面或几个方面,代替了他全部性格;或是加上主观成分,歪曲了他原来的性格。"④从读者接受美学的角度切入《堂吉诃德》在当时是十分超前的;二是杨周翰等人主编的《欧洲文学史》(上卷,1964)肯定了《堂吉诃德》的艺术成就:"标志着欧洲长篇小说一个新的发展阶段……塞万提斯虽然模仿骑士传奇,但是主人公的游侠不在离奇虚构的环境中进行。"但该书也有一些观点偏颇,如说它的伪造续集是由"反动集团"撰写的,并且自《堂吉诃德》后"西班牙再也没有出现过骑士传奇"。实际上伪续集出自费尔南德斯·德·阿维利亚内达之手,而关于此人的真实身份目前学界并无定论。至于骑士传奇,反宗教改革的特兰托教务会议(Concilio de Trento,1545—1563)就已经把它列为禁书,它的绝迹并非塞万提斯之功。

总体来看,由于国内"左"倾政治环境的影响,改革开放之前的塞学研究思路狭窄,对西方塞学的传统、现状及成果知之甚少,研究手法滞后,对堂吉诃德和桑丘的评价带有很深的意识形态烙印,可以说是中国塞学的低谷期。

三、1978—1999 年间的研究状况

改革开放后中国塞学开始走上正轨。无论是塞万提斯作品的翻译,还是对《堂吉诃德》的评价,抑或对塞万提斯本人的研究,都力图摆脱"文化大革命"的消极影响,不再单纯探讨作品的思想意义、人物性格,而是从比较文学、现代性等角度对《堂吉诃德》进行全方位的阐释。

这一时期陆续问世的塞万提斯传记类作品有《塞万提斯和〈堂·吉诃德〉》(文美惠著,1981)、《塞万提斯:1547~1616》(张书立著,1982)、《著名西班牙人文主义作家塞万提斯》(黄道立著,1987)、《荒诞的理性:塞万提斯与〈堂吉诃

---

① 周扬:《纪念〈草叶集〉和〈堂吉诃德〉》,《人民文学》1955(10)。
② 王淡芳:《塞万提斯和他的杰作堂吉诃德》,《人民文学》1955(10)。
③ 见舒建华对钱理群的专题访谈:《堂吉诃德与我们的时代》,《中华读书报》1998 年 2 月 6 日,第 18 版。
④ 杨绛:《堂吉诃德和〈堂吉诃德〉》,《文学评论》1964(3)。

德〉》(崔杰著,1993)。

一些西方塞学经典成果首次或再次被译介到国内,如阿根廷塞学家胡安·包蒂斯塔(Juan Bautista,1927—2009)的《塞万提斯》、哈利·列文的《吉诃德原则:塞万提斯与其他小说家》、海涅的《论〈堂吉诃德〉》、卢卡契的《论〈堂吉诃德〉》和屠格涅夫的《哈姆莱特与堂吉诃德》等。

这一阶段国内塞学研究的领军人物为杨绛先生。1978年4月杨绛首次从西班牙语译出《堂吉诃德》,成为80年代乃至90年代初我国《堂吉诃德》的权威译本。她在《〈堂吉诃德〉译余琐掇》中总结了自己的翻译经验和体会,评价堂吉诃德这一人物形象是"知其不可为而勉为其难",叹其可敬与可悲之处。① 她还论述《堂吉诃德》风行全世界的原因,指出堂吉诃德的思想体现了文艺复兴时期人文主义的理想,以及这种理想和16世纪现实的矛盾,而堂吉诃德和桑丘是既特殊又普遍的典型人物。②

70年代末、80年代初对《堂吉诃德》的研究尚沿用传统套路,主要关注堂吉诃德这一形象的典型性。虽然学界大多认同堂吉诃德是个"矛盾复杂的人物形象",但如何看待这一矛盾体则分歧较大,比如文美惠认为堂吉诃德是"骑士的典型形象"③,而孟宪强却否定了这个观点,说他是"患了游侠狂的学者形象"④。

另一种很常见的思路是从比较文学的视角看待《堂吉诃德》。一是把堂吉诃德与阿Q、孙悟空、阿夫季及福斯塔夫等中外经典人物进行对比,"阿Q形象是堂吉诃德形象的'影响性再现'"这一观点被普遍接受。⑤ 至于堂吉诃德与福斯塔夫,有的认为二者都是"永久被嘲笑的对象",有的则认为屠格涅夫夸大了堂吉诃德的正面特征,他与"腐朽不堪的福斯塔夫是两类不同的典型形象"⑥,还有学者看到"日神阿波罗在堂吉诃德、酒神狄奥尼索斯在福斯塔夫身上的投影"⑦。

---

① 杨绛:《春泥集》,上海:上海文艺出版社,1979年,第28—30页。
② 杨绛:《重读〈堂吉诃德〉》,《外国文学研究集刊》(一),北京:中国社会科学院,1979年。
③ 文美惠:《塞万提斯的〈堂吉诃德〉》,《光明日报》1978年8月22日;《略谈〈堂吉诃德〉》,《文学评论》1978(3);《塞万提斯和〈唐·吉诃德〉》,《河北文学》1982(10)。
④ 孟宪强:《堂吉诃德不是骑士的典型形象》,《社会科学战线》1982(1)。
⑤ 秦家琪、陆协新:《阿Q和堂吉诃德形象的比较研究》,《文学评论》1982(4)。类似的文章还有陈涌:《阿Q与文学经典问题》,《鲁迅研究》1981(3);安国梁、张秀华《堂吉诃德和阿Q——纪念鲁迅诞辰一百周年》,《郑州大学学报(哲社版)》1981(4);何之潘:《悲喜交融的艺术典型——浅谈唐吉诃德与阿Q的异同》,《上海师范大学学报(哲社版)》1994(1)。这类研究延续至21世纪,如张德超《堂吉诃德与阿Q之比较——两个滑稽、荒唐的精神胜利者》,《江苏社会科学》2007(S2);黄楚晴:《从〈堂吉诃德〉与〈阿Q正传〉、〈狂人日记〉看塞万提斯于鲁迅的思想启蒙》,《东京文学》2009(2);刘建军:《阿Q与桑丘形象内涵的比照与剖析——兼论比较文学批评的一个视点》,《中国比较文学》2011(1)。
⑥ 王远泽:《论堂吉诃德形象的典型性》,《湖南师范学院学报》1979(3)。
⑦ 庄美芝:《人类的两种永恒冲动——堂吉诃德与福斯塔夫之比较》,《国外文学》1989(2)。

二是从文论、名著续写等角度将《堂吉诃德》与《红楼梦》《水浒》《三国演义》《西游记》加以比照,阐述中西行为的动机及写作方式上的差异性①,得出"异地则同,易时而通"的结论②。

80年代中期拉美"爆炸文学"、魔幻现实主义及其代表作《百年孤独》在国内产生巨大反响,同时也为塞学研究开辟了新的途径。1986年"西、葡、拉美文学研究会"在上海隆重纪念塞万提斯逝世370周年,会议论文既有研究《堂吉诃德》在我国不同时期的出版及对中国文学的影响,也有分析《堂吉诃德》对加西亚·马尔克斯的《百年孤独》的影响。陈众议认为魔幻现实主义所渲染的神奇气氛无不基于人物的魔幻意识,就像《堂吉诃德》的奇情异想无不基于人物的骑士思想一样。两者的共同特点还在于用合理的夸张、讽刺的手法和鲜明的形象,反映一种具有时代特点的心理现象。③

关照、借鉴西班牙本土塞学成果也是国内西语界从事的一个重要工作。张绪华对西班牙"98年一代"主要成员乌纳穆诺、阿索林、马埃斯图在这一领域的专著《堂吉诃德和桑丘的生活》《堂吉诃德之路》《堂吉诃德、堂璜、塞莱斯蒂娜》进行梳理和点评,指出"98年一代"研究《堂吉诃德》是为了给当时处于衰败中的西班牙寻找出路。④

80年代对《堂吉诃德》的叙事模式和修辞手法研究有限,为数不多的几篇论文或涉及该著中谚语和同义词的使用⑤,或点评塞万提斯"写《堂吉诃德》本身就是为了倡导用散文的形式描叙史诗"⑥,或从叙事结构入手,认为《堂吉诃德》为近代长篇小说结构提供了一个新的模式,"即以点与直线、方块(框架式)等多元几何定向组合成的有机结构形态"⑦。还有评论认为《堂吉诃德》的画面具有强烈的视觉感、动感、立体感、不对称性;人物形象具有运动性、造型性;作家视点不断转换,"这在《堂吉诃德》之前的文学创作中是不多见的"⑧。

90年代对《堂吉诃德》的研究进入现代性层面。饶道庆借鉴巴赫金的"复调理论",指出在《堂吉诃德》中"由理智和情感的二重性而萌发的'多声部性'的复调因素促成了堂吉诃德这个人物的未完成性和开放性",同时他认为《堂吉诃

---

① 陶嘉炜:《谈中西续书》,《文艺理论研究》1995(1)。
② 刘梦溪:《〈堂吉诃德〉的前言和〈红楼梦〉第一回比较》,《红楼梦学刊》1984(2)。
③ 陈众议:《魔幻现实主义与〈堂吉诃德〉》,《读书》1986(2)。
④ 张绪华:《试论98年一代的堂吉诃德研究》,《外国语》1986(6)。
⑤ 陈国坚:《试谈〈堂吉诃德〉中同义词的运用》,《现代外语》1983(4);《〈堂吉诃德〉的音韵美》,《现代外语》1988(3);黄永恒:《妙趣横生别具格——〈堂吉阿德〉谚语漫议》,《外国文学专刊》1985(1);严永通:《串串珍珠贯全书——谈〈堂吉诃德〉的语谚运用》,《唐都学刊》1988(2)。
⑥ 唐民权:《塞万提斯及其〈堂吉诃德〉小议》,《外语教学》1980(2)。
⑦ 吴士余:《结构形态:点、线与方块的几何组合——〈堂吉诃德〉艺术谈》,《外国文学研究》1986(2)。
⑧ 吴士余:《画面:形象的视觉感——〈堂吉诃德〉艺术谈之一章》,《名作欣赏》1987(2)。

德》具有双重叙述话语,"堂吉诃德不仅是一个被叙述的客体,在游侠过程中他还成了一个具有独立的价值和意义的叙述主体,堂吉诃德的叙述是一种虚构叙事,他的视角正好和理智、现实相反"①。

童燕萍也认为《堂吉诃德》所涉及的现实与虚构、创作与阅读、叙述主体与客体、创作与批评之间的关系堪称当时欧洲小说全新的观念。"塞万提斯在小说中通过第二作者讲述小说的寻源,既显示小说来源的可靠性,又反映了他对文学传统的自觉认识。"②

对堂吉诃德形象的理解也摒弃了喜剧性/悲剧性或疯狂/理性的简单二元对立。杨传鑫注意到,在《堂吉诃德》第一部和第二部里,人物性格、作者态度发生了重大嬗变。"《堂吉诃德》发展变化的态势——由喜转悲,对主人公的肯定、赞美、颂扬由弱加强,直至出现公开的、鲜明的褒扬。"③周宁也认为《堂吉诃德》"以幻想的喜剧形式反讽地表现了英雄受难的悲剧,以荒唐的滑稽模仿检验人类高尚的道义与信仰在世俗中经受考验与误解的能力"④。

有关塞万提斯创作动机和宗旨的探讨持续不断,但各种观点差异很大。既有全盘相信塞氏本人的声明,也有从精神分析学的角度得出前所未有的诠释结论:"《堂吉诃德》的写作动因不是为了攻击骑士小说,恰恰相反,它蕴藏着追怀骑士时代、赞美骑士道德、效法骑士风范的内在意义张力"⑤。还有观点称塞万提斯创作《堂吉诃德》是为了"展示他的伟大抱负和理想。"⑥

钱理群的专著《丰富的痛苦——堂吉诃德与哈姆雷特的东移》(1993)可以被视为本土塞学的一个重要风向标,是中国知识分子对堂吉诃德及哈姆雷特的接受、认可过程的一次全面回顾和认真反思。⑦ 这位鲁迅研究专家一方面梳理了堂吉诃德、哈姆雷特从西班牙、英国走向德国、俄国的历程,论述了这两位世界文学的经典人物在20世纪20—40年代的中国的传播及影响,另一方面高度肯定了周氏兄弟对堂吉诃德的创造性阐释:"周作人明确地提出了堂吉诃德的'归来'命题……而中国现代知识分子与塞万提斯笔下的堂吉诃德,从一开始便

---

① 饶道庆:《意义的重建:从过去到未来——〈堂吉诃德〉新论》,《外国文学评论》1992(4)。
② 童燕萍:《写实与虚构的统一——堂吉诃德的模仿真实》,《外国文学评论》1998(3)。
③ 杨传鑫:《论堂吉诃德形象》,《中南民族学院学报》1994(5)。
④ 周宁:《幻想中的英雄——〈堂吉诃德〉的多层含义》,《厦门大学学报》1996(1)。他在《我们在这个世界上生活的'忏悔录'——纪念〈堂吉诃德〉出版四百周年》一文中再次强调:"《堂吉诃德》的主导性情节模式暗合了普遍的英雄原型。这些原型曾经反复出现于宗教中、神话中,文学尤其是悲剧作品中。"见2005年10月21日《文景》(http://www.ewen.cc)。
⑤ 张凌江:《〈堂吉诃德〉写作动因新解》,《解放军外国语学院学报》1999(5)。
⑥ 李德恩:《重读〈堂吉诃德〉》,《外国文学》2001(2)。
⑦ 陈广兴的文章《现代性痛苦的丰富阐释——读钱理群〈丰富的痛苦〉》点评了这部著作,见《中国比较文学》2008(1)。

在乌托邦理想这一根本点上,取得精神的共鸣与契合……鲁迅关于要划清理想与现实、彼岸世界与此岸世界的界限的思想,其实正是抓住了堂吉诃德精神的要害……正是出于这样的动机,他为沉默的中国国民灵魂造像,塑造了阿 Q 这一中国现代文学的不朽典型。而且人们很快就注意到阿 Q 与堂吉诃德精神上的相通。"①

1995 年董燕生版《堂吉诃德》问世。他认为:"现代小说的历史是《堂吉诃德》开创的,因为它具备了几乎全部的有关特点。"②1997 年塞万提斯诞辰 450 周年之际,人民文学出版社推出 8 卷本《塞万提斯全集》(董燕生等译),这是国内有史以来最全面的塞万提斯译介。此书的编辑胡真才在《出全集:严肃的大事难事——中文版〈塞万提斯全集〉编后谈》(1997)一文中回顾了该项目所走过的艰难历程。

同年 9 月,南京大学塞万提斯中心举办了亚洲第一届塞万提斯国际学术研讨会,研讨的主题有塞万提斯对 20 世纪西班牙和拉丁美洲文学的影响、博尔赫斯眼中的堂吉诃德、伏尔泰与塞万提斯等。该中心主任陈凯先是中国塞学开拓者之一,举办了数届塞万提斯国际学术研讨会,出版了《塞万提斯评传》(1990)和《塞万提斯》(2001)两部著作,其相关论文《从〈堂吉诃德〉到〈百年孤独〉》《文学理想现实》《〈堂吉诃德〉的魅力》及《〈堂吉诃德〉对现代小说的贡献》从不同层面探讨了《堂吉诃德》对西班牙、拉美乃至整个西方现代小说的深远影响和贡献。③

四、2000—2011 年间的研究状况

进入 21 世纪,塞学领域涌现出不少新成果。传记类新作有《塞万提斯与堂吉诃德》(孙海蛟著,2001)和《塞万提斯评传》(朱景东著,2009)。德国学者布鲁诺·弗兰克的《塞万提斯传》(2006)、纳博科夫的《堂吉诃德讲稿》(2007)、博尔赫斯的《吉诃德的部分魔术》(2009)、西班牙作家特拉彼略的《塞万提斯传》(2009)和《塞万提斯后传》(2008)、南非安德烈·布林克的《小说的语言和叙事:从塞万提斯到卡尔维诺》(2010)均被译介到中国。同时纳博科夫和哈罗德·布罗姆对塞万提斯及《堂吉诃德》的精辟论述引起中国学者的注意。④

---

① 钱理群:《丰富的痛苦——堂吉诃德与哈姆雷特的东移》,北京:北京大学出版社,2007 年,第 160—161、191 页。
② 董燕生:《西班牙文学》,北京:外语教学与研究出版社,1998 年,第 38 页。
③ 陈凯先的四篇论文分别载于《外国文学报道》1985(2)、《当代外国文学》1996(2)、《中华读书报》1997 年 9 月 17 日和《外国文学评论》2000(3)。
④ 刘佳林:《纳博科夫与堂吉诃德》,《外国文学评论》2001(4);曾洪伟:《哈罗德·布罗姆论塞万提斯和〈堂吉诃德〉——兼谈其文本批评实践的特点和启示意义》,《社会科学论坛》2010(5)。

《堂吉诃德》所蕴含的后现代性是当代学界研究的重点。第一,它的元小说性得到广泛的认可:"《堂吉诃德》被称为小说最伟大的祖先,正因为它是具有原型意义的'元小说'……塞万提斯在讲述一个冒险故事的同时,探讨了小说是如何被创作、被阅读的诗学问题。"①

第二,《堂吉诃德》的反讽、讽刺功能引起各方的关注。宗笑飞以马科斯·缪勒对《五卷书》的研究为例,认为它可能是《堂吉诃德》反讽风格的一个源头。② 蒋承勇、张伶俐也强调《堂吉诃德》中各种讽刺、反讽的运用,"以虚拟的讽刺、现实的讽刺、讽刺的讽刺以及双向讽刺等多重讽刺视角描述生活和塑造人物,表达了新的人文观念"③。

第三,塞万提斯超前的小说观被纳入叙事学、读者接受等诸多当代理论框架内加以剖析:"作者认为小说居于历史和文学之间的区域,将历史纪实与想象虚构融为一体……小说还包含多个叙述者和叙述层面,彼此协调渗透;此外,只有建立在读者理性认同的基础上的小说阅读,才不会沦为阅读的'虚假快乐'。这些观点……为'小说的兴起'立下开创之功。"④

第四,突出《堂吉诃德》的狂欢化倾向。叶青借用巴赫金的狂欢诗学理论总结出塞万提斯"塑造的人物形象的狂欢化"和"创作时艺术思维的狂欢化"两大特征,并且"从更一般和更广泛意义上的民间狂欢化文学的两重性——'死亡'和'新生'这个角度"阐述《堂吉诃德》如何终结了骑士小说。⑤

至于《堂吉诃德》是否暗含了殖民叙事,学界的看法截然相反。蹇昌槐从后殖民批评的理论出发将《堂吉诃德》定位为"一个典型的殖民主义文本",认为"其总督迷梦的核心是建立事实上的海外殖民统治,游侠狂想的实质是铲除异教的妖孽,文明的召唤则旨在张扬基督教的救赎力量"⑥。而索飒在文本细读的基础上,运用大量外文资料,并结合伊斯兰教教义,层层考证塞万提斯的隐秘身份,推出令人吃惊的结论,即塞万提斯的身世"也可能与穆斯林有着深切纠葛",并且"这部世界名著之中充斥着对当时西班牙所执的宗教压迫和血统清除

---

① 腾威:《〈堂吉诃德〉的元小说性》,《外国文学研究》2003(1)。
② 宗笑飞:《塞万提斯反讽探源》,《外国文学评论》2011(3)。
③ 蒋承勇:《〈堂吉诃德〉的多重讽刺视角与人文意蕴重构》,《外国文学评论》2001(4)。张伶俐持类似观点:"在认知范式上,作者已经意图借此小说进行反讽,讽刺自己,讽刺社会,讽刺生活,讽刺生活中的人群;在讲述范式上,作者更是处处运用反讽叙事角度和结构,夸张而真实地再现了一个理想人物的尴尬;在语体范式上,作者采用言语反讽、情境反讽和戏剧性反讽相结合的手法,突出了人物处境的荒诞。"见《〈堂吉诃德〉的反讽叙事话语范式》,《社会科学家》2006(2)。
④ 刘林:《由〈堂吉诃德〉伪续作引发的小说创作问题》,《外国文学评论》2011(1)。
⑤ 叶青:《狂欢中的终结者——重读塞万提斯的〈堂吉诃德〉》,《福州大学学报(哲社版)》2007(4)。
⑥ 蹇昌槐:《〈堂吉诃德〉与"虚拟殖民"》,《外国文学研究》2004(6)。

国策的控诉"①。

塞万提斯的生平至今仍有许多谜题,例如西班牙文学史一般把塞万提斯的生辰定为1547年,但西班牙学者凯撒·布兰达里茨在他的最新专著《重建塞万提斯》《解码塞万提斯》和《说话困难的人》里确认塞万提斯的出生年份应为1549年。庄丽肖的文章《塞万提斯身世之谜或告破解》便介绍了这一重大发现。② 马联昌的论文《塞万提斯的中国情结——〈唐吉诃德〉下卷〈献词〉释疑》则多角度探索了塞万提斯受明朝万历皇帝之邀访问中国的可能性。

李德恩近年来发表了一系列相关文章,提出不少新的见解。他认为塞万提斯在创作中表现出对历史事件和事物认识上的偏差,如"反人性的禁欲主义实践、对摩尔人被驱逐出西班牙的错误认识等等"③。其次,堂吉诃德临终前的沮丧"反映了封建势力的强大和个人力量的渺小。他的遗嘱是对人文精神的背离"④。再次,堂吉诃德虚构的魔法师和杜尔西尼娅表现了这位骑士既铁骨铮铮又柔情似水的双重性格特征,而对堂吉诃德的"误读自古流传至今,歪曲了堂吉诃德的形象"⑤。

非西语专业出身的罗文敏是中国塞学的后起之秀,他先后发表了《语句有涯能指无垠》(2004)、《论〈堂吉诃德〉中戏拟手法的艺术表现》(2007)、《解构重构性在〈堂吉诃德〉中的多样化表现》(2007)、《不确定性的诱惑:〈堂吉诃德〉距离叙事》(2009)等系列论文,从语言、艺术、叙事、人物、后现代性等方面,对《堂吉诃德》文本进行多角度的研究。这些论文构成了他的专著《我是小丑:塞万提斯〈堂吉诃德〉研究》(2007)的基本组成部分,该书有两大亮点:一、从文化研究的角度探讨《堂吉诃德》与狂欢化、梅尼普体讽刺的关系;二、从后现代性的角度谈《堂吉诃德》文体的不确定性、解构重构性(戏拟、文本互涉等),指出《堂吉诃德》是一部后现代性很强的小说。另外还提出一个重要观点,即《堂吉诃德》是一部自传性用意很强的小说。

2007年问世的还有陈众议的专著《西班牙文学——黄金世纪研究》,他在其中单辟一章专门论述塞万提斯的生平、诗歌、短篇小说及《堂吉诃德》。他的《塞万提斯学术史研究》(2011)在此基础上更上一层楼,高屋建瓴地对西方(德、法、英、俄、西班牙等国)自17世纪以来四百多年的塞学进行全面梳理、比较和

---

① 索飒:《挑战风车的巨人是谁:塞万提斯再研究》,《回族研究》2005(2)。该文后分上、下篇以《在唐吉诃德的甲胄之后》之名刊登在《读书》2005(5)、(6)。
② 见2011年2月21日中国文化传媒网。
③ 李德恩:《堂吉诃德:伟大与渺小——兼论〈堂吉诃德〉中后现代主义小说特征》,《外国文学》2009(2)。
④ 李德恩:《论堂吉诃德之死》,《外国文学》2010(6)。
⑤ 李德恩:《论〈堂吉诃德〉中的缺席者:魔法师和杜尔西尼亚》,《外国文学》2011(5)。

研究,对其来龙去脉、历史演变、百家之言、各家之长加以客观点评、大胆质疑和深入探讨。这一工程庞大繁杂,书中所收集、整理、翻译的外文资料浩如烟海,许多信息(尤其是西班牙本国关于塞万提斯的研究)对于国内学界来说都是首次接触,学术价值极高(书后所附的文献目录是塞学研究珍贵的第一手资料)。其次,此书的研究方法十分科学,既有历时性的脉络梳理,又有共时性的比较、对照(包括中、西塞学研究特色的比照),还有专题性点评(如对堂吉诃德形象的接受与阐释、《堂吉诃德》版本学、《堂吉诃德》与文艺复兴运动的互动关系等)。与《塞万提斯学术史研究》配套的《塞万提斯研究文集》(2012)将西方不同历史时期涌现的经典成果翻译成中文,使中国读者能够零距离地了解西方名家对塞万提斯及《堂吉诃德》的不同解读和评价。①

问题和反思

纵观新中国60年的塞万提斯小说研究,应该看到,尽管一代又一代国人对《堂吉诃德》的不倦阐释和多层解读已经硕果累累,但还遗留了不少问题和空白:

1. 研究点极不均衡,仅仅关注《堂吉诃德》这部长篇小说,对塞万提斯的短篇小说缺乏基本研究,给读者造成塞万提斯只靠一部作品名垂青史的错觉。其实他的《警世典范小说集》(1613)是西方最具影响力的短篇小说集之一,也是西班牙第一部道德教化型短篇小说集。塞万提斯不但在这部作品中提供了他唯一的自画像信息,而且在序言里明确阐述了自己的小说观,对我们理解《堂吉诃德》(1605—1615)的创作,特别是其第二部基调的变化十分有益。塞万提斯戏剧、诗歌创作研究更是少得可怜,杨德友的《奇迹剧院》和康建兵的《浅论塞万提斯戏剧创作与理论》是国内关于塞万提斯戏剧的仅有两篇论文。可以说对这位西班牙文学大师的全方位认识有待加强、深化,中国塞学体系尚有不少空白。

2. 《堂吉诃德》接受的广度与研究的深度不均衡。堂吉诃德这一形象在中国妇孺皆知,连中小学课本都收入了此作,但对它的研究总体上看还是比较肤浅,重主题思想、人物形象,轻叙事技巧、语言风格。即便如此,一些基本问题至今也尚无普遍接受的定论,如堂吉诃德究竟是为理想而献身的悲剧英雄,还是"贻笑于现实社会"的喜剧小丑,或悲剧性与喜剧性兼于一身?《堂吉诃德》的真实创作意图究竟是什么?另外,绝大部分论文是围绕堂吉诃德与桑丘这对主人公展开的,但对塞万提斯在小说中安排的许多不同身份的次要人物(包括以杜尔西内娅为代表的女性人物)关注极少,而这些人"除了是堂吉诃德故事的见证

---

① 其论文《经典的偶然性与必然性——以〈堂吉诃德〉为个案》为此专著的部分章节,见《外国文学评论》2009(1)。

人,还是质疑者、解答者、评判者"①。因此这部作品的多面性和开放性还有待进一步探讨。

3. 对《堂吉诃德》的学科分析有失均衡。迄今为止的研究都集中在文学领域,很少从语言学和文化翻译的视角来审视《堂吉诃德》。该作包含了大量的习语、谚语、诗歌、寓言、民间传说等,是一座西班牙语言宝库,从语言学的角度系统研究其中丰富的语言现象将是中国学者(尤其是西语界同仁)的重大使命。另外,虽然林一安、陈众议、陶梅等学者曾就杨绛版和董燕生版的《堂吉诃德》进行过比较②,但基本上局限于探讨译本的准确性和完整性,尚无人运用文化翻译理论对长达 90 年的《堂吉诃德》中译现象进行全面梳理和点评。

综上所述,塞万提斯及其《堂吉诃德》在中国乃至全球都是一个永恒的话题。时代的发展、社会的演变,均无法回避理想与现实的纠结与冲突,因此历朝历代读者都会有自己心目中的"堂吉诃德"。该著的后现代开放性为国人的解读提供了广阔的平台,因此对这一经典形象的阐释将越来越丰富、深入和多元,同时也会拓展对塞万提斯的全方位研究。有堂吉诃德相伴,人生的旅程一定不会寂寞。

第二节 米兰·昆德拉小说研究

米兰·昆德拉(Milan Kundera,1929—   ),法籍捷裔小说家,出生于捷克斯洛伐克布尔诺市,1975 年移居法国,后加入法国国籍,自 20 世纪 60 年代起,凭借其独具风格的小说创作开始为世人瞩目,并逐步在世界文坛占有显著地位,甚至被西方某些评论家誉为"20 世纪最伟大的在世作家之一"。

特殊历史的缘故,中国学界直到 20 世纪 70 年代才注意到昆德拉。时任《世界文学》编辑、捷克文学研究者杨乐云以"乐云"之名在 1977 年第 2 期《外国文学动态》上发表《美刊介绍捷作家伐措立克和昆德拉》的文章,率先向中国读者介绍了两位捷克小说家伐措立克和昆德拉。文章重点提到了昆德拉的短篇小说集《可笑的爱》。由于《外国文学动态》当时尚属内部刊物,影响自然有限。时隔多年,美籍华人学者李欧梵在 1985 年第 4 期《外国文学研究》上发表《世界文学的两个见证:南美和东欧文学对中国现代文学的启发》,郑重向中国读者介

---

① 童燕萍:《写实与虚构的统一——堂吉诃德的模仿真实》,《外国文学评论》1998(3)。
② 林一安在《中华读书报》上先后发表了《堂吉诃德及其坐骑译名小议》(2003 年 3 月 5 日)和《莫把错译当经典》(2003 年 8 月 6 日)。之后他又在《外国文学》(2004 年第 3 期)上发表了《"胸毛"与"瘸腿"——试谈译文与原文的抵牾》,同期刊登了陈众议的《评"莫把错译当经典"——与林一安先生商榷》。陶梅的《从〈堂吉诃德〉的新译本说开去》就杨版和董版的差异进行了点评,见《外国文学》1995(6)。

绍了两位小说家:加西亚·马尔克斯和米兰·昆德拉。作者认为:"昆德拉的作品,哲理性很重,但他的笔触却是很轻的。许多人生的重大问题,他往往一笔带过,而几个轻微的细节,他却不厌其烦地重复叙述,所以轻与重也是他的作风与思想,内容和形式的对比象征。"作者称赞昆德拉"写的是小人物,但运用的却是大手笔,不愧为世界文学的一位大家"。作者还敏锐地注意到了昆德拉小说中的音乐因素和反讽手法。客观地说,这是中国国内发表的第一篇有一定学术分量和审美价值的介绍昆德拉的文章。因此,可以说,中国的昆德拉研究从1985年拉开了帷幕。

李文发表两年后,作家出版社以"内部参考丛书"的名义,接连出版了昆德拉的《为了告别的聚会》(景凯旋、徐乃健译,1987)、《生命中不能承受之轻》(韩少功、韩刚译,1987)、《生活在别处》(景凯旋、景黎明译,1989)等长篇小说。说是"内部参考丛书",实际上完全是公开发行的。与此同时,《中外文学》等杂志也在连续发表昆德拉的短篇小说、谈话录和一些有关小说艺术的文章。很快,中国读者便牢牢记住了米兰·昆德拉这个名字。"轻与重""永劫回归""媚俗"等昆德拉小说中的词汇,作为时髦词汇,开始出现在中国评论者的各类文章中。昆德拉在中国迅速走红。一股名副其实的"昆德拉热"也随之出现,并且持续了几十年。昆德拉,同加西亚·马尔克斯、博尔赫斯、福克纳等外国作家一样,吸引并影响了一大批中国读者、作家和学者。这显然已是种值得研究的现象。

昆德拉小说研究在中国仅有二十多年的历史,大致可以分两个阶段:第一阶段(1985—1999);第二阶段(1999年至今)。

第一阶段(1985—1999)

由于昆德拉小说的特殊背景以及昆德拉本人的特殊经历,在最初译介和研究昆德拉时,中国学术界曾出现过两种不同的声音。"一种意见认为,昆德拉的作品带有明显的政治倾向,我们在译介时应该持谨慎态度。另一种意见则认为,昆德拉是个很有特色的作家,他的作品从哲学的高度思索和揭示复杂的人生,具有相当的艺术深度,很值得我们广泛介绍。"[①]这实际上涉及对昆德拉作家身份和昆德拉小说性质的定位问题。这一问题一直纠缠着昆德拉。"布拉格之春"的缘由,昆德拉很容易被当作"纯粹出于义愤或在暴行的刺激下愤而执笔写作的社会反抗作家"[②]。他的小说也很容易被简单地划入政治小说一类。这既是昆德拉的尴尬,也是小说艺术的尴尬。这样的尴尬,昆德拉在中国同样遭遇到了。《生命中不能承受之轻》一开始就被归入"伤痕文学"。就连李欧梵也

[①] 高兴:《首届"东欧当代文学讨论会"在京召开》,《世界文学》1989(1)。
[②] 米兰·昆德拉:《米兰·昆德拉谈话录》,杨乐云译,《世界文学》1994(5)。

间接地称昆德拉小说为"抗议文学"。这显然低估了昆德拉小说的价值。

在此背景下,捷克文学专家杨乐云的《他开始为世界所瞩目——米兰·昆德拉小说初析》①一文便显得难能可贵。作者以冷静、客观的笔调,专业的知识背景介绍了昆德拉和昆德拉小说。文章指出昆德拉的思想特点是失望和怀疑,而他的小说的重要主题就是展示人类生活的悲惨性和荒谬性。"昆德拉从自己特定环境出发,把世界看成罗网,小说家的作用就是对陷入罗网的人类生活进行调查。因此,怀疑和背叛一切传统价值,展示罗网中人类生活的悲惨性和荒谬性,就成了昆德拉小说的重要主题。"这就一下子抓住了昆德拉小说的实质,找到了恰当的路径,对于深入研究昆德拉至关重要。文章还对"媚俗""忘却"、昆德拉小说和政治的关系、"小说诗歌化"等关键问题进行了必要的阐述。学者李凤亮认为此文是中国内地"第一篇较为全面地介绍昆德拉系列作品的文字"②。在"昆德拉热"刚刚掀起,人们的阅读还带有各种盲目性的时刻,这篇文章起到了一定的引领作用。

乐黛云在《复杂的交响乐》③一文中,更进一步强调指出:"昆德拉小说之所以与众不同,这和他对于小说这种问题的,与过去完全不同的理解密切相关。昆德拉认为'小说唯一存在的理由就是去发现唯有小说才能发现的东西'。这个东西就是人的'具体存在'。昆德拉认为:'小说不研究现实,而是研究存在。'"这样的认识更加明确,十分精当,直抵昆德拉小说的实质。因为,昆德拉就一再说过:"小说家既不是历史学家,也不是政治家,而是'存在'的勘探者。"此外,文章还具体而深入地探讨了昆德拉小说的手法和风格,介绍了他的小说诗学以及复调小说特征。作者显然深入研究过昆德拉的小说诗学,也仔细研读过他的小说文本,对昆德拉小说有着深刻的领悟。

盛宁是西方文论专家,又译过昆德拉长篇小说《不朽》。广阔的文学视野和具体的翻译实践,让他写出了《关于米兰·昆德拉的思考》④。作者强调这一题目包含两层意思:一层是米兰·昆德拉本人对世界、人生、文学等问题的思考;二层是米兰·昆德拉及其作品所引发的思考。作者将昆德拉的思考归纳为三个话题:一是关于文学的地位和作用;二是对人的存在的拷问;三是小说艺术形式的出路。作者正是从这三个话题介入,提出了不少个人的看法。比如,对"媚俗"一词,作者通过文本细读,认识到,在昆德拉的思想中,媚俗有着更复杂的含义,不仅指矫揉造作、趣味庸俗的艺术品,还指骗人的谎言,以及编织谎言、自欺

---

① 杨乐云:《他开始为世界所瞩目——米兰·昆德拉小说初析》,《文艺报》1989年1月7日。
② 李凤亮:《接受昆德拉:解读与误读——中国读书界近十年来米兰·昆德拉研究述评》,《国外文学》2001(2)。
③ 乐黛云:《复杂的交响乐》,《读书》1992(1)。
④ 盛宁:《关于米兰·昆德拉的思考》,《世界文学》1993(6)。

欺人的行为和态度。这就比较深刻地理解了昆德拉。文章对《不朽》中"意象形态"这一概念的思考也耐人寻味。作者强调指出,昆德拉揭露"媚俗"和"意象形态"的欺骗,并不仅仅限于某一种社会和政治制度,而是在进行一种超意识形态的思考。这一点,对中国读者阅读和理解昆德拉尤为重要。作者还通过比较和分析得出结论:在"文化杂交的大气候中,以米兰·昆德拉为代表的来自东欧的新型小说,也给了欧美文坛以不小的冲击。人们看到,相对于那些不堪卒读的文字游戏式的'实验小说',倒是这后一类文学展示了更广阔的叙事可能性,提供了更为凝重、更加实在的审美意识,虽然这后一种小说也充满了奇想,也不乏'超现实'的表现,但它们与历史和社会实际有着明显的联系,甚至表现出一种社会和道德的责任感"。在 20 世纪 90 年代初,盛宁的这篇论文冷静、客观、开阔、深入,充满了独立思考和真知灼见,对于人们阅读和研究昆德拉有着重要的启示意义。

众所周知,移居法国后,昆德拉十分注重维护自己作为小说家的形象。他发表文章,接受采访,花费大量时间亲自校订自己作品的译本,并利用各种机会千方百计地表明自己的艺术功底和艺术渊源。他反反复复强调,他的祖国属于中欧而非人们所说的东欧。他强调这一点,起码有两个基本意图:首先,尽可能地躲避政治阴影,因为"东欧"这一概念确实是世界政治的产物。其次,表明他的文学渊源。这样,他便把自己纳入欧洲小说传统,便和穆齐尔、布罗赫、卡夫卡和贡布罗维奇等伟大的中欧文学大师处于同一片文学星空。《小说的艺术》便是昆德拉竭力捍卫自己艺术性的种种努力的结果。1992 年,《小说的艺术》的两个中文译本先后由作家出版社和三联书店出版。人们很快便在此书中发现了无数把打开昆德拉小说之门的钥匙。此书也自然而然地成了某种"昆德拉小说指南"。不少论文显然深受此书的影响和启发。

应该看到,《小说的艺术》在相当程度上是昆德拉提供给人们的"阅读指南",但在一定程度上也是他为读者套上的"阅读桎梏"。如何在深入阅读和理解的同时摆脱某些"桎梏",或者换句话说,如何真正用自己的目光来阅读和理解,便显得尤为重要。仵从巨、周国平、崔卫平等学者在此方面作出了一定的贡献。

尽管昆德拉一再试图撇清自己与政治的关系,仵从巨还是在《存在:昆德拉的出发与归宿》①一文中指出:政治与性爱可以看作昆德拉小说世界的两个入口。作者认为,在宽泛的意义上,政治可被视为公众生活,性爱则可被视为隐私生活。而这两者就已基本包含人的"存在"的基本事实和可能。昆德拉正是由此二门而入,对人的"存在"进行了深入而有价值的探索。周国平在细读《小说

---

① 仵从巨:《存在:昆德拉的出发与归宿》,《上海师范大学学报》(哲社版)1996(4)。

的艺术》后得出结论:昆德拉所谓的"存在的不可承受之轻"其含义与尼采的"上帝死了"命题一脉相承,即指人生根本价值的失落。在谈及媚俗时,作者认为:"当昆德拉谴责媚俗时,他主要还不是指那种制造大众文化消费品的畅销作家,而是指诸如阿波利奈尔、兰波、马雅可夫斯基、未来派、前卫派这样的响当当的现代派。"尽管我们不一定完全同意,但这不失为一种看法。崔卫平在《驳昆德拉》①一文中尖锐指出:昆德拉一再倡扬相对主义立场,但他的小说观念是否也有某种程度上的绝对主义之嫌?在几乎一边倒的"昆德拉热"中,这样的质问对于读书界有着警醒的意义。

昆德拉之所以吸引读者,除了他的思想智慧和评判锋芒,还有他独特的小说风格和魅力,而他的小说风格和魅力又和他的小说诗学有着直接的关联。于是,对昆德拉小说风格和小说诗学的研究始终是中国学人乐此不疲的事情。在另一篇论文《"存在"之思铸就的形式》②中,仵从巨充分肯定了昆德拉小说形式的独特性,认为"基本词的使用""复调式结构""小说的音乐性""幽默或喜剧色彩"等是昆德拉小说形式独特性的具体体现。李凤亮依据作家本人的认定,就昆德拉小说中的"复调"和"幽默"进行专题研究,先后发表《别无选择:诠释"昆德拉式的幽默"》③《大复调:理论与创作抉择超越的双重轨迹——论米兰·昆德拉对复调小说的承继与发展》④等系列论文,试图从系统分析昆德拉小说的形式原型入手把握昆德拉创作的实验性特征与复杂美学观念。作者认为:"幽默及笑剧特质显示出昆德拉小说的风格原型、语言特色,而复调特征则昭显了昆氏小说的架构原型、叙事模式,二者在昆德拉的诸部作品中各有表现,并以多种方式综合起来反映出小说形式表征的复杂性。"⑤此外,邹建的《人的可能性与文的可能性》⑥俞吾金、戴志祥的《铸造新的时代精神——米兰·昆德拉的话语世界》⑦,艾晓明的《昆德拉对存在疑问的深思》⑧,敬文东的《小说:对存在的勘探和对存在的编码——昆德拉小说理论管窥》⑨,涂险峰的《对话的可能性与

---

① 崔卫平:《驳昆德拉》,《文论报》1997年4月15日。
② 仵从巨:《"存在"之思铸就的形式》,《文艺研究》1996(3)。
③ 李凤亮:《别无选择:诠释"昆德拉式的幽默"》,《徐州师范学院学报》(哲社版)1994(1)。
④ 李凤亮:《大复调:理论与创作抉择超越的双重轨迹——论米兰·昆德拉对复调小说的承继与发展》,《国外文学》1995(3)。
⑤ 李凤亮:《接受昆德拉》,《国外文学》2001(2)。
⑥ 邹建:《人的可能性与文的可能性》,《文艺研究》1994(6)。
⑦ 俞吾金、戴志祥:《铸造新的时代精神——米兰·昆德拉的话语世界》,《复旦学报》(哲社版)1996(3)。
⑧ 艾晓明:《昆德拉对存在疑问的深思》,《二十世纪艺术精神》,黄卓越、叶廷芳主编,郑州:河南人民出版社,1992年。
⑨ 敬文东:《小说:对存在的勘探和对存在的编码——昆德拉小说理论管窥》,《小说评论》1997(2)。

不可能及复调小说》①等论文也为在整体上把握昆德拉小说提出了不少有价值的观点。

1999年,李凤亮、李艳编辑的《对话的灵光》(米兰·昆德拉研究资料辑要)由中国友谊出版公司出版。编者在长期跟踪和研究的基础上,对1986—1996年这十余年间的昆德拉研究作了细致的梳理和恰当的总结。昆德拉研究中涌现出的重要文章和资料基本上都被收入书中。此外,书中还附有详尽的昆德拉研究资料目录。无疑,此书既是十年昆德拉研究的总结,也为未来昆德拉研究提供了必要的帮助和有益的参考。在此意义上,两位年轻学子为昆德拉研究做了一件功德无量的事情。同样在此意义上,我们认为《对话的灵光》可以被看做中国昆德拉研究的分界点。

第二阶段(1999年至今)

从20世纪80年代后期到21世纪初,昆德拉的作品在中国不停地出版,大多数从英文转译,一直十分畅销,既为出版社带来了社会效益,也为出版社带来了经济效益。正因如此,市场上甚至出现了不少盗版书。同时也出现了译本混乱、译文质量参差不齐的现象。21世纪初,上海译文出版社同米兰·昆德拉达成协议,买下了昆德拉认可的所有作品的版权,并根据昆德拉本人的要求,组织人马,依据法国伽里玛出版社的法文版,重新翻译出版了昆德拉认可的所有作品。众多法语文学翻译家的参与,保证了译文的质量。2003年起,当这套"昆德拉作品系列"陆续出现在书店时,照样受到了热情的欢迎。可见中国读者对昆德拉的兴趣始终不减。

进入21世纪,昆德拉研究呈现出一些新的气象:研究队伍不断扩大;方法和角度更加丰富多样;研究课题进一步细化和深入;个人观点和见解更加鲜明;一些专著开始同读者见面。由于文本的广泛传播,一些作家、老师和学生以及其他领域的学者都对昆德拉表现出了研究的兴趣。不少学士、硕士和博士论文都是写昆德拉的。不少课题都以昆德拉为研究对象。这里当然不排除某些追赶潮流、追逐名利的成分。但我们还是读到了不少有见地、有分量的文章和著作。

当昆德拉研究进行到一定程度时,读者显然已不再满足于一般性介绍和解读,而更加看重独特的思想和见解。董强在《昆德拉的欧洲视野》②一文中认为:"在人们处于经济目的,纷纷开始致力于建设统一的欧洲之前,在今日的欧盟不断扩大,不得不将一些经济实力远不如自己,但文化上却不可置疑地属于

---

① 涂险峰:《对话的可能性与不可能及复调小说》,《外国文学评论》1999(2)。
② 董强:《昆德拉的欧洲视野》,《读书》2003(8)。

同一血脉的国家纳入自身之前,米兰·昆德拉是前瞻性地为欧洲文化提供整体视野的重要人物之一。而能以小说这一独特的文学体裁为经脉,将之与欧洲精神,乃至欧洲的'存在'紧紧地联系在一起的,惟有昆德拉一人。"作者还特别强调,昆德拉提供的是观点,是视野,而非理论。

涂险峰的《从昆德拉的"第二滴眼泪"到现代人的信仰姿态》①是 21 世纪昆德拉研究中一篇难得的优秀论文。作者从昆德拉笔下的"第二滴眼泪"现象说起,通过缜密的论证,得出结论:姿态性构成了现代信仰的基本逻辑和支撑策略。现代神学摈弃对于信仰对象的理性求证,仅以信仰者自身的信仰状态为依据,这不过是以信仰论证信仰、以姿态论证姿态的同义反复。因此,作者认为:现代信仰"本质上也是姿态性的,与昆德拉不无嘲讽地刻画出的形象具有内在精神上的一致性。因为在这种信仰话语中,不是由于信仰对象得到验证的存在属性值得我们信仰,而是我愿意信仰、已然无条件、全身心地投入这种信仰,这本身被当作这一对象值得信仰的见证。这种'为信仰而信仰'的追求与昆德拉笔下那为激情而激情、为了爱而爱、被自己的感动所感动的情感姿态如出一辙。现代信仰的策略及其姿态性大抵可以从昆德拉的'第二滴眼泪'现象所暗含的逻辑得到描述,从这一基本意识结构得以说明"。若没有开阔的视野、深厚的理论功底以及缜密的逻辑思维能力,是写不出这样的论文的。

任洪渊在《米兰·昆德拉的不朽:时间外的脸与超时间的姿势》②中以诗意的笔调阐释和解读了《不朽》中的几个关键形象,其中包括姿势。作者如此写道:"姿势。这是一个在告别中召唤和预约的姿势,一个转过身去眺望前面的姿势。她们挥手。触摸。抱吻。交媾。分娩。瞑目。……一个姿势就是人体的一组词语。你不妨累计一下,迄今为止的世界,词语比人少,姿势比人更少,换句话说,不是我们在使用姿势,而是姿势在使用我们,正像不是我们在使用语言,而是语言在使用我们一样。从安娜·卡列尼娜卧轨的姿势与包法利夫人服毒的姿势,娜塔莎飞月凌空的姿势与玛特儿吻别于连断头的姿势,查泰莱夫人丰乳的姿势与拉拉美臀的姿势,直到最近阿格尼丝转身挥手的姿势与她的妹妹劳拉两手从胸前一翻推向不可见的远方的姿势……姿势上演的人生。"显然,这已不仅仅是一种研究,更是一种诗意的对话和激发,充分显示出文学作品的力量。

任洪渊的文学随笔自然而然地让我们想到了加拿大文学评论家弗朗索瓦·里卡尔的著作《阿涅丝的最后一个下午》(袁筱一译,上海译文出版社,2005年)。这是一本文学评论作品,评论的是米兰·昆德拉的所有小说作品。作者

---

① 涂险峰:《从昆德拉的"第二滴眼泪"到现代人的信仰姿态》,《外国文学评论》2004(4)。
② 任洪渊:《米兰·昆德拉的不朽:时间外的脸与超时间的姿势》,《西部》2012(5)。

一开始就宣称:"这不是研究,甚至也许不是评论,而是一种思考——大概这才是这种不为人理解的艺术的名字。"作者还特别强调"内在的阅读":"一种在作品内部展开的阅读,这种阅读不会把作品看作它的'对象',而是将作品视为它的'所在',也就是说阅读作品的意识与作品已经不分彼此了。"我们之所以在此提及这本书,是因为里卡尔的不少思考,对于我们阅读和研究昆德拉,绝对富有启发意义。比如,他说:在某种意义上,"我们可以说昆德拉的小说是对荒芜的世界,或者更确切地说是对被遗弃的世界,也就是说对不断出现于流亡意识的世界的探索。"再比如,他说:"昆德拉的叙事非常欢迎'偶然'、'巧合',也就是因果关系的破裂和中断,同样,比起精心准备的'大场面',昆德拉的叙事更喜欢细节和插曲。"整部书中,这样的精彩论述比比皆是,而且都用特别文学的语言加以表述。因此,我们可以进一步说,这甚至不仅仅是思考,而是一位作家和另一位作家的对话。这样的对话当然需要对应的修养、境界和才华。此外,上海译文出版社出版的不少昆德拉作品中还附有里卡尔的单篇评论,起导读作用。因此,在中国昆德拉研究中,弗朗索瓦·里卡尔是个绕不过去的名字。

几乎一进入21世纪,中国学者们也开始先后推出自己有关昆德拉的专著或图书:李平、杨启宁的《米兰·昆德拉:错位人生》(四川人民出版社,2000年),彭少健的《诗意的冥思——米兰·昆德拉小说解读》(西泠出版社,2003年),高兴的《米兰·昆德拉传》(新世界出版社,2005年),仵从巨主编的《叩问存在》(华夏出版社,2005年),李凤亮的《诗·思·史:冲突与融合——米兰·昆德拉小说诗学引论》(商务印书馆出版,2006年),张红翠的《"流亡"与"回归"——论米兰·昆德拉小说叙事的内在结构与精神走向》(北京师范大学出版社,2011年)等等。其中,《米兰·昆德拉传》《诗·思·史:冲突与融合——米兰·昆德拉小说诗学引论》《叩问存在》和《"流亡"与"回归"——米兰·昆德拉小说叙事的内在结构与精神走向》有一定的代表性,也受到了更多的关注。

《米兰·昆德拉传》并不是严格意义上的传记,更多地算是一种文学评传。由于昆德拉严密封锁个人生活,因此,写昆德拉传几乎是件不可能的事。作者凭借多年积累,通过种种迂回路径,尽可能地贴近昆德拉的世界,大致勾勒出了他的人生轨迹,提出了一些自己的看法,同时还对西方语境中的昆德拉进行了一定的批判,力图让读者看到一个比较真实的昆德拉。书中有大量对昆德拉作品的分析和解读,兴许对读者理解昆德拉有一定的参考意义。

《叩问存在》汇集了十几位作家和学者的文章,全都围绕着昆德拉的世界。基本上都是文本解读,采用的都是随笔笔调,读来感性而亲切。昆德拉的几乎每部作品都有人论述。每位作者都有自己的理解和角度。一些作者还能结合中国现实来读昆德拉。这让我们看到了对昆德拉理解的多样性和丰富性。主编仵从巨特意说明:"这本书并不是编辑'成品'的集子,除其中一篇外,其他的文字都是围绕本书的主题专门撰写的。"因此,这本书有鲜明的编辑意图,可读性和整体感均很强。

《"流亡"与"回归":论米兰·昆德拉小说叙事的内在结构与精神走向》是作者的博士论文,探讨昆德拉叙事的内在结构与精神走向。作者选择"流亡"与"回归""断裂""肉身化"作为相互关联又相互独立的三条路线进入昆德拉的小说世界,试图梳理昆德拉小说世界的内在解构与整体形象,呈现"流亡"与"回归"、二元性与复杂性矛盾对昆德拉精神走向的内在限制,以及昆德拉叙事的最终走向。尽管书中的一些观点尚可商榷,但作者的探索精神十分可贵。

学术专著中,相对而言,《诗·思·史:冲突与融合——米兰·昆德拉小说诗学引论》最为引人注目,也最具有学术含量。作者李凤亮早在学生期间就将昆德拉确定为自己的研究对象,十多年坚持不懈,注重文本细读和资料积累,注重扩大自己的学术视野,注重系统性和规划性,取得了一系列的成果,目前已成为难得的昆德拉专家。蒋述卓称他为"关注昆德拉较早、追踪研究时间最长、研究成果最丰的青年学者之一",是十分恰当的评语。《诗·思·史:冲突与融合——米兰·昆德拉小说诗学引论》正是他十多年阅读和研究积累的产物。其中不少篇章在成书之前,已散见于各类报刊。不少观点和看法也经过作者不断的打磨、扩充和深化。作者明确表示:"由'诗'(形式分析)到'思'(意蕴分析)再入'史'(语境分析),这一'剥笋式'的解读潜藏着一种必然性的渐进式研究思路:先把握了昆德拉小说诗学的形式创造与审美结构,才能为其意蕴分析与思想透视提供一个稳固的艺术框架,由此更进一步去揭示现象背后的历史线索,并为昆德拉在小说史上定位,才显得更为必要而可能。"而要实现这样的研究思路和意图,就需要开阔的学术视野,扎实的理论功底,丰富的资料积累和缜密的论述能力。客观地说,作者基本上实现了自己的研究意图。在某种意义上,李凤亮的这部专著也可被视为中国昆德拉研究的一个初步总结。

结　语

昆德拉似乎能吸引各种类型、各种层次的读者,真正做到了雅俗共赏。仔细分析,主要有几个原因:一是相同的经历。昆德拉作品的时代背景中国读者太熟悉了,人物的经历我们也同样经历过。这极能引发我们的共鸣。二是作品的主题。昆德拉谈论的都是些人类生存的重大主题,比如永恒,比如轻与重,比如记忆和遗忘。这些主题实际上是人类共同的话题。中国读者也不例外。三是文学、政治和性的巧妙融合。应该说,政治和性永远都是畅销法宝。昆德拉是位有智慧的作家,他将文学、政治和性融为一体,而重心又落在了文学。这样就有可能让不同的读者从不同的角度去读他的作品。而中国作家对昆德拉表现出异乎寻常的兴致,是因为昆德拉将现实提升到文学和哲学高度的智慧,实在值得学习和借鉴。

二十多年来,中国昆德拉研究取得了不小的进步,但也依然存在不少问题和缺憾。归纳起来,大约有以下几点:一、研究队伍极不稳定,长期关注和研究者寥若晨星;二、论文和著作中,一般性和空泛性评述和低层次重复过多,创见极少,深入不够,有些甚至存在有意或无意抄袭现象;三、由于昆德拉是热门作家,一些评论文章和研究课题有盲目跟风现象,有些图书甚至有明显的逐利倾向,并非出于真正的学术热情;四、随着昆德拉《小说的艺术》《被叛卖的遗嘱》《邂逅》等几部文学随笔集的被译介,出现了不少用昆德拉来解读昆德拉,也就是被昆德拉牵着走的所谓学术文章;五、总体上来看,绝大多数研究者还缺乏必要的学术视野、文学敏感和理论功底。而这恐怕正是中国昆德拉研究中普遍存在的最严峻的问题。

昆德拉研究依然在继续,而且研究队伍越来越大。但愿学术含量也会越来越高。如今,我们终于可以不受意识形态的牵制和干扰,能冷静地,客观地,完全从文学、从艺术、从学术的角度来研究和看待一个作家了。文学研究回到了它的根本。这是时代的进步。

第三节　马尔克斯小说研究

哥伦比亚作家加夫列尔·加西亚·马尔克斯(Gabriel García Márquez,1927—　)是拉丁美洲"文学爆炸"期间最引人注目的作家之一和魔幻现实主义文学的杰出代表。在新中国成立前的现代文学时期,我国对拉美文学有零星介绍(涉及智利、阿根廷、古巴、巴西等国的作家作品),但尚无马尔克斯的相关介绍,因为当时马尔克斯尚未走入文学视界:马尔克斯出生于 20 世纪 20 年代末,1947 年才公开发表第一篇小说。此时的马尔克斯显然无法进入人们的文学研究视野。

新中国成立之后的前 17 年(1949—1966),由于身份认同与政治意识形态等方面的原因,我国对拉丁美洲文学的关注有所增强,但在选择拉丁美洲文学作为外国文学方面的译介、研究对象时,多考虑作家的政治身份、对华态度和作品的政治倾向,关注较多的拉美作家(含诗人)主要有聂鲁达、何塞·马蒂、纪廉、亚马多等,由于对马尔克斯及其政治立场不了解,学界对他基本上没有任何介绍与研究。

"文化大革命"十年(1966—1976),由于我国正处于政治动荡和文化禁锢严重的时期,学界没能对马尔克斯作译介与研究。虽然当时马尔克斯在小说创作上已成绩斐然,走向成熟,并在世界文坛享有一定声誉,但我们对马尔克斯的译介与研究依然是一片空白。直到"文化大革命"结束后,我国才开始引介、研究马尔克斯的小说。

一、早期马尔克斯小说研究(1977—1985)

中国对马尔克斯小说的最早文字介绍,可追溯到 1977 年。1977 年初,《世界文学》杂志第一期在"世界文学动态"一栏中,介绍了马尔克斯问世于 70 年代的小说代表作《家长的没落》,全文如下:"哥伦比亚加夫列尔·加西亚·马尔盖斯的《家长的没落》。作品描述了一个在虚构的南美国家的虚构的独裁统治者。马尔盖斯是近年来在哥伦比亚名噪一时的作家。"全文除了标题以外,只有两句话,虽然文字极其简略,但人们从中可获取到关于马尔克斯及其小说的一些信息。这是内地最早涉及加西亚·马尔克斯及其小说的文字介绍。随后,对马尔克斯小说的研究逐步展开。

早期的马尔克斯小说研究以单篇文章为主,少有研究专著。

第一篇专门评介马尔克斯及其小说的文章是林旸 1979 年发表于《外国文学动态》的《哥伦比亚魔幻现实主义作家加西亚·马尔盖斯及其新作〈家长的没落〉》,这篇文章主要谈及魔幻现实主义的定义、马尔克斯的生平与创作、《家长的没落》的故事梗概,并简要介绍了《家长的没落》的"三大特点",一是结构奇特,二是文字口语化,三是情节离奇。这篇文章对于我国读者初步了解马尔克斯其人其作较有帮助。

1979 年 10 月,中国西班牙、葡萄牙、拉丁美洲文学研究会在南京宣告成立,为马尔克斯小说研究奠定了组织与人力基础。陈光孚、段若川、尹承东、朱景冬、赵德明、陈众议、林一安等学者相继投入马尔克斯小说研究。主要研究文章有陈光孚的《"魔幻现实主义"评介》(1980)、陈众议的《七十年代拉丁美洲三部重要的反独裁小说》(1983)、林一安的《拉丁美洲的魔幻现实主义及其代表作〈百年孤独〉》(1982)、孙家堃的《〈百年孤独〉艺术手法分析》(1982)等等,这些文章重点关注的马尔克斯小说主要是《百年孤独》与《家长的没落》,其中对《百年孤独》的分析尤其全面,从主题内容,到人物描写、创作手法,到叙事角度等都有解析。

1984 年,张国培编选的《加西亚·马尔克斯研究资料》(南开大学出版社)问世,这是国内第一部关于马尔克斯的资料汇编式研究成果,收录了 1979—1983 年间国内外有关马尔克斯的研究文章和资料 34 篇/则,包括"作者""评论""谈自己""魔幻现实主义""影响"五个部分,从不同角度对加西亚·马尔克斯的生平、创作道路及其 1983 年前各个时期主要作品的内容及意义,对他的艺术表现方法及影响等,都作了评述。

总的说来,早期的马尔克斯小说研究还处在"引介"的层面,且受政治意识形态的影响较大,注重对马尔克斯小说进步思想的发掘与认定,充分肯定《百年孤独》《家长的没落》等小说的"反帝国主义和反封建的积极意义",指出其"揭露独裁者的面目,反对帝国主义侵略,抨击时政的流弊"的进步性。对于马尔克斯小说的创作手法与艺术特征,研究者则多用传统现实主义理论的评价标尺去作定位与讨论,比如认为马尔克斯的小说创作属于"现实主义"的范畴,但常常借助幻想、想象和奇异事物来曲折地反映现实等等。

早期的马尔克斯小说研究多少显得有些寂寥,也有时代局限,但却有奠定马尔克斯研究基础的作用。

二、马尔克斯小说研究的成熟期(1986—2010)

80年代中期以后,由于国内思想、政治环境的大改善,西方文艺理论和批评方法的大量引进,为国内马尔克斯小说研究思想与方法的解放提供了良好的理论支撑和现实动力,使1985年后的马尔克斯小说研究突破了以往的单一化和表面化,研究视野得到前所未有的拓展,研究方法有所更新,出现了多学科、多方法、多视角的研究,原有的社会历史批评摆脱了简单化和教条化,文化学、心理学、比较文学、符号学、神话学等理论和方法得到运用,曾经的关注重点中,主题、人物形象、文化渊源、手法特征等研究得到深化,中国学术界对马尔克斯小说的研究由此迈入了成熟期。

这一时期,形成了系统研究和微观探析双管齐下的研究态势,多种研究范式如影响研究和平行研究并驾齐驱,研究成果既有分量与质量兼备的专著,又有数量可观、方法多样、话题广泛、学理性突出的研究论文,研究队伍也实力强劲,拉美文学专家、外国文学研究者是研究骨干,也有具备比较文学和外国文学知识背景的中国文学研究者,投入到马尔克斯研究行列中来,马尔克斯研究已形成全新的格局。

1. 马尔克斯小说研究著作

1986年以来到新千年初期,中国的马尔克斯研究专著有十余部,虽然在总体数量上不及美国,但远远超过了其他欧美国家。主要有两大类:

一类是把马尔克斯小说纳入魔幻现实主义文学流派中来加以考察,如陈光孚的《魔幻现实主义》(花城出版社,1986年)、陈众议的《拉美当代小说流派》(社会科学文献出版社,1995年)、《魔幻现实主义》(辽宁大学出版社,2001年),或者是以马尔克斯为传主的传记类著作如陈众议的《魔幻现实主义大师——加西亚·马尔克斯》(黄河文艺出版社,1988年)和《加西亚·马尔克斯评传》(浙江文艺出版社,1999年),张志强的《世纪的孤独:马尔克斯与〈百年孤独〉》(海南出版社,1993年),任芳萍的《马尔克斯》(海天出版社,1998年),于凤川的《马尔克斯》(辽海出版社,1998年),朱景冬的《马尔克斯:魔幻现实主义巨擘》(长春出版社,1995年)等等。

这些著作虽然不是专论马尔克斯小说的著作,但对马尔克斯的小说创作历程有清晰的描述,对其各时期的小说代表作多有评说,其中,陈众议的《魔幻现实主义大师——加西亚·马尔克斯》是中国内地第一部马尔克斯传记,比起拉美作家达索·萨尔迪瓦尔所写的马尔克斯传记的问世时间,早将近十年。其后推出的《加西亚·马尔克斯评传》也颇有特色,该作借用古希腊神话中对人类文明史进行划分的几个概念如"青铜时代""黑铁时代""黄金时代""白银时代"等来划分和定位马尔克斯不同时期的经历和创作,勾勒出马尔克斯从出生到20世纪90年代的生活与文学创作历程。尤其值得注意的是,该书对《百年孤独》等魔幻现实主义小说的"神话——原型模式"的分析论说极富新意,指出了《百年孤独》以《圣经》为原型的象征体系及其对神话母题的显现,还有马尔克斯作品对死亡、预兆、巫术等原型性主题的表现,对水、血等原型性象征物的使用等等[1],这一观点迄今在国内尚未有出其右者,国外也很少有学者从这一角度去阐释马尔克斯。在马尔克斯研究重镇美国,虽然90年代偶有文章用"原型"方法解读《百年孤独》,但尚无系统的理论支撑和全面深入的讨论,直到2006年,才真正出现运用荣格、列维—斯特劳斯及神话学家坎贝尔等人的"神话—原型"批评理论来阐释马尔克斯小说的文章,如伯恩斯坦·哈蒂的《唤醒沉睡的梦想:神话和原型对马尔克斯两部作品的启发》[2],但该文论者并没意识到"神话—原型"的特征是马尔克斯众多小说所共有的特征,也没发现它亦是拉美魔幻现实主义文学作品的一大共性特征,从这个意义上说,陈众议发人之所未发,其提出的观点是对魔幻现实主义研究和马尔克斯研究的一大贡献。

另一类是研究资料汇编和以马尔克斯小说为研究核心的著作,林一安的《加西亚·马尔克斯研究》(1993)与许志强的《马孔多神话与魔幻现实主义》(中国社会科学出版社,2009年)较有代表性。

林一安的《加西亚·马尔克斯研究》,是继1984年张国培编选的《加西亚·马尔克斯研究资料》之后,国内又一部具有代表性的马尔克斯研究资料汇编,该书超越张国培编选的《加西亚·马尔克斯研究资料》之处在于:大力引进国外研究成果,在收录的21篇资料及评论中,除了林一安的"马尔克斯小传"和"马尔克斯年表"外,全是来自马尔克斯本人和拉美、美国、英国、西班牙、意大利等国的研究资料和文章(全部译成了中文)。该书内容分为三个部分:一是作家生平事迹介绍,二是作家的文学创作和文学主张,三是作品评析。第三部分的作品

---

[1] 参见陈众议:《加西亚·马尔克斯评传》,杭州:浙江文艺出版社,1999年,第199—208页。
[2] Hattie Bernstein, *Waking to the Dream: How Myth and Archetype Inspire and Inform Two Works by Gabriel Garcia Marquez*, Carson, CA: California State University, Dominguez Hills, 2006.

评析收有美国、英国、意大利及哥伦比亚等国研究者的文章八篇,这些文章对马尔克斯小说的阐释解读具体深入,为我们的研究提供了参考,对我们了解国外的马尔克斯小说研究的视角与观点也有一定帮助。

许志强的《马孔多神话与魔幻现实主义》则是新近出版的一部马尔克斯研究专著。本书以马尔克斯的"马孔多系列小说"为主要研究对象,囊括《死亡三叹》到《百年孤独》为止的第一周期三个阶段的创作,并探讨"爆炸文学"的创作成因、魔幻现实主义的形成和演变。其内容既包含单个作品主题和形式的研究,也包含理论和文化意识形态方面所涉及的现代主义、巴罗克主义、魔幻现实主义、后现代主义等创作倾向的阐释,在一定程度上深化了马尔克斯研究。

2. 微观探析:异彩纷呈的研究论文

在80年代中期以来的马尔克斯小说研究中,不仅有专著构成研究的柱石,而且在微观探析方面,也出现了众多以文本解读为核心的研究论文。与新时期初期那些笼统介绍和知识普及式的研究文章相比,这一时期的研究文章更富学理性,有着多样化的研究话题与理论视野。涉及马尔克斯小说的热门话题有:马尔克斯小说创作的魔幻特征、文化意蕴、爱情描写、主题内涵及艺术手法等等。关注密度最高的小说是《百年孤独》,其次是《巨翅老人》《霍乱时期的爱情》《一桩事先张扬的凶杀案》等小说。从数量众多的论文可以发现,这一时期学术界对马尔克斯小说的探讨步入了一个更为深刻丰富、更具学理性与创新性的阶段。

首先,论者不再仅仅满足于对马尔克斯小说作一般性分析,而是引入存在主义、叙事学、原型批评、后殖民主义、文化学、后现代主义、阐释学、解构主义、符号学、接受学等多样化的视角与理论工具探讨其作品的丰厚意蕴与艺术价值,呈现出阐释的新颖性和对马尔克斯小说研究的深化。其中较有特色的文章如:陈煜《现代神话:〈百年孤独〉的存在主义》(《绥化师专学报》1995年第5期),揭示了"孤独"蕴涵的存在主义哲学;黄俊祥的《简论〈百年孤独〉的跨文化风骨》(《国外文学》2002年第1期),从跨文化的角度来研究《百年孤独》,从《百年孤独》中解析出了各种文化的基因,包括古今拉美文化、欧洲文化、亚洲文化和非洲文化的因子,给人以新颖之感;韩辉的《〈一桩事先张扬的凶杀案〉的叙述学解读》(《外国文学研究》2002年第4期),运用热奈特叙述学理论,从时距、话语叙事、叙述层、聚焦和叙述者五个方面入手,探讨《一桩事先张扬的凶杀案》的"叙述行动";陈众议的《全球化?本土化?——20世纪拉美文学的二重选择》(《外国文学研究》2003年第1期)则注意到了马尔克斯魔幻现实主义的后殖民主义文学特质;张金蕾、黄汉平的《宗教殖民:〈百年孤独〉宗教意识的解读》(《辽宁师范大学学报(社会科学版)》2005年第2期),则以宗教为着眼点,立足于《百年孤独》,考查宗教殖民主义文化在拉丁美洲的渗透与接受,揭示拉丁美洲文化的独特性，重审马尔克斯的文化批判立场；张慧云的《痴情？滥情？——以弗洛伊德的人格论分析〈霍乱时期的爱情〉》(《名作欣赏》2006年第22期)，用弗洛伊德的本我、自我、超我理论来解读男主人公阿里萨的人格特征，认为：在本我和超我的作用下，他徘徊在滥情和痴情的两个极端；刘小波的《"主试"与"被试"——马尔克斯〈巨翅老人〉叙事结构分析》(《河北师范大学学报(哲学社会科学版)》2008年第3期)，以叙事结构为关注点，引入实验心理学的"主试"与"被试"概念来研究《巨翅老人》，认为小说中叙述者、巨翅老人与众人之间的关系可比喻为实验心理学中主试、实验设计与被试之间的关系。巨翅老人与蜘蛛女孩是自变量，在叙事结构中地位十分重要，但却不是作家要表现的主要对象，被试众人的因变量才是作家要观照、反映的主要对象，被试才是主要的角色；曾利君的《论〈百年孤独〉的中国化阐释》(《西南大学学报》2009年第2期)则从接受学理论与视角出发，探讨了《百年孤独》在中国的接受传播机制，认为，在特定的时代语境中，中国学界对《百年孤独》的意识形态化、审美经典化与功利价值化不仅完成了《百年孤独》的中国化阐释过程，也使得《百年孤独》在中国的跨文化接受与传播得以成功实现。张道振的《〈百年孤独〉中母题成分的功能解读》(《名作欣赏》2009年第4期)从《百年孤独》的母题成分入手，分析了它们对小说主题的表现功能以及对小说在时间和空间叙事中的架构功能。指出，通过对母题成分的经营，作者向我们传达了现实和梦幻的相通性，过去、现在和将来的不可分割性，以及阅读和语言的诡异魔力。这些文章为马尔克斯小说研究提供了新的思路与视角。

其次，平行研究与影响研究在这一时期并驾齐驱，成为马尔克斯小说研究的重要范式。中国学界常常在比较视阈中，运用平行研究与影响研究的方法来展开马尔克斯小说研究，以彰显马尔克斯小说创作与世界文学的广泛联系或异曲同工之妙，并在对比分析中探索发掘其共通性和异质性的特征。

一是将马尔克斯及作品置于世界文学范围内，将其与拉丁美洲其他国家、非洲和欧美等国的作家作品或者其他经典文本进行比较考察，如将《百年孤独》与厄瓜多尔作家何塞·德·拉瓜德拉的小说《桑古里马家族》比较，与埃及当代小说家纳吉布·马哈福兹后期的"得意之作"《平民史诗》比较，与美国黑人作家托妮·莫里森的小说《所罗门之歌》作比较，与布尔加科夫的《大师和玛格丽特》作比较，与卡夫卡、福克纳、哈代等作家的小说作比较等等，探讨《百年孤独》与世界经典小说在思想蕴涵、民族特色及其表现手法等方面的相似相异之处。

二是将马尔克斯小说与中国古代或当代的小说联系起来作对照分析，如将马尔克斯小说与《红楼梦》和《聊斋志异》等中国优秀古典小说作比较，采用平行研究的范式，来探究《红楼梦》与《百年孤独》在历史意识、家族叙事、时空建构、现实与虚幻、命定思想和预言现象、女性形象和情爱描写等方面的异同，或论说

《聊斋志异》与《百年孤独》在反映社会现实、揭露社会黑暗腐朽的主题上，及其鬼魂描写、变形、预言和预兆、艺术夸张等手法方面的异曲同工之妙，说明中国古代文学作品中也有类似《百年孤独》的魔幻因子；或者将马尔克斯小说与中国当代小说如《小鲍庄》《白鹿原》《尘埃落定》《废都》《水乳大地》等进行比较，采用影响研究的范式，来探讨马贡多和小鲍庄这两个村庄的"百年"历史及其深刻寓意，或分析《白鹿原》与《百年孤独》在孤独主题、文化视野、民族史、魔幻手法方面的异同，或观照《尘埃落定》和《百年孤独》在思想蕴涵、民族特色和结构方式方面的特征，或比较《废都》和《百年孤独》对"孤独"感和"失落"感的宣泄，对"魔幻"艺术氛围的营造，或剖析《九月寓言》与《百年孤独》二作中的新旧文明冲突的主题，或论说《水乳大地》在涉猎的领域、思想内涵、魔幻神奇、抒情浪漫的工夫、史诗的气氛、时间空间结构等方面对《百年孤独》的超越等等，既阐明马尔克斯对中国当代作家的创作影响和启迪，也揭示出中国当代文学魔幻写作的本土化特征。

三是探讨马尔克斯所受到的其他作家的影响和马尔克斯对中国作家和文学创作现象的影响。马尔克斯善于广采博览、吸纳他人的创作经验，接受前辈或同时代文学大师的影响，与此同时，他本人也对世界各国的作家尤其是中国作家产生了广泛的影响。在国内80年代末期以来的马尔克斯研究中，有不少专门着眼于影响渊源关系来展开研究的论文，大致可以分为以下两大类：

一类是探讨马尔克斯所受到的其他作家的影响。研究者认为，马尔克斯是一位善于学习借鉴他人的作家，美国的福克纳、海明威，墨西哥的鲁尔福以及奥地利的卡夫卡等作家都曾是他学习的对象，也不同程度地对他产生了影响，这方面的研究文章主要有黎明、刘静等的《论福克纳对马尔克斯创作的影响》(《重庆师专学报》2001年第1期)，余华的《胡安·鲁尔福》[①]，黄涛梅的《他山之石，可以攻玉——论加西亚·马尔克斯对西方艺术大师的借鉴》(《陇东学院学报(社会科学版)》2006年第1期)等。

一类是考察马尔克斯对中国作家和文学创作的影响，如丁晓禾的《加西亚·马尔克斯：魅力的爆炸》(《世界文学》1986年第5期)，谈论马尔克斯对我国创作界的影响；陈春生的《在灼热的高炉里锻造——略论莫言对福克纳和马尔克斯的借鉴吸收》(《外国文学研究》1998年第3期)认为，莫言的全部小说中，既有福克纳式的内心独白、梦境幻觉，又有马尔克斯式的象征、隐喻，充分体现了其共融性特质；沈琳的《试析加西亚·马尔克斯对贾平凹创作的影响》(《外国文学研究》1999年第3期)则主要论述了马尔克斯对贾平凹创作的影响，认为这一影响主要表现在其魔幻现实主义创作观和创作个性上，并分析了这种影响产生的原因，即内在条件、外在动力和社会基础，对论题作出了较有学理性的

---

① 载余华：《温暖和百感交集的旅程》，上海：上海文艺出版社，2004年。

探讨;彭文忠的《〈百年孤独〉与中国新时期以来文学的魔幻叙事》(《文史博览》2006年第2期)认为,《百年孤独》的魔幻现实主义创作在中国新时期以来的作家中引发了魔幻叙事的热潮,从形似到神似,再到"离形得似",拉美魔幻现实主义在中国逐步本土化,并渐入佳境;赵岳的《试探马尔克斯对陈染的影响》(《科教文汇(上旬刊)》2008年第9期)则考察了中国新时期的女性文学的代表作家陈染所受到的马尔克斯的影响,认为这种影响集中表现在马尔克斯神秘主义和孤独感的启迪。

以上研究专著与研究论文,充分显示了内地学界在马尔克斯小说研究上的成就与研究特征。

总结与前瞻

在三十多年的马尔克斯小说研究历程中,中国学界取得了重要的成就,从目前的研究现状来看,众多的研究已经覆盖了那些显而易见的方面,诸如作品的主题、形象、结构、手法、叙事特征、异同比较、影响渊源等等。但也存在一些薄弱环节和值得警惕的问题,与欧美学界的研究相比,也还有一定差距,在将来的马尔克斯研究中,我们还需要强化薄弱环节的研究,警惕研究偏颇,并找寻新的研究生长点。

薄弱环节之一,是对马尔克斯小说的跨学科研究。马尔克斯小说有着丰富的内涵,为我们从哲学、历史、语言学、医学、教育学等跨学科角度切入研究提供了可能,目前欧美学界在马尔克斯小说的跨学科研究方面已积累了一定成果,如《新世界小说的气味:福克纳和加西亚·马尔克斯嗅觉语言的解释》[1]《加夫列尔·加西亚·马尔克斯的〈预知死亡纪事〉与(西班牙作家)米格尔·德利贝斯的〈与马里奥在一起的五小时〉的动词统计研究》[2]《绘画文学:陀斯妥耶夫斯基、卡夫卡、皮兰德娄和加西亚·马尔克斯的生活色彩》[3]《"遗忘的流沙":〈百年孤独〉中的语义性痴呆》[4]《文学与医学:加西亚·马尔克斯的〈霍乱时期的

---

[1] Terri Smith Ruckel, *The Scent of a New World Novel: Translating the Olfactory Language of Faulkner and Garcia Marquez*, PhD Dissertation, Louisiana State University and Agricultural & Mechanical College, 2006.

[2] Lucia Lobo Iglesias, *A Computational Study of the Verb in "Cronica de una muerte anunciada" by Gabriel Garcia Marquez and "Cinco horas con Mario" by Miguel Delibes*, PhD Dissertation, The Catholic University of America, 1988.

[3] Constance A. Pedoto, *Painting Literature: Dostoevsky, Kafka, Pirandello, and Garcia Marquez in Living Color*, Lanham, Maryland: University Press of America, 1993.

[4] Katya Rascovsky, Matthew E. Growdon, Isela R. Pardo, Scott Grossman, and Bruce L. Miller, "'The Quicksand of Forgetfulness': Semantic Dementia in *One Hundred Years of Solitude*," *Brain* 132.9 (2009), pp. 2609-2616.

爱情〉》①等等。这些论文与著作将马尔克斯小说与语言学、绘画、医学等领域的问题联系起来,进行跨学科研究,是极为新颖的。这些研究角度也是中国研究者较少涉及的,在这些方面我们需要努力投入,填补研究空白,拓展马尔克斯研究空间。

薄弱环节之二,是对马尔克斯短篇小说的研究。中国学界对马尔克斯的中、长篇小说关注较多。长篇小说方面,从《百年孤独》《家长的没落》《迷宫中的将军》《霍乱时期的爱情》,到 2004 年问世的《苦妓追忆录》,均有论者专门撰文展开探讨,其中对《百年孤独》的阐释尤其繁复,1979—2010 年,相关论文竟达三百余篇。中篇小说方面,无论是《一件事先张扬的凶杀案》《没有人给他写信的上校》,还是《爱情与其他魔鬼》,都有论文进行评析。而马尔克斯短篇小说的研究则相对显得寂寥。自登上文坛以来,马尔克斯创作的短篇小说约有 36 篇。但学界除了对其中几个短篇如《巨翅老人》《世界上最漂亮的溺水者》《纯真的埃伦蒂拉与残忍的祖母》有所关注外,对其他短篇小说则有所冷落。就其短篇小说创作展开总体探讨的论文更是寥寥无几,仅有朱景冬的《加西亚·马尔克斯的短篇小说创作》(《外国文学》1987 年第 1 期)与《奇异的艺术世界——加西亚·马尔克斯的新作〈十二篇异国旅行的故事〉》(《外国文学动态》1994 年第 3 期)。在马尔克斯短篇小说研究领域,这两篇文章显得弥足珍贵,但也有明显欠缺:它们明显偏重于马尔克斯短篇小说思想内容的介绍,而对其带有普遍性的艺术特征则挖掘、分析不够,在思考的深度上也有待推进。基于此,需要强化马尔克斯短篇小说的研究。

此外,值得警惕的一大研究倾向,是对马尔克斯小说作意识形态化阐释。这里所谓的意识形态化,指的是从政治意识形态角度强调和挖掘其小说的政治进步性,肯定作者为我们所认同的政治立场与倾向。比如中国学者在论说《百年孤独》《家长的没落》等作品时,总是有意无意地声明其思想内容的政治倾向性和"反帝、反封建、反殖民、反独裁"的进步色彩,还过多地考虑作者的政治热情和左翼背景。对马尔克斯小说的政治意识形态化理解和阐释虽然有助于马尔克斯小说获得异域中国价值系统的肯定,为马尔克斯小说在中国的接受、传播找到合法性,但不免带有一定程度的政治性误读的成分,一味强调马尔克斯小说在政治方面的价值和效用,忽略其审美价值和特征,也是不妥的,毕竟文学作品不是政治宣教的工具。

值得警惕的又一问题,是现有研究缺少独特而有新意的话题。中国学界的马尔克斯小说研究虽然话题丰富多样,但多流于一般,缺乏独特性与新颖性。

---

① Anne Hudson Jones, "Literature and Medicine: Garcia Marquez' *Love in the Time of Cholera*," *The Lancet* 350.9085 (1997), pp. 1169—1172.

相比之下,欧美研究界对马尔克斯小说的探讨涉及很多新鲜的话题,如马尔克斯小说中的动物及其隐含意义,女性形象的文本功能,《百年孤独》的多种阅读模式,"孤独者"形象的发展演变,马尔克斯经历体验在小说中的复现,布恩迪亚家族成员的生命本能与道德困境,马尔克斯小说的"殖民史书写"等等,这些话题对马尔克斯小说创作的研究阐发可谓别出心裁。基于此,中国研究界需要更新研究话题,刷新研究思路,激发研究活力,以有效推进马尔克斯小说研究。

第四节 博尔赫斯小说研究

豪尔赫·路易斯·博尔赫斯(Jorge Luis Borges,1899—1986)是著名阿根廷作家。他作为一个小说家的声誉高于其作为一个诗人的声誉,而且20世纪后半叶以来,他在欧美的声誉甚至高出了其在拉丁美洲的声誉。在其祖国阿根廷之外最先关注博尔赫斯的是法国读者。法国于战后开始翻译博尔赫斯的作品,差不多同时,美国学术界也开始注意到他。意大利于1954年首先翻译他的短篇小说集《阿莱夫》,他的几篇小说也被翻为德文。到了1957年,法国的伽利马出版社(Gallimary)已经出版了不少博尔赫斯作品的译本。他于1961年获得法国的福门托奖(Prix Formentor)。从此以后,博尔赫斯名声大振。在美国,对博尔赫斯的关注始于一些小说家的追捧。最著名的是约翰·巴斯于1967年发表的《文学的枯竭》(*The Literature of Exhaustion*),加上约翰·厄普代克等人的赞誉,博尔赫斯很快成为在美国最受关注的拉丁美洲作家。博尔赫斯在世界范围内的声誉很大程度上与其在美国备受关注有关。而在拉丁美洲本土,或许因为在文学代际上晚于博尔赫斯的"文学爆炸"一代过于引人注目,直到1986年博尔赫斯去世,他的文学成就才在拉美文学界获得极高的评价,尽管此前他也一直被视为西语美洲"先锋派"的当仁不让的代表作家。

中国与世界范围内的"博尔赫斯热"正式接轨,在时间上要晚于欧洲和北美,但与博尔赫斯去世后在拉丁美洲本土被"超级经典化"的节奏基本同步。自20世纪70年代末开始,博尔赫斯逐渐成为国内文学研究界的热门话题,并且在此之后不断升温。进入20世纪90年代之后,虽然拉丁美洲文学在中国不再受到像80年代那样的普遍重视,但博尔赫斯却一枝独秀,不仅其作品全集得以问世,对其作品的研究和讨论也从未停止过。在中国拉丁美洲文学研究的历史上,大概还没有哪一位作家可以像博尔赫斯那样持续受到如此多的关注。

总体来看,新中国对博尔赫斯作品的研究大致可分为20世纪50—80年代中期、80年代中期至90年代后期、90年代后期至21世纪这三个阶段:第一个阶段基本处于译介的发端期,对博尔赫斯的初步研究也停留在标签化、类别化和意识形态解读化的阶段,在第二个阶段,随着对博尔赫斯小说译介的深入化,参与博尔赫斯研究的人也扩大到西语文学研究界之外,关注的焦点主要是他的文学技巧,第三个阶段出现了细化、多元化的博尔赫斯研究,理论参照系和问题意识发生了不小的变化。

一、20世纪50—80年代中期:零星的翻译介绍和意识形态的片面解读

国内对博尔赫斯最早的引述大概出自学者钱锺书。在修订其最初写于40年代的旧文《中国诗与中国画》的注释中,钱锺书曾引述并调侃了博尔赫斯"事实上,每个作家都创造他的先驱者"的著名观点。修订后的文章出版于1979年,但修订时间不可考。

确切可考的最早论述是,1961年博尔赫斯获得福门托奖时,《世界文学》杂志上出现了对其作品的简短评介,当时用的译名是"波尔赫斯"。"文化大革命"后期,《外国文学情况》(内刊)两次偶然提到博尔赫斯,均称之为"自由主义右派"。直到1979年,国内才开始陆续发表其作品的中译。

但一直到80年代中期,对博尔赫斯的翻译基本停留在一些有限的短篇小说篇目上。在1979年第1期的《外国文艺》上刊登了由王央乐译的博尔赫斯短篇小说选,一共有四篇,分别是《交叉小径的花园》《南方》《马可福音》和《一个无可奈何的奇迹》。这是国内最早的对博尔赫斯作品的翻译。随后1981年第6期的《世界文学》、1983年第1期的《当代外国文学》、1985年第5期的《外国文学》上都陆续刊登了王永年、陈凯先等人对博尔赫斯作品的翻译和介绍。在此期间,《外国文学动态》等杂志又刊登了有关博尔赫斯的动态报道六则,主要谈及当时诺贝尔文学奖未授予博尔赫斯所出现的一些争议。1983年上海译文出版社出版了由王央乐翻译的《博尔赫斯短篇小说集》。此外,1985年出版的由吴守琳编著的《拉丁美洲文学简史》中,第二十五章专门介绍了博尔赫斯。

总体来看,这一时期对博尔赫斯的接受主要局限于西班牙语学者内部,而且主要以小说为主。这些文章对其生平叙述较为简略,并且普遍将之视为与西方现代派关系密切的一位作家。但也许受到国外学界的影响,在国内学者的介绍中对博尔赫斯的归类非常混乱。最为普遍的就是将博尔赫斯与拉丁美洲魔幻现实主义文学混为一谈,甚至认为是博尔赫斯影响了拉美魔幻现实主义文学。对博尔赫斯究竟归为"极端主义""宇宙主义"还是"卡夫卡式的幻想主义"也没有明确的分析说明。而且,这一混乱一直到80年代中期甚至90年代仍旧存在。国内西班牙语学者陈光孚在1985年第5期的《外国文学》上发表文章《对博尔赫斯创作的解析》,指出学界对博尔赫斯归类的争论,这可能是国内最早指出这一问题的文章。

而这一时期对博尔赫斯作品的研究主要停留在粗略的归类分析和片面的

解读层面上。比如王央乐将其创作特点概括为"题材的幻想性,主题的哲理性,手法的荒诞性,语言的反复性"①。吴守琳将其作品归为三个大类"唯美主义作品""杜撰虚构短篇小说"和"新型侦探小说"。② 多数学者持马克思主义文艺观,在肯定其作品创造性的同时,指出其作品消极、虚幻的一面。译者王央乐赞同对其作品"自相矛盾","把人类写的毫无价值"③的评论。何榕认为其作品"反映了资本主义社会的人们对现实莫衷一是、悲观失望而又无可奈何的复杂心理"④。陈光孚认为其作品没有从"社会原因"的角度对人物进行挖掘,忽略了这些人"阶级反抗"的一面。⑤ 译者王永年则从另一角度出发,通过极力主张其作品的"理智""冷静"、无"个人主观的悲喜爱恶"来肯定其研究价值。⑥ 由于资料的局限和彼时尚未式微的苏式社会意识形态批评的影响,这些解读非常有限和片面,但也部分揭示了其创作技巧和手法,这与当时的历史语境有关。由于"现实主义"这一话题在80年代之初的敏感性,整个学界对拉美魔幻现实主义文学接受持谨慎态度,作为一直被视为拉美魔幻现实主义文学"鼻祖"的博尔赫斯,其译介和研究自然在80年代初受到阻碍。这一局面直到1982年哥伦比亚作家加西亚·马尔克斯获得诺贝尔文学奖之后才逐渐被打破。

二、20世纪80年代中期至90年代后期:译介的扩大和文学技巧层面的吸收

从80年代中期到90年代末,博尔赫斯在中国的影响与日俱增。虽然进入90年代之后,由于知识界开始回避激进的社会批判话题、对魔幻现实主义的过度吸收导致"审美疲劳"等原因造成拉美文学逐渐被冷落的局面,但博尔赫斯作为一个在政治上相对保守的作家却一直是备受关注的焦点。这一时期,对博尔赫斯的集中译介和评论研究主要由两次重要事件所引发。

一次是在1986年,博尔赫斯逝世之后,国际文学界反应剧烈,中国国内也迅速对这一消息做出反应。1986年第9期的《外国文学动态》、1986年第4期的《世界文学》等杂志都刊登了这一消息。1986年第47期的《瞭望》杂志刊登了胡积康所写的回忆文章《拉美文坛巨星博尔赫斯》,1986年7月26日的《文艺报》刊登了陈光孚所写的《从博尔赫斯逝世所想到的》,这些文章都进一步向读者介绍了博尔赫斯其人和有关他的争论。此时,博尔赫斯被描述为一个反独裁政府的斗士、一个小说技艺高超而且对中国有着浓厚兴趣的拉美作家,并且这

---

① 王央乐:《外国文艺》1979(1),第64页。
② 吴守琳:《拉丁美洲文学简史》,北京:中国人民大学出版社1985年,第330页。
③ 王央乐:《外国文艺》1979(1),第64页。
④ 何榕:《世界文学》1981(6),第33页。
⑤ 陈光孚:《对博尔赫斯创作的解析》,《外国文学》1985(5),第43页。
⑥ 何榕:《世界文学》1981(6),第33页。

一形象一直延续到 21 世纪。

另一次是在 1999 年,博尔赫斯 100 周年诞辰。当时,国内不仅刊登了大量纪念文章,如 1999 年第 4 期《外国文学评论》刊登的陈众议所写的《心灵的罗盘——纪念博尔赫斯百年诞辰》,还出版了《博尔赫斯全集》(王永年、林之木译,浙江文艺出版社,1999 年)。除此之外,1992 年第 2 期的《当代外国文学》专门刊登文章梳理了新中国成立以来的博尔赫斯的相关研究资料,如张汉行的《博尔赫斯研究资料(1979—1998)索引》和《博尔赫斯在中国》。这些文章重点回顾了博尔赫斯对 80、90 年代中国文学的影响。另一点值得注意的是,1999 年 10 月 20 日的《中华读书报》刊登了段若川的文章《博尔赫斯不是魔幻现实主义作家》,指出国内学界长期以来混淆了"虚构小说"与"魔幻现实主义小说",博尔赫斯应该是虚构小说作家。

这一时期,对博尔赫斯的翻译和介绍开始扩大到西班牙语文学研究界以外,1986 年第 6 期的《世界文学》所刊登的高尚的文章《博尔赫斯的世界》是第一篇由学院体制外的民间研究者写出的关于博尔赫斯的文章。而且,博尔赫斯的作品在作家群中也引起极大的反响。与其在美国的情况类似,博尔赫斯激活了中国当代文学的表现形式和技巧,对中国当代文学特别是先锋派小说产生了重要影响。作家余华曾发表文章《博尔赫斯的现实》(载于 1998 年第 5 期《读书》杂志),在这篇文章中,余华认为博尔赫斯的品质在于,他使"我们看到一种古老的传统,或者说是古老的品质,历尽艰难之后永不消失",博尔赫斯不仅如约翰·巴斯所说的那样"回答了当代小说的一种深刻需要——对技巧的事实加以承认的需要",还"通过叙述让读者远离了现实,而不是接近现实"。事实上,与其说这些品质是博尔赫斯最引人注目之处,倒不如说它们恰恰迎合了当代小说家对处理现实问题的新技巧的需求。另一点值得注意的是,中国作家对博尔赫斯技巧的吸收主要还是在小说方面。虽然许多中国诗人如西川、王家新、黄灿然等人通过自己的诗作和文章表达过对博尔赫斯的热爱,但博尔赫斯的诗歌并没有像小说那样产生明显的影响。

在翻译方面,这一时期对博尔赫斯的翻译已经扩大到诗歌、文论、谈话录等各个方面,《外国文学》杂志 1992 年第 5 期、海外出版的汉语杂志《倾向》1995 年总第 5 期分别推出了"博尔赫斯特辑"。已经成书的作品集,除了前面所提到的以外,还有 1992 年花城出版社出版的陈凯先、屠孟超翻译的《巴比伦的抽签游戏》,1993 年云南人民出版社出版的王永年翻译的《巴比伦彩票》,1995 年云南人民出版社出版的倪华迪翻译的《作家们的作家》,1996 年海南国际新闻出版中心出版的陈众议编的《博尔赫斯文集》等。除此之外还有 1994 年知识出版社出版的莫内加尔著,陈舒、李点翻译的《生活在迷宫——博尔赫斯传》(原名为《博尔赫斯文学传记》)和 1998 年四川人民出版社出版的由冉云飞所写的《陷阱里的先锋:博尔赫斯》等传记作品。其中一些作品被零散收入国内各种文学选集当中,这些都对博尔赫斯作品在国内的传播产生了重要影响。

此外,由于80年代之后西方文艺理论被大量翻译引进,这一时期的研究开始有意识地运用西方文艺理论系统深入地剖析博尔赫斯的小说。

1986年第3期的《外国文学报道》刊登了陈光孚的《论路易斯·博尔赫斯》,这是国内第一篇全面分析博尔赫斯及其作品的论文。文章总结出博尔赫斯作品中基于不可知论的三大观点,即时间轮回观、人生如梦观和双重人性观,并结合具体作品对其博尔赫斯小说中经常出现的镜子、迷宫等意象进行了细致分析。

1990年第12期的《上海文学》刊登的张新颖所写的《博尔赫斯与中国当代小说》,大概是国内最早的全面分析博尔赫斯对中国小说影响的论文。这篇论文以马原、孙甘露、余华、格非四位作家为例,分析了中国当代作家对博尔赫斯小说技巧和观念的吸收和变形。

1990年第2期的《外国文学》刊登的李德所写的《拉美文学中的时间观》,分析比较了马尔克斯与博尔赫斯所代表的两种拉美文学的时间观。此外,1990年第1期的《外国文学评论》刊登的高尚所写的《博尔赫斯小说中的对称结构》等文章都从时间、结构等形式技巧层面对博尔赫斯的小说进行了深入研究。

此外,也出现了一些质疑博尔赫斯的声音。学者米加路借用西方流行的后殖民批评,从"奇幻体"这一概念出发,揭示出博尔赫斯《交叉小径的花园》中对"中国"这一"文化他者"的意象塑造表征所嵌入的虚构/诡骗性(fictive/deceptive)欲望因子,从而质疑其作品中所呈现的中国。[①] 虽然该论文有过度解构的嫌疑,但毕竟突破了当时局限于形式技巧层面的分析,为我们提供了一个新的阅读视角。

总体来讲,从80年代中期到90年代后期,博尔赫斯的作品得到大规模翻译和出版,其影响扩展到西班牙语文学研究界以外。博尔赫斯作为一位文学大师的地位得到全面认可。对其作品的研究也逐渐理论化、深入化。与前一时期相比,这一时期,特别是进入90年代之后的研究,基本淡化和回避了意识形态层面的分析探讨,大都从形式角度着手,对博尔赫斯作品的分析讨论基本上集中于其小说技巧层面。

三、20世纪90年代后期至21世纪:走向细化、多元化解读路径

与前一阶段相比,这一阶段博尔赫斯仍旧被作为经典作家受到关注,其作品也一直源源不断地被翻译和再版,如浙江文艺出版社2008年再版的博尔赫

---

① 米加路:《奇幻体的盲知:卡夫卡与博尔赫斯对中国的迷宫叙事》,《国外文学》1995(3),第25—39页。

斯作品系列、2005年出版的《博尔赫斯小说集》,还有作家的一些访谈、讲座等都经过整理翻译后结集出版。此外,博尔赫斯的作品还进入中学和大学的教材当中,因此得到了更广泛的阅读。值得注意的是,2010年秘鲁作家马里奥·巴尔加斯·略萨获得诺贝尔文学奖,这一事件带动了拉丁美洲文学在中国的新一轮热潮,许多爆炸时期的文学作品被翻译或再版,云南人民出版社1995年出版的"拉丁美洲文学丛书·拉美作家谈创作"系列丛书又重新受到关注,这其中也有博尔赫斯的《作家们的作家》。

这一阶段还有一些研究博尔赫斯的专著出版,如2000年人民文学出版社出版的作家残雪写的《解读博尔赫斯》,还有2000年长江文艺出版社出版的申洁玲写的《博尔赫斯是怎样写作的》等。

另一方面,自90年代后期开始,由于受国内大学逐渐走向学科建制化、翻译不再作为科研成果等因素的影响,有关博尔赫斯的论文开始激增。这些研究的总体趋势是,对博尔赫斯的解读逐渐走向细化和多元化。

总体来讲,对具体作品和特定主题的研究占多数,而且基本上延续了前一阶段的研究。这类文章往往选定博尔赫斯的某一具体作品或某一特定主题,通过文本细读或者借鉴其他学科理论知识对之进行挖掘。对小说《交叉小径的花园》的论述最为集中,杜慧春、张占炳的《浅析博尔赫斯〈交叉小径的花园〉的"迷宫"意象》(《江西科技师范学院学报》2006年第1期),朱雪峰《流沙上的花园——从〈小径分岔的花园〉索解博尔赫斯的迷宫》(《四川外语学院学报》2002年第4期),孔岩《博尔赫斯小说的文学性解读——以〈交叉小径的花园〉为例》(《延安大学学报(社会科学版)》2008年第1期)等都对其中的时间和空间技巧进行了分析。

对主题方面的研究则旨在挖掘同一主题在不同作品中的变奏,并以此了解作者的观念及其背后根源。唐蓉借用空间图形概念图解博尔赫斯小说中的时间主题,证明博尔赫斯作品中所有的时间形式都带有深刻的"圆形"痕迹,并以此论证博尔赫斯有关世间轮回和存在虚无的理念及其与所处时代时空观念的关联。[①] 申洁玲透过博尔赫斯作品中"脸"的意象而探究博尔赫斯小说中的自我认识主题,进一步挖掘叔本华的本质说、史蒂文森的《化身博士》和泛神论对他的影响,并指出这种影响最终导致其走向虚无。[②]

比较新的一类研究则从跨文化研究的角度来解读博尔赫斯与中国文化。20世纪80、90年代论及博尔赫斯的著作中,虽然对博尔赫斯与中国文化略有提及,但只停留在介绍博尔赫斯深爱中国文化的层面上,只有极少数的文章对此产生质疑。进入21世纪后,随着跨文化研究在国内的兴起,许多学者开始留

---

① 唐蓉:《从圆到圆:论博尔赫斯的时空观念》,《外国文学评论》2004(1),第68—75页。
② 申洁玲:《试论博尔赫斯作品中的自我认识》,《外国文学评论》2000(2),第69—75页。

意博尔赫斯作品中的中国文化,运用后殖民理论分析博尔赫斯与中国文化成为颇为流行的话题。高尚属于较例外的情况,自 80 年代以来,他陆续写了一些关于博尔赫斯的文章,都对这位作家怀有极高的崇敬之情。发表于 2000 年的《博尔赫斯之梦》也不例外。这篇梳理了博尔赫斯不同时期作品中所出现的中国,并分析博尔赫斯是如何通过梦来抵达他梦想中的中国。① 但其他论文大多对博尔赫斯的中国想象持批判态度。除此之外,较有新意的是蔡乾,他通过研究博尔赫斯小说《女海盗金寡妇》故事载体的写作背景和书面考证,梳理了作为小说故事来源的郑一嫂的故事是如何被一步步翻译、改变和再创作的。② 值得注意的是,以上研究反映出在这一阶段,学界开始从文化层面批判、反思博尔赫斯的作品,但依然表现出脱离当下社会政治语境的整体趋势。

把对博尔赫斯的爬梳与中国当下思想状况整合起来的研究较为罕见。腾威在其文章《作为"文化英雄"的博尔赫斯》中指出,二十多年来,博尔赫斯不仅不断被"翻译",也不断被"重写"。博尔赫斯作为"反集权斗士"的形象,实际上迎合了中国知识界的自我建构。"从某种意义上说,对博尔赫斯的神话式书写,在很大程度上偶合了 90 年代以来中国本土知识界对自我的一种想象与建构。如果说面对 90 年代之初的社会现实,标榜'纯学术(文学)'与'非官方',是一种无可奈何的'苦苦挣扎',仍是为了固守住知识分子的操守,然而,在随后发生的不断的去政治化过程中,'纯学术'与'非官方'成为超越性的价值标准,并催生出浓郁的、集体性的道德自恋。"③ 腾威的观点不仅解构了长期以来学界所塑造的博尔赫斯"文化英雄"的形象,还指出了当代知识界自我想象、自我书写的意图和悖谬。

事实上,这一阶段所表现出的整体特点是趋向保守的,虽然有诸如后殖民理论等当代西方新的思想理论做工具,但学界并未能充分吸收这些理论,研究仍主要停留在形式技巧的层面上,因此才会出现诸多"新瓶装旧酒"的论文。从这一意义上说,腾威的论文是具有颠覆性和启示性的。

结　语

纵观新中国 60 年博尔赫斯研究的历史,我们可以从中看到一幅有趣的画面:一个作家由边缘走向中心,其人其作的意义在译介、研究中不断被重写和重构,而这些重写和重构又对应着中国知识界对其自身的重写和重构。当前,博尔赫斯作为一个经典作家的地位已经毋庸置疑。但国内围绕着他的研究还尚未充分展开。日后的博尔赫斯的研究需要在三个方面开拓与深化:一是研究范

---

① 高尚:《博尔赫斯之梦》,《外国文学》2000(4),第 82—86 页。
② 蔡乾:《论博尔赫斯小说〈女海盗金寡妇〉中郑一嫂的故事流传》,《南阳理工学院学报》2011 年第 3 卷(5),第 22—26 页。
③ 腾威:《作为"文化英雄"的博尔赫斯》,《读书》2006(11),第 62 页。

围应扩展到其经典作品特别是经典小说以外,深入对其他小说作品的研究,也同时需要关注对其诗歌的研究;二是不应局限在对作品内部的形式技巧的分析层面上,要把作家和作品放置到一个更广阔的社会历史文化背景内加以审视,在此基础上将研究路径多元化;三是深刻关照中国当下的社会文化语境,分析博尔赫斯在中国当代社会的影响和意义。

第五节 紫式部小说研究

紫式部(Murasaki Shisibu)是日本平安时代(794—1183)的物语文学作者,具体生卒年不详。除了《源氏物语》外,她还有《紫式部日记》、歌集《紫式部集》传世,有近六十首和歌被收入敕撰和歌集中。在《源氏物语》诞生之前,物语作品只有像《伊势物语》那样的"歌物语",像《竹取物语》《宇津保物语》那样的传奇物语,或是像《落洼物语》那样的反映继母虐待继子继女①的故事。而且,那些作品多出自男子之手。《源氏物语》是第一部出自女性之手的长篇物语,也是日本物语文学的巅峰之作。

《源氏物语》在我国的介绍始于 20 世纪 30 年代,到了 60 年代,丰子恺应人民文学出版社之约翻译了全书,但由于"文化大革命"直到 80 年代初才得以出版。我国的《源氏物语》研究基本上始于丰译本出版之后。

另外,1978 年中日邦交正常化,1979 年原日本首相大平正芳与我国教育部签署协议,在当时的北京语言学院成立了高校日语教师培训机构,俗称"大平班"。"大平班"于 1985 年增设拥有语言、文学、社会、文化四个专业的硕士课程,我国才开始培养能够通过阅读古典原文研究《源氏物语》的研究者。

正因为如此,我国的《源氏物语》研究很明显地可分为两类:根据中译本的研究和根据古典原文的研究。下面将在简单回顾我国对《源氏物语》的介绍之后,按上述两类进行具体考察分析。

一、我国对《源氏物语》介绍的简单回顾

第一个向中国读者介绍《源氏物语》的是谢六逸②。他于 20 世纪 30 年代前后,在《日本文学史》(北新书局,1929 年)、《水沫集》(上海世界书局,1929 年)、《日本文学》(上海商务印书馆,1934 年)等一系列作品中详细介绍了《源氏物

---

① 这里采用当前日本学术界的通行说法,实际上应是嫡妻虐待生母亡故了的他出子女。
② 谢六逸(1898—1945),1918—1922 年留学日本,就读于早稻田大学。回国后先后任职于商务印书馆、暨南大学、复旦大学,是我国现代新闻教育事业的奠基者之一,著名的作家、翻译家、评论家。除本文提及的著作外,他还著有《茶话集》《文坛逸话》《西洋小说发达史》等。

语》。比如,在北新书局出版的《日本文学史》中,在第三章"中古文学"中的(一)"小说(物语)"中,列有以下条目①:

> 源氏物语　紫式部　源氏物语中的思想　它的特色　恋爱心理的描写　它的结构与内容　全书的梗概　竹取物语　题材的来源与梗概　伊势物语　内容(译例)　大和物语　内容(译例)　宇津保物语　内容与梗概　落洼物语　狭衣物语　滨松中纳言物语　堤中纳言物语夜半醒觉物语　替换物语

从文学史来说,《竹取物语》《宇津保物语》《落洼物语》《伊势物语》《大和物语》都产生于《源氏物语》之前,谢六逸把《源氏物语》置于物语文学的首位,显然是与物语的发展史不符的。但除《源氏物语》以外的作品,谢氏是以成书时间为序排列的。也就是说,这一无视文学史的条目排列,是谢氏有意为之的,他把《源氏物语》视作了物语文学的代表之作。

谢氏认为《源氏物语》是以佛教思想为背景,以人情为中心,描写了平安时代宫廷生活和贵族生活的作品,具有浓厚的历史色彩。他尤其推崇作品中的恋爱心理描写,他写道:"这部著作在描写恋爱的心理与自然美的地方,实在是具有特长。原作所以能有不朽的生命,不单是因为它是一部平安时代的风俗史与社会史,也在于能够把许多恋爱关系的心理刻画出来,例如描写围绕源氏(书中主人)的许多女性的心理;与写爱一个女性的许多男性等。"并把书中的恋爱划分为(a)至(l)12种形式,指出这些描写"都注重恋爱的行动,对于'性的行动'则不提及"。虽然尚没有发现有谢氏的《源氏物语》研究论文,但仅从他对作品的介绍中便可以看出他对源氏理解之深。

谢氏之后的介绍要等到进入20世纪80年代。主要散见于《外国文学简编》《东方文学简编》《东方文学作品选》等教材中,从书名便可推测得知,这些介绍也只能停留在作者生平和作品内容介绍方面。对于作品内容,大都总结为以下四点:(1)通过光源氏权势的消长精彩地再现了贵族阶级的权力斗争,暗示了贵族政治的腐败和摄关政治的盛衰。(2)揭露了上层贵族颓废的精神生活,成功塑造了在一夫多妻制下挣扎的众多女性形象。(3)长于心理描写和场景描写,却也多有冗长之处。(4)在对女性的命运给予深切同情的同时,将好色的光源氏描写为风雅多情的贵公子显示了贵族出身的作者的局限性。

丰子恺在《译后记》中写道:"此书内容,充分揭露了日本平安朝(9至12世纪)初期封建统治阶级争权夺利、荒淫无度之相,反映了王朝贵族社会的矛盾及其

---

① 《日本文学史》(北新书局,1929年)的引文根据上海书店1991年出版的《民国丛书》选印本。下同。

日趋衰败之势。"受此影响,叶渭渠也在丰译本的《前言》中继承了这一观点。① 可见上述教科书中对作品的介绍,实际上是源于丰译本的前言和译者后记的。不仅如此,《中国大百科全书》中的该条目也是由叶氏执笔,故而这种解读在20世纪已是定论。丰子恺的译文是在1961—1965年间完成的。虽然是人民文学出版社委托的工作,但据说他本人十分喜爱《源氏物语》,以致能够背诵《桐壶》卷,他对作品的理解自然不应该停留在《译后记》的层面上。毕竟那是在"文化大革命"前夕完成的工作,《译后记》对作品所作的解读必然是对当时社会意识形态的某种体现,而正是那个特殊时期的解读,通过《中国大百科全书》和各类外国文学教材一直以来左右着我们的阅读。

丰子恺在"文化大革命"期间虽然翻译了《源氏物语》,但一直没能出版。自谢六逸的介绍之后,中国人阅读到的《源氏物语》应该是1980年12月由人民文学出版社出版的丰译本。现在可以查阅到的相关研究基本上也是在丰译本出版以后。②

二、根据中文译本的研究

我国的《源氏物语》研究存在着一个明显的倾向,那就是大部分研究者以中译本为研究文本,他们大多从事比较文学方面的研究,具有较深的中国文学功底,为此他们的研究往往受到中文译本的左右和中国文学研究本身的影响。下面从五个方面对这类研究进行梳理:1.主题论;2.汉诗文的影响;3.文学理论;4.与《红楼梦》的比较研究;5.人物论。

1. 主题论

在主题论方面,最早的论文是许一虎的《一幅反映平安时代王朝衰亡的艺术绘卷——试谈〈源氏物语〉的思想内容》和叶渭渠的《日本平安王朝的历史绘卷——评〈源氏物语〉》两篇论文。③ 两位论者都认为《源氏物语》的主题在于它反映了平安贵族的腐败和阶级内部不可克服的矛盾,揭示了贵族社会崩溃的历史必然性,是一幅"历史绘卷"。其主要的论据为:①作品有关左大臣、光源氏、藤壶皇后与右大臣、弘徽殿女御之间的政治斗争的描写是对藤原道长时代腐败的摄关政治的再现;②光源氏复杂的女性关系不仅反映了一夫多妻制下女性的悲惨命运,也暗示了平安王朝贵族社会的没落,空蝉、藤壶皇后、女三宫、浮舟等

---

① 丰译本"前言"中的内容基本上与下文中提到的叶氏的"历史绘卷"论一致。
② 丰译本出版以前的研究性文章仅有:①陶德臻:《紫式部和她的源氏物语》,《外国文学研究》1979(1);②许一虎:《一幅反映平安时代王朝衰亡的艺术绘卷——试谈〈源氏物语〉的思想内容》,《延边大学学报》1979(4);③叶渭渠:《日本平安王朝的历史绘卷——评〈源氏物语〉》,《世界文学》1980(5);④朱双全:《源氏物语琐谈》,《语文教育与研究》1980(5)。
③ 见上注。

女性的出家,是作者对社会的抗议与绝望的体现。① 这一论点主要出现在20世纪80年代,无疑是受到了此前长期的社会政治批评的影响。

针对"历史绘卷"论,李芒提出了"恋爱绘卷"论,他在列举了光源氏、薰大将、匂皇子的女性关系后,重点分析了光源氏退居须磨的经过,认为光源氏竟然敢与已成为朱雀帝宠妃的胧月夜私通,为此自贬须磨乃理所当然,相反朱雀帝如此宽大,还把他从须磨召回,这里没有右大臣一派与源氏之间的权势之争;相反,作品还描述了光源氏在谪居之地与明石君之间的恋情。由此可见,作品的主题是在描述平安朝贵族的恋爱生活而不是揭示宫廷的政治斗争。而诸如大君、浮舟等女性所产生的对男性的不信任,虽然也体现了作者对贵族社会的男尊女卑、恋爱中的男女不平等现象的不满,但至于众多女性的出家,并不是为了反映女性的悲惨命运或社会的没落,而是当时风俗化、制度化了的出家行为的再现。②

王向远在《"物哀"与〈源氏物语〉的审美理想》③一文中,基本上继承了李芒的"恋爱绘卷"论,并将这一观点与本居宣长的"物哀"论④相结合,认为在紫式部的寡居期间,没有比男女恋情更让她产生"物哀"之情的,作品通过曲折的恋情描写,体现了"物哀"的审美理想,而物语的主题也正在于此。

由于"历史绘卷"论是在介绍平安朝摄关政治时期的政治、经济、婚姻制度以及生活习俗的基础上展开的,对中国读者理解《源氏物语》起到了决定性的作用,也因此被多数教科书采纳,所以后继的大多数论文并不是提出反论,而是自始至终在探讨作品如何反映了历史事实。幸运的是,也有声音指出不应局限于主题论,要实事求是地阅读作品。⑤

实际上,《源氏物语》翻译成中文也有百余万字,作者是在一个相当长的时间内完成此书的。也就是说,随着作者思想的变化,作品的主题也是在不断变化发展的。作品人物性格设定及年龄设定上的矛盾就是这种变化发展的最显著的体现。为此,主题论的各种主张,都具有一定的合理性和说服力,但都不是

---

① 这类文章还有:①张朝柯:《〈源氏物语〉中的源氏》,《外国文学名作名家评析》,辽宁教育出版社1986年;②廖枫模:《〈源氏物语〉所反映的日本贵族社会》,《中山大学学报》1988(4);③蓝泰凯:《东方古典文学宝库中的一颗璀璨明珠——论紫式部的长篇小说〈源氏物语〉》,《贵阳师专学报》1989(1);罗应先:《〈源氏物语〉初探》,《外国文学》1992(1)等。

② 这一见解可见于李芒的《日本文学欣赏》《平安朝贵族的恋情绘卷——〈源氏物语〉初探》《日本文学争鸣概述》,分别载于《日语学习与研究》1984(3)、1985(3)、1987(5),以及《投石集——日本文学古今谈》,海峡文艺出版社,1987年等。

③ 《日语学习与研究》1990(1)。

④ 日语读作"mononoaware","物(mono)"为触发情感的对象,"哀(aware)"为对"物"产生的感同身受的感动。本居宣长认为和歌、物语是因为有"物哀"之心而创作的,而欣赏阅读和歌、物语又能让人产生"物哀"之心,为此,是否有"物哀"之心便是衡量和歌、物语的唯一标准。

⑤ 黎跃进:《〈源氏物语〉主题思想争鸣评析》,《衡阳师专学报》1995(4)。

排他的。①

2. 汉诗文的影响

我国的古典诗文对《源氏物语》产生了很大的影响，由于日本研究界习惯用"汉诗文"来统称我国的典籍，所以此处也沿用"汉诗文"这一用语。在《源氏物语》研究方面，相关的论文是在丸山清子的《源氏物语与白氏文集》②的中译本出版以后才发表的，所以这方面的研究也基本局限于与白居易诗歌的影响关系，而且主要是根据丸山著作，就《长恨歌》对《桐壶》卷，《新乐府》《秦中吟》《史记》对《源氏物语》的影响进行整理归纳。其中值得一提的是王琢的论文，他把丸山的研究成果与武田宗俊的玉鬘系后期插入说相关联，认为玉鬘系故事的创作体现了白居易作为谏官而创作讽喻诗的文学理念。③ 丸山在她的著作中，对《源氏物语》中引用的白居易诗文进行了归纳总结，指出讽喻诗在第一部的引用为14例，而紫上系中只有3例，玉鬘系里却有11例之多。相反，感伤诗共有18例，紫上系有17例，而玉鬘系仅有1例。平安贵族喜爱白居易的感伤诗，像《和汉朗咏集》那样为平安贵族所青睐的诗歌集中基本上没有讽喻诗的踪影，而且感伤诗的引用实际上也构成了《源氏物语》的基调。武田宗俊将玉鬘系看做后期插入在紫上系中的，而讽喻诗的引用又主要出现在玉鬘系中，王琢论文注意到了这一特点，将其扩展到紫式部的创作理念上了。不过，问题的关键是玉鬘系中对讽喻诗的引用其实与讽喻精神相去甚远，大部分的引用是如《李夫人》中"人非草木皆有情，不如不遇倾城色"之类近似于感伤诗的内容，即便是引用《重赋》中"悲端与寒气，并入鼻中辛"这样讽喻意味强烈的诗句，作者也只是用来取笑末摘花又红又长的鼻子而已。④

关于《长恨歌》和《源氏物语》的关系，也有论文认为：正如《长恨歌》有讽喻诗的特点一样，它在《源氏物语》中的引用部分也包含了讽喻时世的意图。⑤ 显然，这种观点的提出体现了论文作者缺乏对原作本身的理解。因为，在作品中，怀有"长恨"的是桐壶帝，他的治世是一直作为盛世来描写的，也是作品涉及的四代天皇中其他三位无法超越的圣明之君。作者如何能矛盾到要讽喻自己奉为圣贤的天皇？另外也有与运用中国文艺理论术语，将《源氏物语》中对白居易诗文的引用分为"用典""借境""取意""类事"四项进行分析的⑥，体现了中国研究者的独特之处。更多的论文只是综述性地指出《源氏物语》与中国文学的渊

---

① 张龙妹：《〈源氏物语〉的主题》，《日语学习与研究》1993(6)。
② 丸山清子：《源氏物语与白氏文集》，申非译，北京：国际文化出版公司，1985年。
③ 王琢：《源氏物语与白居易——从文学论与审美感情模式为中心》，《现代日本经济》1990(5)。
④ 张龙妹：《源氏物语的政治性》，『国文学 解釈と教材の研究』2001(12)。
⑤ 叶渭渠、唐月梅：《中国文学与源氏物语》，《中国比较文学》1997(3)。
⑥ 高志忠：《白居易与源氏物语》，《日本研究》1993(2)。

源而已。①

由于《源氏物语》直接、间接引用的我国典籍数量相当庞大，所以《源氏物语》与汉诗文的关系也是日本"和汉比较文学研究会"的主要研究领域之一，而我国研究者的参与应该能够从汉诗文本身的解读上打破日本和汉比较重出典考证的研究局限。

3. 文学理论

文学理论方面的主要论文出现在90年代后期。以动漫为主的日本大众文化的广泛传入，使得日本的传统意识备受关注。② 在《源氏物语》的研究方面，有很多论文关注《源氏物语》的"悲哀美"，以期从中发现日本人固有的"美意识"。只是日本传统文化中的诸如"雅""物哀""幽玄"等概念，在没有大量阅读古典原文的基础上是无法作清晰的梳理的，所以对这类概念理解混乱的论文也不乏其例。

另外，出现了运用西方的文艺理论来论证《源氏物语》是悲剧的论文③，尤其值得称道的是张哲俊的研究，他在论文和著作中指出，不仅《源氏物语》符合悲剧的概念，日本谣曲和中国的元曲也同样符合悲剧的理论，得出了东亚其实也有悲剧的结论④。

4. 与《红楼梦》的比较研究

自《源氏物语》中译本问世以来，与《红楼梦》的比较研究便是我国《源氏物语》研究的一个重要组成部分，饶道庆的《〈源氏物语〉与〈红楼梦〉比较研究综述与思考》一文对20世纪80年代以来的相关研究作了全面的概括。⑤ 按照饶文的分类，这方面的研究可分为：①人物形象比较，主要为光源氏与贾宝玉，紫姬与宝钗、黛玉的相似性比较；②主题思想比较；③创作方法、艺术手法、文体结构比较。正如饶文所指出的那样，这些论文基本上是循着"惊人的相似—本质的不同—深刻的文化根源"这样的思维模式进行分析探讨的，但是由于这些文章的作者基本上既不是《源氏物语》的研究者，也不是《红楼梦》的专家，仅仅从"惊人的相似"出发，根本没有涉及二者的本质性不同，更谈不上触及两国深刻的文化根源。饶文虽然是对2004年以前的研究的综述，近十年后的今天，这一现象还是没有改变。

---

① 如牛晓玉：《从源氏物语看隋唐时期的中日文化交流》，《北京师范学院院报》1988(2)；严立群：《从源氏物语看中日文化交融的渊源》，《批评视界》2007(2)；王玲：《源氏物语与中国文学及文化的亲缘关系》，《四川外语学院学报》2008(5)。
② 2005年北京日本学研究中心召开题为"日本式的现在"国际研讨会，是学术界关注日本大众文化的标志性事件。
③ 贺群：《论源氏物语中女性婚恋悲剧模式》，《西北民族学院学报》1997(1)。
④ 张哲俊：《源氏物语的诗化悲剧体验》，《北京师范大学学报(社科版)》1999(3)；《中日古典悲剧的形式：三个母题与嬗变的研究》，上海：上海古籍出版社，2002年。
⑤ 《红楼梦学刊》2004(3)。

5. 人物论

在日本，人物论是《源氏物语》研究的重要一环，但我国这方面的研究非常稀少。如上所述，主要的人物论是与《红楼梦》人物形象的比较研究，纯粹的人物论目前还只有一篇《话浮舟》[①]。这篇论文认为浮舟并没有选择普通的婚姻，而是倾心于和薰君、匂皇子私通是由她私生子的出身所决定的，将薰君内心对浮舟出家猜测（认为实际上是又被另一个男子保护起来了）解读为对浮舟未来的暗示。这样的解读显然是与文本本身相矛盾的。浮舟没有选择是否跟薰君或匂皇子结婚的权利和自由。她因为生得与薰君的已故恋人，也是她的异母姐姐大君相像，就被薰君安置在大君的故居里，薰君只是偶尔过来与她相会，根本没有与她正式结婚的打算。再说匂皇子，他是浮舟二姐中君的丈夫，是他冒充薰君来跟浮舟相会，岂是浮舟选择的？而且匂皇子应该更没有和浮舟结婚的意思，中君其实也不能算作他真正意义上的妻子，恰如薰君已经答应成为天皇的乘龙快婿一样，匂皇子也已经与有助于他日后登上皇位的夕雾大臣的女儿成婚。正因为浮舟自己无法决定自己的婚姻，为了摆脱自己的尴尬境地，她才打算投河自杀，一了百了的。所幸被僧尼救起，才得以出家断绝尘缘。作品中薰君内心对浮舟出家的怀疑，恰好反映了薰君的假道学者的一面。论文作者的这种解读，已不仅仅是望文生义了。

三、根据日文原文的研究

自 20 世纪 90 年代以来，日本留学归国的研究人员、国内日本文学专业的毕业生等依据《源氏物语》日文原文撰写相关论文。比如有指出《太行路》对《真木柱》卷和《夕雾》卷影响关系的论文[②]，运用民俗学方法论及《须磨》卷中"雨""月"意义的论文[③]，从生灵附体现象比较中日离魂异同的论文[④]，这些论文对古典原文进行了细致的文本分析，也充分地吸收了日本的研究成果。

不仅如此，不少留学日本的研究者更是在日本出版了研究专著，主要有张龙妹《源氏物语的佛教信仰》（『源氏物語の救済』，风间书房，2000 年）、胡洁的《平安贵族的婚姻习俗与源氏物语》（『平安貴族の婚姻慣習と源氏物語』，风间书房，2001 年），丁莉的《伊势物语及其周边》（『伊勢物語とその周縁』，风间书房，2006 年）也在很大程度上涉及了《源氏物语》，孙佩霞的《中日古典女性文学的比较研究》（『日中古典女性文学の比較研究』，风间书房，2010 年）的第三篇也是关于紫式部与《源氏物语》的论文。这些研究虽然丰富了日本的《源氏物语》研究，但遗憾

---

① 杨晓莲：《话浮舟》，《贵州大学学报》1992(3)。
② 王琢：《君が為に衣裳を薫すれば》，《日本学研究》1997(6)。
③ 尤海燕：《源氏物语中雨和月的审美意义》，《外国文学研究》（武汉）1998(3)。
④ 张龙妹：《离魂文学的中日比较》，《日语学习与研究》1998(2)。

的是几乎没有被国内根据译文研究的同行们所吸收。

四、专著及论文集介绍

《源氏物语》研究的第一部专著,陶力的论文集《紫式部和她的源氏物语》①于1994年出版。全书共八章,就时代背景、作者介绍、基本内容、作品主题、女性形象、男性形象兼论与《长恨歌》的比较、美学思想、与《红楼梦》的比较各设一章。论文的内容虽然没有超越前面介绍过的论文,但也许因为是第一部专著,还是获得了中国外国文学学会东方文学分会第一回学术奖的一等奖。

此外,国内出版的专著要算姚继中的《源氏物语与中国传统文化》②了。全书分为正文和附录两个部分,其中与中国传统文化相关的是《源氏物语与唐代变文、传奇之比较研究》《论紫式部对白居易文学思想的受容》两章,认为《源氏物语》与唐代变文存在着诸多的类同性,而紫式部的创作理念、题材选择及创作方法与侯忠义在《隋唐五代小说》中总结的唐代传奇的特点存在着难以置信的一致。③ 只是这些观点在著作中并没有得到充分的展开、论证。比如认为《源氏物语》与唐代变文之间的类同性在于二者都是白话文体,但变文中存在的白话与用女性文字书写的假名文体是否可以简单地等同还有待商榷。

2001年,《源氏物语》国际会议第一次大会在北京日本学研究中心举行,会上各国研究者介绍了《源氏物语》在欧洲、亚洲的翻译、研究现状,探讨了《源氏物语》研究国际化的可能性。大会上的报告内容,加上胡洁执笔的《源氏物语中平安贵族的结婚习俗》,王华、吴志虹二人执笔的《源氏物语人物小事典》,张龙妹执笔的《源氏物语概要》作为附录,于2004年出版了《世界语境中的〈源氏物语〉》④。

五、今后的课题

从以上的分析可以看出,中国的《源氏物语》研究的大部分论文作者是根据中译本研究的。而根据译本进行研究,除了会导致深层的文化误读外⑤,甚至会产生对故事情节的误解。比如《柏木》卷中描述了病缠卧榻的柏木为寻求三公主的同情与她进行和歌赠答的场景。柏木赠歌云:

「今はとて燃えむ煙もむすぼほれ　絶えぬ思ひのなほや残らむ」

---

① 北京:北京语言学院出版社,1994年。
② 北京:中央编译出版社,2004年。
③ 见该书第116页。
④ 北京:人民文学出版社,2004年。
⑤ 张龙妹:《〈论源氏物语〉中译本中的文化误译》,《日本学研究·十七》,北京:学苑出版社,2007年。

三公主回复道：

「残らむとあるは、
立ち添ひて消えやしなまし 憂き事を思ひ乱るる煙くらべに後るべうやは」

丰译本中二首和歌的翻译是这样的：

（柏木）身经火化烟长在，
　　　　心被情迷爱永存。
（三公主）来书有"爱永存"之语，须知
　　　　君身经火化，我苦似熬煎。
　　　　两烟成一气，消入暮云天。
我不会比你后死吧！

　　问题在于柏木歌中的「残らむ」（原意为"留存"）被译为"爱永存"，而且三公主也沿用了这一词语。柏木的和歌虽然不是不可以这样翻译，但三公主沿用此语则成了她抱有与柏木相同的心情。而且将三公主的和歌中「思ひ乱るる」翻译为"我苦似熬煎"，将「憂き事」的内容解释为"君身经火化"（应该是指二人私通之事），这就成了三公主心中担忧柏木的病情了。所以接下来的"两烟成一气，消入暮云天。"与"我不会比你后死吧！"成了三公主对柏木的爱的表白。因此就有了这样的误读：三公主和柏木好比梁山伯和祝英台，他们相亲相爱，光源氏却无情地拆散了他们，于是在柏木死后，三公主为了报答他的爱出家了。而实际上，三公主自始至终都没有对柏木抱有一丝好感，二人的所谓私通实际上是柏木单方面的强暴。上引和歌中「憂き事」指的便是此事，抱怨柏木的行为给她带来的痛苦一点不比临死前的柏木的病痛逊色，并附言"我难道会比你后死？"，话里话外对柏木充满了无情的责备。而且她的出家其实也是六条妃子的亡灵促成的。

　　文化误译、误读在很大程度上反映了不同社会的文化特质，但上述这种简单的情节误读着实有令人啼笑皆非之感。然而，毕竟掌握日语古文不是易事，所以，还只能呼吁能够用于研究的翻译文本的早日问世。

　　另外，两类研究缺乏交融。运用日文原文的研究者都是日本文学出身的，他们研究的出发点往往与日本的《源氏物语》研究相关联，而根据中译本的研究者大多是中文系从事比较文学教学、研究的。这二者如果能够很好地互补，就能使中国的《源氏物语》研究走出单纯的国别文学研究或简单的比较研究，成为与中国文学研究乃至中国的世界文学研究相呼相应的一个有机体。

第六节　夏目漱石小说研究

夏目漱石(Natsume Kinnosuke,1867—1916),日本现代作家,一生著述丰富,主要小说有《我辈是猫》《哥儿》《旅宿》《虞美人草》《从此以后》(也被译作《其后》《后来的事》)、《心》《道草》和《明暗》,文艺理论著作有《文学论》《文学评论》。此外还有大量的随笔、汉诗文和绘画作品。

夏目漱石的大部分作品已经被翻译成中文,受到广大读者的喜爱[①]。新中国成立后的相关研究大致始于20世纪50年代,可以分为三个阶段:第一个阶段为50年代至80年代初期,研究观点和方法受社会主义现实主义理论的影响;第二个阶段是80年代中期至90年代末期,主要从社会文化批判和中日比较的角度展开研究;第三个阶段是2000年至今,呈现出更为多元化的研究态势。

一、新中国成立前研究的简要回顾

漱石文学早在五四新文化运动期间,就由周氏兄弟介绍到中国。周作人于1918年在《日本近三十年小说之发达》的演讲中对漱石文学的特征作了两点概括:一是认为他主张"低徊趣味"和"有余裕的文学"[②];二是认为"他的文章多用说明叙述,不用印象描写;至于构造文辞,均极完美"[③]。这两点看法是中国对漱石文学最早的基本理解。的确,"有余裕的文学"的概念是漱石在《鸡头序》一文中提出的,但他并没有因此而否定其他倾向的文学。在该文中,他将文学分为"有余裕的文学"和"无余裕的文学",认为两者都有存在的价值,以此对抗当时盛极一时的自然主义文学流派对"有余裕的文学"的排挤。因此,引用《鸡头序》来证明漱石只主张"有余裕的文学"其实是片面的。就漱石本人的创作而言,既有"有余裕的文学",又有《疾风》《从此以后》等激烈批判社会现实的作品,晚期作品则侧重心理分析。谢六逸在1929年撰写的《日本文学史》(北新书局)中,虽然已经注意到漱石的小说创作包括梦幻缥缈、讽刺社会人生、剖析心理的

[①] 有关夏目漱石文学在中国的翻译与介绍情况,参看王成:《夏目漱石文学在中国的翻译与介绍》,《日语学习与研究》2001年1期和王向远:《八十多年来中国对夏目漱石的翻译、评论与研究》,《日语学习与研究》2001年4期。

[②] "有余裕的文学"是夏目漱石创造的一个术语。在文章《鸡头序》中,漱石针对当时日本自然主义片面地主张文学必须描写人生的观点,指出描写人生的作品是文学,描写闲情逸致的作品也是文学,没有必要以前者排挤后者。而后者即漱石所谓的"有余裕的文学"。

[③] 周作人:《日本近三十年小说之发达》,《新青年》1918年第5卷第1号。

三种倾向,但在论及其文学主张时,依然引用《鸡头序》来说明漱石主张"有余裕的文学",指出这是一种"艺术至上主义"的文学观。

二、新中国成立后 50 年代至 80 年代初期的研究

在 20 世纪 50 年代,我国整个外国文学研究界由于受"左"倾思潮的影响,将研究对象仅限于少数无产阶级作家和一部分批判现实主义作家。漱石作为批判日本资本主义社会的作家有幸跻身于这少数作家的行列。在当时,社会主义现实主义理论是文艺批评的主要标准,以这样的标准评判,前期批判讽刺现实社会的作品《我是猫》《哥儿》得到较高的评价,而对侧重心理分析的中后期作品则评价比较低,被斥为沉溺于个人主义的小圈子。这种评价直接影响了在中国介绍漱石文学的方式和内容,比如许多外国文学史和东方文学史在介绍夏目漱石文学时除重点评论《我是猫》《哥儿》外,一般还会专门介绍《我是猫》的故事梗概。①

这一时期的代表性论文首推 1958 年刘振瀛为《夏目漱石选集》(人民文学出版社)写的前记。该选集收录了《我是猫》《哥儿》和《旅宿》。文章详细分析了这三部小说,同时梳理整个创作活动,力图全面把握漱石文学。刘振瀛认为《我是猫》和《哥儿》在内容上对资本主义社会,进行了无情的攻击与嘲笑,讽刺了金钱关系、家族制度和资产阶级的所谓的"个性与自由"。但也指出:"从它的性质来说,还是停留在十九世纪批判的现实主义的范畴里",因而"历史局限性也就不难想见了。"具体而言,其局限性是指作者的讽刺精神来自封建道德的儒家思想与西欧资本主义上升期的那种从个人主义出发的个性与良知。刘振瀛认为,漱石没有看见创造这个世界的真正的力量——人民群众,因此讽刺批判的背后隐藏的是"浓厚的虚无绝望的色彩",得出了凄凉的结论,是作者的消极的一面。小说《旅宿》的唯美世界也被当作"一个逃避的场所"遭到彻底否定。尽管有种种局限,刘振瀛在整体上还是认为夏目漱石是一位"日本杰出的资产阶级作家"。

这一总体性评价从 50 年代一直持续到 80 年代初。王长新在《日本文学史》(外语教学与研究出版社,1982 年)中也基本上是将漱石当作杰出的资产阶级作家来看待的,一方面肯定"他用幽默,苦涩的旁观者的眼光,观望资产阶级社会,讽刺虚伪和利己",高度评价《我是猫》《哥儿》《从此以后》对资本主义社会的批判;另一方面也指出:"漱石对资本主义的看法、批评仅仅是资产阶级的个

---

① 参看张效之主编:《东方文学简编》,济南:山东教育出版社,1985 年;江西省外国文学学会编:《世界文学名著选译》第五集,南昌:江西人民出版社,1986 年;陈应祥等编:《外国文学名著选介》第三册,北京:高等教育出版社,1989 年;郁金龙等主编:《东方文学史》,北京:北京大学出版社,1995 年初版,2001 年修订版。

人主义的立场的批评。他的讽刺,他和明治社会的'对立'不是民众和统治者之间的对立,而只是'高级文化人'和统治者之间的内讧……他从来没有关心过民众的疾苦,没有深刻批判过明治社会的政治。"林焕平在《鲁迅与夏目漱石》(《鲁迅月刊》1983 年 3 期)一文里也说:"夏目漱石的正义,仅仅是资本主义社会里资产阶级知识分子不满于黑暗的社会现实的强烈正义感的流露。"此外,朱维之等编《外国文学简编》(中国人民大学出版社,1983 年)等也大都持类似的观点,既肯定他的批判精神,也指出他的阶级局限性。尽管新时期文学创作和文艺理论界奋力摆脱"文化大革命"时期的禁锢,但在 80 年代初夏目漱石文学研究领域还残留着一些泛政治化的文艺批评痕迹。

三、80 年代中期至 90 年代末期的研究

80 年代中期以后,漱石文学研究发生变化,主要表现在以下两个方面:

首先,漱石对近代资本主义社会的批判依然是研究者们关注的热门题目,但是角度从阶级立场转向社会文化方面。这种转变集中体现在围绕"个人主义"评价的变化上。此前,"个人主义"往往被认为是脱离人民群众的资产阶级思想,但 80 年代对"人性"的呼唤与肯定导致了重新评价"自我"的价值。刘振瀛在评论《后来的事》(《后来的事》"序言",上海译文出版社,1984 年)时,指出:"作者在写代助与三千代的关系这条主线上,与其说是作者在写爱情故事,不如说是作者在探索'自我'确立的过程,探索日本半封建的婚姻制度与维护自我尊严的矛盾,探索世俗伦理观念的虚伪本质。"在此,"自我"不再是一个贬义词。对"自我确立"的关注,也开始扭转以前对漱石中后期作品的否定性评价。刘振瀛在另一篇文章中说(《哥儿》"译本序",上海译文出版社,1987 年):"到了后期,他把批判的矛头指向生活在近代社会中的知识分子的'我执'世界,这使他对人生的思索更加深化和复杂化。"而在 50 年代他对漱石探索知识分子自我意识的问题上持完全否定的态度。李国栋在《夏目漱石文学研究主脉》(北京大学出版社,1990 年)中以"头脑"和"心灵"为关键词,具体分析了中后期小说思想内涵的演变,指出夏目漱石是为了解决包括自己在内的知识分子的独立性问题而创作中晚期长篇小说的。王成在《东方现代化的探索——夏目漱石与老舍比较研究》(《日本学研究 2》1992 年)中认为对东方现代化的探索贯穿了漱石的文学创作,指出:"夏目漱石从西洋文明的失败中吸取教训,警告日本生吞活剥的文明开化是危险的,总结出了外发现代化与内发现代化的理论。"

其次,漱石文学与中国文学的比较研究也是八九十年代的一个研究热点。这又可以进一步分为两个方面,一是研究漱石的汉学素养以及汉学在他作品中的体现,二是研究漱石文学对中国现代文学的影响。前者如沈迪中的《夏目漱石与陶渊明》(《现代日本经济》1986 年 6 期)、常静的《日本文豪夏目漱石和中

国文学》(《中国比较文学》1999年3期)等。后者则探讨漱石对鲁迅、周作人、丰子恺等人的影响关系。早在1983年,刘柏青的《鲁迅和夏目漱石》(《鲁迅月刊》1983年第3期)已经涉足该研究领域。该文认为鲁迅的《阿Q正传》的幽默和结构受《我是猫》的影响,《野草》《藤野先生》和漱石文学也存在姻缘关系,但也指出这两个作者的文学倾向不同。80年代中期以后该研究领域成果大量涌现。程麻的《沟通与更新——鲁迅与日本文学关系发微》(中国社会科学出版社,1990年)比较了漱石与鲁迅的文艺理论的异同。王向远的《鲁迅与夏目漱石的"余裕"论》(《中日现代文学比较论》,湖南教育出版社,1998年)分析了漱石的"余裕"的结构以及鲁迅所受的影响,指出漱石的文学既有"余裕"的一面,也有怒目金刚的一面。李国栋的《〈野草〉和〈十夜梦〉》(《日语学习与研究》1991年1期)用实证的手法论证了《十夜梦》与《野草》之间的影响关系。杨晓文的《夏目漱石与丰子恺》(《吉林大学学报》1993年1期)分析了丰子恺所受漱石文学的影响,并指出两人"超脱现实"只是一种表象,在作品的背后进行社会批评才是其真正用意。王向远在《周作人的文学观与日本文论》(《中日现代文学比较论》,湖南教育出版社,1998年)中,认为周作人对夏目漱石的"余裕"、森鸥外的"游戏"的看重和推崇,很大程度地体现了他自己的文学趣味,成为他后来"闲适"文学观的一种注脚。

此外,小说的形式层面也开始受到关注。刘振瀛在八九十年代为漱石的翻译小说写的一系列序言相当注重对小说手法的分析。刘振瀛认为,《哥儿》采取的是喜剧式的手法,主要表现在作者对作品中人物性格的夸张描写,并成功地将日本传统的落语的幽默成分与20世纪的小说形式有机地结合起来(《哥儿》"译本序",上海译文出版社,1987年);在《我是猫》"序"(《我是猫》,上海译文出版社,1994年)中,刘振瀛从作品结构和语言风格对这部小说的"笑声大合唱"作了详细的分析。但这一阶段对小说形式的关注,主要限于对修辞手法的分析,还没有深入到对叙事结构的考察。

对漱石文艺理论的研究是这一时期值得重视的一个新动向。早在漱石文学译介初期,中国学者就比较关注漱石的文艺理论,但在很长时期都停留在介绍"有余裕的文学"的内容上。90年代末,何少贤发表了几篇探讨漱石文艺理论的论文才终于打破这个僵局。何少贤将发表的论文结集在《日本现代文学巨匠夏目漱石》(中国文学出版社,1998年)一书中。何少贤认为漱石的文学理论有如下理论贡献:(1)找到了"F+f"文学公式,以一定的符号来代表文学的各种因素,并分析它们之间错综复杂的关系;(2)在日本乃至东方他较早地论述了意识波(流)问题;(3)他注意作家创作的能动性,又较早地考察了读者的欣赏规律,把两者密切结合起来研究;(4)他在日本首先解决了艺术真实问题,把追求艺术真实视为文艺家的首要任务,提出了真善美和庄严四个理想的统一,有力地批判了自然主义只要真不要美的理论;(5)比较全面、系统地分析比较日本和中国传统文学以及西方文学各自的特点、长处与不足,纠正日本在明治维新以后所形成的否定东方文学的许多片面观点。他对日本文艺如何实现现代化、如何对待西方文化有其独特见解;(6)在文学与其他社会科学关系方面,提出"文艺家同时应该是哲学家""文学不是科学"等等。关于漱石的文艺理论,何少贤提出了许多观点,这些观点能否立得住,还有待进一步研究。但无论怎样,以何少贤的研究为开端中国学界开始重新系统地研究漱石的文艺理论,并成为下一阶段研究的热点之一。

四、2000 年至今的研究

90 年代末,随着后现代主义思潮和后殖民主义理论等浸润日本文学研究界,日本文学史迄今的叙述框架和研究框架受到置疑,开始反思现代性问题。与此同时,在叙事学和相关人文学科理论的影响下,对文本的分析更为细致。这两种动向对漱石文学研究都有所影响,反之漱石文学研究有时也成为这两种动向的推动力。

首先,通过对漱石文艺理论的研究,探讨其作为超越现代性的思想资源的可能性。王志松的《从"帝国文学"到"地方文学"——论夏目漱石文学观的形成》(《国外文学》2003 年 4 期)从考察日本现代文学概念与明治时期有关制度的相互共生关系入手,探讨漱石文学观的形成过程及其意义所在。该文认为,漱石在成为作家之前是英国文学研究者,他通过英国文学的研究,在西洋"文学观"的观照下,摆脱传统的汉文学观,并由此发现日本文学的"文学性"。但与此同时,对比东西方文学的不同,他又质疑并颠覆了英国文学——现代文学观——背后隐藏的西洋中心主义,最终构建了自己独特的"地方文学"观。"地方文学"观强调的是地域文化与文学的关系,而不是"民族国家"与文学的关系,这就使得他本人的文学活动能够拉开和"民族国家"意识形态的一定距离,对其有所警惕和批判。王志松的《漱石文学与"超自然事物"——对日本近代文学想象力的一个考察》(「漱石文学と「超自然的事物」——日本近代文学の想像力への一視座」,《日本学研究》第十四期,学苑出版社,2004 年)探讨了漱石文艺理论中关于"超自然事物"论述的意义。该文认为,坪内逍遥的《小说神髓》开启了日本近代文学的发展之路,但构筑了写实主义至上论的文学史观。这种文学观浸透着科学万能主义,主张将"超自然事物"从写实小说中彻底排斥出去,极大地限制了小说创作的想象力。漱石则从语言的表达性分析出发,对"超自然事物"的文学题材进行辩护,并运用于小说创作中,拓宽了日本现代文学的想象空间。林少阳的《"文"与日本的现代性》(中央编译出版社,2004 年)从东亚传统的"文"的概念出发考察漱石的文艺理论和"文"的创作活动在日本现代文学中所具有的意义。该著认为,漱石的"文"有三个层面。(1)文体意义上的"文",指相对于当时的日本自然主义的文体,将"前近代"的文体与西方文学的文体"杂交"性地融为一体。(2)偏于语言的书写体意义上的"文",指的是相对于英国文学的意义上,以汉字假名混合体为书写特征的日文以及汉学所代表的书写体系,尤其特指以意义衍生为目的的书写行为以及书写体。(3)是在存在论意义上作为精神寄托对象的"文"。对漱石而言,"文"的形式是多样的,包括诗、俳句、书画、小说等。现代的文学制度排斥东亚传统文化的"文"的丰富性,而漱石在其文学活动中则保留了"文"的传统。其早期小说是将小说、书、画、诗歌等各种体裁揉合起来的"文"。后期小说在"文"的形式的"混合性"上不如前期作品,因此书画作为单独的形式成为漱石后期抒发复杂内心世界的重要方法,并留下大量作品。林少阳强调说,漱石文学的当代意义就在于提供了从"文"的角度重新审视现代文学制度的视角。张小玲的《夏目漱石与近代日本的文化身份建构》(北京大学出版社,2009年)也着眼于"文"试图勾勒漱石文学的整体风貌。该著通过对《文学论》以及对"写生文"文体、小说的叙述者风格、作家精神结构特征的分析,考察了漱石文体学、叙事学、生存论层面的"文"的具体内涵。张小玲的《夏目漱石写生文观意义新解》(《当代外语研究》2010 年 9 期)进一步探究漱石的写生文的现代意义。

一方面,漱石文学作为超越现代性的思想资源被不断挖掘和受到评价;另一方面,学界对其思想中存在的局限性也提出了批判。揭侠的《夏目漱石的中国观》(《日本学论丛 2》,外语教学与研究出版社,1991 年)质疑了漱石在纪行随笔《满韩处处》(又译《满韩漫游》)中流露出的对中国的歧视态度。最彻底的批判是高明的《虚像与反差——夏目漱石精神世界探微》(《外国文学评论》2001年 2 期)。该文指出漱石"在天皇观、国家观、对外战争等重要问题上始终与日本政府保持一致,具有明显的保守倾向,其社会批评和文明批评亦相应缺乏理论高度,有时甚至落后于时代。所以,夏目漱石的文学声誉无法掩饰其批评思想的薄弱"。该文尖锐地批判了漱石文学的局限性,但认为漱石在社会问题上与日本政府始终保持一致,完全忽略其"自己本位"的个人主义主张,将问题绝对化了。如何将漱石的这两个方面综合起来评价是今后研究的重要课题。王成的《夏目漱石的满洲游记》(《读书》2006 年 11 期)也认为,漱石在《满韩漫游》中不自觉地流露出民族主义意识以及对中国的歧视,但同时指出漱石"在旅行中感受到了中国大地上蕴藏的力量,也为日本的满洲殖民感到了危机"。高洁的《迎合与批判之间——论夏目漱石的〈满韩漫游〉》(《迎合与批判之间—论夏目漱石的「満韓ところどころ」,《日语学习与研究》2008 年 3 期)基本与王成的观点相近,指出,这是一部游走在迎合与批判之间的游记,既包含着作者夏目漱石在当时的历史时代背景下清醒的批判意识,也反映出作家被卷入满铁殖民地建设风潮的局限性。

其次，借用叙事学和相关人文学科理论深入分析作品的结构和内容。高明的《从〈心〉看夏目漱石留给世界文坛的遗憾》（孙莲贵主编《日本近代文学作品评述》，2000年6月）从叙事手法运用的角度，对《心》的经典性地位提出了质疑。该文认为："把《心》纳入到整个世界文学的舞台上，来考察其内在的文学性，便不难发现它存在较为严重的缺陷"，其主要表现在第一人称的运用过于主观，造成许多叙述的矛盾。其根本原因在于小说的发表方式是报纸连载，在一定程度上损害了小说的完整性。关于此点，王成的《论夏目漱石的新闻小说〈虞美人草〉》则认为，新闻小说有独特的创作原则和审美特征，以漱石第一部新闻小说《虞美人草》为例，考察了该小说在时事性、故事情节的设置和伦理性上所作的探索。王成在《关于〈虞美人草〉的修养主义的言说》（李孙华等编《国际交流中的日本学研究——21世纪的新视角》，阿尔克社2000年7月）中从同时代阅读的角度，探讨了《虞美人草》在当时修养主义思潮中的位置以及读者的接受问题。王志松的《漱石的"结构论"——兼论〈虞美人草〉》（「漱石の「組み立て論」——『虞美人草』との関連で」，《日本学研究》第11期，世界知识出版社，2002年）以小说《虞美人草》为例探讨了漱石在理论和创作中对小说结构的探索及其得失。王志松的《试析夏目漱石前期三部曲的叙述方式及其美学内涵》（《北京师范大学学报》2000年专刊）分析了《三四郎》《从此以后》《门》，认为这三部作品采用第三人称有限视角与中立视角相结合的叙述方式，使小说文本处于一种意义不确定的开放状态中，给读者提供了更大的解释权和想象空间。陈竞微的《论夏目漱石的作品〈行人〉——摇摆的阿直》（《日本问题研究》2004年2期）从女性主义角度分析了小说《行人》女主人公阿直的内心分裂。该文指出，阿直是处于新女性运动中的旧女性，一方面在与丈夫的对峙中体现了她对封建遗制的抵抗，但另一方面她又被自身内在化的传统女性的制度所牢牢束缚，最终引发自我分裂的悲剧。李光贞的《夏目漱石小说研究》（外语教学与研究出版社，2007年）通过对漱石小说的整体研究，解读他笔下所表现的19世纪末20世纪初日本社会转型期知识分子的内心矛盾与精神世界。郭勇的《他者的表象：日本现代文学研究》（上海交通大学出版社，2009年）引入"他者"概念，探讨了《三四郎》《门》和《道草》中呈现出的自我与他者关系的种种面相，揭示了"自我确立"的必要以及幻灭的两难处境。李征的《火车上的三四郎——夏目漱石〈三四郎〉中现代性与速度的意味》（《外国文学评论》2010年3期）以《三四郎》为中心，考察了火车这一新式交通工具的出现给明治时代日本人的精神世界带来的巨大转型。探讨了视觉裂隙与近代速度之间的关系，指出主人公三四郎为以火车为代表的日常生活中各种或隐或显的速度问题而焦虑、苦恼，以及为了平衡"自我"所作的努力，由此折射出作者对现代性的思索。

其三,在中日比较文学研究中也出现了新的进展,分为三个层面:(1)汉学与漱石文学的关系问题。王成的《论夏目漱石晚年的汉诗》(《日语教育与日本学研究论丛第一辑》,民族出版社,2003年)探讨了漱石晚年汉诗创作的意义。该文认为,漱石通过汉诗创作不仅表达了自己的修养理念,而且创作本身为他对抗西方文明对精神家园的破坏,回归东方精神修养的传统提供了空间。刘岳兵的《夏目漱石晚年汉诗中的求"道"意识》(《日本研究》2006年3期)则关注漱石晚年汉诗中的道家思想,认为道家意识在协调晚年各种因素的内心矛盾发挥重要作用。祝枝媛的《《夏目漱石の漢詩と中国文化思想》》(中国书籍出版社,2003年)考察了漱石的汉诗与中国文化之间的关系。(2)中国现代作家对漱石文学的接受问题。黎跃进、刘静的《梅娘对夏目漱石的借鉴与超越》(《中国文学研究》2009年4期)探讨了梅娘所受到的漱石文学的影响。该文认为,漱石"暴露真实"的文学观、余裕性的讽刺手法和两性意识都给梅娘以深刻的启示,但梅娘对漱石文学有所超越,形成自己独特的精神结构和艺术风貌。方长安的《以他者话语质疑、批评"五四"文学非写实潮流——成仿吾对夏目漱石〈文学论〉的借用》(《武汉大学学报(哲学社会科学版)》2004年4期)分析了创造社作家成仿吾对漱石文艺理论的接受问题。该文指出,成仿吾以漱石《文学论》的基本理论为内在话语,质疑、批评了五四文学一度出现的非写实潮流。他不仅以《文学论》关于情绪为文学中心的话语质疑五四初期诗坛尤其是小诗热,而且借《文学论》关于智的要素难以引起人之情绪的话语质疑、批评五四初期文学注重思想的哲学化倾向,还用《文学论》关于文学的真实性不同于科学真实性的话语质疑、否定五四文坛在自然主义文学影响下开始出现的庸俗化写实倾向。并在质疑、批评中,他努力探寻五四文学走出困境的方案。(3)漱石文学在中国的译介问题。王成的《夏目漱石文学在中国的翻译与影响》(《日语学习与研究》2001年1期)和王向远的《八十多年来中国对夏目漱石的翻译、评论和研究》(《日语学习与研究》2001年4期)对漱石文学在中国的翻译作了总体性的梳理,并具体分析了丰子恺、章克标和刘振瀛等人的翻译风格。李炜的《论文学翻译中的误读——〈我是猫〉的译本分析》(《外语研究》2003年3期)则以《我是猫》的三个不同中译本为对象,从解释学、中日语言文化差异、译者因素、读者因素等角度分别对文学翻译中的误读问题进行了探究。

问题与反思

总体上讲,60年来中国的漱石文学研究取得了很大成果:1. 加深了对漱石文学的艺术性和思想性的理解,从一个侧面推进了中国整体的日本现代文学研究的展开;2. 探究了漱石文学与中国文学之间的互动关系,有助于重新审视中国古典文学的海外传播和现代文学发展中的日本因素。但从研究现状看,以下三个课题还有待展开研究：

其一、关于漱石文学理论内涵及其价值的研究。尽管迄今已经有一些研究，但对整体的梳理和分析以及在日本文学批评史上的定位乃至在世界批评史上的定位问题，还不十分明确，留下许多问题。

其二、对作品结构和内容的分析，还有待进一步深化。这方面的研究目前有若干出色的论文，但大都集中于几部作品，研究的范围还可拓宽，在方法论上也还应该广泛吸收社会人文科学的研究成果。最近值得注意的一个倾向是语言学领域以漱石作品作为语料进行的研究。如吴少华的《语言的背后——夏目漱石〈明暗〉分析》（中国社会科学出版社，2008年）引入语言学的谈话分析理论分析《明暗》的语言特色和写作技巧；黄文溥的《汉诗文修辞对日语语法的影响——从漱石小说独具特色的动词连用中顿形用法谈起》（《外语与外语教学》2011年4期）通过对漱石的小说、汉诗文的日语训读式译文以及部分日本古典文学作品的调查，指出日语动词连用中顿形的使用方式在汉日语言接触过程中受到了对偶和排比的影响；李月平、毛文伟的《小说文体的量化研究——以夏目漱石的短篇小说为例》（《外语电化教学》2011年1期）运用计算机自动赋码等技术，根据名词比、MVR、指示词比等7个指标考察了漱石的13篇短篇小说的文体特征。这些论著虽然是语言学领域的研究，但对漱石作品的语言特征和修辞手法的考察和分析，不仅有助于加深对漱石文学的理解，其方法论对文体学的发展也具有借鉴意义。

其三、关于漱石的传统文化和现代西学的关系问题。注重漱石文学对现代性的超越，往往会强调汉学侧面，而注重漱石文学的现代性，又往往强调与现代西学的关系。漱石是生活于日本现代化转型期的作家。他对现代化的种种思考都是基于传统文化教养与西学的基础之上的，两者之间的复杂关系还有待进一步探讨。

第七节 川端康成小说研究

川端康成（Yasunari Kawabata，1899—1972），日本新感觉派作家，于1968年获诺贝尔文学奖，是日本第一位、亚洲第二位诺奖得主。川端康成自幼父母双亡，一生漂泊，人称"参加葬礼的名人"和"搬家的名人"，此种经历对其文学创作影响极深。大学毕业后，与横光利一共同成为新感觉派的中心人物。文学创作以小说为主，中短篇多于长篇，作品富于抒情性，借助对社会生活深邃、细致的体察，以优美的笔致展现日本人的生活风貌和精神形态。川端康成的文学创作不仅在日本现代文学史上占有举足轻重的位置，而且在世界范围也引起了广泛关注。中国的川端康成小说研究经历了一个从低谷到高潮的巨大起伏，主要是社会发展与意识形态变化所致。本节放眼新中国60年的川端康成小说研究①，以后30年为重心评析其演进轨迹及根源。

一、新中国成立前至1966年研究状况简述

新中国成立以前，对日本文学的译介和评论曾经在五四运动后进入一个高峰期，但这一时期学者们的目光并没有投向川端康成，周氏兄弟作为译介日本文学的先锋人物也没有关注川端康成，其原因主要是彼时的川端康成在日本尚属初出茅庐的文坛后辈。从1930年"左联"成立到1937年抗战全面爆发，中国对日本文学的译介主要集中于无产阶级革命文学，高举"新感觉派"大旗的川端康成依然没有进入中国学者的视野。从抗战开始到新中国成立，对日本文学的关注整体上陷入低谷，川端小说也不例外，虽然在1942年曾有川端作品被译成中文②，但并非小说，只是一部随笔集，且亦未引起研究界的注意。

因此，新中国成立前的川端康成小说研究还是一片空白。

新中国成立以后，中国的日本文学研究界对于日本无产阶级文学较为重视，而对于内涵复杂的川端康成小说，依然没有展开研究，甚至连译介者也未曾出现。

二、1966—1978年的研究状况

从1966年至20世纪70年代初，由于"文化大革命"对人文研究的冲击，日本文学在中国的翻译和研究几乎完全停滞。直到1972年中日恢复邦交后才开始复苏，但关注的仍然是小林多喜二等"革命"作家。这期间，与川端康成私交甚密的三岛由纪夫开始被中国了解，但也是作为"反动作家"的代表，为研究者提供批判军国主义的材料。

1978年，《外国文艺》的创刊号上刊发了川端康成的短篇小说《伊豆的歌女》（后普遍译为《伊豆的舞女》，侍桁译）和《水月》（刘振瀛译）。侍桁在作者介绍中，将川端康成作为"新感觉派"的代表，总结了其创作风格。"侍桁的介绍着重突出了川端康成作为诺贝尔文学奖获得者和'新感觉派'作家的身份，并大致勾勒了'新感觉派'文学的主要特征"，但是他"将《伊豆的舞女》当作'新感觉派'文学的代表作来极力介绍显得有些错位"，实际上对这篇小说来说，"文体的新奇性和感性化的表达方法是其最大特点，但恰好是这一特点在侍桁的介绍里被忽略了"。③尽管存在着评价上的错位，但这毕竟是新中国成立后最早的川端

---

① 除特别注明外，本文论及中国的川端康成小说研究时均指内地的研究。
② 1942年有范泉译川端康成随笔集《文章》由上海复旦大学出版社出版。见钦鸿：《范泉著译书籍闻见录》，《出版史料》2011(2)，第120页。
③ 王志松：《川端康成与八十年代的中国文学——兼论日本新感觉派文学对中国文学的第二次影响》，《日语学习与研究》2004(2)，第54页。

康成小说评论。自此之后,川端康成小说在中国得到了大规模的译介,并逐渐受到文学研究者的重视。

在新中国成立后前30年的尾声,川端康成小说研究的序幕终于徐徐拉开。

三、1979—2009年的研究状况

中国的川端康成小说研究在即将进入20世纪80年代时,才随着改革开放的到来而起步。1979年9月,研究日本文学的专门学术组织"日本文学研究会"成立,并在长春召开了日本文学研究会,会议提交的三十余篇论文中出现了关于川端文学的评论文章,这标志着中国的川端康成小说研究在学术会议上正式登场。中国的川端康成小说翻译也在70年代末80年代初启动并很快驶入发展轨道。1981年,上海译文出版社和山东人民出版社分别出版了侍桁翻译的《雪国》和叶渭渠、唐月梅翻译的《古都 雪国》。① 此后,随着翻译从零星到系统、从局部到整体的发展,川端康成小说研究也渐成规模。

尽管自20世纪70年代末以来,文学研究界对文学社会功能的单一认识以及对文学阶级性的片面强调都开始失去市场,但这种转变并非一夜之间突然完成,而是经过了一个循序渐进的过程。因此,在80年代初期,把文学当作阶级斗争的工具,过度强调文学的人民性和党性的观点依然存在。表现在川端文学研究领域,即是简单乃至武断地以社会批评的方法加以评判,有些论文甚至局限于道德评价或阶级划分而做出全面否定的价值判断。以改革开放后最早得到翻译和研究的中篇小说《雪国》为例,有论者将主人公驹子定性为自甘堕落、愿做男人玩物的烟花女子,并据此对《雪国》提出了政治性的价值批判,认为作品意在歌颂腐朽没落。② 此类观点在80年代前期的川端康成小说研究领域仍占有相当比例。但值得注意的是,此时期对川端文学价值的探讨已经开始从单一走向多元,因此,即使围绕同一作品,也出现了截然不同的判断。同样是《雪国》研究,有学者摆脱了泛政治化的标准,从艺术层面展开分析,认为驹子身上蕴含着日本的传统美,她的沦落是社会使然,也恰恰因此而成就了对资本主义社会的有力揭露。③

1985年,日本国际交流基金会与原国家教委合作在原北京外国语学院成立了"日本学研究中心"(现称"北京日本学研究中心")。此类机构的建立大大推进了中国对日本文学的研究,川端康成小说研究也在这种总体氛围中得到了迅速发展。到80年代后期,随着文学观念的进一步转变,学者们开始关注川端

---

① 除此之外,这一时期也有散见于文学刊物或选集的川端短篇作品翻译,如《母亲的初恋》,《日本短篇小说选》,叶渭渠译,北京:人民文学出版社,1981年,第596—624页等。
② 见李芒:《川端康成〈雪国〉及其他》,《日语学习与研究》1984(1)。
③ 见平献民:《谈〈雪国〉的艺术特色》,《外国文学研究》1982(4)。

康成小说中的个体体验和审美特征。一些研究者开始强调川端文学中所蕴涵的纯真与朦胧之美,如李德纯的《川端康成的〈伊豆的舞女〉》(《读书》1983年第8期)就细致阐述了《伊豆的舞女》中对刹那感觉和压抑情感的"美"的表现。

与对川端康成小说思想价值褒贬不一的两极化评判不同,中国研究界对于川端文学艺术风格和艺术技巧的评价基本趋于一致,大都不同程度地对其艺术成就予以肯定,纷纷赞赏川端康成有效地借鉴了西方现代派小说手法,并且将其与日本传统巧妙结合。研究领域的这种肯定评价实际上与80年代中国的整体人文环境密不可分。当摆脱了长期精神桎梏的学者们终于得以放眼世界时,他们看到了完全不同于现实主义和阶级评判的崭新的文学风景,并且在西方文艺思潮的共时性涌入中无比兴奋。而川端之获得诺奖,恰使他成为借鉴西方文学现代技巧的最成功案例,因而成为中国的文学研究者们评说的重要对象。川端文学中传统与现代的接点遂成为研究者普遍关注的课题,如王育林《川端康成与超现实主义》(《解放军外国语学院学报》1985年第3期)等。

在整个80年代,虽然有大量研究川端康成小说的论文发表于各级学术刊物,但研究专著的出版十分滞后。根据日本川端文学研究家林武志在《川端康成战后作品研究史·文献目录》"海外的研究文献目录"中的统计,截止到该书出版的1984年,在日本本土之外的川端文学研究中,中文版的仅有台湾出版的《日本的美与我》(台湾商务印书馆,1968年),但该书也仅仅是收录有乔炳南撰写的《川端康成传》(第26—58页)。[①] 在中国大陆,直到1989年才出现了第一部真正意义上的专著——《东方美的现代探索者——川端康成评传》(叶渭渠著,中国社会科学出版,1989年)。有学者将该书评价为"首部对川端的思想及作品进行全面评述的学术专著,是中国川端文学研究史上具有划时代意义的里程碑式著作"[②]。

总体来看,80年代中国的川端康成小说研究在批评方法上还比较单一,研究对象也比较狭窄,大都集中于《伊豆的舞女》和《雪国》等少数几篇著名的代表性作品。进入90年代以后,中国的经济转型速度加快,商品意识逐渐得到强化。在这种时代氛围下,许多出版社出于经济利益和社会效益的考虑,倾向于出版有影响的日本作家的个人作品集,如1996年中国社会科学出版社出版的10卷本《川端康成文集》。另一方面,80年代曾经引领中国文坛的许多作家如余华、莫言、贾平凹等,到90年代已经获得了十分稳固的文坛地位,他们纷纷撰

---

① 参见『川端康成戦後作品研究史·文献目録』、林武志編、教育出版センター昭和59年(1984)12月、pp. 336—349。

② 见李先瑞:《川端文学在中国的翻译与研究(上)》,《日语知识》1999(4)。

文,言说自己在文学创作的探索阶段所接受过的川端康成的影响①,这从中国本土作家的创作层面与外国文学的研究形成了恰到好处的呼应。川端康成小说研究正是在这种背景下得到了发展壮大,其不同时期的文学创作也因此得到了中国学界较为系统和全面的认识,相关论文和著述日益丰富。

在批评方法上,90年代以后,中国的川端康成小说研究才基本上摆脱了社会批评的思维模式。研究者们不但发现和承认了川端文学的复杂性,而且开始对这种复杂性的组成成分加以追究,体现了研究方法上的进步。随着时代的发展,对川端文学艺术性的关注进一步成为研究的焦点,许多论文结合作品文本进行了细致入微的鉴赏性分析,出现了多视角、多层面探讨川端文学的论文。如张石的《死之美的东方性——谈川端康成创作的一个美学特征》(《日本学论坛》1991年第3期)、何乃英的《论川端康成小说的艺术特征》(《北京师范大学学报》社会科学版1995年第5期)、何文林的《传统 个人 时代——川端康成小说的艺术美》(《天津师范大学学报》社会科学版1996年第1期)、王奕红的《从〈雪国〉看川端文学的美学意象》(《当代外国文学》1997年第3期),等等。但相对于之后的研究,这一阶段对川端艺术风格形成根源的探讨尚不够深入。

在研究范围上,随着人们思想观念由封闭转向开放,对日本文学的译介逐渐呈现出多元化趋势。作家的意识形态不再作为译介和评价的唯一标准,而是注重从多个角度、多个层面对同一作家的不同作品加以分析和评论。作为研究对象的川端小说,其范围不仅扩展到了战后作品群、晚年作品群——如谭晶华的《典型的中间小说——论川端康成〈山之声〉的创作》(《解放军外国语学院学报》1996年第6期)、肖四新的《本真生命的追求与探寻——论川端康成后期作品的实质与价值》(《外国文学研究》1997年第1期),而且还向前回溯至早期作品群——如李希华的《川端康成早期儿童小说评述》(《辽宁教育学院学报》1996年第1期)。一些曾经遭到严厉批判的川端康成小说也得到了重新评价,如刘劲予在《试论川端康成〈睡美人〉的美学意义》(《广东教育学院学报》1995年第4期)中,明确反对把《睡美人》斥为颓废和色情而不屑一顾的观点,肯定了这篇小说具有的"美的深层意义和价值",指出小说体现了川端"一种化丑为美的艺术

---

① 如:余华在《川端康成和卡夫卡的遗产》中说:"1982年在浙江宁波甬江江畔一座破旧公寓里,我最初读到川端康成的作品,是他的《伊豆的舞女》。那次偶尔的阅读,导致我一年之后正式开始的写作,和一直持续到1986年春天的对川端的忠贞不渝。那段时间我阅读了译为汉语的所有川端作品。他的作品我都是购买双份,一份保藏起来,另一份放在枕边阅读。"(《外国文学评论》1990年第2期)。贾平凹则毫不掩饰地承认,正是由于川端康成"作品给我的启发,才使我一度大量读现代派哲学、文学、美学方面的书","川端康成作为一个东方的作家,他能将西方现代派的东西,日本民族传统的东西,糅合在一起,创造出一个独特的境界,这一点太使我激动了"。(贾平凹《平凹答间录》,《商州:说不完的故事4》,北京:华夏出版社,1995年,第527页。)王小鹰也在《从川端康成到托尔斯泰——外国文学与我》(《外国文学评论》1991年第4期)中谈及川端文学对自己的启发。

追求"，其目的是"通过审丑而认识丑，从而否定丑，达到精神的超越，心灵的净化，更感知美的意义"。① 这也引起了21世纪之后对《睡美人》这类争议作品重新评价的热潮。

在研究视角上，也出现了从未有过的丰富多彩的局面。如范川凤在《川端康成的镜子视觉艺术》中指出，川端文学不同于中国读者所习惯的现实主义传统作品，"而是一种镜子中的视觉艺术"，正是"这种创作方法上的差异造成了读者对他作品理解的阻碍"。② 丁武君的《川端康成创作中色彩的表现模式及其象征性》通过分析川端康成小说中"红与白""黑与白"等色彩组合的象征意义和表现模式，探讨了川端康成的小说创作手法。③ 谷学谦在《川端康成与佛教》中通过《抒情歌》《美丽与悲哀》等作品中的女主角分析了川端康文学所接受的佛经的启示。④ 郑忠信的《黑色乐章——川端康成死亡论》则从美学角度阐释了川端康成人生和创作中的死亡因素。⑤ 即使是已经被反复研究过的作品，也有学者从新的侧面展开分析，如陈龄《〈伊豆的舞女〉中的情爱描写》（《当代外国文学》1997年第1期）等。

90年代川端康成小说研究的另一个重要特点是，出现了对研究史本身的总结和梳理，如李芒的《日本文学在中国的翻译和评价》（《日本学刊》1992年第5期）、李先瑞的《川端文学在中国的翻译与研究（上、下）》（《日语知识》1999年第4、5期）、孟庆枢的《川端康成研究在中国》（《外国文学研究》1999年第4期）等。这一方面从侧面说明研究成果已经蔚为大观；另一方面也说明学者们对这一研究领域已经具有学术史的反省意识和谱系意识。

此外，与80年代不同的是，90年代川端文学的研究专著层出不穷，达十余本之多。1996年，中国社会科学出版社在前述第一部川端文学研究专著的基础上出版了该书的增订版《冷艳文士——川端康成传》。作者叶渭渠在川端文学的翻译和研究两个领域均功不可没，他首先关注了川端文学的艺术性，提出："如何解开川端的文学结构和美的方程式，给川端文学以准确的定位，恐怕是研究川端文学首先必须解决的问题。"他本人正是从这一立场出发，探究了川端文学中的传统与现代因素。另一方面，叶渭渠的研究方法打破了国别文学的研究壁垒，致力于"在东西方文学比较中寻找到日本民族文化的根"。他明确提出："川端文学的双重乃至多重结构、非常复杂的美的方程式，用一般的方法、单一

---

① 刘劲予：《试论川端康成〈睡美人〉的美学意义》，《广东教育学院学报》1995年（4），第25、27页。
② 范川凤：《川端康成的镜子视觉艺术》，《外国文学研究》1994（1），第24页。
③ 丁武君：《川端康成创作中色彩的表现模式及其象征性》，《外国文学研究》1994（4）。
④ 谷学谦：《川端康成与佛教》，《外国文学研究》1999（4）。
⑤ 郑忠信：《黑色乐章——川端康成死亡论》，《外国文学研究》1997（3）。

的研究方法似乎难以解明。"①这与川端康成的文学主张——日本文学既是日本的,也是东方的,同时又是西方的——非常一致。

实际上,随着比较文学学科在中国的确立和发展,加之1997年原国家教委将"世界文学"和"比较文学"这两个原本相互独立的二级学科整合为"比较文学与世界文学",日本文学专业以及中国文学一级学科下的比较文学专业的学者都不约而同地突破学科界限和国别限制,开始借助比较文学的方法展开对川端康成小说的研究。在这方面,中国内地唯一的比较文学专业期刊《中国比较文学》起到了极大的推动作用。该刊在1994年第1期上刊出了孟庆枢的《从比较文学角度看川端康成走向世界》,接着又在1995年第1期同时刊出了于长敏的《独到的艺术魅力——作品中的典雅美 川端康成与朱自清的作品比较》、文洁若的《川端康成的〈水月〉和沈从文的〈阿金〉》等。此外,针对一些曾经自己表白过接受川端影响的作家,也有学者纷纷进行了比较文学意义上的研究,如黄嗣的《贾平凹与川端康成创作心态的相关比较》(《湖北大学学报》哲学社会科学版1995年第3期)、俞利军的《余华与川端康成比较研究》(《外国文学研究》2001年第1期)等。还有一些学者关注到了川端文学与西方文学的关系,这方面的研究有乔丽媛的《泰戈尔与川端康成人生观及其创作比较谈》(《辽宁教育行政学院学报》1993年4月)、甘丽娟的《战争·女性·死亡——川端康成与海明威创作个性比较》(《日本研究》1996年第1期)等。

以比较文学方法研究川端文学的倾向从20世纪90年代一直延续到了21世纪,并且在21世纪有了进一步的发展和深化,这与全球化时代的到来是一致的。但是总体来看,这类研究中有相当一部分还停留于浅表层面的平行"对比",而不是深入文学与文化内部的真正意义的"比较"。直到最近几年才有所改变,如周阅的《川端康成文学的文化学研究——以东方文学为中心》(北京大学出版社,2008年)即致力于在东方文化语境下挖掘川端康成文学与中国文化的关系,该书分别从川端文学与佛教、美术、围棋以及与中国哲学和中国文学的关系这五个方面入手,以比较文学的方法解析了川端文学的生成过程及其艺术风格的形成根源。

进入21世纪以后,川端康成小说研究领域一个值得一提的现象是,当川端康成已经不被日本年青一代阅读的时候,却开始得到中国年轻学人的关注,最典型的表现就是出现了大量研究川端文学的硕士论文和博士论文。仅笔者据中国知网的"中国优秀硕士学位论文全文数据库"统计,以川端文学为主要论题

---

① 此部分引文均见叶渭渠:《川端文学研究的几点思考》,《日本学刊》1993(4),第94、95、97页。

的"优秀硕士论文"就有 35 篇之多。① 此外,对于以往被普遍忽略的掌篇小说②的研究也取得了大量的成果。

结　语

总体来讲,与日本研究界相比,中国的川端康成小说研究的视野还比较狭窄,关注的作品较为集中,对川端文学的整体把握和全面分析不够。当然,这也与中国对川端文学的译介尚不全面,还未出版过川端康成全集有关(日本的新潮社版的《川端康成全集》达 37 卷)。此外,中国的川端康成小说研究,在资料挖掘的广泛深入和文本分析的细致入微方面,仍与日本学界有较大差距。在这种状况下,要客观真实地解析川端文学的本质特征及其形成过程还需要付出艰苦的努力。

值得一提的是,日本对于川端文学研究史本身一直在进行定期的梳理和研究,做了大量的文献汇集整理工作,还进行了川端文学作品的目录学研究。与此相对,中国一直侧重于针对作家本人以及作品文本的研究,而尤以后者为重,在川端作品中译本的整理和研究文献的收集汇编方面,特别是中国川端文学研究史的梳理方面,都缺少体系性的成果。

日本与中国川端文学研究的共同之处是,两国学者都更加侧重于单维度的作家、作品研究,或者较多地集中在其与西方文化的关系方面,而较少关注甚至忽略川端对东方文学和文化(除日本传统之外)的汲取。在对川端康成小说展开比较文学研究的方面,中国与日本大致相当,中国起步较晚,但发展势头较为强劲。这一领域的研究,中日两国学界也多有类似。如多数论著都集中于两个方面——"新感觉派"和日本传统,且在川端康成对西方文艺思潮的借鉴问题上,都有过分强调之嫌。与之相应的是,对于川端文学与中国文化的关系,两国的研究都尚嫌薄弱,特别是成体系的研究成果还十分少见。即使在川端研究最为发达的日本,也是直到 2005 年才有康林③著《川端康成与东洋思想》问世(新典社,平成 17 年)。此前两年,中国有张石的《川端康成与东方古典》出版(上海古籍出版社,2003 年),该书有意识地将川端文学置于东方文化语境中展开研究。巧合的是,在两本专著中,真正涉及川端文学与中国文化关系的内容,都仅

---

① 此统计标准为,标题(含副标题)及关键词中有"川端康成"、论述内容中川端文学占重要篇幅者。统计截止到 2010 年。

② 日文原文为"掌の小説",指篇幅短到可以放在手掌上的小说。

③ 康林的《川端康成与东洋思想》在日本写作并出版,但根据该书所附作者简介,作者康林是中国人,现任职于上海外国语大学。

有一章。①

然而,自古以来,中日之间的文化交流都远比日本与西方之间更加久远和频繁,这种在中国以及其他东方国家的文化渗透中所形成的宽广丰厚的文化土壤,正是川端文学诞生的基础。因此,研究川端康成的小说,绝不应该忽视东方文化特别是中国文化因素的影响。

川端康成是一位公认的善于吸收和消化异文化因素的作家,他始终坚持自觉地汲取外国文学和外国文化中可资借鉴的因素,并努力使之化作自身文学创作的有机组成部分。正是由于川端的这一艺术创作特点,决定了对其小说创作的研究,不但应该超越单纯的作品赏析,挣脱国别文学框架的束缚,而且还应该在更加广阔的文化视野中进行,即力求以跨文化和跨学科的视角,既关注其中的异民族文学的因素,同时也挖掘出文学之外的其他艺术门类的因素,探明这些文化因素是如何进入到川端文学的内部并发生作用的。

另一方面,川端康成是一位以美为最高艺术追求的作家,这就决定了对川端文学的研究不能脱离审美的立场。同时,任何文学作品的创作都需要作者高度的艺术感悟力,同样,对文学作品的分析阐释也离不开研究者的感悟。因此可以说,立足于文本的审美分析是文学研究的最基本方法之一,对川端康成小说的研究尤其如此。在这两个方面,今后的川端康成小说研究还有很大的发展空间,值得期待。

第八节　大江健三郎小说研究

诺贝尔文学奖获得者、日本小说家大江健三郎(Oe Kenzaburo, 1935—　)于1957年以短篇小说《奇妙的工作》登上文坛,其后笔耕不辍,半个世纪以来创作中长短篇小说约百部(篇),另行发表了数量更多的随笔、书简、文论、讲演和对谈,作品总字数逾千万字(中文)。大江健三郎借助这些作品置身于边缘,从不停歇地向权力中心提出质疑和挑战,为维护战后和平、反对复活国家主义而殚精竭虑,在日本知识界乃至世界文坛享有很高声誉。

遗憾的是,在大江获得诺奖(1994年)之前,中国内地只翻译了大江第一次

---

① 康林的《川端康成与东洋思想》全书四章分别是:第一章"川端文学与老庄思想"、第二章"川端的文学理论"、第三章"初期作品试论"、第四章"《雪国》序论",实际上只在第一章集中论述了川端所受中国哲学思想的影响,其余各章均以单篇作品研究为主。张石的《川端康成与东方古典》全书四章分别是:第一章"川端康成的生活"、第二章"川端康成的美学"、第三章"川端康成与东方古典专论"、第四章"作品专论",其中仅第三章以《南方之火》和《山音》两篇小说为中心探讨了川端文学与中国易学文化的关系,同时分析了《睡美人》与禅宗的关联,且该章内容比其他章节都显单薄,只有两小节。

访华时写的特约文章《新的希望的声音》(1960)以及三篇零散发表的短篇小说《突然变成哑巴》(1981)、《空中怪物阿贵》(1986)和《饲育》(1988)。译介的缺失不可避免地造成了大江健三郎小说研究的缺失,在此期间,只有王琢的《人·存在·历史·文献——大江健三郎小说论纲》(1988)和孙树林的《大江健三郎及其早期作品》(1993)这两篇论文面世,前者概述了大江"是个举足轻重的'先锋派'代表作家,在近30年的文笔生涯中,以锐意求新追求与世界文学同步的态势"[1],后者则以大江的初期作品群为分析对象,认为"大江健三郎常常走在日本文学界的最前端,用具有现代意识风格的作品去反映忧郁、烦恼、彷徨、无所依托的青年一代,深深地挖掘社会所面临的种种问题以及人生的本质,批判当今资本主义社会的流弊。他的作品被介绍到欧美,成为当今享有国际声誉的为数不多的日本作家之一。然而,在我国,大江健三郎的作品翻译及研究近乎一片空白"[2]。

这种"近乎一片空白"的现状直至大江健三郎获得诺奖之后才开始发生变化,尽管《世界文学》《外国文学动态》等杂志和光明日报出版社等出版机构在第一时间就组织译介大江健三郎的作品,却终究无法改变中国的大江健三郎小说研究起步晚、起点低且无学术储备这一不可否认的尴尬境况。在那之后的近二十年间,中国学界从这"近乎一片空白"的起点上蹒跚而行,经由最初十年的萌发期进入后十年的发展期,为今后进一步提升研究水准做了较好的积累。为了梳理这种独特背景下的大江健三郎小说研究,不妨将这里所说萌发期(1994—2003)视为第一阶段,将发展期(2004年至今)视为第二阶段。

一、萌发期(1994—2003)

如前所述,1994年10月之前,在中国的外国文学研究领域,有关大江健三郎文学的翻译和研究都"近乎一片空白",及至大江获得诺奖之后,中国的日本文学研究界方若大梦初醒,却苦于没有学术储备,仓促间发表的文章多为动态性介绍文章,这从题名上便可略见一斑,比如蒋白俊的《出人意料的大江健三郎》(1994)、许金龙的《超越战后文学的民主主义者——大江健三郎》(1994)、叶琳的《日本作家大江健三郎荣膺1994年度诺贝尔文学奖》(1995)、于长敏的《大江健三郎和他的作品》(1995)、白晓煌的《大江健三郎与日本出版界》(1995)、陶振孝的《大江健三郎其人其作品》(1995)、周长才的《大江西去——写在大江健三郎获得诺奖之后》(1995)、许金龙的《从森林走向世界——记诺贝尔文学奖获得者大江健三郎》(1995)、鲁泉的《诺贝尔文学奖新得主——大江健三郎》

---

[1] 王琢:《人·存在·历史·文献——大江健三郎小说论纲》,《社会科学战线》1988(4)。
[2] 孙树林:《大江健三郎及其早期作品》,《日语学习与研究》,1993.5。

(1995)、慕芙蓉的《1994年度诺贝尔文学奖得主：东瀛作家大江健三郎其人其作》(1995)等等。由于此时国内的大江健三郎小说中译本凤毛麟角，具有独到见解的学术文章更是寥若晨星，因而上述动态性介绍文章所依据的参考资料大多来自日本方面，少见作者本人的独到解读，只能在一定程度上满足普通读者的阅读需求。

除了以上动态类介绍外，中国学界参考日本同行的先行研究，多将大江健三郎文学界定为存在主义文学，如庞希云的《"东方存在主义"：大江健三郎向世界说话的方式》(1998)、刘光宇的《大江健三郎小说与存在主义》(1999)、胡志明的《暧昧的选择——大江健三郎早期创作中对萨特存在主义影响的消化》(2000)、程丽华的《试论大江健三郎存在主义文学日本化的特征》(2001)、沈慧君的《论大江健三郎早期创作的存在主义》(2003)、牛伶俐的《试论大江健三郎对存在主义的超越》(2001)等论文，都将大江文学置于法国存在主义背景下加以分析，力图论证存在主义对大江文学的内在规定性。当然，也有一些论文提出不同见解，尝试阐释大江文学中有异于存在主义的特质，比如王中忱注意到"大江并没有在存在主义的思想结论处止步，他从存在主义那里得到启发，进而构筑了自己小说的独特方法，并借此从独特角度探索了人的存在情境及可能前景"[1]，叶渭渠则进一步指出："大江虽然受到萨特和加缪的存在主义影响，但他吸收了存在主义的技巧多余理念，即便是吸收他的文学理念，但也日本化了。"[2]有关大江文学与存在主义的关系，是中国的大江健三郎小说研究中的一个重要组成部分，尽管以上这些先行研究由于学术储备不足等局限而未能深入展开，却也为其后的研究奠定了基础。

在大江获得诺奖后，《外国文学动态》和《世界文学》于1995年1月分别刊载了大江健三郎的两个专辑（含中短篇小说、长篇小说缩译、获奖讲演辞和评论文章等），光明日报出版社则于同年5月出版了由叶渭渠主编的《大江健三郎作品集》（全五卷，计有《个人的体验》《万延元年的足球队》《性的人》《广岛札记》和《死者的奢华》），稍后，同为叶渭渠主编的两套大江健三郎丛书也相继问世，一套是作家出版社于1996年4月出版的《大江健三郎最新作品集》（全五卷，计有《摆脱危机者的调查书》《日常生活的冒险》《同时代的游戏》《人的性时代》和《青年的污名》），另一套为河北教育出版社于2000年5月出版的《大江健三郎自选集》（全三卷四册，计有《燃烧的绿树》上下卷、《迟到的青年》和《小说的方法》）。应该指出的是，面对解读难度极高的大江健三郎的小说作品，除王中忱等部分

---

[1] 王中忱：《倾听小说的声音——试说大江健三郎的方法意识与创作特征》，《世界文学》1995(1)，第185页。

[2] 叶渭渠：《偶然与必然》，《死者的奢华》，北京：光明日报出版社，1995年，第7页。

译者外,大多数译者并没有相应学术储备,甚至有些译者还是日语专业的在校生,这就使得这一期间的翻译水准参差不齐,部分译本多有误译和漏译之处。尽管如此,以上这批译本仍在很大程度上为学界提供了参考文本,相关文本研究的第一批论文也随之出现,比如刘立善的《大江健三郎〈个人的体验〉》(1995)、周海林的《评大江健三郎的战争反思录——〈拔苗斩仔〉》(1995)、霍士富的《试析〈万延元年的足球队〉的艺术手法》(1996)、于化龙的《边缘情结的辉煌——大江健三郎及其〈万延元年的足球队〉》(1996)、熊泽民的《边缘文化狂想曲——〈万延元年的足球队〉的文本阐释》(1997)、王琢的《试论大江健三郎〈同时代游戏〉的意义》(1998)、王奕红的《试论小说〈死者的奢华〉的主题表达》(1999)、关立丹的《森林情结与"监禁状态"——从大江健三郎的〈饲育〉谈起》(1999)、孙树林的《〈燃烧的绿树〉白描》(2000)、陈春香的《试析〈个人的体验〉的两极构成》(2001)、牛伶俐的《灵魂再生的妄想——评大江健三郎的长篇小说〈个人的体验〉》(2001)、王奕红的《权威、群体与社会化——解读〈饲育〉》(2003)等等。这其中有些是单纯的文本分析;也有些从文化人类学角度出发,结合相关文本展开论述;亦有些注意到森林意象在大江文学中的特殊性,将森林与大江文学的关键词"边缘"链接在一起。

同样是以这批翻译作品为分析文本,部分学者从人类困境和边缘等主题切入,比如叶继宗的《再现人类困境中的不安——大江健三郎初探》(1995)、王琢的《"被监禁状态"下的苦闷与不安——论大江健三郎第一阶段初期小说》(1995)、涂险峰的《大江健三郎小说与现代文明的不安》(1997)、邓国琴的《试论大江健三郎的边缘意识》(1998)等,另有部分学者试图把握大江的文学特质,比如刘世龙借助《大江健三郎的文学观及文学特征》(1995)指出大江努力从事的工作其实是在重建人性,而于进江的《大江健三郎和"大江文学"特色》则试图全景式再现大江其人其文学。此外,也有部分研究者试图运用影响研究和平行研究的方法对大江文学进行解读,比如沈小明的《〈万延元年的足球队〉与〈红高粱〉比较》(1996)、杜隽的《存在主义的不同阐释者:海明威与大江健三郎》(2001)、许金龙的《大江健三郎与中国文学》(2001)等等。

由于大江健三郎获得诺贝尔文学奖这一契机,新闻界和书刊界产生了巨大的市场需求,有关大江其人其作品的评述和翻译犹若井喷之状,显现出一派繁华景象。尽管译本的翻译质量不尽如人意,评述亦多为动态性介绍文章,却终究彻底改变了"近乎一片空白"的尴尬境况。尤其在2000年9月,大江健三郎获奖后第一次以诺奖得主身份访问中国,这也是新中国迎来的第一位诺贝尔文学奖获得者。在大江健三郎与黄宝生、陈众议、许金龙、王中忱、于荣胜等学者和莫言、铁凝、阎连科、余华、徐坤等作家进行学术交流的同时,出版机构也被激发出更大热情,在其后数年间陆续翻译出版了大江的诸多小说和随笔。这一批翻译出版的最大亮点,即在于开始出现大江当时的最新长篇小说,比如《燃烧的绿树》和《空翻》,而且翻译工作也是由郑民钦、杨伟等年富力强的学者承担,这就为学界及时提供了可以信赖的参考文本,随之出现了霍士富的《大江文学的宗教理想及其在作品的表现——试析〈燃烧的绿树〉》(2001)、许金龙的《一部拷问灵魂的力作——评大江健三郎新作〈空翻〉》(2003)等研究文章。值得关注的是,这是我们在有关大江健三郎小说的翻译和研究方面第一次勉强跟上国外同行的节奏。

综上所述,尽管存在种种困难,中国的大江健三郎小说研究毕竟已然萌发,为其后的进一步发展打下了基础。

二、发展期(2004年至今)

有了前十年的积累,发展期的大江健三郎小说研究大致呈现出以下几个特征:

1. 在惯性作用下,仍有诸多学者关注存在主义与大江健三郎小说的各种关联,比如安徽的《继承与超越——论大江健三郎与萨特的存在主义》(2004)、兰立亮的《从〈死者的奢华〉看大江健三郎对存在主义的接受和超越》(2005)、姜丽清的《萨特存在主义对大江健三郎创作的影响》(2005)、郑志华的《〈万延元年的足球队〉与存在主义哲学》(2005)、林啸轩的《存在主义对大江健三郎故乡的选择》(2005)、蔡志云的《大江健三郎与萨特存在主义》(2006)、李泓臻的《萨特存在主义对〈个人的体验〉的影响研究》(2008)、邓国琴的《试论大江健三郎存在主义小说的本土化特征》(2008)、田琳的《大江健三郎作品中存在主义的嬗变》(2009)、杨振喜的《大江健三郎存在主义文学的产生条件》(2009)、赵春秋的《大江健三郎存在主义文学的生态批评》(2010)等等,同类论文篇数约占同期论文总数的6%,这些研究者试图从多角度论证大江健三郎小说与存在主义之间密不可分的联系,个别论者甚至断言大江健三郎小说无疑是存在主义的产物。与此同时,也有少数论者在分析大江健三郎小说时,注意到存在主义与人道主义之间的关系,比如蔡志云即在《〈空翻〉对存在主义的超越及其人道主义思想》(2006)一文中指出:"大江对存在主义的超越,表现出大江关注人类生存、追求世界和平与和谐的特殊的人道主义思想",董晓娟更是在《"战斗的人道主义"》(2011)中指出:"'战斗的人道主义'思想贯穿了大江创作的始终",许金龙也在《大江健三郎文学里的中国要素》一文里表示:"始自于少年时期的对鲁迅的阅读和理解,使得大江不自觉地接受了鲁迅文学中包括与存在主义同质的一些因素,从而在接触了萨特以后几乎立即就自然(很可能也是必然)地接受了来自存在主义的影响。当然,在谈到这种融汇时,我们必须注意到另一个不容忽视的重要因素,那就是萨特的自由选择和鲁迅在绝望中寻找希望的有关探索,其实都与人道主义传统有着密不可分的内在联系,而学生时代的大江在学习法国中世纪经典名著《巨人传》的过程中,也从恩师渡边一夫教授那里'接受了决定性的影响'——人文主义思想。顺便说一句,在法语中,人道主义和人文主义都是同一个词汇——humanisme"①。相较于萌发期,发展期的这一类论述显然要全面一些,部分观点更是首次提出。不过,这一时期有关存在主义的研究所参考的分析文本多为早中期旧作,未能及时消化和有效利用同期被译介到中国来的大江健三郎小说的最新译本,在相当程度上滞后于日本同行的研究,而且对人道主义/人文主义的论述也不够充分和准确。

2. 互文性在大江健三郎小说中不断呈现出新的样式,可以毫不夸张地说,从大江的处女作《奇妙的工作》(1957)开始,直至最近刚刚发表的长篇小说《晚年样式集》(2013),在这跨越半个多世纪的创作生涯中,鲁迅文学一直是大江健三郎创作小说时的重要资源。当然,我们在做如此评述时,同样无法忽视大江健三郎小说中来自但丁、拉伯雷、布莱克、叶芝、艾略特、爱伦·坡、本雅明、萨特、劳里等作家、诗人和哲学家的养分,以及来自包括孟子、毛泽东等中国思想家、政治家的积极影响。

在这近十年发展期中的一个可喜现象,就是通过研读大江健三郎小说文本,中国学者不断发现其中的互文关系,其中徐旻的论著《重复中包含着差异》(2011)注意到了大江健三郎的部分小说与其对应的西方作家或诗人,用图表列示出《新人吧,醒来啊》与布莱克、《致思华年的信》与但丁、《燃烧的绿树》与叶芝、《愁容童子》与塞万提斯、《别了,我的书!》与艾略特等等对应关系。遗憾的是,或许因为篇幅所限,论者未能全面进行梳理,更未能就此充分展开论述。除此之外,同类论著还有张文颖的《来自边缘的声音——莫言与大江健三郎的文学》(2007),指出无论在文学理念还是在写作手法上,莫言与大江健三郎都有着极其相似的地方,而且这些相似之处基本上都包含在边缘世界中。的确,借助莫言和大江健三郎这两位作家或夸张、或幽默、或哲理、或荒诞的描写,最为边缘的女人常常显现出极大的韧性和力量以及勇气,她们敢于与恶劣的生活环境抗争,敢于在绝境中通过反抗寻找希望,从而在一定程度上消解甚或颠覆中心和权力,试图创造出更具人性的新宇宙。也正是因为这种文学观与价值观的共鸣和契合,大江才在不同场合表示:"很长时间以来,莫言先生一直是我予以高度评价的、世界文学的同时代作家"②,表示:"莫言先生的小说经常会给人很光明、向着希望前进的感觉。我觉得饱含对人的信任这一点是我们文学的首要

---

① 许金龙:《大江健三郎文学里的中国要素》,《大江健三郎文学研究》,天津:百花文艺出版社,2008年,第88—89页。
② 大江健三郎著、许金龙译:《一位老作家的祝愿》,《中国社会科学报》2010年10月28日。

任务,而表现出确信人类社会是在从漆黑一片向着些许光明前进则是文学的使命"①。

讨论同类主题的论文则有王向兰的《浅析大江健三郎与莫言的边缘化写作》(2004)、林啸轩的《大江的"峡谷村庄"与莫言的"高密东北乡"》(2005)、张文颖的《无垢的孩童世界——莫言、大江健三郎文学中的儿童视角》(2007)等,这批论著和论文的数量尽管不多,却力图以莫言及其文学为参照系,开创出大江健三郎小说研究的新领域。

此类中国视角的论文还有杨玉珍的《论沈从文与大江健三郎原乡追寻的美学建构——以河流/森林为表征》(2006)、刘东明的《再现生存困境的思索者——大江健三郎与史铁生哲学意蕴之比较》(2007)以及许金龙的《"始自于绝望的希望"——大江健三郎文学中的鲁迅影响之初探》(2009)等,另有刘军凯的《性、政治与救赎——劳伦斯与大江健三郎创作之比较》(2007)。从以上统计中可以看出,中国学者更关注中国作家与大江健三郎小说之间的互文关系,这里恰恰也是外国学者难以深入的一个独特空间,就这个意义而言,我们完全可以期待中国研究团队在同类研究中居于世界前列。

3. 在这后十年的发展期内,中国对于大江健三郎新近创作的所有小说和部分随笔都能在第一时间内翻译并出版,比如《奇怪的二人配》(全三卷,包括《被偷换的孩子》《愁容童子》《别了,我的书!》)、《二百年的孩子》《优美的安娜贝尔·李 寒彻颤栗早逝去》《水死》等长篇小说(其中《别了,我的书!》中译本获得鲁迅文学奖优秀文学翻译奖)以及《在自己的树下》《宽松的纽带》《康复的家庭》《致新人》《大江健三郎讲述作家自我》《读书人》等长篇随笔,无论是翻译种类之多还是出版速度之快,都远远超过世界上任何国家和地区,基本与大江健三郎的创作速度同步,以致大江本人感叹道:"我的小说被翻译成外文,首先始于英译、法译、还有德译,而现在,则被最迅速、最全面地翻译成中文,我对此感到幸福和光荣。"②在这种背景下,以大江健三郎最新小说为分析对象的研究文章的篇数也大幅上升,比如许金龙的《"只将你的心扉,向尚未出生的孩子们敞开!"——解读大江健三郎新作〈被偷换的孩子〉》(2004)、《发自边缘的呐喊——再读〈愁容童子〉》(2005)和《"愁容童子"——森林中的孤独骑士》(2005)以及《盘旋在废墟上的天使》(2006)、张景韬的《大江健三郎封笔之作〈别了,我的书!〉》(2006)、姜丽清的《"翻"越"存在"——大江健三郎〈空翻〉解读》(2007)、霍士富的《破坏性的民族反省——评大江健三郎新作〈别了,我的书!〉》(2007)、许

---

① 大江健三郎:《21世纪的对话》,《我在暧昧的日本》,莫言、庄焰译,南口:南海出版公司,2005年,第30页。

② 大江健三郎:《寄语〈优美的安娜贝尔·李 寒澈颤栗早逝去〉中译版》,《优美的安娜贝尔·李 寒澈颤栗早逝去》,许金龙译,北京:人民文学出版社,2009年,第1页。

金龙的《多维度的"二人组合"》(2009)、姜媛媛的《大江文学中的"奇怪的二人组合"》(2009)、霍士富的《从〈优美的安娜贝尔·李 寒彻颤栗早逝去〉看大江健三郎的叙事艺术》(2009)、阎连科的《从小说家到文体家的魔力指引——以〈优美的安娜贝尔·李 寒彻颤栗早逝去〉为例》(2011)、许金龙的《"杀王":与绝对天皇制社会伦理的对决——试析大江健三郎在〈水死〉中追求的时代精神》(2011)、杨钰卉的《〈被偷换的孩子〉的人物与主题》(2011)、许金龙的《〈水死〉的"穴居人"母题及其文化内涵》(2012)、霍士富的《为"时代精神"殉死的多重隐喻——大江健三郎〈水死〉论》(2012)等等,同类论文篇数约占同期论文总数的8%。多视角和多维度的论述,在改变中国的大江健三郎小说研究的严重滞后局面的同时,也极大地丰富了我国的大江健三郎小说研究,使其大致可与日本学界保持同步,尤其在《水死》研究的个别领域甚至遥遥领先。在日本保守势力正以越来越快的速度侵蚀战后民主主义成果并快速复活国家主义的当下,大江健三郎借助《水死》以及《晚年样式集》等系列小说作品不断在绝望中发出含着希望的呐喊,中国学者对大江健三郎小说文本中的这声声呐喊进行深度解读,不仅具有很高的学术价值,更是在传达令世人振聋发聩的警示。

发展期内还有一个新变化——大江健三郎应邀成为中国社会科学院外国文学研究所名誉研究员之后,外文所近年来不定期地在北京、台北和东京等地举办了大江健三郎文学研讨会,邀请大江健三郎本人和海峡两岸部分作家以及多语种文学专家出席会议并发表论文。这其中的多数论文以大江的最新译本为分析文本,比如有陈众议的《童心新说——评〈愁容童子〉与〈堂吉诃德〉及其他》《真实与虚构——大江文学想象力刍议》和《逆水行舟——大江文学思想蠡测》、莫言的《大江健三郎先生给我们的启示》、叶渭渠的《大江健三郎文学的传统与现代》、阎连科的《"大江文学"给中国当代文学的几点启示——在中国"大江文学研讨会上"的发言》、吴岳添的《大江健三郎——当代杰出的人道主义作家》、李永平的《回归与拯救》《反抗中的希望》和《历史忧思与启蒙的冒险》、陆建德的《互文性、信仰及其他——读大江健三郎〈别了,我的书!〉》和《诗与社会——略谈大江健三郎与威廉·布莱克》、万海松的《恐怖的"日内瓦指令":从莫斯科到东京——〈群魔〉和〈别了,我的书!〉对"日内瓦指令"的讽喻》、王中忱的《人文主义者的思想探索与写作实践——试析大江健三郎的早期思想与创作》、彭小妍的《边缘性与跨文化现代性——大江健三郎的安娜贝尔·李》、许金龙的《始自于绝望的希望——大江文学里的鲁迅影响之初探》和《"杀王":与绝对天皇制社会伦理的对决——试析大江健三郎在〈水死〉中追求的时代精神》、黄冠闵的《自己的读者——大江健三郎的想象与自我改造》以及朱天文等人的相关发言等等,这在同期同类论文中又占据了9%。上述拥有西葡拉美文学、日本文学、法国文学、德国文学、俄罗斯文学、中国文学、英国文学、比较文学、哲学、美学等学科背景的学者和富有创作经验的作家,运用自己的专业知识,成功地对大江健三郎小说的不同侧面做出了独特解读。他们在为中国的大江健三郎小说研究贡献一批高质量论文的同时,也隐然成为这个研究群体中可以期待的一支优秀团队。

三、面临的问题和今后的展望

由以上考察可以看出,中国的大江健三郎小说研究从1994年的"近乎一片空白",经由其后约二十年间的萌芽期和发展期,总体状况已经得到极大改观,初步形成了百家争鸣的可喜局面,尤其对大江健三郎晚近小说群的研究,已经可以大致与日本学界同步,个别领域甚至遥遥领先。不过,在这方兴未艾的可喜局面背后,我们也应该看到存在的主要不足:

1. 大江文学极其复杂,包蕴着世界文学、文化人类学、哲学、民俗学、历史学、政治学、社会学、辞源学、植物学以及音乐、戏剧和电影等诸多领域的专业知识,这些知识在大江健三郎小说文本内相互交织,浑然成为一个难以分割的整体。遗憾的是,绝大部分专事日本文学研究的学者除了日本文学以及自己的研究对象外,并不熟悉上述知识。毫无疑问,这种缺失将极大地制约我们对大江健三郎小说文本进行大范围的、有效的解读。希望已经意识到这种缺失的学者有的放矢地抓紧学习,争取在一定程度上弥补这种先天不足;

2. 由于种种原因,包括部分专事日本文学研究的学者在内,很多研究者不愿或不能直接阅读大江健三郎小说原典,主要参考翻译质量参差不齐的中译本,况且这一时期的译本多为早中期作品,这就使得研究者在阅读阶段就大量丢失原始信息,研究视野也被严重局限在已有的译本之内,从而无法把握大江健三郎小说全貌和最新动态,恐怕这也是与国外同行之间存在较大差距的一个重要原因;

3. 倘若不具备相关学术修养,则很难对大江健三郎小说进行深度解读。由于对大江健三郎小说的这种复杂性缺乏深入了解且缺少学术准备,加之在较短时期内无法充分消化新近出版的大江健三郎小说中译本,中国的大江健三郎小说研究在这一时期未能大幅缩小与国外同行之间的差距,相当部分的研究尚停留在对获得诺奖这个事件本身的解读以及对大江其人其小说的某个侧面进行扫描式概述的阶段;

4. 大江健三郎小说原本就是一个有机的整体,很难孤立地对其中某一部小说进行深度解读。可是,我国目前翻译过来的小说作品尚不足其总量的50%,这就使得我国研究大江健三郎小说的学者们难以全景式地考察大江健三郎小说之全貌,只能相对孤立地研读其中已有中译本的部分小说,进而使得中国学者在日本同行面前长期且整体处于弱势;

5. 在考察大江健三郎小说与西方诗人、作家、文化人类学家、哲学家以及思想家之间的互文关系方面,中国的日本文学研究者面临很大困难。比如在大江健三郎的小说创作中,来自18世纪英国诗人威廉·布莱克的影响极为重大,大江的一些小说更是直接以布莱克的诗歌标题命名。然而,由于我国专事日本文学研究的学者很难畅达地阅读布莱克的英文诗作,面对《四天神》等长诗更是无从下手,这就不可避免地需要参考相关中译本。遗憾的是,到目前为止,布莱克的若干长诗尚没有一首被译介到中国来。当然,在这将近二十年间,唯有专事英国文学研究的学者陆建德发表《诗与社会——略谈大江健三郎与威廉·布莱克》这篇论文,也就实在不足为奇了。为了从根本上扭转这种不利局面,今后在招收定向培养大江健三郎小说研究的硕士生或博士生时,建议优先考虑具有英国文学、法国文学、意大利文学、俄罗斯文学等西语文学和比较文学、文化人类学以及民俗学等学科背景的考生,以图为大江健三郎研究团队培养优秀的后备人才。

此外,为了在一定程度上改善上述不利局面,中国社会科学院外文所拟继续举办以两岸多语种文学专家和优秀作家为主体的大江健三郎学术研讨会,同时尽量邀请日本和欧美国家的优秀学者与会,力图为中国的大江健三郎小说研究贡献更多、更好的研究成果。同时,在中国社会科学院外文所、中国作家协会和中国出版集团总公司的支持下,在大江健三郎本人的协助下,从2014年开始,人民文学出版社将以每年十余部的速度出版大江健三郎的小说作品,争取在四年内出版完毕大江健三郎的全部小说作品(全36卷)和部分随笔作品,以图为中国的大江健三郎小说研究者提供可以信赖的参考译本,以期提高中国的大江健三郎小说研究的整体水准,以望中国的大江健三郎小说研究在多领域内实现重大突破。我们共同期待这一天早日到来!

第九节　马哈福兹小说研究

1988年10月13日,瑞典科学院宣布将当年诺贝尔文学奖授予埃及作家纳吉布·马哈福兹(Najīb Mahfūz,1911—2006)。这是埃及,也是整个阿拉伯世界迄今为止唯一获此殊荣的文学家。对他的授奖评语指出:"他通过大量刻画入微的作品——洞察一切的现实主义,唤起人们树立雄心——形成了全人类所欣赏的阿拉伯语言艺术。"瑞典科学院常任秘书斯图尔·艾伦先生在颁奖辞中还指出:"纳吉布·马哈福兹作为阿拉伯散文的一代宗师的地位无可争议,由于在他所属的文化领域的耕耘,中长篇小说和短篇小说的艺术技巧均已达到国际优秀标准。这是他融会贯通阿拉伯古典文学传统、欧洲文学的灵感和个人艺才能的结果。"①

1991年诺贝尔文学奖得主、南非女作家纳丁·戈迪默在为马哈福兹的《自传的回声》英译本写的序言中说:"马哈福兹奉献的智慧已摆在我们面前,摘取它吧,把握生命的奥秘!"而埃及著名文学评论家赖佳·纳加什(Rajā' an-Naqqāsh,1934—2008)早在1970年就曾做过这样的评论:"纳吉布·马哈福兹是一个伟大的民族主义作家。他对于我们阿拉伯人来说,犹如狄更斯之对于英国人,托尔斯泰之对于俄国人,巴尔扎克之对于法国人一样。"②

纳吉布·马哈福兹自己则说:"我是两种文明的儿子。在历史上的一个时期里,这两种文明结下了美满姻缘。第一种是已有七千年历史的法老文明;第二种是已有一千四百年历史的伊斯兰文明。"

纳吉布·马哈福兹于2006年8月30日逝世后,当时埃及总统穆巴拉克在痛悼作家时,曾对他这样评价:"纳吉布·马哈福兹用他的笔表述了他对埃及人民及其历史、事业的热爱,用他的创作表达了人类的共同价值,并用他的作品宣扬了不要执迷、偏激而要教化、宽容的价值,他荣获诺贝尔文学奖表明了一种承认,承认阿拉伯思想对人类文明及其现代遗产作出的贡献。"称他"是思想、文化的一面旗帜,是一位卓越的小说家,一位启蒙的思想家,是一位标新立异的笔杆子,是一位让阿拉伯文化、文学走上了世界的作家"。当时美国总统布什则称纳吉布·马哈福兹是"一位不凡的艺术家,他成功地将丰富多彩的埃及历史、社会摆到了世界面前",布什进而说:"马哈福兹的作品将会继续把他热爱的埃及介绍给美国人和世界各国的读者。"而当时法国总统希拉克在闻知噩耗后则称:"纳吉布·马哈福兹非常认真、仔细、现实主义地描绘了埃及社会,他是第一个于1988年获得诺贝尔文学奖的阿拉伯作家,为埃及文学和古老的埃及天地赢得了世界性的声誉,在那片天地里,他度过了童年,并从中获取了创作的灵感。"希拉克称纳吉布·迈哈福兹是一位"和平、对话和宽容的人"。

一、新中国成立后30年的马哈福兹研究

在我国,由于种种历史原因,特别是受"西方—欧洲中心论"的影响,长期以来,对东方文学的译介、研究远不及对西方文学的译介、研究,而且,即使在东方文学中,对阿拉伯文学的译介、研究也远不及对日本、印度文学的译介研究。

阿拉伯语教学,虽从1946年起开始进入我国高等院校的课堂,从而结束了历来这种语言多半只限于在回民经堂里教学的状况,但直至20世纪80年代改革开放,在当时设有阿拉伯语专业的七八所高等院校中,基本上只有语言教学,

---

① 斯·艾伦:《诺贝尔文学颁奖词》,郁葱译,《世界文学》1989年(2),第200页。
② 埃及《新月》1970(2),第5页。

很少有关于文学的课程。

20世纪50年代末60年代初,为了配合当时中东政治形势的发展,为了表示对兄弟的阿拉伯人民正义斗争的支持,当时在我国急就章式地赶译了一些阿拉伯文学作品,其中就有马哈福兹的译介。

《反帝的文学,战斗的文学!——阿拉伯现代文学概况》一文中提到:"短篇小说家还有乃芝布·买哈福子(即纳吉布·马哈福兹),在大战末期他的名字才初露头角。他写过历史故事、短篇小说,以后开始写长篇小说,出版了一册'汉·哈利里',描写一个家庭,想在宗教中得到平安,结果还是没有免于灾难。他又写'新开罗',描写一个青年人为衣食所迫,愿意让他的妻子同另一个人发生关系,故事中揭露了资产阶级道德的败坏腐朽。乃芝布后来又出版了一本'皮袋'(系《米达格胡同》之误译),描写二次大战中人民的生活。1956年他发表了一部小说'两宫之间',共计三厚册,描写一个埃及家庭的生活,由1919年埃及革命前夕写到1952年的事变。乃芝布是有名的小资产阶级的文学家,他描写本阶级的问题、愿望、对人生的看法、苦闷情绪、经济困难以及与其他阶级的联系。"①

另外一篇苏联学者关于阿拉伯文学的文章中这样写道:"著名的埃及作家纳吉布·马赫(哈)福兹的长篇小说'两座宫殿之间',就是根据现实主义传统写成的。读者的眼前展现了一家普通埃及人的生活。而发生小说情节的背景,是第一次世界大战和1919年的起义,当时,埃及人民拿起武器来反对英国侵略者。最老的一位埃及作家塔哈·侯赛尼(现通译为塔哈·侯赛因),阿拉伯自传体小说的创始人之一,杰出的社会活动家和评论家,热烈地欢迎这部小说的出版。他在发表在'阿里—古姆胡利亚'('共和国报'的音译)报上的一篇评论中指出了这部作品在上的高度价值和它的现实主义。塔哈·侯赛尼说:'自埃及人开始写小说以来,这是我读到的最好的埃及小说之一。'"②

"文化大革命"前,北京大学阿拉伯语专业曾尝试开过一次"阿拉伯文学史"和"埃及现代文学史"课,所用的教材就是改革开放后分别出版的黎巴嫩学者汉纳·法胡里的《阿拉伯文学史》(郅溥浩译,人民文学出版社,1990年)与埃及著名学者绍基·戴伊夫的《阿拉伯埃及近代文学史》(李振中译,人民文学出版社,1980年)。但前者只字未提马哈福兹,后者提到马哈福兹只有两句话。

不难看出,1966年开始的"文化大革命"前,我国对阿拉伯文学基本上就没有什么研究,遑论对于一位阿拉伯作家及其作品的专题研究了。

1966—1976年历时十年的"文化大革命",实际上是"大革文化命"的浩劫。

---

① 哈易卜·达尔迈·法尔曼著、林兴华译:《文艺报》1958(15),第6—9页。
② 舒斯捷尔:《谈阿拉伯文学》,落英译,《译文》1958年10月。

包括纳吉布·马哈福兹及其作品在内的阿拉伯文学的翻译与研究自然是无从谈起了。只有那点少得可怜的译介文章让中国读者知道阿拉伯文坛还有一个马哈福兹。

二、改革开放以来的研究

20世纪80年代初开始的改革开放带来了阿拉伯文学的译介与研究在中国的新兴。

为了打破"欧洲中心论",自20世纪80年代初开始,在我国的高等院校,特别是师范院校的中文系开设了"东方文学史"课;在1982年举办了首届全国东方文学讲习班;1983年成立了"东方文学研究会"。众所周知,阿拉伯文学是东方文学的重要组成部分,"东方文学史"课的开设,引起教的人和学的人对阿拉伯文学的浓厚兴趣,无疑,这在一定程度上促进了我国对阿拉伯文学的研究和译介。

为了扩大学生的知识面,培养学生对阿拉伯文学的审美情趣,提高毕业生的质量,自20世纪80年代开始,设有阿拉伯语专业的院校都相继开设了"阿拉伯文学史"和各种有关阿拉伯文学的课程。部分院校还肩负起培养阿拉伯文学专业研究生的任务。这一切无疑也促进、推动了我国对阿拉伯文学的研究和译介。

应当指出的是,自20世纪80年代开始,特别是自1987年8月"中国外国文学学会阿拉伯文学研究会"建立后,在中国,一支研究阿拉伯文学的队伍已经形成,并日益发展壮大,发挥了自己应有的作用。这支队伍中既有专业人员,也有业余爱好者;既有高等院校的师生,也有工作在社会不同岗位上的同行;既有通过阿拉伯原文进行研究的,也有通过译文或借助其他文字进行研究的。

从某种意义上讲,在我国,对阿拉伯文学的译介与研究基本上是自20世纪80年代改革开放后开始的。对于阿拉伯现代文学的巨擘、被称为"阿拉伯小说之父"的马哈福兹及其作品的译介与研究,自然也是从这一时期开始的。

不难理解,对这一作家及其作品的译介与研究是同步进行的。研究者中,如前所述,既有阿语界通过原文进行研究的,也有外界通过译文或借助其他文字进行研究的。

还应指出,对马哈福兹小说的研究是与对作家的介绍与对其作品的翻译同步进行的,或前者晚于后者。这当然不难理解。

1980年刊出的《一张致人死地的钞票》(范绍民译,《阿拉伯世界》1980年第2期)与《木乃伊的觉醒》(梦早译,《世界文学》1980年第6期),是我国最早译介的马哈福兹的短篇小说。1981年载于《走向深渊——阿拉伯文学专辑》(《译林》编辑部编,江苏人民出版社,1981年)元鼎译的《卡尔纳克咖啡馆》应是最早译介到我国的马哈福兹的中篇小说。1984年出版的《平民史诗》(李唯中、关偶译,湖南人民出版社,1984年)则是我国首部译介的马哈福兹的长篇小说。

马哈福兹为世人留下56部作品,其中37部为中长篇小说,19本短篇小说集。我国现已翻译出版了二十余部马哈福兹的作品。译作的数量虽不足原著的二分之一,但其各阶段的重要作品,特别是代表作已基本译了过来,而且有的作品特别是其代表作还有多种中译本。这些译本为后来的研究者特别是不懂阿拉伯语的学者提供了基础。

如果说新中国的前30年,我国的读者对于马哈福兹几乎是一无所知的话,那么,当他1988年获诺贝尔文学奖时,他们对他的名字及其作品早已不再陌生,甚至对他获奖一事也并不感到那么突然。因为如前所述,早在他获奖前的20世纪80年代改革开放初,他的一些名著如《卡尔纳克咖啡馆》《小偷与狗》《平民史诗》《始与末》《梅达格胡同》《命运的嘲弄》,以及《宫间街》《思宫街》《甘露街》三部曲等的中译本已经出版。其间,有些学者乘在埃及进修、访问的机会,对马哈福兹本人进行过访谈。① 马哈福兹还曾通过他的《宫间街》三部曲中译本向中国读者写信致意,表达了进行中阿文学交流的愿望。②

在这期间,我国的有关学者也对这位作家及其作品做了相应的介绍和初步的研究。这些研究主要是对马哈福兹单部作品的分析,关偶、李琛合写的一篇文章介绍马哈福兹生平和创作的文章③,李琛另有一篇学术性论文探讨了马哈福兹作为一个资产阶级批评者对埃及资产阶级生活的表现④,另有一篇论述了马哈福兹作品改编成电影对埃及电影所作出的贡献⑤。在这期间出版的马哈福兹作品中文版的序或跋中也多有对作家及作品的介绍与评论。

更应提及的是在1987年8月"中国外国文学学会阿拉伯文学研究会"正式宣布成立,并同时举行第二届阿拉伯文学研讨会,全会只有两个中心议题——"一千零一夜"与"纳吉布·马哈福兹及其创作"。在会上"大家似乎为马哈福兹抱不平:这样一个埃及、阿拉伯的巴尔扎克、托尔斯泰、狄更斯……早就该得诺贝尔文学奖了!说句不算太开玩笑的话:我们中国阿拉伯文学研究会为马哈福兹评选诺贝尔奖至少要比瑞典的那个机构早一年!"⑥

当然,对马哈福兹更多、更广泛、更深入地译介、研究是在1988年10月13日他获诺贝尔文学奖后。"一周后,中国的主要报纸如《人民日报》、《文艺报》、《文汇

---

① 见张洪仪、谢杨主编:《大爱无边——埃及作家纳吉布·马哈福兹研究》序,银川:宁夏人民出版社,2008年,第3页。
② 朱凯、李唯中、李振中译:《宫间街》中文版扉页,长沙:湖南人民出版社,1986年。
③ 《埃及名作家纳·马哈福兹及其创作》,《外国文学动态》1981(10)。
④ 参见李琛:《埃及中产阶级的表现者和批评者——纳吉布·马哈福兹》,《外国文学研究集刊·第9集》,北京:中国社会科学出版社,1984年。
⑤ 参见李琛:《纳吉布·马哈福兹与埃及电影》,《阿拉伯世界》1984(2)。
⑥ 张洪仪、谢杨主编:《大爱无边——埃及作家纳吉布·马哈福兹研究》序,银川:宁夏人民出版社,2008年,第5页。

报》,杂志《环球》、《瞭望》、《阿拉伯世界》,文学刊物如《世界文学》、《外国文学》、《环球文学》等纷纷做了报道并介绍马哈福兹。据现有资料统计,有26篇之多……中国阿拉伯文学研究会也快速做出反映,1988年11月10日联合中国社科院外文所、阿拉伯驻华使馆集会庆祝,举办'诺贝尔文学奖得主马哈福兹及其创作'报告会,另外还举办了'马哈福兹阿文原著和中译本展'。阿拉伯文学研究会自成立至今,至少有三次研究会将马哈福兹及其著作列入会议的专题。"①

至今我国学者对马哈福兹及其作品的研究的文章与论文已远不止百篇,有关的硕士和博士论文也有十余篇。其中有对作家及其作品进行总体介绍、研究、探析的;有对其代表作或名作予以个案分析、解读的;也有从比较文学角度对作家、作品进行研究的。

对纳吉布·马哈福兹及其作品的总体介绍,最早的当推如前所述的关偶、李琛的《埃及名作家纳·马哈福兹及其创作》,继而有仲跻昆的《当之无愧——谈纳吉布·迈哈福兹及其文学创作》(《东方世界》1988年第6期),朱威烈的《阿拉伯文学的骄傲》(《环球文学》1989年第1期),齐奋的《纳吉布·马哈福兹》(《世界文学》1989年第2期),郅溥浩的《马哈福兹:阿拉伯文学的一座金字塔》(《文艺报》1995年3月11日)等。应当说明的是20世纪90年代及其后出版的东方文学史或阿拉伯文学史大都以专门的章节对马哈福兹及其创作做了总体介绍。如在《东方现代文学史》(中国社会科学院外国文学研究所编,海峡文艺出版社,1994年)中,李琛以"阿拉伯小说的泰斗——纳吉布·马哈福兹"为专章题目,分"生平与文学思想""现实主义的里程碑""现代人的危机和自审""历史与人类命运的沉思"四节,较系统、翔实地介绍了马哈福兹的生平、思想,对其各个时期的作品特别是其代表作——《宫间街》三部曲、《我们街区的孩子们》《平民史诗》等都做了较深刻的解读,指出:

> 马哈福兹怀着对美好理想的向往与追求,站在历史发展的高度俯视人生,以朴实无华、真实生动的笔触,艺术地再现了埃及发展的现代化进程,表达他对国家、民族、人类命运的关注与思考。他在艺术上锲而不舍的探索,随着时代的前进而发展。每迈出的一步都勾勒出阿拉伯小说发展的轨迹。他的艺术实践不仅把阿拉伯现实主义小说推上顶峰,也促进了它的现代化进程。因此,马哈福兹不愧为"阿拉伯小说之父"。②

此外,在季羡林主编的《东方文学史》(吉林教育出版社,1995年),朱维之等主编的《外国文学简编[亚非部分]》(修订本)(中国人民大学出版社,1998

---

① 丁淑红:《中国的纳吉布·马哈福兹研究掠影》,《外国文学》2009(2)。
② 高慧勤、栾文华主编:《东方现代文学史》下册,福州:海峡文艺出版社,1994年,第1430—1447页。

年),郁龙余、孟昭毅主编的《东方文学史》(北京大学出版社,2001年)以及仲跻昆编著的《阿拉伯现代文学史》(昆仑出版社,2004年)等书中,也都辟有对马哈福兹及其创作的专节介绍和述评。

三、对马哈福兹代表作的研究

对于马哈福兹作品的个案研究主要集中于他的两部代表作——《宫间街》三部曲与《我们街区的孩子们》上。《宫间街》三部曲是阿拉伯作协选出的"105部20世纪阿拉伯最佳中长篇小说"之一,被认为是阿拉伯长篇小说发展的里程碑。如前所述,《宫间街》三部曲至今有三种中译本。其中,1986年湖南人民出版社的译本中附有长达万余字的"译者序言",这篇序言的作者虽未署名,但很可能是出自译者之一的朱凯之手,因为同样的内容还以他写的《纳吉布·马哈福兹的〈三部曲〉》为题,刊载于1986年第四期的《外国文学》上。文章较详尽地介绍、分析了《三部曲》产生的历史背景、内容梗概、人物特征、艺术手法及其在埃及乃至阿拉伯文学史上里程碑式的地位。序言中指出:

> 《三部曲》包含有关于当时开罗社会生活的大量材料,作者描写了上自政治家、贵族,下至普通商人、知识分子、学生、革命者以及妓女、仆人等形形色色的社会人物,反映了他们的生活和命运,并展现了他们的内心世界。作者展开了社会生活的广阔画面,把我们带到爆发反帝游行示威的沸腾的大街、策划党派斗争的政治家的沙龙、革命者聚会的场所,以及醉生梦死的人们寻欢作乐的龌龊角落,给我们提供了一幅光怪陆离、纷繁复杂的社会风景画。
>
> ……
>
> 如果说,作为法国社会'忠实书记员'的巴尔扎克以其《人间喜剧》一书写出了法国社会的'人情风俗的历史'(巴尔扎克语),而托尔斯泰、狄更斯写出了俄国和英国的'人情风俗史',我们也可以毫不夸大地说,纳吉布以其〈三部曲〉写出了埃及的'人情风俗史'。①

这大概是我国最早对三部曲较全面系统的介绍与研究。

谢秩荣的《论纳吉布·马夫兹的〈三部曲〉》(《外国文学研究》1990年第2期)与蒋和平的《埃及1919年革命与纳吉布·迈哈福兹的〈三部曲〉》(《东方研究——二〇〇一年》,国际文化出版公司,2002年),皆以精通阿拉伯文的优势,直接援引发表于阿拉伯书刊上有关马哈福兹本人及有关评论家观点等翔实的原始资料,对三部曲进行深刻的分析、研究。前者在文中指出:"……争取自由——民族自由和个人自由,就是《三部曲》的核心。作者正是围绕这个核心,

---

① 朱凯、李唯中、李振中译:《宫间街》,长沙:湖南人民出版社,1986年,第1—21页。

通过对一个中产阶级三代人的演变,真实地再现了这个重要历史时期埃及社会的动荡和变迁。""家庭是社会的缩影。家庭生活的变化常常与社会生活的变革相联系。纳吉布正是从艾哈迈德一家三代人的演变,从新一代人对旧一代人的胜利中,揭示出时代的变迁,预示了封建制度必然灭亡的趋势。"①后者侧重于对三部曲中之《宫间街》的时代背景与人物分析,指出:"纳吉布·马哈福兹从一个历史学家的角度,客观地再现了1919年革命期间所发生的一些事件;又从一个小说家的角度,生动地描写了学生、知识分子、小资产阶级、及中产阶级等各阶层形形色色的人物对待此次革命的态度。"②

三部曲中的女性形象尤其受到研究者的关注。张嘉南就曾先后发表过《纳吉布·马哈福兹"三部曲"中的女性形象》③《蒙昧与觉醒——谈纳吉布〈三部曲〉中的妇女形象》④《艰难的历程:从马哈福兹的"三部曲"看埃及妇女解放运动》⑤三篇文章予以论析,指出:"全书近六十个人物中,作家用了相当多的篇幅着力塑造了众多的埃及妇女形象。细腻地描绘了她们作为女人、妻子、母亲、女儿、学生;作为女仆、歌女、情妇、妓女等在日常生活中的喜怒哀乐、悲欢离合;反映了她们在反帝爱国运动中的立场、态度;在恋爱、婚姻、家庭等人生道路上的不同追求;揭露了封建伦理道德对妇女的摧残;鞭挞了父权、夫权和神权对妇女的迫害。探讨《三部曲》中妇女形象对了解埃及妇女在52年独立革命前半个世纪中的命运和觉醒是有着深刻的现实意义的,因为阿拉伯妇女的解放运动,正是'在争取民族独立的斗争中发展'。"⑥在21世纪又有年轻学者继续在这方面进行研究。⑦张嘉南先生对马哈福兹作品中的女性问题的研究是在国内学术界女性主义思潮刚刚兴起不久,由此可以看到国内的马哈福兹研究经常是和国内学术界的学术潮流共同进退的。

但比较文学和比较文化在国内热起来的时候,也有人从这个角度对马哈福兹及其作品进行了研究。国内对马哈福兹的比较文学研究大多将他和巴金进行比较。"纳吉布·马哈福兹的三部曲很容易使人联想起我国大作家巴金的《家》、《春》、《秋》三部曲。两者确有异曲同工之妙。"⑧著名文学批评家刘再复就曾说过:

---

① 谢秋荣:《论纳吉布·马夫兹的〈三部曲〉》,《外国文学研究》1990(2),第100—101页。
② 蒋和平:《埃及1919年革命与纳吉布·迈哈福兹的〈三部曲〉》,《东方研究——二〇〇一年》,北京:国际文化出版公司,2002年,第144页。
③ 《阿拉伯世界》1995(3)。
④ 《国外文学》1995(3)。
⑤ 《北京大学学报》1996年东方文化研究专刊。
⑥ 张嘉南:《蒙昧与觉醒——谈纳吉布〈三部曲〉中的妇女形象》,《国外文学》1995(3),第102页。
⑦ 探讨《三部曲》女性问题的论文还有栾立朋的《马哈福兹小说中的女性形象》(《暨南大学》2005年5月)、陆怡玮的《女性主义文化批评视阈下的"开罗三部曲"》(《阿拉伯世界研究》2009年第5期)等。
⑧ 仲跻昆:《阿拉伯现代文学史》,北京:昆仑出版社,2004年,第215页。

"瑞典文学院的马悦然教授曾对我说,纳吉布笔下的现实和巴金笔下的现实与风情很相近。有的作品,只要把人名、地名一换,我们简直难以分清是巴金的还是纳吉布的。"①两位作家三部曲的相似性的确为比较研究提供了很好的话题。

倪颖就发表过《中阿文坛的两位巨匠——巴金与纳吉布·马哈福兹》(《东方研究》(2002—2003),经济日报出版社,2003年)与《东方文坛的两部现实主义巨著》(《东方新月论坛》,北京:经济日报出版社,2003年)两篇论文,指出:"巴金与纳吉布·马哈福兹是当今东方文坛乃至世界文坛的两位巨匠。在几十年的创作生涯中,他们各自为中国人民与阿拉伯人民奉献了大量充满激情、智慧与思想的文学作品,影响了几代人,意义深远。无独有偶的是,两位作家都以自身的亲身经历,以身边的人和事为原型,经过文学加工,创作出了两部杰出的现实主义长篇巨著——巴金的《激流三部曲》(《家》、《春》、《秋》)与纳吉布·马哈福兹的《三部曲》(《宫间街》、《思宫街》和《甘露街》)。"②

薛庆国则在《"家"与东方之弊》一文中进一步指出两部三部曲的创作历史渊源:"在内忧外患、百废待兴时期的中国和埃及,都不乏巴金与马哈福兹这样思想活跃的知识分子,他们由于接受了近代西方先进思想的洗礼,在观察自己身处的古老东方的社会与文化问题时,视野就显得异常开阔,他们对本民族的停滞与落后状态有切身的感受,并且敏锐地意识到其症结之所在。将两位作家的三部曲加以对照阅读并结合现当代中国与阿拉伯知识分子对于民族文化传统的反思,我们发现,中国与阿拉伯(特别是历史包袱同样沉重的埃及)两大东方民族的传统文化中,都存在着许多惊人相似的弊端。"③

属于这一比较文学论题的论文还有余嘉的《前后喻小说文化视域中马哈福兹与巴金的家族小说之比较》(《广西师范大学学报》2000年第2期)、陆怡玮的《殊途同归的两位文化巨人——简析巴金与马哈福兹的家族小说》(《文艺理论研究》2009年第6期)。

除了将马哈福兹与巴金做比较外,相关的比较文学论文还将马哈福兹与鲁迅、钱锺书进行比较,甚至将马哈福兹与日本作家川端康成、南美作家马尔克斯的作品进行比较研究。④

此外,一些学者还从性爱描写、精神内核、空间性的文化叙述、社会主义信

---

① 引自葛铁鹰等译:《纳吉布·马哈福兹短篇小说选萃》,北京:华夏出版社,1989年,第2页。
② 《东方新月论坛》,北京:经济日报出版社,2003年,第247页。
③ 《东方新月论坛》,北京:经济日报出版社,2003年,第170—171页。
④ 参看汪祖贵:《论纳吉布·马哈福兹三部曲〈两宫之间〉的讽刺艺术——与鲁迅、钱钟书讽刺手法比较》,《文教资料》2007(17);林丰民:《马哈福兹和鲁迅文化思想比较》,《国外文学》2000(3);罗田:《马哈福兹与川端康成小说空间艺术比较》,《外国文学欣赏》1989(3);刘清河:《历史命运和文化精神的投影——〈百年孤独〉与〈平民史诗〉对读》,《汉中师院学报》1993(1)等。

仰、文化冲突等角度对马哈福兹妇的三部曲进行了专题评述。① 特别要提到的是杨乃贵的《关于"三部曲"两个中译本的商榷》②以非凡的勇气指出了三部曲两个版本中存在的诸多翻译错误，这在当下学术界批评者对作家、作品的批评不痛不痒、赞扬多于批评的状况下，尤显难能可贵。

《我们街区的孩子们》是纳吉布·马哈福兹的另一代表作。在诺贝尔文学奖新闻公报中就明确地指出："《我们街区的孩子们》是部非同寻常的小说，其主旨是反映人类对精神价值永无止境的探索……在善与恶的冲突中，不同的价值体系紧张地对峙着。"挪威诺贝尔学院与奥斯陆的挪威读书会曾在 2002 年 5 月公布了经 54 国作家包括多丽丝·莱辛、米兰·昆德拉、奈保尔等百名著名作家推选的所有时代最佳百部书籍，《我们街区的孩子们》就荣登榜上。

如前所述，这部巨著先后有以《街魂》《世代寻梦记：我们街区的孩子们》与《我们街区的孩子们》为书名的三种译本。其中两个译本都是李琛译的。她在以"载负心灵飞向美好和崇高"为题的长篇译序中，明确地指出该书是"一部从埃及社会现实和社会发展进程出发，站在历史和时代的高度思考人类的命运、弘扬积极人生的高品位的文学作品"。"这一长篇巨著，描写了这个街区的几代救世人物。这五位代表人物的命运浓缩了人类历史的进程。每个人物都有一定的象征意义。按马哈福兹的话说，就是'用现实主义的手法去批判神话，给神话穿上现实的外衣，以增强对现实的理解和希望。'"③

但《我们街区的孩子们》这部被公认为 20 世纪伟大的现代寓言小说在国外受到了众口一词的赞誉的同时，在埃及国内则一直争议不断，褒贬不一，毁誉参半。它一方面让作家受到举世赞誉，另一方面却又让他险遭杀身之祸。这种争议性反而引起了读者和评论家格外的关注。国内学者们对于这一部作品也给予了很大的关注，发表了不少论文。

林丰民从接受美学的角度分析了这一现象："对《我们街区的孩子们》迥然不同的解读成了接受美学理论在埃及/阿拉伯文学界最为典型的一个范例。接受美学理论认为，艺术作品的审美价值并不是客观的，而是与读者的价值体验紧密相关的……阅读《我们街区的孩子们》的读者很多，但基本上可以归为两大类：一是更多地融入现代社会的、倾向于世俗主义思想的普通读者；另一类则是

---

① 这一类的论文有张佑周：《评纳吉布长篇小说〈两宫之间〉》，《龙岩师范专科学校学报》1992(1)；陈融：《论"三条街"中的性爱描写》，《国外文学》1992(3)；黄辉：《尼罗河上的絮语——纳吉布·马哈福兹〈三部曲〉的精神内核》，《湖南工程学院学报》2002(3)；马丽蓉：《论马哈福兹"三部曲"空间性的文化叙述》，《阿拉伯世界》2003(6)；陆怡玮：《从〈开罗三部曲〉看马哈福兹的社会主义信仰》，《飞天》2009(16)；段智婕、金欣：《挣扎在道德与自我之间——浅析〈宫间街〉父亲形象体现的伊斯兰文化与商业文化价值观的冲突》，《学理论》2009(20)；丁淑红：《中国的马哈福兹"三部曲"研究》等。
② 《大爱无边——埃及作家纳吉布·马哈福兹研究》，银川：宁夏人民出版社，2008 年。
③ 李琛译：《我们街区的孩子们》，上海：上海文艺出版社，2009 年，第 1、3 页。

宗教意识浓厚的、在很大程度上拒斥西方新思潮的读者。在普通读者看来,《我们街区的孩子们》是从人类发展的角度,思考通向理想境界的道路……另外一些读者则认为《我们街区的孩子们》中的各代人分别象征人类始祖亚当,宗教时代的摩西、耶稣、穆罕默德,和现时代的科学与知识,认为它是'对大闪族的各种宗教进行编造。'保守势力据此而将渎神的罪名加诸马哈福兹身上。"①除了指出宗教倾向的读者解读马哈福兹这一作品的核心指向是作家亵渎真主、亵渎伊斯兰教之外,林丰民还通过文本分析指出作家对于伊斯兰价值的尊崇以及对宗教信仰的追寻,同时指出马哈福兹重视科学精神对于构建未来的重要性。这样的解读相对于阿拉伯评论界来说,更加客观。

蒋和平则评价马哈福兹的这部巨著"是作者对千百年来人类生生不息、追求平等和自由的奋斗历程的生动描绘,至于其中所蕴蓄的深刻含义,可谓仁者见仁,智者见智"②。在另外一篇论文中,他说:"我们有充分的理由相信:纳吉布·马哈福兹有着虔诚的宗教信仰和广博的宗教知识,正是凭借这种修养,加上其在艺术上的不断探索、求变,作家才为读者奉献出《我们街区的孩子们》这样一部表现人类为实现永久公正与理想社会而斗争的史诗般的作品。"③

郅溥浩也指出:"《我们街区的孩子们》确是阿拉伯文学中一部有价值的奇书。在一个宗教意识浓重的国家和地区,自由的创作和哲理的探索,会面临较大的困境和更严峻的挑战。在埃及和其他国家,类似情况已屡见不鲜,马哈福兹笔下所写,是一部人类发展史,一部人类精神史,更是一部人类苦难史。"④

薛庆国在揭示这部作品产生的社会、历史的底蕴时指出:"长期以来,马哈福兹生活的埃及阿拉伯社会在政治、经济上相对落后,其根源首先应归咎于文化的保守与僵滞。由于宗教保守思想的影响,人们虽然对悲惨的现实不满,但很少奋起抗争以期改变现实……受到社会主义和人文主义精神启迪的马哈福兹,深为本民族的文化落后而焦虑。一方面,他要批判利用宗教实行统治的专制势力,呼唤正义、平等、自由;另一方面,他更力图扭转盛行于伊斯兰社会的神本意识,批判愚昧、迷信及思想的惰性,宣扬人文意识,期望建立一种先进的文化模式。"⑤

---

① 林丰民:《亵神、寻神与科学精神——诺贝尔文学奖得主纳吉布·马哈福兹作品解读》,《东方研究》1998年百年校庆论文集,北京:蓝天出版社,1998年。
② 蒋和平:《〈我们街区的孩子们〉文本解读》,《东方新月论坛·2003》,北京:经济日报出版社,2003年,第215页。
③ 蒋和平:《从〈我们街区的孩子们〉看纳吉布·马哈福兹的宗教情节》,《东方新月论坛·2003》,北京:经济日报出版社,2003年,第245页。
④ 郅溥浩:《围绕〈我们街区的孩子们〉的争论》,《大爱无边》,第120页。
⑤ 薛庆国:《反思人神关系的一部力作——评〈我们街区的孩子们〉》,《庆祝北京外国语大学建校60周年学术论文集》(下),北京:外语教学与研究出版社,2001年。

由此可见，中国学者在对待马哈福兹作品的宗教问题时基本上都比较客观，不盲目跟随阿拉伯宗教倾向学者的批判，也不完全附和西方学者对马哈福兹的看法，而是站在各种不同的视角，试图揭示马哈福兹对人类社会特别是阿拉伯社会未来发展道路的思考。

除了上述两部代表作外，对马哈福兹其他一些重要作品，也有不少论文予以各有特色的解读与评析。有的分析马哈福兹作品中的理想世界和人生真谛①，有的从东方现代主义的角度发掘马哈福兹作品的价值②，有的从智慧的角度分析马哈福兹作品对于人生的启示③，有的从传记文学的角度探讨马哈福兹的《自传的回声》④……多层次、多方位地解读马哈福兹作品的内涵和意义。

另外一些论文则以作家的创作思想、道路、手法等为切入点对马哈福兹进行研究、探析。仲跻昆比较全面地论述了马哈福兹的创作道路⑤，赵建国论述了马哈福兹的现实主义创作手法⑥，谢杨从小说语言的角度分析马哈福兹小说的苏菲语言特点和诗性语言⑦，黄丽从马哈福兹多部作品探查了作家小说叙事特征的演变⑧，马征以比较文学的方法和后殖民的视角探究了西方评论界对马哈福兹历史小说的接受⑨，李琛在其专著中更是列出专章，探讨马哈福兹作品的苏菲神秘主义倾向，认为马哈福兹以苏菲的方式弘扬了积极的人生取向⑩……

总体看来，截至目前，国内学者在马哈福兹及其小说的研究方面还是做了一些工作。虽如前所述，我们已翻译出版了马哈福兹的二十多部作品，写出了一百余篇的相关论文，加上一部论文集，但对于马哈福兹这样一位享誉全球的大文豪，我们做的这一切，无论是量是质都远远不够。有些译文值得商榷的地方颇多，影响读者对原著的欣赏。有些论文似乎有些浅薄。马哈福兹这样的文坛巨擘实在值得我们译界、学者全面译介，深刻研究，在保障质量的前提下，把他的作品全部译出；写出一些专著，予以深刻、全面的评介、探析。

---

① 赵建国：《理想世界和人生真谛的探索：纳吉布·马哈福兹谈小说〈平民史诗〉初探》，《阿拉伯世界》1991(1)。
② 侯传文：《〈米拉马尔公寓〉与东方现代主义》，《青岛大学学报》1992(4)。
③ 薛庆国：《智慧人生的启迪——解读〈自传的回声〉》，《国外文学》2001(1)。
④ 邹兰芳：《"风景之发现"观照下的〈自传的回声〉》，《外国文学评论》2009(2)。
⑤ 仲跻昆：《纳吉布·马哈福兹的创作道路》，《东方新月论坛·2003》，北京：经济日报出版社，2003年。
⑥ 赵建国：《纳吉布·马哈福兹小说的现实主义》，《阿拉伯世界》1990年(1)。
⑦ 谢杨：《马哈福兹小说语言的苏菲主义倾向》，《北京第二外国语学院学报》2006年8月；《马哈福兹小说语言的诗性特点》，载《当代阿拉伯问题研究》，北京：人民出版社，2006年。
⑧ 黄丽：《从〈开罗三部曲〉到〈平民史诗〉——论马哈福兹家族小说叙事特征的演变》，《青岛职业技术学院学报》2008(4)。
⑨ 马征：《从后殖民视角看马哈福兹历史小说在英语世界的接受》，《东方论坛》2008(2)。
⑩ 李琛：《阿拉伯现代文学与神秘主义》，北京：社会科学文献出版社，2000年。

主要参考书目

阿尼克斯特:《英国文学史纲》,戴镏龄等译,北京:人民文学出版社,1959年;1980年。
巴　金:《简洁与天才孪生:巴金谈契诃夫》,北京:东方出版社,2009年。
白爱宏:《抵制异化:索尔·贝娄小说研究》,北京:中国社会科学出版社,2012年。
北京大学哲学系编:《人道主义和异化问题研究》,北京:北京大学出版社,1985年。
别尔德尼科夫:《契诃夫传》,陈玉增等译,哈尔滨:黑龙江人民出版社,1988年。
A. 别尔金:《契诃夫的现实主义》,徐亚倩译,上海:新文艺出版社,1954年。
王永年、林之木译:《博尔赫斯全集》,杭州:浙江文艺出版社,1999年。
残　雪:《解读博尔赫斯》,北京:人民文学出版社,2000年。
残　雪:《灵魂的城堡——理解卡夫卡》,上海:上海文艺出版社,1999年。
曹天健、何　洛:《通往心灵:茨威格其人其作》,合肥:安徽文艺出版社,1999年。
车凤成:《索尔·贝娄作品的伦理道德世界》,北京:中国社会科学出版社,2010年。
陈光孚:《魔幻现实主义》,广州:花城出版社,1986年。
陈璟霞:《多丽斯·莱辛的殖民模糊性:对莱辛作品中的殖民比喻的研究》,北京:中国人民大学
　　出版社,2007年。
陈寿朋:《高尔基创作论稿》,呼和浩特:内蒙古教育出版社,1985年。
陈寿朋:《高尔基美学思想论稿》,北京:新华出版社,2002年。
陈寿朋:《高尔基晚节及其他》,呼和浩特:内蒙古大学出版社,1991年。
陈　恕:《尤利西斯导读》,南京:译林出版社,1994年。
陈众议:《加西亚·马尔克斯评传》,杭州:浙江文艺出版社,1999年。
陈众议:《拉美当代小说流派》,北京:社会科学文献出版社,1995年。
陈众议:《魔幻现实主义大师——加西亚·马尔克斯》,郑州:黄河文艺出版社,1988年。
程　麻:《沟通与更新——鲁迅与日本文学关系发微》,北京:中国社会科学出版社,1990年。
茨威格:《巴尔扎克传》,高名凯、吴小如翻译,上海:上海海燕书店,1951年。
《大江健三郎文学研究》,天津:百花文艺出版社,2008年。
《大江健三郎自选集》(全3卷4册),石家庄:河北教育出版社,2000年。
代显梅:《传统与现代之间:亨利·詹姆斯的小说理论》,北京:社会科学文献出版社,2006年。
代新黎:《伍尔夫小说概论》,西安:陕西人民教育出版社,2009年。

戴从容:《乔伊斯小说的形式实验》,北京:中国戏剧出版社,2005年。
戴从容:《自由之书:〈芬尼根的守灵〉解读》,上海:华东师范大学出版社,2007年。
《德语文学与文学批评》(第1卷),北京:人民文学出版社,2007年。
丁　莉:《伊势物语及其周边》(『伊勢物語とその周縁』),风间书房,2006年。
董衡巽等:《美国文学简史》(上下册),北京:人民文学出版社,1986年。
董燕生:《西班牙文学》,北京:外语教学与研究出版社,1998年.
范　岳、吴明明:《勃朗特姊妹》,沈阳:辽宁人民出版社,1983年。
方　成:《霍桑与美国浪漫传奇研究》(英文版),西安:陕西人民出版社,1999年。
方文开:《霍桑及其现代性研究》,上海:上海外语教育出版社,2008年
冯　川:《忧郁的先知:陀思妥耶夫斯基》,成都:四川人民出版社,1997年。
冯季庆:《劳伦斯评传》,上海:上海文艺出版社,1995年。
冯　茜:《英国的石楠花在中国——勃朗特姐妹作品在中国的流布及影响》,北京:中国社会科学出版社,2008年。
冯玉芝:《帕斯捷尔纳克创作研究》,北京:人民文学出版社,2007年。
冯　至、田德望、张玉书、孙凤城、李　淑、杜文堂编著:《德国文学简史》,北京:人民文学出版社,1958年。
弗·维·李特维诺夫:《安东·契诃夫》,余生译,上海:平明出版社,1954年。
弗朗索瓦·里卡尔:《阿涅丝的最后一个下午》,袁筱一译,上海:上海译文出版社,2005年。
高慧勤、栾文华主编:《东方现代文学史》,福州:海峡文艺出版社,1994年。
高　兴:《米兰·昆德拉传》,北京:新世界出版社,2005年。
格　非:《卡夫卡的钟摆》,上海:华东师范大学出版社,2004年。
格罗莫夫:《契诃夫传》,郑文樾、朱逸森译,郑州:海燕出版社,2003年。
郭　军:《乔伊斯:叙述他的民族——从〈都柏林人〉到〈尤利西斯〉》,北京:外语教学与研究出版社,2010年。
郭　勇:《他者的表象:日本现代文学研究》,上海:上海交通大学出版社,2009年。
哈罗德·布鲁姆:《西方正典》,江宁康译,南京:译林出版社,2005年。
范大灿主编:《德国文学史》,南京:译林出版社,2008年。
汉纳·法胡里:《阿拉伯文学史》,郅溥浩译,北京:人民文学出版社,1990年。
何芳川主编:《中外文化交流史》(下卷),北京:国际文化出版公司,2008年。
何怀宏:《道德·上帝与人——陀思妥耶夫斯基的问题》,北京:新华出版社,1999年。
何望贤编选:《西方现代派文学问题论争集》(上、下),北京:人民文学出版社,1984年。
何云波:《陀思妥耶夫斯基与俄罗斯文化精神》,长沙:湖南教育出版社,1997年。
赫伯特·克拉夫特:《卡夫卡小说论》,北京:北京大学出版社,1994年。
黑　马(毕冰宾):《心灵的故乡:游走在劳伦斯生命的风景线上》,北京:中国社会科学出版社,2002年。
亨利·特罗亚:《契诃夫传》,郑业奎译,北京:世界知识出版社,1992年。
洪永娟:《心灵的明镜:从心理分析文学批评理论解读康拉德及其作品》,北京:中国书籍出版社,2007年。
侯维瑞:《现代英国小说史》,上海:上海外语教育出版社,1985年。

侯维瑞主编：《英国文学通史》，上海：上海外语教育出版社，1999年。
胡　洁：《平安贵族的婚姻习俗与源氏物语》（『平安貴族の婚姻慣習と源氏物語』，东京：风间书房，2001年。
胡　俊：《非裔美国人探求身份之路——对托妮·莫里森的小说研究》，北京：北京语言大学出版社，2007年。
胡志明：《卡夫卡现象学》，北京：文化艺术出版社，2007年。
黄晋凯：《巴尔扎克和〈人间喜剧〉》，北京：北京出版社，1981年。
黄燎宇、霍　费编：《以启蒙的名义》，北京：北京大学出版社，2010年。
黄燎宇：《托马斯·曼》，成都：四川人民出版社，1999年。
黄晞耘：《重读加缪》，北京：商务印书馆，2011年。
吉尔·德勒兹、菲力克斯·迦塔利：《什么是哲学?》，张祖建译，长沙：湖南文艺出版社，2007年。
季羡林主编：《东方文学史》，长春：吉林教育出版社，1995年。
姜智芹：《他者之镜——卡夫卡与中国新时期小说巡礼》，北京：中国文联出版社，2001年。
蒋　芳：《巴尔扎克在中国》，北京：中国社会科学出版社，2009年。
蒋欣欣：《托妮·莫里森小说中的身份认同研究》，长沙：湖南人民出版社，2008年。
金东雷：《英国文学史纲》，上海：商务印书馆，1937年。
金嗣峰：《一个伟大作家的足迹——巴尔扎克的生活、思想和创作》，武汉：湖北教育出版社，1989年。
瞿秋白、蒋光慈：《俄国文学史》，上海：上海创造社出版部，1927年。
瞿世镜：《意识流小说家伍尔夫》，上海：上海文艺出版社，1989年。
卡拉·瑞美特：《K一顿→卡夫卡》，姬健梅译，台北：商周出版，2006年。
克洛德·莫里亚克：《普鲁斯特》，许崇山、钟燕萍译，北京：中国社会科学出版社，1989年。
克默德：《劳伦斯》，胡缨译，北京：三联书店，1986年。
黎皓智：《高尔基》，成都：四川人民出版社，2001年。
李　琛：《阿拉伯现代文学与神秘主义》，北京：社会科学文献出版社，2000年。
李凤亮：《诗·思·史：冲突与融合——米兰·昆德拉小说诗学引论》，北京：商务印书馆出版，2006年。
李光贞：《夏目漱石小说研究》，北京：外语教学与研究出版社，2007年。
李国栋：《夏目漱石文学研究主脉》，北京：北京大学出版社，1990年。
李健吾：《福楼拜评传》，长沙：湖南人民出版社，1980年。
李　芒：《投石集——日本文学古今谈》，福州：海峡文艺出版社，1987年。
李美芹：《用文字谱写乐章——论黑人音乐对莫里森小说的影响》，杭州：浙江大学出版社，2010年。
李　平、杨启宁：《米兰·昆德拉：错位人生》，成都：四川人民出版社，2000年。
李清安：《巴尔扎克》，北京：北京师范大学出版社，1983年。
李孙华等编：《国际交流中的日本学研究——21世纪的新视角》，东京：阿尔克社，2000年。
李维屏：《乔伊斯的美学思想和小说艺术》，上海：上海外语教育出版社，2000年。
李毓榛：《萧洛霍夫的传奇人生》，北京：北京大学出版社，2009年。
李正荣：《托尔斯泰的体悟与托尔斯泰的小说》，北京：北京师范大学出版社，2001年。

廖彩胜:《福克纳小说中的语言文化标志》,福州:福建教育出版社,1999年。

林和生:《"地狱"的温柔:卡夫卡》,成都:四川人民出版社,1997年。

林少阳:《"文"与日本的现代性》,北京:中央编译出版社,2004年。

林一安:《加西亚·马尔克斯研究》,昆明:云南人民出版社,1993年。

刘洪涛:《荒原与拯救:现代主义语境中的劳伦斯小说》,北京:中国社会科学出版社,2007年。

刘洪一:《走向文化诗学:美国犹太小说研究》,北京:北京大学出版社,2002年。

刘建中:《契诃夫小说新探》,西安:陕西人民出版社,1991年。

刘文松:《索尔·贝娄小说中的权力关系及其女性表征》(英文版),厦门:厦门大学出版社,2004年8月。

刘兮颖:《受难意识与犹太伦理取向:索尔·贝娄小说研究》,武汉:华中师范大学出版社,2011年。

刘亚丁:《顿河激流——解读萧洛霍夫》,成都:四川教育出版社,2001年。

刘 研:《契诃夫与中国现代文学》,上海:上海社会科学院出版社,2006年。

柳鸣九等:《雨果创作评论集》,漓江:漓江出版社,1983年。

柳鸣九主编:《法国文学史》,北京:人民文学出版社,1981年。

柳无忌:《西洋文学的研究》,上海:大东书局,1946年。

龙 飞、孔延庚:《契诃夫传》,天津:南开大学出版社,1988年。

卢那察尔斯基:《解放了的堂吉诃德》,瞿秋白译,北京:人民文学出版社,1954年。

鲁宾斯坦:《英国文学的伟大传统》,陈安全等译,上海:上海译文出版社,1987年。

《鲁迅与中外文化的比较研究》,北京:中国文联出版公司,1986年。

吕洪灵:《情感与理性——论弗吉尼亚·伍尔夫的妇女写作观》,南京:南京师范大学出版社,2007年。

罗 璠:《残雪与卡夫卡小说比较研究》,北京:人民出版社,2006年。

罗家伦主编:《中华民国史料丛编》,"台湾党史史料编纂委员会"编辑出版(影印本),1968年。

罗经国编选:《狄更斯评论集》,上海:上海译文出版社,1981年。

罗 婷:《劳伦斯研究:劳伦斯的生平、著作和思想》,长沙:湖南文艺出版社,1996年。

马卫红:《现代主义语境下的契诃夫研究》,北京:中国社会科学出版社,2009年。

马元照编著:《契诃夫》,上海:四联出版社,1954年。

毛信德:《郁达夫与劳伦斯比较研究》,杭州:浙江大学出版社,1998年,2001年重印。

孟宪义:《巴尔扎克的〈人间喜剧〉与美》,哈尔滨:黑龙江教育出版社,1992年。

孟宪义:《福楼拜》,沈阳:辽宁人民出版社,1983年。

苗福光:《生态批评视角下的劳伦斯》,上海:上海大学出版社,2007年。

莫内加尔:《生活在迷宫——博尔赫斯传》(原名为《博尔赫斯文学传记》),陈舒、李点译,北京:知识出版社,1994年。

宁 瑛:《托马斯·曼》,北京:华夏出版社,2002年。

帕佩尔内:《契诃夫怎样创作》,朱逸森译,上海:上海译文出版社,1991年。

彭少健:《诗意的冥思——米兰·昆德拉小说解读》,杭州:西泠出版社,2003年。

皮埃尔-坎:《普鲁斯特传》,蒋一民译,重庆:重庆大学出版社,2011年。

普什科夫:《法国文学简史》,盛澄华、李宗杰译,北京:作家出版社,1958年。

漆以凯:《劳伦斯的艺术世界》,南京:南京师范大学出版社,1998年。
祁寿华、威廉·摩根:《回应悲剧缪斯的呼唤:托马斯·哈代小说和诗歌研究文集》,上海:上海外语教育出版社,2001年。
钱理群:《丰富的痛苦——堂吉诃德与哈姆雷特的东移》,北京:北京大学出版社(再版),2007年。
钱　青主编:《英国19世纪文学史》,北京:外语教学与研究出版社,2006年。
乔国强:《美国犹太文学》,北京:商务印书馆,2008年。
邱运华:《诗性启示:托尔斯泰小说诗学研究》,北京:学苑出版社,2000年。
冉云飞:《陷阱里的先锋:博尔赫斯》,成都:四川人民出版社,1998年。
人文素养读本编委会:《莱茵河畔的森林之歌:德语短篇之王茨威格》,太原:北岳文艺出版社,2004年。
绍基·戴伊夫:《阿拉伯埃及近代文学史》,李振中译,北京:人民文学出版社,1980年。
申　丹、韩加明、王丽亚:《英美小说叙事理论》,北京:北京大学出版社,2005年。
申洁玲:《博尔赫斯是怎样写作的》,武汉:长江文艺出版社,2000年。
施蛰存主编:《中国近代文学大系 翻译文学集I》,上海:上海书店,1990年。
张龙妹执行主编:《世界语境中的源氏物语》,北京:人民文学出版社,2004年。
孙彩霞:《西方现代派文学与〈圣经〉》,北京:中国社会科学出版社,2005年。
孙莲贵主编:《日本近代文学作品评述》,天津:天津人民出版社,2000年。
孙佩霞:《中日古典女性文学的比较研究》(『日中古典女性文学の比較研究』),风间书房,2010年。
谭得伶:《高尔基及其创作》,北京:北京出版社,1982年。
唐红梅:《种族、性别与身份认同:美国黑人女作家爱丽丝-沃克、托妮·莫里森小说创作研究》,北京:民族出版社,2006年。
唐　弢:《唐弢杂文选》,北京:人民文学出版社,1955年。
唐逸红:《布尔加科夫小说的艺术世界》,大连:辽宁师范大学出版社,2004年。
陶　力:《紫式部和她的源氏物语》,北京:北京语言学院出版社,1994年。
田全金:《言与思的越界——陀思妥耶夫斯基比较研究》,上海:复旦大学出版社,2010年。
田亚曼:《母爱与成长——托妮·莫里森小说》,北京:中国社会科学出版社,2009年。
童道明:《我爱这片天空:契诃夫评传》,北京:中国文联出版社,2004年。
涂卫群:《从普鲁斯特出发》,北京:社会科学文献出版社,2001年。
屠尔科夫:《安·巴·契诃夫和他的时代》,朱逸森译,北京:中国社会科学出版社,1984年。
丸山清子:《源氏物语与白氏文集》,申非译,北京:国际文化出版公司,1985年。
汪介之:《俄罗斯命运的回声:高尔基的思想和艺术探索》,桂林:漓江出版社,1993年。
王长新:《日本文学史》,北京:外语教学与研究出版社,1982年。
王国庆:《英国文坛勃朗特三姐妹》,北京:商务印书馆,1985年。
王烺烺:《托妮·莫里森〈宠儿〉、〈爵士乐〉、〈天堂〉三部曲中的身份建构》,厦门:厦门大学出版社,2010年。
王　苹:《民族精神史的书写:乔伊斯与鲁迅短篇小说比较论》,合肥:安徽大学出版社,2010年。
王钦峰:《福楼拜与现代思想》,银川:宁夏人民出版社,2006年。

王钦峰:《福楼拜与现代思想续论》,合肥:黄山书社,2008年。
王　泉:《拉康式解读莫里森的三部小说》,北京:外文出版社,2006年。
王守仁、吴新云:《性别·种族·文化——托妮·莫里森与二十世纪美国黑人文学》,北京:北京大学出版社,1999年;2004年再版,更名为《性别·种族·文化——托妮·莫里森小说创作》。
王向远:《中日现代文学比较论》,长沙:长沙湖南教育出版社,1998年。
王友贵:《乔伊斯评论》,重庆:西南师范大学出版社,2002年。
王　玉:《在差异世界中重构黑人文化身份——解读解构主义者托妮·莫里森》,上海:华东理工大学出版社,2010年。
王玉括:《莫里森研究》,北京:人民文学出版社,2005年。
王远泽:《高尔基研究》,长沙:湖南教育出版社,1988年。
王志艳:《带你到莱茵河畔赏读心灵:德国艺术灵魂的猎手茨威格》,延吉:延边人民出版社,2006年。
王佐良:《英国二十世纪文学史》,北京:外语教学与研究出版社,1994年。
韦建国:《高尔基再认识论》,西安:陕西人民出版社,1999年。
卫茂平:《德语文学汉译史考辨——晚清和民国时期》,上海:上海外语教育出版社,2004年。
魏啸飞:《美国犹太文学与犹太性》,桂林:广西师范大学出版社,2009年。
温玉霞:《布尔加科夫创作论》,上海:复旦大学出版社,2008年。
吴达元编著:《法国文学史》,上海:商务印书馆,1946年。
吴　笛:《哈代新论》,杭州:浙江大学出版社,2009年。
吴玲英、蒋靖芝:《索尔·贝娄与拉尔夫·埃里森的"边缘人"研究》(英文),长沙:中南大学出版社,2005年。
吴庆宏:《伍尔夫与女权主义》,北京:中国社会科学出版社,2005年。
吴少华:《语言的背后——夏目漱石〈明暗〉分析》,北京:中国社会科学出版社,2008年。
吴守琳编著:《拉丁美洲文学简史》,北京:中国人民大学出版社,1985年。
吴岳添:《法国小说发展史》,杭州:浙江大学出版社,2004年。
吴岳添:《雨果画传》,北京:中央编译出版社,2008年。
仵从巨主编:《叩问存在》,北京:华夏出版社,2005年。
伍厚恺:《弗吉尼亚·伍尔夫:存在的瞬间》,成都:四川人民出版社,1999年。
伍蠡甫等编:《西方文论选》,上海:上海译文出版社,1979年。
夏　珉:《巴尔扎克——一个伟大的寻梦者》,北京:人民文学出版社,2005年。
肖明翰:《大家族的没落:福克纳和巴金家庭小说比较研究》,桂林:广西师范大学出版社,1994年。
肖庆华:《都市空间与文学空间——多丽丝·莱辛小说研究》,成都:四川出版集团四川辞书出版社,2008年。
谢六逸:《日本文学史》(影印本),上海:上海书店,1991年。
谢天振、查明建主编:《中国现代翻译文学史(1898—1949)》,上海:上海外语教育出版社,2004年。
谢天振:《深插底层的笔触——狄更斯传》,上海:世界图书出版公司,1994年。

谢　周：《滑稽面具下的文学骑士：布尔加科夫小说创作研究》，重庆：重庆出版社，2009年。
徐祖武主编：《契诃夫研究》，开封：河南大学出版社，1987年。
许　钧、宋学智：《20世纪法国文学在中国的译介与接受》，武汉：湖北教育出版社，2007年。
许志强：《马孔多神话与魔幻现实主义》，北京：中国社会科学出版社，2009。
薛鸿时：《浪漫的现实主义——狄更斯评传》，北京：社会科学文献出版社，1996年。
薛君智主编：《欧美学者论苏俄文学》，北京：社会科学文献出版社，1996年。
薛君智：《回归——苏联开禁作家五论》，北京：社会科学文献出版社，1989年。
阎　嘉：《茨威格——触摸人类的心灵》，成都：四川人民出版社，1997年。
阎　嘉：《反抗人格：卡夫卡》，武汉：长江文艺出版社，1996年。
杨昌龙：《文坛上的拿破仑——巴尔扎克创作论》，太原：山西人民出版社，1991年。
杨恒达：《城堡里迷惘的求索——卡夫卡传》，上海：世界图书出版公司，1994年。
杨　建：《乔伊斯诗学研究》，武汉：华中师范大学出版社，2011年。
杨　绛：《春泥集》，上海：上海文艺出版社，1979年。
杨静远：《勃朗特姐妹研究》，北京：中国社会科学出版社，1983年。
杨莉馨：《20世纪文坛上的英伦百合：弗吉尼亚·伍尔夫在中国》，北京：人民出版社，2009年。
杨仁敬：《海明威在中国》（增订本），厦门：厦门大学出版社，2006年。
杨　荣：《茨威格小说研究》，成都：巴蜀书社，2003年。
姚继中：《源氏物语与中国传统文化》，北京：中央编译出版社，2004年。
姚锡佩：《鲁迅研究资料》（第22辑），北京：中国文联出版公司，1989年。
耶里扎罗娃：《契诃夫的创作与十九世纪末期现实主义问题》，杜殿坤译，上海：上海文艺出版社，1962年。
叶尔米洛夫：《契诃夫》，陈冰夷译，北京：人民文学出版社，1954年。
叶廷芳：《卡夫卡及其他》，上海：同济大学出版社，2009年。
叶廷芳：《现代审美意识的觉醒》，北京：华夏出版社；合肥：安徽文艺出版社，1995年。
叶渭渠：《东方美的现代探索者——川端康成评传》，北京：中国社会科学出版，1989年。
易晓明：《优美与疯癫：弗吉尼亚·伍尔夫》，北京：中国文联出版社，2002年。
殷企平：《推敲"进步"话语——新型小说在19世纪的英国》，北京：商务印书馆，2009年。
于凤川：《马尔克斯》，沈阳：辽海出版社，1998年。
余　华：《温暖和百感交集的旅程》，上海：上海文艺出版社，2004年。
郁金龙等主编：《东方文学史》，北京：北京大学出版社，2001年。
袁德成：《詹姆斯·乔伊斯：现代尤利西斯》，成都：四川人民出版社，1999年。
袁可嘉：《现代派论·英美诗论》，北京：中国社会科学出版社，1985年。
曾艳兵：《卡夫卡研究》，北京：商务印书馆，2009年。
曾艳兵：《卡夫卡与中国文化》，北京：首都师范大学出版社，2006年。
扎东斯基：《卡夫卡与现代主义》，洪天富译，北京：外国文学出版社，1991年。
詹姆逊：《论现代主义文学》，苏仲乐、陈广兴、王逢振译，北京：中国人民大学出版社，2010年。
张红翠：《"流亡"与"回归"——论米兰·昆德拉小说叙事的内在结构与精神走向》，北京：北京师范大学出版社，2011年。
张　闳：《钟摆，或卡夫卡》，福州：福建人民出版社，2010年。

张洪仪、谢　杨主编:《大爱无边——埃及作家纳吉布·马哈福兹研究》,银川:宁夏人民出版社,2008年。

张　钧:《夕阳尽处是长安——索尔·贝娄早期小说研究》(英文),长春:东北师范大学出版社,2007年。

张　玲编:《哈代文集》(1-8卷),北京:人民文学出版社,2004年。

张龙妹:《源氏物语的佛教信仰》(『源氏物語の救済』),风间书房,2000年。

张　容:《形而上的反抗——加缪思想研究》,北京:社会科学文献出版社,1998年。

张　石:《川端康成与东方古典》,上海:上海古籍出版社,2003年。

张天佑:《专制文化的寓言——鲁迅、卡夫卡解读》,兰州:甘肃人民出版社,2003年。

张小玲:《夏目漱石与近代日本的文化身份建构》,北京:北京大学出版社,2009年。

张效之主编:《东方文学简编》,济南:山东教育出版社,1985年。

张玉娟:《卡夫卡艺术世界的图式》,杭州:浙江大学出版社,2009年。

张玉书:《茨威格评传:伟大心灵的回声》,北京:高等教育出版社,2007年。

张玉书:《海涅 席勒 茨威格》,北京:北京大学出版社,1987年。

张哲俊:《中日古典悲剧的形式——三个母题与嬗变的研究》,上海:上海古籍出版社,2002年。

张志强:《世纪的孤独:马尔克斯与〈百年孤独〉》,海口:海南出版社,1993年。

赵桂莲:《漂泊的灵魂——陀思妥耶夫斯基与俄罗斯传统文化》,北京:北京大学出版社,2002年。

赵桂莲:《生命是爱——〈战争与和平〉》,昆明:云南人民出版社,2002年。

赵景深:《一九二九年的世界文学》,上海:神州国光社,1930年。

赵炎秋:《狄更斯长篇小说研究》,北京:社会科学文献出版社,1996年。

郑克鲁编著:《法国文学史》,上海:上海外语教育出版社,2003年。

郑振铎:《俄国文学史略》,上海:商务印书馆,1924年。

中国社会科学院外国文学研究所编:《东方现代文学史》,福州:海峡文艺出版社,1994年。

钟丽茜:《诗性回忆与现代生存——普鲁斯特小说的审美意义研究》,北京:光明日报出版社,2010年。

仲跻昆编著:《阿拉伯现代文学史》,北京:昆仑出版社,2004年。

周南翼:《贝娄》,成都:四川人民出版社,2003年。

周南翼:《追寻一个新的理想国——索尔·贝娄、伯纳德·马拉默德和辛西娅·欧芝克研究》(英文),厦门:厦门大学出版社,2005年。

周　阅:《川端康成文学的文化学研究——以东方文学为中心》,北京:北京大学出版社,2008年。

周作人:《欧洲文学史》,北京:东方出版社,2007年。

朱景冬:《马尔克斯:魔幻现实主义巨擘》,长春:长春出版社,1995年。

朱炯强:《哈代:跨世纪的文学巨人》,杭州:杭州大学出版社,1994年。

朱荣杰:《伤痛与弥合——托妮·莫里森小说母爱主题的文化研究》,开封:河南大学出版社,2004年。

朱维之等编:《外国文学简编》,北京:中国人民大学出版社,1983年。

朱小琳:《回归与超越——托妮·莫里森小说的喻指性研究》,北京:中国社会科学出版社,2010年。

朱逸森:《契诃夫:1860—1904》,上海:华东师范大学出版社,2006年。

朱仲玉编:《契诃夫》,北京:商务印书馆,1964年。

祝远德:《康拉德小说他者建构研究》,北京:人民出版社,2007年。

祝枝媛:《夏目漱石の漢詩と中国文化思想》,北京:中国书籍出版社,2003年。

Chirantan Kulshretha, *Saul Bellow: The Problem of Affirmation*, New Delhi: Arnold-Heinemann publishers (India) Pvt, Ltd., 1978.

Constance A. Pedoto, *Painting Literature: Dostoevsky, Kafka, Pirandello, and Garcia Marquez in Living Color*, Lanham, Maryland: University Press of America, 1993.

Donald David Stone, *Novelists in a Changing World*, Cambridge: Harvard University Press, 1972.

Edward W. Said, *Culture and Imperialism*, New York: Knopf, 1993.

Georges Markow-Totevy, *Henry James*, Minerva Press, 1969.

Hattie Bernstein, *Waking to the Dream: How Myth and Archetype Inspire and Inform Two Works by Gabriel Garcia Marquez*, Carson, CA: California State University, Dominguez Hills, 2006.

Jane Goldman, ed., *Virginia Woolf, To the Lighthouse and The Waves*, Cambridge: Icon Books Ltd., 1997.

John Carlos Rowe, *The Other Henry James*, Durham and London: Duke University Press, 1998.

John Carlos Rowe, *The Theoretical Dimension of Henry James*, Madison: The University of Wisconsin Press, 1984.

Maxwell Geismar, *Henry James and the Jacobites*, Boston: Houghton Mifflin, 1963.

Mark H. Gelber, ed., *Stefan Zweig heute*. New York: P. Lang, 1987.

Mark H. Gelber, Klaus Zelewitz, eds., *Stefan Zweig Exil und Suche nach dem Weltfrieden*, Riverside: Ariadne Press, 1995.

Patricia Crain, *The Story of A*, Redwood City, CA: Stanford University Press, 2001.

Peter Lancelot Mallios, *Our Conrad: Constituting American Modernity*, Stanford, California: Stanford University Press, 2010.

Fogel D. Mark, ed., *A Companion to Henry James Studies*, Westport: Greenwood Press, 1993.

Sandra Gilbert and Susan Gubar, *The Madwoman in the Attic: the woman writer and the nineteenth-century literary imagination*, New Haven: Yale University Press, 1979.

Shelley Fisher Fishkin, *Was Huck Black? Mark Twain and African-American Voices*, New York: Oxford University Press, 1993.

Shoshana Felman, ed., *Literature and Psychoanalysis: The Question of Reading: Otherwise*, Baltimore: Johns Hopkins University Press, 1982.

Schmid-Bortenschlager, Sigrid, ed. *Stefan Zweig lebt*.

Terry Eagleton, *Myths of Power: A Marxist Study of the Brontës*, Palgrave MacMillan: Hampshire, 2005.

Timothy Powell, *Ruthless Democracy: A Multicultural Interpretation of the American Renaissance*, Princeton: Princeton University Press, 2000.

William J. Long, *English Literature: Its History and Its Significance for the Life of the English-Speaking World*, Boston: Ginn and Company, 1909.

主要人名索引

A

艾略特 237,239,260,274,350,427
奥斯丁（撷茵·奥斯登）2,199—208,260,322

B

巴尔扎克 2,16,49,51,67,99,112—121,133,
　134,139,143,151,166,191,215,241,311,
　322,432,435,437
白春仁 87
拜伦 99,201,302
贝娄 2,3,200,327—337
边沁 204
别尔嘉耶夫 25,82
别林斯基 13,15,23,24
波德莱尔 114,133,151
勃朗特 2,219—229
博尔赫斯（波尔赫斯）2,3,170,360,368,373,
　390—397
布尔加科夫 2,3,10,18,93—101,386
布宁（蒲宁）8,37

C

残雪 182—185,395
曹靖华 12,13,62
曹让庭 113,117—119,125,126
车凤成 333,336
陈光孚 382,383,391,392,394
陈璟霞 236,275,276

陈寿朋 79,81,83
陈恕 354
陈众议 130,307,366,370,372,382—385,393,
　425,429
程麻 409
程正民 16,30,33,52
川端（川端康成）2,3,6,7,361,414—422,439
茨威格 2,49,112,189—198,215
村上春树 2,170

D

大江（大江健三郎）2,3,181,422—431
代显梅 324,325
代新黎 226,256
戴从容 355,356
但丁 99,120,143,176,179,427
狄更斯 2,16,199,209—219,237,432,435,437
董衡巽 280,288,289,299,300,303—307,
　311,351
董燕生 368,372

F

范岳 225
方文开 281—283,285
菲兹杰拉德（菲茨杰拉德）306
冯川 47
冯季庆 161,237
冯茜 225

冯玉律 94

冯玉芝 92,111

冯至 166,167,178,179,252

福克纳（福尔克奈）2,120,121,146,159,309—319,327,373,386—388

福楼拜（佛罗贝尔）2,112,132—142,326,357

G

高尔基 2,8,10,25,40,68,74—85,102,133,175,195

高奋 152,253,254,256,257,318,325,358

高兴 373,379

戈宝权 51,64,65,76

歌德 99,143,164,165,171,172,176,179,190,193

格非 46,182,183,237,394

格罗莫夫 73

耿济之 11,12,26,27,75,190

郭宏安 114,141,155—157,162,163

郭军 355

郭沫若 4,12,13,37,38,63

郭勇 412

果戈理（鄂歌梨）2,10—26,99,185

H

哈代 2,7,199,208,215,237,238,240—249,326,386

海明威（汉敏威、海敏威）2,60,61,199,237,256,279,296—310,327,387,420,425

何云波 45,47,48,90,110

黑马（毕冰宾）238

黑塞 44,164,169

洪永娟 265

侯维瑞 203,232,261,322,323

胡洁 403,404

胡俊 344

胡志明 182—185,188,424

黄晋凯 113,115

黄燎宇 164,169—172,188

黄晞耘 163

霍夫曼 99,191

霍桑 199,277—285,326

J

季羡林 436

加缪 2,85,112,154—164,181,186,309,424

姜智芹 182—185

蒋芳 113

蒋欣欣 343,344

金东雷 200,250

金嗣峰 113,117

金亚娜 21,24,59

井上靖 2,185

K

卡夫卡（弗朗兹·卡夫卡、弗朗茨·卡夫卡、弗兰茨;卡司卡、卡夫加、考夫加）2,5,16,112,120,140,164,171,173,176—191,237,375,386—388,391,394,418

康拉德 2,3,44,200,259—267

孔延庚 14,66

昆德拉 2,3,44,360,372—381,440

L

莱辛 2,3,200,256,268—277,440

蓝英年 81,87

劳伦斯 2,3,199,215,229—240,256,260,305,353,356,428

黎皓智 67,83,195,197

李琛 435,436,440,442

李凤亮 374,376,377,379,380

李光贞 412

李国栋 408,409

李健吾 113,114,117,118,123,124,133,134,137,140,141,251

李芒 400,416,419

李美芹 343,346

李平 379

李清安 113
李树森 37,79,107,108,110
李孙华 412
李维屏 354
李毓榛 108,109,111
李正荣 56,58
梁启超 11,27,128,287
廖彩胜 312
林和生 182,183
林少阳 410,411
林一安 372,382,384
刘洪波 22,23,25
刘洪涛 231,233,234,236,238
刘洪一 329,331,333,335
刘文飞 24,82
刘兮颖 333—336
刘亚丁 90,96,110,111
刘研 70,73
柳鸣九 113,114,124—126,128,147,155,160
柳无忌 250,259
龙飞 14,66
卢卡契（卢卡奇）134,135,365
卢那察尔斯基 40,362
鲁宾斯坦 203
鲁迅 4—6,10—14,16,18,19,27,37,39,40,43,44,50,55,64,65,70,73,82,84,102,122,129,182,185,193,287,305,346,353,358,361,362,365,367,368,408,409,426—429,439
吕洪灵 255,256
罗璠 182,185,188
罗家伦 362
罗曼·罗兰 2,81,112,145,193
罗婷 233,235,236,238,256

M

马尔克斯（马尔盖斯）2,3,6,309,312,360,366,373,381—390,392,394,439
马哈福兹（乃芝布·买哈福子、乃芝布、马赫福兹、纳吉布）3,386,431—442
马卫红 67,72
马雅可夫斯基 99,376
马元照 63
毛信德 124,238,328
茅盾（沈雁冰）4,5,10,12,13,39,50,75,76,122,123,133,165,240,288,299,348,361—363
孟宪义 113,140
苗福光 237
莫泊桑 2,112,134
莫里森 2,3,200,338—347,386
莫洛亚 26,27,29,145,147,148,152,215
莫内加尔 393
穆木天 75,113,122

N

纳博科夫 2,24,44,142,368
宁一中 264,265
宁瑛 167,172

P

帕斯捷尔纳克 2,3,10,85—93
彭克巽 43
彭少健 379
彭甄 20,21,109,110
皮埃尔-坎 144,147
普鲁斯特 2,112,121,143—154,180,252
普什科夫 134,144,145
普希金 16,25,52,99,125

Q

漆以凯 234,236,238
祁寿华 244,246
瞿秋白 4,12,37,63,75,83,361—363
瞿世镜 241,252,254,256,257,323
契诃夫（柴霍夫、柴霍甫）2,8,10,36,60,62—74
钱理群 364,367,368

钱青 203,306
钱锺书 391,439
乔国强 333,335
乔伊斯（乔安司、乔易斯、乔易士）2,3,140,146,176,180,199,200,237,249,252,256,274,296,297,347—359
邱运华 57,82

R

冉云飞 393
任光宣 21—33,36,37,68,90

S

萨伊德（赛义德）216
塞万提斯（沙文第斯）2,5,360—372,427
莎士比亚 53,120,143,175,176,179,200,241,300,302,358
山本利喜雄 27
绍基·戴伊夫 433
申丹 8,325
申洁玲 395
施蛰存 122,193,196,297,309
史蒂文森（斯蒂文森）395
漱石 2,3,406—414
司汤达 2,67,112,133,134,137
苏子谷（真名苏曼殊）122
孙彩霞 187,188
孙莲贵 412
孙佩霞 403

T

谭得伶 79
唐红梅 343
唐弢 361,363
唐逸红 96—99
陶力 404
田全金 44,46
田亚曼 345
童道明 14,66,94

涂卫群 149—152
屠格涅夫（的伽涅辅、缁格涅夫、都介涅夫）2,8,10,26—38,52,56,60,68,70,73,108,326,362,365
吐温 2,175,199,279,286—295,298,309
托尔斯泰 2,8,10,25,31,33,36,38,39,50—62,67,68,70,73,80,102,108,115,137,176,215,237,243,418,432,435,437
陀思妥耶夫斯基 2,5,6,8,10,25,33,36,38—50,56,62,99,133,151,166,215,444,447,450,456
托马斯·曼（托·曼）189

W

丸山 401
汪介之 8,79—83,92
王长新 407
王尔德 138,350
王国庆 225
王烺烺 344
王立业 33,34,36,37
王苹 358
王钦峰 46,47,61,139—141
王泉 345
王圣思 43
王守仁 284,340,342
王向远 400,406,409,413
王彦秋 91
王友贵 357
王玉 343,344
王玉括 343
王远泽 14,15,79,80,365
王志耕 13,18,19,24,48,56,58,90
王志艳 190
王佐良 209,263,269,290,301,322,352
韦建国 81—83
卫茂平 165,169,190,191
魏啸飞 333,335
温玉霞 97,100

文洁若 352,420

吴达元 133,144,145,154

吴笛 87,91,230,244—246

吴玲英 333

吴庆宏 255,256

吴少华 414

吴守琳 391,392

吴岳添 129,130,138,429

仵从巨 375,376,379

伍尔夫（吴尔芙、吴尔夫、伍尔芙）2,3,146,
  199,222,239,241,249—259,264,268,274

伍厚恺 233,238,256,257

伍蠡甫 125,242

X

席勒 164,165,171,195

萧洛霍夫 2,10,102—111

萧乾 250,320,352

肖明翰 312—315,318

肖庆华 275

谢六逸 362,363,397—399,406

谢天振 62,63,212

谢周 91,97,101

徐稚芳 52

徐祖武 35,67,69,72

许钧 144,148,150

许志强 18,99,101,384,385

薛鸿时 212

薛君智 79,87

雪莱 203,223,295

Y

阎嘉 182,185,190

杨昌龙 113,115,158

杨恒达 182

杨建 353,356

杨绛 202,364,365,372

杨静远 225

杨莉馨 206,227,251,256

杨仁敬 300—302,304—308

杨荣 185,190

姚继中 404

姚锡佩 362

叶廷芳（丁方）164,167,169,176,179—183,
  188,376

叶渭渠 399,401,416,417,419,420,424,429

易晓明 256

殷企平 214,216,219,254,266,325

于凤川 383

余华 96,97,176,183,186,318,387,393,394,
  417,418,420,425

雨果 2,112,122—132,215

袁德成 354,357

袁可嘉 167,251,252,310,330,350,351

Z

曾思艺 19,36

曾艳兵 140,182—185,188,189,358

扎东斯基 181

詹姆斯 2,3,180,199,200,260,264,274,278,
  302,312,319—327,347—349,351,354,355

詹姆逊 182

张红翠 379

张闳 182

张钧 333

张玲 119,244—246,248

张龙妹 401,403,404

张容 156,157,159

张石 418,421,422

张天佑 182,185

张小玲 411

张玉娟 182,183,188

张玉书 167,190—192,195,197

张哲俊 402

张志强 383

赵桂莲 48,56

赵景深 63,75,177,249,250,286,287,348

郑克鲁 113,115,121,129,138,139,148,151,

158,159,351

郑振铎 4,5,39,63,75,165,240,348,361－363

钟丽茜 151,152,154

仲跻昆 436－438,442

周南翼 333

周阅 420

周作人 5,27,38,63,133,240,361,362,367,406,409

朱景冬（朱景东）382,383,389

朱炯强 245

朱荣杰 344,345

朱维之 76,86,84,350,408,436

朱小琳 343,347

朱逸森 66－68,71,73

朱仲玉 63

祝远德 265

祝枝媛 413

紫式部 2,397－401,403,404